U0902750

长江恋

白中玉 著

下

华龄出版社
HUALING PRESS

有态度的阅读
小马过河（天津）文化传播有限公司

目录

第三十八章 承包山林矛盾

仿佛只一个回身的时间，小美的坟就被山花野草占领了，准确地说是相互点缀，她的躯体已经完全融入了这方山水。周老师将小美一半的骨灰安放在张公山，也是将小美一颗漂泊的灵魂安放在这里。修鞋工和掏粪工虽然亲手将小美的骨灰撒进了大江，但从来没觉得小美离开过他们。矮矮的土堆和他们的身高一般高，那里孕育着珍珠，埋着一颗晶莹剔透的心。而这个一米多高的小土坡就是小美最后的归宿，如今已是绿草如茵，花团锦簇，远看像戴上了花环，走近让人不忍心落脚留痕。

小麻子没事喜欢拉着张富贵一起上山，因为挑粪工兄弟不会像村里人那样，带着调侃的口吻嘲笑他们，而且还热情地招待他们，拿他们当最尊贵的客人。每到这个时候，小麻子就成了绝对的主角，完全进入回忆模式，总有说不完的故事，很多是关于小美的。挑粪工兄弟眨巴着独眼，每次都听得特别沉醉，胜过世界上任何精彩的演出。

张富贵则很沉默，他那满头长发将头包裹，让他有种安全感。他结婚也没能冲喜，几乎天天不回家。不知道是惊吓过度，还是张祥林给他煮的药喝多了，每天总昏昏欲睡，活在半梦半醒之间，一闭眼就会睡过去，属于那种没心没肺活着不累的，村里人骂他睡过去一辈子不醒最好。每天张祥林都要到处找他几次，看见儿子睡在草垛里、睡在江坝上、睡在柳花树上，都要大声喊一声，必须要儿子答应了，张祥林才能放心去干自己的事。

撅人王则什么也不管，躲在家里，躺床上看电视。

老虎崖上，三间石头房后面的乱石堆已经被开垦成一层一层的梯田，旁边是一小块菜地，黄豆、青菜、韭菜、空心菜等蔬菜一应俱全，南瓜、黄瓜等藤蔓蔬菜伸长腰肢，遇到树枝就攀附而上，结出硕果累累。几棵西红柿得了肥胖症一般，被枯树枝捆绑着才没倒，浑身挂满了红通通的灯笼果。几只山雀盘旋着落到菜地里，看四周没人，用乌黑的尖嘴对着红到心的西红柿轻轻一啄，弄得满嘴艳红。

放眼望去，只要是这个季节可以生长的水果、蔬菜地里，都有它们的身影，都有它们的一席之地。菜多到根本吃不完，挑粪工兄弟把菜当花种。

夏去冬来，石头屋旁边的麦地像是会传染一般，面积一年比一年大，前几年还是几片豆腐块，去年已经连成片，连成扇形，将石屋包围。挑粪工一次丈量了一下，足有十几亩。刚长的麦芽让人分不清到底是韭菜还是小麦，年后猛蹿至一肘高，微风吹过漏斗形的老虎崖，被压缩、被驱赶、被抬升，吹得麦海一浪盖过一浪地翻滚，满眼都是绿色，却永远不会折断腰肢。

老虎崖后面的山腰上是成片的绿油油的茶树，这两个男人将所有的精力都用在美化这片土地上，因为这里埋葬着他俩挚爱的人。他们只明白一个道理，没有双腿就用手去耕耘，残缺的眼睛没多少泪水，就用汗水去灌溉，再用心去感受，就能感受到小美在绿荫丛中，在盛开的每一朵花蕊里向他们微笑。

大壮是个工作狂，那根瘦成一弯新月的扁担是他最好的伙伴。每天天刚亮他就上山了，挑着箩筐，将每一寸土地都过滤，每一块小石子都精心挑选。黄土有黄土的价值，小石头有小石头的归处，大块头的垒砌成田埂，小点儿的铺路，或做成按摩脚底的路基。

这面崖壁笔直陡峭，轰轰烈烈的江水在这里打旋。风景虽好，上山却难，可远观不可近攀。可是这几年经过挑粪工的一锄一锹，已经开辟出一条云梯一般的天路，弯弯曲曲盘旋而上，堪称天梯。每一级台阶都是他用粗糙的双手一锤锤凿的，每一阶都是一寸相思，逐渐缩短他们与小美的距离。一共有多少级台阶没人数过，但每阶或是依石而刻，或是铺上青石板，不管刮风下雨，台阶都被掏粪工扫得幽亮，不留丝毫尘灰，像被打了蜡。

这面悬崖是观察“如来峰”的绝佳地段，不光足下的风景好，大江滚滚而去，雾气翻腾，因为路通了也好走了，竟然成了散客们旅游的景点，有的游客为了看日出，甚至在悬崖上夜宿。两个男人用山上的蔬菜、山泉、柴锅炒几个农家菜，游客们竟然吃得津津有味，临走还硬要买些野荠菜和干竹笋带回城。渐渐地，游客成了这两个男人最主要的经济来源。

虽然屋前屋后都大变样，但有几样东西一直没有丝毫的变化，就是屋里的摆设，永远摆放着一套洁白的婚纱，婚纱上挂着一顶梳得一尘不染的泛着幽光的披肩发辫。桌子上摆着三人的合影，中间的女孩永远笑得那么美丽天真。

“小美，我来看你了。近来做梦梦不到你，你的样子有点儿模糊了。我想是不是你故意作弄我，和我在梦里躲猫猫？所以我今天请假和阿俐一起来看看你，就是怕你忘了我，也怕我忘了你。”丁祖峰特意请了一天假，和张伶俐一起上山看小美。他们刚上山，就下起了雨，让人很伤感。

这个男人每年都要来几次，可是他从来就没有叫过小美一声姐姐，更没有将自己当成弟弟。这个姐姐他从来就没认过，只知道这里埋着他最爱的人，他无法区分这到底是哪种爱，每每在清明那天压得他心痛。

两个看山的男人已经老了，刚搬到山上时一头乌黑的头发，如今像被秋霜打过一般，一半以上已经斑白。他们晒成古铜色的身体里藏着一颗柔软的心，一见丁祖峰跪在小美坟前，掏粪工也一下跪倒在地，像是家属答谢一般，哽咽着哭了起来。

“这个临风台位置最好，要山有山，要水有水，风水绝佳，以后我们公司总部就建在这里吧！”一天修鞋工正坐在门口修理挑石头的担子，上山的石阶上走来一拨人，最前面的是个姑娘，面颊红润，额头上全是细汗，像个沾着露水的熟透的西红柿。他一看是认识的人，以前是他邻居，长大后到长江旅游开发公司当秘书，天天跟着那个中年男人在大江边跑。这几年，小女孩已经完全褪去了青涩，变得成熟、圆润了，像一块被河水和岁月打磨好的美玉。前些年每次看到她，都感觉她脚底像是装了弹簧，一蹦三跳，而今结了婚，臀部变大，下肢重了，变得稳重多了。

章晓惠发型也变了，原先是马尾，生完孩子后剪成很男人的短发，远看像个假小子，但很精神，到哪儿都能一呼百应。

“对啊！章总眼光就是好。现在旅游开发是前瞻行业，虽然建设周期长，但建成规模后就是绿色银行，回报不是眼浅的人能估算的。”

“这个临江峰台位置绝佳，真是块风水宝地。是不是当年霸王的点将台哦？”一行人点头称赞。

章晓惠毕业后去陈总公司上班，因为她嘴馋，常到陈总那里蹭吃的，渐渐地成了陈总最得力的助手兼秘书。后来由于陈总长期出差在外，夫妻两地分居，五年前两人离婚了，最终晓惠完成了华丽变身，从经理秘书变成公司副总裁。婚后章晓惠负责长江旅游开发公司江南地区的开发，这几年生意越做越大，最后在她的强烈建议下，长江旅游开发公司开始拓展业务，当时陈总在董事会拍板，放手支持章晓惠，而章晓惠看上了这片山好水好的土地。

“一人为私，二人为公。两位大哥，今天来是和你们商量一件事情，请你们多多体谅我们公司哦！”章晓惠盈盈而笑。她一笑就看不出年纪，给人永远十八岁的感觉。

“要我们兄弟搬走？那怎么行啊！你们承包合同没签之前，我们兄弟就搬来这里好几年了。那时这里连条路都没有，是我们兄弟俩一锹土、一担石开垦成现在的样子，你们怎么能说赶我们走就赶我们走，这是要吃我们现成的饭啊！”那天修鞋工热情地接待了这一行人，起初以为他们是来旅游的，可是当章晓惠拿出三十年的林场承包合同后，他的脸由黑变成白，再由白变成青紫色。

修鞋工接过合同复印件，一字一字地看，生怕遗漏了什么。站在他旁边的男人涨红着脸，鸡蛋大的喉结在咽喉处上下滚动，扯动着呼吸声，就是说不出话。他紧紧地握着扁担，感觉随时都有可能抡起扁担打人。

“这不对啊！你们——你们说话要讲道理，这地方是丁家墩的集体山地，王小美在这里长大，是丁家墩户籍，也算一分子。她走前已经和我弟弟艾有心结婚了，有合法手续的，你们不能仅凭一份政府的合同就把我们赶走吧！”修鞋工看完合同，压低着嗓门轻声地说，能听出带着愤怒，以至于全身微微颤抖，像是被电击了一般。这个男人一辈子怕是没和人发生过冲突，但是今天一听说有人要赶他们下山，便双手撑着轮椅把手，抖动着空荡荡的裤管，挣扎着想要站起来。

“这一带我们公司承包了三十年。你们暂住的这个山腰属于张村和丁家墩的集体山地，你弟弟即使和王小美结婚了，那也是暂住，相当于城里的违章建筑，不合法也不合规。”章晓惠带来了一个律师，穿着西装打着领带，他从皮包里取出几张相关文件，边说边将文件递给修鞋工看，像是在做普法宣传。

“你们在山上搭房建屋，如果这座山政府没有对外发包，住一百年也没人管。我们公司花了重金租下就要经营，就要收回成本，没办法哦！两位老哥委屈下吧！”律师说。

修鞋工倔强地说：“我们不搬！”

“我们公司知道你们兄弟经济比较困难，已经研究过了，会给你们一些经济补偿，但补偿合同上要写救济，不然开了这个口子，以后村里一些不相干的人都来要钱，我们就是开银行的也救济不起。”章晓惠呵呵地笑着，样子很亲切，说话的语速不快不慢，声调也很平和，可所有人都听得出来这是谈判模式，有进攻有防守，攻防自如。

修鞋工："我们不搬！"

"大哥，做什么事情都要有合法手续。你们开垦荒山的确付出了一些劳力，我们折价给予补偿很公平。但不能说谁在山上建几间屋子，那座山就是谁的吧？说来说去还是要有合法手续。你们准备下山吧！"律师又从包里取出几张文本递给修鞋工，那是一份补偿合同。

"滚你的！谁说我们是违章建筑，老子把他推下山崖，扔到长江里淹死！告诉你们，这片山地丁家墩和张村各一半，以前比北大荒还荒凉，怎么没看见你们来做旅游产业？现在有花有树，有路有茶园，成良田了你们倒来吃现成的了！"修鞋工猛一抬手，将律师的手甩开。

"你这人怎么是法盲啊！"律师大叫，有种和尚遇到兵的无奈和愤怒。

"这里埋着王小美，谁要是敢动一锹土，别怪我这个没腿但有手、照样拿得起剪刀的男人跟他拼命！我们兄弟好客，只要上山的人，我都当客人留他过夜，但你们这些人唯利是图，毫无人性，现在就给我滚，滚！"修鞋工从身边的篾篓里抓了一把雪亮的剪刀，摇着轮椅，追着屋里一帮人乱挥舞。这个平时安静得像张纸的男人咆哮起来，心里也裹着一团熊熊燃烧的烈火，随时可能炸裂。

"两位大哥，都是抬头不见低头见的大熟人，别这么过激嘛！"章晓惠边躲边笑着安慰。

"谁跟你是熟人？滚！以后你们只要上我的山，我叫我这位哑巴兄弟拿挑粪的扁担打断你们的狗腿！"修鞋工涨红着脸，脖子上青筋暴起，喘着粗重的气息。一直站在他身后的挑粪工得到哥哥的命令，抄起扁担，像是关公握着大刀，"噼里啪啦"将一行人都给赶下了山。

第二天一大早，挑粪工照例起床干活，开门准备挑粪上山育苗的时候，发现门板上不知什么时候贴了一张纸，纸上整齐地打印着很多字，还盖着血红的公章印。他不认识字，慌忙撕下送给哥哥看。

迁坟公示

各位村民，为做好林业开发，鼓励私营经济积极投入，形成规模，做成旅游品牌，建设美好新农村，经县国土局审核，县政府批准，山里红镇政府研究，决定将张公山林场由长江旅游开发公司承包，合同有效期为三十年。鉴于该林场内有三百多座遗坟，请遗坟家属做好迁坟准备，注意时间节点。公示时间为两个月。今年夏初，长江旅游开发公司将安排推土机进行土地平整，届时，对于未迁移的山坟将作为无坟户推平，毁坏的墓碑、骨灰以及棺椁将不予赔偿。望各位村民及时和长江旅游开发公司对接，该公司将给每位迁坟户八百元（800）补偿。特此公示！

山里红镇人民政府

"土匪，一群土匪！"修鞋工小声地读完，气得将手中的纸撕成头皮屑一般的碎纸屑，抬手撒在风中，绝望地骂道。

"家鬼难防，这个章晓惠之前和我们是邻居，也是小美的好朋友，我们是看着她长大的，想不到跟了个有钱的老男人，心就变了颜色，需要吸人血来供养了。这女人的心肠比山里的野猪还狠。无商不奸，她是一心掉钱眼里了，非要和我们作对，躲都躲不掉，要将我们赶尽杀绝啊！"修鞋工转动着轮椅，将轮椅摇到崖壁边，看着滚滚的大江发呆，身后站着他那手握扁担的弟弟。

"赶紧把麦子收了，做好长期对抗的准备。你今晚下山，买好半年以上的生活必需品，明天我们就把上山的石阶路全铲了。我们下不去，他们也休想上来！这坟地是小美生前自己选的，我们这辈子都守着她，谁要是敢动她的坟，我们就要他的命！来多少人，要多少人的命！"修鞋工几乎是一句一顿说完这些话，身后的挑粪工连连点头，脖子上青筋暴起，他紧攥着扁担，快将扁担拧成一根油条了。在那个夕阳西下的傍晚，两个男人瞬间达成了统一战线。

夕阳将他们一高一低的身影拉得很长，从几百米高的崖壁一直拉到麦穗一般金黄的江面上，成了两座丰碑。

双抢过后，雨露挑了个日子召开饭店股东会议；之所以挑这个时间，是因为很多在外打工的男人回村收稻子了。上次虎爹和一些要分红的人解释了，可他们说听不懂，这次船上黑压压地坐满了人，为这天，他们真是望穿秋水，掰着手指头天天数。大兰兰也来了，她戴着墨镜，显得很憔悴，但神情看起来很高兴，说分红了先把房子修一下，剩下的钱留着养老。其他人都在窃窃私语，热切期盼，太多的地方需要花钱，太多的事等着分红来置办。

"丁村长，这几年饭店生意好得让人眼红，逢年过节还要提前订餐，挣钱那是板上钉钉的事。村里一些人以前胆子小，没入股，后悔得直捶胸，好多次到船上询问可不可以再次入股。”丁大炮欢喜地说。

“可以啊！你和他们说，随时都可以入股。”

“今天召集大家来，不是为了分红的事。”雨露一开口，整个会场的气氛顿时降到了冰点。

“那干什么？我们装钱的袋子都带来了。”有老爹失望地问。

“秋收的时候大家还要出资，我打算再投资。”雨露补充道。

有些人甚至不相信自己的耳朵，今年非但不能分红，雨露还要求每户再出资入股。要知道前几年投的份子钱，那都是从牙缝里一分一分省出来的，是从泥土里抠出来的。有的老爹把买棺材的钱都投进去了，等着分红入土，现在倒好，还得把裤腰带再勒紧些。老爹们嚷嚷他们耗得起，阎王却等不及。

对此，雨露早有备而来。她做了详细的解释，集资开的饭店这些年的确挣了钱，但不能分，一分就等于坐吃山空。她要把这些钱全部用于承包江边那千亩芦苇滩。镇上要求按每亩每年最低三十元的合同价承包，承包年限三十年，前后要缴上百万。这些是前期投入，后期还需要开挖塘口、设置护栏、投入鱼苗、江堤维修、人员培训，以及鱼塘整合等费用。

“还——还要出钱啊！”

“上百万？丁村长，我一辈子连五万块钱都没见过，你不是开玩笑吧？”有的老爹受了惊吓，惊恐地嚷嚷。

“村里芦苇场承包合同是一次性签，但三十年承包金不是一次性交，三年交一次就行了，首付大概需要十万。”雨露赶紧补充，她怕吓跑了各位老爹。

“钱是好东西，我能理解各位都缺钱，但挣的钱分红后怎么办？我们永远只能是小饭店，挣点儿小钱，但我们要是有自己的水产基地，到那时就不是分小钱了，所以不能杀鸡取卵。”雨露摆摆手，示意大家让她把话说完。在她的规划中，这片江滩将被分割成几十个区域，开发成渔业生态园。丁家墩依山傍水，养殖条件得天独厚，是河豚、江鳖、江蟹、江鲢等特色江鱼最理想的繁殖、养殖基地。这片芦苇区域面积大，可以做到完全野生化养殖，鱼的质量能够保证。用不了三五年，就会形成饲养、垂钓、美食、旅游一条龙服务规模，做成产业链，成为沿江方圆百里最大的渔家饭店、产业基地，到时还怕挣不到钱？

“我不同意！你蓝图规划得过大，步子也迈得有些大。我们都是乡村小农民，脚踏实地才活得踏实。”放鸭的张三爹爹第一个反对。只要一提到钱，他两眼会自动放光，在村里如果评谁最小气，那丁小气还是他徒弟。

“对，我感觉也没把握。前些年我费尽周折养了几年娃娃鱼，挣了些钱那也是工夫钱。凡是越挣钱的养殖，对技术要求越高，风险也越大。”虎爹也反对。这几天雨露在家没有说服他，有些事他让着雨露，但关乎全村命运的事他不能含糊。

“对啊，我们都是青光眼，五米之外看不见人。丁村长，你说得云里雾里，我们不懂啊！不懂那就是扯《西游记》。”几个常年在张村窑厂搬砖的男人也强烈反对。

“对，我也不同意。那片江滩，每隔几年汛期，都被淹成一片汪洋，鱼苗投下去，还没长大就真成全野生江鱼了。老祖宗有句古话，叫有钱不到黄河边买房，有钱不到长江边置地，一夜就让你变成穷光蛋。”坐在人群后面的丁祖峰也反对。他也入了股，当初他对雨露开农家饭店没抱多大希望，可是张伶俐全力支持，逼迫他入股，而且雨露也多次跑到他家里动员，他是碍于情面才入的股。

“老祖宗的话肯定有道理，洪水翻脸无情。村里建大船、开饭店我们放心，民以食为天，越有钱的人越要吃最好、最贵的。船不怕水，没顾虑，可你要用几村积攒的钱跟老天爷斗，我们哪能斗得过！”丁祖峰继续补充。他从没指望哪天能分红，只要别亏本就好；现在不分红反而要扩大规模，他也反对。

“对，丁医生说得对！雨露说的大规模建设我不懂，但你说在江滩边搞养殖，这对于我们这些一辈子喝江水喝到白了头发的男人来说再了解不过了。”

“跟长江斗，没见谁赢过。新中国成立后，与天斗与地斗，1958 年破坝，这里全是一片汪洋，一夜全变成穷光蛋。”丁祖峰读过书，他的话很有分量，一些老爹本来还在观望，听他那么一说，认为他分析得很有道理，也纷纷反对。

“各位！钱，谁家都缺，但挤挤都能挤一些出来。改革开放已有十几年，到处都是大建设，就拿我们沿江开的十几家饭店来说，哪家不挣得盆满钵满？只要勤快，肯定挣钱。”雨露等老爹们吵得差不多了才说话。

“这倒也是，这几年凡是做小生意的，只要勤快，都赚了钱。”老爹应和。

“我同意丁雨露的规划。我们不能挣点儿钱就想着分红，国家发展这么快，凭我这几年开饭店的感觉，野生江货捕捞量正在逐年下降，而有钱人却越来越多。越有钱的人肚子里养的蛔虫越大，他们除了天上的飞机、地上的坦克不敢吃，什么都敢吃！”丁国安力排众议，支持雨露，且分析得很透彻。

“我哭丧这么多年，凡是和江沾边的人，比如买船采江沙、跑货运、沿江贩水产、搞江鱼养殖的都发了大财，出手阔绰。我们村有千亩芦苇场，真是好地方。我以前没想到过，雨露脑子活，看得比我们远。我赞成，我觉得有前途，能搞！”大兰兰一直坐在人群中，她很少说话，今天破天荒说了很多。

丁国安在村里很受人尊敬，因为这个男人性格刚烈，为人耿直，他放弃城里大饭店的邀请，回村里独自撑起饭店当后厨，村里人都觉得欠他很多。为了饭店，他连城里的房子都卖了，如今他都没嚷嚷要分红，别人自然也有点儿惭愧。而现在大兰兰也同意了，刚刚还有很多顾虑的人也有一些频频点头，表示认可。

雨露解释道：“这次承包有很大难度，承包咱们这一片山林的章总也盯上了这片浅滩，听说也要参加招投标，她要搞农家饭店、垂钓、温泉疗养、养生一条龙服务，估计承包价格会被抬高。”

“别的我们没实力和长江旅游开发公司争，但江滩这片土地是我们村集体地，家门口的肥肉决不能让外人吃了。江滩是我们几村人的饭碗，以后能不能过好日子，就全指望它了！”张伶俐也赞成雨露扩大规模，搞江鱼养殖。连镇上的副镇长都觉得好，村里一些老爹没再反对，一个个都展开紧皱的眉头笑了。

“芦苇滩是块宝地，这块地我是势在必得。这片芦苇滩是我们老祖宗留下的，就是闹，也不能让肥水流了外人田。”雨露说这话的时候情绪有点儿激动，脸憋得通红，像是受了委屈，但说话的语气特别坚定。直到这时候，虎爹第一次觉得雨露有点儿村长的样子了，说话有种稳重感了，虽然这个感觉迟到了很多年。

“村里那个千亩芦苇场绝不能破坏。你别看现在到处开发，其实最值钱的东西还是老物件，等十年二十年后，别的地方都是高楼大厦，我们这里草长莺飞，那反而是优势。当年张艺谋拍《红高粱》的时候要选一处成片的高粱地，可是找遍了东北也找不到想要的场景，后来自己种了几百亩，才拍出那么有气势的电影。而我们芦苇场这么漂亮，绝不能跟风。”张伶俐以镇干部的身份这么说，很多人表示赞成。

“你们想想，如果这片芦苇滩再被他们公司收购，我们村老少以后上不得山、下不得水，老人死了没墓地，孩子们长大了没童年，我们这一代人就是罪人！把祖宗留的东西全卖了。”二队长桥大爹也忍不住插嘴。他入了股，本来今天核算着是来分红的，开始他没表态，但会议开到一半，多数人赞成不分红了，他也转了风向，投了赞成票。

“这些天他们正准备迁张公山上的坟，包括小美的墓地。整合山地进行苗木花卉种植，以祠堂后的围墙为界都会拉上铁网，像铁路边的栅栏，以后张公山就只能仰望。”雨露今天有些失态、，说到气愤的时候她握紧拳头，心里窝着一团怒火。

“她敢动小美的墓地，我跟他们拼了！她有什么权利？承包山地种花挣钱是他们的本事，但不能不顾别人的感受，挖祖坟这缺德的事怎么能干得出来！再说小美的坟占地不到二分，能栽几棵树？”修鞋工兄弟今天也来了。一次丁大炮毛遂自荐到他们那里喝酒，谈到了村里集资的事，这兄弟俩很感兴趣，说打工存了点儿钱，留着防老怕贬值，想放农家饭店入股，丁大炮和雨露说了这件事，雨露让他们入了股。两人投的钱虽然不多，但感情在，听到章老板拆坟的事，修鞋工就来气，挑粪工喉咙里有异物上下滚动，那是一口闷气。

“他们种苗木花卉，一部分是为了得到政府补贴，另一部分是为了吸引游客，增加山庄旅游收入。那些孤坟葬在花地里影响山庄美观。这些你要做好思想准备，我看他们肯定会推，只是早晚的事。”雨露说出了这些天心里的担忧。这事早在年前就传出了小道消息，她托人打听才知道，是章晓惠故意放风，这叫提前预告，提前发酵，达到温水煮青蛙的效果，届时阻力就会小些。

“开始我们还以为政府引进了什么招商引资项目，想不到是引狼入室啊！”丁大炮瞪圆了眼珠，愤怒地嚷嚷。年纪大了，他感觉自己越来越落伍了，看不懂，等有天看懂了，又回到原点了。

“也不能那么说，做生意的人天生为利益而生。我们不光要挣钱，更要守住村里的一些祖业。他们在山上种树搞绿化也是美化环境，我们不必过多担忧，只是这个江滩我是绝对不会放手的。”雨露冷静下来，把大家的思绪拉了回来，免得语言过激。

“嗯，交人要交心，浇花要浇根。我们一致同意村长的意见，你见识多、路子广，关键是为人身正，由你们夫妻带头，我们放心。丁村长放手跟他们争，钱不够我们大家再入股，只要是干农业有关的项目，脚踩着土地，我们心里踏实，走着放心。”最后一船人都同意了雨露的决定，连虎爹也默许了。

经过这次会议，入股的那些村民再次统一了战线，勒紧裤腰带，到处筹钱去了，期待着下一次能分到红。雨露看着他们带着失望回家，感觉肩上的担子又重了很多。

不出雨露的预料，章晓惠早就将村里那一处江滩纳入了她的度假村规划中，她也投了标书，而且价格比村里高得多。雨露特意上山拜访章晓惠，山上正在进行大建设，到处都堆放着建筑材料。章晓惠的新办公室设在一个移动集装箱里，前些天刚用吊车吊下来，放在张公山公路边。集装箱很小，一张床，一张办公桌，一部电话机，就将屋子塞满了。

她说现在是市场化经济时代，谁给的价格高，政府就和谁签合同。再者，她的公司给这么高的承包价格，最终受益的是丁家墩的村民，可以多分一些红利，像城里人收房租一样吃现成的。那处江滩，村里没有资金，更没有长期开发投资的规划，雨露带领村民养鱼那是浪费。

“你们承租了，我们村那几条开农家饭店的船怎么办？”雨露略有些不高兴地说。这几年她一直把晓惠当妹妹看待，但女人一结婚，变化太快，现在晓惠是旅游公司的副总经理，出门随身带秘书，签的合同都是几百万的，和前几年一星期跑她船上一回、见人就笑的晓惠判若两人。

章晓惠：“可以一起卖给我们啊！我们公司高价收购，保证你在村民那里能交得了差。村民有钱分，你也落个好名声。”

丁雨露：“我丁雨露当村长，不是为我个人的一点儿蝇头小利，更不是图财。别的村也有江滩，我建议你去别村开发，我这关你过不了。话说重点，你一个外地人在我们这里想闹大动静，上面当官的你疏通了，下面小老百姓你疏不通，这关系到他们子孙后代吃饭、住宿、埋葬的大问题。”

“那——那就请便了哦！丁村长，做生意不是江湖义气，更不是斗气，要有强大的资金支持，同时还要有规划、推广和营销，更重要的是要懂法。既然你不同意协商，那咱们只能招投标现场见了，一切市场经济说了算！”章晓惠笑着说，下了逐客令。

“好，奉陪到底！”雨露冷冷地回答，转身离开了她的办公室。

对于张公山的旅游建设，章晓惠请了著名大学设计院进行了整体包装设计，规划已经完成。张公山一带具备打造顶级度假村的一切条件。

一处好的度假村，必须要有山、有水、有风景、有野味佳肴，才有可能客源滚滚。承包山林只是她规划的第一步，按归属原则，张公山下那一处占地几亩的笑泉常年恒温，属于她的重点规划范围。有使用权，那也就意味着有开发权，她已经将泉水四周用汉白玉大理石围砌成一个圆，将泉水原先流淌的自然缺口一分为二，一条沿着原来的路线流向丁家墩，另一条则是新开的沟渠，流向了她刚建的几栋度假别墅和宾馆。

村里人起初也没在意，泉水流量虽然少了一半，但够沿路灌溉和村里大塘用水就够了，可是随着度假村渐渐有了规模，入住的游客越来越多，村里人发现流下的泉水越来越少了。山岗上的一些旱地，往年是从来不缺水的，可是今年泉水断了流，大塘露出膂骨，将半截塘埂暴露在烈日下，晒成了咸蛋黄一般的颜色。一天傍晚刮起一阵恶风，大塘埂上竟然起了一阵沙尘暴一样的烟雾，弥漫得整个丁家墩人睁不开眼。

当天晚上，雨露忍无可忍，带着一帮人挥舞着铁锤、铁锹、叉袢赶到笑泉边，将长江旅游开发公司砌的水泥坝埂全部砸烂，救了村里抗旱的急。

村里人说，章晓惠那晚出差了，不在山里，不然可能要打群架。

第三十九章 小麻子老婆回村

相比较秀秀家阿宝的顽劣，雨露家的张涛涛则是另一个极端，这孩子乖得自己和自己玩，不用别人哄，自己睡觉。丁小气开始不愿意让孙子和阿宝一起玩，每次看见阿宝带一帮孩子来小店买糖，他都将孙子抱到后屋。尤其是夏天，为了防止孩子玩水，丁小气准备了一个小铃铛系在孙子脚脖子上，只要孙子一走动，他就能听到人在哪里。丁小气还准备了毛笔和墨水，每天早上在涛涛脚脖子上画个圈圈，吓唬孙子说，只要去大塘边玩水，圈圈就没有了，回来爷爷就打。一般情况下，铃铛很少响，圈圈更是从来就没被洗掉过。

随着孙子渐渐长大，丁小气开始担忧了，有时候把孙子硬往外赶，但赶不出去。而且小小年纪近视 500 多度，雨露不得不领他进城配了副眼镜，镜片比砧板还厚。刚回到村就成了重点新闻，阿宝领着他的小兵堵在门口，一脸惊奇地看着涛涛鼻梁上那副眼镜，像是围观动物园里一只奇怪的猴子。

“四眼田鸡、金丝雀、四眼仔、眼镜蛇、睁眼瞎。”当天村里娃子就给涛涛起了很多外号。

平静的乡村，总有不平凡的事。就在全村人快要把小麻子忘了时，他就给了全村人一个天大的惊吓。

这天清晨，小麻子抬头挺胸，背着双手，大步流星地走在大塘埂上。他头发蘸了些水，精神气十足，像个破气球刚刚充满了气。大塘埂、丁小气的小店门边站满了人，一个个踮起脚跟，伸长了脖子小声议论，像一只只叫唤的鹅。

小麻子身后跟着一个人，全村人瞪大了双眼看得真切，是他用一生积蓄买的那个小媳妇回村了！样子没怎么变，还是那么俊俏，只是成熟了些，成了个浑身散发着芸香的少妇。这女人梳着乌黑的辫子，用发夹别好，穿着件淡蓝色的衣服，长得圆滚滚的，浑身全是肉，却不给人胖的感觉，像条洄游的娃娃鱼。这样令人震撼的场面，让整个丁家墩都在颤抖，男人、女人、大人、小孩，连狗都受了惊吓一般，到处奔走相告。

“小麻子，脱贫要趁早，免得媳妇再跑。”

“这女人就是条蚂蟥，这次回来又要吸干小麻子的血了。”

“是啊，小麻子，一个人时疯疯癫癫看着可怜，老婆回来后更可怜，都瘦成皮包骨了，以后还要被吸血，这女人就是白骨精。”人群中有几个老人叹着气，一脸悲悯地小声议论。

“滚！别站着嫉妒。别人花钱买的老婆都跑了，为什么我小麻子的老婆回来了？那是我们心中有爱。”小麻子大声叫嚷。

“爱个屁！”一个小孩笑着骂。

“你们这些俗人懂个屁！只知道吃黄豆、吃山芋、吃蚕豆，背后乱放嫉妒臭屁。闪一边去！你们都是神童——神经病儿童！”走在人群前的小麻子耳朵特别尖，竟然听到了，回身大声地咒骂。

“升米养恩，斗米养仇，这东西想女人想疯了，什么话也听不进去，以后苦日子还在后头哪！总有流出的眼泪水毒过砒霜的那天。”

“麻哥，说话要有礼貌，他们都是为你好，都是你老爹，别这么不懂辈分。以后要善待他们，多喊喊长辈。”回来的女人像是变了个人，细声细语地说。这女人突然变得通情达理，见到熟人就问好，一村人真被惊到了。

“嗯，老婆你比他们有礼貌多了。长得漂亮是优势，活得漂亮是本事，看到了吗？我老婆这是大学生的水平、研究生的内涵，你们这些得红眼睛病的凡人都是狗眼！”小麻子欢喜地回应，牵着老婆柔软的手，一路向村中央走去，他要领着老婆到村里人多的地方再走一遍。

“屁大学生！当我没见过大学生呢！”

“这女人八成在外面犯了什么事儿，跑咱村来避难了。我敢打赌，过不了半年，准又携款潜逃了。”

“这女人，你们看那屁股翘得！就是一只公鸡。”站在人群中的丁福满愤愤地嚷嚷。他一身黝黑的腱子肉，在村里就没怕过谁。

“你他妈的再说次试试！你老婆，别人喊她哑巴，我从来就没当她是傻子。

几次没饭吃，在村里转悠，我小麻子自己也没饭吃，都给她弄点儿吃的。做男人要有担当，就算是累死也要照顾好老婆。你一天到晚在外面花天酒地，一人吃饱全家不饿，买辆摩托车到处兜风，你是男人吗？”小麻子见有人骂他老婆，一个箭步冲上去，竟然踮起脚，一把揪住了大草莓的衣领，瞪圆了眼珠质问。

“我老婆过得好不好关你屁事！”丁福满猛地甩开小麻子的手，一脸鄙视，胳膊上青筋暴起，随时准备还击。

“老婆超计划生育，你逼她生可以，但你也该给她一口饱饭吃吧！什么玩意儿？跑我这里说风凉话了。这两耳光是教你学会怎么做男人！”小麻子被丁福满推了一个踉跄，众人都以为他会知难而退，没想到这小子竟然跳起来，抡起巴掌给了没防备的“大草莓”两个大耳光。

“啪！啪！”两声清脆的响声，丁福满愣在原地，竟然毫无反应。小麻子却像变了个人，脸上的麻子全都一颗颗、一粒粒膨胀起来，本来干瘦的身体瞬间膨胀了起来，像只鼓气的毒蟾蜍，随时准备爆裂。他虽然比丁福满小一块头，但浑然不惧。

本来欢乐的空气一下子凝固了，拥挤的人群全都落潮一般向外围退去。

“算了吧！我累了，咱早点儿回去休息。‘忍’字头上是刀字加一点儿血，别跟人争长短了，都是同村人，以前还是从小玩到大的好朋友。这位大哥，你是好几个孩子的爹了，要给孩子做个好榜样，别动不动就冲动打架。”小麻子的老婆竟然轻声轻气地拉开小麻子，拉开了两只随时准备打架的战斗鸡。

刚刚还特别紧张的气氛一下子轻松了许多，这两个家伙在村里打架是出了名的，不下手就算了，一下手就没轻没重，抓到什么就上手，先撂倒对方再说。现在虽然都红了眼，但也都知道对方底细，掂量着没敢再动手。

“这女人真进大学进修了啊，感觉气质和原来完全不一样了，懂得疼男人了。”有人惊讶地赞许，说得小麻子的老婆脸都红了，样子更有味道。

村里人掐指一算，这姑娘出走了六年，六年时光将一个姑娘褪去了青涩，变得从容成熟，成了一个亮丽的妇人。妇人涂着一点儿口红，还画了眉角，处处流露出一股新潮，却一点儿也不过，刚刚好。这次回来像是荣归故里，背后的背包散开着，见人就发糖，显得特别亲切，没有丝毫的陌生感。

“同志们好，同志们辛苦了，同志们抽烟！”小麻子嘴巴咧得像拉到底的裤子拉链，一路走一路递烟，场面堪比新婚。

小麻子说这话的时候，浑然已经变了一个人，腰杆挺得笔直，面色冷峻，藐视一切，极度自信，仿佛能染色，将那些散落的皱巴巴的麻子全都掩盖，瞬间伟岸了起来，像个至少是处级以上的干部，变得帅气且稳重极了。

虎爹站在雨露家的门边看得真切，他能百分百确认是他放走的那只红蝴蝶回来了，手里还拎着一个手提包。这女人个子没有变化，体重肯定增加了。以前在村子里时，眼神总是闪烁，到处躲人，而今眼里像是多了某些东西，看人好像有了热度。难道她和小麻子真有感情？真是聋子听见哑巴说瞎子看见了爱情！

“我说过我的小丫头迷恋我的帅吧，这不真回来了啊！”晚上几个发小到他家讨暖房酒喝，张富贵敬他的时候，小麻子啪啪地拍着胸口说，仿佛胸口栽着一万棵毛竹。

“小红啊，你走了六年，可真是苦了哥哥！这罪不是人受的，再不回来，哥哥连喝的药水都买好了，就差一狠心了！”小麻子几杯酒下肚话就多了，竟然一把抱着刚刚回村的老婆，哇哇哭了起来。小麻子哭得凄凄惨惨，眼泪鼻涕一贯而下，成了条鲶鱼。他娘死的那晚，他也没这么哭过。

“哪能不回来呢？我都和你结婚了，你是我男人呢！回家我娘多留了几日，后来和村里一帮姐妹一起去外省打工，老板总是扣我们工钱，说等来年一起加奖金发给我们，这一耽搁就是六年。”小红轻声地说，顺手还帮小麻子把乱发上粘的棉花碎屑给摘了。

“嗯，嗯，我知道，我知道。”小麻子抱住小红死不撒手。

“这六年我也是度日如年，恨不得立刻飞回来。这是我买给你的衣服，别老是穿那件以前买给你的毛线衣，都破了好几个洞了，像个讨饭的，以后穿这件新的。”小红收拾好手里的活，从背包里拿出一件崭新的夹克上衣，比画着给小麻子试穿。她简直像换了个人，手脚麻利，才回家半天，就将小麻子的狗窝收拾得干干净净，还炒了几个下酒好菜招待客人。

“过两天，我们去城里办个真的结婚证吧！那两本假证我越看越怕，又舍不得烧。真证我才放心，不然总感觉像过家家酒，心里不踏实，到现在我还以为在做梦呢！”小麻子喝多了，心里的感情早就泛滥了。他紧紧地抓住小红的手，感动得皮肤像过敏了，全是“红皮疹”。

“出来匆忙，我身份证落在我娘家了，没身份证办不了吧，下次回家一定取回来。你以后别叫我小红了，我的真名叫水明月，小时候村里人叫我水丫头，长大了村里人叫我明月，怎么叫随你。”小红撒娇似的陪小麻子喝了一杯酒，面颊一片绯红，特别好看。小麻子已经醉了，平时他是千杯不醉，今天这酒是女儿红，是明月酿的。

“哦，为什么用假名啊？水这姓好，明月这名更好，我就叫你明月吧！看来咱俩是真有缘分，这条大江就是水做的，大江就是我的心，明月每晚都倒映在水里，就像我们相守和包容的爱，你跟我是天做的一对、地配的一双。”小麻子越说越兴奋，越喝越高兴，兴奋得一跳老高。老婆的新名字真是太好听了，像一碗水、一首诗、一幅画，明天他就用村广播喊，让全村人都知道老婆的新名字，要他们改称呼。

“我要感谢你们村的大虎哥哥，那年我思家心切，向你要钱你不可能给，总把我当贼一样防，那天我回家的钱还是大虎哥哥借我的，真是谢谢他了！”晚上送走客人，明月告诉小麻子在村里还有个恩人。小麻子一听，眼睛都瞪圆了，这个发小敢情是地下党，暗中资助他老婆逃跑啊！

“幸好我老婆和我是真感情，看完娘就回来了，要不然我跟你没完。大虎你真没良心，姐姐妹妹都爱你，假装不要小姨子，人家还倒贴着追你，你不缺女人。我花光全部积蓄，还欠了一屁股债，就为睡觉有个热被窝，下次可不准再给我老婆钱了，再跑了我把你家雨露抓回家抵债。”第二天小麻子跑虎爹家里，硬塞给他几十块钱，话里不知道是感激还是责备。

“小别胜新婚，老婆都回来了，哪那么多废话！”虎爹安慰他。没想到这份情，那个买来的小媳妇还记得。

“我以前天天说自己帅，把丑字当五字写，其实那是我极度不自信，自己给自己打气。我这么丑，满脸疙瘩加麻子，老婆你不会嫌弃我吧？”回家后小麻子讨好地问明月。

“呵呵，说真话，刚来你们村时肯定嫌弃，现在不了，只要人好，对我好，能过日子就好。人这辈子生死天注定，我想开了，回来和你好好过日子。”明月叹了口气，笑了笑，低下头没再说话，样子贤惠极了。

“以后我再也不防你了，家里的钱都你管。你去哪里不用和我说，我相信你，就算你对我只有一天是真心的，我也知足了。”小麻子一把抱住明月，那张嘴乐得变形了。几年没碰她，感觉她的身子还是那么柔软，还是那么细腻，稍微用力都能挤出水来。她姓水，真的是水做的吗?

第四十章 雪儿被欺负

张涛涛这孩子还没上学就把《新华字典》翻烂了。有次小涛涛走出门，丁小气以为孙子开窍了，会自己找小伙伴玩了，跟踪后发现他竟然是去秀秀家借书。秀秀说再过两年，这孩子她也教不了了。

村里的孩子见他就喊书呆子，越是这样，涛涛越不愿意出门。丁小气无奈，医院眼科医生说这孩子用眼过度，要监督他。小小年纪近视度数这么高，再不好好保护，以后可能会瞎。

于是丁小气改变了监管方式，每天和孙子玩起了猫捉老鼠的游戏。涛涛会利用上茅房、吃饭、睡觉等一切时间，摸出一本厚书看，这时，丁小气就沉着脸将书没收，可是架不住孙子的撒娇和哀求，几分钟后又还给了他。

一天傍晚，丁小气硬将涛涛抱到江滩轮渡边让他看看长江，几个退休老人正在小店门口下象棋，涛涛坐在一边看。丁小气只抽了一根烟的工夫，回身找孙子，孙子竟然上桌和一群老人在下棋。

后来孙子每晚都要丁小气带他去看江，这娃会一动不动地坐在江滩边，像是睡着了。丁小气问孙子在干什么，他说在听江，江会说话，他能听懂。几句话说得丁小气后背发凉，感觉孙子比自己还老。

涛涛喜欢下棋，这在轮渡边已经不是什么新闻了，最让人惊奇的是，已经没人能下得过这个只有六岁大的孩子了。再后来，他不去江边小店下棋了，但每天都要丁小气带他去听江，丁小气也不说什么，只要孙子不看书就行。

二五六、二五七

二八二九三十一

……

雪儿在家门口玩跳花格游戏，隔壁家那个叫阿宝的男孩一来，几个伙伴像见到马蜂窝一般逃走，游戏立刻就结束。雪儿又一次哭着跑回家，翠婆婆一问，立刻火冒三丈，嗷嗷叫着跑出去找隔壁冤家理论去了。原来雪儿和村里几个小伙伴在丁小气家小店前玩耍，熊孩子阿宝带着一帮男娃跑来，这架势让雪儿有点儿害怕，她眨巴着眼睛，有些胆怯地说想回家，可是其他几个小女孩满不在乎，她们不怕无赖。

“哎，隔壁家那个小丫头，过来陪我玩，喊哥哥！”阿宝挡在她们面前盛气凌人，样子像个拦路土匪。

“我们是同一天出生的，你怎么知道比我大？还叫我喊你哥哥，脸皮真厚！”雪儿不理他，昂着头问。

“我就是比你早出生几分钟。你去接生婆丁婆家问问，我哭的时候你还在你妈肚子里睡觉呢！哎呀你们看，那个女孩儿眼睛这么大，夜里都能发光，像不像动画片里的大眼比目鱼？”阿宝大声嚷嚷，一脸惊喜，仿佛看见一个外来物种。

“像！”阿宝带来的一帮孩子都是他的跟屁虫，齐声哄笑起来。

“你妈到处吹牛，说你没上学就认识很多字，已经能读懂一些童话书了，吹牛！”阿宝大声地嘲笑。

“你才吹牛！”雪儿已经完全落了下风，瘪着嘴，委屈得快哭出声了。

“对，对哦，像大眼猫、像比目鱼、像吹牛大王！”一帮孩子跟着起哄。他们每天最开心的事情就是欺负同村一些比他们小的孩子。雪儿冲上去想和他们理论，叫他们别乱给别人起外号，爸爸说那样不好，可是这帮孩子哪听她的，嚷嚷的声音更大了，不一会儿雪儿就哭着跑回家了。

“哎呀，起外号有什么啊，村里人还叫我家儿子阿猫阿狗呢！外号越土，娃儿身体越好。说你孙女是条鱼就哭成那样，村里娃儿哪天不在一起玩，哪天不是打打闹闹？像你家这么金贵，我还是第一次听说哦！”光玉春面对隔壁上门质问，出门迎战，丝毫没有歉意。

“穷养富养不如教养，那是你们家的熊孩子没教养，怎么整也不哭，皮厚如牛，整天鼻涕当面吃。给我家孙女乱起外号就是不行！”翠婆婆气得干跺脚，胸有千言万语，就是抓不到词，说不出口。

“对哦，我们家是熊孩子，是个男孩儿，有本事叫你儿媳妇回家也生个男娃呀！”光玉春每次吵嘴都会放出这样一句核弹，此话一出，战争结束。这次也不例外，如梦和婆婆都被堵回家了。这句比铁签还戳心窝的话，直接刺中她们婆媳要害，两人气得晚饭都没吃。如梦独自睡在焐不热的床上，看着天花板发呆，直到天放亮的时候她突然翻起身，有种醍醐灌顶的冲动——隔壁家生了个男孩儿，感觉整个中国的未来都是他们家的，自己何不再生一胎呢？

如梦觉得先斩后奏最好。家里那个男人属于胆小怕事型，先告诉他肯定泡汤，就决定过几天进城去，找家私人医院偷偷把环摘了。现在到处都有人超计划生育，为什么就她不行？先怀上再说，等生个男娃，到时看婆婆再怎么给她脸色看，看隔壁那个黄脸皮还神气什么！

如梦常年在家独守空房，实在是寂寞，老公一两个星期才回家一次，像只候鸟一样，在她的人生季节里迁徙。她感觉自己整天浑浑噩噩，感觉像只蒲公英到处飘荡，心里饥渴一般的空。除了和隔壁家的那位吵嘴能让她亢奋外，什么事她都提不起精神，这就是婚姻毒药。她让玉宝留意镇政府一些单位的招人信息，她想找点儿事情做，玉宝答应了。

张玉宝每星期回家一趟，只住一晚，每次如梦都是满怀期待，从中午就开始打扮。晚上玉宝交了“公粮”后就呼呼大睡，如梦瞪着眼，看着窗外的张公山发呆。婚姻到了中年，那件事变得和大米、稀饭一样了，几天不吃觉得饿，吃了又平淡无味，成了填饱肚子的汤汤水水了。

这次掐指算算，玉宝已经有两个星期没有回家了。他车刚到门前，雪儿就冲出去，扑进他怀里，让他抱着回家了。吃过晚饭，雪儿还闹着要和爸爸睡。这丫头恋父情结越来越重，天天在耳边絮叨，问爸爸什么时候回家，如梦被她说得心慌慌的，感觉守空房的日子真是一种肉体和心灵的双重煎熬。天黑了，如梦心急火燎地哄雪儿睡觉，耐着性子给她讲故事，等孩子一闭眼，她轻轻将雪儿抱到床里角，一个回身像条饿狼一样扑进玉宝怀里。

今晚的如梦粉面桃腮，皮肤依然雪白细腻，身子依然丰满柔软，杏眼总有一种淡淡的迷蒙，里面蓄着一汪秋水。

“你这是干什么啊？孩子还没睡熟吧！”玉宝看着眼前的如梦，惊讶地问。

“有经验的男人才懂得，最美妙的女人不是处子，而是守空房的少妇。怎么，你怕了？”如梦不知何时脱光了衣服，再次钻进了玉宝怀里。

“你在本县也算是高官了，有没有小职员主动献殷勤啊？”忙碌中，如梦像有点儿吃醋地问。

“没有！别瞎想。”收割时，玉宝冷冷地回答。

“今天我就装回嫩，算是向你献殷勤的下属吧，我们来试试。”

“爸爸就是个大坏蛋，每次回来都和妈妈蹭屁股。上次回来蹭妈妈屁股，妈妈流了几天血。”不知道什么时候，雪儿被惊醒了，瞪着眼睛惊恐地说。

“瞎说！那是妈妈痔疮犯了。”如梦赶忙拉过被单挡住身体，关了灯，哄雪儿再次睡下。

那几个月，玉宝只要一回家，如梦寂寞空虚的身体就像充满了电，整夜不让玉宝睡觉，惹得婆婆都担心，在她耳边吹风，唠叨着没有耕坏的田，只有累死的牛，悠着点儿！儿子白天上班累，晚上回家不要太折腾。如梦臊得没地方躲，在婆婆心里，难道儿媳妇就是这样一个饥渴的留守妇女？

每次玉宝走后，如梦又陷入了无尽的空虚中。隔壁家那个女人有次说话刺激了她，在楼下和她婆婆嚷嚷：“哎呀，今年老师工资又涨了，国家现在重视教育啦，我们乡下教师的春天来了，我们工资涨到每月四百多了。屁！不就是吃公家饭吗？我想吃就吃。”

“家有三斗米，不做孩子王。老师有什么了不起的？我媳妇还是空姐呢！”翠婆婆一脸不屑，站在门口大声地说。在原则性问题上，婆婆永远站在儿媳妇这边。

“我要找个班上，不然闲在家里会闲出病。”一天半夜，如梦推醒酣睡的玉宝。

“你以前是空姐，咱山里红镇庙小，怕容不下你这尊大佛。”玉宝抱歉地说，样子好像欠了如梦一辈子还不起的情。

“不上班，天天在家吃了睡，睡了吃，和猪有什么区别！隔三岔五还和隔壁家吵次架，又不能减肥，我烦透了！”如梦不依不饶。每次玉宝一回来，他们的聊天内容总是和隔壁家有关。

“好，我帮你问问。你在家多看看书，都是公开考试哦！”玉宝含糊答应了，倒头又睡着了。

机会是给有心人准备的，如梦找工作的事很快就有了结果，乡信用社缺人，准备公开考试。对此如梦特别重视，提前三个月就准备了，买回来一些书，天天晚上做习题到半夜，感觉又高考了。再怎么说，自己也是大学本科毕业，是万人仰慕的空姐，岗位竞争可以说是万中挑一。用她自己的话说：姐不只是靠脸混日子的，姐靠内涵。现在应聘乡下小职员，应该是小菜一碟。

这两年如梦结识了一位新挚友，在山里红镇说话很有分量的一个女人，她就是姜镇长的老婆杨红梅，也是如梦的麻将朋友。杨红梅原来在县焦化厂上班，厂倒闭改制后被安排进乡信用社，当时走的是侧门。她们偶尔打打麻将，私下里聊天早就知道招聘那些事，乡土地所、计生办、文化办等七站八所养了多少闲人，哪个背后都能扯出一名乡干部，有的还是跨乡镇找关系进来的小舅、大姨，但如梦说自己要凭本事进去。

考试那天共有三个人参加笔试，另外两人都是人老珠黄的妇女，一看就知道是干部家属。她们可能早听到消息，胡如梦是副县长的老婆，更是一位正宗的本科大学生。考了一半，两人就没信心了，提前交了卷，当了“陪考”。如梦一直写到考试结束，每道题都答得特别认真——这是她的性格，事情不做则已，做就要做好。

结果自然是如梦顺利被录取，而且是在编在岗的企业编制人员。

“欢迎新人才胡如梦女士上班就职！”第一天走进办公室的时候，办公室里响起了热烈的掌声。杨红梅主任隆重介绍，如梦是本单位文凭最高、人长得最漂亮的大美女，也算是高级人才引入。如梦本来有点儿不好意思，但说到文凭，她的腰杆挺直了。她私下里问了玉宝，信用社文凭最高的也就初中毕业，跟她差几个档次呢！

第一个月发工资的时候，如梦特意问比镇上中学老师的工资高吗。杨红梅差点儿笑倒，大声说，比老师工资高两倍还多，而且是每月第一天就发放，绝不拖欠。国家规定，教师工资各乡镇自行解决，每到逢年过节，教师工资都最后发。

那天如梦将单位同事全都请到了村里，场面弄得很大、很热闹。同事们进村后一个劲夸这里环境好、空气好，不光是天然氧吧，还是最好的观江台。都说难怪如梦皮肤一直那么好，三十的人看着像二十几岁的未婚姑娘。

“如梦，你家二楼阳台十几个平方吧？景色真好，抬头可以看到高耸的张公山，平视可以远眺静谧的大塘、翻滚的长江，感觉这条宽敞的大江近在咫尺。”警花汤小蕾羡慕地说。

“……上头给我用拳头打，下头给我用板脚夯！嘴里骂道，哪个叫你青天白日调戏我家的姑——哦——哦——娘……”隔壁家传出秀秀的庐剧唱腔，是《张万郎讨饭》里的经典片段。唱得真好，想不到隔壁这个女人还是个庐剧高手。

“哟，还能免费听戏呢！”一个同事惊喜地说。

如梦没说话，大声招呼同事在阳台上吃饭，那里视线更好。她嚷嚷着同事别再给她戴高帽子了，自己都快成黄脸婆了。说这话的时候，她笑得星光灿烂，哪个女人面对甜言蜜语，耳朵根不是软的？她就是要让隔壁那个婆娘看看，拿工资有什么了不起的，她想拿就拿，而且还比她单位好、工资高。这就是命！注定的。

“非常感谢杨主任，先指导我家如梦买书考试，后指导她做好业务工作，非常感谢！”张玉宝特意赶回了村，重点给姜镇长夫妇敬酒。

“哪里哪里，都是她文凭高、文化好、底子厚，人又聪明好学，哪像我们初中毕业的水平哦！”姜必胜赶忙赔笑说。

“对哦，人要是金子，到哪里都会发光，如梦的光芒盖不住的。”杨红梅频频点头，站起身毕恭毕敬地回敬，一脸讨好。

“不管怎么说，该谢的还是要谢，我敬你们夫妇！”张玉宝今天也特别高兴，如梦上班后精力分散了，不再天天和隔壁处于战争状态，不然他每次回来都能看到弥漫的硝烟。

第四十一章 超生抓捕

又是一年大年三十晚上，村里的男人经过一个冬天胖了一圈。地里活忙完了，外出打工的账也结了，坝埂也挑了，村里老人说，过年就要吃好、喝好、玩好，像猪一样养膘。

村里到处弥漫着菜香，整个丁家墩都沉浸在节日的喜庆中，成年人聚一起打牌，老人孩子聚在电视机前，等着看一年一度的春节联欢晚会，一派安详和乐的气氛。

可是明眼人都知道，那是糊弄外人的假象，是丁家墩人玩的障眼法。这几年，丁家墩上至不知道年庚的丁婆，下到刚刚牙牙学语的顽童，都练就了一身反侦查能力。以前闹饥荒的年代，填饱肚子是他们最大的夙愿；等丰衣足食了，挺着大肚子生孩子成了他们最热衷的事，仿佛一辈子就为这两件事而活。

这些年超生的孩子，每一声啼哭那都是用经验和鲜血换来的。每当夜幕降临，整个村子仿佛又回到了战争年代。经过村里人反复研究，最终划定了三道夜岗，第一道岗是个大椭圆，从村口开始，一路延伸到外围的山岗，再到路边的草丛、村尾的芦苇丛。村口匍匐着大舅，芦苇滩头趴着小叔，他们手里握着扁担，担负着阻击任务，一人一个稻草窝棚，誓与阵地共存亡。第二道岗设在儿媳妇窗沿下的稻草堆里，那里坐着眼睛睁得圆鼓鼓的公公婆婆，像两只得了失眠症的猫头鹰，眼睛永远盯着村外。当年儿子刚结婚那晚，公公婆婆也蹲在这里听房，现在却是守房。他们怀里塞着一包白面一样的干粉，那不是白面团，而是干石灰，是应急时的武器。第三道岗是关在屋里、睡在媳妇床底下的看家狗，它们的时钟是颠倒的，是最忠诚的贴身卫兵，是在床下墙头的哨兵，再多金钱也收买不了。

子夜一过，大地一片寂静，除了夜风还醒着，其他会呼吸的生物都睡了。

二月的夜霜，细盐一般，颗粒一天比一天大，砸在人脸上，上半夜痒痒的，下半夜冰凉，像个贪婪的女鬼般吸人阳气。等在田埂边的大舅、小叔，傍晚提前吃了年夜饭进入阵地，就再没挪动地方。前几天那场虚惊还记忆犹新，那天夜色刚一落幕，江风带着湿气，使坏冻他们耳根。突然对面山头有个黑影探出头来，向他们的阵地窥探，等他们稍微留意，想看清楚那人什么来头，有多少人时，那个黑影又潜回石缝里；等放松了警惕，那黑影又探出头来。反反复复，双方比拼着耐性，谁也不敢先出击，稍微一动就暴露了阵地，被一锅端。那夜是一场煎熬，终于熬到了天亮，防守一方终于耐不住性子，领着一帮亲戚偷偷从后山摸了上去，探身一看，那个逗了他们一夜的黑夜竟然是一株干枯的向日葵，顶着草帽一样的脑袋，和他们躲了一夜的猫猫。

今晚又将是一夜煎熬，想想大年三十晚上还不能喝几口烧酒，不能赴约打麻将，不能围在电视旁看春节晚会，却要窝在天寒地冻的地窝里站岗，也是很让人感伤的事。因为忍受不了漫漫长夜，小叔子稍微抖了几下冻僵的身体，跺了跺脚，撩起外套做遮挡，吸了半根烟，就被黑暗中跃出的几个黑影摁倒。有人扭住胳膊，有人捂住口鼻，被摸了岗，捆成一只大麻花，嘴里塞着异物，扔在田埂里，眼睁睁地看着阵地失守，一个个敌人猫腰摸向他们的蚁后。

散落在村子中间的那几间低矮的小屋，远看已被冻得僵硬，成了个牛屎疙瘩，走近了才知道是个温暖的地堡。屋前的草垛已被白霜覆盖，刷上了乳胶漆，但只要仔细观察，草垛的某个地方肯定有个小洞，偶尔还往外冒着白烟一样的热气，像一坨刚拉在雪地里的牛屎，用余温对抗着漫漫长夜。不远处的壕沟里，一个个蜷缩的黑影匍匐着蠕动，时间仿佛凝固，挪动的黑影却在时间轮回之外，直到黑影和草垛近到只一个身位的距离，时间才又开始跳动。

那几个黑影猛地一个探身，张开四肢，将窝棚里的猎物牢牢地钳住。草垛里那个黑影死命地挣扎，扭曲着躯体，乱蹬着手脚，可是没有丝毫机会，被生擒活捉了，像下雪天从兔窝里提溜出一只极度不情愿的兔子，那个窝棚里睡的就是盼着有个带把的孩子的公公。

屋后的香樟树上蹲着个黑影，披了件乌黑的被单，两眼放光，像只猫头鹰一般巡视凡尘。

“嘘嘘”，一阵阵江风在张公山的怀抱里转悠了一圈，吹着一听就想让人上茅房的哨声，打着回旋将那棵娇小的香樟树摇得呼呼响。蹲在树上的黑影身上的被单被撩起，成了个大鸡罩。

“嘘嘘”，江风嘘尿的声音更大了，树上那个黑影冻得瑟瑟发抖，抱紧双膝，眼睛却闪着精光，好几次差点儿从树上跌落下来。

“呼哧——呼——呼哧”！

奔腾不息的大江边跑边喘着粗气，如水葫芦大烟袋，吞咽着湿气，翻卷着回旋的江风，从峭壁的夹缝中呼啸而过。

树下不远处一条壕沟里潜伏着几个身影，他们什么时候到达指定位置的没人知道，他们匍匐的姿态异常标准，信念异常坚定，胜过职业军人，他们知道这是一场意志力的比拼。树上那个黑影占领的位置几乎无懈可击，强攻是不可能的，这些上了年纪的老人，心中的信念并不比他们差，就是老成精的猫。他们的生物钟是颠倒的，晚上几乎没有瞌睡，别指望他们会老眼昏花。在对待儿媳妇生孩子这件事上，他们仿佛回到了年轻时代。只能智取，那就是比耐心，看谁坚持不住。老家伙也是人，他最终要从树上下来上茅房，那就是他们等待一夜的最佳时机。

“嗷——嗷！”隐约传来响亮的狗叫声，划破了夜的安宁，跺着脚一般，拍着节奏回荡在山谷里，不知道是不是别村落单的野狗拉的警报，听声音好像是从后山传来的。

“呜——呜！”别村的狗也在放声回应，丁家墩的狗却口吐白沫，倒在冰冷的霜地上，奄奄一息。

丁家墩曾发生过几次外围两道岗被摸，几条狗也被毒的毒、套的套，抓捕队员已经摸到大肚婆的窗台，都能听到窗台里的呼噜声了，在这千钧一发的时刻，还是有那么一条狗到别村私会落了单，下半夜回村发现情况不对，发出了警报。

也可能是哪条忠实的狗在临死前发出了最后一声低沉的哀号。只要有一点点信号就够了，顿时整个山村地动山摇，村里所有人都严格遵循之前的演习，第一时间对灯火进行了管制，刚刚还星星点点闪烁着睡眼的村庄，瞬间就隐入夜色里。

屋里温暖的床上睡着一个孕育着家族希望的大肚婆，是全家人的大熊猫。女人正在酣睡，小家伙正在茁壮生长，就等瓜熟蒂落，见证奇迹。

这些熬到快要生的大肚子小媳妇，白天躲在家里嗑瓜子，走路都靠挪，生怕闪了腰，动了胎气。可是一旦半夜觉察到有人摸进村，这些大肚婆瞬间就变成上战场的巾帼须眉，一甩手掀开被子，披衣跳下床，扎紧大肚子外衣，一个回身将里屋的门闩插紧，推开床边的门窗，先是抓了张板凳恶狠狠地朝漆黑的窗外扔出去，在听到几声惨叫后才踮起脚跟，一个鱼跃从自家的窗户跳出去。她们脚刚一落地，立刻就一个转身，躲过几个黑影的猛扑，再一个跨步，呼啸着越过屋外一米多高的围墙，脚下呼呼生风，急速奔跑，震得脚下的大地直颤，将埋伏在大门外、窗台边、围墙跟底下的队员远远地抛在脑后。这些怀孕的猎豹，带着怀春的种子，迈着急促的步子，消失在夜色中。

这里每晚都在上演一场场惊心动魄的抓捕战斗，每场追逐都是一次生死时速。

“这不是演习，这不是演习！抓捕队进村了，抓捕队进村了，快熄灯！各家都要参与掩护，分头突击！”有人用洪亮的声音喊。村里人一听就知道，那是丁大炮在喊。

一切都在夜色里躁动起来，抓捕队员和村民已经混在一起，相互冲锋，相互穿插，各自打着掩护。房梁上、田野里、塘坝口、大江边，到处都是晃动的手电筒，到处都是晃动的人影，到处都是连绵起伏的狗叫声，到处都是受惊吓的娃子叫妈声，搅和在一起，一浪盖过一浪，成了一部乡村夜惊曲。整个村子像是马蜂窝被攻击，陷入混乱状态，早已分不清敌我。

“呱呱！”江滩边张三爹爹的鸭棚也在搜捕大网之内。天空中，一只鸭子扑扇着翅膀，用乳白的躯体在夜色里画出一道道白色飞机线，从丁家墩的夜空中一路吵闹着滑翔而过，偶尔还有那么一两只母鸭受了过度的惊吓，从空中投下一枚热气腾腾的白壳鸭蛋。

远处晃动的灯光中，一个长发披肩的黑影奔跑在田埂上，抓捕队员一个饿虎扑食，那人就被瓮中捉鳖。

“抓到了！抓到了！”有人大叫。

“照脸看看是哪家女人。”有人下命令。

“你一个大男人，留这么长头的头发干什么啊！”抓捕队员一看，竟然抓了个男人。

“村里一下子多这么多外人，我怕！”张富贵哆嗦着说。

“人不能乱跑，头毛不能乱甩！”抓捕队员气得把张富贵轰走了。

“大塘埂上有个黑影！”抓捕队员大叫。他们使出吃奶的劲终于有了收获，抓住一个挺着大肚子奔跑的人，抬起手电一照，是位怀里抱着一叠衣服的老婆婆，一脸的莫名其妙。

"老人家，你这么大年纪了，这么大冷的天，晚上出来跑什么啊！"抓捕队员哭笑不得地问道。

"娃子啊！我看见全村人都在跑，我也得跑啊！年轻时我也跑过，现在这么大年纪出来跑跑好带劲！是不是演习啊？"说话的这位老人全镇的人都认识，是嘴干瘪得只剩一颗牙的丁婆。

抓捕队员只得安排专人将丁婆送回到大塘埂的石屋里。这么黑的天，老人家在外面跑，跌倒就麻烦了。

可是抓捕战丝毫没有减弱，双方都带着明确的任务来的。地面上几个黑影猫着腰，将夏天乘凉睡的凉床翻过来，四脚朝天，铺上棉被，里面躺着一个快要临盆的大肚子女人。他们抬着凉床，在夜色里时而急速地奔跑，时而隐身在田埂的沟渠里，观察着外围的包围圈，瞅准机会，朝着包围圈一个转瞬即逝的缺口突围而去，迅速消失在夜色里。

"报告，村东方向有人冲出去了！"外围指挥台上站着几个人，几乎是每隔几分钟就有人跑过来向他们报告抓捕前线的最新战况。

"别管冲出去的人，这村超计划生育有十几户，赶紧扎紧冲破的缺口。"

"查查从哪个缺口冲出去的，缺口处是哪个单位负责，明天开总结会，一律通报批评。"指挥台上的领导咆哮着大叫。

江滩处那千亩芦苇场里的芦苇扭动着腰肢相互摩擦着身子，发出"沙沙"的挠痒声。

芦苇丛里一个麻秆似的男人牵着一个步履蹒跚的大肚婆，那是雅青。他们刚将头从芦苇丛中探出来，就被一束手电筒的光聚焦了，紧接着所有手电筒的光束都向江滩聚焦，他们成了舞台的焦点，被死死地锁定。

追捕的人群沸腾了，脚下呼呼生风。雅青肚子已经五个多月了，不能背，只能拖拽，他们奔向翻滚的大江。

"你们跑快点儿，别让超生户跳江了，那就麻烦了！"指挥台上有人对着对讲机大声吼叫。

"阿六，这次我们真的走不了了！我尽力了，娃儿不小了，别说走，就是爬的力气我都没了。这次被他们抓到肯定打引产针，然后结扎，不可能再有机会了。看来老天注定你阿六没男孩儿的命，你别怪我！"雅青瘫倒在江边，看着汹涌而来的人群，脚下是滔滔江水，身后是一群追兵，她捂着圆鼓鼓的肚子泣不成声，绝望地哭道。

“不会的！雅青你坚持下，我们逃了那么多次，每次到最危难的时候不是都逃脱了吗？你站起来，站起来！”阿六用只有四个手指头的右手拉拽着雅青，大声命令。雅青抬头看看自己的男人，一束光柱打在他瘦得只剩一层皮的脸上，显得那么刚毅，这辈子她觉得只有今晚的孩子的爸爸最男人。

“呼呼！”江风在他们耳边鼓掌，江水在他们面前跳舞。

“阿六，快上船，我带你们过江！”突然江边有人大声叫他们，声音很洪亮，盖过了一切杂音。阿六猛抬起头，四下里张望，只见追过来的抓捕队员，却看不见熟人。

阿六掐了掐自己的手臂，以为是幻听。

“阿六，你看江面。”坐在地上的雅青拽了拽他的衣袖，指了指咆哮的大江，大江上一只小船乘风踏浪而来，船头站着一个人影，头戴破毡帽，手握竹竿，江风把他刮成了一面抖动的旗帜，快把他身上的衣服掳去了，他却脚下生根，屹立在船头。来人竟然是放鸭的张三爹爹。

抓捕队员前脚都沾到江水了，雅青后脚踏上了那一叶小船。小船只有一张床大，扑腾的浪花已经溅了半舱水，晃晃悠悠，随时都可能侧翻，被江水一口吞下。船上的人却没有丝毫胆怯，因为撑船的老人是这一带最好的跑江人，就算是江心的沉船，只要他站到船头，两脚一掂量，江水就会被他踩得哎哟哟地叫，“呼噜呼噜”乖乖地把船托在江面了。

“不要回头，也不要说再见，那不吉利。”当阿六想转过身，和岸边失落的一帮人打声招呼时，却被张三爹爹呵斥住了。这几句话阿六有些耳熟，好像是哪部电影里面的台词，狱头告诫犯人出狱后别回头，以后一定要好好过日子。

那只小船在江水中打了一个回旋，张三爹爹向岸边喘着粗气的人群挥了挥手，消失在大江的魅影中。

“满——城尽带黄——金甲，不——破楼兰誓不还——”江面上永远有雾，雾气中传出一个女子清亮的京剧清唱声，那是雅青。

“一帮饭桶！”眼看着一个个大肚女人一次次从指间溜走，设在村小学大路上的指挥台炸锅了，有人破口大骂，气得把对讲机都摔了。

“突突突！”突然，漆黑的丁家墩村中心传出几声剧烈的咳嗽声，像是老烟鬼抽猛了大烟呛着了，响彻山谷。

众人抬头张望，一辆破旧的摩托车像是长了腿一般，在丁家墩的屋前房后，几乎是跳跃着冲了出来。这辆车是丁福满全部的家当，虽然已经锈迹斑斑，在他心里却比他两个女儿都金贵。他常驾着这辆老爷车在丁家墩的田埂上飞跃，村里男人羡慕得眼珠子都快掉下来了。

这个宝贝，村里男人别说借了，连摸下都别想。今晚这个老成一堆铁疙瘩的废物也年轻了一把，抖着雄风，像雄狮一样奔跑着、怒吼着。车前的大灯玻璃盖早掉了，灯丝的搭头一直接触不良，多半时间处于不通电的瞎眼状态。今晚灯丝却仿佛有鹊桥搭线，锈黑的接头丝毫不影响它的亮度，光柱笔直射向张公山，连接了天和地。车后坐着一个梳着长辫子的大肚子女人，辫子长得都拖了地，那是哑女。

那辆车从迷雾中冲出来，像头受了极度惊吓发疯的牛，抱着同归于尽的决心，哪里抓捕的人多就往哪里冲。

"哦哦哦哦！"坐在车后面的哑女手里挥舞着一件给宝宝穿的红肚兜，边挥边叫，脸涨得通红。这个女人一般见人就躲，也不说话，今晚却极度亢奋，像个娘子军，和平时简直判若两人。

"我让你们大年三十晚上还抓人！过个年都不让人安稳，我让你们抓！"丁福满抖动着脸上的大疙瘩，大声叫喊。他双腿夹紧车体，紧紧地抓住把手，在村里绕了个圈。一堆堆聚拢的人群被车驱赶着四处逃散，场面极度混乱不堪。丁福满瞅准机会，猛加油门，竟然向人群最密集、防守最严密的指挥台冲去。

"哦哦哦哦！"哑女挥舞着手里的红旗，指挥着男人冲向最后的阵地。

"我硬的时候，你们比我还硬，今晚看谁硬！"丁福满完全进入癫疯状态。

指挥台处，一群人刚刚还在哇哇叫，大草莓只一个冲锋，人群就炸锅一般散开了，几个胖男人跌倒在地，摔了个狗刨，也顾不得面子了，顺势在马路上一个翻滚，滚进一边的草丛里。大草莓的车轮就贴着他们的头皮呼啸而过，刮着滚烫的热风。要是再迟那么千分之一秒，头可能就被这个亡命之徒压成柿饼了。

"哦哦哦哦！"哑女一路大叫着，消失在张公山公路的尽头。

这次丁家墩零封对手，成了近邻几乡村民饭后谈论最多的话题，是最经典的反抓捕战役。谣言说，丁家墩村民人人皆兵，连丁婆都参加了，那晚那个老女人会飞檐走壁，帮忙打掩护，最后故意被抓，还被保送回家，成了个笑话。

一方视孩子为眼中钉，一方视孩子是心头肉，这样的角力每夜都在演绎。孩子一旦生下来，两大阵营都将鸣金收兵，之前剑拔弩张的气氛一下子就和解了，双方各派代表开始谈判，所有的努力变得毫无意义，预示着一方已经完全胜利。双方进入讨价还价阶段，罚款是肯定免不了的，只是换个名字和说法而已，叫社会抚养费。

罚款金额的多少会根据超生户的家境而定，这几年随着生活水平的提高，罚款金额也一年一个价，少则几千，多则上万。当然，如果超生户是个大企业家，或是身价特别高的暴发户，一次性缴纳了足够多的罚款，那从女人怀孕那天起就不在抓捕黑名单之列了，因为他们缴纳的抚养费足够多，不给社会添负担，自然可以作特例了。

“呀、呀、呀，大意了啊！本以为可以一网打尽，拔草除根，想不到这山里的女人一个个吃山芋根长大，挺着几十斤的大肚子，如同背了一个煤气罐，想不到跑起来呼呼生风，比兔子都快。”镇上一名干部仗着年轻，开战后一马当先跑在最前面，追了足有一里多路，最后不得不气喘吁吁地停下，扶着墙跺脚，绝望地骂道。

追捕的人群中每次都晃动着一个熟悉的身影，那人瘦高个子，像株向日葵，发型是直线型的爆炸似的那种，远看就像肩膀上坐着一只大刺猬。能有这么奇怪发型的人，山里红镇谁都认识，那就是姜镇长。在这除夕之夜，他冲在第一线。书记前前后后请了两年的假，本指望组织部派来的新书记能给他缓下压力，没想到新书记刚来，就去省城学习了，所有的重担又压到了他的肩上。

自从大年三十晚上丁福满当了回出头鸟，出了风头后，他就被枪瞄上了。

丁福满祖传的三间瓦房青砖黑瓦，砖厚料粗，他常吹嘘祖上比丁婆差不到哪里去。可是这三间祖屋在抓捕队的几次突击后，犹如被龙卷风席卷了一般，只剩下一根脊梁柱顶着几张芦苇席了，远看像一具剥了肉的空鸡架。

哑女超生无数胎的前半月，镇上来人寻遍了丁家墩每一条小巷、每一栋茅屋，都没有找到他们夫妇，开动员会，点名要把这座堡垒攻克。最让计生办忍无可忍的是，这家伙就是一副死猪不怕开水烫的样子，连每年定期妇检的两千块押金都不交，要都这样，那镇计生办得多少人喝西北风啊！

对待计划生育工作，姜镇长要求全镇人员必须做到“五个加”，加班、加点、加人、加宣传力度、加大与举报人联系。计生工作收缴的物品包罗万象，超出想象，为了好记，姜镇长将其归纳统称为“五子”，票子、谷子、猪婆子、牛公子，如果再不行就拆房子。对于抚养费征收工作，姜镇长要求必须做到“五个百分之百”，社会抚养费征收到位率百分之百、计划生育结扎率百分之百、计划生育孕检率百分之百、计划生育超生户摸底率百分之百、违反计划生育规定对象拆迁率百分之百。

对于一些老赖户，社会抚养费的征收可以“株连九族”，也就是说可以拿该对象的任何亲戚家的生产生活物资兑现，是党员干部的亲属可以在党内进行各种处分。但丁福满家除了八十多岁的老母亲和两个女儿，既没有哥哥，也没妹妹，查遍家谱，远房表亲都没一个，到哪里深挖啊！

对于妇检，县计划生育工作中有一条不成文的规定，育龄妇女在生育二胎后必须进行结扎手术，年龄定在四十九周岁以下。结扎时间一般是在每年的三、四月份或八、九月份，因为这个时候气候适宜，不会出现结扎后遗症。为了防止无证怀孕，对已结扎的人三年之内必须复检，绝对不留死角。

经过多方面考虑，姜镇长最终决定在四月一日这天拆大草莓家的房子，选择这天就是这个时段大多数妇女回乡妇检。

二队长桥大爹写好了几张计划生育标语条幅，用竹竿子挑着。这家伙舍不得花钱，竟用扎灵的白纸刷上红漆，用墨水写上去。镇上来的一帮人虽然嘴上没说什么，但总感觉哪里有点儿不对劲，怪瘆得慌。

“我儿媳妇不在家，你们要抓就把我和两个孙女抓走吧！反正也不是第一次抓我了。”丁小手抿着干瘪的嘴，摇晃着从屋里走出来，面无惧色。

“该扎不扎，房屋倒塌。老人家，你儿子屡教不改，无视国法，今天我们是带批文来的，你老人家让着点儿。”乡计生办的工作人员边讲边给老太太看文件。

“当年我和丁婆一起加入支前大军，没木料建船时，我第一个拆自家房子，解放军给我开了收据，说以后有困难可以找政府，我坚决不要。你们拆房吧！这房子的木料是当年解放军过长江后拆船还我们的，有一些被炮火炸沉了，我捡回家建的房子，每根木料上面都有解放军的鲜血。你们欺𡰪怕恶，我们家穷得就剩这个窝，你们一把火烧了最好！”丁小手站在破门槛上，愤愤地嚷嚷。她结过几次婚，嫁给最后一个男人她都四十几岁了，男人没指望这女人能给他留后，可是她就是这么有本事，真给他生了个儿子。可惜这个男人和之前的几个男人一样，死得早，没能看到丁福满成年。村里人私下说这个女人是克夫的命，一辈子没生过病，可娶她的男人总是病病歪歪，活不过五十岁。

“老人家，国家有国家的难处啊！经济要搞上去，人口要降下来。老人家，哪个王八蛋没事干才要拆你家房子？你儿子这么超生，如果中国以后到处都是人，哪有饭吃啊！”姜必胜走上去耐心地劝导。他声音很大，队伍旁边围了很多看热闹的村民，这话是说给全村人听的。

“别跟我讲什么大道理，以前还说人多力量大呢！咱小老百姓活着一辈子，就是想有个男娃传宗接代，不然人活着图什么？”丁小手根本不听解释。她头发蓬乱，像几年都没梳头了，瘦弱的身子被乱发遮住，下雨出门都不用打伞。

不知道什么时候，两个小孙女也醒了，用黑乎乎的拳头揉着眼睛，从屋里跑出来。她们披散着头发，咂巴着嘴巴，肯定是饿了。看着屋外站满了人，一脸的茫然。她们一左一右牵着婆婆的手，婆孙三人站在光线明暗得恰到好处的门口，如果时光在这一刻定格，那就是一幅催人泪下的逃难油画。

“你儿子超生还不结扎，他有钱买摩托车，却拒不交罚款，今天又让他跑了。按规定将对你们的房屋进行征拆。”姜必胜下达了最后通牒。

“随便你们！”丁小手冷冷地说，扭头不看他们。

谈判破裂！

姜必胜气得亲自爬上大草莓家老祖屋，抓过一根竹竿，站在“人”字形的屋梁中间，用手里的竹竿一划拉，如划船一般，屋檐上仅存的几块薄如蚕翼的小瓦就如装上自动卸瓦机，一片片舞动飞落下来，碰瓷一般摔成一地瓦砾。

“老人家，你儿子和媳妇在哪里，告诉我们吧！不然真拆你家房子了。”姜必胜站在房梁上，最后一次大声地问。

丁小手牵着两个孙女站在门口，看都不看头顶上拆屋的那人，一脸冷漠地看着远处的大江。一堆堆翻滚而下的瓦砾在婆孙身边摔碎、飞溅，三人眼都不眨一下。

那天的卸瓦拆墙行动很成功，没有受到任何阻拦，场面也很热闹，姜必胜是拆给全村人看的。一辆农用车装着几组破旧的家具和几根木料，那就是大草莓全部的家当。三间瓦房只剩下断垣残壁，最后剩下一根主梁柱支着一堆稻草，坚守着最后的阵地，宣示主权。

姜必胜满头是汗，全身是灰。他爬上墙头挥了几次手，命人上去将最后的那根木料也推下来拉走，但一批跟随而来的人员可能是累了，也可能是这样的场面经历太多了，怕遭断子绝孙的报应，一个个扭头装着很欢地聊天。

雨露也站在人群前面，心里感到很痛，双腿想挪动，却怎么也不听使唤。她觉得这样的场面对于自己来说，简直就是一种迫害。她心里一直有个愿望，就是带领全村人致富，可是对于这样的拆房任务，她无处可躲。

对于丁家墩，姜必胜心里一直有刻骨的恨，那是张伶俐丢的一枚大头钉，一遇到熟人就扎心。为此他一心扑在工作上，将所有的怨恨当成动力。今天姜必胜见没人理他，气得蹲在墙头，手握一把大锯条，猫着腰，对着仅存的那根梁柱

“呼哧呼哧”地拉着大锯。他可能就是传说中的“柴骨人”，结婚也快十年了，有吃有喝，人到中年该是臃肿发福的年纪，可是他还是麻秆型，一根竹竿挑个葫芦头，几十年没见长一两肉。他常吹嘘自己浑身都是肌肉，虽然看不见，但骨头眼里长肌肉，都长在骨髓里了，就像螳螂。

空荡荡的房子四面吹着凉风，到处都是天窗。婆孙三人依然站在被卸掉大门的墙边，全身是灰，快被瓦砾掩埋了。丁小手一脸漠然地看着一群早已不陌生的人，如今她满嘴的牙只剩下一颗，像个刚拱出土的野竹笋一样在嘴里斜支着，一笑都担心从嘴里脱落出来。两个孙女披散着头发，用黑乎乎的小手紧紧地抓着奶奶，看不清长相，两只眼睛却亮晶晶的，警惕地看着周围的人群。

“这个瘦高个子男人是小头头，就他不是东西。”姜必胜拉大锯拉了足有三分钟，但这根不知道哪个老祖宗留给大草莓的传家宝比石板还硬，他累得气喘吁吁，在木料上只锯出了一道很细的裂缝。

姜必胜突然感觉脚底下站着个人，一身乌黑，还没公鸡高，用干巴巴的手指着他，声音特别洪亮地骂他。

“老人家，你骂谁啊？”姜必胜疑惑地问。是村里的丁婆，瞪着快干瘪风化的老眼瞅他。这个老女人，拧巴一下就是根麻花，听说有点儿老年痴呆，出了村子就会丢。去年有次给人接生，起初她和要生的女人一样叫得地动山摇，可是女人生下孩子后抬头一看，丁婆竟然搬了条小板凳，坐在她叉开的两腿之间呼呼睡着了。

“今天你非逼我这个老太太抹点儿口红，给你点儿颜色看看啊？就撅你，你最不是东西！干吗老是跟女人过不去啊？你也是妈生的，怎么就不让人家生娃、拆人家房子不给人家留条活路呢！”丁婆今天状态特别好，平时嘴巴里嘟噜的啥，谁也听不清，今天骂人却这么清晰。

“老人家，计划生育是国家基本国策，我作为地方父母官，我能有什么办法！”

“解放战争中，共产党为老百姓做得最具体的一件事就是解决了土地问题，这一举措使得普通百姓、穷苦农民信任共产党，愿意跟党走。渡江战役时，解放军不需要后勤部，后勤部就是咱老百姓；解放军没有野战医院，野战医院就是各村大娘的床头。可是现在呢？你看看你们，进村又牵牛又拆房，还到处抓人，这和土匪有什么区别！告诉你们，别以为国家给你们点儿芝麻大的权力就为所欲为，那是领导没看见，共产党的队伍中没你这样的黑心狼！”丁婆站在人群中，突然高大了起来，仿佛时光倒退，回到了年轻时代。

“教训得好！”围观的群众齐刷刷地鼓起了掌。丁婆说的句句都是大实话，骂的也那么有理有据，那么解气。

可能是气场的问题，也可能是年纪差别实在太大，姜必胜看着丁婆干瘪的嘴，硬是将心里的一团火给压了下去，不再说话。今天这要是换了别人，他早蹦起来抽对方一个大嘴巴了。

“啪”的一声，姜必胜手里的锯条在他猛地一翻腕拉拽后，断成了两截。

“哦，这老人家讲我锯得好，竟然连锯条都断了。今天就到这里，下次你们再超生不上环，就不是拆房子这么简单了，要大人小孩一起关！”姜必胜大声嚷嚷，好像是丁婆刚刚点拨了他，称赞了他，让他特别高兴，从墙头跳下来，招呼人兴高采烈地出村了。

“丁婆刚刚表扬姜必胜了吗？”人群中有人问。

“谁知道呢？反正我听到丁婆骂他了。”有人回答。

“从南京到北京，买的没有卖的精。姜镇长为什么身上不长肉，你们知道吗？就是因为太精了，把肉都精没了。”镇上几个干部转过头，忍不住发笑。他们最了解姜镇长的为人，他这是自己找台阶下。刚刚明明看见他故意猛地一翻手腕，硬是将锯条别断了。

“想当年渡江战役，到了晚上，对面的国民党集团军那边一片漆黑，没有一点儿灯光，而我们这边，到了晚上全是火把，连绵几百公里，像一条条游动的巨龙，那是周边数个省，江苏、河南、山东约五百九十万老百姓推着小车、担着担子，不分昼夜自发赶来支前。现在呢，才过了几十年，你们就开着车来拆老百姓的房子了？不管国家有什么政策，他们吃了上顿没下顿，也不该像对待敌人那样对待他们一家老小。你们有些人完全遗忘了为人民服务这一崇高宗旨。作为一名共产党党员永远要记住，取信于民非常重要。”看着姜必胜出村的背影，丁婆还在絮絮叨叨，追着他大声地数落，像个老妈妈在教训不听话的儿子。

姜必胜装着没听见，大步流星上了车。镇计生办会计迅速开了张计划生育社会抚养费征收专用收据，塞进依然直挺挺站着的丁小手怀里。收据上详细地写着这次依法征收的物资，如果大草莓在规定的时间缴不齐超生抚养费，这些物资将会被折价处理，永不退还。

“农村有三霸，一霸是白鹅，二霸是恶狗，三霸就是你们这些变坏的干部！”丁婆端着小脚，一路追着姜必胜，嘴里还在喋喋不休地骂着。

姜必胜一脸沮丧，坐在三轮车上一语不发，他心里也是打翻了五味瓶，红头文件压死人，超生抚养费按当地人均纯收的三至五倍征收，他能有什么办法？只能做做样子，挑些软柿子捏。今天刚好不凑巧，撞到丁婆的枪口上了。别说被她骂几句，就是被打几耳光，他也不敢还手。碰了这老家伙，一是良心过不去，二是丁家墩人会跟他玩命，只能自认倒霉，赶紧开溜。

猪啊，羊啊，送到哪里去啊，
送到那镇计生办啊
……

缓缓启动的三轮车后面跟着一帮孩子，领头的是一个七八岁的孩子，手里拿着一截长柳树条，正在大声地吆喝。大家一看，是阿宝，儿歌这娃一听就会。他带着一帮孩子，唱着他们不知从哪里听来的记不得开头，也唱不完结尾的歌谣，跟着车，一直送到村口西九华公路拐角处。

第四十二章 和晓惠谈心

秀秀近来肚子总莫名其妙地疼，去医院检查过几次，医生说是女人育后常见的妇科炎症，婆婆说是女人病不用担心。

雅青强行怀了第三胎后，因为常年在外躲计划生育，营养不良，又受了过度惊吓，孩子没到六个月就流产了。这两年她肚子再也没动静了，成了个掏空的口袋，镇计生办也把她的名字从黑名单上去掉了，她知道自己现在是秋后的藤，虽能开朵黄花，那是假花，挂不上枝了。

小麻子家的水明月肚子一天天大了起来，这女人把小麻子那个猪窝一样的家收拾得干干净净，还将屋前屋后开垦成菜地，开春后小麻子基本不用上街买菜了。他家的几亩责任田也都种了棉花和水稻，所有家事都是她一手操办。小麻子每次打工回来，手里必定拎些肉或一些排骨，那是给老婆补身子的。

空闲时张公山后面的茶厂请人采茶，十块钱一天，水明月挺着大肚子每天第一个去站队。雇主起初不愿意要她，嫌她大肚子手脚不方便，后来架不住她的央求，试用一天后就喜欢上了这个姑娘，手脚特别麻利，双手摘茶如彩蝶飞舞，别人一天摘六斤湿茶算快的，她一天至少摘八斤，工钱却是一样的。

一天傍晚，小麻子在村口看见老婆挺着大肚子，戴着一顶尖尖的遮阳帽正往家赶，摘茶挣钱回来，便撒开双腿风一样跑过去，一把抱住已经晒黑了的水明月，场面别提多温馨了。

小麻子想钱已经想疯了，放出话来，只要挣到钱，不杀人放火违法，他什么活都肯干。一次，他陪长途货车跑了趟山货，一个多星期才回家，路过张公山公路转弯的时候，刚好遇到一起交通事故，一个老头挑着柴草担横穿公路，被三轮车压得脑浆迸裂，拖拽了十几米，头压得像柿饼，手脚都分离了。交警和医院的护士赶到现场，看到这么血腥的场面胆汁都吐了出来。由于一时找不到老人的家属，谁也没胆子给老人收尸，刚好路过的小麻子，说只要给五十块钱，他就给老人收尸。那钱是交警给的，小麻子一捧一捧地将老人的尸骨捡到了一个纸盒里，面无惧色，像是在捡垃圾。临走的时候还嘱咐交警下次有这样的活记得叫他，可以打八折。

当天小麻子回家第一件事，就是骄傲地将钱交给老婆。每次挣到钱回家交给老婆是他最快乐的事情，感觉特像个爷们儿。

晚上睡觉，小麻子很认真地说，老婆这次回来，其实他能感觉到是真心跟他过日子。他小麻子瘦得两脚岔开像梯子，穷得肩膀上顶个脑袋瓜，一辈子只要有个女人爱他就满足了。不求天长地久，只求曾经拥有，就算明天明月走了，他也是曾经幸福过的人。所以他要拼命挣钱养家，每次挣的钱都一分不留给老婆保管。他常在村里那群男人面前嚷嚷，对老婆就应该像他这样，夫妻间才会恩爱，没有隔阂。

明月回村只大半年就成了村里男人的偶像，常有男人埋怨自家女人："人家小麻子怎么那么有福气呢？前面看想死人，后面看爱死人。娶个那么漂亮又能干的女人，不光顾家还能当牛用呢！你看看你们，就知道打牌干麻将。"

小麻子去年还是被嘲讽的对象，现在成了别人羡慕的对象了。

秀秀家的阿宝因为长了一对虎牙，一笑就龇出来，得了个"大牙牙"的外号，渐渐地，村里的孩子都忘了他的真名了。这孩子是真不让人省心，隔三岔五总要给家里惹些事。每每人家上门质问，老黄总是先堆着笑赔礼，等人家走后他却暗暗得意，他这辈子算是没指望了，儿子可不能输给别人家。再说一个男娃，调皮点儿怕什么，又不会吃亏。只是这孩子渐渐长大，越来越没大没小，更不分长幼。

一天下午，老黄给初中生上政治课，发了些牢骚，也提起了他的过去，学生反应很大，课堂气氛很好。刚好校长来班级听课，下课后责备老黄，上政治课不该给学生讲个人履历，以及一些和课堂无关的事情。老黄气得摔了杯子，自己当镇教育系统一把手的时候，这个校长还屁颠屁颠跟他后面蹭酒喝，现在竟然跟他摆起了官腔，教训他怎么教学。

那天老黄特别伤感，无人倾诉，秀秀对于这些官场小道道根本不关心，提前下班回家了。

“大大，今年教的‘大’字怎么和去年教的‘大’字不一样？今年的‘大’字底下多了个蛋蛋。”阿宝已上小学一年级，晚上跑到刚刚回家的老黄身边奇怪地问。

“去年学的是‘大’字，今年学的是‘太’字，两个字不一样，哪里多个蛋蛋啊！”老黄垂头丧气地坐在屋外抽烟，生着闷气没理会儿子。秀秀赶忙过去解释给儿子听，这孩子脑子里不知道想的是什么。

“你都教书教到老了，是非早就该看淡了。人身体好、家庭好，有稳定的工作，还有什么不满意？”秀秀将老黄数落了一顿。人无欲则刚，只有庸人才自扰，她觉得自己教语文挺满足、挺快乐。

“心里不平衡。”老黄叹气道。

“就算是以前当教办校长也就那样啊！好处就是多吃了些饭，多长了几斤肉，逢年过节多收人家一些烟酒，那又能怎样？人活一辈子，眼睛不能总盯着升官发财！”

“妈妈，教书有什么难的啊，都是没人干的事。教我们一年级的老师说我写的字是鬼画符，全是甲骨文。我看她天天没事干，就知道打我们，老师只要会打人就行了。”阿宝不解地问，这孩子喜欢听大人说话，而且还特别喜欢插嘴。

“你还好意思说！你语文老师昨天到我这里告状，说你上课说话、吃零食、打骂同学，一次还在教室里尿尿。你写那字恐怕没第二个人认识，她被你搞怕了，说上辈子杀了人才会教你语文。”秀秀看到儿子这副满不在乎的样子就来气，这才几岁，不知道从哪里听来的这些贬低老师的话，再怎么也不该出自一个七岁孩子之口。

“妈妈，你教语文有什么了不起？昨天听高年级的学生说，只要认得字，就能教政治；只要是个人，就能带语文。校长那次开全校大会时不是说吗？没有教不好的学生，只有不会教的老师。”阿宝仰着头，很享受和秀秀斗嘴的过程。秀秀看着这孩子，突然有种很陌生的感觉。

老黄被儿子斗嘴的样子迷住了，很开心，上去一把将儿子扛在肩上，嚷嚷着带儿子去丁小气家打几圈麻将，到时秀秀过去接他。秀秀数落他别太惯着儿子，孩子从小看大，现在是个吵嘴精，长大别成了吵架王。老黄嚷嚷着说，吵架王也是王，只要是个王就好，是王做事就不吃亏。

秀秀的担心很快就得到了证实，第二天下午下班后，远远地看见家门口那块熊头石边站着个人，那人戴着破皮帽，一身乌黑，像块烧焦的木炭杵在门口。秀秀认识，是大江边放鸭的张三爹爹。前些年村里人还叫他张三叔叔，买老婆被小麻子击败，听说特别失落，大病了一场。一次村里人一连好几天没看见他出鸭棚，鸭棚里的鸭饿得整天鬼叫。黑兆桥一行人去看他的时候，见他直挺挺地躺在床上，已经只有出的气，没有进的气了。几个人将他连同他鸭棚里那张破旧的凉床一起抬回村，放在倒得只剩几根房梁的老屋里，每天轮流送些热粥喂他。

“三爹爹总是咽不下最后一口气，我看还是到镇上请医生给他打几针看看，说不定还有救。”一天晚上桥大爹又去看他，摸摸还有气，低声说。他准备扎几套纸屋子送给这老头，到那边不至于住鸭棚。

“嗯、嗯，我没病。”没想到张三爹爹听到这些话后竟然睁开了眼睛，支吾着，最后挣扎着站起来，一路摇晃着到丁小气家买了一瓶最便宜的白酒，坐轮渡到江对面的饭馆里喝得醉醺醺地回去，抓起插在鸭棚口那根长竹竿，在顶端系上一个红色塑料袋，晚上就到江滩边放鸭了。

“这家伙天生属牛的，累死的命！孤家寡人，舍不得吃、舍不得穿，放鸭是老手，存钱带棺材里花。”

“孬子，以后人在天堂，钱在银行，谓孬。”

“对啊，像他这类五保户，老了国家养，挣钱干什么？”村里有人背地里说他是孬子。

“你们懂个屁！能累时不存钱防老啊？年轻时活得越好，年老死得越早。别看你们现在大鱼大肉，等老了兜里没几个钱，谁管你们啊？现在有儿女的，老了有几个孝顺的？五保户有几个国家养？你们才是睁眼瞎！”每次张三爹爹听到别人说自己傻，他都呵呵地笑，有种众人皆醉我独醒的感觉。

张三爹爹有二怕，一怕打针。他一辈子没打过预防针，见到针就吓得浑身发抖，他说宁愿病死，也不愿被针扎死。村里人笑他就是死了，一听要打针，也能给吓活了。二怕别人谈论死的话题，村里每逢有丧事，他都告诫孩子不能说人死了，要说人老了或人走了。吃饭时不能说上饭，要说吃饭。还有村里人喊棺材叫枋、寿枋、老房子、木匣子、四块半、十大块等，张三爹爹每次都要他们改口，叫寿材。这几年国家开始强制推行火化，火化文件还没下到镇里时，一些老头老太太结伴到江对面农技站买农药，穿好一身寿衣，晚上边唱歌边喝药，就是想赶在文件下到村里前先入土为安，留个全尸。

张三爹爹特别怕死，听说人死后送火葬场要泼汽油烧，烧不干净的硬骨头用锤子捶，骨灰不够就抓把白灰充数，埋底下就成大杂烩了。村里那些后生知道他胆小，偏偏总给他讲火化的故事，告诉他每个火葬场的烧尸工都不正常，在外受气就到停尸房撒，晚上把尸体拖出来一个个打耳光，那才叫真正的打不还手、骂不还口。一次一个十七八岁的姑娘猝死，送去停尸房，三天后火化，虽然姑娘穿着整齐，但细心的家人拦下了烧尸工，解开姑娘衣服，发现姑娘胸口到处都是牙印，嘴里没了舌头。

张三爹爹吓得嗷嗷叫，低声央求那几个后生以后别给他讲这一类故事了，为此他破天荒花血本给每人买了一条好烟。

此后，张三爹爹逢年过节都会拎几只肥鸭送到张祥林家，就是给自己留一手。他每想到死后被火烧就吓得失眠，说自己死的时候求村长别报官，他想留个全身。

每次张祥林都欣然同意，烟酒全收。之后张三爹爹常在村里放话，张村长真有本事，阴阳两界人鬼全部认识，只要礼金到位，他能做死人的主，花活人的钱，死后不用烧了。

张三爹爹有个宝贝，他托人从外地买回来的，是一口梓木红漆大棺材，就摆放在江边用雨布支起的鸭棚里。他说这条大江像个雨婆，每隔十来年就要发次大水，说不定哪天一觉醒来就漂在江里喂鱼了，所以临死前一定要睡在棺材里。不管到哪里放鸭，他都用板车将棺材拉上，这是他的家，是他下辈子的归属。他请人做了几件上等的寿衣，整齐地叠放在棺材里，那是他这辈子做得最贵的几件衣服，平时舍不得穿，他说等死的那天才穿。每年春后，等第一枚桐油果落地的时候，张三爹爹都要买几斤桐油，将棺材抬出屋子，摆放在河埂上，用黄灿灿的桐油将棺材里里外外刷几遍。

村里一些老人去参观他的棺材，嫉妒得眼珠子都快掉江里了，他的棺材可以用豪华来形容，里面宽敞得四个人打麻将都可以。

“就在今天下午，你家阿宝领着几个孩子跑到江边的小船上玩水，浪大船翻了，几个孩子湿成了落汤鸡，冻得发抖。我在江边放鸭没注意，他们跑进鸭棚钻到被子里取暖也就算了，可你家阿宝带头掀开我那口宝贝寿材，几个孩子竟然跑进我寿材里睡觉。”

张三爹爹堵在秀秀家门口，见她下班回家，一把鼻涕一把泪地倾诉。

“大爹，真是对不住啊！等娃回家，我带他去给您老赔礼。”秀秀弓着腰，连连道歉。

“那口寿材我自己都舍不得睡！你家宝贝儿子还翻出我的寿衣穿上，在屋里扮寿星吓其他孩子。最气人的是他临走的时候，竟然在我棺材里撒了泡尿！你这孩子再不管管，以后就是孙猴子，能上天闹玉皇大帝了。”

那天晚上整个村子里哭声一片，那是各家家长在打孩子。

之后几天，张三爹爹将那口寿材拖出去，摆在江滩上暴晒。一个老爹说童子尿是好东西，可以避邪，张三爹爹一听觉得有道理，立刻又将寿材拖回鸭棚里了。

一大早，雨露给虎爹冲了一碗鸡蛋花。这是她多年来的习惯，这个男人比自己大半个生肖，可是有时候她有种幻觉，是自己看着大虎变老的，要不然怎么放不下他呢？

村里常有人问她，你们年纪差这么大，到底是同情还是真爱？雨露自己也不知道真爱是什么滋味，以前大虎孬成那个样子，她也没觉得苦；现在他正常了，也没尝到甜。婚姻就是白开水，天天在一起没味道，但哪天不喝水就渴得心急火燎。反正她明白一个道理，爱过的人只有心知道，经历过只有自己知道，这个男人让她生活在童话故事里，她这辈子也值了。

旭阳高照，将门外站着的两个很不成比例的人影拉长，雨露抬头一看是修鞋工哥俩。为了小美迁坟的事，两个男人特意来雨露家，请她做中间人给说说情。

两个男人一进门，就从怀里掏出二十块钱，塞给在一边看书的涛涛。雨露上去一把夺了过来，硬还给他们。这个人情说什么也不能要，又不是吃喜酒，不必把人想得那么复杂。他们尴尬地笑了笑，最后收回了钱。

“丁村长，只要不迁小美的墓地，我们没话说。做人要本分，这片山林是村集体的土地，以前没对外发包，谁都可以搭屋建房，现在国家卖了自然有国家的考虑，我们听村里安排，不会给村里添麻烦。”挑粪工帮修鞋工摆好轮椅，站在哥哥身后，甘愿做哥哥的保镖。

他俩这次来照样没空手，拎了几袋子干竹笋和蕨菜。虎爹定期上山，到他们那里买些山里野货，现在这些干货一年比一年值钱。

“没事，你们的要求合情合理，我下午就去找章晓惠，尽量安排好你们兄弟，只要你们都能考虑到对方的难处就好办。”雨露满口答应。小美是她最好的伙伴，两个男人这份真情能感动老天。但她心里也没底，上次为江滩承包的事，和章晓惠已经闹得有点儿不愉快了。

“听说这个章总现在六亲不认，一些上山砍柴的村民说，他看见村民上山砍柴就报警，根本不讲情面。我们不会说话，思量了很多天，只得求你把消息带给她，我们兄弟不是胡搅蛮缠的人。”修鞋工一脸真诚地说。他的眼睛有点儿红肿，嘴唇干裂，看来这些天没睡好。

“别听别人乱说！以前一些村民上山偷树没人管，现在人家承包了，肯定要看护，不然以后怎么经营？你们先回去吧，等我消息。还有，我看见你们把上老虎崖的路铲了，山崖上还堆了很多麦草。现在是法制社会，千万不要有过激的行为啊！”雨露耐心地劝导。

两个男人不停地点头。雨露留他们吃饭，他们说有事就走了。

虎爹也有些担心，中午吃饭的时候说出了心里的顾虑，他和这个章总打过很多年交道，以前是挺单纯的一个姑娘，现在让人感觉很陌生，思想太前卫，让人跟不上，不知道是自己落伍了，还是单亲家庭长大的孩子就这样，没人情味？况且小美生前和她还是邻居，非要拿已故的朋友开刀，别人都骂她没心没肺。

雨露觉得这两个外地男人来给小美守墓，这么痴情的男人，章总也是女人，对他们不会太无情。再说旅游开发合同是和政府签的，也没和他们几个所属村沟通过，本身就比较仓促，群众意见比较大。这一片山脉是一些村民的天然柴场，一些老人农闲时上山耙些松毛、砍些松枝，挑到集市卖给早点摊户也能换些养老钱。再者，山林也是几村老人的集体墓地，现在要求全部迁坟，山场承包以后不准村民上山砍柴，老人过世不准安葬在山林里，说是影响以后的商业开发，阻力可想而知。最让人头疼的是农村人特别忌讳动祖坟，不是补偿几百块钱的事情，搞不好会引发集体事件，迁坟的事有待商榷。

前些天，丁国安给了章总一个下马威。那天章总又带着一帮人去山上丈量、规划，晚上去江边的大船上点菜吃饭，丁国安一看是章总，立刻就变了脸，成了个黑脸包公，“咣当”一声扔了手里的大勺，冷冷地说不舒服，解下白大褂下船了。章总平时特别机灵的一个人，那天没听出人家话外音，还追下船甜甜地喊大爹，央求大爹别走，给炒几个菜解馋。丁国安气得骂，给猪吃也不给他们吃！回身跑上船摔了碗筷，硬将一帮人赶下船，嚷嚷着叫章总以后不准再踏进他的饭店，以后饭店里的菜就是倒了喂狗，也不欢迎她这种没心没肺的人。

为此，虎爹晚上特意跑去向章总道歉，说顾客是上帝，船上厨师心情不好，望谅解。章总笑着说可以理解，不会生气。虎爹回来和雨露说了这件事，雨露摇摇头，说章晓惠是个特别要强的女人，不生气就不是她的性格了。

雨露挑了个下午，带上二队长桥大爹去了章总的工地。她的新办公室已经不在集装箱里了，在一栋行政楼三楼，装潢得很气派，气场十足，墙上贴着一张规划图，详细地标注了五年建设计划，看来请了专业的设计院，做了大量的工作。

张公山当年是霸王和刘邦争天下最终兵败的地方，留下了很多古迹和民间传说，这家设计院不光进行了大量的收集，还搞了许多创作，杜撰了一些故事，全都在规划图上标注了。“人”字形的山路满是景点，有西楚霸王的试刀石、点将台、虞姬庙、情人谷等，最让人津津乐道的是，村里用了不知多少年的那个笑泉竟然换了名字，成了两千多年前霸王和虞姬这对情人热恋时的“鸳鸯池”。

章总听说雨露到了工地，急匆匆地下山了。两月前她刚当了妈，只请了一个月的假，就又跑到工地上来了。这些天她亲力亲为，带着一帮工人，发扬愚公移山的精神，拓宽了上张公山的主路。她将雨露和桥大爹让进办公室，脱了外套，露出凹凸有致的身材，显得特别有风韵。生完孩子的她虽然胖了点儿，但身材没有走形。

婚姻真的瞬间就能让一个懵懂的小女孩脱去青涩，变得成熟，而且是透到骨子里那种熟。以前那个没心没肺，倒头就睡的小丫头再也寻不到痕迹，现在处处流露出一股成熟的风韵。

“那个崖壁是小美临终前自己选的，算是心灵寄托，希望章总能通融一下，让这个苦命的女人死后有个归宿，一份安宁。”雨露赔着笑，说明了来意。

“丁书记，跟你交个底吧！这片山是我们公司花重金买下的。公司是股份制，股东出钱就是为了挣钱，生意场上来不得半点儿人情，有些事也不是我说了算。”章晓惠笑着说。她亲自给雨露泡了杯张公山茶，这茶是今年开春才开发的新产品，正准备大力推广，以后做成拳头产品。

雨露：“嗯，这我能理解。”

章晓惠：“小美生前和我也是好朋友，为了处理好这件事，我们公司召开了专题会议，考虑到那两个男人经济困难，特事特办，会给他们高价补偿，也算对已故的小美有个交代了。”

“这些我能理解，我想那两个男人也能理解。可是他们来咱村就是为了给小美守墓的，不是为钱来的。只要不挖小美的墓，他们啥意见都没有。”雨露说出了自己的担忧，如果他们想要钱，也不必自己来这里操心。

晓惠：“那好！咱们打个赌，看谁说得对，就当是个小游戏。这世界上哪有见钱不动心的人？只是多少的问题。我们公司在县城有一个地段正在开发，那些拆迁户我见得多了，有些人一开始嚷嚷着钱是王八蛋，到后来一谈到重点，眼睛都红了，分了钱后，有的人半年不到就和老婆离婚了。”

“这个赌你未必会赢。人间还是有真爱的。再者爱心不在于贫穷贵贱，在于心。两个男人当年为了给小美看一眼这个世界，眼睛都舍得挖下来，他们要钱了吗？要是换成你我，有这决心吗？这两个男人为小美，把老虎悬半边荒山都开出来了，他们种的粮食吃不完，定期往村里送给一些老人和贫困户，他们要钱了吗？你不能以商人的眼光看每个人。”雨露对章总的观点表示不赞同，觉得也太小瞧人了，并不是每个人都像她那么爱钱的。

“你看看这些年来我这里打工的农民，哪个不是为钱来的？过年不带几千块钱回家揭不开锅哦！人哪有那么伟大？都是一个字：俗！”章晓惠不慌不忙地说。

“关键是他们心中有爱，思维和我们不一样。”雨露反驳。她感觉和现在的章总说话，场面很热闹，却使不上劲，像是打太极拳一般，她始终把自己摆得高人一等，却又让人找不到破绽反驳。

“你的意思他们神经有问题？这可不是我说的哦！你想，两个大男人守着一个墓，还讲不清和谁结婚了，这算什么爱啊？单相思吧！这种情节只有武侠小说中才会有，他们以为自己是杨过和小龙女啊？”章晓惠可能觉得很荒诞，忍不住笑出了声。

“你们不要着急，就像城里的拆迁，坐下来慢慢谈判嘛！总会有解决的办法的。拆迁想一步到位，那是不可能的事。到时如果他们要求安排工作，你们公司可以安排啊，他们人品好，当保安、搞后勤都可以。再一次性给他们把养老保险都买了，解决他们的后顾之忧，那还有什么问题不能解决的？总比老了守在大山上好吧！我看这两个男人还是很讲道理的。”桥大爹给两人打圆场。这正是雨露带他来的目的，她怕自己言语过激，可这老爹，打他一巴掌都不会生气。

“对哦！关键是那个山崖地段太好了，是这次开发的核心地段。风水先生也看过了，那个山崖前有汹涌的大江，寓意飞黄腾达；背靠雄壮的大山，寓意背有靠山。我们已经请上海一所大学的设计院进行了考察规划，以后那里要建栋旅游度假宾馆。小美的墓地在宾馆后面，正好对着客人的窗户，太影响宾馆发展了。公司和国家签了三十年的合同，就享有开发和使用支配权，不能因为小美生前是我朋友就网开一面，坏了规矩。这带山上还有那么多坟，拐弯抹角都是亲戚，那几百座坟就别迁了，这里岂不成了公共墓地了？”章晓惠开始还是笑脸相迎，谈到重点，语气变得强硬起来，脸色也凝重多了。

“你看那两个为小美守家的男人实在可怜，一个虽然拍了婚纱照，却没结婚。到山里为小美守墓，他们是甘心情愿的，你赶他们下山，那真是要他们的命！”雨露强压心头的怒火。她惊讶地发现自从当上村长，她的脾气变了，变得不再暴躁。这要是在前几年，她可能早上去抡巴掌了，这世界有时候拳头比废话管用多了。

“天下熙熙，皆为利来，我现在也是压力山大啊！生意归生意，人情归人情。他们可怜什么？我们公司已经答应给他们补偿了，算是对他们这么些年开垦荒山的一些补偿，足够他们去城里租个门面生活。这个社会只要人勤快，到哪里都饿不着。我看他们这么勤快，去城里比在这穷山上活得快活。该放手的时候要放手，人要向前（钱）看。”章晓惠丝毫没给雨露面子，两人针锋相对起来。

章晓惠拒绝得很干脆，根本就没一点儿商量的余地，搞得雨露很尴尬。她见章晓惠这丫头简直像变了个人，口口声声都是生意，就为一个钱字而活，也越发很不高兴，声调也变了。

“但愿你是对的！这两个男人你认识得比我早，以前就住在你们家楼上，什么性格你不会不了解。再者，这山林是几个村的公共墓地，你动人家祖坟，人家会跟你拼命。这几个村人口多，到时引发群体事件，我没本事调停。”雨露说出堆在心头的疙瘩事，像是终于吐出了卡得她难受的一口浓痰。

“我们公司承包山林搞开发，需要你丁书记各方面的配合和支持，以后求你的地方多着呢！今天先不谈公事了，我请客，就上你的大船，烧几尾江鱼。我几天不上你的大船上加餐，肚子中的蛔虫就咬得肠子疼。”章总看出雨露很不高兴，满脸堆笑岔开话题，抓过外套就拉着雨露要下山。

“你简直不可理喻！政策是死的，人总是活的吧？要是真硬来，以后涉及我们村征地、迁坟的一些事情，可别怪我不配合。”雨露不领情，她实在控制不了心头的团团怒火，被这个老总给气恼了，冷冷地说完后便摔门而去。

“你们别急眼嘛！以前都是在一起玩的。现在的孩子，三句话就能吵嘴。”桥大爹竭力给两人打圆场，可是雨露气呼呼地走出屋，径直下山了。

第四十三章 船上请客

阿六家女儿丁鱼鲤刚上初一第一个月，就拎着书包哭着跑回家了。阿六原以为女儿在学校被人欺负了，瞪圆了眼珠嚷嚷着要给女儿讨说法。一问才知道，鱼鲤是被老师骂了。鱼鲤所在的班参加全镇期中摸底考试，均分全镇倒数第一。班主任是个要强的中年男人，像是吃了枪子，进班把所有学生都骂了一遍，尤其是不写作业的丁鱼鲤，每次考试都不及格。

没想到这丫头青春叛逆期到了，竟然公开和老师顶嘴。班主任情绪失控，骂丁鱼鲤在家吃闲饭，不如提前辍学打工，给爸妈减轻负担。丁鱼鲤二话没说，抓起书包头也不回地冲出教室，真不打算念书了。这丫头从小就倔，前几年镇计划生育抓捕队没抓到雅青和阿六，气冲冲地到小学抓她，没想到这丫头凶得很，张口就把一个抓捕队员给咬了，还像只王八一样咬着，大有死都不放的架势。关了几天放回来，再没人敢抓她了。

阿六听到是老师把女儿骂回家的就蔫了，那是他心头最大的痛——自己以前不好好读书，现在活得像个乞丐，还被镇里通缉，都没脸去见老师。

晚上雅青挺着大肚子，摸黑从窗户爬进家。两人轮番给女儿做思想工作，要她回学校读书，家里虽然穷，但再穷也要让女儿读完初中。鱼鲤刚刚十四岁，出去打工没人要，也不放心。可鱼鲤这次铁了心，就是不去上学，说早就和张村大兰兰的女儿小兰兰说好了，这些年家乡很多人去北京当保姆，她们也要去当保姆，想出去见见世面，也可以挣钱给家里减轻负担。

雅青一下子就哭了，穷人家的孩子早当家，总觉得自己这辈子够苦了，以后孩子肯定能好过点儿，可是这个家自从将超计划生育当成目标后就越来越穷了，每天都是吃了上顿，下顿不知道在哪个山洞里吃。一代不如一代，孩子过得还不如自己年轻那会儿，至少那时不用担惊受怕。

当晚，阿六特意去了趟大兰兰家，问清了情况。她家兰兰今年十七岁，刚刚初中毕业，成绩也不好，出门打工是唯一的出路。小兰兰自从上了初中就不和她妈妈出去哭丧了，觉得丢脸。每次大兰兰有活，她都躲得远远的，生怕有同学认出来跪在地上哭得昏天黑地的那个干巴巴的妇女是她妈。

黄队有个亲戚在北京给大户人家当保姆，管吃管住，只要姑娘勤快就行，每年还能带回来六千多块钱工资。打工三年挣足了嫁妆，姑娘准备年底回来结婚。小兰兰比鱼鲤大几岁，好歹有个照应。再者鱼鲤这丫头个子大，说十六岁人家也信。那边也有亲戚，听说去了就可以上班，阿六勉强同意了。

雅青还是有点儿不放心，连夜跑到镇上找到张伶俐，请她帮忙给点儿意见。

“我们县是个劳务输出大县，有一百二十万人口，改革开放之初，出去当保姆就成了一条路子。据县电视台统计，每年有四十余万外出务工的大军，其中到京城当保姆的据说就有十万余人，被称为中国保姆之乡。丁鱼鲤成绩不好，可以去。”张伶俐说。

“孩子在家什么都不懂，我怕孩子出去学坏。”雅青酸着鼻子，又要哭。

“嗯，肯定有风险。这些女人，一般从十几岁的姑娘到四十多岁的妇女都有。对于女人去城里打工，村里男人抵触情绪还是比较大的。女人进城看到花花世界，心也就变了，变得爱比较，变得看不起家里的男人。一些姑娘走进城再也没回来，在那边嫁了人。但有什么办法，谁叫家乡穷？”张伶俐说得很实在。

两人商量到半夜，最后雅青决定还是让丁鱼鲤出去锻炼一下，万一不行，赶紧叫她回来。

临走那天，阿六一直将女儿送到县车站，千叮咛万嘱咐，在外人生地不熟，真的过不下去就回家，家永远是最温暖的。鱼鲤狠狠地点点头，扑进爸爸怀里。这丫头虽然才十四岁，却遗传了雅青的高个子，已经有一米六二了，脸蛋红润，俨然是个小大人了。但第一次离家，再怎么说还是个孩子，哭是在所难免的。

章晓惠这个女人真不是凡胎，她一个搞旅游的企业竟然拿到了市重点建设项目，承建新四军七师纪念馆。纪念馆馆址就在张公山脚下，三层楼，听说到时某军区会捐赠些坦克和退役的飞机来陈列，要把这里打造成红色革命旅游基地。

丁国安做鱼汤的手艺早已远近闻名了，省电视台要做一期美食节目，经过多名厨师的推荐，记者特意跑到船上找他，要推出一档特色江鱼汤。丁国安拒绝得很干脆，无论电视台怎么动之以情、晓之以理，他都不答应。最后被记者问急了，他说最拿手的那味鱼汤，必须要野生的三月解冻的初春江刀，才能提取出那股绝世鲜味，可是这几年野生江刀减产得厉害，一年一个价格，今年二两以上的已经涨到每斤四百元了。古人说“窈窕淑女，君子好逑”，现在是有钱人，一刀难求。

那位记者最后怏怏而去，临走告诉村里人，这个老人真有个性，黑得像只板鸭，一摸手上全是油。省电视台做节目，多少人挤破头皮争着上，影响力多大啊！很多人甚至花钱买赞助，就想露个脸，只要一播放，广告效益多大！生意兴隆，财源滚滚，名利双收，可是这个怪老头竟然拒绝了。

“人家这才叫真正的手艺人，给子孙后代留碗饭吃，这叫积德。凡是有一绝的人都会手下留情，不会赶尽杀绝。”村里老人听记者这么说老黑，气得要轰记者。

“你们这叫瞎操心！老人担忧现在一代不如一代，这是瞎子操聋子的心。你们放心，等这一代长大了，肯定比上一代更有本事，活得更潇洒，子孙到时照样有饭吃，而且吃得比我们还好。真是皇帝不急太监急！”送记者进村的司机忍不住插嘴。

“社会发展的脚步超出你们的想象。一百年前，男人都还留辫子，女人连脖子都不敢露多了，还要裹胸裹脚，现在呢？男人剃光头是时尚，女人穿透明衣服、戴胸罩，一百年前谁敢想象？再过几百年，人类都到外太空了，绝种几条江鱼算什么！”记者一脸不屑地说。

“你们城里人懂个屁！动物都绝种了，以后人吃人啊？”丁婆不知道什么时候躲在人群中偷听，气得举起拐杖大骂。那个记者见到猴子一般身材的丁婆，吓得一声怪叫，以为大白天见到了鬼，跳上汽车，卷起一阵黄烟跑了。丁婆迈着小脚，一路追到张公山路口。

“你们全村人都是神经病！”记者上了公路后还不忘摇下车窗，探出头大声地叫嚷。

丁国安现在很少烧鱼汤了，他觉得杀生多了以后会有报应，再者野生江刀越来越少，命还金贵。最主要的是不能人工繁殖和饲养，江刀必须洄游到上游出生地，等到气温、湿度到了那个点才产卵繁殖，但现在整个长江，特别是上游拦水坝越建越多、越建越高，洄游的江鱼又不是鸟，根本上不去，等于是吃一条少一条了。

随着经济的飞速发展，长江航道越来越繁忙，各式各样的轮船越来越多，一些中国特有的中华鲟、江豚等鱼类逐年锐减，重视这个问题已经到了刻不容缓的地步了。尤其对江猪威胁最大，这家伙小猪那么大，用声呐定位，对轮船螺旋桨产生的噪声尤其感兴趣，每年都有江猪被螺旋桨打死、打伤的新闻，让人痛心疾首。

长江里生活着几百种鱼类，它们组成一个完整的生态系统，可是江滩边的芦苇地、湿地被开发成黄金水岸，建成码头或直接垒上方块石头护大堤，很多江鱼失去了产卵地和水草庇护所，所以雨露说这段江滩要维持原状，绝不承包做商业开发，丁国安特别赞成，算是给这片江域的鱼儿一个庇护所。每年开春的时候，芦苇凼子里全是一排排漂浮着的鱼子，有白有黑，小得像芝麻撒在乳油上，特别漂亮，也很脆弱。

有的上游城市污水直接排放到长江里，尤其一些沿岸工厂，本地环保部门为了财政，睁一只眼闭一只眼。上级环保的人来检查，污水处理系统忙得热火朝天，可检查组一走，晚上接着偷偷排污，有的工厂干脆挖个深井，直接把污水排进地下水，那更是贻害子孙后代的行为。这些年江鱼资源直线下降，再不整治，长江就成一江死水了；再这么下去，过不了几十年，很多鱼就真的绝种了。丁国安常做噩梦，仅存的几条江刀游到了他的肚子里避难，成千上万的渔民在他肚子里撒网，翻江倒海，恐怖至极。

吃这种鱼的人非富即贵，都是图个嘴痛快。丁国安在县城十字街广场搞了个拒绝烧野生江鱼百名厨师签名会，现场很热闹，场面也很壮观。他第一个上台签上自己的名字，并说这辈子再也不杀野生江鱼了，给再多钱都不烧，同时告诫那些有钱人也要嘴上积点儿德，给子孙后代留点儿青山绿水。

也有很多环境义务保护大使，他们自筹资金，到处宣讲长江保护知识，还聘请丁国安当宣传大使，他欣然同意。

章晓惠常把儿子抱到工地上，边喂娃奶边指挥工人赶工期。村里人都说这个女人是工作狂，走路基本脚不沾地，像一阵风似的跑，比有好动症的雨露还有干劲。眼看着山庄建设一星期一个样，已经初具规模了，只是因山林迁坟的事和几村人闹得很僵，好几次差点儿打起来。

转眼新年已过，几场春雨后，江水像吃饱了似的，又开始鼓着肚子喧闹了。章总预订了酒席要宴请贵客，地点设在丁家墩的大船上。为此，刚过年她就派人来打招呼，问能不能烧点儿野味。丁国安一脸不高兴，说野味没有，要吃到别家去！来人怏怏而去，第二天又来了，说只要味道好，不是野味也可以，现在保护珍稀动物，人人有责。丁国安盯着来人，沉着黑脸想了好一会儿，竟然答应了。来人长出了口气，预订了船上最大的包间，高高兴兴地走了。等那人走后，丁国安愤愤地骂，这女人肯定跑遍了这一带饭店，最后还是他的名气最大，不得不回头降低要求。看来她请的客人非富即贵。

几天后的一个傍晚，客人陆陆续续上船，多半是他不认识的，看架势肯定有来头，应该是县里的领导。丁国安的心情很不好，走下船想去散散心，硬被周老师拖上了船。农家饭店不是他一个人开的，影响生意是大家的损失。人家订餐就是冲他这大厨来的，再怎么说，他也不能甩胳膊走人。

丁国安不说话，他就这脾气，年纪越大越倔强，喜欢把事闷在心里。重新登上船，他烧了几个家常菜，就把活交给学徒小鹏了，走进船舱一边的小房子里，再也没出去。

大包厢里，一帮人喝得热火朝天，章晓惠正挨个敬酒。雨露站在包厢外搞服务，章晓惠今天没有请她，她想听听这些人谈什么，直觉应该和芦苇滩土地承包有关系。

“人生在世，就是要喝好玩好哦！”章晓惠说。

“对哦，不能想太多，天天想一百年后的今天我们在干什么，可能是一粒尘埃，也可能是一朵花，越想越没意思。”

“越是聪明的人，到后来越容易得忧郁症，就是因为想得太多了，自己跟自己较劲，有的走火入魔还自杀呢！”

“就是，人活着真不容易，明知以后会死，还要努力活着。复杂的社会，看不透的人心，放不下的牵挂，经历不完的酸甜苦辣，走不完的坎坷，越不过的无奈，忘不了的昨天，忙不完的今天，想不到的明天，最后不知道会消失在哪天，这就是人生。”

“好死不如赖活啊！”章晓惠调皮地说。

“章总啊，不能和你吃饭，一吃饭你就给我们灌心灵鸡汤，吃多了是毒药。想通了，人生就是一场轮回，活着没意思。”

“嗯，今天感谢长江旅游开发公司的老总接待，找了个这么好的农家饭店，有心，有情，有情调。下午视察的时候，我批评了一些同志工作没有尽全力，但晚上别把情绪带到酒桌上，该吃的还要吃嘛，身体是工作的本钱。有我在，别拘谨，平时酒桌怎么闹，今天就怎么闹。船在大江上不必担心，有时候放松一下，也是为了明天更好地工作。”坐在桌子最上端的一个中年男人面带微笑，终于开了口，话说得不紧不慢。

“对哦，今天还上了驴肉。人家说人间美味，最美不过天上龙肉、地上驴肉了，今天章总真是破费了。”有人应和。

“哪里哪里！今天感谢各位领导百忙之中来视察我们山庄。虽然条件简陋，但我们真的很用心，前一个礼拜就准备上了。今天酒喝好、天聊好、菜吃好，就是对我们山庄最大的支持。”章晓惠像是发表获奖感言。今晚她是全场最漂亮的女人，也是表现最好的，从早上开车到张公山路口接贵客，到晚上入座，几乎一刻没休息，鞍前马后给客人搞好服务，态度没话说，热情一百分。

本来有点儿严肃的场面，一下子就轻松了很多。客人们开始各自找话题，有的相互问学历、谈同学，有的相互递名片，有的不慌不忙，先举起筷子夹几口菜垫垫肚子。

“今天带了两箱酒，各位一定要喝好哦！听说江面上潮气重，我特意带了酱香型的酒，酒气发散快，在江船上酒量会大些，所以平时喝半斤的，今天保守能喝一斤。”章晓惠笑盈盈地边说边从带来的纸箱里取出第三瓶茅台酒打开，场面渐渐活跃起来。

“哦，已经喝两瓶了啊？好酒不经喝哦！”

“这瓶酒剩了最后一点儿，财气给我们山里红镇姜镇长。”章晓惠说。

“不，这财气酒一定要给你，你是做生意的老总，需要这财气。”姜必胜小声地拒绝。

“对哦，酒是全世界公认的公共语言，真是个好东西，有的男人在家是软蛋，可酒一喝就壮了熊人胆，不服老婆管。”姜必胜今天也是被邀嘉宾，但坐的位置却靠门边，看来今天章总宴请的客人来头都不小，他作为地方二把手父母官，竟然第一个站起来敬别人酒。

“酒就是中药，我有右手颤抖综合征，每天眼一睁手就抖，比生物钟还准。西医、中医都看了，偏方也吃了一大堆，就是治不好，可是半斤酒下肚，手立刻就不抖了，还能提毛笔写书法，笔锋都抖出来了！”一个坐在靠门边位置的客人笑着说，他端酒杯的右手的确在有规律地抖动着，像上足了劲的摆钟。

“你那是半斤不叫酒，一斤扶墙走，斤半墙走你不走。”有人调侃他。

“酒品如人品，喝酒能看出一个人的本质。重感情的人是宁愿肠胃烂个洞，不让感情裂条缝。”不一会儿就有人说起酒场上的道道经了，雨露在外听得真切，这些酒桌笑话、顺口溜，牵着藤拽出瓜，一套一套的，不知是哪些酒鬼创作的。

酒过三巡后，按惯例每人说一个段子，然后现场评谁说的段子最好，谁说的最差，最差的罚酒，最好的才有资格给县里来的主客敬酒。

今天的重头戏谁都知道是章总的，众人都翘首以盼。也难怪，酒是催情剂，一桌子客人只有章晓惠一个靓丽少妇，丰满白腻的柔软身子颤巍巍的，散发着诱人的幽香。美酒多，佳人少。江水还故意使坏，“呼噜噜”地叫，还将船摇得“嘎吱嘎吱”响，像松动的木架床在呻吟，众人越来越感觉浑身燥热难耐了。

“把窗户打开，这酒喝得人心里烦躁，压不住，让江风冷一下。”坐在主桌的客人小声地说。一旁搞服务戴眼镜的小伙子立刻跑到窗边拉开窗帘，打开窗户，一股江风铆足劲冲了进来，给一屋有高原红的客人降温。

“轮到章总发言了，大家欢迎！”有人刚一提意见，屋里立刻掌声一片。

“好，那我就献丑了。”章晓惠满面绯红，张嘴大口地呼吸着，像条缺氧的鱼。

她脱去外套，乳白色的紧身毛线衣将凹凸有致的身材曲线完全勾勒出来。她刚生孩子才半年，身体有些发福，却丰满了很多，穿的毛衣有些紧身。因为营养好，娃儿奶水足，远远地就能闻到一股奶香味。

“刚生完孩子，在家坐了一个多月的月子，今天第一次喝酒，有些失态，嗓子好像也哑了，请各位多多谅解。”章晓惠清了清嗓子，全场立刻就安静了。她转过身，像变脸一般，转过身就一脸的严肃，带着威严，却有种庄严的美。坐在最上坐的客人很认真地听着，抿着嘴不说话，众人也纷纷放下碗筷，挺直腰杆坐好，像是在开会。

“同志们，下面宣读一条关于进一步加强喝酒工作的紧急通知，请各有关单位及时传达，认真学习。新年已进入开端，酒还没喝几场，有些同志的思想上就起了波动，闹着喝不了，不能喝，要戒酒。在此，特别要向大家强调，戒酒这件事绝不是一件小事，它涉及荣辱，关乎生存，决定命运，必须谨言慎行，决不能马虎大意。经过全年第一次督查，批评了一些人，通报了一些人，也处分了一些人，现在酒风有所好转。请大家务必端正思想，认清形势，始终以喝好酒为重点，以好喝酒为核心，以酒好喝为动力，紧密扎根于大排档、烧烤摊、小酒馆、农家饭店、江摊鱼馆、无星级但有特色的小饭店等基层单位。要以吹牛、摇骰子为抓手，以划拳为依托，以大酒量为目标，以喝倒打120为榜样，紧密联系群众，全力向本年度超额完成全年饮酒工作目标奋勇前进，为早日实现招之则来，来之能喝，喝之能醉，醉倒人还在；喝一斤绝不倒，喝一周绝不逃的伟大目标奋勇前进。”章晓惠故意缓缓端起桌上的一个空杯，假装喝了口茶。

“啪啪啪！”包间里掌声一片。几个小厨师好奇地跑到窗户边偷听，被雨露赶走了。

“在座的各位都是多年的资深喝酒人，我最后强调一句，弘扬酒文化，我们使命重大，责任在身，不容懈怠。你不喝，我不喝，酒后真言谁来说？你随意，我随意，何时生活有意义？同志们，让我们齐心协力，高举酒杯，大声说，干杯吧朋友！干杯吧领导！干杯吧兄弟姐妹！在此，我再严厉强调一点，全年第二次喝酒督查正在有条不紊地开展，将重点打击以吃中药、生头胎、高血压、糖尿病、吃头孢、开车等为借口的不喝酒行为。中国五千年酒文化，我们这代决不能丢。在座的各位都是各单位的喝酒精英，能力越大，责任越强，弘扬中国酒文化，你们义不容辞、责无旁贷，实现中国酒文化又好又快发展，你们要不辱使命。最后我再总结一点，酒好戒，亲情、友情能戒吗？领导情能辜负吗？好，这就是我今天的报告，希望各位将通知精神认真领会，积极传达。”

“好！！”

“这是我听过的最好的一篇关于喝酒的通知了。”

“这是谁写的啊？都能调到县里当秘书了，太有才了！”一阵热烈的掌声将整个酒桌气氛推向高潮。

“章总不光年轻有为，口才也这么好，能把中国酒文化，写得这么深刻有内涵，真是难得啊！”主客拍手称赞。

“哪有，我都是孩子的妈了，胖了，也老了，今天上桌只怕你们嫌弃呢！”章晓惠腼腆地笑着回答，仿佛回到了少女时代，脸上的红晕更深了，像个快落地的苹果。

“你这年纪刚刚好，你要说老，叫我们这些五十岁的男人情何以堪啊是不是！”屋内哄笑声一片，掀起又一轮喝酒的高潮。

“对哦，女人三十三，太阳刚出山。不过你结婚后的确胖了点儿。”

“没办法，女人为了生孩子，牺牲太大。多少女人没生孩子前是绝代佳人，生孩子后成了路边大妈。不过对我来说，胖没什么好怕的，既然不能瘦得惊人，那就要胖得勾魂。”章晓惠哈哈大笑，一脸妩媚。

“对，章总说得好！长得漂亮是优势，活得漂亮是本事。你们企业家真是潇洒，这个时代挣到钱的人才能任性，没钱的人只能认命。”有人羡慕地回敬章晓惠。

“一群马屁精！嘴巴都抹了油，能溜冰。”船舱外，端菜的伙计小鹏小声地说。

“你们懂什么？有些人天生就是权力的奴才，这社会拍马屁也是一门艺术。我开饭店，这样的场景见得多了。现在流行抱男人大腿，抱女人小腿。”丁国安叹了口气，他在一边的小屋子里听得真切。不用说，章总今天宴请的客人肯定和张公山旅游开发承包项目有关，现在国家大力发展旅游，还有补贴，这就是酒桌上的买卖。丁国安越听心里越火，觉得这顿饭就不应该给他们做。女儿小美睡在山上，过年上山给她上坟，添了几锹土，可是听守坟的两个男人说，这个章晓惠天天叫人盯着他们，随时可能挖坟掘墓。

“来了，这是你们定的江刀。”有人敲门，将一盘清蒸刀鱼端了进去。

“好，三月三吃翘嘴，一年生活事业甜甜美美。”屋里惊叹声连连。

这是最后一道菜，丁国安的学徒做的。睡在隔壁房间里的黑爹听得真切，一个鱼跃跳了起来，冲出船舱。

“谁叫你烧这道菜的？你本事不小啊！还没出师，就敢背着我自己掌勺了！”丁国安大声咆哮，冲进屋就要摔碟子，小厨师吓得眨巴着眼睛，看着窗外的雨露不知道如何是好。虎爹赶忙带着几个伙计冲进去，将丁大爹死死地按住，硬给架了出去，赶紧向他解释这道菜是客人点名要的，钱不是问题。鱼是跑江的几条渔船凑的，丁国安不能因为个人恩怨砸了饭店的生意，这些人是常客，付账不问价格，得罪不起。

“我就是扔江里，也不喂这些人！你们别拉我，我倒些耗子药毒死他们！那么多菜不点，偏偏点这道菜，不怕断子绝孙？这帮龟孙子，兜里有点儿钱，嘴巴皮痒痒，野生扬子鳄都让你们吃绝种了！要是国家不保护大熊猫，你们恐怕连大熊猫都敢红烧！”丁国安暴跳如雷，咆哮着，一次次挣脱想冲进屋里，又一次次被拉了回去。

本来很欢乐的场面一下子变得尴尬极了，船上的客人陆续下了船，上了停在岸边的几辆车，绝尘而去，只剩下冒着热气的一桌子菜和闪着银白光亮的那盘江刀，在丁国安绝望的目光中渐渐冷却。

第四十四章 请泰山石

丁福满春节前听说国家有政策，可以给精神有问题的妇女免费治疗，住院期间吃住全免，而且还可以给她们申请经济救助。当晚他就将哑女送到了市精神病院，生怕晚了报不上名。

雅青思女心切，常站在村口，期盼女儿鱼鲤回村。

正月二十三一大早，女儿背着大背包的身影终于出现在村尾的轮渡滩上，雅青当时正在包送灶粑粑，听丁大炮说女儿回村了，放下粑粑跑出村子，手也顾不上洗了。

鱼鲤这次回村，给阿六夫妇带回来一个天大的惊喜，她在北京帮工的那家主人在上海有生意，去年一家公司欠他们生意款无法支付，后来打了官司，查封了一些大物件进行拍卖，还有的折价赔偿，其中就有一条半旧的采沙船。家主知道鱼鲤家困难，特意把这条船扣了下来，还办好了各种手续送给鱼鲤父母了，等挣了钱再给家主本钱。

阿六夫妇一听，简直不敢相信自己的耳朵。江面上采沙属于暴利，一条船至少几十万，就算是旧船也要不少钱，办本采沙证也要烧很多“香火钱”，各式小鬼都盯着这碗人参汤想喝上一口。想不到真有这样的好人，知道他们家穷得揭不开锅，愿意拉他们一把。

“真的吗？这事可不是闹着玩的？”阿六仍然无法相信。

丁鱼鲤回答：“家主已经处理好了，安排人从上海逆流而上，大概年后就能到咱这儿了。”

雅青想得更周全：“哦，要真是手续齐全的话，我们就在丁家墩江滩这一带采沙，每条采沙船都有明确的江段划分，去别处，人家也要砸我们的船。”

“同行是冤家。我这就去找雨露商量，村里应该没问题，关键镇上姜镇长那里必须要喂饱，不然肯定给我们小鞋穿。”阿六顺着思路也想到了关键点。

“县里你找张县长，你们是发小，他位高官大，我们现在有困难，他也应该帮我们一把。”雅青提醒道。

“张县长那里应该没问题，他为人我知道，比较清廉耿直，怕就怕这个姜必胜，两面三刀，认钱不认人。听说书记快退休了，很多事不管了，镇上做主的事基本是姜必胜一把抓。”

丁鱼鲤也分析得头头是道：“不行咱就像别的采沙船主一样，该送就送，谁还嫌弃钱多啊？反正江沙天天从上游往下冲，也需要一些采沙船供应建筑商，咱什么手续都齐全，他只要送个顺水人情。”

“咱前几年超计划生育还欠着罚款呢！”阿六忽然想起社会抚养费的问题。

“我记得是五千块钱吧？一起交了。缺钱你们跟张伶俐借点，今晚就去找姜镇长。”丁鱼鲤不管这些，大声嚷嚷，从背包里取出打工赚的钱全交给了妈妈。在她心里，没有办不成的事，人只要贪心就好办。

当晚雅青和阿六达成了统一战线，确定女儿帮工的家主真的送他们采沙船后，带着女儿打工挣的六千块钱，匆匆踏进了夜色。

秀秀吃过年夜饭，就扛着防水雨布上了西九华寺庙。天下着毛毛细雨，她在大雄宝殿前铺上防水雨布，盖上塑料袋，打地铺睡了一夜，终于抢到了除夕夜的第一炷香。那夜，西九华主持高方丈全程陪同，秀秀将一沓厚厚的香火钱塞进功德箱，高方丈立即让几个和尚从后院抬出了一块大青石，并用佛手给青石板开了光，用毛笔提上了“泰山石敢当”几个大字。

请泰山石的时候，秀秀特意许了愿，等到年后三月开春，一定要买香油上山还愿，再买些鱼苗，请高长老到江边放生。芸芸众生，生死轮回，再多钱她也舍得，阿宝这孩子太不让人省心了，算是积德行善吧！

秀秀当夜就请全镇最好的石匠，将青石上的“泰山石敢当”几个字刻好，天刚亮就一路鞭炮一路敲锣打鼓地将石头“请”回了村，供奉在自家的大门边，旁边摆了香案，和那块熊头石成一条直线。

高主持说那块熊头石是不请自来，属于游兽。这块取自十丈石边的巨石，前些年一日夏夜被雷电所劈，长一米，宽一尺有余，清幽如玉，自成天生，如孕育灵猴的神石，已沾了灵性。这些年未曾赐人，一夜西风劲起，九丈石“嗡嗡”作响，如西佛诵经，今果遇有缘之人，此乃天意。唯此石能镇住游兽，实为白虎，护于汝家门槛之右，与那石兽隔门相望，维持平衡即可，不必把游兽逼上绝路，去其劣性即可。

转眼冬去春来，秀秀赶集回家，远远地看见儿子光着屁股，坐在屹立在门边的泰山石上，正在吃棒棒糖。那块泰山石右上角，今天不只泛银光，还泛着一抹油条色。秀秀仔细一看，那块她花重金请回来的圣石，竟然被阿宝从上到下拉了一层薄膜般的黄结疤屎。小孩的屎比较稀，面皮一般，顺着石块刻字的缝隙一路向下流，最后在“石”字一横一笔处减缓流速，一点点聚集，渐渐聚集成筷子一般粗的拦路坝，摊成了一张玉米煎饼，弥漫着一股屎臭味。

“你看看那块石头上写着什么字啊？”那天如梦骑着新买的轻骑摩托车，像只雨燕一样从张公山的密林深处飞回村。到了家门口，准备进屋的时候，突然指着隔壁家请回来的那块搞笑的石头，小声问女儿。

如梦每次带女儿进城看望玉宝，都会给女儿买些卡片、儿童读物、杂志和画报，每晚一本正经地教女儿认字。雪儿很有灵性，认识很多字，自己都能读些小人书。

“泰——山——，妈妈，后面那个字看不见，被粑粑挡住了，看不清楚。”雪儿瞪圆了亮晶晶的眼睛，嘬着嘴，歪着头看了好一会儿，不确定地说。

“泰山屎！知道了吗？”如梦大声地告诉女儿，语气肯定，口吻比老师还像老师，尤其对最后一个字进行了重读，突出这个字的重要性。

“泰山屎，嘿嘿，泰山是座很高的大山，怎么有屎呢？妈妈不会骗人吧？”雪儿瞪圆了眼睛，一脸惊奇地问。

“妈妈怎么会骗你呢？就叫泰山屎。以后别的小朋友不认识，你就教他们识字，就这么念，知道吗？”如梦心情特别好，大声地训导。

“门口栽块石头，上面拉粑粑有什么用？”雪儿越来越好奇，感觉妈妈肯定在骗她，固执地非要问清楚。

“避邪！”如梦故意很认真地说。

“避邪！有鬼吗？”雪儿惊恐地问。

“嗯啊，天天有鬼。”如梦一本正经又很神秘地告诉女儿。

“狗喜欢吃粑粑，怎么粑粑也能辟邪啊？”雪儿越来越糊涂了，紧抓住如梦的手，还想刨根问底，却被如梦硬给拉回了家，因为隔壁家白线那边站着的秀秀已经气得面如白纸，紧攥着拳头，咬着牙根，强忍着要冲过“国界”发动战争。

如梦满面得意之色，隔壁家那个女人越来越有暴力倾向了，稍有刺激就要冲出来斗嘴。有时胜利在即，如梦就会主动撤兵，这更能证明自己是个有修养的女人，她感叹隔壁家女人越来越像个八婆了，还迷信，亏她还读了那么多书。这真是与天斗、与地斗、与隔壁鸡婆斗，其乐无穷！

“他奶奶，你怎么不看好孙子啊！家里哪里不能玩，要爬到泰山石上玩？还拉了粑粑在上面。那可是从西九华山请来的圣石！”秀秀阴沉着脸，气得一把将正跷着二郎腿吃糖的阿宝拽下来，抡起巴掌狠狠地在他屁股上抽了两下。

“你怎么能打孩子啊！孩子爬上去玩怎么了？那么点儿高，摔下来也没事。”婆婆刚好在煮饭，在灶台下将树枝塞进去烧得噼噼啪啪响，一听见秀秀在打孩子，立刻跳出来，将阿宝护在身后。

“慈母多败儿，孩子不能太宠！”秀秀拽过阿宝，抬手又狠狠地扇了两巴掌。阿宝却没什么反应，秀秀高高抡起的巴掌对他来说仿佛是鹅毛扇子，巴掌抽在身上就像挠痒痒。他没心思看奶奶和妈妈吵，一转身就跑不见了。直到天快黑了的时候，也不见儿子回来吃晚饭，秀秀有些担心，和婆婆分头出去找阿宝。小家伙还没兔子腿长，跑起来却像只老鼠，他奶奶老眼昏花，还采用放养模式，几乎管不了。大塘埂那么高的柳花树，他一个提溜就上去了，村里人说这娃属猴子的。

隔壁家门口停着一辆崭新的轿车，不用说，那是县领导的专配车，就压线停在“国界”边。很难得看见张县长回家，今天真特别。

“你家宝贝儿子把我家的车刮了，你看看新车给刮成什么样了！”秀秀找一圈没寻到儿子，正担心地往家走，刚到家门口，如梦就站在门口冷不丁大叫一声，吓了她一跳。

一加一等于二
一加二等于三
一加三等于四
……

秀秀顺着盛气凌人的如梦手指方向一看，阿宝不知道什么时候绕道回家了，正撅着屁股，蹲在隔壁家开进村的一辆新车边，手里握着一块不知从哪里捡来的弯月形状的破碗片，一脸认真地把隔壁男人开回来的车当成家里的小黑板，边唱边在车门上写着什么。秀秀奔过去一看，阿宝刻的是自己前几天教他的数学加法口诀，已经写了快十行了。

“哦，对不起啊！这孩子家里有那么多空作业本子不用，怎么在人家车上写啊！”玉春婆婆刚好赶回家，吓得揪起孙子耳朵，也顾不得心疼了，一把将他拽回了自家的地界，大声地责备。

张玉宝在家吃饭，捧着碗出来查看车子损坏的程度。阿宝这家伙，人小手劲却不小，把车的右门当成了黑板，几乎使出全身的力气，将那套加法口诀全部写在“黑板”上，每个数字都刻得很深，露出银白的铁皮底色。

“算了算了，也不是很深，车买了保险，保险公司会赔。”张玉宝围着车子转了一圈，笑着说，还是那副不骄不躁的神态，转身回家了。

“都划成这样了！”如梦气得直叫唤，自家男人这死德行，一见到隔壁家那个女人就嘴软，从来就没说过一句上劲的话。要是隔壁家儿子哪天放火烧车，估计他也是个和事佬。他这辈子是不是欠了她什么债，不然至于这么怕吗？

“这是公车，我开回家属于私用，别吵了。”玉宝走到还在喋喋不休的如梦身边，在她耳边低声地说，硬将她拉回了家。

那晚火药味刚刚弥漫开来就收兵了，一些邻居探出头，准备瞧场热闹，热闹却戛然而止。

转眼小雪十岁了，如梦每天身心疲惫，感觉抚养孩子比生孩子还累，生孩子只是一时疼，生下后别提多轻松了，可抚养孩子时时精神紧张。孩子每天都添乱，根本不顾及父母感受，怎么快活怎么来，一个个都是自私鬼。

雪儿有好动症。一次去城里逛商场，一家舞蹈学校发传单，雪儿看到传单上那些穿得像白雪公主一样正在跳舞的小朋友，立刻就被吸引了，嚷嚷着也要学跳舞。如梦当晚就给雪儿报了名，女孩子学舞蹈，长大了走路都有气质，顺便治治她的好动症，不然这丫头精力过剩。起先是每星期六送孩子进城学舞蹈，后来如梦嫌弃天天坐车累，山里的公路转弯多，也颠簸，三年级下学期的时候，干脆把雪儿转进城上学了。

每隔两个礼拜，张玉宝就安排车，利用周末放假将女儿送回丁家墩。他知道每到这个时候，村里的奶奶都数着手指头，盼望着孙女回来。也许是聚少离多，也许是更年期提前到来，玉宝每次回来，如梦心里都有说不出的甜蜜，但只要一见面，她就有种想吵嘴的冲动，总感觉哪里不舒服。她有时候会刻意压抑内心的烦躁，尽量让自己安静些，可再怎么劝自己，都安抚不了心里藏着的那头躁动的老虎。

由于工作的原因，她不能搬到城里陪女儿和老公，一般一星期进城慰问一次。山里红镇离县城一百多里山路，每次进城，如梦都感觉自己被颠簸得昏头昏脑，像是从黄土高原出差回来的。玉宝有时调侃说这样也好，小别胜新婚。每每听到这样的话，如梦就会笑着回答，自己不在城里这些天，你怕是夜夜当新郎。

玉宝很孝顺，很心疼老娘，说如梦在乡信用社上班，老娘身体不好，刚好可以照顾老人。如梦私下里常劝婆婆去城里住，那样她就可以申请工作调动，去城里上班了，可如梦磨破了嘴皮，这个倔强的老女人就是不愿去城里住。说城里灰尘重，一天要抠几次鼻孔，不然不能呼吸。说城里的自来水闻着有味道，喝了拉肚子。说城里一栋楼里住几百户，像蜂巢一样密密麻麻，有的门对门住了十几年，见面都不认识，不打招呼，自私冷漠，和村里能比吗？在城里问个路都没人搭理。她在村里，虽说一帮姐妹都老了，可只要聚一起聊起来，立刻就年轻了。村民出门不用锁门，下田干活招呼一声就有人帮忙，家里来个亲戚吃饭，杀只鸡邻居都来喝酒。这多好啊！一天给她一百块她都不去城里住。

如梦每次都被婆婆说得灰头土脸，老太太数落她的样子，像个教授在给老土冒讲课，完全把她当没内涵的暴发户对待。如梦有时感觉胸口像是塞着海绵，总喘不上气，她觉得这都是婆婆气的。婆婆硬是活生生地将她绑在山村里，真是越老越糊涂，耗光了她的青春。有次做梦，梦见婆婆死了，她竟然很高兴。

“消消火哦，男人一般都比女人早死好几年，我又比你大四岁，现在不对我好点儿，等我们老了，我肯定比你先走，到时你就像村里那些孤寡老太太，一到清明就跑到老头子坟前哭。”玉宝有时看她很生气就安抚几句。没想到他平时装得一本正经，有时说出来的话还很调皮。

“呸，你个乌鸦嘴！现在的男人年轻时快活，背着老婆存私房钱，找年纪小的妹妹，回味失去的青春；年老后家里老婆闭经了，人老珠黄了，他们还为老不尊，到处沾腥。反正男人都不是好东西！”如梦反驳玉宝。每次斗嘴，她必须要占上风，不然不停战。她要将在婆婆那里受的气在老公这里补回来。没办法，她只能忍忍住在穷乡下，再当几年老太太的保姆。

第四十五章 张县长求情

丁鱼鲤真给阿六夫妇弄了一条旧采沙船，他们常年漂泊在江面上，偶尔空闲的时候，雅青就特别想念两个女儿。大女儿鱼鲤在北京过得很好，每年都能带些钱回来，小女儿瑶瑶已经不怎么记得她这个亲妈了。

有次雅青实在想女儿了，就买了些水果和糖，特意到市里看望瑶瑶。这娃被抱走那年刚三岁，现在比桌腿还高了，正在房间里画画，头也不抬地喊了声："阿姨！"

只这一声，雅青就放下水果，捂着鼻子跑回了家，张伶俐夫妇再怎么挽留也没留住。

瑶瑶和涛涛见面的时候，两人一直聊，雨露纳闷这两个孩子竟然特别有话题。涛涛在村里不合群是出了名的，村里人取笑丁小气说，人家爷爷带孙子，恨不得用根绳子拴住，你带孙子不是压江堤就是看江水，再或者买本书给孙子，这孩子带得一点儿含金量都没有。

丁瑶瑶喜欢画画，画得还特别好。张涛涛喜欢看长江。中午吃饭的时候找不到丁小气，一问才知道，两个孩子带着画夹，硬让爷爷带着他们去看长江了。

回来的时候，瑶瑶已经画了好几幅水彩画了。农村人第一次看见用七彩画笔调配出的色彩，很好奇，纷纷争着要一张留念。瑶瑶很高兴，一张张分给他们。雅青哆嗦着走下桌子，伸手想去抱瑶瑶。

"阿姨，我也送你一张吧！"瑶瑶看着走过来的雅青，稚声稚气地说。

一句话，雅青踉跄着捂着鼻子，又跑出去哭了。

"别这样，瑶瑶送他们是好事，不然怎么可能有这么好的教育？娃儿跟着我们，以前饭都没得吃。不管怎么样，我们生她就是想她过得好，是不是？”阿六慌忙跟出去，一个劲安慰雅青。

“嗯、嗯，我知道，可是娃儿喊我阿姨，我心里揪得痛啊！哪个娃儿不是妈妈身上割下的一块血肉，养她不就是想她长大了听她喊声妈吗？”雅青扑进阿六怀里不停抽泣。

“真不知道这娃脑子里装了些什么，天天要看几个小时的长江，这长江有什么好看的，除了水还是水！”慧芳婆婆一脸疑惑地说。

“这条奔涌的大江，流淌的不只是水，还有文化！”张涛涛抬起头，当着一屋子人的面，很认真地反驳奶奶。

“好、好，流的是文化，是文化！”丁小气慌忙打断他们。他最了解孙子，前几年孙子天天到汽渡边听老干部讲《水浒传》《三国演义》等一些野段子，从今年开始，这娃不仅喜欢听，还喜欢插嘴，常常打断那些老人，批评他们讲的段子不对，弄得几个退休老人下不了台。本来下棋下不过涛涛，已经让他们郁闷了，现在连说书也说不过一个孩子，他们真没地方去了，只有进养老院。

丁小气打圆场还有一个原因就是涛涛抬杠的样子，分明就是读书中毒过深的黄八年，歪脖子瞪眼。这孩子还没到十岁，说的全是书上一些文绉绉的话，听得人浑身起鸡皮疙瘩。

“你一个小孩子，脱下开裆裤才几年啊，还跟我们谈论国家大事！”有老爹笑嘻嘻地问他。

“视野和年纪有关系吗？我喜欢读书，要多看书，书店是一座城市的秘密，多一家书店就少一座监狱。你们有我读过的书多吗？肚子没学问还不谦虚，你们这叫嫉妒。”

“这娃是遗传的你还是遗传的我？”晚上睡觉的时候，雨露忍不住爬起来问大虎。

“谁都不像，整一个书呆子，江水冲下来的书呆子！”大虎也一脸郁闷。过犹不及，秀秀家娃儿太调皮了，他妈天天给人家赔礼，自家娃儿老练深沉得像个小老头，烦。

“书这东西，读多了真会中毒！”

“也有好处，等孩子长大了，说不定能考个特别大的大学。”

“特别大是多大，有天大吗？但愿如此！”

……

那天下午，阿宝带着一帮孩子在村口的草垛里躲猫猫，那几堆一层楼高的草垛是他们最好的战场。阿宝胆大，每次都挑最深的草垛钻。今天孩子们刚刚躲好，忽然阿宝从最大的草垛里爬出来，一脸的愤怒，嘴里还喋喋不休地骂着。几个娃子好奇地赶紧跑过去看，因为一般草垛里都有故事，或者有野物，有时候还能捡到鸡蛋。

草垛没阳光
地上鞋两双
一对狗男女
草洞全脱光

阿宝边跑边嚷嚷，他编的打油诗全镇出名，都说“遗传”了秀秀的才华。草垛里随即传来呵斥声，不一会儿走出两个人来，衣服可能是刚刚穿上，竟然还有几粒扣子扣错了。娃子们一看，是村里的树荫姑姑和埂上那个常年背枪打鳖的男人。

“阿宝，你胡说什么啊！姑姑刚刚下河，衣服湿了，只是换下衣服而已，别乱说啊！”树荫小声解释。她和黄八年脸红得像红薯，头上顶着几根还没来得及摘掉的稻草，绕道从一边的土坡急匆匆地出村了。

自从树荫和黄八年确定了恋爱关系后，村里人话题就多了很多。

“我原来只佩服三个人，一是许仙，二是董永，三是宁采臣。第一个敢睡蛇，第二个敢睡仙，第三个连鬼都不放过。现在我最佩服黄八年了，把人仙鬼集于一身的傻姑树荫给睡了。这家伙读书不行，睡觉真是百鬼不侵，是我崇拜的偶像。”村里阿超子从外地打工回来，听到傻姑变身女神，还谈起了恋爱，惊得眼珠子都快掉了。

书呆子黄八年现在又多了一个外号：睡大仙。

“真让人想不通哦！我发现一个秘密，凡是读书多、愚过头的人，到后来都有桃花运。”阿超子说。

“让人想不通的事情多了去了！我三十岁那年看《西游记》蟠桃大会那集，到现在都搞不明白，为什么孙猴子把七仙女定住了，自己却跑去偷桃子了！到底是桃子好吃还是仙女好吃？”

几个单身汉没事又在思考人生，反复咀嚼着他们心目中那些千奇百怪却怎么也想不通的头疼事。

有一次雨露去镇上开全体干部大会，却没看见张伶俐，一问才知道她调到别的乡镇任职去了，职位也是副镇长，算是平调。会议结束经过镇政府时，刚好看见张伶俐回镇里收拾东西，两人进行了长谈。

张伶俐这次等于发配边疆，调到离家很远的乡镇任职。具体原因雨露猜对了，姜必胜终于成了山里红镇党组书记了，原书记成功熬到了退休，姜必胜干了八年的镇长终于成功上任。

姜必胜上任后开始嫌张伶俐工作能力不强。张伶俐分管镇文教卫生和计划生育工作，去年计划生育评比全县倒数第二，虽然不是倒数第一，但离第一不远，姜必胜暗地里向县组织部门打了小报告。

章晓惠现在几乎每天都到镇政府一次，询问那片江滩的承包情况。这几年，雨露算是和长江旅游开发公司杠上了，无论章晓惠给出多么丰厚的条件，她都不答应，导致两个和尚没水喝，到现在谁也没签成承包合同。

章晓惠急得团团转，江滩建设是长江旅游开发公司最重要的一环，如果不能完成后期建设，将影响公司整体旅游规划。她天天在姜书记耳边吹风，说丁雨露之所以那么固执地和长江旅游开发公司争江滩承包权，背后肯定有个智囊团，不然她一个初中毕业的农村女人怎么可能把形势看得那么清楚，硬和他们公司死磕？挡了多少人的财路!

丁家墩的计划生育工作搅得姜书记寝食难安。丁家墩出女强人全镇都知道，出了个哑女是个机器猫，过一段时间就从肚子里掏出一个孩子，孩子在他们家是玩具；出了个张伶俐，无论姜必胜年轻时怎么追，都是铁疙瘩焐不热，当了副镇长，胳膊肘总往村里拐，硬给村里出馊主意，添了这么多麻烦。那个丁雨露，原以为给她个村长的职位，该是懂情理的人，可是骨头比脸蛋硬多了，软硬都不吃，屡屡以下犯上，简直反了天。姜书记嘴上没说什么，心里早就默认了章晓惠吹的耳边风，可他一时也没什么好办法，只能见缝插针，先将她们拆散，再各个击破。这几人要是抱成团，以后就更麻烦了。

雨露本以为张伶俐会有情绪，没想到她心情特别好。她说在这个世界上宁愿得罪君子，也不能得罪小人，因为小人不光能得志，小鞋还特别多。以前在乡镇任职，那真是度日如年，现在好了，换一个环境，每天不用看别人脸色干事了，连胃口都好多了。

雨露从张伶俐办公室出来，刚好遇到姜书记上楼，雨露说了几句客套话，没想到姜书记硬要留她吃饭，弄得雨露很不自在，找了个借口走了。

一连很多天，雨露总感觉左眼皮跳，跳得人心里发慌，仔细想想，又没有什么值得担忧的事。

一天早上，张玉宝县长打电话到大队部，说要和她谈工作，这让雨露很惊奇。前几年村里建设，她去县里找过他，那时他还是旅游局一把手，给了很多帮助，没有一点儿官架子，人也和善，是个心系家乡的好干部。这两年他官做大了，关系反而冷淡许多了，各人都有自己的事，也不好打扰。

这次他打来电话，雨露听出了话外音，肯定有事找她，赶忙约了个时间，第二天一早就赶去了县城。自古衙门庭院深深，楼高院子大、车子多，这是她的第一感受。以前做姑娘的时候，有大虎陪着来过几次，对县政府衙门没什么感受，现在仔细看了看，还真朝南方呢！

张玉宝又升迁了，在县政府几乎两年上一个台阶，由副县长升到常务副县长，要不了几年，就是县长、书记了。

见面后，张玉宝还是一如既往的热情，和回村时一样，没什么架子，但人变胖了，敦实了点儿，显得个子矮了，耳鬓也有很多白发了，想想他还不到四十岁呢！

他的办公室不大，人坐在圆桌子后面很有气质。他让秘书推掉了好几波客人，单独请雨露进去谈话。对于这位村里的名人，雨露还是很尊敬的。一般名人都有眷恋家乡的情结，张县长也不例外，前几年村里集资建大船、修路，没少找他帮忙。那时他的办公地点在一条小胡同里，打车司机都找不到。冷衙门能挤出钱帮扶她，于公于私都有心，村里就是沾了乡里乡亲的光。

“张县长好！”雨露进办公室后毕恭毕敬地喊了一声。

“别这么叫哦，按村里亲戚排辈分，我还要喊你阿姥呢！”张玉宝站起来笑脸相迎。这副表情是他的标配，见谁都是这么亲切。

“呵呵，哪敢，哪敢！”雨露赶忙赔笑道。

“村里这几年在你的带领下变化很大，说明你是个很有能力的基层干部。”张县长亲自给雨露倒了杯水，样子很和蔼，既像个老大哥，又有点儿像领导或长辈在表扬小字辈。

“那是几村人共同努力的结果，还有领导你的强力支持。以后的路还长着呢，你要多关心家乡建设。村里打算承包江边那处芦苇滩，国家有这方面的扶持政策，还请多多关照。”雨露不管张县长找她有什么事，她先开门见山做了汇报，礼节到了人不怪。

“那肯定的！今天请你来，正是为了这件事。早在我当旅游局局长的时候，西九华寺庙那一片就作为西楚霸王文化遗址重点开发，我安排了专人进行调研。那时候苦于政府没钱，有心无力。这几年刚好招商引资引进长江旅游开发公司，对张公山进行整体文化旅游包装，已经初步形成规模了，现在就是缺一体化建设，难成品牌，重点就是丁家墩那一片芦苇滩。按长江旅游开发公司的规划，三年内建成一座集游、玩、吃、住为一体的水上乐园。听说村集体和长江旅游开发公司都有意那片江滩？”张县长说明了叫雨露来的目的。果然是谈工作，但那处江滩是雨露最敏感的一根神经。村里承包自家的地那是天经地义的事情，听着怎么好像有点儿给镇府添乱的感觉。

“嗯，我知道，村集体开的饭店，两条大船也在芦苇滩边，和芦苇滩也是相得益彰。我们村也要吃饭，也想发展。”雨露回答。

“旅游开发是个周期特别长、回报比较慢的行业，需要源源不断地投入人力和资金。长江旅游开发公司是家大企业，有人才、有资金。村里准备建成养殖场，和农家饭店形成连带效应，我能理解，但不能破坏政府招商总体规划。现在游客要吃住玩一条龙，要有山、有水、有酒店式配套服务才有新鲜感，缺了这盘棋，整个张公山的旅游建设就形不成规模，不是一盘棋，走不活。”张县长语速平缓，像个老师耐心地开导学生一样，和平时在电视上做报告的样子判若两人。

雨露仰着头没说话，静静地听他说。

“明年长江旅游开发公司要申请国家级景区，软件、硬件都要跟上。当初政府重点引进该企业，该公司对我县进行了考察，长江沿线属丁家墩的地段最好，有上千年的西九华寺庙，有渡江第一船纪念馆，有参观视角特别好的老虎崖，那里就像黄河的壶口瀑布一样，有红色教育基地、新四军七师革命基地等，具备特别好的旅游资源，整合好就是江南绝处美景。”张玉宝继续说。他给雨露的感觉是平时话不多，也不健谈，可是今天他主动约见自己，谈起工作，话匣子打开了就滔滔不绝，对待工作的确熟悉，全部说到点子上了，难怪他在县里口碑很好，都说是位干实事的年轻领导。

“张县长，这些你比我清楚，但每个村有每个村的难处。村集体所有的几片山林，政府已经承包给长江旅游开发公司了，但承包之前没有经过民意调查。这一片山林你也知道，是村民的天然柴场和墓地，现在群众意见特别大。各村有各村的发展思路，不能政府感觉能卖钱，就全部对外发包。招商引资村民没得到什么好处，倒是引起一大堆矛盾。你作为地方负责人也要统筹哦，不能只考虑经济发展，不顾及群众利益。”雨露被张县长说得倔脾气上来了，一时没注意自己身份，说话有点儿过。

“谁说村里没得到实惠啊？你们眼光要放长远，思想要开放，不能只盯着眼前。等旅游开发有了稳定的客源，咱们村的大船客源也会增加，村里一些闲散的劳力也可以去长江旅游开发公司打工，不必长年外出务工，既照顾了老婆孩子，也能尽孝心。也许你和长江旅游开发公司之间有利益冲突，我作为政府负责人，是站在发展大局的角度统筹考虑，这项投资对你们也是双赢。”张县长并没有生气，还是不温不火，耐心开导雨露。

“谢谢张县长一如既往地关心村里的发展。长江旅游开发公司是县政府这几年花大力气招商引资的重点项目，我双手赞成，他们公司的财力的确雄厚，才几年已经初具规模，游客也成倍地增加，可是这一切是在牺牲我们村群众利益的基础上得来的。当初刚签合同的时候，说好开发山林资源，农民得到实惠，可是你看看村民得到什么实惠了？别说上山砍柴、采地衣或蘑菇，连祖坟都要迁移，无处埋葬先人遗骨。现在他们将院墙建得一人高，狗都不让进去，村里老人说成了军事重地了。还有那条流淌了不知道多少年的笑泉，长江旅游开发公司承包后，先建宾馆，后建温泉。笑泉的水流量是有限的，现在别说灌溉了，连村大塘吃喝用水都成问题。你觉得我们会再相信一个商人的嘴？她唯利是图，代表的是自己的利益，我代表的是全村人的利益。村民选我当村长，我不能把最后一块地给丢了。反正现在他们说什么，我也不会相信！”雨露比张县长小六岁，看起来差了一个辈分，可是今天说话丝毫没有顾忌。刚进来的时候还毕恭毕敬，聊着聊着就成了谈判模式，渐渐有种火药味了。

门外有人敲了几下门，探了下头。是张县长的秘书，可能在外听到雨露说话的嗓门有点儿大，怕她不懂礼数，敲门看看情况，见张县长没什么表情，他慌忙又退了出去。

“他们封山的确不对，可是村民的素质就那么高，看见什么都想往家拿，一次、两次也就算了，第三次抓到了人家当然有意见。你说的意见，我回头和他们领导谈谈。你们各自的出发点都是好的，都是为了建设家园。今天请你来，主要是拉家常，也没其他目的，你不必多心。村里有什么困难，你可以和我提，需要帮助我会尽全力。”张县长还是那个语调，笑着说。

“嗯，肯定会求你帮忙的，村里出个大官，到哪里说话都有底气。”雨露回答。

“中午在我们食堂吃饭吧！刚好长江旅游开发公司的章晓惠也来办事。你们是儿时的好伙伴，可以借我的食堂聚聚。”张县长见雨露态度坚定，没有再说什么，话锋一转，留她中午吃饭。

“不用了，谢谢张县长的好意。章晓惠是我船上饭店的熟客，我们常聚。今天我和张大虎一起来县城，让他去外地学习水产养殖，估计这会儿快上车了，我想去车站送送他。另外村里农家饭店的菜做得越来越好，你有时间回村，我请你吃鱼，味道肯定比城里五星级酒店的都好。”雨露面带愧意，县长留请吃饭，多大的面子，可是今天她真的要送虎爹走。夫妻俩要分别一个多月，再怎么也要送送。

“不错，年轻人多学习，能吃得了苦，这是好事！”张县长称赞道。

“谢谢夸奖，年轻人有年轻人奋斗的目标。”雨露回答。

“好，好，有时间回村肯定到你船上吃饭，家乡的鱼能吃出童年的味道。张大虎今天去学习养殖技术，那是好行业啊，很好，很好！那不勉强了，下次吧，你去陪他吧。”张县长点点头，没再勉强。

“谢谢县长鼓励。”

走出县政府大门，雨露长出了口气。留自己吃午饭，这算是鸿门宴吗?

谈了这么多，其实双方都知道，主题只有一个，说是开导，其实是说服。雨露今天说出了心里话，谈不上紧张，话是说痛快了，心里却隐约有种感觉，张县长对她越来越客套了，这种客套让她有种透不过气的负重感。

雨露送走虎爹，回到家里已经是下半夜了，看到爹的屋里还掌着灯。爹妈平时睡得很早，可是今晚都快十点了还没睡。门刚一响，丁小气就进了女儿房间，手里还捏着一个牛皮纸的信封。

“你可回来了！天黑时开发山林的那个章晓惠来我们家，我留她吃了饭，饭后她先是给涛涛送了块玉，说是她一个亲戚在新疆做玉石生意，特意挑了一块，虽然不值钱，但感情在。”丁小气小声地说。

“哦，这女人花花肠子多，爸要注意点儿，不能收人家东西。”雨露无力地说，她很累，想去洗个澡。

“临走时还在睡着的涛涛枕头底下塞了个信封，说是行个人情，图个热闹。我推辞了几次，她还是坚持，说不收就是看不起她。她走后我打开一看，竟然是好一沓钱，一数有一万块，吓得我心惊肉跳了一整天，终于把你盼回来了。钱在这里，你自己看着办吧！”丁小气说完，将手里的牛皮纸信封打开，里面是厚厚的一沓钱。

“女儿啊，不是你爹人老话多，身外之物莫伸手，当心背后有眼。我和你爹活了一辈子，不义之财我们从来没拿过一分。”雨露妈惠芳婆婆也进了屋，告诫女儿。

“我知道。天下没有免费的午餐，送玉又送这么多钱，意思再明白不过了，是冲江滩那片芦苇场来的。这次大虎去省城学习水产养殖，就是为了开发那片水域，我们是不可能放弃竞标的。这两样礼物，爹明天给送回去，一定要当面交给她。沾了我的手就给人留下把柄了，以后说不清。咱身正不怕影子斜，不贪这个不义之财。”雨露把钱包好还给爹，并嘱咐他。

“走正规竞标，他们财大气粗，看这架势，镇、县都打通了关系，怎么和他们争啊？”丁小气叹着气。

“这是我们的地盘。有句话叫好虎压不过地头蛇，咱钱不够，但饭店开了这么多年，已经在那片江滩上扎了根，整夜都有人在那儿守着，她也不敢过分，咱走着瞧！”

“嗯，开发商没有一个好东西，投一分钱不赚两分钱，怎么舍得走！刚开始来的时候宣传得多好，绿化青山，再记乡愁；现在倒好，从西九华山下画条线，砌墙为牢，山边只要能栽树的地方全是他们公司的。村里一些老人无数次跑到镇上闹，说死了没地方埋，要跟他们拼命。”丁小气这几天总是睡不好，左眼皮跳完右眼皮跳，他总担心会出什么乱子。

第四十六章 吃河豚

初春五月，鱼生卵，鸟育蛋，正是草长莺飞忙碌的季节，也是一年中食客最期待的时节。

章晓惠认准了丁国安的渔家客船，又提前预订了一桌。这一带有三十多家农家饭店，随着经济的快速发展，老百姓的腰包越来越鼓，各村忙着建房子的同时，饭店的生意也都爆满，但丁家墩的渔船还是第一招牌，最主要的原因就是有超级大厨丁国安压阵。

章晓惠特意要求上野生河豚，钱不是问题，要的就是那种刀尖上跳舞的刺激感，看来这次她宴请的又是非富即贵的上上宾。丁国安烧的河豚宴花样多、样式全，不光味道这带他说第二，没人敢说第一，最主要的是安全，这些年客人来都是提心吊胆地吃，安安全全地离开。

接到预订电话后，虎爹虽人在外地，却喜忧参半，喜的是这个章晓惠虽然和村里人争承包地，大家对她的评价不好，但她是店里的常客，而且吃饭从来不问价格，也算是铁杆顾客，还帮店里拉了不少散客。忧的是顾虑小美爹的感受，自从章晓惠嚷嚷着要强拆小美的墓地，丁国安就有点儿恍惚，做的菜品质也受到了很大影响，有时是盐加多了，有时是火候没掌握好。年纪大了，体力也不行了，有一次竟然晕倒在炉灶边。他自己也感觉很愧疚，经常失眠，这些天正在家吃中药调理。

丁国安反对吃野生江货，他说吃一条少一条，再这么吃下去，以后长江里就剩下黄沙和泡尸了。给子孙后代不光要留点儿青山绿水，更要留点儿念想吧！

听虎爹说有人预订了一桌野味，丁国安问是谁订的，当得知是章晓惠要宴请重要的客人时，竟然点头答应了，这让虎爹长出了一口气。没办法，重要的客人还得他亲自下厨，虽然徒弟小鹏跟着也有十来年了，总还是差着那么一点儿火候。烧菜这门学问，一样有着五千年的文化，中国越是靠近长江，越讲究吃，多数菜系产自南方。舌尖上就是差一张宣纸厚度的味觉，食客也能品味出来。人家花大价钱上船吃饭，要的就是那口原汁原味，尤其这次客人指明要吃江豚，那东西跑江的人都知道，现在比茅台都金贵，是江鲜中最出名的大毒枭，所以别人做，虎爹也不放心。

虎爹提前几天跟人打招呼，捕到上好的野生河豚记得给他留着。这东西往前推个十年，别说长江里，就是与江水交汇的河道里，一网下去运气好也能捕上一斤，现在越来越稀少了。

长江三鲜——河豚、刀鱼、鲥鱼，要不了几十年，就可能真的绝种了。

开饭店的都知道，越是有钱的人越讲究吃，越在意吃，越敢冒着生命危险去吃，用他们自己的话说：这才叫真爱。

周末很快就到了，宾客如约而至，一队客人边欣赏风景边谈笑着登上了船，其中一位客人个子不高，但气场明显和别人不一样，皮鞋亮得能当镜子照，头发乌黑，梳了个大背头，没有一根凌乱，全都齐刷刷地排成45度侧立，泛着油光。他今天心情看来很好，在章总的陪同下，边说边笑上了船。

来客中没看见张玉宝县长，这个章晓惠每次请客都不叫他，不知道是张县长不愿意参加，还是她请不来。来的几位客人，他感觉最有派头的那位好像在哪里见过，可能是地方电视台，但一时想不起来叫什么名字。

今天的章晓惠穿着一件紧身旗袍，所有风景全在一张豆腐皮般细料包裹的线条里，裹成一道别样的风景，透出一丝成熟的风韵。初看像个懵懂的小女孩，细看那水豆腐一样的肌肤却裹着一具滚热的躯体。臀部开衩的线条像只雨燕，在一帮中老年男人的视线中穿梭。她走在队伍中间，边走边介绍公司的项目和江滩的风景。

菜早就准备好了，丁国安中午就在忙乎，样子特别投入。一些凉菜已经做好了，张大虎不放心，乘他出去挑河豚的时候，溜进厨房尝了口菜的味道。今天丁大爹的状态是一百分，火候、咸度、刀法都没得说。

客人分宾主入座后，菜也就上了桌。

一盘五年的老鹅汤，一盘食百草的野猪胃，一盘十多斤江鲶头炖水豆腐，一盘清炖中华龟撒葱花，这叫“四热”，分别从东西南北四个方位端上桌排好，每道菜都沉甸甸，分量十足，热气腾腾，寓意升官发财，红红火火。接着端上来的是一盘凉拌四月鞭藕丝，一盘凉拌麻线菱角秆，一盘凉拌江滩茭白芦荟，一盘凉拌枯藤江柳野生黑木耳，这叫“四冷”。再后来是，一盘红烧秤杆子粗的黄鳝，一盘红烧马蹄大小的野生鳖，一盘四指宽鲫鱼炖土鸡蛋，一盘陈醋泡活米虾，这叫“四野”。最后是爆炒手撕空心菜、清蒸蚕蛹、黑蚂蚁凉拌黑芝麻、凉拌菜花蛇皮、谷雨前第一刀韭菜等一些杂菜作为点缀。不一会儿，圆桌子就被摆得满满当当的，什么颜色都有。

“各位领导，今天招待不周，都是些家常菜，先吃点儿暖暖胃哦！以后我们公司的风力发电项目建设还请各位领导多多关照。”章晓惠嚷嚷着叫客人动筷子，然后笑盈盈地走到定位的主客旁边，弯膝下腰，毕恭毕敬按次序先给每位宾客舀了一小碗锅巴泡老鹅汤，这叫酒前暖胃，保肾养身。

“那是肯定的了，都为建设美好新中国！”姜必胜连连致谢。

“嗯，女藕男韭，藕滋阴，韭菜补阳，都是好菜。”

“听说我们章总和陈总是老少恋，能不能开席前先说说你们的爱情故事啊？”来客中有人调侃着问。

“对，人家说女人应该找一个像父亲一样呵护你的男人，而不是找一个还要你去迁就他的老公。”

“各位领导，别取笑我哦！真正爱女人的男人是把女人当女儿养，不爱女人的男人是把女人当老妈一样用哦。我现在就被我们家老陈当老妈用了，你们看看，我天天上工地，晒得像只黑乌龟，老陈等于免费请了个保姆哦！”章晓惠自打进屋就笑个不停，每到一位客人身边，客人还没喝酒，就已经半醉了，看着她舌头都伸不直。

“说得好！不好的男人会把女人变成疯子，细心的男人会让女人变成傻子，最好的男人会让女人变成孩子。”最稳重的那位客人点头说道，其他人也跟着连连点头，表示说得好。

雨露一直站在船舱外的窗户边细听，自打章晓惠前几天神神秘秘地到船上订餐，而且指明要江豚，她就看出了缘由。章晓惠这人是个典型的商人，请人办事必有所求。今天来的这些客人，绝大多数雨露都认识，都是县里有头有脸的人物，肯定是为了村里芦苇滩承包的事。可是雨露一直纳闷，从来没看见张县长接受过她的宴请，难道张县长对她承包山林不给乡亲们上山祭奠也很反感？可是前些天他特意叫自己到县城，还为她承包江滩的事说和，这说不通啊！

“各位老板，这是今天早上刚刚捕到的江豚。按照规定，你们先验验货，瞧瞧大小，看是不是野生江豚。”正在这时，伙计小鹏敲门进入包间，他手里端着一个小木盆，小盆里有三只正在游动的黑黝黝的大头鱼。这鱼不能见金属，像西游记中的人参果，和金属相克。

“哦！都一斤以上啊，不小！”屋里发出一声赞叹，有人站起来探身张望，气氛一下子就变得热闹起来。

“好，我来验验是不是野生的江豚。”章晓惠伸出一根纤细的中指，照着一只正在左右摇摆，样子憨厚的河豚背上轻轻一戳。

“呼呼呼！”那只鱼突然停止了游动，支开双鳍，鼓着嘴巴，呼呼地喘着气，像是得了哮喘一般，婴儿般水嫩的肥脸和胖嘟嘟的肚皮迅速膨胀，自己跟自己生着闷气，不一会儿就鼓成了个气球，在盆里滚动着，外刺一根根竖立着，像个愤怒的小刺猬，两个小眼睛镶嵌在肥胖的脸蛋中，像是一幅卡通画，特别萌。

小盆里另两条鱼也受了刺激，也变成了一个球，它们相互推挤着、喧闹着。

“这鱼因捕获出水时发出类似猪叫的唧唧声，因而得名河豚。我们这一带跑江的人还叫它气泡鱼、吹肚鱼、气鼓鱼、肺鱼等。”徒弟小鹏围着酒桌转了一圈，边走边介绍。

“好可爱哦！像肥胖的机器猫！真是鱼中的萌物。河豚可是天下第一鲜哦，味美到什么程度呢？有人说一朝得食河豚肉，终生不念天下鱼，所以河豚也被称为鱼中之王。”章晓惠拍着手，大声地赞叹。这是今天饭局的重头戏，吃鱼是小事，中国最讲究酒桌文化，介绍菜品更是一门学问，关键是谁介绍才更有味道。不光要有美味佳肴，更要有佳人，才真正叫色香味俱全。

“好！不食河豚不知鱼味，食了河豚百鱼无味。”有人大声地附和。

“这东西几千年前就被发觉是人间美味了，诱惑力太大，不光是我们的老祖宗胆大敢吃，连日本人也一样。一次古代日本武士准备集结出征，结果开战前一夜，很多武士因为嘴馋吃河豚中毒死了，出师未捷身先死。后来率队的将领下了禁食令，可越禁越有人吃，好奇害死猫，那次的战役很多武士不是战死，而是中毒吃死的，真是可笑。可见河豚的诱惑力。”章晓惠不失时宜地补充介绍。

“嗯，我以前冒死吃过一次，野生的江豚白子带着浓厚的鲜奶油的口感，仿佛与初恋的第一次接吻。”镇上一位副镇长边说边闭眼回味。

“吃河豚的魅力大概就像第一次坐飞机，都说特安全，但总会有点儿忐忑，落地后又特别踏实。”一位县里来的领导打开话匣子，回味着曾经的美好。

“各位领导，我眼看就要退休了，感谢你们多年来对我们农家饭店的支持和厚爱，今天我保证让你们尝到我最好的手艺，保证让你们一辈子都记得。”大概一个小时后，丁国安端着烧好的河豚进了包厢，大声说道。旁边是他的徒弟小鹏打着一把雨伞，这叫防尘，尽显专业。

“这是我们县，哦，我们长江沿线烧江鲜第一高手，多少食客为了能吃口他烧的江鲜，摸黑起早来排队呢！”章晓惠本来还有点儿担心丁国安给她穿小鞋，现在丁国安亲自端盆进屋，给足了她面子，于是连连感谢，笑得合不拢嘴。

摆好河豚，丁国安先舀了一小勺汤摆在包厢一角的香案边，这叫祭灶王爷。开筷前还特意从篮子里端出一碗“黄汤”，一股淡淡的屎臭味弥漫了整个房间，章晓惠抿着嘴克制呼吸，大家都知道那是一碗粪汤，是专门解江豚的毒，以供急需。屋内异常安静，所有人都屏住呼吸，一脸严肃地看着丁国安，这职业值得他们尊重。今天他端进来的任何物件都尽显专业，大厨就是不一样，连屎都准备了。

“你们看这木盆、防尘的伞、解毒的黄汤，人家都想到了，这叫文化！北京一些五星级饭店我常吃，可这行头我第一次看到，一个字：绝！”坐在最中间那位主客竖起了大拇指，一脸佩服地说。

“由于河豚皮质肥厚、肉质韧滑，河豚入馔后的味道非常浓郁。自古就有人把河豚肝比作西施肝，把河豚精巢比作西施乳呢！”章晓惠坏坏地补充了一句。

一切准备就绪，丁国安用随身带的一个勺子挨个品尝了河豚，这叫验货，凡是河豚上桌，厨师必须第一个吃，这是传了几千年的规矩，只有这样，客人才能放心地吃。古时候一家人不能同时食用河豚；为确保不断了全族香火，也不允许男孩吃河豚。

这在今天的餐桌上显得尤其重要，刚刚一桌客人显得很客气、很谨慎，见厨师大口喝了汤，场面一下子就过渡到了高潮。

“各位领导，我来介绍一下菜品，刚刚端上来的叫河豚宴，也叫河豚全家福。大家请看，这第一道菜是河豚刺身，鱼肉薄切，细腻鲜甜，柔韧有嚼劲；第二道菜是烧烤河豚尾，在炭炉里慢慢盐烤，焦香扑鼻；第三道菜是凉拌河豚皮，河豚皮先略灼，再加柚子醋凉拌，爽弹滑口；第四道菜是炖河豚皮，将河豚皮和蔬菜、菌子一起炖煮后放入冰块，几小时后河豚皮会胶质化，形成入口即溶的鱼冻。”丁国安不紧不慢地介绍。

“好，好！我们先尝尝。”众人迫不及待地拿起筷子开吃。

“第五道菜是油炸河豚脆骨，鱼腩带骨裹面糊炸制，撒椒盐，特别适合中国人的胃；第六道菜是河豚火锅，现在正是初春，河豚火锅是最好的驱寒良品。最后一道菜是大杂炊，也是最精华的部分，在吃罢火锅的清汤中加入米饭、鸡蛋和萝卜茸煮成粥，粥尽收汤底精华，包客人能品味到什么叫世间第一美味。”丁国安边吃边介绍菜品，样式多到来客目瞪口呆。也许他们曾经在别处吃过，但像这么门类齐全、花样百出的河豚宴还是第一次见。

“有点儿像牛奶加了味精，有种淡雅的香味。”

“嗯，有点儿像清香型的口香糖，特别清凉。”

“吃鱼子可以，别想入非非哦，哈哈！”一桌客人早已沉浸在一种绝妙的舌尖滋味中不能自拔了。

……

“各位，是不是感觉舌尖有点儿麻？今天清理毒液时，我特意没有挤干净，留下了一点点毒，就是想让你们在感受人间鲜味的同时，感受一下嘴唇和舌头的那种挑逗和酥麻，让味蕾感受那种戏剧性的效果。玩的就是在舌尖上跳舞的刺激感，我敢肯定，各位爱大于恨。”徒弟小鹏忍不住插嘴了，看着一屋子人狼吞虎咽，他恶狠狠地吞咽着口水，恨不得纵身一跃，跳进桌上的汤里。

“有毒？不会是我们最后的晚餐吧！”有人打趣地说，但丝毫不影响饭桌上的气氛，因为刚刚厨师丁国安每道菜都尝了，而且他现在就站在酒桌边，安然无恙。

丁国安品尝完每样菜，陪客人聊了几分钟。他面色红润，腰杆挺得笔直，感觉比任何人都高，直到章晓惠看了看表，向门边使了个眼色，那意思是可以出去了，别抢了主客的戏，丁国安这才嘴角挂着一丝冷笑退出门外。带上门的一瞬间，屋里已经开始推杯换盏。

丁国安带上门的一瞬间，和章晓惠对了次眼，章晓惠被他那冰冷的眼神吓了一跳，一股极度冰凉的寒气席卷全身，让她猛打了几个冷战。

“陈书记，我敬你酒，你第一杯没有全喝完，可不能留点儿养鱼啊！”章晓惠大声地敬着酒。

“不好意思，医生嘱咐近期不能喝酒，已经胃出血打120急救过好几次了。我这血压比村口的喜鹊窝都高，真不能再喝了。”主客今天心情很好，但还是控制着自己，尽量不去看桌上预留的那杯酒。

“那不行，你看看今天来的客人，都是你的手下。我今天穿件旗袍，他们开玩笑说你要一睹我的芳容，其实他们真正的目的是想再次一睹陈书记的酒容。”晓惠笑着说。

“对哦，我们人人翘首以盼。”有人慌忙应和。

“现在很多寺庙主持会闭关几年，不出院门，院墙只开一个小洞，有人从洞里送饭菜，出关后全国各地的信徒都去一睹尊荣，这叫开光。陈书记今天也要出山，给我们开酒光哦！”晓惠接着说。

“哈哈，开光！那今天开谁的光啊？”一帮人开始起哄，气氛一下子又推向了一个高潮。

“那好，我喝！不过喝之前我得先打一针，最近胰岛素过高，医生特别叮嘱要戒酒。今天章总请客，我盛情难却，就破一次例吧，下不为例哦！这针可是专门为你打的。”主客话音刚落，包厢的门就被推开了，一个戴眼镜的小伙子急速跑下船，到岸边的一辆小轿车上取针和胰岛素去了。

“很多人酒一喝多就丑态百出，有乱跑的，有睡觉的，有坐在县城十字街抽闷烟的，还有在县城东门、南门红灯区乱跑的。”主客说。

“陈书记，这点儿财气添给你。”晓惠赶忙斟酒。

“计划生育这么紧还添，再添就抓起来了哦！”主客笑吟吟地举杯接酒。

“酒是人参汤呢！”副镇长说。

“酒烧胃，这酒喝下去，我还真心疼我的胃呢！”主客接酒在手，醉得已经红了脸。

黑爹走到船头，迎着江风坐在船沿上，上前想说说话，丁国安摆摆手，示意让他静静。他今天安静得出奇，好像在等待着什么。丁国安本来皮肤就黑，坐在夜色里更看不清人了，只有点燃的烟蒂时不时地闪烁着，像黑夜里失眠的眼睛。

“啊！我肚子怎么疼起来了？是不是吃了不干净的东西，要拉肚子？”

“我肚子也疼，不会是这——这河豚真没清理干净吧！”突然屋里传来一阵骚动，有人大叫起来。场面一下子乱了起来，开始只是一个人喊肚子疼，可是不一会儿，整个包间全都乱成一团，船头的大灯也亮了起来，照得人睁不开眼，一帮人慌慌张张地从包间跑出去，踉跄着向停在江滩边的几辆轿车跑去。

“我——我报警给你们叫救护车吧！”虎爹大声叫喊，吓得浑身战栗。

“不——不用报警，我们自己去医院看看。不要跟任何人说我们在这里吃——吃河豚中了毒，人言可畏，经过几个人的嘴一加工，那事情就大了。我感觉毒性应该不是很强，去医院吊瓶水解解毒应该就没事了，你们不用担心。”那个刚刚打了针的主客捂着肚子，依然很稳重，下船前不忘叮嘱疼得满脸细汗的章晓惠，叫她一定要做好舆论工作，不能让船上的人乱说。说完他上了车，疾驰而去。

“吃吃吃！叫你们吃！哪天我捞具泡尸给你们烧桌全尸宴！”丁国安坐在船沿边，恶狠狠地骂。

等所有客人都走了，只见丁国安倒在船头，一只手捂着肚子，一只手紧紧地攥着一张小美生前的照片。他蜷缩着身子，口吐白沫，全身急剧地颤抖着，也中毒了。

小鹏慌忙跑进厨房，找到那碗丁国安事先准备好的黄汤，捏着鼻子硬给丁国安灌了下去，谁也没有想到黑爹的这碗黄汤是给自己准备的，更没有人知道这东西到底有没有效果。

第四十七章 树荫结婚

秀秀家那个熊孩子，村里人给他起了太多外号，简直就是个地痞、大牙牙、地赖子、泼皮、无赖、流氓、恶棍、小混混、二放牛子、地头蛇、坐地虎、土匪、马虎、二吊蛋、搅屎棍、放牛山下来的、没得港头、长大帮派出所养的孩子、有爹妈养没爹妈管……外号多得他自己都记不清。对于阿宝自己，最让他喜欢的外号是二吊蛋，他欣然接受，坦然自封。

一个星期天，秀秀赶集回家，远远地看见阿宝带着一帮孩子站在自家门口，他竟然站在那块熊头石上，正对着他们发号施令，好像是长官对着士兵讲话。

“你干什么啊！那是有灵性的石头，你没看见下面摆着的香案吗？要尊敬，你怎么能爬上去亵渎啊！赶紧下来磕头赔罪！”秀秀慌忙拉下儿子，强行将他按倒在地，没想到儿子劲大得很，一下子就挣脱了。

“男儿膝下有黄金，我怎么可能给一块烂石头下跪？”阿宝嚷嚷着，扫兴地带着一帮孩子去别处玩了。

当天晚上，村里就有人看见秀秀叫了辆车，将肚子疼得直打滚的阿宝紧急送到了镇医院，她说儿子吃了不干净的东西，可是村里人都说是报应。哪个娃子不是在张公山的山神保佑才长大的，他竟然敢坐在山神头上撒尿？活该！

黄八年只用一本诗集就征服了树荫，自从那年挑坝埂回村后，黄八年就恋爱了，天天一大早就到树荫家石屋前捧着一本诗集，像孩子早读一样，大声地读着他写的现代诗。村里的孩子一句都听不懂，可他读得摇头晃脑，沉醉其中，不能自拔。

树荫躲在屋里听。一天下着大雨，黄八年站在北风中全身湿透，冻得瑟瑟发抖，但他丝毫没有退缩的意思。

“别读了，进屋躲会儿雨吧！”树荫出去，给他撑了一把伞。

“我是来求婚的。自从挑坝埂那天你给我喂了热汤，我睁开眼仿佛看到了嫦娥，那时我就喜欢上你了，发誓一辈子只要你。”

“别瞎说！男人的嘴，骗人的鬼！”树荫红着脸说。

“人要么像辣椒一样有脾气，要么像白菜一样有层次，要么像莲藕一样有心眼，可我都做不到，我像电线杆一样直。你要是不答应，这个冬天，我就冻死在你家门前。”黄八年的倔脾气又上来了，推开树荫的雨伞，又站到风雨中。

“那天陪你在江边打鳖，在村口草垛里换湿衣服被阿宝看见了，他天天在村里唱儿歌，我名声早坏了。”树荫羞愤地说。

“不怕，名声是给别人看的，只要我喜欢，别人说什么我也不在乎。”黄八年拍着胸口，很认真地说。

“好吧！我也喜欢你，我这辈子就喜欢有文化的人。你虽然没考上大学，但你满肚子学问，我喜欢。”那天树荫真的被感动了。

树荫和黄八年结婚了。这两个孩子都老大不小了，没找媒人，没放鞭炮，只简单地摆了一桌，请了几个儿时的伙伴，喝了几瓶酒后，就去城里领了两个鲜艳的红本本，一个温馨的新家庭就组成了。那天丁婆高兴得像个孩子，拄着拐杖，挨家挨户发糖，嚷嚷着自己要当奶奶了。

树荫说越简单的婚姻越好，就像城里人流行的旅行结婚，只要心里有爱，比什么都好。

他们的新房建在江滩边的轮渡边，是三间木头房，按宾馆的样式设计的，两室一厅，四张单人床，被单雪白。村里的老人说娃子结婚，被单必须要红的，寓意一生红红火火，可树荫偏不，她说白色象征纯洁，像百合花的颜色，像他们的婚姻。树荫给他们的家取了个名字叫“心灵驿站”，专门给到江滩边跳江的人做心理调节室，让他们暂时有个温暖的家，帮他们焐热心灵，补充心灵鸡汤后，跨过生命中那道坎。

屋内的墙上写着：这个世界允许别人不要你，但自己不能放弃自己。

这天黄八年背着鳖枪，树荫提着小桶，两人又下江了。他们的感情就是围着那只鳖枪转的，有时候树荫说他们的媒人就是这杆鳖枪。

路过巍巍大堤的时候，一位老人正坐在大堤上哭泣。树荫隐约记得这位老人，前些日子还在轮渡上背货物，天天累得像头黄牛。

树荫走上去，一问缘由，果然和心里的担忧吻合。

“我老伴过世早，唯一的儿子前几年结婚了，也掏空了我。家里所有积蓄全部花光了，这几年我背货刚帮儿子把欠债还完，前几天身体不舒服跑去检查，肺癌中期，没钱治，大医院把我赶回来了。今天我疼得实在受不了，出来想买点儿止痛片，可我儿媳妇提前跑去附近的几家小医院打招呼，不让他们给我看病，更不让他们给我拿药，说她不会付钱。”老人绝望地说。

“就算他们把你当抹布扔了，你也别寻短路。”树荫耐心地劝导。

“你说人累一辈子，老了老了，一生病，儿子指望不上，就只能等死了。”老人说完捂着肚子站起来，机械地下了江堤就要跳江，树荫上前一把拉住了老人。

“沿江所有城市的自来水都在这条大江取水，你跳江也是污染环境，人腐烂了，人家还喝骨头汤啊！”树荫半开玩笑地说。

“我们这些老人如同甘蔗一样，被子女咀嚼完了，成了渣子，就随口吐了。越想越气，儿子都指望不上，活着有什么意思！”老人挣扎着，悲伤到了极点。

“你儿媳妇打招呼不给你看病，你儿子没有打招呼啊！我明天就去找你儿子，和他谈谈心。每个儿子都只有一个爹妈，没有不爱的。你要是跳江了，你儿子在村里估计也会被人指着鼻子骂不孝，你别一时想不开，让儿子背了骂名。”树荫说到老人的儿子，一下子戳中了他的要害。老人犹豫着不再挣扎了，一屁股坐到江滩边，哭成了泪人。

那天树荫一直陪着老人，直到他情绪稳定，晚上她将老人安排在那间驿站里住下。半个月后，老人的儿子来敲门，“扑通”一声跪在门外，一个劲地抽自己耳光。老人开始不愿意回去，见儿子这么自责，没再说什么，跟着儿子走了，临走对树荫千恩万谢。

两个月前，一次两人在江边散步，看见一个穿着洁白婚纱的姑娘从轮渡上下来，在江边徘徊。开始他们以为是拍婚纱照的情侣，可是姑娘在江边徘徊了半天，始终都是孤孤单单一个人，后来姑娘走到丁家墩的江滩边，提着裙摆一步步向江水中走去。

“你怎么穿着婚纱跑出来啊！”树荫慌忙跑过去拉住那个姑娘，不解地问。

“前几天我好不容易结了婚，感觉有个家了，亲戚朋友通知了，酒席也订好了，可就为了一点儿小小的矛盾，老公却突然劈腿了。我又气又恨，没脸见人，婚纱都没脱，跑去黄山跳崖。没料到上山的时候碰到我中学的同学。老天一次次让我出丑，所以我决定跑远点儿，到偏僻一点儿的江边跳江。”姑娘抿着嘴，将嘴唇咬出了血，呆滞的目光看着翻滚的江水。她的眼里是干涩的，可能泪水已经全部流干了。这人世间的亲情，在她眼里和这江水一样无情，总是没心没肺地吵闹着，永不回头。

那天，树荫拉着姑娘到江堤边的新房住，姑娘说什么也不上岸，说看着江水心里踏实。树荫让黄八年买了张雨布，就近在江滩边搭了个简易的窝棚，搬来一张凉床，陪着她一起住了下来，她要解开姑娘的心结。凡是要寻死的人，都是被眼前的困难吓傻了，得有个人去点醒她，让她脑子转过弯儿，人生就有了转机。每天晚上树荫夫妇陪着姑娘坐在江边聊天，姑娘聊她的经历，如何谈恋爱的。她是家里的独生女，从小就受千般宠爱。

“你和我比，算是很幸运的人了。我从小是个孤儿，没父母疼爱，长大后爱上了一个工地上的男人，爱得死去活来，后来那个男人被村里人打了一顿，一夜消失得无影无踪，我发疯似的找了很多天，可他还是走了，一个招呼都没有打。”树荫敞开心扉，把埋藏在心里多年的情感经历也说了出来。每个人都有懵懂的初恋，傻子也不例外。

“嗯，每个人都有一部苦难史。”姑娘说。

“那时我也想跳江，身边唯一懂我的是我的狗。半年的阵痛后，人生仿佛开窍了，让我成长为一个完全不一样的自己。”

“你想得开。男人是什么？有时候是一堵墙，能帮你挡风遮雨；有时候却是一把刀，能把你伤得遍体鳞伤。”姑娘若有所思地说。

“现在回身看，我和那个男人的感情其实不是爱情，是从小缺父爱的一种错觉，一种没有安全感的另类依靠。于是我走了出来，改了名字，活出不一样的自己。你看，我现在和我丈夫过得这么开心，难道你的未来就甘心让这条大江带走吗？再说你是独生女，你的父母以后依靠谁？”树荫说话轻声轻气，像电视台里给人分忧的爱心姐姐，她的话仿佛是把万能钥匙，能打开所有人的心扉。

“我不想死，只是想赌口气，想报复他，让他一辈子活在愧疚里。”女人叹气说。某段时间，她唯一的想法就是用最极端的方式让这个抛弃她的男人后悔一辈子，让所有看她笑话的人看到她的刚烈。

“世间除了生死，没什么更大的事。我发现很多北方人也千里迢迢来跳长江，救下他们才知道，是中华儿女对母亲河长江独有的眷恋。”因为救的人渐渐多了，树荫说的话有时还带着一点儿哲理性。

“嗯！”姑娘重重地点头，中午吃了两碗喷香的米饭。

“我要开心地活着。”姑娘在那个窝棚里住了一个星期，走时是笑着走的。那天江风很大，树荫陪她爬上了老虎崖，迎着扑面而来的江风，姑娘脱下了婚纱，扯着喉咙大叫起来，那件婚纱借着回旋的江风，像风筝一般被她放飞。心中曾经爱过的那个男人，也随着婚纱一起缓缓落入大江，奔腾而去。

姑娘笑着把眼角的泪擦干，双方都不再给彼此机会，这个心结解开了。

一个月后，树荫收到了一封信和一张一千块钱的汇款，是姑娘的父母寄来的，千万句的感激，看得树荫扑进黄八年怀里，哭得上气不接下气。树荫突然体会到丁婆给人接生后那种释怀的笑，世间没有什么比那种笑更让人感到安静。

从那之后，树荫就有了一个外号，叫知心姐姐。

雨露家涛涛没事的时候喜欢握根鱼竿，跑到大堤下钓鱼。这孩子几乎不写作业，可是每次考试基本是满分，对其他孩子来说简直就是一种虐待。秀秀心里极度不平衡，看人家孩子怎么看怎么喜欢，再看看自家阿宝，怎么看怎么来气。

“小涛子啊，你天天看长江，没事就钓鱼，长大了难道想当个渔夫啊？”一天他又在江边钓鱼，一名退休老干部下完棋调侃他。

“我长大了要当个作家。你们看，这条大江自古养育了多少人！多美！”

“这条大江有什么美的？你年纪小，没见过它发疯的时候，它一发疯，多少人妻离子散，家破人亡，到时我看你还能不能看到美了。”

“你们那都是肤浅的认识。中国对世界的影响，除了四大发明之外，还有一片树叶、一只虫和一把泥土。一片树叶成就了人们手中的茶汤，一只虫子成就了人们身上的绸缎，一把泥土成就了瓷器。”涛涛只要一说到历史，就开始摇头晃脑。

“听说你把附近几村读书人家的书都借光了，现在每星期都要你爷爷进城买书啊！”

“对啊，书中自有颜如玉，书中自有黄金屋。”

“不想和你这孩子说话！小小年纪，一肚子墨水，当心掉江里把江水染黑了。”那个退休老干部被堵得无话可说，气呼呼地走了。

村里人把江滩的轮渡比作龙门，从对岸过来穿着讲究的船客被叫作下凡，而丁家墩涌过去的船客被叫作进朝。

每天江滩边的人流像浮萍一样聚集成一堆，随着江水潮起潮落，从来就没有断流过。今天有些例外，不是庙会，也不是赶集，人群却比平常多了好几倍。两个穿黄色僧服的老和尚站在江滩边，手拿佛珠，嘴里念念有词。他们一个是西九华的高主持，一个是江对岸一间寺庙的主持，两位高僧听说秀秀买了上万块钱的鱼苗，要放生积德，自愿来给她念经。

两个老和尚的身后站着秀秀夫妇俩，今天他们都一身素衣，面色凝重。为了表示敬意，早饭都没吃。一辆三轮车里铺了几层雨布，装了一车水，车厢里水波涌动，里面游动着五颜六色、大大小小准备放生的鱼苗，有的鱼头大尾巴长，还长着一对胡须，有的鱼成三角形，支着三根毒刺，是鱼霸王，更多的鱼根本叫不上名字。

这些鱼苗都是秀秀从江两岸的鱼市上买来的，有大有小，有贱有贵。秀秀想，既然是放生，鱼苗放进长江要能活，不能只做样子给别人看。她不在乎鱼的价格，买的放生鱼必须是品相好、没受伤的活蹦乱跳的鱼。所以秀秀买鱼的时候会一只只地挑，死的、伤的、有病的全都挑出去不要，还有就是饲养的鱼再便宜也不买。她不在乎花钱，虽然经济窘迫，但她觉得值得。

江水很冷，饲养的鱼放进大江不能适应，大多活不了；就算适应力强，也会长时间漂在岸边浅水处。这些年，上游每回有人放生，下游就会多出几十条渔船，岸边还会站一些手拿捞网的人。上游念经积德，下游撒网捞鱼，早上的放生鱼，中午就上了餐桌。

前几天，几个二手鱼贩子听说一对夫妇要买鱼放生，装了好几车饲养的江鱼找到秀秀夫妇，说也想积善行德，可以便宜点儿卖给他们。秀秀看了一眼就说不要，她是喝这条长江水长大的，闻一闻这腥味，看一眼鱼背，挤一点儿鱼屎，就知道是不是野生江鱼。收野生江鱼价格高很多，但她不在乎，那天跪在佛祖面前求泰山石时许的愿一定要还。

跪在滚滚江边，初潮阵阵，战鼓声声，敬畏油然而生。闭上双眼，聆听大江的召唤，秀秀感觉自己已被气化了，成了一丝浮动的水汽，要追随大江而去。江边雾多，潮气重，随便伸手抓一把都能打湿手心。

这些跳跃着的精灵，每条都寄托着秀秀的期望。有时候秀秀特别羡慕这些鱼，无忧无虑，黄河是父亲河，长江是母亲河，这些鱼有这条大河哺育，可以说是母爱多到泛滥。可是自己还没来得及细细品味母爱，妈妈就去世了，现在身为人母，却生了个熊孩子，这般不省心。

江岸边站满了人，多半是看热闹的，有的小声议论这两个教师是吃饱了撑的没事干，教育儿子有这么难吗？每天起床两棍子，肯定是安安稳稳每一天。

放鱼的过程就是一声声惊叹的过程，有细如麻线的小鱼苗，也有背部幽青的十几斤重的草鱼。秀秀每抱出一条大鱼，都会小心翼翼地走到江滩边，将鱼缓缓放入江中，这个时候老黄则会站在一边眼露凶光，手里抓着一根棍子，盯着岸边手握渔网，准备冲进江里抓鱼的那帮人，只要他们敢动一动，老黄绝不手软。

“老黄今天真是个男人，我从来没见他眼睛眯起来还那么凶。”有人嘲笑他。

“放鱼如放子！这规矩谁都懂。”有人拿着渔网，站在岸边比耐心。

三轮车后门一开，一车大小不一的鱼感觉到了水流的异样，纷纷跳跃着向缺口处游动。一张雨布铺在斜坡上，一车碎银从车上跳跃着奔向大江。几条大个头的鱼在接触江水的一刹那，猛一甩尾巴，扫视一眼岸边的人群，立刻不见了。

“哦——真不少哦！”

“还有鳜鱼、河豚呢！”

“今天怕是一条也抓不到了，这对夫妇是行家，买的鱼比他们还精。”岸边看热闹的人失望地说，吆喝着准备散了。突然秀秀从一个红布包着的篮子里抱出一只小脸盆大的乌龟。

“哇，这么大的乌龟！”人群又折回岸边，发出一阵惊叹。

买这只乌龟，秀秀可费了很大的周折，用她自己的话说叫缘分。那天秀秀一大早赶到江边，看见张村一位跑江的大爹手里提着一个尼龙袋子，沉甸甸的，里面像是塞进去了一个大帽子。这位老爹常年跑江，喜欢晚上一个人蹲在江边抽烟，眼睛像只猫，天越黑越亮，江滩上的任何动静都尽收眼底。听到一点儿动静，他就会像离弦之箭，撒开干枯的老腿奔下江堤，在石缝里、草丛里抓一些平常人根本看不到的江货，有时候是只上来透气的土鳖，有时候是条受伤的江猪。

他喜欢背着一条水饺形的小船，远看像是背着一弯新月。那条小船摇篮一般大小，两头尖尖，像裹脚女人的小鞋，遇到江水，就如笋干遇到水一般膨胀起来。他喜欢蹲在小船里，脚尖轻轻地左右一颠，小船就像启动马达一般，被涌动的江水托着，在江面上剪起一道波浪，极速而去。

那天，他拎着江货上了岸，一些开饭店的老板立刻围了上去。这些人鼻子比猫还灵，看一眼渔民的脸色和袋子，就知道那里面提的是什么货。现在稍微高端一点儿的饭店，招牌菜都是野味。靠江吃江，一些吃货就是为那口鲜来的，哪个老板要是睡懒觉，不自己找现货，饭店绝对开不下去。

“这个乌龟我买了，大爹，这是中华龟，最多只能长这么大。”

“这个龟肉能炖汤，龟壳是名贵的中药，我已经五六年没有在鱼市上看见这么大的货了，我要买回家用个大鱼缸养起来。龟是财神，是寿星，我买了。”几个老板已经吵了起来。

“各位老板，让给我吧！我儿子特别调皮，我在佛前许了愿，要放生祈福，这个寿星乌龟跟我也是有缘。你们看这乌龟尾巴这么短，肯定是母龟，现在正是下蛋产崽的季节，更不能吃了。”秀秀说这话的时候低着头，这是她的习惯，不喜欢抬头和人说话。这几个中年男人见惯了农村妇女在田头劳作，回家抓碗吃饭，像这样的知识女性还是第一次遇到，说话轻声轻气，仿佛能闻到书香，透出一种成熟，只要开口就让人没办法拒绝。

最后秀秀成功买下了这只大乌龟，虽然很贵，但她很开心。那些开饭店的老板开始还嚷嚷着抢着买，像开招标会，她只轻声说了几句话，他们就像被传染了流感，没了脾气，说话也变得轻声轻气，不再和她争了。

那是一只黄金龟，金黄色，本地特有物种，长这么大已经是极限，听旁边的老人说至少有百岁了，学名中华龟。龟背上纹路开裂，像几年未下雨的黄土高原。这种龟天生胆小，今天这动静，早把它吓得将手脚全部缩进了壳里。

“阿宝，过来，先给长寿星磕个头，再在长寿星背上刻字，放生后就与日月同寿、与江水同寿了。”秀秀大声叫来正瞪着眼睛好奇地看着乌龟的阿宝。

“好，妈妈，我来放生。”阿宝一脸新奇，特别高兴，他在秀秀的指引下抱着那只大乌龟，踉跄着走向江边。老黄掏出一把准备好的小刀，在乌龟背上刻上了八个大字：上善若水，积善行德。

这八个字秀秀思前想后琢磨了好几夜，刻别的字都觉得俗气。但不管写什么，只要寿星龟保佑儿子一生平平安安，尽快长大懂事就好了。

“哦，买这么大的乌龟放生，这次丁老师算是下了血本。这么大的龟在十年前不算什么，那时放生的多，自从有人说吃乌龟能长生，乌龟就越来越值钱，这只现在至少值两千块钱。”

“对哦，为儿子积善，放生乌龟。什么叫龟儿子？这才叫真正的龟儿子，哈哈！”

“这一车江鱼少说也要值一万，一下子就放掉了个万元户，这夫妻俩真舍得。”旁边人声鼎沸，议论纷纷。

“好、好，这八个字写得好，不愧是老师，有学问。”西九华高主持忍不住称赞。

“嗯，和这次放生的主题就像是对联一样，刚好对上了，真是绝配。”另一位主持挽起长袖，在刻着字的龟壳上抚摸着，也连连赞扬。他这是给乌龟开光，算是给它第二次生命。

“啪啪啪。”老黄忍不住带头鼓掌。

“谢谢，谢谢两位大师！”秀秀抬手狠狠地鼓掌，眼里灌满热泪。

阿宝走到大江边，一抖手，将那只足有十来斤的大乌龟扔进了大江里。

“扑通”一声，大乌龟落进水里，大江咳嗽一声，表示欢迎。

今年的牡丹只开了五朵，镇上卖水泵的老板笑得合不拢嘴，这是大旱的先兆，准着呢！果然，直至八月，也没见一滴雨。

空气中弥漫着一股燃烧的旱烟味，白天人们需要忙农活，倒是好对付，可是一到晚上，蚊子加酷热，实在是双重折磨。

丁大炮带着一些人到柳花树下纳凉，潺潺溪流倒是透着一丝凉气。这几天在广东打工的阿超子也回来了，这家伙见过大世面，可是好吃懒做，几乎是年年换女友，到现在还是孑然一身。不过村里老人说他嘴巴皮值钱，坑蒙拐骗有一手。晚上他聊的话题永远有很多听众，都是花花世界最吸引人的故事。漫漫长夜，讨论的话题永远是两个，一个是鬼故事，一个是女人。丁大炮摇着蒲扇，扑打着流萤，袒露出大腹便便的肚子，一副弥勒佛的模样，阿超子在一旁滔滔不绝。

“女人全是优点，瘦的叫苗条，胖的叫丰满，太不公平了。我们男人都是做牛累死的命，尤其是我们这些单身汉，出力年年分不到鱼，不公平！”阿超子又开始他的单口相声了，句句都很有哲理。

“对哦，男人是牛，生下来就是干活的。”

“女人是花瓶，生下来就是享福的。”村里几个上高中的后生今晚也热得没地方跑，没想到在这群男人堆里找到了共同的话题。

“不要试图跟女人讲道理，一个月流血七天还不死的生物，在这个星球上本来就是逆天的存在！”小麻子也在人群中，不时地插话。

说到疼老婆，他三天三夜都说不完。

“男人六十是废品。我老了，以后是你们的天下了。”丁大炮做了最后的总结。

一群人正谈得兴起，丁大炮迷糊中觉得好像有雨水从头顶如流星般一滑而过，痒痒的，怎么还热乎乎的呢？

“好啊！这可真是场及时雨啊！山芋叶正耷拉着猪耳朵呢！”他咧着大嘴边摸头边傻呵呵地自语，像个娃子，猛吸的烟蒂映得光秃秃的头顶油光发亮，像个存钱的罐子里倒满了油，溢了出来。

那“雨水”映着烟火，仿佛是一颗颗闪光的水晶，又如一个个划亮的火柴头，带着体热从头顶一擦而过。他仰起大四方头，借着微弱的灯光看见树枝间参差的黑影，可他突然发觉从树上一连窜下好几条“野狗”，接着便听见一连串银铃般的笑声。

不是水猴子，是村里那几个捣蛋的孩子。

“今天老子非拧下你们几个龟孙子的小鸡鸡当萝卜吃不可！敢在老子头上撒尿！”丁大炮气得直吼叫。

这几条“野狗”直叫嚷，一路跑出老远，带头的那个剃着“电灯泡”头，穿着短裤，不小心还露出一卷卷“小鸡肉”的圆脸娃子，又领唱起那首令他一听就“秃子头上冒火星”的下流歌来：

“丁大炮——单身汉，没有老婆船没岸，白天想——夜里喊，唉，没有女人真苦命……”

他被这群边唱边逃远的野崽子气得差点儿背过气去，上气不接下气地追。领头的正是秀秀家的小野崽子，开春放了积德鱼，村里人说越放娃儿越坏，没事尽瞎编这些狗屁不通的打油歌，从村头喊到村尾，丁大炮气急败坏地想，都把他的脸丢光了。前些年女人们见了自己都叫炮三爷，现在倒好，连小妮子张口都是丁大炮。

“老子早晚非把你们臭脚剁下来当山芋吃。”见实在是追不上，丁大炮愤愤地嚷，恨不得一把逮住一个，掐死他们那小泥鳅命。

丁大炮许久才摸回原地，一屁股坐到树下，狠狠地猛吸了几口烟，好一会儿都理不出个头绪来，五脏六腑都翻了位，不是个滋味。

暑期如梦去县城看望玉宝，叫雪儿陪她一起进城，可这丫头说什么也不去，她说城里吵，她要利用暑期在家好好复习。如梦真不懂这个丫头，这个老山沟有什么好？冬天风大刮石头，夏天不光热死人，蚊子一天到晚送红包。

雪儿十一岁了，近来变化特别大，不光个子猛蹿，屁股好像也长宽了，肉肉的，还有点儿上翘，甚是好看。丫头学了几年舞蹈后，不知道从哪里听来的消息，说女孩儿走路腿要夹得紧才好看。上半年刚买的几件衣服，转眼就穿不上了。原来夏天特别爱穿裙子，可是今年夏天，每天都穿那件天蓝色的牛仔裤，说什么也不愿意换。没事喜欢在书桌前摆个小镜子，对着镜子发呆。前几年理发一般很有规律，基本是一个月理一次，什么样的发型她从来不在意。有年天热，干脆理了个假小子头，她倒挺乐意。可是自从年后，她总是用各种理由搪塞如梦，不愿意去理发，如今已经长发披肩了。早上没事就喜欢盘开发辫，没完没了地洗头，然后编成一束束的小辫扔在肩后。

最让如梦感觉女儿长大的是她开始自己洗衣服，以前换洗的衣服往地上随便一扔，就是发霉了她也不看一眼，现在换洗的衣服都会用个小红塑料盆装好，不准别人碰，像是装着天大的秘密，再晚也要自己洗，而且还不在家里洗，非要去大塘里洗。

一天傍晚，雪儿又端着盆去大塘洗衣服，如梦喊了几声，这丫头闷头想着自己的心事，竟然没有听见。如梦不放心，跟去了大塘，远远看见小雪蹬在幽青的长石板上，一头的乌发披散着，遮住面容，宛然是个大姑娘了。一股淡淡的像是驱蚊水的香味随风而来，忽强忽弱，仔细品味又不像是化学药水的那种香，而是女孩儿长大后特有的体香，说不出味来，但的确有点儿香。

雪儿手里揉搓着那件年前买的天蓝色的内衣。这孩子从小就喜欢蓝色，唯选天蓝色，她对这种自然色情有独钟。她的面庞埋在发堆里，看不出颜色，可是她今天握在手里的衣服有几许艳红，艳得亮眼，如石榴红。雪儿抓过香皂，在内衣上那几点红处轻轻地涂抹着，乳白的肥皂将红色覆盖，白如雪，红如火，相互渗透，渐渐融合，变换了颜色，如盖章用的印泥，在幽深的水中弥漫。

雪儿低着头，在泛白的大塘溪水里轻轻地揉搓着，泛蓝的溪水在她细长手指的搅拌中，渐渐被上了色，变得有些暗红，一圈一圈地扩散着，向整个大塘的水面涌动。一些小鱼闻到了腥味，赶过来聚在一起争抢着，拍打着水波，偶尔探出水面，露出一片银白。不一会儿，那一缕微红就在香皂、溪水和小鱼的渗透与哄抢中变成了清汤寡水，没有了腥味，完全被香皂的香味覆盖了。

如梦恍悟，女儿长大了！

这几年，不知道是不是因为她将所有的精力全都放在老公身上，放在照顾婆婆身上，放在和隔壁那个女人的争斗上，竟然忽略了女儿的成长了。是不是母女俩上辈子是仇人，这辈子在一起就吵。如梦觉得丫头一点儿都不随她，丝毫没有继承她的温柔贤惠，处处都残留着这一代独生子女特有的自私、冷漠，又处处流露出可怜。可这丫头和她爸关系好得让人嫉妒，一次丫头在她爸爸怀里撒娇，竟然嚷嚷着上辈子和爸爸是情人，这辈子感情没断，还要继续，所以就投胎做了他的女儿，当他贴心的小棉袄，听得如梦眼珠子都快掉下来了。

第四十八章 强拆小美坟

虎爹在外学养殖，可能是一辈子没出过远门，出去才半个月竟然跑回村，说是回来看看父母，雨露知道他是想老婆了。傍晚到的家，这男人回到家屁股还没焐热，就约雨露去散步了。这个木讷的男人竟然知道心疼老婆了，雨露有点儿受宠若惊。

他们上了江滩，不远的芦苇场，傍晚云雀聚集，进场落巢，场面如乌云压境，甚是壮观，成了一道独特的风景。

远远看见芦苇丛里有人影在晃动，走近一看，竟然是树荫和人称枪王的黄八年。今天的黄八年威风凛凛，全副武装，背后还背着个东西。听说他一杆鳖枪打得出神入化，百米之内，弹无虚发。

真是不怕千招会，就怕一招绝，这家伙读书考试不行，打鳖却是天生好手。这几年野生鳖一年一个价格，黄八年就是凭着这一杆鳖枪出了名，无论多深的江水，只要黄八年往那儿一站，就知道有没有鳖。

江轮喘着粗气靠了岸，涌下很多人，一些人听说枪王在打鳖，说什么也不赶路了，里三层外三层地将他围住，想要一睹一代枪王的风采。雨露牵着虎爹的手，也挤在人群中。

黄八年精神抖擞，只见他背上那杆长枪和棉匠用的那东西差不多，上面有滑轮，有弹簧，前头还有线，线上满是小铁钩。

坐定后，他从怀里掏出一只黑乎乎的口哨，有节奏地吹起来。岸边的村民都瞪圆了眼珠张望，平静的江面除了一些漂着的垃圾，什么也没有。

“干吗要吹哨子啊？野生鳖比贼还精，听到了不跑远了啊！”有人好奇地问。

“他这哨子能模仿鳖和乌龟，就等鳖和乌龟上钩了。”一位老人小声解释。

转眼一个多小时过去了，黄八年只顾吹他的口哨，眯着小眼像是睡着了。突然，河中心的水面上有个小黑点探了出来，说时迟那时快，只听“哧溜”一声，黄八年背后压紧的长枪打了出去。一道白线笔直地打向那个黑点，无数个小铁钩在空中张开，如一张大手，准确地向那黑点抓去。在接触水面的一刹那，黄八年猛地站起身，挺直了腰板，一拉长线，迅速摇着手里的滑轮，江中央那个黑点被拖上了岸。

“好！”一旁一直聚精会神看着的树荫跳跃着鼓掌。这个书呆子还真有本事，只一眨眼的工夫，手里已经提着个小脸盆般大的乌龟，足有十几斤。这么大的野生乌龟，现在就是打着灯笼也难找得到啊！

众人立刻聚拢成一圈瞧热闹。

“这乌龟背上怎么还刻着字呢？写着——上善若水，积善行德！”树荫提着桶水给乌龟洗背上的青苔时，看到了这只乌龟背上清晰的刻字，惊奇地说。

“这——这不是去年前秀秀家放生的那只乌龟吗？”雨露看得真切。这只乌龟让人陌生，但刻字再怎么也变不了。

“哈哈，这事我还是第一次遇到。好吧！这是一只长寿龟，我们也积德行善，放生吧！”黄八年哈哈大笑，收起枪，示意树荫将乌龟放回长江。

“嗯，这是爱心接力，很有意义。我也想在它背上刻字！”树荫抱着大乌龟，鼻子有点儿酸。

“刻什么字？”

“爱心！”

……

一人烧山，全家坐牢！

坟头冒烟，罚款两千！

蹲在地里点把火，看守所里蹲半年！

张公山脚下，丁家墩林场已经砌了一道围墙，将张公山和丁家墩分割开。墙上赫然写着很多防火标语，山脚下围满了人。

面对山下每天“轰轰”开挖的推土机，这些天挑粪工大壮越来越暴躁，白天边干活边观察山下的情况，晚上将收割的麦秆一垛一垛捆扎好，整齐地码放着。空闲时他就上山砍柴，柴垛一扎一扎已经将唯一一条上山的路堵死了，连房前屋后都堆满了，从大江往上看，崖壁像是长了毛，成了一个巨大的喜鹊窝。

每天晚上，这个男人基本不睡觉，搬条小板凳，在小美坟边一坐就是一夜。他怕那些可憎的人偷偷地摸上山动小美的家。大壮越来越瘦了，瘦得像只干瘪的水袋，如果小美在世，看到了肯定会心疼。不管到哪里，他手里都握着那根和他一样干瘦的扁担，那是他的武器。

天一亮，一夜的使命完成，第二天的保卫战又重新上演。每天清晨，太阳升空，他还坐在那里，坟边的茶树在春风的沐浴中开出了朵朵多彩的茶花，美艳缤纷，闪着洁净的白、妖娆的红、金色的黄、娇媚的粉，红白相间如玛瑙，还有去年没有脱落的茶果，魅惑的黑……叠锦堆秀，引来群蜂醉卧花丛中。

他没觉得孤单，觉得这些都是小美化作花簇、化作彩蝶来看他，来陪他了。

“谁要是敢动小美的家，老子今天就是干到火葬场也陪你干到底，早死早投胎！”这天一大早，该来的事情还是来了，山下聚集了很多人，修鞋工坐在悬崖边嚷嚷。

山脚下人头攒动，多数是来看热闹的村民，一些是章晓惠安排的强拆人员，几乎都是工地上打工的农民工。今天章晓惠每人发了一百元，只要他们冲上山制服那两个人，带下山就可以了。而后挖掘机开上去，两铁爪下去，将骨灰盒挖出来，再将坟堆推平完事。

这些农民工开始答应得很干脆，这么多人制服一个半瞎子和一个瘸子，小菜一碟。可是后来听说要挖人家坟，一些人不干了，觉得太缺德。后来章晓惠承诺报酬翻倍，事成之后再给一百元，总算把队伍拉齐，带到山脚下。

“听说那个木头男人不光将山上堆满了柴草，还扛了几个煤气罐上去，就藏在草垛里，嚷嚷着谁要是动小美的坟，他们就跟谁同归于尽，我们上去可要注意点儿！”

“对哦，这年头光脚不怕穿鞋的，遇到这种没人疼没人爱的老男人可要注意点儿。这些人这么大年纪没结婚，肯定思想过激，最好别刺激他们。”上山的时候，有人在章晓惠耳边低声嘀咕。

“一群胆小鬼，真看不起你们这些男人。平时上酒桌，吃饭尽挑好的，吹牛尽吹大的，胸口拍得像轰轰响，真遇到事，一个个就是软蛋。这两个男人有什么好怕的？一个哑巴，一个没腿，瞧你们这点儿出息！”章晓惠站在人群中，一脸鄙视地数落工人。

“他们光棍一个，咱们上有老下有小，给他们垫背，家里老小谁养啊！”

“上山赶走两个残疾人又不是上战场，瞧你们这点儿出息。我这辈子什么都怕，就是不怕男人。山我们承包了，我就不信还没有王法了，种瓜的能叫偷瓜的吓唬了。这个山头的房子和坟堆必须拆，不然我们的工程怎么开展？我们公司可是投了几百万呢！”一帮工人被章晓惠骂得不敢吱声了。

“不是你们的钱，你们不知道心疼；要是你们掏的钱，我保管你们晚上睡觉都在琢磨怎么弄这两个家伙下山。”。

秋高气爽，天高云淡，今年还真是大旱，西九华的牡丹花真灵，已经快两个月没有下一滴雨了。张公山今天不是庙会，却人山人海，到处都是看热闹的人。

老虎崖今天真成了一只发怒的老虎了，山下山上两帮人对峙了一整天，仍然僵持不下。虽然山崖上只有两个人影，但双方实力并没有太大的悬殊。

章晓惠家的儿子已经四岁了，虎头虎脑，浑身都是肉，像房门上贴的抱鲶鱼的年画。小家伙剃了个爱心桃的发型，很是让人喜爱。他在人群中跑来跑去，不时还“咯咯”地笑，浑然不知两支对垒的队伍见火星就爆炸。

大壮像只蚂蚁一样，已经将临风崖变成了一个草垛崖，上山的路不光被他铲平，还砍了很多野橘子枝封了道，这是他们的第一道防线。本来就细如羊肠的山路，现在被树枝封得连条狗都爬不上去。他将前些年在屋子四周栽下的，如今快要成材的树全砍了，推倒在屋子四周，以小美的坟为中心形成一个圆，这是他们的第二道防线。第三道防线是四座和屋子差不多高的草堆，东南西北守卫在小美家的四周。那些草垛都是松树枝，今年又是大旱，只要有一点点火星，就立刻烧成一堆烽火。

还有最后一道防线在这两个男人的心里，那是仇恨的怒火。那面崖壁从下往上看像张大嘴，四个草垛像唇边起了一排小脓包，每个脓包里都藏着一个小宇宙，藏着一个灌满气的煤气罐。

哥俩拒绝游客上山已经有两年多了，村里人说现在张公山是牛爬不上去，鸟飞不下来。两个男人储备了充足的生活用品，米面油盐酱醋茶准备了一地窖，够他们吃好几年的。

“两位大哥，下来吧！林场政府已经承包给他们了。争执这么多年，总得有个和平解决的方法，别走极端。”雨露站在山脚下，举着一个扩音大喇叭，对着山崖上的两个男人喊话。

“谁要是敢动小美的墓地，我们就一个字，两横一竖，跟他们干！”修鞋丁大声地回话。他一直都是这个态度，要是触碰了他的底线，谁来求情都没用。

“上！出了事我负责。”章晓惠一声令下，众人纷纷往山上爬。场面像以前拍的黑白战争片，伪军端着枪往下撤，后面当官的嚷嚷几句，伪军又往上爬。因为原先修的山路已经被这哥俩破坏，上山其实很难，根本无处落脚，只能手脚并用，像只壁虎一样，一点点往山崖上爬。

“你们退回去！都是打工的命，我不想伤及无辜。有本事就让那个章经理上来，我们和她同归于尽。”修鞋工兄弟俩各守一面山坡，手里高举着火把，那呼呼生风的火团快把他们头顶的短发烤焦了。

今年大旱大半年，空气里感觉都是汽油，随时能点着。

“呼呼！”江风每天晚上都到这个崖口跳舞，这里是它们聚会的舞台，今天也呼朋唤友爬上来看热闹。夹着江风的呼啸，修鞋工的喊话声山下根本听不见。

“章晓惠！山上就是个炸药桶，随时都会造成群体伤亡。我要向镇政府汇报，出了事你担不起责！”雨露见章晓惠今天铁了心，在这危急时刻也顾不了情面，咆哮着质问。

“丁书记请便。当初县招商部门和我们对接的时候，许诺像是婚前说的鬼话，几任领导一换，一年不如一年，现在根本找不到人。我们公司签合同的时候，地方政府答应两年内帮助将林场里的住户拆迁安置，你看看一晃几年了，人家就是不下来。我这是逼上梁山！”章晓惠今天也红了眼，谁的话都听不进去。听说前些天公司开会重点批评了她，还给了期限，限期完成长江旅游开发公司扫尾工程建设，不然就撤了她这经理的职。

“人品不行，才华清零哦！”

“这家伙童年是竹子，属——笋（损）！”

“宁拆十座庙，不破一桩婚。拆人家亲人的坟比拆散婚姻更恶毒，太过分了！”旁边有村民小声地议论。

“哪天再打土豪、斗地主、分财产，看我不第一个斗了这家伙！”丁福满也在人群中，看着拥兵几十的章晓惠威风凛凛，恶狠狠地骂着。

“对哦！她有什么了不起，往上翻三代，我们还不都一样？有什么好神气的。”有人应和。

“对于这件事，我寻求过正规解决途径，张县长帮我协调过几次，请求执法部门强制执行。可是那些个衙门口朝南，开趟车来观察一下地形，一看山上全是易燃物品，说可能出人命，下次再也不来了。这是典型的不作为，以后国家要把那些懒政人员抓起来，不然我们这些投资公司没法过日子。我打的报告堆起来都有我这么高了，现在成了扯皮事件。今天我是被逼的，你也要体谅我们这些做实业的，投资这么多钱要有回报，可是这两个男人把最好的地段给占了。那里是观景台，我们山庄等于没了龙头，做不出亮点。我们是商人，不是慈善家！”章晓惠情绪激动，大声叫喊。

“那也不能蛮干。上面是两个残疾人，底下往上冲的也都是上有老、下有小的老百姓，死了谁都是一辈子的罪！”雨露大声回应。

“我管不了那么多，这两个男人真搞笑，为一个女人守墓！这都什么年代了，爱值几个钱？还对一个死了烧成灰的女人这么执着，这不叫痴情，这叫神经病！”章晓惠激动得开始谩骂。

“你才是神经病！我女儿一辈子命苦，入土了你都不让给她安宁。”突然人群中冲出一个人影，呼地一下子就冲到章晓惠面前，声音轰轰作响，像是在打雷。

“啪！”的一声，一个响亮的耳光抽在章晓惠脸上，粉嫩的面颊顿时就印上一个通红的手掌印。

雨露也被搞蒙了，等看清楚是丁国安在打人，赶忙叫人把他拉回村去。章晓惠捂着脸，眼里含着泪，没让它流下来。她抬头看看山顶，一挥手，示意山腰上的工人往上冲。

“良言一句三冬暖，恶语伤人六月寒，这下子这个女人彻底和丁家墩的人走到对立面了。”

“对立又怎么样？哪天一把火把她的山林烧了，看她还搞个屁的旅游！”人群中传出谩骂声，章晓惠装着没听见，冲上山继续指挥。

张公山那场大火，县里紧急调来了四辆救火车，可是根本不管用，崖壁太高，风太大，车开不上去，伤员抬不下来，救护车来了也没用。一瞬间到处都是火，到处都是浓烟，直到整个老虎崖都烧干净了，火势才慢慢消停，但烟依然散不掉，对面几乎看不见人。雨露带着一些人摸上山清理现场，抬下来一具烧成焦炭的躯体，已经烧成树疙瘩，干巴巴的像块咸肉，没有双脚，一看就知道是修鞋工。挑粪工活不见人，死不见尸。

当天晚上，镇派出所在现场拉起了警戒线，并安排专人将修鞋工埋在丁家祠堂的后山上。好在死的是外地人，他家住在哪里，要赔偿多少钱，那都是以后的事情了，等派出所查清了家庭住址，通知他家人再说。先处理了尸体是上策，否则哪个家属看到亲人烧成那个惨样都会情绪激动。

山崖上那几间石头屋烧得只剩下墙壁，推土机开辟了一条小路，像只螃蟹一样愣是爬了上去，只几十分钟就将屋子推平了。小美的坟堆已经被煤气罐炸开了一个大洞，像是被开了棺一样。章晓惠满脸是灰，在附近仔细寻找，她想积点儿德，找个地方重新将小美安葬，却没有找到骨灰，只能叫工人将坟推平，栽了棵冬青树在坟堆处，埋了个苹果，寓意平平安安，想以此镇邪。毕竟她心里是有亏欠的，但没办法，人都是为钱打工，这个罪过只能她来背。

当天晚上，雨露从大船上回家的途中，看到大堤的铁牛像下坐着个人影在哭泣，走近一看，是一身焦黑，胡子、眉毛、头发全烧光的挑粪工大壮。

拆迁断崖壁闹出人命的新闻算是比较大了，一下子让县、镇那些支持章总的官员哑火了，全都不再发声。社会上谣言四起，刚开始的时候说烧死了一个人，另一个人没见着尸体，可能跳江了。双方还动用了煤气罐，都快把张公山炸塌了。这是强拆，是犯法的，激起了民愤，差点儿引发暴动。后来又谣传死了十几个人，出动了特警才把事态平息下去。

县里重新对江滩边那一千多亩芦苇滩进行招投标，长江旅游开发公司投的标书和雨露的标书都递上去了，合同期是三十年，雨露给的价格还是每亩每年三十元，长江旅游开发公司给的价格是每亩每年一百元。只一个晚上，消息就传回了村，丁家墩获得了承包权。

村里一些老人含着泪说，这合同是山上那个男人拿命换来的。

第四十九章 聘请丁大炮

强拆小美墓的那晚，挑粪工一直战斗到最后一刻。当他哥哥高举着火把，摇着轮椅，把老虎崖烧成一片火海的时候，他也抱着必死的决心，可是在最后的对拼中，修鞋工一把将他推下了老虎崖，救了他一命，自己却被烧死了，兑现了一生陪着小美的诺言。

那天雨夜电闪雷鸣，可就是不下雨，像人在干哭。挑粪工在船头摆了香案，“咿咿呀呀”地叫着，一个采江沙的船老大夜里出船偷采江沙，远远地看江面上漂着块木头，木板上坐着一个披头散发和猴子差不多高的“水鬼”在哭，吓得猛打船舵，将船撞上了江滩，撞坏了栏杆，成了个笑话。

挑粪工第二天买了条旧木船，一整天都蹲在船头，看着大江，看着老虎崖发呆。雨露晚上去看望他，发现船舱里摆着香案，香案上放着一个罐子。听说推土机推小美墓地的时候，小美的骨灰盒像长了脚一样从墓里跳出来，一路小跑着落到了大江里，落到了这个男人怀里。随着小美的骨灰盒一起掉下悬崖的还有几双破旧的鞋子，补丁叠着补丁。大壮捡到了却如获至宝，哥哥一辈子没穿过鞋，这些破鞋却是哥哥的最爱。哥哥没事的时候喜欢把补丁拆下来，再一针一线地纳上去。

“这个勺子形的江道是个鬼峡，急流很大，底下碎石大如石碾子，在转弯处沉积，形成了大漩涡，大旱那年水位很低也没见底。我看见过，形状像个台子，上口小底下却又深又大，你以后在这一带过夜要注意安全。”丁大炮叮嘱他，叫他晚上睡觉时，最好把船划到江滩边的芦苇地，那里滩浅。

一个月后，大壮用所有的积蓄买了口上好的棺材，棺材里放了一双破旧的打了补丁的鞋，还有几件衣服，请村里的几个单身汉抬着，放了些炮仗，将跟随他几十年的那根瘦扁担绑在棺材头，一同沉入了老虎崖的那个江口。

自那以后，挑粪工不理发，不刮胡子，成了个毛人，再没有上过岸，以船为家，得了个“长江水鬼”的外号。一次他在江水里捞到一具因逃婚而投江的姑娘的尸体，姑娘的家人一路哭哭啼啼地来认人，“扑通”一声在船上给他磕了一个响头，临走给他几百块钱作为捞尸费，还在他中指处绑上一根三寸宽一尺长的红布条，说是为了辟邪。

自此大壮又多了个职业，成了名捞尸工。他请铁匠专门打了很多根指头长、衣架粗的滚钩，用麻绳系在一根长竹竿上，制成了一根六米多长的捞尸竿，竹竿上挂满滚钩，像是插满了糖葫芦。天气晴朗的时候，他喜欢将捞尸竿直插在船头，让太阳晒晒捞尸竿的阴气，远远看去像是风铃。他平日里还顺便打捞矿泉水瓶维生，每公斤能卖个几块钱。

“叮叮当当”，江风撩动着那些闪亮的滚钩，“哗哗啦啦”作响，丁婆说那是招魂幡。每当听到这样的响声，江面上那些船都躲得远远的，有时候连偷沙船都不敢靠近。

渐渐地，两岸如有投江的人，家人报案后也会通知他，告诉他投江人的穿着和长相。有时催得急，大壮就找丁大炮帮忙一起打捞。每次寻到尸体后，先取一根掺了黑狗毛的麻绳绑在尸体腰上，将尸体吊在背阴的悬崖上等候家属来辨认，确认后才穿上白衣，用白布将尸体眼睛蒙上，怕死不瞑目，最后将尸体背上岸去。丁大炮原先只是偶尔帮帮忙，可是生意越来越好，他渐渐也就适应了，很少回村里住了。

今年这场大旱一直持续到秋末，一年的前三个季度，雨露都在带领村民抗旱。虽然庄稼减产了，但长江水位下降，芦苇滩裸露在外，雨露刚好可以组织人员将芦苇滩进行规划，先挑了个内河埂，高度虽然和长江大堤差很多，按往年江水的记录还是安全的，这样就将那一千多亩芦苇滩变成了内河。然后将芦苇滩进行了规划，地势低的地方进行深挖，成了天然的鱼塘；地势高的地方，每两亩隔成一片方块田，准备养殖江蟹和白米虾。还剩一半的芦苇滩算作一块自然的湿地，供候鸟栖息的同时放养一些乌龟和鳖，江水养出的鳖比市场上卖的鳖贵五倍还买不到，这方面她全交给树荫和黄八年管了，养鳖他是专家。

这样，一个浅、中、深养殖体系就形成了。她将这些年开饭店挣的钱全都买了鱼苗，投进了江滩里。

雨露想象着，明年这个时节，游客可以自己来垂钓，抓捕野生鱼，大船负责烹饪，适当收取费用，这样便形成一条完整的游、玩、吃的一条龙服务。

转眼冬去春来，雨露去镇里开会，主持会议的是县海事处的领导，通报了一起事故。上游一个轮渡口，前些天一个女人抱着三岁的孩子跳了江，一查才知道，女人丈夫出车祸死了，肇事司机是个单身汉，无牌无证，穷得叮当响，女人的孩子又得了怪病，女人一狠心跳了江。那个乡镇的书记被处分了，理由是没有做好调解与扶贫工作，出现两人或两人以上跳江事件必须向市政府专项汇报，这个责任谁负？

会后，雨露跑进姜书记办公室向他汇报，按照今天的会议精神，村里要聘请保洁和巡江人员，资金怎么落实。没想到姜必胜沉着脸把她数落了一顿，镇里每年可支配的资金就那么一点点，各部门、各单位、各村打来的报告堆得有半腰高。都说本部门工作重要，关乎民生，马虎不得，可是僧多粥少。县直相关部门一出安全事故和突发事件就层层施压，下基层开会、强调、布置任务、安排督查，那是他们的工作。乡镇就是个小政府，不能一起风就砌墙，一下雨就开沟，就是金山银山也不够用，他这个一家之主得把有限的资金用到刀刃上。

“这工作也重要啊！镇上去年花了几十万在西九华两边修了两道高墙，还请大学毕业生画了很多宣传画，说是美丽乡村宣传画廊，可大家都知道，那是遮丑墙，目的是市领导组下来检查的时候，不让他们看见墙后面几个村子的破屋，这钱花得有什么意思啊！”雨露不解地问。刚刚会上姜书记做总结发言的时候，对着县海事处领导拍着胸脯说镇上一定会加强管理，安排专人，请领导放心。他说安全重于泰山，大于一切，镇政府一定会时时抓、处处抓，抓出成效，确保不出安全事故，可巡查组刚走，他就变卦了，翻脸比翻书还快。

“我们山里红镇是县委书记包干扶贫的点，他亲自抓。西九华建围墙那是没办法，谁也不想花那钱啊！选你当村支部书记，我就知道需要很长的时间打磨。你虽然年轻，但年轻不是借口啊！为官要有悟性，不然你不光累死，而且到处树敌。做得越亮的事情越有它的道理，这些东西不必问，有的干部看一眼就知道了，你非要逼我说出来就没意思了，就这点儿小学生的觉悟啊？”姜书记感觉雨露是在揭他的短，火了。门外站着几个村书记等着进去汇报工作，他把雨露狠狠地批评了一顿。

“好，那要是我村负责的江岸出了事故，可不能怪我哦！”雨露弱弱地说，脸红得烫手，低着头退出去的时候，门外别村几个书记抿着嘴不说话，侧身偷偷地笑。

雨露回到村，一连生了几个月的闷气。可是怕什么来什么，真的出了安全事故了。年后西九华庙会，一位七十多岁的大娘为给儿媳抢三月三的头一炷香，求佛保佑儿媳能生个带把的孙子，过丁家墩江滩轮渡时，硬是活生生让人群从船头挤到了船尾，挤进了长江里，捞上来已经变成泡尸了。

那家儿子是闻名的浑蛋王，吃喝嫖赌样样占全，当晚抬着老娘的尸体在镇政府的大门堵了一个星期，惊动了十里八乡，成了年度最佳“新闻”。姜必胜对此调停未果，报警对那家儿子也没用，那家伙恨不得把记者请来，动静越大对他越有利。有好几次他鼓动亲戚抬着老妈的尸体要到县政府上访，去堵县政府大门，都被姜书记截了下来。

最后镇政府不得不花钱息事宁人，不光支付了丧葬费，还赔了不少钱，具体数目私了商定的。镇政府还和那个男人签了赔偿协议，严禁透露赔偿数目。雨露听到的小道消息是镇政府赔偿了几万。安葬那天，姜书记亲自带人，不光磕了头，还送了花圈，才把这事给抹平了。

姜必胜前脚送走了挟尸要价的闹访人员，后脚就收到县安监办的全县通报文件，责令山里红镇整改，确保绝不再出现安全事故，并对山里红镇分管安全工作的副镇长做出停职处理。

出了这档子扯皮的事故后，几个村的书记私下里给雨露起了个外号叫丁乌鸦！有一次雨露听到别人这么叫她，气得抓住人家责问，但怎么也问不出这句话从谁那里传出来的。

“现在是有法不依，法院越来越清闲，一个屁大点儿的纠纷案子，一个月就能解决的事，也要调查取证，搞到两年后才宣判。一些往年见惯不怪，和政府毫无关系的事件，本该由政法系统按法律程序处理的事件，全都推到信访办来了。”

“对哦，可不是吗？现在法不责老，法不责少，法不责众。虽然有很多负面新闻，但国家改革开放，有些事也是摸着石头过河，弯路在所难免，但也不能一出事就跑政府闹啊！”自从开了这个赔偿的口子后，镇政府最忙的机构就是信访办了，每天都有人去喊冤，几个工作人员哭丧着脸发牢骚。

“信访工作千头万绪，关乎民生，各色各样的人都能遇到，有的家里一贫如洗，有的孤寡老人无人送终，有的泼皮无赖蛮不讲理，甚至还有专门以此为业，采用缠、闹、磨的办法敲诈政府。越是这样，越考验我们这些冲在前线的信访人员。”每次开信访工作会，姜必胜总是不厌其烦地鼓励信访办工作人员。调进信访办的人员都是没关系的老实人，有点儿后台的都不愿意到这个部门上班，不但没油水可捞，还天天和人吵嘴，再好的心态也能吵得脑出血。最恐怖的是在这里的人上班时间长了，会丧失同情心，把所有来这里有诉求的人都当成闹访人员。

一次雨露听说一位快退休的老干部被调进镇信访办，当晚就拎着几瓶酒去了姜书记的家，哭丧着脸求他高抬贵手，将他调进别的单位，再冷清的单位也行，他只想安度晚年。后来才知道，这位老干部一辈子没给人送过礼，想不到老了却晚节不保。

“我们身为国家公职人员，不准发牢骚，更不准推诿。信访工作是地方政府的一面旗帜，省、市、县对地方一把手实行信访工作一票否决，我对你们也进行考核，一定要常抓不懈，天天抓、时时抓，要将信访工作化解在萌芽状态。要重点关注转业军人、土地所分流人员、民办代课教师、七站八所下岗人员。国家现在进行改革，北京、上海这些大城市有很多人没工作。吃大锅饭已经一次次证明是条死胡同，我们机关干部一定要解放思想，耐心解释。有的群众一时角色还转变不过来，认为国家不管他们了，其实我们所有人都是聘用制，哪有一辈子的铁饭碗？说白了，我们都是为国家打工。对于那些能力差的、不思进取的、装病常年请假吃空饷的人，就该让他们走人，这叫优胜劣汰，活水自然清。要时刻关注他们的动向，不能让重点人员离开你们的视线，绝不容忍有越级上访，进省，甚至是进京上访的行为。”一次姜必胜听到信访办工作人员又在发牢骚，立刻开了动员会，点名批评了好几位村书记，批评他们没有做好劝解工作，还到处乱说，透露镇政府赔偿金额。现在社会上有种怪现象，说政府对待那些上访人员是按闹分配，更有甚者叫会哭的孩子有奶吃。长期这样下去还得了啊！政府的公信力在哪里？

自从那次闹访后，县、镇两委政府高度重视丁家墩轮渡码头的安全隐患。既然出了人命，江滩就需要管理，群众安全大于一切，决不能出现第二次事故。

雨露再次打报告给镇政府，没想到姜书记立刻就找她谈话，表示政府每年可以拨些专项资金，但管理人员没有编制，要以村部的名义聘请，政府等于花钱买服务。

雨露满口答应。姜必胜也给雨露下了硬性任务，就是做好轮渡口防溺水和寻江防护任务。对那些跳了江没有死亡的事件不做要求，否则扣发巡江人员工资，村书记不光扣发工资，还要处分。

只要镇政府给钱就好办，雨露回村后立刻进行了研究，借这个会议的东风，先给挑粪工安排了工作。国家要保护水资源，加强沿江城市对长江的取水管制，同时加强对白色污染的清理，按照属地原则，丁家墩江面要安排专人进行清理。虽然工资不高，一个月二百多块钱，但挑粪工已经很知足了。他不计较工资多少，关键有事可以做，能养活自己就好了。

轮渡管理工作交给了丁大炮，这老家伙特别高兴地答应了，算是老有所养了，怎么说也算是一份稳定且受人尊敬的工作。随着西九华旅游开发已成规模，村里的农家饭店建设也扩大了规模，雨露又筹集资金建了两条渔船，扩大了饭店规模。每天各类车辆和人畜混杂抢着过轮渡，尤其是早晚，简直是人满为患，落脚的地方都没有，连片树叶都塞不进去。

"人家说北京地铁很挤，咱老家这轮渡也能把人挤成柿饼！"丁鱼鲤说，她春节从北京回村，一路挤回家的。本以为到了家门口不需要再挤车了，没想到回村的最后一站比北京的地铁还挤。

丁大炮的新头衔叫防跳江劝导员。他做事特别认真，甚至把被子抱到挑粪工的船上，每天第一个站在岸边，最后一个离开。雨露被丁大爹感动的不是他的敬业，而是他的爱心。

为了更好地进行轮渡安全工作，县海事处组织全县相关人员进行了一次集中培训，给他们上课的老师对长江进行了详细介绍。下游三十公里处就是南京长江大桥，建于1968年，是中国南北交通大动脉，通车快几十年了，已有一千多人跳江。每一座跨江大桥不仅书写着这座城市的光辉荣耀，也书写着一些人的生死故事。他们大多是外地人，多数是慕名而来，有情侣情感破裂的，有做生意失败的，有被骗进传销的，有得了癌症没钱治疗的，还有被儿女榨干了的老人。这些人的尸体捞到后找不到亲人，个别的就是联系上了家属，家属也不来认领，县民政局到时就会给三百块钱的打捞费，这也算是做了一件善事。

今年长江大桥封桥维修，一些寻死的人不能上桥，就沿江乱跑。江边码头对那些寻死的人就有了莫大的吸引力。江边雾气弥漫，荒草萋萋，人心情不好时看到这样的情景，最容易想不开，春季和秋季最多。丁家墩江滩就是重点，水流急，人跳下去江水只吐口唾沫，人眨眼就被活吞了，死得痛快，跳的人爽快，所以一定要加强防范，做好管理工作。

"保证完成任务！"会场上丁大炮突然站起来，像个军人一样将腰杆挺得笔直，大声地喊着口号。会场里坐满了人，都齐刷刷地扭头看着这个光头老男人。

“丁大爹，你捞尸的时候，遇到那些寻江的苦命女人，不如捞回家焐被窝里算了。就算你不要，捞个给你那苦命的挑粪工老弟也好啊！”丁大炮没事的时候喜欢坐在江滩边那家小卖部门前抽烟，村里人打趣他。

“女人最烦了，稍有不顺就跳江，脆弱得像窗户纸，我才不要呢！一次我看见一个漂亮的女人跳了江，二话没说就跳进江里救人，结果那个女人比我游得还快，边游边挥手挑逗我，喊来啊，来啊，来救我啊！我在江里游一圈没找到人，上岸才知道那个女人是岸边一个村里的神经病，一受刺激就跳江，但水性比鱼鹰还好。”丁大炮愤愤地说。

“哈哈！还有这样的人啊？专业跳江的孬子。”

“我那小老弟心里只有王小美，船舱里唯一值钱的东西就是小美的相框和骨灰盒，哪个女人他也不要。”丁大炮反驳他们。挑粪工一般很少上岸，每天都像只鱼鹰一样蹬在船头，眯着眼睛像睡着了。可是只要江面稍有动静，他肯定第一个发现，驾着小船疾驰而去。

但丁大炮也有自己的苦恼，严格点儿说就是他的缺点。每天干着捞尸、搬运的活，对过江的村民和车辆进行管理，他从来都没觉得烦，可是他一个大老粗，每次面对跳江这类突发事故都显得束手无策。尤其是一些漂亮的女人跳江，他一把抓住女人，死都不撒手，人家没哭，他倒先哭成泪人了。还好江边有树荫夫妇，处理不了的事情可以找他们。

第五十章 升职回乡

张雅青夫妇特别能吃苦，租了条采沙船，日夜都不上岸，每日每夜在丁家墩江滩边来回游弋，去年终于挣够了钱，一次性付款把那条旧船买了下来。今年夫妇俩还在他们家原地基上盖起了两层楼房，装修得特别漂亮，一下子成了村里的首富。

晚上一帮人在他家喝喜酒的时候，阿六喝多了，嚷嚷着倒霉，今年又要给姜必胜那家伙烧香，那家伙胃口太大，开口就要两万。

雨露听在心里没有说话，全当阿六喝多了说胡话。

撅人王家阿胖这几年个头疯长，块头比阿宝大，个头比阿宝高。他十四岁，阿宝十二岁，渐渐地想挑战阿宝的权威。一次两人为演日本鬼子和八路军发生了争执，阿胖忍无可忍，终于向阿宝下了挑战书。阿宝鼻子哼哼了几声，接受阿胖的挑战。几个回合下来，阿胖已经鼻青脸肿，身上到处挂彩，可阿宝毫发无损，两人打架完全不在一个等级上。

当晚撅人王就拽着儿子到秀秀家说理，那天刚好秀秀和老黄在学校开会，会后学校聚餐，还没回来，阿宝像个小大人一样，站在门口迎战。

“你家阿胖个子大，不中用，是个臭蛋！胖得跳起来了，脚底下连张报纸都塞不进去，还跟我打！”阿宝一脸鄙视。

“你是死人啊？一身横肉，怎么连个瘦猴子都打不过！把晚上吃饭的劲头拿出来啊！”撅人王大声咒骂儿子。

“妈，他滑得像条泥鳅一样，我根本打不过。”阿胖已经被打服了，可怜巴巴地小声说。

“你可以在任何时间、任何地点向我挑战，下次打你，我只用一只手。”阿宝竖起食指，学着前些日子村里播放的电影里李小龙的样子，一脸藐视地说。

撅人王拽着儿子在阿宝家转悠了一圈，没找到他家大人，垂头丧气地回家了。

那天晚上，撅人王回家不光把儿子狠狠打了一顿，还没给他饭吃。

今年妇检比往年更严格了，一些在外地很远的地方打工的妇女都要赶回村来。张玉宝正在县里开上年度计划生育总结大会，如梦妇检完进城看玉宝，刚好遇到闺密——镇上的女警汤蓓蕾，她说她男友也在开会现场，两人是同行。

她们站在会场外，一些来参会的乡镇负责人偷偷地笑。今天县委主要领导没有到场，张玉宝就是一把手，刚好轮到张玉宝做最后的总结发言。如梦在会场外等得有些着急，跑到会场侧门探身张望，刚刚还鸦雀无声的会场一下子就骚动起来，本来装得一本正经的开会者与发言者都侧身观望，一个扎着马尾辫，穿着紧身上衣的女人到这里干什么？难道是倒茶水的服务员？不对，倒茶水的女人皮肤不可能这么白。

“嘿嘿！”姜必胜坐在会场靠边的角落里，一眼就认出了是县长大人的老婆，捂着嘴笑。只一个笑容，整个会场里都知道没敲门就进会场的不速之客是谁了。

张县长今天状态特别好，不光讲到了目前严峻的计划生育形式，还提出了明确的要求，连续用了五个“务必”、两个“必须”。这是领导的讲话习惯和语言标配，显得讲话有力度、有要求。会后，各乡镇主要负责人都要上台签字，等于立了军令状。场面搞得很宏大，电视台也进行了现场拍摄和报道。

最后是全县各个乡镇少生优生妇女代表上台领奖，一共三十二个人，个个胸戴大红花，站成两排，接受县政府领导颁发的荣誉证书。中间站着的一位妇女最显眼，竟然挺着大肚子，看样子快要生了。那是山里红镇树的典型，小麻子的老婆水明月。她没生前就带头签字产后结扎，像这样心系国家的好媳妇到哪里找？政府要求大力推广，凡是产前先签字结扎的孕妇，都给予经济奖励。

张县长的颁奖对象刚好是水明月，如梦站在主席台边静静地看着，直到这个时候，她才知道这个女人的名字，小麻子喜欢嘴巴里含着蜜糖一般喊她明月、阿水、月儿。

按照惯例，要安排一名妇女代表上台发言，张县长安排的是水明月。这女人现在已经完全入乡随俗了，做事踏实，没有怨言，没生娃就嚷嚷着结扎，觉悟高，人也长得标致，宣传效应好。水明月低着头，挺着大肚子，像个不倒翁，从后台再次走出来，怯生生地走上发言台，将捏在手里的一张发言稿展平，脸像缺氧一般憋得通红。她像个小学生被老师拎上了讲台，头都不敢抬，即便是将话筒贴到嘴唇上，声音也小得可怜。

“感谢领导给我这次机会。我是一个来自外省大山里的孩子，在我小的时候，我的爸爸妈妈响应国家人多力量大的号召，一口气生了我们兄弟姐妹八人，我在家排行老小，人家叫我水八妹。现在国家人口多，资源有限，必须实行计划生育。少生孩子少拖累，利国利民利后辈，实行一对夫妻只生一个孩子。我男人三十多岁才娶的我，家里穷，抚养一个孩子刚刚好，所以我在村里准备带头结扎。我妈生我时只买了一斤红糖补身子，而我快要生娃时，政府不光给我送了挂面和奶粉，还说结扎后奖励我一千块钱。村里宣传说一胎结扎好，国家来养老，感谢政府这么关心我们。今天我在这里带个头，就是告诉大家，别给国家添负担。大家都不超生，村里晚上就可以睡个好觉，不用养那么多狗防稽查大队进村抓人了。大家都不超生，镇计划生育工作人员就没事干了，就可以天天放假了……”

“啪啪啪！”水明月小声地念完稿子，转身走下讲台，会场底下响起雷鸣般的掌声，而且是一浪高过一浪。几位站在一边搞服务的工作人员一脸吃惊地看着众人，这样雷动的掌声，他们在这里工作十来年了，从来没有见到过。

这个俊俏的女人竟然能体会他们的苦与累，所以在她说完给他们放假后，底下传来雷鸣般的掌声。这是自发的鼓掌，这个老实巴交的女人说出来的话这么朴实，句句在理。计划生育工作被形象地比喻为“压香油”，层层加压，最后压出“成绩”来。基层计划生育检查每年要迎接全国检查、省级年终检查各一次，市级检查两次，县级检查四次。国检和省检都是随机抽样，有可能很难抽到，但工作不能掉以轻心。市检和县检是层层过关，那是必须认真对待的事。每次迎接检查都要准备很多资料，都是手工操作，这些资料要花费多少时间和精力，所以计生工作人员感到人累，心更累。

“如梦姐，今天好多人哦！你们村里还有妇女发言啊？”小蕾穿着制服，从后台走过来，拍着如梦亲切地打招呼。

“扑通”一声，主席台阶梯口有人摔倒了，大家一看，竟然是刚刚发完言，准备走下主席台的水明月。她铁青着脸，没看清脚下的阶梯，一个踉跄摔了下去。

“哦——”整个会场发出一阵惊叹声，那是被吓的，一个大肚子从台阶上摔下去，搞不好会出人命。

“没事，没事！”工作人员慌忙冲上去搀扶她。水明月摇摇手，煞白着脸，看着主席台上的几个人，疾步走出了会场。

“我今天参加镇妇检，刚好顺便来看看你。听说今年妇检比以前严打时还严，镇上拉的条幅上的口号是迟检一天罚款，超生一胎倾家荡产，好吓人哦！听说有几个生了头胎的女人在外地打工，特意赶回来检查，可是竟然中奖了，直接送到县计划生育服务站了。”如梦找了个靠后的位置，一直等到玉宝开完会，走下主席台，才起身迎上去，亲切地说。

“嗯，是严。我下午刚好下乡检查工作，你坐我的车一起回家吧！”玉宝终于展开紧绷的脸，回着话。

“该生不生，后悔一生；该养不养，老无所养。趁我现在还年轻，赶紧抢生一个吧？”中午休息的时候，在县政府大院的宿舍里，如梦支开小蕾，瞅准机会，冷不丁问玉宝。

“公职人员超计划生育，你知道是什么后果吗？不光要开除党籍，还要开除公职。每年拉三次大网，对未结扎妇女进行检查，单位所有在职人员都要表决心。如果哪个女人怀孕了，农村一般是农村妇女主任会上门做工作，单位一般是工会主席上门问话。”玉宝吓了一跳，盯着如梦说。一般这个时候他都会午休半小时，生物钟到这个点就像放了迷药，眼睛都睁不开了。

“上有政策，下有对策嘛，活人还能让肚子憋死啊！我听说女人上环的时间不能太久，太久了就像原本种稻谷小麦可以大丰收的田地，荒废了几年后就成盐碱地了。所以我要生一个，不然憋出病了，更年期会提前来临。”如梦不看玉宝，大声地说。她就是要表明态度，这些话憋在心里好几年了，要一吐为快。

“今天妇检，你猜我是怎么过关的？根据规定，女人月经在身不宜上环，这次我搞了一点儿鸡血洒在护垫上，那个医生也没怎么细看，好像认识我，做个人情就开证明签字让我过了，我聪明吧？”如梦继续讲她惊险的妇检故事，一脸的得意。

“幸好你只是个家庭妇女，要是到行政部门上班，到哪个单位，男人的饭都要被你吃光，一肚子歪歪肠子！”玉宝瞪大了眼睛，表情有些夸张地说。他算是看明白了，今天如梦来看他是有想法有预谋的。

“什么歪歪肠子啊！这都是被你们逼的。作为一个女人，想生个二胎怎么了？我就搞不懂了，国家给你们发工资，就是要你们天天去抓女人，不让她们当妈？这和刽子手有什么区别？人家外国生二胎都有奖励，生四个孩子还是民族英雄，我只想生个男孩争口气，还得像做贼一样，被逮到可能还犯法坐牢呢！”如梦说出了心中的郁闷。

“这是国家的事，国家要统筹，站的高度不一样，都没错。”玉宝叹了气，示意如梦别再争执了，他下午还有工作，中午要休息。两人都上了床，各自想着心事。

秀秀家阿宝上小学五年级了，这娃名声在外，谁都不愿意代他的课。为了不给别的老师添麻烦，秀秀夫妇将工作从初中调到小学，儿子的语文秀秀代，数学老黄代。期末考试，改到儿子卷子的时候，秀秀气得胸口发闷，感觉有股鲜血要喷出来。阿宝语文卷子写得一塌糊涂，作文总字数加一起也不到一百个字，错别字比写的字还多。尤其不能让人忍受的是，他每写错一个字，就像有仇恨一般，将那个字用笔捆绑似的涂抹，秀秀把这叫“打毛线”“搭喜鹊窝”。一张试卷就是一张迫害书，一张试卷成了一张百巢图。

“我怎么生出这么个怪种！”当秀秀看到卷子得分栏上歪歪扭扭地写着一行字时，气得恨不得当场撕了卷子。

“怎么了？”老黄和她同在一个办公室，关心地问。秀秀指指那张卷子，阿宝这几个字倒是写得认真，字迹清晰可辨，只见试卷得分栏上写着：改卷子的老师活的岁数 ______！秀秀核算了一下，儿子最多得十五分，可是给十五分就预示着改卷子的老师就活十五岁啊？这孩子整天脑子不知道装的是什么！

张伶俐调到别的乡镇任职，由于工作认真又敬业，县组织部门对她十分器重，又将她调回山里红镇，不过职位升迁为副书记，分管安全工作。县里选派她到省城参加干部再学习。报名的第二天，就被镇上一个紧急电话召唤回镇里，她分管的暑期防溺水工作出了安全事故。丁家墩上游一个小山村，三个孩子结伴到山里抓青蛙，顺着小溪一路向下游，快到了长江边了，刚听到几声青蛙叫，一个孩子失足掉进了江滩里。那孩子边挣扎边呼救，结果救他的两个孩子一个接一个地滑了下去，最后上来两个，还有一个再没有上来，等大人发现捞上来时，孩子硬邦邦的，早断气了。

这家孩子是独生子，是几个家族的命根子，家长抬着孩子的尸体摆放在镇政府大门前，非要讨个说法。镇政府说这是偶发事故，长江不是自家鱼塘，可以插牌子，可以追究承包人的责任，从古至今这条大江就没听过谁的话，孩子贪玩掉下去出了事故，镇上也没办法。家长情绪一激动，当天下午把孩子的尸体抬到县里，堵了县政府的大门，还拨打了省电视台的《第一时间》进行采访，质疑地方政府没有做好宣传和标识工作，存在失职的现象。这下事情闹大了，县政府当晚就召开了紧急调度会，要求严查，各方督查意见汇总后，得出的结论是山里红镇没有做好防溺水安全标语插牌工作，负有责任。张伶俐作为分管负责人，负责事故赔偿事宜。一天下来，简直就是一场煎熬。她被逼无奈，把这当成是工作，可有些家属把这当成是生意，已经完全从失子的悲痛中走出来，张口只有钱。直到下半夜，双方才签订了赔偿协议，一边财政部门给钱，一边火葬场的车将孩子已经乌黑的尸体拉走，连夜火化。

走出镇政府大门的时候，面对省电视台还要采访她的记者，张伶俐感觉天旋地转，无力地摆摆手，苦笑着拒绝了。现在民间有种顺口溜：找戴帽子的诉求，不如求扛摄像的曝光。这叫什么事！

为了做好本职工作，第二天一大早，张伶俐就带领工作人员检查每个村的塘口插标识牌的工作。丁家墩大塘是重点塘口，这口塘在历史上很有名，光淹死的人就足够写一本书了。赶制的标语已经做好，板子上面分别用鲜红的油漆写着：

如果你想变成死鱼一条，就请在此处下水

溺水事故揪人心，下水游泳不安宁

玩水失足千古恨，回头是岸等来生

此处发生溺水500起，至今未见溺水者上岸

张伶俐围着大塘转了一圈，却没有发现前几天插下的警示牌。正在纳闷的时候，却见大塘边的一块空地上，一群孩子正排着整齐的队伍喊着口号，走着正步，像是部队在阅兵。为首的是个胖成球的男孩儿，穿着短裤，头发是自然卷，那是张富贵老婆带来的添头儿子阿胖。

这群孩子有的戴着破草帽，年纪小的只穿着肚兜，裸露着下半身。阿胖站在高高的土坡上，正在摇头晃脑地训话。他身后一个娃子手里举着一块牌子，正面是镇里用红漆写的一段防溺水标语：今天你是孙悟空，明天变成白骨精！

张伶俐伸长了脖子，仔细看清了牌子朝向孩子的一面也用粉笔歪歪扭扭写着：齐天大圣孙一空！这些孩子把这里当成花果山了，那个防溺水的牌子被他们

拔了，制成了金字招牌，宣誓占山为王。

“为什么写孙一空啊？”镇上一个年纪小点儿的工作人员不解地问。

“一比五大，孙一空比孙五空厉害。”阿胖大声地回答。

“那牌子不能拔啊！是警示你们不要下塘游泳的。”张伶俐走到孩子队伍前，叫停他们的游戏。

“大塘又不是你们家的，不给游泳，我们夏天热死谁偿命啊！”阿胖一脸不屑，示意孩子们别听这个阿姨的话，他们继续演孙猴子。

张伶俐见这孩子根本不听话，有点儿生气地走过去，一把将牌子给夺了过来，转身向大塘口走去，准备将牌子再次插在大塘埂最醒目的石铺处。身后的阿胖不干了，张开大嘴，一嗓子嚷开了。那场面如知了闹夏，分贝吵得人脑出血。

“哎哟哦，大人怎么打小孩呢！还是镇上干部呢！”张富贵家的撅人王正捧着碗，蹬在门口吃午饭，被儿子的哭声惊动了，一路咆哮着赶到事发现场，阴阳怪气地说。

“这是镇上特意做的警示牌，不能拔的。没了牌子，出事故谁负责啊！”张伶俐早就听说此人的特长，解释了几句，转身招呼工作人员，想离开这是非之地。

“哎哟哟！真是世界之大，无奇不有，连大塘都要插标牌啊！现在的家长对孩子真是溺爱得过火，十个就有九个是旱鸭子，一旦出了事就找国家。”撅人王扯起嗓门，大声地嚷嚷起来。

“国家有国家的难处，你们理解就好。”张伶俐赶紧应和。

“照这势头，那黄河、长江、东海、中南海、天河、银河都要插防溺水警示牌，最好造个大罩子罩起来。上海东方明珠也要在外面加装铁丝网，不然跳楼自杀也有责任。这什么世道！这样下去，孩子不都成了大棚里的蔬菜了啊？”撅人王今天没有开骂，反而句句说的是大实话。这些话张伶俐打心眼里感觉比什么专家教授说的大道理都实在，都说到点子上了。这也是她心里的困惑，没想到被她这么一个靠嘴皮子树威望的俗人说得入木三分。有些专家应该请她吃饭，请她排忧解惑。

那天没吵起来，双方态度都很好，不一会儿就散了。

第五十一章 小麻子找钱

丁大炮作为巡江员，第一次领到工资的时候，笑得眼睛都看不见了，想不到他还能吃上国家饭。那天他特意回村给雨露家的儿子一百块钱作为红包。那天张涛涛正在看书，可是这孩子说什么也不要，挥挥手，叫丁大炮别打扰他。

正在一边玩的阿宝说给涛涛买几本好书，他肯定要。第二天，丁大炮真的跑到县城给涛涛买了很多书，弄得雨露很过意不去。那天丁大炮中午在丁小气家吃饭，饭后硬塞给雨露一千块钱，吓了雨露一跳，说什么也不要。

“这钱不是给你孩子的，你下次到镇上，请帮我转交给养老院里一个叫黄树梅的老人。我这辈子对不起她，没脸去见她，可是听说她老伴前些年过世了，子女又不孝顺，她无家可归，就进了养老院。”丁大炮红着脸求雨露。

“哦！这样啊！”雨露支吾着接过了钱。

“你那点儿花花肠子我还不知道啊？年轻时的老相好吧？心里还有念想，那就接到船上过日子呗！都这么大年纪了，快死的人了，还有什么顾虑？”丁小气说得很实诚。

“哦，不了，不了，要真能过，年轻时就在一起过了，谢谢你啊！”丁大炮红着脸，酒都没怎么喝，吃了点儿饭就匆匆走了。

自从老婆从外地回来，小麻子就成了只早起的鸟儿，他说早起的鸟儿有虫吃。他每天天没亮就从集市买回早点，每隔几天就变个花样，顺便到处打听附近村子哪家建房子，需要小工他可以做，工钱绝不比别人贵，活肯定干得比别人多。

“小麻子，我给你介绍个活，挣的钱可以供你一辈子养老婆。”村里阿超子打趣他。小麻子竟然相信了，感激地问人家什么活，满脸期待。

“卖肾！现在有钱人都好几个老婆，天天晚上忙得热火朝天，肾就架不住，坏了要换，听说一个肾至少五十万。”

“卖了我怎么活啊？”小麻子问。

“人有两个肾，你可以先卖一个，人有一个肾也能将就着陪老婆睡觉。”阿超子说。

“那你怎么不卖肾啊？你每次打工回村，每月三天大老板，二十七天穷光蛋，比我还穷！”小麻子反问。

“我在外面几百个老婆，肾早就坏了不值钱。你结婚迟，刚买的老婆又跑了几年才回来，肾几乎没怎么用，割出来比鸡蛋都大呢，肯定马力足，有钱人喜欢。趁这几年还年轻赶紧卖，人老了家伙就不值钱了。”

“滚！老子结婚就是为了自己过瘾，给我丁麻子留个后，卖了肾我不就是太监了？那还留屁的后啊！”小麻子咆哮着大骂，把阿超子骂跑了。

那天小麻子坐在丁家祠堂的大门外吸了半包烟，时不时盯着自己的裤裆，攥着拳头，和自己较劲，这是他第一次听说裤裆底下那家伙值钱，而且还值那么多钱。

“阿宝，嫉妒我的帅吧！”这天小麻子一大早从集市赶回来，刚理的二分头特意要理发师用电吹风多吹了好几分钟。他对着镜子，怎么看自己都像香港的“四大天王”，一路唱着他的主打歌曲，仿佛全世界都是他的歌迷。刚好在村口遇到阿宝带着几个孩子，想在他们面前找点儿自信，便信心满满地问。

“嫉妒你？嫉妒你满天星、草地霜般的麻子啊！”阿宝今天又被秃头老爹骂了，早饭没吃，气冲冲地上学，没想到碰到这个缺骂鬼。

“瞎说，这是胎记。”

“你天天赶集，还吹头，你们家真有钱吗？村里人看你可怜，不愿意打击你，你真是给点儿阳光就灿烂，看见长江就泛滥。”阿宝正在村口等其他孩子，看都没看小麻子一眼，依旧低头边玩边说。

“你懂个屁！现在全中国都在追星，我这是最流行的发型。”小麻子没讨到赞许，失望地往村里走。

“你天天帅不离口，你花钱买来的老婆听说比十头黄牛都贵。人家买个母牛，第二年就下崽，你家买个花母鸡，你还天天吹牛，见人就说自己帅。”

“别瞎说，我老婆这次回来，就是迷恋我帅的最好的证明，我们是真感情。”

“等花光你的钱，你老婆还会跑的。”

“你一个小孩，才十几岁，懂个屁！”小麻子不屑地骂，想当年他也是村里有名的撅人精。这孩子总说他老婆要走，挑他最脆弱的神经刺激。他有点儿生气，抬手习惯性地在阿宝后脑勺上拍了一巴掌，没想到这娃猛地跳了起来，两眼冷冷地盯着他。

“看什么看啊？按辈分我是你大爷，打你一巴掌是教育你要学好，别小小年纪，一张嘴巴比大粪还臭！说话要文明。”小麻子摆起长辈的样子教训阿宝。

“好，你要教育我是吧？我也来教育一下你！你老婆表面和你心连心，背后你可晓得她和你玩脑筋？”

“哇！阿宝好厉害。”几个孩子一脸崇拜地鼓掌。

“你天天说你帅，你穷得小偷去你家都得含泪走，你哪来的自信？你夏天大中午的顶着大太阳，穿上老婆送你的毛衣，打个拉链领带，你觉得自己挺有范，就是四大天王了啊？”

“滚！”小麻子抡起巴掌想再给阿宝一下，可这孩子根本就不怕他，嘴巴像和尚念经一样，停不下来了。

“你抬头挺胸深呼吸，夹个小包觉得自己贼厉害，小包里塞几张报纸，就以为自己是有钱人了啊？”

“……”小麻子被阿宝骂得一时支吾着接不上话。

“你老婆上次走，忽悠你脑袋不清醒，我敢保证，过不了两年，你就会去城里领个国家一级残废证红本本，以后坐火车不花钱，神经病杀人还不犯法呢！”阿宝那天的状态特别好，把被老爹打他的一肚子气全发泄在小麻子身上。

“你个熊孩子，拉屎狗都不吃。才上小学五年级，哪里学来这么多骂人的小道道？嘴上不能积点儿德啊！”小麻子嘴巴硬，这孩子一骂他老婆，他嘴巴立刻就软了，赶忙冲上去，从怀里掏出几个早点，讨好似的塞给阿宝，求他闭嘴。这小子骂人简直就是用刀子捅人，句句不见血却扎心。今天被这小家伙骂得狗血喷头，真是晦气到家了。

“谁稀罕你的早点！穷得衬衫没有衣袖，只有假领，还天天学人家有钱人赶集。破嗓子比鬼叫还难听，还愣说自己是港台明星。我最看不起你天天吹牛，说顿顿喝剑南春，你就是个贱男蠢！”阿宝根本不领情，抬手将小麻子的早点挡回去，招呼村里一帮娃子站好队，他要检阅部队，走正步上学。

当天晚上，阿宝放学回到村的时候被小麻子堵住了，硬塞给他两块钱，说今天被骂得心里堵了一天，求他以后嘴上积点儿德。骂他小麻子祖宗八代都可以，别再骂他老婆，那是他全部的精神寄托。这两块钱就算买个安稳，像城里黑社会收的保护费，以后小麻子和阿宝是豆腐渣贴门对——两不粘。

阿宝觉得挺好，从那天起，他就给村里上学的孩子定了条规矩，每个月要交保护费给他，大人有事要求他的，至少要交一块钱。

丁国安不光烧的酸菜鱼是一绝，腌制的辣菜那也是别有一番臭味。每年开春，待长江两岸全被绿色占领，他便提着个篮子，猫着腰在江坝上仔细地搜寻，精心挑选江坝上那些刚起苔的野生辣菜。苔心不能超过一肘长，粗也不能超过小指，时节必须赶在清明前，这样才是上品。清洗干净后拧干第一次的卤水，呈螺旋状叠放进一口半人高一抱粗的大缸里，层层撒上雪花细盐。那几口不起眼的大缸是他特意定制的，缸口和碗口一般大，口永远是敞开的，只用一块大石头封口，一切味道全部交给潮湿的江风和流动的时间。那些大缸就随意地摆放在船头不起眼的角落里，时刻牢记着自己的使命，接受春风秋雨的馈赠和侵蚀，酝酿奇味。

丁国安管这叫提味，有的人说是提鲜，徒弟小鹏说是提臭。

每年都有一些固定的食客涌向他的船。一顿推杯换盏后，进入养胃阶段，上主食时都要服务员上盘咸菜。别看咸菜只是收官小菜，那也是丁国安的招牌菜，算是压轴的。饭店水平越高，越是体现在细节上。

丁国安腌制的辣菜，独特之处就是别人家上咸菜，将咸菜炒得金黄，拍几颗蒜头，倒些麻油，爆炒后算是上品了。他却让咸菜烂掉，越烂越好，等菜心烂成紫菜一样的碎后，再将咸菜梆子捞出来扔掉，只留墨水一样的咸菜汤。他制作咸菜的秘诀是一个“臭”字。酒越陈越香、越珍贵，在他手里，小菜汤也是越有年份、汤汁越浓、味道越臭越珍贵。他的拿手绝活臭菜汤烧鳜鱼，必须要这样的小菜汤来做作料。

这天船上主座又是满员，最大的包间依旧被章总包了场，从客人的穿着和举止来看，非富即贵。丁国安提着大勺，从船头一口敞开的大缸里舀出两勺浓汤来。那天他特意凑近鼻端闻了闻，有些疑惑地进了船尾的厨房。今天烧的小菜是清蒸臭豆腐，出锅滴几滴上好的麻油就好了，没什么技术含量，一切的秘密全在那口大缸里。

“今天这汤味怎么有点儿浓啊？”他问。

“没什么啊！师父，你这几天感冒，可能有点儿影响味觉吧？”徒弟小鹏回答。

“哦！”黑爹疑惑地回答。

“自打大学毕业，第一次上这条船，吃上第一口臭菜汤，我就迷恋上了这股臭味。闻着有点儿恶心，可是吃到嘴里，先是奇臭细细品味，却有着一股别样的奇香。”章晓惠嚷嚷着说，像是专门为他们饭店做广告的托，而菜一端上桌，一盘麻油臭豆腐立刻被哄抢光。

“对哦，这汤还专治消化不良，开胃健脾。”

“可不是嘛，我们也是被章总带上船的，也吃上瘾了。”

“听说用盐腌制的咸货都会致癌哦？”有人问。

“人家和尚还有酒肉穿肠过，佛祖心中留一说呢。我们都是凡夫俗子，投胎没投好，没富二代爹妈，没官三代爹妈，过过嘴瘾就是最大的快乐，吃碗小菜汤还怕致癌，你还真是足下爱小草，不敢出门踏春！”有人反驳，场面很热闹。

章总又让服务员上了一盘臭豆腐，很快被一群客人一扫而尽。

今天丁国安一反常态，没有给章总任何脸色看，而是躲在厨房里不出来。等送走客人，丁国安总觉得哪里有些不对劲，这么些年练就的味觉，只要有一丝气味的差别，鼻端都能分辨出来，哪怕这几天有点儿感冒。

臭豆腐上桌的时候，他本想尝一口，可是客人催得急，服务员急着给端上桌了。等客人走的时候，他进包间也没寻到剩碟，都收拾了。可他还是不安，开饭店这么多年，他从来都没有这么不安过。

作为一个厨师，是靠味觉吃饭的，可是今天从舀第一勺菜汤，他就感觉这股臭是真臭。原先每次闻那汤都是奇香，是美味，可是今天是真正的臭，臭得让他恶心。一个厨师，竟然对自己的菜有恶心的感觉，那怎么行？

丁国安找到那口大缸，伸进一根长竹竿轻轻地搅拌，一股烂菜汤的臭味扑面而来。他闭上眼，伸出舌头，让舌尖沾上湿润的潮气，凝神感受。他越感受越紧皱眉头，这股味中怎么多出了一股屎臭？

他搅动的手感觉到缸里有异物，缸底像是养了一条上斤两的鱼，在缸里游动。那条鱼时而沉下去，时而翻滚。丁国安轻轻地用竹竿挑上来，那条鱼露出庐山真面目，黑乎乎的像根咸萝卜，可这是辣菜汤啊，怎么会有萝卜呢？他疑惑地将那根烂香蕉捞出缸，凑近一看、再一闻，眼珠子都快掉下来了，这哪是什么陈年臭菜汤！不知谁拉了一截甘蔗粗的硬屎在里面，这口酝酿了几十年的菜汤成了个屎缸，这缸屎汤今晚却上桌做成美味，被争抢着吃光了。

不用说，这肯定是秀秀家熊孩子黄宝玉的杰作。遇到这样的事，上哪里说理去！当晚丁国安就将船上所有的咸菜汤全倒了，宁愿不做，也不能砸了自己的招牌。这件荒唐的事他谁都没说，要是说出去，他的饭店第二天就得关门，可能还会被砸。

小麻子当爹了，这消息让丁家墩一些有红眼病的单身汉特别悲伤，上哪里说理去。

“呵呵呵！”一天晚上，一个单身汉路过小麻子家，半夜小麻子那三间破屋里传出女人的说话声，单身汉一听就知道那是小麻子的老婆在和小麻子夜聊发出的笑声。

那晚，小麻子张罗一帮发小吃儿子的满月喜酒。他哥哥小丑巴坐在人群中一脸欢喜，脸喝得红扑扑的。嫂子也来了，他们将家里几只鸡也捉来给了小麻子。

“小时候，一帮外地人来我们村玩把戏，我上台耍了几把，没想到底下人笑翻了天，之后玩把戏的头头说我天生适合跑江湖，吃这碗饭。我妈那时舍不得我，不然那时就跟那人走了！”小麻子今天特别高兴，一喝酒就开始吹牛。

“你虽然长得丑，骨子里却是个喜剧大师，一句话能让人笑喷。”

“现在电视上走红的搞笑演员，哪个不是丑角？这叫有特点。有的演员为了博观众一笑，模仿大猩猩走路、模仿驴叫，还模仿残疾人，就是为了混碗饭吃。行行都不容易哦！”张大虎笑着说，他今天也破例喝酒了，为小麻子高兴。

小麻子将儿子从房里抱出来的时候，几个儿时的伙伴都愣住了，原以为这孩子应该是尖头细胳膊，瘦得像只野猴，那才是正宗的小麻子原产，可是他抱在怀里的是个全身像打了乳胶一样的胖娃娃，肉肉的像只牛蛙。孩子穿件红色的小肚兜，脚丫子不时地翘动着，左手摆动，右手握拳，两瓣小嘴唇不时地嘛动着，发出“吧嗒，吧嗒”的声响，嘴里还冒出一两个气泡来，像是一条泡泡鱼。

“哎呀，这么胖啊！我看明月月子里也没补什么营养啊！”雨露惊讶地问。

“嗯，月子里就吃了两只鸡，还是嫂子看我可怜，给我养的，真谢谢她！前些日子我想上街给她买几斤排骨补补身子，她硬不让我去，说娃子出生了，以后的日子还长着呢，以后一分钱都要掰成两分钱花。”小麻子说到这事，眼睛湿润了。

“嗯，你以后对你老婆好点儿就是了。”丁祖峰安慰他。

“这辈子就算上刀山下火海，只要明月说一声，我眼都不眨一下。”小麻子哽咽着说。

“吃的是母乳吗？”雨露问。

“不是，营养跟不上，奶水不多。但我老婆手巧心灵，自己调了米糊，儿子吃了照样养得好。现在有钱人都吃高价牛奶，都是孬子，咱中国的厂家应该请我儿子去做广告。都说狗屁洋奶粉好，什么也没咱这长江水灌溉出的米糊养人。”小麻子骄傲地将儿子举过头顶，举着他的骄傲。小家伙刚满月就知道撒欢了，在小麻子怀里笑得都快掉下来了。

“你小心点儿，别吓着孩子。”明月赶紧跑过来，硬是将孩子从小麻子怀里抢了下来。小麻子是人来疯性格，只要有观众，他就兴奋。

“咦，这孩——孩子长得这么可——可爱，怎么连个麻——麻子都没啊？是不是你的种——种啊？”来讨喜酒喝的张富贵半开玩笑地问。

“你刚刚被五步蛇咬了吗？已经走了三步了吧？上前两步说话。”小麻子轻声地问。

“没有被蛇咬啊！”张富贵疑惑地说，站起来，向前走了两步。

“啪啪！”小麻子抡起巴掌，左右开弓给了他最好的朋友张富贵两个耳光。

“滚你妈妈的！你倒是你爸爸的亲种，到二十五岁就结巴，嘴巴里像含了根大便，上街迷路了喊个大妈问路，两个字都要喊半天。”小麻子大声咆哮，一把将发小推到门外。他一听有人侮辱他的老婆和孩子，立刻就燃成一堆火。现在老婆是他的底线，谁说一句不是，他就和谁急眼。

张富贵吓得哆哆嗦嗦，蹲在门边等着吃饭，再也没敢说话。

“你都快四十岁的人了，做事别这么莽撞，今天来的都是客人！”明月赶紧上去把小麻子拉开，将张富贵请进了屋。

“我小麻子刚出生时，脸上是没麻子的，小时候捣麻雀窝，是吃麻雀蛋吃多了才长的麻子，跟生儿子有什么关系？以后谁要是再胡说八道，老子跟谁绝交！”

“赶紧招呼客人吃饭吧！张富贵大哥，你上坐，别和这个小气男人一般见识。”水明月将刚烧好的一盘菜端上桌，扶起张富贵坐好，给他装了一碗肉汤。

第五十二章 撅人王怀孕

撅人王那天中饭后去地里摘棉花，远远地看见小麻子的老婆也在地里忙乎。这女人产后恢复得很好，可能是营养跟不上，身材几乎没变形，听说生完孩子半个月后就下地干活了。今天明月斜挎着一个棉花包，梳着辫子，像电视上采茶广告里面的姑娘，显得特别清秀美丽。

“哎哟哟，外地姑娘就是不一样，摘棉花背包都夹胸背，身材不错嘛！”撅人王阴阳怪气地说。她知道小麻子出去找钱，半月没回来了，今天拿这个小丫头出出气，谅她也不敢还嘴。

“大姐，你家张富贵和我男人是特别好的朋友，可他比我男人小，你又比我大很多，我也不知道怎么称呼你。”水明月低声说。

“叫我大姐就对了。”

“大姐，有一桩事一直想问你，可又不好意思问。”明月听出杜三娘在调侃她，忧郁地问。

“我们两家男人是光屁股长大的，凡事多问问。村里有人欺负你，你尽管告诉我，我骂得他们祖宗三代从坟堆里爬出来道歉。”

“不是人家欺负我，是我们两家的事。你家棉花地和我家就隔一条巴掌宽的田埂，这两年两家都种了棉花，可是每年秋收，你家田埂边的棉花开得一片白，棉花枝跨境开到我家田头了，可是我家的棉花枝靠田埂边，一片绿，别说开棉花了，怎么连一朵棉花苞都看不见呢？”明月涨红着脸，弱弱地说。

“这，这我哪里知道啊？你们家种的棉花有可能是公的，只长茎，不开花。打个比方，有的女人只有肚子，不能生娃，就像镇上那个张伶俐一样，是个公女人。”撅人王起初被水明月问愣住了，但很快就反应过来，一脸无辜地说。

“可是今年夏天，有一次我蹲在棉花地里，看见你拿着剪刀进了棉花地，把我家田埂边的棉花的所有母枝全剪了，只留不开花的公枝。我今天和你说这事没别的意思，就是求你明年别剪我家棉花的母枝了。两家棉花就隔着一条田埂，多多少少有些越境，我家也想多收点儿棉花卖。”明月抬起头，乞求地看着撅人王。她双手攥着塞得满满的棉花袋子，随时准备逃走。

“你，你怎么能这么说我！”撅人王直起腰，像眼镜王蛇抬起高贵的头颅准备攻击。

“这事我没敢和小麻子说，怕影响两家的感情。”明月被吓得快哭出来了。

“哇——哦哦！”撅人王刚要开启骂人模式，突然感觉一股酸水井喷式地从肚子里翻上来，冲得鼻腔里全是怪味。她张手捂住嘴，细细地品味了一会儿，眨巴着眼睛，猛地缓过神来，抓起收棉花的袋子，一转身跑回家了。

明月战栗着站在一人高的棉花地里，等待海啸的来临，没想到等到了一个逃兵。

撅人王身体不舒服，去县里一家小医院检查，竟然怀了孕。尽管她自认为这事做得天衣无缝，但还是走漏了风声，在村里疯传。起初这女人还有些刻意地躲着大家，后来干脆不隐瞒了，特意买了个孕妇背带装，挺着个大肚子，拎个小篮子，给孩子赶制小衣服。

“这女人就是只蛙，除了嘴大，会叫，噘人厉害，生娃一样不含糊，都是秋瓜藤的年纪了，照样挂上了春天的果。”

“张富贵吃了几年的中药，天天苦瓜着脸，被撅人王骂得没雄伟过一次，可撅人王是怎么怀孕的啊？”

“怎么怀孕的？你眼瞎啊！老村长落选后一夜白了头，儿媳妇娶回家，现在又黑了头，这叫二春。”

“不会吧？真有这种事啊！真是二婚女人浑身香，公公儿媳一张床。”

村里那些喜欢嚼舌头的人有了永久的话题，见人就神神道道地聚一起调侃。乡村有乡村的话题，有些话题经过口口相传，如甘蔗被人咀嚼，再无味道，但这类男偷女盗的话题不一样，传的人越多越有味，越有人抢着再嚼。

每遇到村里人扎堆议论，老村长家的女人赵玉兰就躲进家门，坐在床上生闷气，好几天不出门也不下厨房。张祥林倒自得其乐，跑轮渡对岸下馆子去了。这些个烂事赵玉兰最清楚不过了，儿子不争气，儿媳虽然是个破罐子，还带个宝葫芦过门。可自打儿媳跨进张家大门起，她这个婆婆就让位了，婆媳战争每时每刻都在上演，小到家里的母鸡蛋刚从屁股掉下来就成了她那个外姓儿子的零食，大到近期连自家老成疙瘩的男人都要看好了，稍不留神，这老家伙说去上个茅房，人就不见了。

“儿媳虽然已经四十岁了，可从跟超计划生育那帮人打游击，还没结扎，能生！”记得前几年儿媳刚进门的时候，老死鬼不知道从哪里听来的消息，硬说满嘴涂油见人就开骂的儿媳还是只能下蛋的母鸡，可那有什么用！儿子造了太大的孽，掉大塘里没淹死已经算是老天开眼了，却一辈子是个软蛋。

那晚张祥林说这话的时候眼放绿光，这种眼神他年轻的时候常有，可自从被处分当不成村长，整天闷在家里，这还是第二次出现。她起初没在意，直到一天晚上张祥林喝完酒回来，去上了一个多小时的茅房，赵玉兰不放心，去茅房寻男人，听到了儿媳房间里传出异样的叫声。这种叫声作为女人都知道，不外乎被窝里那些个破事儿，可从儿媳嘴里发出来怎么听都有点儿怪怪的，让人瘆得慌。有的人天生干某件事就特别在行，连叫床都比别的女人更入味，有时像是挠痒痒，有时像是唱歌，有时则是在杀猪，儿媳今晚像在拆床。

“嘿嘿，儿子有出息了，可以对付这个女人了！”赵玉兰欢喜地说。

到赵玉兰这个年纪，已经对听房这档闲事没了兴趣。她转身要走，却发现儿子房门边站着个黑影，玉兰定睛一看，竟然是儿子张富贵！他只穿着短裤，赤裸着上身，攥着拳头，身子像是触了电一般有节奏地颤抖着，笔直地站在房门外看着满天的星星，呆若木鸡。

“富贵，这么晚了，怎么不进屋子睡觉啊？”玉兰关切地问。

“我刚刚去了趟茅——茅房，阿大就抢我先进我——我的屋，还对三娘——娘说，要给我再生个弟——弟弟。”张富贵猛地甩开他妈的手，嘴里嘟囔着，赤裸着身子跳出院墙不见了。

“你都这么大年纪了，人老皮长，哪里都是松的，可为什么裤腰带松啊，而且还是在家里松，以后传出去了，你有脸见人，我还没脸见儿子呢！”赵玉兰回屋等了将近一个小时，男人才上完厕所，磨蹭着在门外站了好一会儿进屋后，赵玉兰实在忍不住了，对他说。

“你一个女人家，听人家瞎说什么啊！自从我不当村长了，村里就有一帮人坏我名声，我都习惯了。人㞞被人欺，他们爱怎么说就怎么说。”张祥林一脸不在乎，翻身拉上被子蒙头就睡。

张祥林六十多岁了，满头白发，腰也弯了，农村里这个年纪的老人，有的都开始准备棺材了。

“就算他们是瞎说，可儿子眼睛不瞎吧！你问问儿子啊，刚刚他就站在门外，你在他房里睡觉算哪门子事啊！”赵玉兰终于压不住火了，这么多年眼不见心不烦，可今晚这个老东西偷腥偷到儿子碗里了，太丢人了。

“儿子这德行，吃这么多年中药也没见好转，等于半个孬子。咱家几代单传，不能在咱这一代断后啊！我这也是被逼无奈上梁山，你要是能生，我至于干出这么缺德的事吗？”

“就算是儿子不行，你也不能干这丢祖宗脸的事啊！”

“就是为了祖宗，为了张家不能断后，我才甘愿背骂名。你以为我想啊！儿媳发起疯来简直要人命，我身上被她咬得到处都是牙印，有什么办法？年轻时对付她还差不多，现在都这么大年纪了，睡一次减阳寿一年，你看我这一年，已经满头白发了！”

“你就是一头猪！”赵玉兰绝望地骂。

“对，我是猪，我就算是头猪，也是一头为祖宗才去睡觉的猪。”张祥林也火了，一下子掀了被子，穿上衣服摔门出去，不见了。

至于撅人王怀孕的话题，一直伴随到她临产，天天是村里的头条。

“嘿嘿，这个老张头，以前当村长时艳福一大把，现在老了老了，还是个老来俏。”

“老张头年轻时就那德行，从来吃不得亏，老了儿媳也不浪费，真是肥水不流外人田。”

“儿子不行，自己提枪上，咱这儿的长江水赛过江堤上的野生枸杞了，还有这壮阳功效啊？不会是喝你家勾兑的散装假酒喝的吧！”有老爹问丁小气。丁小气家的小店时常开“常务会”，话题总有张祥林。

“人真要贪色，色到嘴边，你不吃活着都没劲，吃了有时候又没得活哦！”丁小气小声地说。他家小店每每聊到这类话题，一帮老家伙都笑得特别开心，干瘪的嘴里露出仅剩的两颗铜黄的门牙，仿佛回到了年轻时代。那时候祖国山河一片红，心里更是一片红，而今这种红只在嘴皮子上说说了。

每到这个时候，秀秀的婆婆光玉春也会到丁小气家串门。只要一聊到张祥林，他们身边不知什么时候就多了很多女人。

“男人越老，就越想把失去的东西抓住。世间什么东西千金买不到？年轻啊！现在新闻上常播花老头干坏事，不就是这个道理吗？”张三奶奶说。

“咱女人老了，一般把精力放到带孙子、开荒种菜上。这些个男人，老了更坏！老了也不消停。”光玉春大娘说。

“对，老男人像只偷腥的猫，一有机会自家鱼塘也偷。”一帮老女人常聊这样的话题。她们多半是孤寡老人，拖着有病的躯体艰难地活着，老伴早在前些年进了黄土，每年只有清明和稀疏的梦里能见见面。而今几个老太太聚到一起谈论这样的话题，竟然有些窃喜，已经很多年没有这么让人难以启齿的开心事了。

一转眼，张富贵当爸爸了，他家儿子过周就会说话了，而且还会很清楚地叫爸爸。张祥林没事就喜欢抱着孙子挑逗，撅人王成了张家真正的王，基本是不上田头，更不下厨房，一日三餐全由婆婆包了，有时心情不好，还要求婆婆把饭菜送进她房间吃。

“我们家媳妇就是慈禧太后！”赵玉兰常常气得脸紫青，唠叨着骂。她伺候好了媳妇，再抱孙子出去转转，把家留给那个糟老头子。

张富贵有时会跟着村里人去省城的工地打工，做些没有技术含量的粗话，工资也低，但他不计较，只要不在家被老婆呵斥、被老爹嫌弃就好。村里人本来不愿意带他出门，这家伙脑子缺根筋，要是带出去走丢了，撅人王跑来要人就麻烦了。可是张富贵特意跑到桥大爹那里请他写了个字据，还签了字，撅人王也按了手印，在外人丢了、死了、烂了，和外人没有任何关系，村里人才放心带他出门了。张富贵一般一个月才回来一趟，他办了两张银行卡，打工挣的钱，回来交一张，另一张留着防老。

“爸爸、爸爸，抱抱！”他儿子过周的时候嘟噜着小嘴，张开肉嘟嘟的手臂，撒娇似的想要张富贵宝抱。

“别——别叫我爸爸，叫我——我哥哥！”张富贵铁青着脸，看也没看儿子就一甩胳膊，跨步出门，扬长而去，弄得一屋子来吃喜酒的人特别尴尬。赵玉兰伸手去拉儿子，可这家伙像个外人一样，根本不顾及一屋子来吃喜酒的亲戚，一脸漠然地走出门。

“这东西今天又忘记吃药了。大家别听他乱说，今天你们吃好喝好啊！”杜三娘刚刚还一脸喜庆和来道喜的亲戚闲聊，听到张富贵竟然说出这样的胡话，立刻咆哮着跳起来，冲出门外，几步就追到张富贵身后。

“你再打——打我，我就打——打你小儿子。我已经受——受够你了，兔子急了也会咬人。我捉——捉贼捉过了赃，捉奸——奸也捉过了双，别把我逼急了，哪天我把门在外面锁起来烧死你们！反正孩子也不是我的种——种。”张富贵突然回过身，瞪圆了血红的眼睛，完全变了个人，死死地盯着杜三娘，吓得这个女人一哆嗦，高高扬起的手臂停了几秒，愣是没扇下去。

“来，来，爷爷抱，爷爷抱啊！”张祥林见儿子这么不注意场合，家丑不可外扬，这不是自己打自己耳光吗？赶忙跑出去将孙子抱给老伴，转身岔开话题，招呼客人去了。

第五十三章 捞尸

章晓惠家的孩子一转眼也在城里上学了。这孩子对什么都特别好奇，听说妈妈新建的山庄特别漂亮，还有温泉游泳池，就想去山庄游泳。一想到游泳，他全身就亢奋，他在城里刚学会了狗刨，就像刚学会骑自行车的人，见车就想骑，他见到水就想跳下去。

一条汽渡船停在岸边，船身满是污垢，听说是条快淘汰的航船，准备报废处理了，由于来张公山旅游的人越来越多，县里专门打了报告，向市里讨要来的，因此另外加了条渡船。

丁小气找了个好日子请丁大炮吃饭，喝着喝着酒，话题自然就扯到捞尸上了。本来小店没几个人，可不知道什么时候已经座无虚席，挤在最前面的自然是秀秀家的阿宝。这娃每次听丁大炮说鬼故事，好动症就治好了，坐那儿一动不动，乖得很，一脸崇拜地看着丁大炮，赶都赶不走。有时候丁大炮不理他，这娃不知从哪里弄来了钱，买了两包烟，追到丁大炮船上硬塞给他。

有时丁小气也请大壮一起到他家吃饭，这个男人总是摇手拒绝，红着脸，低着头，指指自己的嘴，意思是他是个哑巴，再指指自己的脚，意思是他这辈子不会再上岸。

“丁大爹，常碰那些烂泡尸会烂手的，你们不怕啊？”吃饭时，有人故意激丁大炮，想刺激他讲鬼故事。

“老弟，干这行，别看轻了自己，没什么怕的，更不是什么丢人的活。”丁小气先把别人数落一顿，然后请丁大炮上坐，好好喝酒，别拘束。

“对哦，我们也习惯了。现在也是怪了，生活好了，长江里浮尸却多了。感情问题、生活压力、夫妻吵架、生意失败，一些人一时想不开就寻短见。跳江是他们优先选择的第一死法，眼一闭，腿一蹬跳下去，捞上来就是块臭豆腐。”每当有人问起相关话题，丁大炮总是满不在乎地说。

“丁大爹，死人很可怕，很臭吧？在水里泡的时间长了，眼珠子瞪得比乒乓球还大，你不怕吗？”阿宝有时也忍不住插嘴问。

“刚开始肯定怕，那些尸体在江水中长时间浸泡，变成了面目全非、口唇外翻的大头鬼。”

“人死在江里是躺着还是趴着啊？”阿宝继续追问。

“人体的密度和水的密度差不多，尸体沉入水底后，随着尸体渐渐腐败，体内胀气，尸体就会渐渐浮上水面，先是上肢浮上来，然后才是下肢。浮尸还有个特点，就是男人是俯趴着的，女人是仰面朝天的。”

“为什么啊？”阿宝追问。

“因为男人肩膀重，所以在水里是趴着的，背对你；女人屁股大，在水里是仰着的，面对着你。有的还睁着眼睛，是不是有点儿吓人？”

“丁大爹胆子真大！我们这些娃子晚上只敢在村里玩，江滩都不敢去，总怕踩到什么软软的东西，可能就是泡尸冲上岸哦。”撅人王家阿胖也挤在人群中，不时像个记者一样提问。

“我这辈子最怕捞女人，投江的年轻女子一般都是被害或想不开，怨气太重。有时候半夜捞到披头散发的女尸，周围夜深人静，江面上就你和一具女尸，距离近到两个头颅中间隔着一层头发，耳边江风呼呼地刮，像有人对着你耳朵根吹气，你想想那是什么感觉？大江就是这些浮尸的家，你会感觉像在他们家里做客，随时醒来一个翻身把你拖进江底。”

“大爹，你说泡尸的故事，眼睛干吗老盯着我啊？吓死人！”丁小气家孙子张涛涛本来在屋里看书，可是丁大炮讲长江故事一下子就吸引了他，他端着饭碗上了桌子，聚精会神地听。可是听了丁大爹说的是鬼故事，吓得他躲到爷爷身后，鼻梁上的厚镜片都快掉地上了。

“干这行我渐渐懂了一些规矩，兜里要揣些零钱，每次捞到尸体，都在他们嘴里放一枚硬币，作为封口费，到阎王那里别打我们的小报告。我们也是为了打工糊口。捞尸也有忌讳，不是每天都上班，比如雷天不捞尸，晚上不背尸，这是我们捞尸界的行内话，打雷天下江捞尸的话，那些死者的灵魂会被天雷吓得不敢回来附体，把他们的尸体捞走，会让他们沦为孤魂野鬼，甚至是索命怨魂。而晚上不背尸是因为晚上阴气重，特别是枉死的人，如果背在身上的话，越背越重，最后被附体。”丁大炮边咂嘴边吃菜喝酒，完全沉醉其中。

“捞到死人，等人家给钱了，你们真帮忙背到岸上啊？”一位老爹敬了丁大炮一杯酒，像个孩子一样一脸好奇地问。

“背啊！落水的尸体泡久了至少二百多斤，会使坏，跟你较劲，拽不动。你背他们上岸，他们还使坏把你抱得紧紧的，舍不得撒手。还有，我们捞尸人也不是什么都捞，遇到尸体直立在水中，水上只漂着一缕头发，我们掉头就走，绝不打捞。”

“为什么啊？”阿宝惊奇地问。

“我们只是代人捞尸，不代鬼申冤，这种直立于江水中的死人并不是尸体，而是一种煞。这种煞会一直在水中直立着，保持着行走的姿势，尸体随着水浪缓缓向前，就像是在江中缓缓漫步。你们不妨留意一下，很多时候在干涸的河床中，你能看到清晰的两行脚印，一步步走向最深处，走到绝路后会转一个方向继续走，就像是在水下散步一般。其实这是横死在长江里的人，怨气太重，迟迟不肯离去，非要等害死他的人掉进江里陪葬才肯倒下。”

“呀！死人还能在水里笔直地走路啊！还有脚印！”几个坐在最前面的娃子吓得一个踉跄从小凳子上跌下去，面如土色。他们常去江滩上抓小鱼小虾，常看见江滩上有女人脚印，难道是在等他们？

“喝酒，边喝边说，这是特意为你烧的江鲶呢！”为了缓和屋子里紧张的气氛，丁小气故作轻松，大声地嚷嚷着，又给丁大炮斟了个满杯。今天烧的江鲶足有五斤，因为孙子涛涛爱吃鱼，丁小气特意到张三爹爹那儿买来的。

丁小气今天烧鱼的手艺不错，江鲶肉烧得和三岁的娃儿脸蛋一样嫩，捞些嫩豆腐一炖，香气扑鼻，是最好的下酒菜。他先给涛涛装了半碗，边听故事边大口地吃。

“呵呵，吃这鱼啊！”丁大炮眯着眼，面颊已经完全红润，抿着嘴，盯着桌上的鱼一脸阴笑。他不急于说话，陷入了沉思。丁大炮夹着筷子，在桌子上打着圈夹菜，就是不夹一筷子鲶鱼。丁小气招呼他吃菜，可他支吾着就是不动，后来在丁小气的追问下，他才说出了实情。

“怎么了？”一桌人眨巴着眼睛看着他，不知道丁大炮葫芦里卖的是什么药。

“江鲶啊，这东西表面看是个滑头，全身油腻，像个油头滑面的小愣青，晚上还会呜呜地叫，饿急了还能上岸入旱地找吃的，但比较邪。”

“邪！邪什么啊？”丁小气疑惑地问，并没有放下手中的筷子。

“去年梅雨季，上游一家养猪场淹了，死了几十头猪，那些猪顺江漂到老虎崖就不走了，一摞摞都堵在转弯处，一个个鼓着大肚子像吃饱了一般，挤在一起打转。我怕腐烂了气味不好，影响芦苇滩饭店的生意，就想用竹竿挑走，可是这些死猪像是和我斗气，你用竹竿赶一下，它们走了，你刚一转身，它们游一圈又回来挤在一起。”

“死猪还会游泳啊？不科学！”张涛涛在一边一脸认真地反驳丁大炮。

“晚上雨停了，浪小点儿的时候，我和大壮再去清理，还发现了一个老头儿的尸体，可能是失足掉江里的，全身浮肿、长毛，成了一垛大草堆。我们想捞上来时，隐约听到那些死猪肚皮底下发出咔嚓咔嚓的声响，就像一群人压低嗓子在那边嗑瓜子边听戏，偶尔还有一声哭腔传来。我还以为那个老头没死透呢，亮了手电一照，你们猜怎么着？我的个妈，真是让人毛骨悚然！猪肚子底下全是正在吃食的鲶鱼，把个老头的脸都啃成骷髅了。”丁大炮尽量压低了嗓门，可是屋里静得一根针掉地上都能听见，一些孩子吓得早已钻进老爹们怀里了。

“我用竹竿一捅，轰的一声巨响，那个泡尸佬肚皮胀得像怀孕九个月的女人，突然诈尸了，炸得我一脸异物，还炸了条江鲶掉到我的船上呢！”丁大炮边说边猛地将酒杯在桌子上敲得咔咔响，像是为了呈现诈尸时的声响，并用右手中的筷子死死地按住桌上那条烧熟的江鲶，仿佛怕它跳起来咬到自己似的。

“哇！妈呀，我吃死人肉啦！哇——”丁大炮刚说到兴起的时候，突然丁小气家孙子张涛涛全身抽搐，张开大口，将刚刚吃到肚子里的一碗鲶鱼汤全吐了出来。他扔了碗，抱着爷爷哭起来。

“哈哈，你这娃，一肚子学问，你也有怕的啊！”丁大炮哈哈大笑。

整个屋子瞬间气味冲天，一帮人欲走还留地坐在原地，死死地盯着丁大炮。

“以后我孙子在的时候别瞎讲，没人的时候跟我讲嘛，吓坏了孙子可怎么了得！”丁小气赶忙将涛涛护在怀里，跑去抓了一把糖果塞给孙子。

“你这是迷信、不科学，瞎说、不负责任。”张涛涛擦干眼泪，一脸倔强，扔了糖，站到丁大炮面前，歪着脖子要和他理论。丁小气一看孙子这架势，头皮发麻，赶忙将他拉到里屋，这孩子犟牛脾气又上来了。

“改天发大水的时候，我们也到江边看看，要真遇到泡尸，我要看看丁大爹说的到底是不是真的，哪有死人还瞪眼的？”听完故事，阿宝倒没多大反应，他一脸疑惑地带着孩子们回家了。

张伶俐调回山里红镇任副书记，分管安全和关工委工作，县广播电视台要做一期基层干部专题，选定她为报道人物，名字叫“最美乡村女干部”。按惯例要采访她工作过的地方，看看干群关系及工作业绩。

为了配合好宣传，她选择丁家墩作为采访宣传对象。那天一大早，雨露将村里的孩子和一些妇女召集到丁家祠堂的大院里，摆好了桌椅，准备好了相关宣传资料。

张伶俐把丁瑶瑶也带回了村，这丫头已经十四岁了，在几个孩子里个子最高，年纪也最大。几年没见，瑶瑶个子猛蹿了一大截，但瘦得像根竹竿，大长腿完全遗传了雅青，一看就是个美人坯子。

“呀，大长腿回来啦！”撅人王家阿胖一看到漂亮女孩就嬉皮笑脸地叫。那天阿宝正带着一帮孩子在丁小气家门口玩，远远地看见瑶瑶走过来，二当家阿胖咽了口唾沫，嘟囔着几年没见，瑶瑶怎么长这么高了啊！

“我妈说了，大个门前站，不穿衣服也好看。”瑶瑶瞪着大眼睛回答。阿宝对女孩儿一点儿兴趣没有，另外几个孩子见到瑶瑶，竟然紧张得说不出话了，目送瑶瑶进了丁小气家。

丁瑶瑶找到涛涛的时候，这孩子正坐在家门口看一本厚书，瑶瑶一看书名，是一本描写黄土高原的小说，这书她也看过。

“你说喜欢长江，怎么看写黄河的小说啊？”瑶瑶好奇地问。

“你知道我们亚洲人为什么叫黄种人吗？”涛涛抬头问。

“不知道。”

“因为黄种人发源于黄河边，那时黄河边动物多且土地肥沃，便于狩猎和最原始的耕种。”

“哦，原来是喝黄土水染的色啊？怪不得呢，哈哈！”瑶瑶笑着回答。

“我在学习，看人家小说家怎么写黄土高原，怎么写黄河的文化，怎么写出那种五千年历史文化的厚重感。”涛涛扶着眼镜站起来，揉了揉疲倦的眼睛，抬头看看瑶瑶，有些自卑。这丫头比他大两岁，可是个子比他高出两个多头；两年前来的时候，两人还差不多高呢。

“写黄河的文化，你还真想当个作家啊？”

“嗯，这是我和长江的约定。”张涛涛讲起文化来滔滔不绝，完全不像个十来岁的少年。

“反正我不懂，但我喜欢长江沿岸五颜六色的花，尤其是映山红开的时候，那真是目不暇接，山河一片红。手里的画笔根本不可能调配出那么多缤纷的色彩，画不出这一幅江南美景。”

“这就对了，其实，我手里的钢笔和你手里的画笔都是一样的，都是记录人文情怀，只要让人感受到美，感受到温度就够了。”涛涛每次遇到瑶瑶，两人总有聊不完的话题。这孩子在村里独处，和别的孩子说不上两句话，别人家孩子也不愿意和他玩，尽说些书上没用的东西，听不懂，且乏味，阿宝说他又臭又硬。

村里二队长桥大爹用鲜红的油漆刚刚写了一幅标语，嘿嘿笑着问雨露，标语符不符合今天的主题，写得好不好。他昨晚失眠一夜才想出来。雨露怎么看都觉得别扭，但又说不出来哪里不对。

那天刚好是星期天，村里的孩子听说有好东西免费发放，还能抢镜头上电视，都兴奋了好几天。尤其是阿宝，提前几天跑到雨露的办公室要了张宣传画，跑回家研究去了。雨露也没在意，这熊孩子对什么都感兴趣，热度不超过三天。一个孩子对宣传避孕的画册能研究出什么名堂?

上午张伶俐带着一些人如约而至，整个院子一下子热闹了起来，都期待能发些生活用品。那天树荫也来了，还抱着她一岁的儿子。她现在算是村里最幸福的人了，见人就笑，感觉天天有喜事。

镇关工委负责给孩子们发礼品，每人一个书包、一些书籍，还有衣服，很不错。镇计生办负责给妇女们发放用品，却是每人几板避孕药和一些避孕套。那些别村赶来的妇女本来满脸期待，可一看发放的是这些见不得光、平时根本不用的东西，全都黑了脸，嚷嚷着有事要回家，家里的猪饿得嗷嗷叫，要喂食。

她们趁人不注意，走到墙角，随手就将手里的避孕用品扔了。阿宝领着他的红孩儿别动队在一边瞪着新奇的眼睛，大人将那些东西一扔到地上，立刻就成了他们的玩具。

“镇上发的都是好东西，包装这么好，一人一个，肯定是糖。”阿宝第一个冲上去抢，分发给大家。

“呸，呸！骗人的东西！我怎么咀嚼都没味道，这不是口香糖，不好吃。”一个最小的娃子狠狠地将一个在嘴里咀嚼了好半天的套子吐在地上，抹着一嘴的油沫，愤怒地嚷嚷。

“对哦，我上次跟我妈去县城住宾馆，那宾馆真是高级，到处闪动着像金子一样的颜色，床单雪白，让人舍不得睡，连拉的屎都不臭，最让人恐惧的是宾馆墙能吃屎，一按按钮就从墙里喷出一股水把屎全吃了。第二天临走的时候，我看厕所有个包装很好的糖果就拆开吃了，咽肚子里也没什么味道。我妈发现地上的包装盒大叫着问我是不是咽肚子里了，那是宾馆小包装的肥皂。那次差点儿把我毒死，恶心了好几天，晚上睡觉肚子都打呼噜，嘴巴总是莫名其妙地往外冒泡。从那之后，我就特别不相信城里的东西，很多小包装的东西虽然好看，却不能吃。”另一个小孩站在墙边，一脸不屑地看别的娃子玩得起劲，嘴里喋喋不休。

“不好吃，但好玩啊！你们看，嘻嘻，这气球轻轻一吹软软的像大奶奶，还有一个头头呢！”一个娃子含着套头欣喜地说。

“这公家发的气球质量就是好，怎么吹也不炸，多捡几个。”几个孩子小声地议论。

“这个可以当手套，我妈冬天戴在手上捶衣服就不会生冻疮。”

“吹、吹，我吹个大气球，吹个西瓜一样大的大气球！”阿宝涨红了脸，翘着屁股，使出浑身力气吹着气球，像只正在采蜜的小蜜蜂，吹的气球已经大到将他上半身完全遮挡了。有的孩子蹬在地上，手里握着个避孕套使劲地吹，有的孩子已经将套子吹成了个大冬瓜，扎紧了口扔到天空当排球打，扔地上当球踢。不一会儿，整个会场到处都滚动着一个个乳白色的大气球。

张伶俐看这些孩子玩得实在有些过分，毕竟县电视台正在采访，入了镜不好看，命人将他们赶到对面远些的地方。

电视台采访了几个妇女后，最后重点采访丁雨露，让她谈谈基层妇女积极避孕以及传染病防治工作。雨露早就写好了稿子，一个工作人员将稿纸在眼前展开，雨露像是脱稿一般，看着镜头外的稿纸滔滔不绝。她讲开展的工作、取得的成绩、领导的关心，以及下一步的展望，最后是存在的一点儿问题，正在全力解决。

刚刚还在门外玩得津津有味的阿宝，突然对手里的气球失去了兴趣，一挥手将孩子们召集了起来，一个挨着一个绕到雨露后面，排着整齐的队伍。阿宝站在队伍前面，挥舞着手，像是在打节拍，这些孩子竟然又要唱歌了。

他们今天唱的是一首儿歌，歌名叫《蓝精灵》，声音不大，对着正在采访的雨露。张伶俐这次没有阻止，觉得这歌好，刚好迎合这次关工委活动的主题。记者和雨露都没有在意，县摄像师傅可能出于职业的敏感度，见一帮孩子闹得欢，场面很喜庆，赶忙聚焦抓拍。雨露起初也没在意，用心听他们唱的歌词，却越听越不对劲：

在那左腿的右边右腿的左边有一张拦精灵
它超薄又透明
它光滑又有弹性
它自由自在穿梭在那黑色的大森林
它安全体贴又防孕
它润物细无声
哦，超薄的拦精灵
哦，透明的拦精灵
它们齐心协力拦住那群精灵
保证女人不再服毓婷
……

“别瞎唱了！”雨露摆起村长的架子，赶紧叫停了拍摄，将一帮正唱得起劲的孩子赶走。不用问，这歌词肯定是秀秀家熊孩子改的。真不知道秀秀怀孕时看了些什么书，给他喝了什么有色墨水，生出这么个怪胎，好好的一首儿歌被他改编成这样的流氓歌词。孩子唱得无心，有文化的大人听的可是有意啊！

“嘿嘿，唱儿歌又不犯法，你们发什么火哦！”阿宝一脸坏笑地盯着雨露，让人怎么也想象不出这小子只是个十二岁的少年。

“我今天就去你家，叫你妈好好修理你！”雨露大叫。

“去吧，去吧，黄小爷我从来就没怕过谁。”阿宝扬扬得意地回话，带着一帮孩子转到别的战场去了。

一连好几个月，这首《拦精灵》都是丁家墩上榜的主打歌曲，回响在江边村后，甚至一些年长的老人也高声唱几句，尤其是偶遇村里的女人，都会有歌声从田头、墙角、渔船上飞出，被单身汉评为最牛村歌。他们说现在很多城市、球队都有歌，这首歌以后就是咱村的村歌。

第五十四章 最美妻子

自从水明月第二次踏进丁家墩后，和之前判若两人，完全褪去了原来的青涩，变成了一个土生土长的江南农家妇女。村里人也渐渐不再用异样的目光把她当个外星生物看待了。

以前她见到村里的队长都怕，现在却主动和镇上领导接触，常被叫到镇上参加县里的表彰大会。她现在多了一个头衔，叫最美好妻子。

有一次张县长回村，特意带镇上一些干部来小麻子家慰问。那天明月忙完了活，正捧着一本书坐在家门口专心致志地看，一行人到了她家门口，她还没发现。

“我看你喜欢学习，也聪明，又是初中毕业，可以到村小学当名代课教师嘛？也能照顾家和孩子。”张玉宝见她正在看一本厚厚的名著，很是高兴地说。

“不——不了，我这水平哪能当老师哦？不能误人子弟。我就是闲得没事，想静下心多读些书。以前因为文化程度低，在城里没有立足之地，吃了亏，就想多读点儿书，以后还能教教自家孩子。”明月一脸惊恐，她只要一见到有头衔的官就发慌。

“你可以考虑一下，至少比种田强些，也受人尊重。”张玉宝见明月拒绝了，也没再说什么。他进屋看了一下收拾得井井有条的房间，命人将带来的几袋米和几百块钱交给明月，就坐车回镇上了。

“小麻子，不是哥哥嫉妒你，你家女人要是不看紧了，早晚跟镇上的干部搅和到一起，哪天升官当村里的妇女主任也不一定。”村里有人在小麻子耳边吹冷风。

“你们懂什么，我看小麻子老婆不简单！一个二十几岁的姑娘，能下地干活，也能上台读稿子，把镇上一些领导玩得团团转，不是个凡胎哦！”也有一些人在小麻子耳边吹热风。

“你们就是皇帝不急太监急，人家小麻子说对待老婆就像养鸡，天天关家里养出来的鸡不好吃，他要散养。他都不怕老婆跑，你们操哪门子心！”每次谈到这个话题，村里的男人立刻分成两派，有的男人力挺水明月，说她是穆桂英，有的却替小麻子担心。

“强扭的瓜不甜，但是解渴，你们不用为我担心。”小麻子说。他变了，由原先对老婆监狱式无死角监管变成了完全的散养，每天明月什么时候出门，过轮渡买东西还是寄信，他都不会过问，更不会偷偷跟踪。他有自己的事，那就是出门找钱。每天一早离开家门，他走路抬头挺胸，脚下生风，村里人说像是赶去投胎。夫妻俩一个主内，一个主外，俨然成了一对最有默契的老夫老妻，村里人说镇上颁给他们最美夫妻头衔小了，应该是全中国最美妻子、全地球最美妻子。

每天晚上进家门，小麻子将一天挣的钱交给明月，他就抱着儿子到门前玩一会儿。有时一些单身汉找他出去喝酒，怎么劝他也不出门，说在家陪老婆孩子比什么都重要，但张富贵有时来找他说说话，小麻子从来没赶过，都是热情接待。

“小麻子，你每天在外找活，有时出去一个多月，不怕老婆又跑了啊？”村里有人问。

“她要真想跑，这次就不会回来了。外面的世界比大海都大，外面的钱火车皮都装不完，不爱这里她不可能回来。还有她的眼睛会说话，告诉我她已经把这里当成真正的家了，你现在就是拿棍子赶都赶不走呢！”每遇到村里那些好管闲事的大嘴婆问这样的问题，小麻子都信心满满地回答，然后急匆匆地走开，连享受人家赞叹的话都没时间听。

“你怎么不牵——牵她的手在村里散步啊？我特——特羡慕男女谈恋爱的那种感觉，像城里人一样还能拥——拥抱，亲——嘴，让人有些怕丑，但又觉得很浪——浪漫。”张富贵发现小麻子的异样，一次忍不住问。

“这社会炫爱有什么本事啊，有本事就挣到大钱，炫富啊！人家有钱人现在是讲吃、讲保养、讲出国，讲大老婆小老婆，他们白天围着车轮子转，晚上围着裙子转，那才叫真本事。”

“我牵过老婆——婆几次手，都被她骂——骂得要死，说我老不正——正经。

可我才四十——岁，怎么就老了呢？牵老婆手怎么就不——不正经呢？”

“我以前炫爱那是我年轻，不懂事，现在我都人过中年了，儿子一天一个样，我还不成熟啊？不挣钱养活老婆孩子啊？”小麻子没工夫和张富贵闲扯，骑着他那辆二八杠旧自行车，一溜烟就不见了。

“挣钱养儿子……养儿子？”张富贵看着小麻子消失的背影久久发呆。他这些年脑筋时灵时不灵，在村里受人白眼。好不容易结了婚，以为晚上睡觉有个伴，不会失眠了，却娶了个母老虎回家，天天在家虐待他。这女人过门后什么事都不干，整天只知道煮饭给她宝贝儿子吃。张富贵清醒时常自我安慰，至少比小麻子家境好，比他幸福。可是自从水明月回村后，小麻子完全像变了个人，做事稳重多了，像个当家人，腰包也一天天鼓起来了。而且也不吹牛了，嘴巴还特别甜，见到年长的就叫大爹，变化太大了，大得张富贵感觉丁家墩就剩下他孤零零一个人了。

村里人发现，小麻子以前是“帅”不离嘴，而今再也没在人前说自己帅了，再也没有在人前秀爱了。他们夫妇每天都像上足了劲的发条，小麻子在工地挑最重的活做，明月则下田锄草、挑粪施肥，完全和村里那些中年夫妻一样了。

给儿子过周那天，明月娘家人一个没来，她说太远了，小麻子也没怪。哥哥嫂子又抓了几只鸡送过来，中午杀了，烧了一些菜，摆了两大桌，一帮发小来喝喜酒，还有几个长辈。张富贵也来了，直直地坐在墙角等着开饭。小麻子拎了串长炮仗在门口炸响。那天明月在屋里炒菜，小麻子请了好几次，硬是将她拖上了桌子，介绍给大家。

“小麻子，你给你儿子喂的什么啊，长这么胖！再这么喂，可要当心营养过剩哦！”虎爹从小麻子怀里抱过他儿子，他们算是未婚生子，小家伙才一周就长成了一个肉球，眯着眼睛看人，攥着拳头蹬着腿，一刻都安静不下来，好动症很像小麻子。

“这个功劳要算我老婆明月的，她特别细心，奶水不是很多，就搭配喂些牛奶、米粥，娃儿养得真称手。”小麻子得意地回答。因为太过劳累，小麻子未老先衰，脸上的麻子已经多半被黑皮肤掩盖了。

“丁大爹，你也找个伴儿吧？”雨露调侃只顾大口喝酒的丁大炮。

“低质量的社交，不如高质量的独处。”丁大炮一口就给拒绝了，又狠狠地干了个满杯。这些书生词他是跟江滩边常下棋的几个退休老干部学来的。

“老婆，今天这顿饭就算是暖房酒，什么时候回家把身份证带过来，我们就结婚。我一直记着，欠你一顿正式的婚宴。现在有钱人流行补婚宴，等我有钱了，我要宴请全村人，别村人也要请，不要行礼情，要的就是热闹。我要办复古婚礼，要用轿子抬你到家门口。”小麻子今天是绝对的主角，几杯酒下肚，舌头都伸不直了。

“万人追不如一人疼，万人宠不如一人懂，我就是被你的真心打动的。实不相瞒，我这辈子做过很多傻事，最终让我大彻大悟，回来跟你安安稳稳地过日子。”明月今晚也破例喝酒敬大家。也许是小麻子的话甜度太高了，让她的脸红得像条红鲤鱼。

“我还要带你出去旅游，去最漂亮的地方玩，住最贵的酒店，绝不怕花钱。”小麻子已经喝多了，今天这酒特别醉人，不光心里暖烘烘的，连眼眶里也热气腾腾。

“好，我等着！”

“明月，你今天怎么像个老师，说的话全是文章，都能卖钱了。”雨露忍不住称赞，这个女人越来越让人刮目相看了。起初村里人以为她不识字，可有一次看见她到江滩小店买信纸，信封上她写的字特别清秀，旁边几个下象棋的老干部说，这姑娘至少是个初中生。而今听她说出这样的话，雨露觉得初中生都低估了，假如这姑娘是个高中生，或是个大学生，她怎么甘心到这穷山村里来安家，当个相夫教子的好妻子？怎么就能在丑得演恐怖片都不用化妆的小麻子身边安稳睡觉？

“人在遇到过不去的坎时，学会放慢脚步给自己一点儿迂回的空间，慢慢路就宽了。”明月今天真喝多了，看着门外朦胧的大江喃喃地说，仿佛进入回忆模式。一屋人都被惊呆了，包括小麻子也傻呆呆地握着酒杯看，这哪是用钱买来的媳妇？肯定是哪个大学中文系的女教授啊，说得这么文绉绉的，还特别在理。

饭后小麻子郑重地将家里的存折交给明月保管，说这个家以后就由明月来当了，他只顾出去挣钱。男人是帆，老婆是舵。几句话，把明月说得眼睛像是被蜡烛熏过，当着一屋子的人，扑进小麻子怀里哇哇地哭了起来。村里几个单身汉嫉妒得眼珠子都快掉地上了，现在他们真服了小麻子。

“老婆，月亮，你看多美！”酒席散去，小麻子送客人的时候，抬头看到天上一轮明月，水洗一般明净，他硬将在屋里洗碗的水明月拉了出来，看这绝世美景。

关于老婆的名字，小麻子问过很多次，每次叫都感觉特别亲切。丈母娘真有学问，水和月亮都是有灵性的，怎么起了这么好听的名字。

明月说她妈生她的时候做了个梦，梦里正发着大洪水，她妈坐在小船上，头顶有一柱月光始终照着她，不离不弃。江水像发了疯一样摔打着她的小船，她一个踉跄掉水里了，眼前一片黑，抬起头，那柱月光却始终照着她，保护着她。明月出生后，她妈一看是个女儿，就请算命的先生解梦，先生说这女孩以后一生和水相克，但有贵人相助，那个贵人就是天空那轮明月，就给她取名叫水明月，寓意一生走在明处，吉人天相，有日月相护。

“嗯，是美！”明月走出屋，也被这美景惊呆了。不远处晃动的大江里漂着无数个月亮，有的在岸边的水草里藏着，有的沉进了大江底，有的揉碎了漂在柔波里，数不清，看不完，捡不到，仿佛每一个都代表一颗心。

“小时候听故事，说月亮上住着一个玉皇大帝都喜欢的大美女，她有一只兔子。其实把你娶回家后，我真想做你怀里的兔子。”小麻子嘿嘿地笑。

“哪有哦，都成老太婆了。”

“瞎扯，嫦娥也没我老婆明月美！”小麻子站在村头，大声地呼喊着。一句话就让他老婆红了脸，跑进屋，死也不出来。

也许是被小麻子传染，这几年水明月整个人都变了，成了个铁公鸡，只知道出门找钱，再没有上过一次街。刚被小麻子买回家时，小麻子托人买的那把防紫外线红伞塞在床底下，已经满是灰尘，被老鼠啃得不成样子了。小麻子家的五亩承包田她一个人全部承担了下来，掌犁压耙，样样不比村里男人差。农闲时，她把孩子托给嫂子照顾，自己到处打短工。张村的窑厂常能看见她推着码放得高高的独轮车，挤在全是男人组成的推车队伍里，满脸灰土地埋头干活。

“这个小麻子真有两把刷子，买来的老婆跑了还能自己回来，听说还从娘家带了一些钱过来，而且还给他生了个儿子，还是个特别会挣钱的黄鳝笼子，只进不出。”

“是啊！早知道拍卖的时候，我就是拿高利贷买也划得来啊，这是个旺夫女啊！”村里单身汉已经彻底地被明月征服了，这女人比村里女人长得漂亮，人也能干多了，简直就是温柔贤惠、养家顾男人的中国模范好妻子。

村里人赞赏的话提醒了雨露，县团县委正在到处找模范妻子，明月作为一名外来女人，和小麻子年纪相差这么大，竟然没有任何怨言，顾家爱嫂，把自己的家打理得井井有条，获得了全村人一致称赞，这不是模范妻子、中国好媳妇吗？

雨露把自己的想法和姜书记一说，他立刻赞成，安排镇党政办几名秘书入村进行采访，两天后就整理出洋洋洒洒的四页汇报材料，还拍了多张照片，有明月背娃在红薯地里满头是汗除草的镜头，有她在窑厂码砖坯满身是灰的照片，甚至还有她给村里丁婆喂饭、洗衣服的照片。

“这些照片拍得都挺好。这个女人的确很勤快，和邻里关系也很好，只是材料里把她男人写成一个好吃懒做、整天不顾家，没有责任心的男人，这和事实有出入哦！”雨露翻看事迹材料时，发现材料竟然将小麻子丑化了，写成了一个完全不顾家的二混子，比丁福满还无赖。

“这是为了突出女人为这个家付出之大，这叫树典型，宣传需要嘛！”姜书记笑着说。

“他男人小麻子虽然油嘴滑舌，但心还是很好的，更顾家爱老婆，就算是要他舍命救明月他也愿意。”

“这个女人的确值得学习，顾家且不打扮、不赌钱，独自耕种几亩承包地，爱护嫂子没有一句怨言，是那些整天拎着小包出入棋牌室打麻将的女人的榜样。”姜书记赞许。

水明月常被安排到县里开会，每次进城，明月都要到超市里买些水果，步行到县城最好的那所小学，找到上小学六年级的张县长的女儿雪儿，把水果硬塞给她。有时候这丫头不要，明月就寄放在校门卫处，叮嘱保安，放学后一定要让雪儿带走。这些水果，明月自己从来都不舍得吃一口。一次开会前，张县长问明月为什么送水果给自己的女儿，她低着头笑笑，说雪儿太漂亮了，忍不住。

小麻子又失踪了几个月，一次急匆匆回村后只待了一个晚上，第二天一大早就带着他哥哥小丑巴一起坐轮渡去城里了。

“小丑巴昨夜和小麻子嘀咕了一夜，今天一早我家男人竟然把家里的存折偷出去了，走的时候特别匆忙。我感觉不对劲，跑镇上农村信用社一问，才知道男人把家里存的五万多块钱全部取出来，两人跑不见了。”中午吃饭的时候，小丑巴的老婆突然披散着头发，哭丧着脸，像是死了男人一样跑到明月家大叫。

水明月那天一早正背着孩子在灶台底下烧火，听嫂子说男人拿了家里的存折跑了，她感觉天要塌下来了。前几天小麻子回家和她商量了一整夜，说村饭店要扩大规模，雨露找他入股，年底就能分红，投得越多分得越多，保证赚钱。

明月感觉这两年小麻子变得稳重多了，而且也会说话了，仿佛能看穿人心里的顾虑一样，还有村长丁雨露担保，她就把从娘家带来的所有积蓄全交给了他。昨天一大早，小麻子急匆匆地走了，没想到嫂子告诉她这样的消息。

难道这个男人是个骗子，带着钱跑了？

第五十五章 假离婚

今天是个特别的日子，如梦一大早就赶去陪老公了。张玉宝今天请假，真是千年等一回，还陪她逛街，结婚十几年，这还是第一次。如梦开心得如新婚般，几乎试遍了县城“女人街”所有的新款衣服。最后进了家首饰店，千挑万选看中了一只玉手镯，戴在手上感觉分量刚刚好。玉镯贴着皮肤的感觉特别舒服，像个谦谦君子在抚摸她。一问价格八千多，等于他大半年的工资。她瞥了眼身边的老公，玉宝见如梦喜欢，连价格都不问，叫售货员开单买下了。

“这位女士，你知道男人什么时候最帅吗？就是抢着为女人买东西的时候。”给如梦试戴的时候，售货员羡慕地说。

“哦，今天是我们结婚十二周年，他也只是偶尔买，没你说得那么夸张。”如梦笑着回答，心里满是欢喜。这时候女人说的都是反话。

“男人小气鬼多哦，难得他今天这么大方。结婚那年买的戒指几百块钱，现在这个价钱可是戒指的十倍哦，要是婆婆知道了，说不定会说你乱花钱。”如梦看着玉宝，继续说。

“那时几百块钱比现在的一万多还值钱，为老婆花钱应该的啊！你和我结婚后就辞掉机务工作，甘心当个全职妈妈，很辛苦。这么些年也没买什么值钱的东西送你，这算是补偿吧。”玉宝自从官做大了后，话就越来越少。他说平时开会时要从头讲到尾，说话过多，回家就不想说话了。不过今天的表现够煽情，说得如梦心里如点燃了炭火。

逛了一上午，中午如梦和玉宝吃了一顿浪漫的午饭。早上见到小麻子时，如梦还说要请他吃饭，转头就忘了。享受二人世界的感觉特别美好，仿佛又回到了结婚前谈恋爱的时候。如梦今天实实在在又当了回小公主，享受到了久违的疼爱。自从女儿出世后，如梦觉得这个男人把对女人的爱全部给了女儿，自己一点点都没有分到。女儿真是爸爸的小情人、小妖精，一点儿都没给妈妈留。

饭后如梦去宾馆美美地睡了一觉，原因只有她自己知道，她要养胎。不错，她又怀孕了，在这个年代，生过娃的女人再次怀孕是件多么危险、多么疯狂、多么有举报价值的事情，社会上有些人专门吃这行饭，每个计生办门口的宣传栏都设有专门的举报电话。

除了玉宝，如梦谁都没告诉。前几天玉宝回家，如梦强忍着没说出心中的小秘密，想熬到孩子四个多月时再说，到那时她可以"挟天子以令诸侯"。可是小女人就是小女人，心眼比针尖还小，根本藏不住秘密，而且这种秘密，她觉得必须要有个最爱的人和她一起分享，一个人藏在心里烧得她心慌。那晚她终于没忍住，在玉宝没上床之前就贴着他耳朵告诉他自己怀孕了，要不是被该死的计划生育耽搁，她早就孩子成群了。

那时玉宝正在洗脚，也许是水烫，也许是这个消息太有杀伤力，他吓得一个踉跄打翻了洗脚盆。婆婆听到响动，急匆匆地赶到儿子房间，瞪着眼看如梦，以为夫妇俩吵嘴动手了。

送走婆婆，玉宝脸上的表情开始是疑惑，后来是惊喜，再后来是焦虑。因为如梦生下雪儿就上环了，怎么又怀上了呢？他知道自从如梦生了个女娃，她就感觉在村里低人一等，越穷的乡村越重男轻女，没办法。这次她真的发疯了，敢碰这根高压线！

那夜他们彻夜未眠，三十六计，计计在心头，终于在天亮前想到一个金蝉脱壳的下下策，那就是委屈如梦办假离婚！如梦一副大义凛然的样子，反正肚子里的孩子是玉宝的，离与不离那都是做给外人看的。心里有爱，为了张家有后，上刀山下火海那又算得了什么。

以前如梦特别讨厌那些超计划生育游击队，觉得他们就是少一根筋，生那么多娃子干什么，又不是青蛙！生下来没钱抚养，没钱供孩子上学读书。三代不读书，还不如一窝猪，越生越穷。家里拆得一砖一瓦都不剩，还连累七大姑八大姨。

一次上厕所，她发现肚子里的环竟然自己掉下来了，真是上天解了孙悟空的紧箍咒。她没有去医院检查，觉得这就是缘分，为什么前几年不掉，偏偏在结婚十二周年掉？注定的！所以她敞开大门坦然接纳，天天期待玉宝回家。有时他特别忙，如梦就带着全镇人民的感激，赶到城里慰问老公。每次她都像只知了一样，带着一夏的炙热叫一夜。环脱落的第二个月，如梦就有了收获，伴随她十几年的经期，如长江水春涨冬枯般往复，在这个秋高气爽的秋末变成了黄河，戛然而止断流了。大自然就是这么神奇，一头断了流，另一头却孕育着小生命。

两人商量了一夜，最后还是决定将假离婚的事告诉雪儿。这丫头已经长大了，正处于青春叛逆期，要是真离婚，对她的影响肯定特别大，告诉她真相也是对她的一种关爱和保护。

“你们真的是假离婚吗？”雪儿一大早被叫醒，还没从睡梦中完全清醒，爸妈告诉她这么个消息，惊得她瞪大眼睛问。

“嗯，爸妈和奶奶都想要个弟弟，可是爸妈都是政府工作人员，如果不离婚，再生小孩就会像村里那些超计划生育的人一样被抓起来，家也会被拆，所以爸妈不得不假离婚，假离婚就可以生弟弟了。”如梦把雪儿搂进怀里，边抚摸她细滑的头发，边轻声地说。

雪儿没再说话，抬起头，用两只水汪汪的大眼睛盯着爸爸看，想要从他的脸上找到最准确的答案。

“嗯，你妈说得没错。以后你要把这件事埋在心里，连奶奶都不能说，因为奶奶年纪大了，喜欢唠叨，怕她嘴巴不紧说出去，到时天就塌了。”玉宝点点头，给了女儿一个肯定的回答。雪儿用力咬着嘴唇，一会儿看看爸爸，一会儿又看看妈妈，还是不说话。

“雪儿，过来，摸摸妈妈的肚子，你看看妈肚子，大了吧？再过六个月，你就能看见弟弟了，到时你就是姐姐了，要给他喂奶、换尿布哦！”如梦抓住雪儿的一只手，撩起上衣让她摸自己隆起的肚皮。

“嘻嘻！喂奶可以，换尿布不干，脏兮兮的。”直到这个时候，雪儿才安心地笑出了声，一头扑进如梦怀里，眼里竟然流下了几滴眼泪，那是被吓得。

“以后你就在城里安心读书，妈妈要出去躲几个月，等妈妈的好消息吧！”

“幸好是假离婚，要是真离婚，孩子受的伤害一辈子都抹不平。不过我担心我妈能不能架得住我们离婚的刺激，有时候我都有点儿动摇，这样的赌博值不值得。”玉宝一脸愁云，担心地说。

“为了你张家传宗接代，我都豁出去了，单位姐妹们肯定会说我老了，人老珠黄了才被你抛弃。你妈想要孙子，受点儿委屈那是应该的，比起我生娃，谁受的罪大？你不心疼我，倒心疼你妈了！”如梦满脸不高兴，嘀嘀咕咕说了一大堆。玉宝见她想吵嘴的架势，没再说话了。

如梦一觉睡到快下午五点才懒洋洋地起床，然后打车去了县民政局。这是她第二次来这里，第一次来时是十二年前，那时她挽着玉宝的胳膊，因为感觉有了归属，所以心里美滋滋的。再次来心里一样美滋滋的，尽管现在是来离婚的。玉宝早就在大门边的车里等她了，他下午穿了一身黑衣服，戴着帽子，将风衣的衣领拉高，遮住了半边脸，远远地看像侦探夏洛克·福尔摩斯。

“你别那么高调好不好？离婚有什么炫耀的！”玉宝见如梦毫不避讳，穿上了上午刚买的那件大红外套，招摇过市地走到他身边，小声责备她。

“不高调怎么行啊，别人不知道我们离婚了，计生部门不找你谈话啊？我这叫快刀斩乱麻，不给你添麻烦。”如梦一脸高傲，今天她仿佛回到了少女时代，满脸绯红。

“好吧，我这人低调惯了，走路都不喜欢走在最前面。”玉宝笑笑，算是赔礼。

“对，谁叫你穿得像黑社会！”如梦小声地骂他。她伸出手腕，想像上午逛街那样挽住玉宝胳膊，可是两人突然反应过来，今天是来离婚的，又都条件反射一般，各自退后一步，都忍不住笑了，两人相隔几米走进了民政局大门。

“现在有些人，为了躲避债务或转移财产就假离婚。很多真离婚的往往都是从假离婚开始的，就像两个小孩打架，开始是好玩，后来打着打着就打成真的了。你不会是骗我先假离婚，拿到离婚证就变成真的，出去养小老婆吧？”走进民政局大门，如梦调皮地问玉宝。

“像我这样油腻的中年大叔，还抛弃糠妻啊？人生就像是迷宫，很多人用上半辈子寻找入口，再用下半辈子找出口。对于我来说，这辈子你就是我的安乐窝，只有进口，没有出口。”玉宝憨厚地笑，慢慢地说道。他这种标志性的笑随着年纪的增长，丝毫没有减少杀伤力，有时候反而更有魅力。

“都说女人是老虎，以前我们结婚你是明知山有虎，偏往虎山行；现在我们离婚，我是不入虎穴，焉得虎子。”如梦嘻嘻地笑着，两人进了三楼离婚处。两个三十多岁的女人一边发着牢骚，一边收拾文件夹，抬头看了眼墙上的挂钟，快到下班的点了。

“我都快疯了，去年我在结婚登记处，天天面对一对对新人登记，感觉自己像个红娘，心情特别好，有时人家还送我喜糖。可是今年调到离婚登记处，天天面对一对对撕破脸的夫妻，从家里吵到这里，从进来再吵到出去，我脑子都被他们吵炸了，哪有什么好心情！”

“对哦，男女谈恋爱时，什么肉麻的话都说得出来，离婚时为了孩子的抚养权，为了分家产，什么难听的话都骂得出来，祖宗八代都能翻出来骂。我才三十来岁，你看看我这不吸水的皮肤，这开始下垂的胸，这分叉的头发，都是被他们吵得，我怀疑我更年期都提前十多年来了。”

“男女结婚时是相互吸引，离婚时是相互伤害，我们这些工作人员也跟着倒霉，每天上班就是煎熬，总算又熬过了一天，下班吧！”两个女人聊得正欢，这可能是她们一天中最开心的时间了。

“工作人员，我们要办离婚，谢谢哦！”如梦站到柜台前，大声地打着招呼。

“下班了！”一个女人指指墙上的挂钟，冷冷地说。

“还有十分钟才到五点半，你帮我们办来得及。”如梦扬扬手腕上的红表，调皮地说。

“哦，为什么要离婚啊？”两个女人机械地问。抬头看看如梦，感觉是难对付的主，一脸不高兴，重新坐好。

“感情破裂了啊！结婚就像孙悟空戴上了紧箍咒，活得累，所以就离婚呗。”如梦还是那副开心的表情。

“感觉你们俩不是来离婚的，倒像是走亲戚逛超市，你们是边离婚边谈恋爱？”工作人员有些纳闷地问。

“我们这里是离婚登记处，不是旅行社！前几天有对小夫妻，刚结婚没几天就来离婚。还有对七十多岁满头白发的老夫妻，就因为老头喜欢晚上去公园看一群老太太跳舞，老伴硬要离婚，一群儿女怎么劝都不行，死了都要离。”另一个女人补充道，一脸疑惑和无奈。

“哦，那说明他们心中无爱了。我们不一样啊，我们虽然离婚了，但我们心中有爱啊！”如梦回答。

“有爱还离婚？你们拿我们这些工作人员穷开心啊！我都忙一整天了，水都没喝一口，好不容易休息一下，你们刚好掐准了点，在快下班的时候来办理。也可怜可怜我们，有多少婚离不完啊！”工作人员小声地抱怨。

“说出来你们也不懂，这是新时尚。”如梦回头看着一脸严肃的玉宝，调皮地说。

“新时尚？”其中的一个女人张大嘴巴，惊恐地看着如梦。

“如梦，离婚就离婚，哪有那么多话！人家快要下班了。”玉宝赔着笑说，场面缓和了很多。

“晕死！什么人都有！”两个女人实在是烦了，摇摇头嘟囔着。见他们手续齐全，赶在下班之前给他们办理了手续。走出那间办公室，如梦和玉宝都长出了一口气。

“以我多年办离婚的经验，我能百分百肯定，这个女人有神经病。你看那个男人仪表堂堂，富态且有内涵；这女人满嘴胡扯，驴唇不对马嘴，离婚还炫耀，肯定是神经病。”身后传来一个女人小声的嘀咕声。

“你们一家都有神经病！”如梦已经出门拐弯下了楼梯，还能听见屋内两个女人的议论，她冲回屋愤愤地骂。

自从怀了孩子后，她所有的神经元全都打开了，特别敏感，走在路上常常会蹲下假装系鞋带，看看身后有没有人跟踪。走五十米，会立刻折进另一个方向的小巷里，再回身看看身后。晚上睡觉会把门闩好，然后再打开窗户，床边放把石灰粉，随时准备跳窗逃跑，后屋的门边放着一辆不上锁的旧自行车。

“结婚能让老婆变成经济学家，离婚能让老公变成哲学家，我觉得我现在是哲学家了。”玉宝笑着说。

“爱情是需要创意和设计的，婚姻是需要经营和管理的。我还小呢！人只有老了才能成哲学家，老张，你老了，哈哈！”如梦今天特别开心，不停地笑。

“生命不过是一座桥的长度，桥头是黑发，桥尾是白发，我真的老了，已经长了不少白发。走了一大半路了，现在还离婚，这么折腾，不知道值不值得。”玉宝叹了气，看着熙熙攘攘的大街，呆呆地说。

“你可以往回走啊，往回走头发就成黑的了，哈哈！婚姻是一道最难的数学题，状态好的时候，看一眼就解开了；不好的时候，用一辈子都解不开。”

“以后就委屈你了。我已经给你租好了房子，有急事给我打电话。重的活别做，另外别去医院做 B 超，凡事保重身体为主。”玉宝交给如梦一串钥匙，那是他精心挑选的一套房子，偏僻、安全。

“我们拉钩吧，如果我没给你生个儿子，就永远不复婚！”如梦握着离婚证，眼里含着泪，撒娇似的看着玉宝。

“这是什么约定啊，不拉！不管这胎是男是女，生下来就复婚。”玉宝一口拒绝了。

“不行，你不知道做女人的苦衷，连姜必胜的老婆都生了个男孩儿，常在单位里炫耀，说以后儿媳妇必须要漂亮，家里要有钱，还不能娇气，不然绝对不让女方进家门。我一听就有气，她也不看看自家儿子什么样，简直就像从荒岛上逃出来的，尖嘴猴腮，瘦得像根芦苇，她也配挑人家女儿！”如梦很生气地说。她态度坚决，伸出右手小拇指，弯成鱼钩状，一脸倔强地盯着玉宝。

“不管怎么样，仅此一次，决不能再怀孕了！”玉宝无奈，只得伸出右手，和如梦挂了一个钩。

“哈哈，人生如戏，全靠演技。以后我们就成陌生路人了，哦不，成仇人了。明天我回去就先和婆婆吵一架，然后你回家，我们再当全村人的面吵一架，让全村人都知道我们离婚了，这些都需要演技，挑战性很大。每次看到隔壁家黄脸婆喊儿子我就来火，都是女人，谁怕谁？谁不能生啊！”如梦兴奋异常，满脸期待这场即将开演的华丽演出。男女主角心中有爱，却为了共同的信念，甘愿忍受分离的痛苦，像个地下工作者一样，上演谍战传奇，演绎步步惊心。

“人活着就是累，所以才叫人类吧！”玉宝叹了口气，自言自语，漠然地下了楼。

玉宝和如梦离婚的事，当晚就在丁家墩炸开了锅。那夜，老黄在二队长桥大爹家喝多了，秀秀去接他的时候听到一帮人正在议论，说下午有人看见如梦披头散发地在县民政局门前骂街，一哭二闹三上吊，硬不和张县长离婚。张县长别看他平时文质彬彬，今天脾气特别大，给了如梦两耳光。你们想想，一个开飞机的主，抡起巴掌抽女人，可见平时他们夫妻间的恨有多深，真是看不出来。现在如梦脸肿得像猪头，正睡在医院病床上输液呢。

今天张县长真是铁了心，你们没看到那架势，好家伙！半个县城都轰动了，道路都堵塞了。后来张县长硬是找民政局的局长把离婚的公章盖了。如梦发泼的时候，张县长还差点儿要公安局把如梦抓起来，真是知人知面不知心，男人越老越狠心。

秀秀装着什么都没听见，扶起喝得烂醉的老黄回家了。

第五十六章 抓骗子

八月的午后，太阳像针一样刺眼，天空犹如一团团火焰不断落下，烧得整个大地都滚烫无比，所有能呼吸的活物都躲了起来。

几只狗懒散地趴在大塘柳花树的树荫下，耷拉着的耳朵比舌头长。大塘有甘泉滋润，冰清傲骨，远远地就透着凉气，这里成了村里孩子们的天堂，也是阿宝训练兵团的秘密基地。

阿宝刚刚在大塘里洗了个冷水澡，全身每个毛孔都往外透着凉气，舒服极了。他提着一根半米长、甘蔗粗的搅屎棍在村里巡视，身后跟着几个娃子和几条看热闹的狗。这是一天中最热的时候，今天也可能是一年最热的一天，喘气都烫咽喉，但阿宝还是带着他的卫队巡视村庄，防止别村的野狗来丁家墩拣碎骨头吃，更提防别村的野孩子来偷打槐树花拿去晒干卖钱。

啊——太阳月亮拧了一个扣，阴差阳错才有圆地球

啊——专修房屋漏水，啊——一日维修，啊——终身免费包修

……

啊——人情你咋就冲不出条牛

啊——专修房屋漏水，啊——一日维修，啊——终身不漏

……

一辆破旧的三轮车喘着粗气，从西九华的山路上摇晃着身子，像只受伤的甲壳虫，全身油腻，仿佛一百年没洗澡了，慢悠悠地爬下山路，向丁家墩开来。车

顶上架着个大喇叭，一路吐着浓烟，扯着嗓子边唱边喊。

“这么大热的天，还有人出来维修房屋，真是神经病！”阿宝纳闷地骂。

“呼呼呼，轰轰轰”，车喘着粗气，如得了肺癌晚期的老人，开到丁小气家门前停下。阿宝看见车上下来两个女人，驾驶室还坐着一个男人，继续开着那辆破车在村里转悠。

“啊——专修房屋漏水，啊——一日维修，啊——终身免费包修……”

大喇叭不厌其烦地重复唱着一首老掉牙的歌，这么大热的天，还唱太阳拧地球的歌，越唱越让人烦躁。

“大爷，这是我们安康灵公司新开发的专治白内障的新药，吃一粒眼睛保管亮，吃一盒眼睛保管一辈子都能看报纸，老了眼睛比鱼鹰还亮。”

“大妈，这是我们安康灵公司新开发的专治关节炎的新药，吃一粒包你能下床走路，吃一瓶包你能下地插秧，上山追野兔。”那两个穿得很朴素的中年妇女拎着一个塑料袋子，正挨家挨户地推销一种药。

阿宝作为村里的哨兵，这种闲事哪能错过？

“哦，免费吗？免费我就吃，要钱我可不要哦！”一位大娘好奇地问。

“要钱哦，你家房子建得这么漂亮，儿子不光有钱，肯定也孝顺，买几盒吧！”一个女人将药塞给大娘的儿子看。

阿宝跟着这两个女人跑了几家，他发现一件不寻常的事，一样的药，这两个女人却卖不一样的价格。有的老人儿女不在家，没钱买药，怀疑药的疗效赶她们出去，她们就嚷嚷着不要钱，可以试吃免费治疗。但同样的药会因人而异，有着完全挨不着边的治疗功能，比如那药刚刚在村里丁小手奶奶那儿，她们说专治眼睛，可是到了村里摊在床上十几年的四爹爹家，就变成专治关节炎的神药了。如果进门发现家里只有一两位老人，她们就说是免费的药，可以试吃；要是那户人家儿子、儿媳妇在家，她们就说药是要钱的，而且还挺贵。她们一连跑了好几家，一瓶也没卖出去。

“你这什么药，这么灵啊！我最近迷上了李小龙，想练成最厉害的武功，你这药吃了能让人有特异功能吗？刀枪不入也行，免费的话给我一瓶。”阿宝听她们说可以试吃，嚷嚷着想试试什么味道。他一直跟在两个女人屁股后面，见她们给大娘试吃的是一种黄色的药，一小瓶也就两粒，两个女人像是舍不得拿出来的样子，一直小心翼翼地放在包里，一定很贵。

“回家找个凉快的地方睡觉去！是药三分毒，能乱吃吗？”一个女人呵斥跟屁虫阿宝，叫他赶紧走开。

“没事，我不怕毒，毒死不怨你们。”阿宝盯着她们手里的药说。

“毒死你能值几个钱？我这药很贵的，回家向你大人要钱来买，赶紧走！”两个女人似乎特别在意阿宝拖着根棍子，像条狗一样跟着她们。她们又一次被人拒之门外后，恼羞成怒抓根棍子硬把阿宝赶跑了。

等阿宝再次找到她们的时候，这两个女人已经提着袋子急匆匆地走出王三奶奶的家门，由于走得急，竟然一脚将王三奶奶家门边的一口喂鸡的钢精锅踢翻了，发出“咣当”的一声响，惊得几只正眯眼打盹的鸡扑打着翅膀，一路叫唤着逃走了。

“王三奶奶家儿女不在家，她买药要钱吗？如果你们把药卖给我，我可以用镇上发的避孕套和你们交换。那套用处很多，冬天可以当手套哦！”阿宝又跑来跟着她们，一路喋喋不休地追问，他对两个女人手上的药特别感兴趣。这两个女人刚进村，第一眼看见她们，阿宝总感觉哪里有点儿不对劲，她们专挑家里没青壮年的老人推销药，现在走得这么急，肯定有鬼。

“你们怎么不说话？”经过丁小气家门口的时候，阿宝提高嗓门大声问。

“阿宝，你骚扰两个阿姨干什么啊！”几个男人正在下棋，抬头坏坏地问。

两个女人从他们身边走过，没有说话。开始是急速地走，后来是小步跑，不远处停着那辆破旧的三轮柴油车，没有熄火，车上那个男人探出头，在那里焦急地等待着。

“我——我的钱被这两个女人骗走啦，快——点抓骗子啊！”一阵带哭腔的叫喊声打破了午后乡村的宁静。这个时候正是一天中最容易犯困的时段，突然村中一个满头银发的奶奶大声叫喊着，像是受到过度惊吓没了魂一般，赤着小脚从屋子里跑出来。

阿宝正疑惑地站在村口，听到王三奶奶大声叫嚷，就猜出点儿事情的缘由——这两个人是骗子，骗了王三奶奶的钱准备逃跑。

“站住！”阿宝大声叫喊着，挥舞着手中的搅屎棍，撒开双腿猛追上去。就在那两个女人快要登上三轮车的一瞬间，他一把抓住了那个背着帆布包的女人。车上的男人猛地一踩油门，车喘着粗气，咳嗽着，冒着浓烟开出村。由于车子突然发动，一个女人上车没站稳，挂在车门边，悬在半空中挣扎着。

阿宝一个箭步冲上去，一把抓住了女人的背包。两人在空中比着角力，阿宝人小劲却不小，硬是将背包从那个女人身上扒拉下来。

“小伢伢，多管闲事，哪天开车撞死你！”那个女人探出头，破口大骂。

“你们这些骗子早晚有报应，早晚会被车撞死！”阿宝毫不示弱，捏着背包，顺手捡起路边一块拳头大的石头，向咆哮而去的三轮车砸去。

“啪”的一声，三轮车刚上西九华的公路，在一个九十度的路口转弯处，被阿宝那块石头不偏不倚地砸在挡风玻璃上。

“哗啦啦！”一阵清脆声响起，车下了场碎玻璃雨。

车上那个男人顾不得碎玻璃，一踩油门，愤怒地瞪着不远处的阿宝，车摇摇晃晃地向西九华开去。

“阿宝！阿宝！快点儿回来，你乱跑管闲事干什么啊！”秀秀刚刚在家里睡午觉，几个孩子跑进家门，嚷嚷着阿宝追几个人贩子去，都出村了，要秀秀赶紧去看看，听说人贩子身上有刀、有枪，连王三奶奶都绑架呢！

秀秀一听，都快吓疯了，鞋也没顾上穿，一个箭步跳下床，撒开腿，几步就将老黄甩在身后，风风火火地跑到村口，看见阿宝抓着块石头追一辆三轮车砸。

“啪！”的一声，秀秀抓住阿宝，抡起胳膊给了儿子一巴掌。

“妈，这是三奶奶被骗的钱！”阿宝挨了一巴掌，却没有丝毫的反应。他蹲下身，打开怀里的包，里面是一个用红色塑料袋扎着的小包裹，已经拆开了，露出一沓泛着绿光的钱来，有大钞也有小票，足有两个手掌厚。

“你就不能让妈省点儿心啊！什么人都敢追？骗子都有刀，杀人不眨眼，不怕人家一刀捅破你肚皮啊！”秀秀怒火未消，还在喋喋不休。

“阿宝啊，你真是救了奶奶一家人的命了！我中午一个人在家睡午觉，这两个女人到我家说有免费的药，一听说免费，我就没多心，吃了一颗，后来我就什么都不知道了。”王三奶奶颠着小脚，一个踉跄差点儿跌倒在阿宝脚下，满口的牙都掉光了，可是嚷嚷的声音比谁都大。

“王三奶奶，你别急，慢点儿说。”阿宝像是什么事没发生一样，将包裹交还给她。

“刚刚门外一声钢精锅响把我惊醒了，进房里一看，藏在床板底下的钱不见了！我追出来才想起来，就是刚刚上车那两个女人给我吃的药。她们说我儿子在外有血光之灾，必须要花钱消灾，叫我把家里存的钱给她们。我听儿子有灾就没了魂，告诉她们钱在床板底下。她们叫我跪在锅灶边，边磕头边求佛，不准回头，更不准出门。”王三奶奶捏着钱，连连感谢，吓得还在哆嗦，唠唠叨叨地说。

“没事了，这钱我帮你抢回来了。”

阿宝打开女人的背包，除了一些女人的衣服外，还有一瓶黄色的药，里面还剩一粒，乳白色的药丸有黄豆粒大，他一把抓在手心，藏进了怀里。

临回家的时候，阿宝思量着这瓶子不能带回家。这药有魔力，那骗子只给王三奶奶吃了一粒，王三奶奶就听她们的话了，太神奇了。现在瓶子里只剩一粒药了，这药应该很金贵。阿宝拧紧瓶盖，爬上大塘埂那棵全村最高的柳花树，将药藏在了树梢上的一个树洞里。

下来的时候，刚好遇到小麻子的老婆水明月，正扛着一只铁锹准备下田锄草，阿宝“嘿嘿”地笑着，一溜烟跑回家了。

“以后这些事少管！今天幸好是骗子，要是人贩子，你恐怕早被人家拐跑了。”晚上吃饭的时候，老黄狠狠地训斥了阿宝一顿。

“我这是做好事，怎么了？以前做坏事你天天打我，偶尔做次好事，你照样没一句好话，真不懂你们这些人心里想什么，天天就知道和隔壁斗。”阿宝原本正在吃饭，被骂了老黄一顿后，摔了碗筷转身就要出门。

门外王三奶奶拎着两只鸡和一篮子土鸡蛋，正晃晃悠悠地走过来。

“真是老天开眼了，今天竟然有人送鸡和蛋到我家！这些年，家里养的鸡都是外姓人的，是还债鸡，帮别人家暂养的。”老黄打趣地说，秀秀慌忙迎出去。

“今天多亏你家阿宝帮我拦住了骗子，把钱抢了回来。这些钱是我儿子在上海建筑工地打工好几年才存下的，刚刚寄回家，准备买些砖瓦木料建房子，没想到这些骗子的鼻子比狗还灵。我到现在都想不明白，只是吃了她们一粒药，怎么就什么都不知道了？像是被鬼上身了，她们问什么我就回答什么，钱藏在哪儿都告诉她们了，真是老糊涂了！天杀的骗子！”王三奶奶看来还没有从惊吓中缓过劲，全身还在哆嗦。话说得太快，唾沫从没牙的牙根里流了出来。

“没事，以后遇到这样的骗子，我见一次砸一次。”阿宝拍拍胸自豪地说。这恐怕是他唯一一次被人表扬，显得有点儿不适应。以前家里养的鸡和下的鸡蛋，还没攒几个就被妈拎出去赔人家了，今天好不容易有人送他鸡蛋，高兴得直叫唤，总算扬眉吐气了一次。

秀秀推辞了几次，说这些鸡蛋让王三奶奶带回去补补身子，王三奶奶脸憋得通红，说再不收就是看不起她这老奶奶。秀秀无奈，只能勉强收下，显得极不自在。晚上特意煮了几个鸡蛋犒赏儿子和老黄，没想到这对父子都一脸不屑，这对父子到一起看彼此都不顺眼。

第五十七章 举报如梦

对于丁家墩的村民来说，今年有件大事，就是江滩芦苇场里放养的鱼，大的已经有十几斤了，老爹们商量着今年过年干塘时就可以分红了。每每说到这事，老爹们恨不得当天就过年，当天就下塘抓鱼，当天就分钱，当晚买棺材。

那天秀秀正在上课，老黄一脸欣喜地走进课堂，神神道道地将她拉出教室，小声告诉她一个消息，隔壁家那个女人离婚后，活得一天不如一天，有人看见她在县城的饭店里帮人家洗盘子。一个黄脸婆整天在家照顾女儿和婆婆，到头来不还是落了个被抛弃的下场？老黄说这话的时候，脸上的笑容完全绽开了，像个爆米花。

“这事我前几天就听说了啊，你为什么这么高兴？你和那个女人有天大的仇啊？”秀秀不解地问。

“我当镇教办一把手的时候，张玉宝还在当兵，凭什么他现在吃香的喝辣的，出门有专车，前呼后拥，像个皇帝，我却在家吃咸萝卜？我犯了屁大点儿的事，组织上就往死里整我，还全县通报，把我当反面教材，我不服！”

“现在不好吗？至少你有我。那个教办一把手的头衔比我还重要？你现在后悔还来得及。”秀秀有些不高兴。

“我不是那个意思，我就是有些不甘心。现在好了，全村人等着看笑话。老天爷很公平，以后看那个老女人还怎么神气！”老黄高兴得就差跳舞了。

“家家有本难念的经，不到万不得已，哪对夫妻愿意离婚啊？没什么热闹好瞧的。”秀秀没理他，转身进教室上课去了。

一晃隔壁家女人搬走已经有三个多月了。走的那天，她进村取衣服，她婆婆听说儿子离婚了，开始是喋喋不休地骂儿子是猪，糠妻不能丢，后来劝儿媳妇不要走，儿子不认她，婆婆认她，在一起还是一家人。

“婆婆，离婚是我提出来的，不怪玉宝。他常年不在家，我实在受不了守空房的苦，趁着现在还年轻，我想出去走走。婆婆你别担心，我累了就回来，玉宝说等我。”如梦那天满脸是泪，已经哭成了一个泪人了，村里一些单身汉站在路边眼巴巴地看着，恨不得冲上去，一把将美人儿搂进怀里，大声告诉全世界，这个女人离婚了自己要。

“你别糊弄我了，哪有离婚了还复婚的，这又不是小孩玩家家酒。我这就进城，砸了猪儿子的办公室。你别走，就住家里，看谁敢说一句闲话！”翠婆婆那天真被气糊涂了，从家里摸出了手腕粗的拐杖，一路咆哮着，到江滩坐轮渡进城了，谁也拦不住。

当天晚上，翠婆婆垂头丧气地回村了。第二天一大早，有人看见如梦背着背包，拖着拉杆式行李箱出了村，上了轮渡，像空姐一样飞走了。

“呜——呜——”大堤上站着几个男人在哭。

“有的人吃饱了还反胃往外吐，可我们连人家吐出来的东西都吃不上，闻都不让闻，老天真是不公平。”他们满脸沮丧，又一个天天出现在他们梦里的女人走了，还是那么漂亮，像个空姐登上飞机一样，孤孤单单地拖着行李，流着眼泪头也不回，可能一辈子都见不到了。

自从隔壁家女人走后，秀秀觉得好像哪里有点儿不对劲。翠婆婆起初那几天特别生气，也不出门聊天，感觉全村人都在看她家笑话。可是进了几趟县城后，心情越来越好，脸上的气色也红润起来，看这架势还能活个十年八年。

还有就是她家里养了很多鸡，而且都是下蛋的母鸡。儿子离了婚，玉宝也很少回家，家里更没什么客人，养那么多鸡干什么啊？

“隔壁家老女人的儿子离婚受刺激了啊，一门心思在家养鸡。”一天晚上，老黄纳闷地问。他看见翠婆婆拿着把大扫帚，正扑打几只蹲在墙角下蛋的母鸡。

秀秀装作没听见，她不想和老黄说隔壁家的任何事。

第二天一大早，秀秀肚子又开始疼了，这种疼扯着肠子拴着胃，总是没完没了，每次经期来都翻江倒海。去镇计生办检查了几次，她们说可能是上的环脱落或不正导致的，建议她进城妇检。

秀秀被折腾怕了，请了一天假，坐轮渡到江对岸，上了去县城的公交车。改革开放快二十年了，县城发展真快，原来师范门前一些破旧的大排档全都拆迁了，正在建设，听说要建成商业街，远处一些脚手架竖得很高，都在建住宅楼。

车终于到站了，秀秀远远地看见翠婆婆拎着一篮子鸡蛋，提着一个塑料袋，里面装了几只母鸡，昂着头乐呵呵地往县医院后面一个破旧的小区走去。由于是顺路，秀秀疑惑地跟了上去，她也不知道哪来的好奇心，只是脚不听使唤。

翠婆婆健步如飞，提着十几斤重的篮子，上坡下坡都不带喘的，拐了七八次弯，在一间破旧的平房前停下。秀秀探身刚想跟上去，翠婆婆却猛地一回头，眼睛像猫一样观察身后有没有人跟踪。秀秀一个闪身，躲在一根电线杆后面，敏捷得像个便衣。观察了十几秒后，老奶奶一闪身，不见了。

医院后面的高墙上用白石灰刷着醒目的标语："计生条例已修订，超生罚款可不轻。超生一胎一万四，二胎两万五千整。"

虽然部分字迹已经辨认不清，但高压的姿态早已深入人心。

"妈，我前几天请镇上的小蕾找关系给我照了个B超，你猜是男孩还是女孩啊？"等翠婆婆走进一间屋子关上门，秀秀走近平房的窗户边侧耳偷听，里面竟然传出如梦的声音。

"肯定是男孩儿啊！你屁股大，屁股大的能生儿子。"翠婆婆咯咯地笑，压低嗓门回答。

"医生说是个双胞胎，而且还是对龙凤胎呢！妈，我不是在做梦吧？怎么一下子成三个孩子的妈了！"

"真的啊？哈哈！不是做梦，是咱祖坟有力，终于有男娃传宗接代了，你功劳最大。现在医学发达，双胞胎也不怕，可以去医院做剖宫产。别看婆婆只会养鸡，这几天我常去医院打听，也懂了不少知识呢！你怀的是男娃，玉宝知道吗？"

"不知道，我哪敢出门啊！更不敢打玉宝电话。孩子已经六个多月了，再坚持三个月，等孩子生下来，我第一件事就是和玉宝复婚。我可不想孩子生下来，他们爸爸还不敢来看我们。"如梦笑得像个孩子，在屋里撒娇。

"那不行！玉宝说了，至少要等孩子生下来一年后才能复婚。现在计划生育抓得这么严，到处都是举报电话，到处都是眼睛，玉宝又是分管这项工作的负责人，到时难免不会有人说闲话。为了孩子，你委屈点儿也没什么。只要你们小夫妻心里有爱，有证没证那有什么区别。"

"嗯，妈，我知道了。你这么大年纪还为我养鸡、送鸡蛋，我真的很感激。回去吧，路上一定要注意安全，我会照顾自己的。"

“刚得知你们离婚时，我跑到县政府找到正在开会的玉宝，当着一屋子人的面把他狠狠地骂了个狗血喷头，这么好的媳妇他敢不要，除非我死了！婆婆年纪大了，没什么本事，只能养些土鸡给你补补身子，也不能在这里照顾你，免得人家怀疑。我走了啊！”

“嗯，婆婆你看玉宝帮我选的这房子，就在老城区的医院里，脏、乱、差，到处流臭水，马上就要棚户区改造了，却是最安全的，检查人员抬轿子都请不来呢！医院围墙外就是县计生委，他们做梦也想不到，一墙之隔住着一个大肚婆。最危险的地方就是最安全的地方，嘻嘻！”屋里传来如梦得意的窃笑声。

“嗯，那也千万不能大意了。”

“嘎吱”一声，翠婆婆拉开大门，探出半个头向屋外观察了好一会儿才闪身出去，迅速带上了大门。

秀秀在翠婆婆开门往外探身张望之前已经转身离开了小巷，并在脑子里记下了那间平房的具体位置。回到家，婆婆正在屋后的菜地里给菜打农药，今年种的菜虫子比往年多，婆婆唠叨着现在的虫子越来越厉害了，对农药都有抗体了，就屋后那几垄小青菜打了好几次农药了。她怀疑买的“杀虫双”是假药，特意多买了几瓶放在屋后厕所的门后面。

“什么！隔壁家媳妇大肚子了？”当秀秀把上午在县城看到的情景告诉婆婆时，这个女人惊得一哆嗦，背上的药水瓶都掉地上了。

“嗯，她离婚才三个多月，可是肚子特别大，看那架势至少怀孕六个月了。”秀秀说出了心里的疑惑。这件事困扰了她一路，本来她不想管别人家的闲事，可是这次不同，不知为什么，必须要找个人说出心中的秘密才觉得舒坦一些，不然憋得人喘不上气，会生病。

“怪不得呢！我就觉得这事肯定有蹊跷。那天她媳妇从县城回村说离婚了，老女人气冲冲地进城，晚上回来的时候，笑呵呵地从后门进的屋，还以为我不知道！我当时就纳闷，儿子离婚，她那么开心干什么啊，感情是玩狸猫换太子啊！”玉春婆婆已经满脸皱纹，但精神气比年轻人还好，她几乎是一句一顿，咬牙切齿说完这几句话的。

“听说还是对龙凤胎，这女人还真有点儿本事。”

“呸，这什么世道！他家当官可以多占、多吃，现在还想多生啊？违反国家政策是犯法的，越是拿工资的越怕国家，孩子没生下来之前，那还都只是一团肉，别高兴得太早了。”玉春婆婆转身把农药箱塞进厕所，气呼呼地回屋去了。

那天晚上秀秀喊婆婆吃饭，这老人坐在门边不理人。秀秀不明白，婆婆怎么这么生气。

姜必胜刚在政府食堂吃过晚饭，回到办公室就接到了计生办主任的电话，有人举报丁家墩超生游击队一个妇女挺着大肚子，藏在县医院后面的一间平房里，举报的信息详细到平房里的一草一木都画了出来。

那天张伶俐刚好在省城学习。姜必胜立即召开了动员会，并进行了严格保密措施，到会人员不准离开会场半步，涉及丁家墩的相关人员他都没有通知参会，他不想像上次那样再扑个空，被人当笑话。

丁家墩的妇女和抓捕队已经过招数次，每次都能从容而退，反复跳出包围圈。民间已有谣言，说这些妇女能飞檐走壁，挺着大肚子上房都不用手，过江都不湿衣，外号“侠女十三妹”，就差身后背把剑了。

会上，姜必胜要求晚上七点前“五子”必须到位，分别是运送抓捕人员和超生人员的车子；抓捕对象不在家或拒不开门，用于破门破窗的钳子、锤子；抓捕对象居住地房高院深，用于架墙的梯子；抓捕对象有抵抗情绪用的绳子；每家超生户都会养一条或几条恶狗护院，必须准备肉馅的毒包子。还准备了矿泉水，防止超生户扔石灰粉；准备了海绵块，塞超生户嘴巴，防止她们大喊大叫、咬人或咬舌自尽；还有加厚的海绵床垫防止跳楼……

另外晚上七点，“三队”人员必须到位，一是用于处理紧急事务的医疗队，由镇卫生院院长和计生办医管主任牵头。每次队伍开进村，抓捕现场那真是地动山摇、狗叫狼嚎，不只是一地鸡毛，每次都会见血，医疗队必不可少。

二是抓捕队，他将这次抓捕工作分成五个行动小组，其中四个小组各负责东南西北四个包抄方向，留一个预备队作为临时调配，哪里防线被突破就支援哪里，预备队由姜必胜亲自挂帅。每个小组配指挥组长一名，另配计划生育专干、计生专职医生、抓捕执法队员、计划生育协会、计划生育药具员若干，还有部分山里红镇七站八所的机关事业单位的工作人员。正所谓养兵千日，用兵一时。

三是宣传队，由镇综治办和司法所组成，负责抓捕前后群众的维稳和思想工作，疏散看热闹的群众，并传递相关信息，必要时对于暴力抗法者现场抓捕，直接移交县法院。

按照惯例，抓捕之前先进行战前动员，每项工作都细化到个人，确保万无一失。最后，姜必胜进行了总结，眼看要到年底了，年关难过，县计生委正在找重点，他想把这次抓捕办成亮点，好在年底评比中摆脱全县垫底这座压了他很多年的大山。另外抓捕过程中什么事情都可能发生，必须时刻绷紧弦，这些一心想生个男娃的女人，个个是母老虎，一见到抓捕队员，哪次不是鱼死网破的战斗？这些女人举刀就剁，张嘴就咬，抬手就是九阴白骨爪，抬脚就是无影脚，专挑抓捕队员的命根子踹。一次镇上一个刚订婚的小青年，愣是活生生被那个大肚婆回身一脚踹断了命根子。那女人边踹边哇哇大叫：你杀我的娃，我断你祖宗根！姜必胜要求每个参加的人员注意自我保护，说得队员一个个一脸凝重，仿佛开赴战场。

那一夜注定是个不眠夜。

张玉宝开完招商引资动员会，回到县政府大院后面的房子里刚睡下，电话就响了。他有些不高兴，抬手看看表，已经晚上 12 点了，不知道谁这么冒失，不分白天黑夜。他接通电话，那头是个熟悉的声音。

“张县长，真对不住哦！这么晚打你电话，影响你休息。”电话里传来姜必胜唯唯诺诺的声音。

“什么事？”张玉宝心头一紧，冷冷地问。

“我们镇接到群众举报，今晚进行了计划生育抓捕行动。我们起初接到的举报说那房子里面住的是村里的孕妇，怪我们工作做得不细，晚上天黑也没仔细看，看见一个大肚子女人从屋子里慌慌张张地跑出来，以为就是被举报人。”

“嗯，计划生育工作压倒一切，就是要天天抓、时时抓、夜夜抓！”

“可是——可是，您的爱人，哦不，您的前妻胡如梦却从屋里跑出来了。镇上一些抓捕队员情绪过于激动，抓捕心切，再者胡如梦披散着头发，晚上黑灯瞎火，根本看不清脸，只能看出是个大肚子女人。按照以往抓捕惯例，女人只要是大着肚子，越跑越要抓，所以弄得动静过大了。”

“她怎么了？”

“按理说，胡如梦已经和你离婚半年了，怀孕也合法合规，不必那么怕我们啊！可是她特别害怕，像是发了疯一样。她一个城里的大学毕业生也学村里一些女人爬院墙，从医院后面的高墙上跌进一个地窖里，孩子没保住，大人算是保住了，正在抢救。”姜必胜几乎是哼哼着把话说完，声音低得估计连他自己都听不见。

“张县长，真是大水冲了龙王庙，一家人不认识一家人了。想不到我抓捕无数次，这次却瞎了眼，求张县长给予行政处分！我对不住你啊！”

电话里只有姜必胜一个人的自责声，仿佛是他一个人在讲单口相声，可是他知道，电话那头肯定有人在听。

“张县长，我已严肃处理了执法过度的几个队员，肯定给你一个交代。”

“哦，流了啊，流了啊，人保住了就好，就好！”张玉宝很久才回话，长叹了一口气。他声音哽咽，想控制自己的情绪，可是又控制不住，仿佛喉咙里卡了个枣核一般，在电话里呜呜地哭出了声。

“张县长，我已经将胡如梦转到县医院进行了急救，现在已经度过危险期，有专人在护理。张县长，现在乡镇计划生育工作压力太大，我去年已经进笼了，三年不准调动，今年再进笼，我就就地免职了，压力山大啊！也怪我工作做得不细，没有事先安排人去蹲点，调查清楚。”姜必胜一个劲地赔礼，解释原因。于公，这是组织工作，是基本国策；于私，他还想往上爬一爬。张玉宝是常务副县长，县里人事关系调动，他作为县委常委，建议权和否决权关乎他的命运，现在弄成这样，这举报人真是个王八蛋，这不是把他往火坑里推吗？

“这事最好冷处理吧！毕竟是我前妻，舆论上不好听，就怕一些人添油加醋。你回去赶紧开个会，把口径统一一下。她和我离婚已有半年，现在怀孕三个多月属于未婚先孕，国家不需要承担责任，可以给予一些救助。所有事宜均按以往经验做，不能偏更不能倚，不能叫外人再说闲话。”张玉宝冷静下来后，冷冷地说，又恢复到之前下基层指导工作的口吻了。可越是这样，姜必胜心里越是犯嘀咕。刚刚汇报的时候他还留了一手，如梦怀的是双胞胎，两个孩子都胎死腹中，要是张县长知道了，估计会和他拼命。这种假离婚的把戏，他看一眼就知道了，只怪自己倒霉，这次撞枪口上了。

“举报人是男是女啊？”张玉宝话锋一转，冷冷地问。

“是一封挂号信，用圆珠笔写的，直接寄到镇政府，签收人写的我的名字。当时我以为是线人寄的举报信，因为怕被打击报复，他们有时也会采用这种举报方法，就没多想。等查实了，举报人会自己到计生办领取奖金。”

“笔迹你认识吗？”玉宝问。

“不认识，字写得歪歪扭扭的，可能是用左手写的，故意不让人知道举报人是谁。”姜必胜回答。

“你留意一下吧，看他会不会去镇上领取举报奖。”

“嗯，我肯定留意。张县长你也知道，现在举报人都特别小心，这些人也怕打击报复，有的举报人和超生户还是同一个村，一旦身份暴露，终身都有生命危险。岗头村一个单身汉举报同村一家大户怀二胎，我们晚上进村抓了刚刚回家的媳妇，已经七个月了，当夜就打了引产针。那家媳妇一看生下来的是个男孩子，已经死了，发了疯一样大喊大叫，还咬人，把我们八辈祖宗都骂了个遍，见医生就吐口水。那一刻要是能站起来摸到刀，我敢肯定她会毫不犹豫地杀人。后来那家人不知道通过什么关系，知道是同村单身汉写的举报信，三个儿子一起上，把人打昏过去好几次，最后像条死狗一样扔在村口的稻田边，都红了眼睛。还好那人命硬，半夜醒过来自己爬回家了，不然真会闹出人命。这些举报人为了那两千块钱的举报奖金，冒的风险也不低于卧底。”

“看来人家是不想让你知道身份，这举报奖估计也没人领。以后做事细心点儿，别中了别人下的套。”张玉宝叹了气，刚刚紧张的情绪稍微放松了一下，显得特别疲惫。挂电话的一瞬间，姜必胜听到那边传来哽咽的抽泣声。

张玉宝躺在床上，怎么也睡不着。他披衣下床，打开窗户想透透气，屋外月色朦胧，晃得人睁不开眼。

“嘟嘟嘟！”电话铃又一次急促地响了起来，吓了他一跳，犹豫着抓起来。

“张县长，实在——在对不住——住，刚刚抓捕的时候，一个老——老人在一边阻挠队员，我一心只看到你爱人跑——”电话那头又传来姜必胜惊恐的说话声。

“到底怎么了？”张玉宝咆哮着质问。

“你——你听我说，出事后我急着把胡如梦送到医院，可是——可是刚刚队员告诉我，那个老人是你妈，抗拒中倒在一棵树后面。起初队员以为她装死，后来队伍散了，没人注意她到她一直没起来，刚刚几个队员去现场找器械时发现了她。”今天由于紧张过度，姜必胜以前结巴的老毛病又犯了，都快把舌头绕成结，搅断了。

“你——”张玉宝大吼一声，猛摔了电话，跑出了屋。

张玉宝赶到医院的时候，他妈还在急救室没出来，隔壁房间的门口站着一脸沮丧的姜必胜。

“张县长，如梦已经转移到最好的护理病房了。刚刚她醒来后像发了疯，我想上去搀扶安慰几句，没想到被她狠狠地甩了两个嘴巴子。看她那眼神，平时那么温柔贤惠，可现在恨不得把我大卸八块，让人瘆得慌。”姜必胜捂着嘴巴，毕恭毕敬地向张玉宝汇报。

张玉宝瞪着眼，看都没看他一眼，直接走进了如梦的病房。当他看到床上躺着的人时，吓得一个踉跄，那张床上哪是睡着一个人，分明是只铺了一张人皮。

“如梦，如梦，你醒啦！”张玉宝一连唤了好几声。他坐到床边，将她搂进怀里，关切地问。

“呜——呜——”如梦静静地躺在白色的床单上，脸色苍白，两眼圆睁，盯着天花板发呆。一看到玉宝进来，立刻就崩溃了，背过身去，呜呜地哭起来。

“我们的孩——孩子没有了，还是对双——双胞胎，龙——龙凤胎！”

“不哭了，身体要紧，今天你能醒过来，也是老天有眼了。”

“不哭了，流了就流了，看来是没这个缘分。这些天你遇到过村里哪些人了吗？”张玉宝小声地问。

“我挺着大肚子这些天，记得遇到过村里的丁大炮，他有一次去城里取药，说得了什么病。还遇到几个辈分高的老爹。也不知道是不是妈在家说漏了嘴，这我不敢确定。但有一个人我一直怀疑，就是隔壁家那个黄脸婆，妈说家里多养了些土鸡，她们母子常站门边看妈拎鸡蛋出门，还指指点点的，可能早就怀疑了。”如梦虽然身体特别虚弱，但这些话她憋在心里，必须要向玉宝说出来。

“道理上都有可能。举报人用左手写字，肯定是个有文化认识字的人，应该不是为了那点儿举报奖金才举报的，所以应该是身边比较熟悉的人。现在流了也好，不必再怕别人盯梢了。但敲响了警钟，人情薄似纸，有些人人前热乎，背后捅刀子。我现在这个位置，更敏感。既然不能确定是谁，就不用瞎猜了，以后这事就别提了，养好身子最重要。”玉宝轻声说。

“可我不甘心啊！我们的孩子，我这个年纪也算大龄产妇了，也不知道以后还能不能再怀上。再说长时间和你离婚，我也不放心，晚上一个人睡觉总是怕，乱做梦，呜——呜——”如梦抽泣得全身都快抽搐了。

“你随时可以和我复婚，我没有问题。人生不易，都是在风风雨雨中一路走过来的，没有谁天生就是享福的。”玉宝安慰她。

“张县长，你——你妈妈醒来了，叫你过去。”姜必胜冲进病房，低着头喊他。

当张玉宝走进病房，他妈妈还没有下手术台。医生说是脑出血，很危险，可是这老人醒来后第一件事就是要人喊她儿子。

“娃儿，你记住妈说的每句话！这些天我进过两次城，总感觉身后有人。我虽然没看见人，可我能闻出味道来，跟踪我的一次是秀秀，一次是那个老太婆，举报我们家的是隔壁家那个老太婆，别忘了我们家的仇人……”老人瞪红了眼珠，死死地盯住床边的儿子，一把抓住他的胳膊，干枯的手都把玉宝捏疼了。

“妈，我知道了，你好好休息吧！”

“我不行了，我死后把我埋在张公山上，埋在你爹坟边，听到了吗？不准烧，更不准那些开发商动我们家祖坟。”老人口齿特别清楚，屋里所有人都听得真切，听得头皮发麻，这老人像是在交代临终遗言。

“嗯，妈，儿子听到了。妈，你好好休息吧！”张玉宝连连答应，老人刚刚瞪圆的眼睛这才闭上，再次陷入昏迷，整个病房再次忙碌起来。

第五十八章 毒奶

一天雨露被姜必胜叫到了办公室，他沉着脸，盯着雨露不说话。雨露开口问候，姜书记从抽屉里取出一封信递给雨露，那是一封举报信，是用钢笔写的，雨露认识那笔迹，是老村长张祥林。信里列举了雨露的三宗罪，一是账务混乱，村里征收的公粮任务没有明确账务，村干部私吞公款；二是不作为，前任村长在职时，村部建设有模有样，争取了县、镇多方面的资金，这几年丁雨露只顾私人饭店的生意，村部建设停滞，毫无建树；三是计划生育工作不作为，村里几个超计划生育的妇女是她的同学，她包庇同学，使得丁家墩计划生育工作全镇倒数第一，全县出名，产生了很坏的影响，要求组织给予严查。最后落笔的人写了真名，果然是老村长张祥林。

“这是一封实名举报信，按照规定，实名举报信必须调查。你先停职三个月，待调查结束后再按结果进行处理。没有问题组织不会冤枉你，有问题组织肯定会严肃处理。你的职务先由村部二队长丁兆桥代理。”姜必胜冷冷地说，本来就黑的脸显得更黑了。

“好，我接受组织调查。”雨露长出了口气，欣然同意。不知道为什么，她倒想组织查查她，村长芝麻大的官，还有人举报！她摸着良心敢跟任何人说，从没伸手拿村里一分钱，也没有利用职务之便向任何人吃拿卡要过，怕什么。

雨露刚好利用这三个月把芦苇滩内的埂加高、加固，前年放养的鱼苗，大的已经几十斤了，过完年就可以上市卖了。一些老爹天天早上跑到江埂上，看着满江滩都是吃露水的江鱼，乐得牙都快掉到地上了。他们眯着眼睛，蹲在地上抽烟，就等过年卖鱼分红了。一些小伙子结婚日子都定好了，有的女方不放心，小伙子特意把她们带到江滩边，指着一望无垠的芦苇滩和那几条大船，说这就是他们入股的渔场，女方便一脸高兴地牵着男友的手进城买“三黄”去了。

雨露想这三个月就当是休假。重点是江上饭店的生意，丁大爹脾气越来越大，他的菜烧得也时好时坏，多多少少会影响饭店的经营。他徒弟小鹏一时还指望不上，雨露想重新找个好厨师试试。丁国安年纪大了，总不能指望他一辈子。

当晚回家，雨露什么也不想，倒头就睡觉，一直睡到第二天自然醒，睁眼一看已经是上午十点多了。这么些年，她每天都是第一个到大船上安排人买菜、买鱼，等全部安排妥当了天才亮。而今，无担一身轻，终于可以休息下了。

虎爹早就去大船上了，等雨露悠闲地走到江滩边，已经是中午吃饭的时候了，她想这个时候船上肯定很多客人在吃饭，一派繁忙的景象。

远远地，船上很多穿制服的人影在晃动，一些吃饭的客人有的被赶下了船，有的围在船头看热闹，雨露赶忙跑上了船。

“有人举报你们饭店的鱼汤配料有问题，里面放了鸦片壳，吃了能让人上瘾，滥用添加剂是违法的，我们现场带些鱼汤回去化验。”一位工作人员正在向虎爹出示相关证件，原来是县食品药品监管局的人。雨露看了看这几人，都认识，去年来镇上检查的时候，姜书记特意留他们吃饭，就在自己的船上招待的。稽查队队长姓龚，今天戴上帽子，就装不认识了。

一船正在吃饭的客人有的一脸气愤，说吃个饭都不安稳，自己来这里吃饭也有几年了，也没上瘾得过病；有的一脸恐慌，说要真有鸦片这东西，早晚会出人命，清朝就是抽鸦片抽倒的，查得好！一时间说什么的都有。

“你们查，我不怕！哪个没良心的举报我们。”丁国安气得嗷嗷叫，情绪非常激动，歪着脖子和检查人员理论。

“你们不要有对抗情绪，这是我们的工作，既然有人举报，那我们就要调查。现在有些地方特色小吃，的确有添加鸦片壳的不法商贩，我们检查也是为广大消费者负责。”龚队长带人已经将客人请了出去，几桌饭菜也全扣了下来。

“丁大爹，你先下船休息一下吧，既然他们今天来了，肯定要有调查结果，那就让他们查吧！你身体不好，正好休息调养一下。我们光明正大做生意，不怕查。”雨露将丁大爹劝下了船，回身配合工作人员调查。

“出于安全考虑，在我们化验结果出来之前，你们饭店要停业几天，等化验结果出来，我们会第一时间通知你们。”稽查人员向雨露说明了情况，雨露表示理解，会完全配合。

“没问题，但我们也有个要求，这同一锅汤，你们至少要取两份做样本，而且都要贴上你们的封条，我们在封条上签字。一份你们带走化验，一份放我们这里保存，到时两份汤化验结果必须要一样才行。都贴了封条签了字，谁也不敢动，你们说对吧？”舀汤取样的时候，雨露拦住几位工作人员，笑着说。

“嗯，那也可以！”

“我等着你们那份先化验，没有问题最好，如果有出入，我把这份直接送省里化验。总不能同一口锅里舀出的汤有两种结果吧？”雨露哈哈笑着说，还嘱咐老爹丁小气回家烧饭，要留几位客人在家里吃饭。

“你这是对我们工作不放心啊？”一名化验人员很不高兴，瞪着雨露想发火。

“不是不放心！领导，我这几条船系着一村人全部的家当，你们领导一张封条贴上门，我们几村人就得喝西北风啊，有的人还要坐牢，跳江的都有，你们化验结果关乎上千人的身家性命呢！”雨露一直赔着笑，话说得不温不火。

“没你说得那么严重。你放心，我们只是公务执法。有添加剂，你们哭穷也没用；没有添加剂，我们也不会冤枉你们，冤枉人那也是违法的，要坐牢。”龚队长笑着说，语气和蔼多了。

两队人配合得很好，一会儿就把封条贴好了。雨露特意嘱咐人将另一份取样收好，谁也不准碰，尤其是贴的封条。

“我干稽查工作几十年了，都是叫人家签字，你是第一个叫我们签字的。不过你这招还真管用，留个备份，谁敢冤枉你们啊！”临走的时候，龚队长特意把雨露拉一边，笑着和她说。

“领导，不怕一万，就怕万一哦！我这也是没办法。”雨露一直将一行人送到西九华公路，算是最高礼节了。

“同行是冤家，是不是江面上那些开饭店的同行看我们生意好举报的？”回到船上，看着清冷的饭店，虎爹气愤地问。

“都有可能，不过我留了备份，汤肯定没问题，谁也不敢冤枉我们。这些天大家放假吧，就当是休假，好好休息一下。”雨露安排好一切，拎着贴了封条的取样袋回家了。

桥大爹代理村支部书记后，第二天他的发型就变了，本来麻秆形的身材理个中分比较合适，可是他偏偏梳了背装，这是典型的“地方支持中央”发型，可那一小撮头发不够长，也比较稀疏，典型属于地方不富裕，营养不良，梳出来的效果不是很好。但这丝毫不影响他的心情，走路双手背在身后，迈着四方步子在村里巡视。

“这个桥大爹啊，小气得要死！上次陪他一起去城里买寿材，遇到个特别可怜的乞丐，我们都给了五毛钱，没想到这家伙觉得给太多了，跑回去还从那个乞丐碗里拿走两毛钱。”一位大爹听到这样的消息，气得胡子乱跳。他不明白一个天天和死人打交道的人怎么能当村长！

“他年轻时喜欢喝早茶，一粒花生米先搓皮，分两半，每半再按纹路用指甲一点点切开，一粒花生米分成四半，早茶喝过了，一粒花生米还没嚼完。”

“对哦，这家伙马屁还拍上了天。一次陪雨露到镇上开会，姜必胜走进会场的时候突然放了个响屁，这家伙立刻说，姜书记这屁，就如这浑浊世界里吹来的一股清风！”

“你们就是咸吃萝卜淡操心，谁干都一样。”丁福满大声嚷嚷，他最不屑老爹们议论这些。

无论老爹们怎么想不通，桥大爹还是当上了村长，虽然是个代理，但代理也是官，丝毫不影响他在村里巡视的心情。

“丁书记南巡啊！”

“丁书记北巡啊！”每遇到乡亲，他总不先开口，那几个问候的人也特别会说话，他到了村口就说是“北巡”，到了村尾是“南巡”。

“这个桥大爹，以前跟丁大炮出门打狗时，总是提根棍子跑在最前头，催要公粮的时候也是第一个进门搬稻上秤，现在倒好，派头十足。”丁小气家门口坐着一帮老爹，嘴都气歪了。

“当上村长，帽子一戴，嘴巴必歪。”

“出门背着手，屁大的干部却派头十足，还学会使唤人了。”

“小人和妓女一样，妓女出卖身体，小人出卖嘴巴。”

“媚上必欺下，当官的只会抬头向上看，瞧着吧，又是一个张祥林。”这其中，当数丁小气最生气了。女儿被人冤枉，这家伙吃现成的，在村里像只高傲的公鸡，走给谁看呢！

“这家伙见鬼说鬼话，马屁拍得冒烟，三米内绿头苍蝇都能熏死。现在小人当道，说真话是负能量，讲假话是正能量。”黄八年一脸气愤地骂道。他怎么也想不通，像丁雨露这样一个有理想、一心干实事的村干部，怎么还有人实名举报？而且还是同村人。

“官小派头足，庙小妖风大。”不知道什么时候，丁婆也加入评论的人群。

为了做出点儿业绩，桥书记上任第一件事就是在村里写标语，这是他的绝活。既然丁家墩计划生育全县倒数，那他就从计划生育抓起，起点低，出了成绩镇上、县里更容易看见，他想了一夜，觉得这是个好机会。为了体现他的笔杆子值钱，这些标语都是原创：

要想避孕找政府，政府经验比较多
外用就用避孕套，内服就用探亲药
如今结扎讲科学，手术以后照欢乐
好比汽车换油管，照样启动照爬坡
……

第二天，山里红镇纪委调查组就进驻丁家祠堂了，还贴出告示，欢迎群众踊跃举报，调查组将给予匿名保护。

“小朋友，这个告示不能撕哦！”镇纪检人员见一个孩子仰着头很认真地看告示，警告他。

“叔叔，纪委是干什么的啊？”那孩子抬头认真地问。

“组织部是发帽子的部门，纪委是发手铐的部门，懂了吗？”桥书记刚好巡视到村口，很认真地告诉他。

这孩子是阿宝，他一听特别生气，竟然有人要给雨露姑姑送手铐。一帮孩子将消息传进村，整个村子就炸开了锅。

当天中午，张祥林正在家睡午觉，突然一块砖头先砸破窗户，再翻滚着落在他的床上，吓得这个老头一个踉跄从床上滚下来。

“哪个王八蛋大白天敢袭民啊，法治社会，还没王法了啊！”张祥林咆哮着开门出去骂。撅人王也慌慌张张地跑出去，怀里抱着一岁大的儿子。刚刚她正给小儿子喂奶，小家伙吃饱了奶刚睡着，冷不丁被门外“轰”的一声巨响吓着了，猛地一磕牙，快把撅人王拇指大的奶头给咬掉。

张富贵原先坐在门槛上抽闷烟，抬头看了眼撅人王怀里的孩子和她裸露在外的硕大的乳房，以及那咬了几个深牙印的乳头，舔了下嘴唇没说话，继续“吧嗒吧嗒”地抽烟。

“你个小家伙，这么点儿大就不知道心疼妈，长大了哪还知道心疼媳妇啊！”

撅人王抡起手掌狠狠地在小儿子屁股上打了两巴掌。

“是小爷我砸的！听说你举报村长雨露，这是对你的警告。”屋外阿宝带着他手下的几个小兵站在门口咒骂，像红孩儿带兵攻寨门。

“你爹大老黄见到我都喊声大爹，你在我面前还自称小爷？你妈读那么多书，怎么就生出你这么个怪种！”张祥林一听鼻子都气歪了。早听说秀秀家儿子嘴巴抹油，死黄鳝能骂得翘尾巴，想不到今天不光敢惹自己，还动手砸他家窗户。

“我以前很尊敬你，你虽然贪污，但至少还是个老干部，有些文化。现在我看你就是一个叛徒，日本鬼子要是再打次中国，你第一个当汉奸。”

“你鬼子电影看多了吧！”张祥林大骂。

“你竟然举报雨露贪污。村里谁不知道，雨露一身正气，刚正不阿像包公，全心为村，你还编瞎话举报她，说出来也不怕遭雷击。”阿宝手里握着一根带刺的搅屎棍，迎着张祥林站立，威风凛凛，像两军对垒的上将军，毫无惧色。

“你——你——”张祥林左右张望，想找根棍子把这群孩子赶走。大中午被几个孩子堵在家里骂，实在丢尽了脸。可是找了一圈，什么也没找到。

“别看我，你自己干的好事，自己找纸擦屁股。”张祥林家女人赵玉兰刚好从外面回来，看到门前的状况，像是什么也没看见一样，嘟囔着转身又出去了。

“富贵！你死人啊！人家砸你家窗户，骂你大，你怎么当儿子的！我要不是抱着儿子，我早上去给这丫一耳光了。”撅人王见张祥林吃了亏，一股怒火呼地一下烧到了脑门，大声地叫。她哪受过这份气，人家都打到家门口了，面对一个小屁孩，自家男人一个屁都不敢放，她狠狠地踢了脚蹲在地上的张富贵。

“我——我凭什么要帮忙！阿——阿宝说得对，老——东西就是没良心，雨——雨露是个好村长！”张富贵猛地跳起来，涨红着脸，操着一口标志性的结巴语。今天张富贵一反常态，竟然顶嘴拒绝了撅人王的命令，这在她的世界里是不敢想象的。撅人王眨巴了几下眼睛，抬头看了眼身边的张祥林，把怀里的孩子扔进了公公的怀里，抽出手来，抬手给刚要转身的张富贵一耳光。

“你——你这个疯女人，晚——晚上不让我上床也就算了，现在还叫我——我帮那老东西！这些天我——我天天在想，早晚我要杀——杀了这老东西，自家儿媳妇也——也抢！”张富贵被耳光抽急了眼，猛甩了两下头，像发了疯一般冲进屋里，抓了两把明晃晃的菜刀，哇哇叫着追撅人王。

撅人王给了张富贵一耳光，像是什么事都没发生过一样，转身要走，可是看见张富贵像变了个人，举着两把菜刀冲出来时，瞬间跑得比兔子还快。

“杀人啦！杀人啦！快报警，抓疯子啊！”这女人平时两手掐腰，双腿岔开，村里孩子说她是叉样，现在吓得妈呀妈呀地叫，嚷嚷着一路跳跃着躲进里屋，“砰”的一声关上房门，插上门闩，求屋外的阿宝快报警。

张富贵绕了一圈没追到撅人王，看见他爹抱着孙子，吓得哆哆嗦嗦地站在门边，他提着刀，杀红了眼，几个箭步就冲到张祥林跟前。

“富贵啊！你可不能拿刀砍大啊！”张祥林吓得腔调都变了，像戏里的女腔。

“我——我就是想问问，大！你到底是给我娶老婆，还——还是给你自己娶——娶老婆。”张富贵举着刀，恶狠狠地结巴着问。

“是大不好。富贵，你冷静点儿，大求你了！”

“不行，今天——天王老子来求情也不——行。”

“你别乱砍啊，这可是你儿子。”张祥林将怀里的孙子高高举起，举到儿子眼前给他看满嘴还漫着奶水的胖儿子。

“这——这不是我——我儿子，是——我——弟弟！”不提这孩子便罢，一提孩子，更刺激了张富贵，他举起双刀，“呼”的一声就砍了下去。

“富贵，富贵，你要砍就砍死妈妈吧，反正妈妈早就没脸活了，你砍妈妈两刀，就当是妈妈给这孩子还债！”不知道什么时候，张祥林家老伴赵玉兰从屋外的墙脚边冲出来，用瘦弱的身子将张祥林和孩子护在身后。

张富贵手里的双刀都快剁到妈妈那苍老的额头了，僵持了几秒钟，最后时刻他收住了手，盯着眼前满脸绝望的老娘，突然扔了手里的菜刀，从怀里摸出一根烟点着，猛吸了一口，抬头将满口的烟雾吐到天空中，捏着烟，走出了家门。

“少年不可太顺，中年不可太闲，晚年不可太逆，这个张祥林全占上了。”

“熊孩子是家长惯出来的，熊老人也是家里人惯出来的。”

“接坏一门亲，传坏九代根，瞧这家人干的什么事哦！”门外一些看热闹的村民小声议论。

“人家有熊孩子，我们家有熊老头，作孽啊！”赵玉兰抱着孙子，绝望地骂。

“熊老头！老村长是熊老头。”一群傻呆呆看着的娃子这时候才缓过神来，呼啦一下子给张富贵闪开一条道，一脸崇拜地目送张富贵上了张公山，然后喊着整齐的口号跑远了。

调查组对村里的账务一一进行了核查，真是不查不知道，一查吓一跳，雨露经手的村务可以说是他们调查的账务中最清楚的，每笔账都有出处，都经得住查实。

这些年，全镇所有的村级都欠债，这是公开的秘密，每年那些躲计划生育、在外务工挣不到钱，春节不回家、穷得叮当响的农户，公粮任务都需要村书记想办法填洞，一般是向村民借钱，给一到两分的利息，村级欠债的窟窿越挖越大。

十年前雨露接张祥林留下的摊子时，丁家墩村级债务欠债十几万；十年过去了，新村长丁雨露用芦苇滩和山林的承包款将村级债务全还了，还略有盈余，每一笔账都有凭据，这是他们第一次查了个清汤寡水的女书记。早就听镇上干部说这个雨露是个铁公鸡，来丁家墩检查工作，她从来就没留过饭，更没配过一包烟，更别说临走给点儿土特产了。

“你们就这么点儿出息？我每年都收到无数封人民来信，为什么单单挑这封让你们去查？可你们呢，简直和她穿一条裤子，还免费给人家做了次广告，是个好村官。”这几人查了三天，回去向姜必胜汇报情况后，被姜必胜狠狠地骂了一顿。

“可人家账务特别干净，我们总不能冤枉人家吧！”调查组组长委屈地说。

“现在有些大队书记，背后村民喊他们恶霸、睁眼瞎、吸血鬼、大蛀虫。他们仗着村子大，家族人丁茂盛、兄弟亲戚多，横行乡里，通过某些暴力、威胁手段，拿到了村里干部的权力，从此鱼肉乡里、祸害村民，还搞私营经济，瘦了国家肥了自己。很多村干部对于村里的大事小事都不管不问，不带领村民搞经济建设，不想着怎么让村民脱贫致富，而是全身心做自己的生意，侵占村里的集体资产。国家发给农民的各项补贴，从申请到领取，都要经过村干部之手，有些村干不老实，盯着村民的补贴，从中捞取油水，这是最过分的行为！本来农民赚点儿钱就不容易了，还想把国家发给农民的补贴装进自己的口袋，十足的吸血鬼！”姜必胜今天不知道吃了什么葱，口气特别大，把几个人狠狠地骂了一顿。

“从这封实名举报信找入口，什么叫实名，知道吗？”姜必胜将举报信狠狠地摔在桌上，用手戳着举报信上签字处“张祥林”三个字。

调查组长狠狠点头，转身失落地离去。

张祥林被叫到大队部三次了，每次都在原举报材料的基础上进行深挖，按照惯例，今天是最后一次叫他，算是结案。

今天江风小，劲却大，摇得他心里发慌。张祥林心里想，春天是个万物发情的季节，连这长江水都在发情，都是一味春药。

不知道为什么，张祥林今天总感觉有股莫名的燥热难耐。中午吃饭时，看见杜三娘喂孩子吃奶，将上衣撩出一个三角形，露出那硕白的乳房，还有那紫红的桑树果般大的乳头，他就一直处于血压超高的状态。好不容易熬到孩子吃饱了，老伴抱着孙子去丁小气家串门，儿子富贵红着眼圈从杜三娘房里出来，上了张公山。

“轰”的一声，杜三娘将门从里面闩上了。

张祥林全身亢奋，强捺着心里的狂风暴雨，三步并成两步、两步并成一步跑进厨房，从厨柜背面靠墙的最里角摸出一张薄如纸的硬塑料片，猫着腰跑了出去。这张塑料片是前几年在江滩边挤轮渡，一个参加高考的孩子丢的，听说是学生垫考试卷用的，他如获至宝捡回家，藏在老鼠都找不到的地方。他也不知道为什么有这样的劲头，都六十多岁的人了，还能每顿两碗饭，走路脚生风，最让他骄傲的是每天一大早，裤裆还照样撑起一把太阳伞，一柱擎天，和张公山比雄伟。

张祥林猫着腰，再次确认四周无人，儿子上了张公山，村口没有下山的人影。他将塑料薄片插进门缝里，自下而上游走着，当塑料薄片滑到胸口高的时候遇到了拦上虎，停住了。张祥林嘴角挂着一丝冷笑，手腕轻轻一加力，塑料薄片得到了预备部队的增援，挺起腰杆，一个千斤顶，冲破关卡。

“吧嗒”，一声清脆的响声，刚刚还关得很严实的两扇门，睁开了迷离的睡眼。

“嘎吱——吱”，大门敞开，屋里墙角的床上睡着一个肉做的女人，成“大”字形的睡姿，在张祥林眼里却美若天仙，赛过西施。

张祥林一个猴子上树，就爬到了正在酣睡的杜三娘身上，撩开她湿漉漉还沾着奶水的胸衣，张口就含住一颗颤动的草莓，贪婪地吮吸起来，吸得满嘴乳白。另一只手也没闲着，攀上另一座山峰，用力地揉搓着，仿佛要把它推倒。

“下去！你还敢来啊？前几天你儿子拿刀差点儿就把你砍死了。”杜三娘眼都没睁，一把将张祥林推下床。

“他有神经病，我有什么办法啊！”张祥林眯着眼嘿嘿地笑，再次爬上床。

“你还知道你儿子是神经病啊？有神经病还让我嫁过来，你这是把我往火坑里推。”杜三娘一听火了，猛地睁开眼睛，使劲一巴掌又把他推了下去。

“轰”的一声，张祥林像个鱼泡一样摔了出去，他咧着嘴，痛苦地揉着屁股，再次站起来摸上床。

“吮一口吧，就吮一口。”张祥林咧着嘴看着满床起伏的山丘，低声地哀求，流着口水，像是鸦片上瘾。

“叫声妈，叫声妈就给你吸。”杜三娘被他猴急的样子逗笑了，她捂住胸口两座大山，轻声说。

“胡扯！我比你大二十多岁，是你公公，怎么能叫你妈呢？”张祥林一甩头，大声拒绝，用手掰扯着杜三娘捂住胸口的手指。

“哎哟哟，上次来这儿，我小儿子在床上吃奶睡着了，谁像个儿子一样把我儿子赶一边去了，边吃还边护奶呢！还说回到了童年，你怎么就不能叫我声妈？人都是妈养的，都是吃女人奶水长大的，吃女人奶水的男人都是儿子，都该叫妈！”杜三娘死死地捂着胸口，就是不撒手。

“别扯远了，让我吮口吧！一会儿富贵说不定就回来了，我还要到大队部接受纪委的问话呢。”张祥林又恢复了体力，变得暴躁起来，猴急得快要跳上房梁了。

“那你滚！我这奶水又不是长江水，不是天上淌来的！你每次吸还特别自私，像一百年没吃过奶的饿死鬼投胎，都给你吸成空葫芦了。今天只准吃个半饱，留些给你孙子。”杜三娘今天不知道少了哪根筋，就是要猴的心。

“好好好！妈，亲妈！”张祥林抬头看了看墙上的挂钟，一狠心，喊了一连串的妈。

“哎，乖儿子！曾经有个猴子，偷吃了几个桃子就被判了五百年，你偷吃人心，起码判个一千年哦……”

墙上的挂钟指到“2”，并准确地敲响了时钟。张祥林从自家后门出来，向四周扫了几眼，没看见儿子张富贵，也没看见那个难缠的熊孩子阿宝，才反手带上后院门。他猫着腰先出了村，再绕过一片公共菜园，画了半个圈才走进山脚下的村部。

风好像停了，可是头顶的树叶“沙沙”作响，脚下的山溪“呼呼”吵闹。张祥林心里饥渴难耐，总想喝水，他怀疑自己是不是真的老了，出点儿汗怎么就这么干渴，嘴唇像要开裂了。身上没有发热，心里却烧得像团火。

“轰隆隆！”头顶突然滚过几个炸雷，震得人耳朵根疼。张祥林抬头观望，天空干净得像是刚刚被人打扫过一样，一片云也找不到。

“难道真是亏心事干多了，大白天老天打干雷？”他心里暗暗问自己。

进屋时，张祥林只顾低头想心事，没注意眼前，刚好和一个人撞了个满怀，感觉撞到一团厚实的棉被上，弹性十足。他抬头一看，竟然是章晓惠。

“哦，没注意，撞了章总了，我眼瞎！”

“没事，你年纪大，别闪了腰就好。你举报丁雨露，这些天纪委查她，她是一只爬在玻璃上的苍蝇，前途光明，出路没有！”章晓惠盈盈而笑，还是那么妩媚动人。

门口有人向他们招手，示意他们进屋说话。张祥林舔舔嘴唇，今天不知道为什么总是口干舌燥，见到什么都想到喝水。这辈子从来没有今天这种感觉，想滤口唾沫润润喉咙，可是肚子里空空的，除了一团火，什么也滤不上来。

里面坐着几个在等他的人，都是认识的，问话很快开始。张祥林显得很烦躁，两手放在大腿处，总是不停地挠，感觉血液里有蚁群在咬噬，让他坐立不安。一边的章晓惠却很淡定，有问必答。

“章晓惠，你曾经送给丁雨露两万块钱，想让她在丁家墩江滩承包合同上让步，这算是好处费，是不是？”一位纪检人员问。

“嗯，当天晚上我送钱去的时候，丁雨露不在家，是她开小店的爸爸丁国富收的，说等女儿回来转告她。”章晓惠低声回答。

“张祥林，你说当天晚上去村小卖部买东西，听见丁国富给丁雨露两万块钱，说是章经理送的。丁雨露说这钱她收下了，叫丁国富保管好，是不是事实？”纪检人员问张祥林。

“我——我恶心！”张祥林进屋后就感觉头昏脑涨，老眼昏花，天旋地转，坐在椅子上都坐不住，左右摇摆起来。纪检人员问他话，可他嘴里支支吾吾，舌头像打了千张结，不知道说些什么。

“举报人丁祥林，请配合我们调查，说是还是不是？”纪检人员提高嗓门，再次问了一句。

“我——我恶心！”张祥林支吾着相同的话。

“举报人，请严肃点儿，我们问你问题，怎么和恶心扯上关系了？”有人猛拍了一下桌子。

“哦——哦，是——是——”张祥林突然捂着胸口，踉跄着站起来，向纪检人员的桌子走去，伸手想抓放在桌上的水杯。在他快摸到杯子时，一口白沫喷了出来，溅了几位纪检人员一身，之后便一头栽倒在地，成“弓”字状蜷缩着身子。刚刚还干燥得没有一口水气的嘴巴，此刻竟然全是泡沫，像条吐泡泡的鱼，不一会儿就吐了一摊。

“这——这人怎么了，发羊痫风了吗？喷出来的是什么，怎么有股怪味！”几个人员都站了起来，打开门跑了出去。整个房间顿时弥漫着一股刺鼻的怪味。

一边的章晓惠也被吓着了，这位曾经的村长怎么说倒就倒？今天来只是做个证人，又不是审他，至于吓得口吐白沫吗？

“哈哈，要死了！我让你天天吃奶，遭报应了吧！”门口站着个人，得意地大笑着。众人一看认识，是张祥林的儿子张富贵。

“富贵，你给你爸爸吃了什么啊？”新村长丁兆桥一直站在屋外警戒，赶到出事地点，大声地质问他。

“今天——中午我趁三娘喂完奶睡着了，在她奶头上抹了老鼠药。这——老家伙天天偷奶吃，我——让你偷啊，偷啊，毒——死你个老不死的！”张富贵走进屋，一边踢着缩成一团的老爹，一边大声叫骂，像个得胜的将军在虐待俘虏。

“快，快用凉床把他抬到镇医院急救，人命关天！”纪检人员吓得面如土色，这要是在审讯其间出了人命，他们脱不了干系。

“不得了啦！熊老头要死啦！镇干部下药毒死人啦！严刑逼供，打得口吐白沫啦！”屋外不知什么时候围着一帮孩子，为首的一个手里拿着一只破旧的钢精锅，边敲边叫喊，不用说，那孩子肯定是阿宝了。

“哎哟哟！奶头上涂老鼠药，专毒偷吃的公爹，这事我还是第一次听说呢！”

“一个男人坏只坏一个人，一个女人要坏，那真能带坏一个家族。这个撅人王，真该像古代对付不守妇道的女人那样，骑木马上街游行，关猪笼扔大江里。”

“举报丁雨露村长，报应来了吧！一切皆天定，半点不由人。”

看热闹的不怕事大，只一瞬间，不知道从哪里跑出来这么多人，一下子将小小的大队部围了个水泄不通，一个个瞪着眼睛目送张祥林被抬出了村。

“当当当，当当当，熊老头，老流氓，专偷儿媳花生米糖。昨天偷的还是五香味，今天偷了见阎王……”

一帮孩子边跑边唱，一直尾随到西九华山脚下，像群苍蝇一样，怎么也赶不走。

第五十九章 进传销

张玉宝妈在手术台上抢救了二十多个小时，一帮医生几乎累瘫了，还是没能救回这个老女人的命，她在第二天晚上十点左右咽了气。

消息传到一墙之隔躺在病床上的如梦耳里，她没有哭，反而咧着嘴，抽动了几下生硬的脸蛋，“扑哧”一声，诡异地笑出了声。

负责护理的小护士回身瞪大眼睛看了看，这个女人头发蓬乱，双眼发直，直愣愣地瞪着空无一人的大门发呆，眼珠像是假的一样，能一动不动地盯着大门几十分钟。小护士一连唤了几声，让病人起床吃药，可是这个女人嘴里嘟囔着，不知道说了些什么，好像门口有人，她正在和那人说话。

“这个女人有神经病。”换班时，小护士把最新发现转告给下一位护理人员。就这样短短两天，整栋楼的工作人员都知道张县长的老婆有神经病。有的扫地大妈还特意从楼下跑上来，看看县长大人的空姐老婆得神经病是什么样子。

张玉宝给母亲选好了墓地，就葬在张公山上，遂了母亲临终前的遗愿，和玉宝爹老张头埋在了一起。出棺的时候，村里人一看是抬着棺材，就猜了个八九不离十，看来张县长人脉好，老妈没有按要求火化啊！这事睁一只眼闭一只眼就过去了，除非有人举报。人到这个份上，很少有人触这个霉头，给过世的人一份安宁吧！

这次章晓惠没有出来阻拦，而是私下里托人，说可以把老虎崖那块最好的地段给张县长的老母亲，那里风水最好。张玉宝谢绝了，他尊重母亲的遗愿。再说老虎崖建设已经初成规模，观景台和宾馆都已经快完工了。

“啪啪啪！”一串炮仗响起，张县长走在队伍最前面，起棺了。

四个人抬着棺，其中就有桥书记，他本来就瘦，又上了年纪，弓着瘦弱的腰杆显得很不调和，像一张桌子歪了一条腿，但他咬着牙，一脸自豪地抬着前棺。起初张县长担心他年纪大，没安排他抬棺，桥大爹拍着胸口嚷嚷道，我和二嫂子一辈子的伙伴，她比我年长十几岁，人活一辈子就图个子女平安，老了风光，送二嫂子我一定要上。

“啪啪啪！”秀秀站在两家地界的白石灰线边，拎着一串长炮仗点着了。婆婆今天说头疼，怕吵，没有出来看热闹。

“谢谢！”张玉宝披麻戴孝走在最前面，“扑通”一声跪倒在秀秀脚下。秀秀慌忙伸手去搀扶，两人手臂贴着手臂，五指不经意间扣在了一起。秀秀如被电击一般全身抽搐，慌忙拽回了手臂。恍惚间又回到了读师范那个年代，她觉得玉宝这个行跪大礼早在他当兵那天晚上就该给她磕了。

“婆——婆，这个仇一定要报，一定要报！不是不报，是时候未到……”如梦那天也参加了葬礼，头上扎着白布条，嘴里不停地嘟囔着。她正在坐小月子，身体虚得站都站不稳。雪儿搀扶着她，跟在队伍后面。

“啪啪啪！”

“啪啪啪！”

每家门口的炮仗都依次炸响，张玉宝见到拎炮仗的人就冲上去磕头，不管大人还是小孩。

“张县长给我磕头，真是折损我阳寿哦！”队伍走到大塘埂上的时候，丁婆站在石头屋前，也拎了串炮仗点着了。张玉宝慌忙奔跑过去，一个猛扑跪倒在她脚下，丁婆嘟囔着，一把将他扶起来。

“二妹啊，走了好，走了好，到了那边和老张头团聚，我过几年就去找你们。”丁婆笑眯眯地摸着玉宝的头，走到棺椁前，伸手摸了摸油漆成大红的棺材，开心地笑了笑，没有任何悲伤的情绪。整个村子只有丁婆敢这样轻松地笑着说话，还说走了好。对于她来说，这好像不是一场葬礼，而是一场欢送。

“听说抓捕那晚，如梦挺着九个月的大肚子，从两米多高的院墙上摔下去，咚的一声响，像气球炸了。”撅人王站在送葬的人群中小声地议论。

“你尽瞎扯，九个月的肚子从那么高的墙头摔下来，还有人啊！”

“怎么没人？我怀孕九个月的时候还从船上跳江，游了一里多的大江呢！”撅人王反驳。

现在虎爹每年都要到省城蓝京培训几个月，学习水产养殖，今年培训完临走的时候，他选了些种苗准备第二天装车带回去。刚好雨露来看他，一问才知道，雨露在村里被人举报了，现在闲在家里。虎爹一听，高兴得一蹦老高，终于可以不干村长了。当天下午，这个木讷的老男人竟然懂得浪漫了，不光主动带她去城隍庙转了转，买了花送给她，还给她买了几件新衣服。他说雨露这几年光顾着村里的闲事，从来就没好好打扮过，别以后老了说他这个男人不称职，不知道心疼老婆，几句话说得雨露躲进试衣间里抹起了眼泪。

这男人算是选对了。当初领结婚证那天，爹还有很多顾虑，说女婿要是哪天再犯病，不一定有那么好的运气再砸好，女儿一辈子可就系在这个有孬病史的男人裤腰带上了，总让人心里不安。当时雨露紧紧挽住大虎的胳膊，说就算以后变成阿猫阿狗，她也喜欢，自己选的爱人永远不后悔。

雨露说大兰兰一家子也在蓝京，前些日子给她打了好几次电话，要把投在饭店的钱撤出来。国家现在正在沿江大开发，蓝京是重点建设城市，大兰兰说女儿找到了好的项目要投资入股。

年底就要卖鱼分红了，雨露能筹钱给她，但总是有点儿不放心。一个只会靠哭丧挣死人钱的妇女，老实巴交的，都五十多岁的人了，在村里过得好好的，怎么突然跑到繁华的都市，还有特别挣钱的项目等着她投资？雨露这次来看望男人，顺便看看到底是怎么回事。听说大兰兰的女儿不在北京当保姆了，到省城这边发展，还当了个小经理。

前年大兰兰在一次哭丧中太投入，用情太深，哭坏了嗓子。开始只是出血，后来还化脓，脖子肿胀得不能吃饭，呼吸都疼，治疗了半年，好点儿后就再哭不出声了。哭丧这行饭吃不下去了，那些哭迷失望至极，每天都有几拨人跑她家诉苦，这么好的一副嗓子，怎么说哑就哑了呢！说不定是唱庐剧的那帮人下的毒，可以报警抓他们。

“我这么大年纪还能唱，已经很不错了！就算嗓子不哑，我也不打算再做这行了，眼睛都快哭瞎了。”每次来客人，大兰兰都热情接待，这些老人是她最忠实的听众，手艺人把他们叫作衣食父母。现在回家做不了生意，等他们死后，还会和他们家人打交道。

“嗯，人家说木匠家的凳子都是三条腿，很多人都是干一行厌一行。”老人们小声回答。

“这辈子眼泪流太多了，伤了眼睛，总感觉眼睛里像是塞了蛋白，对面看不见人。去医院检查，医生说因长期发炎化脓，视网膜坏死了，再多的钱也看不好了。”大兰兰小声地回答。她这辈子除了哭声大，从来就没大声说过话。

那天来车站接雨露夫妇的竟然是小兰兰，她站在车站出口，手里高举着一个牌子，像是机场接客，上面写着：接待贵宾丁雨露女士！虎爹被这架势弄得很不适应，这丫头去京城当几年保姆，视野开阔点儿正常，可也不至于这么夸张吧！

小兰兰中等个子，身材很匀称，皮肤也好，出去几年完全看不出是农村走出去的娃子。穿着也很严肃，下身素裙，上身是天蓝色工作衫，显得很庄重。这丫头三年前还是一张娃娃脸，扎着马尾辫，提着篮子在河埂上捡地衣卖，一眨眼就成大姑娘了，而且是个特别有范儿的都市白领。去年回村，几村的媒婆在过年时去大兰兰家提亲，大兰兰都拒绝了。她觉得女儿长得一脸富贵命，不能再在农村受苦了。虽然在北京当小保姆，那也是京城里的保姆，沾了地气镀了金的，雇主非富即贵，怎能再像她一样，在穷山沟里窝一辈子？

“兰兰发达了啊？都开轿车了！”雨露惊讶地说。走出站台，虎爹想拦辆出租车，可小兰兰从一边的车库里开出了一辆轿车，让雨露夫妇刮目相看。这种车以前在县政府大楼看到过，听说一辆十几万，想不到第一次坐，竟然是村里一个二十刚出头的丫头来接她。

“村长，小场面哦！去年我在北京当保姆，雇主家好几辆都是上百万的车。”

“哦，京城嘛，西游记里面猪八戒到了西天，在如来佛祖后院挖块地砖，都说是金子做的。”虎爹应和着。

“那家雇主见我人实在，手脚又干净，特别喜欢我，就给我介绍了个活做，来省城发展了，我开的公司刚刚拿了几个大工程。”

“那好啊！我们村正在搞旅游开发，有人脉要积极告诉我们哦！”雨露顺手拿了一张放在车前的兰兰的名片，上面写着：中国沿江投资有限公司总经理张慧兰。

“这工程好，我每天到现场管管工人，办公室里吹吹电风扇，谈谈项目，陪陪客户，钱就挣到兜里了。雨露姑姑能力强，我向妈建议了好几次，她开始有些顾虑，最后看我公司越做越大，才放心打你电话，邀请你陪我一起干大项目。”小兰兰笑笑，气场完全像个职场老板。

那天小兰兰没有急于带虎爹夫妇见她妈，而是开着车带他们去江边的开发区和几个楼盘、江滩、公园建设现场看了看，她说这是公司的开发地段。一番话说得虎爹直愣眼，这丫头小时候不怕死人，村里人都说不是凡胎，想不到刚长大出门开豪车，到处搞开发了。

直到天黑后，他们才被带进一个小区，七拐八拐拐进了一间大房子里，说可以吃饭了。虎爹抬脚跨进大门，感觉一股热浪扑面而来。屋里坐了很多人，黑压压一片，吓了他们一跳。场面很热闹，但纪律特别好，像是大会场，大家都满怀期待，等待张总带新客人，样子像是一家亲。

“啪啪啪！”屋里面响起了热烈的掌声，雨露努力睁开眼，很不适应。她眨巴着眼睛，仔细地辨认，起初以为这些都是工地打工的农民工，可是往四周看了一眼不像，人群很杂，年纪差别也大，有抱着小孩子的妇女，有老实巴交的庄稼汉，有戴着眼镜像个教授的文化人，还有人站得笔直像小区的保安。人群中坐着几个熟悉的身影，那是大兰兰夫妇，坐在桌边笑吟吟地等他们。最让雨露目瞪口呆的是他们身边还坐着一个人，那人满脸星星，黑得像个生锈的水泵，竟然是村里的小麻子。听说这家伙掉钱眼里了，哪里能挣到钱，他就往哪里钻。难道他在这个工地打工？再往小麻子身后看，竟然坐着他哥哥小丑巴，这男人快五十岁了，一辈子怕是没到过县城，更别说这繁华的省城了，雨露长这么大也没听见他说过几句话。今天在这几百里外的大都市相遇，小丑巴一如既往地保持他惯有的沉默，只是憨厚地笑了笑，这算是最大的礼节了。

“嘿嘿，丁书记辛苦了！我是兰兰介绍来挣大钱的。你们也知道我小麻子家里三张嘴，儿子夜夜哭着要奶喝，那滋味不好受哦！”小麻子走过来，热情地帮他们卸下行李，背在自己身上。

虎爹：“哦，你来多长时间了？也在工地打工啊？”

小麻子：“嗯，一个多月了。不是打工，是当经理。”

虎爹：“当经理？”

小麻子：“嗯！人没钱不如鬼，汤没盐不如水。生当作人杰，死亦为鬼雄。承蒙兰兰小妹关照，我现在是国家江南片沿江大发展有限公司的一名业务经理。”

雨露：“哦，恭喜啊！经理是个技术活，要加油啊！”

“这些天我正在全力拓展业务，发展各地的业务人员，目前我们那个县城还是空白，这个位置专门就是为丁书记您预留的。大家都知道你的处事能力，这是我的名片，你的名片随时都能印。”小麻子递给雨露一张崭新的名片，和小兰兰那张名片差不多，上面印着：沿江投资有限公司江南片经理。

晚饭很丰盛，一共有十道菜。吃饭的时候，大兰兰夫妇不停地给雨露他们夹菜，还解释了这十道菜的寓意，代表十全十美，其中有盘红烧鱼代表年年有余。

虎爹笑他们讲究真多，一边一个人立刻就反驳他，说小细节决定一个人能走多远，做什么事都必须有讲究。

饭后，小麻子约虎爹夫妇出去散步。楼下就是一个大广场，广场上，一群外地人正牵儿抱女愉快地玩耍，操着各自的家乡话，他们轮流来和小麻子拉家常。口音差异性很大，其中有安徽人、四川人、湖北人、湖南人、河南人、重庆人。

“晚上总！”

“嗯，晚上总！”广场上人群如织，每个人都欢快地打着招呼。

雨露起初听不懂，为什么不说晚上“好”，偏要说“总”？以为他们说错了，或是地方口音不对。后来听小麻子解释了才知道，之所以带“总”字，这是祝福人家，祝福人家早晚要当老总，每月有十几万的工资，出门有轿车，进办公室有小秘，到那时就可以搬进这个城市的任何一个小区住了，而不是像浮萍一样到处漂。

散完步，所有人都回屋取了笔和纸，挤进一间最大的房间，满脸兴奋和期待，看来这个时段才是他们一天中最充实的时刻。雨露进屋时，屋里早就坐满了人，他们都亲切地相互打着招呼，宛如亲兄弟姐妹。

“啪啪啪！”台下响起了雷鸣般的掌声，小兰兰笑吟吟地走上讲台。

“为了积极响应国家沿江大开发，做好连锁经营模式，加强纯资本运作，对所有投资做到五进三阶，我们沿江投资有限公司正在筹集资本。按上市入股分配比例，具体流程是每个经理限投一股，一股分 21 份，每份需投资 3300 元，层层递进，投够 21 份 69800 元即可拿提成，公司立刻退还 19800 元，让你有生活费，可以继续学习。”张慧兰热情洋溢地讲着生意经，台下听众一脸欣喜地听着，不停地做笔记，计算着买进多少股，提成多少股，自己得到多少股。

“张总，你说重点吧！在座的人大多买了 21 股以上，你说买多怎么发财？”有人按捺不住心中的激动，大声地提问。

“好的，好的，大家别激动，我这是照顾新来的人员。刚刚我说的只是开始阶段，各位精英的目标肯定不在于此，如果足够奋斗，再请三人参与投资，让他们成为你的下级，那么你将再次参与分红，上不封顶。记住，我们公司是上不封顶，我们最高一位经理加入公司仅仅两年，就取得回报 1040 万！”小兰兰像根火柴，上台一划拉，台下便燃起熊熊大火。很多人眼放绿光，仿佛台上不是站着一个人，而是堆着一堆钱在向他们招手。

“我已经拉了四十多个人了，我的目标是到年底再拉五十个人，过年分红先买辆好车开回家！”有人站起来大叫着，挥舞着手里厚厚一叠资料。整个会场发出一阵惊叹声，惊讶的人群就如江风吹过芦苇滩，全都侧身倒向一个方向。

小丑巴坐在人群中，脸涨得通红，手在一本废旧的笔记本上快速地记着，样子特别专注，嘴角还挂着一丝笑。他心里肯定想到了一件特别开心的事，连那张从来都不笑的脸，今天竟然老树开花，笑成了一朵铁花。这是雨露第一次看这个男人笑，金钱的诱惑力实在太大了，能从骨子里瞬间改变一个人。

“你交钱了吗？”雨露轻声问身边正全神贯注听着的小麻子。

“我把老婆这些年从娘家带来的私房钱都取出来交了，不过还差点儿，凑不足二十一份。我正在想办法，找我远房一个多年不来往的表哥，邀请他过来共同挣大钱。”小麻子欢喜地回答。

“你哥哥呢？”雨露不安地问。

“我哥哥特别支持我创业，把一辈子捕黄鼠狼、种田挣的钱全投进来了。他钱交齐了，已经升为二级经理参与分红了。丁书记，领导，你入股吧，越早入股越能挣大钱，过不了几天，我们就能开轿车回村了。”小麻子瞪着小眼，略带乞求地说。

“哦，哦！”雨露应付着哼了两声，回头看了一眼一脸疑惑的虎爹，这男人也看着她，两人没说话。这一天虎爹算是经历了三重浪，由惊喜到疑惑，再到现在的不安。这个课堂和他学水产养殖的学校教学有点儿差异，他一时还没有融入其中。

“这不会是传销吧？”一个早上刚到的小伙子戴着眼镜，大学生模样，一脸疑惑地问。

“这叫融资，不是传销！”小兰兰突然提高了声音，大声强调。

“这是国家给老百姓最后一个发财的机会，不可能人人都进来啊，人人都进来那不乱套了吗？现在这个社会，遍地都是黄金，就看你有没有胆了。这叫撑死胆大的，饿死胆小的，要那些盲聋哑痴呆傻的人靠边站，机会留给有准备的人。”张慧兰继续热情洋溢地发言。

“说得好！钱离开人，废纸一张。”

“人离开钱，废物一个。”

“人有钱，人人围着你转；人没钱，人人躲着你走，”舞台下面传来一片赞同声。

“对，张总说得太对了！钱是什么东西啊？钱——钱就是王八蛋！冥币和人民币都是一样的，一个烧给死人用，一个留给活人花，唯一的区别就是一个舍得烧，一个舍不得烧。”人群突然站起来一个人，大声地叫喊着。

这人嚷嚷的声音太大，震得会场里夯夯回音。所有人都侧身看他，原来是站在人群中做笔记最勤快的小丑巴。这个男人从来没有和人说过一句话，也没有出去拉一位亲戚过来，他交的钱却是最多的，听说是前些天来的一批人中第一个拿到分红的人。今天这个男人着实让所有人刮目相看，他站在人群中，一脸坚韧，单手举过笔记本。

“知道你哥哥的钱是怎么来的吗？一分一分从牙缝里省出来的！”雨露愤怒地质问小麻子。

“我回去和他一说，他立刻就跟我进城了。我也不知道他存了多少钱，交了多少钱，他连我都不说。”小麻子一脸疑惑地看着雨露，他不明白丁书记为什么这么生气。

“你这嘴巴，满嘴抹油，你哥哥那脑筋没有免疫力。”雨露狠狠地瞪了小麻子一眼，冷冷地说。

“国家是要让高素质的人先挣钱，新闻说打击融资，那只是做做样子，实际上是支持的，内部文件指导思想是：暗中支持，鼓励发展，规范运行，试点操作。这十个六字是基本方针，要不然派出所把你抓去了，为什么回头就把你放了？那只是做个样子。你要真是犯了罪，那还放你啊？不判你个十年八年啊！国家暗地里是支持的啊，你明白吗？”张慧兰一脸神秘地解答。

“对，我被派出所抓过多少次，我都不记得了，每次都是好吃好喝，过两天就放我出来了，还给路费呢！”有人笑着回答。

“哈哈哈！”人群中响起一阵欢快的笑声，场面一下子轻松了很多，所有人都在笑。

“如果你没有资源，那你就是社会最底层，永远被人踩在脚下的主，最后你就会被当作韭菜，一茬一茬割掉。举个例子，炒股大家知道吧？股市和我们融资其实是一样的道理，股市是国家开的，不犯法吧？十个人买股票，一个人挣钱，两个人保本，剩下七个人是赔钱的，但为什么全世界都在买？外国越是发达国家买的人越多、越凶，这些人是傻子啊？比我们精明多了。”

“对，吃得狗中粮，方为狗中皇，张经理说得太好了！钱就是这么被最聪明的人赚去了。现在我们就要当第一个吃螃蟹的人，我们也要去割别人的韭菜。”整个会场如快到沸点的沸水，到处都是翻滚的热浪，都是摩拳擦掌的人。

“嗯，凡事都有好坏两面。下面公司邀请几位成功人士上台介绍他们的创业经历，畅谈他们的人生辉煌之路，大家欢迎！”张慧兰像个主持人一样，将四个穿着各不相同的人迎上了舞台。

“啪啪啪！”台下不知道第几次响起雷鸣般的掌声了。

“这几位去年还像台下的各位一样，怀揣着梦想来到这里，现在已经是人上人了。今天他们来就是交接力棒，传经送道。”张慧兰挨个和他们握手，然后把话筒交给了其中一位。

“我去年大学毕业后就来这里发展了，你们看我手里捏的是一沓中国银行汇款小票，是我每月汇款给妈妈的回执，基本上每月都有三万左右，总共二十多张。我算了一下，从我当上老总后，我总共汇给我妈六十万元了。”第一个上台讲话的是个学生打扮的姑娘，手里捏着一沓厚厚的邮寄汇单。她梳着刘海，个子不高，长相一般，是那种走在人群中立刻被淹没的女孩，此时此刻，她却是台下人群的偶像。

“哦！才毕业就挣钱寄回家啊！”

“才毕业就当上总了啊！”台下发出一阵感叹声。

“明年这个时候，我也要上台讲成功之路。”小丑巴憋红了脸，全身战栗，像是憋了很久的尿，躯体里压迫着一股激流。姑娘刚一说完，小丑巴就忍不住了，呼地一下子站起来，大声地呼喊着。

“嗯，这位丁经理业务好，信心强，不走寻常路，明年一定是分红冠军。”姑娘指着小丑巴，大声地赞许。

“我是个上门女婿，十多年了，在老婆家里一直抬不起头。做了很多生意，搬过砖，卖过苦力，卖过咸鱼，倒卖过光碟，但都以失败告终。后来我在一家水产中心摆摊卖螃蟹，一年能赚十多万，但我并不满足。”第二个上台是个矮个子男人，其貌不扬，比台下所有人都要弱势，样子像个街头小贩。

“你那不算什么，我还上山给人家看过五年农场呢，五年看不到五个人。”台下有人应和，场面像是一场诉苦大会，这些人都有一个共同的敌人——贫穷，也有共同的亲人——钱。

“当表姐告诉我，世界上有一种生意只出69800元，两三年后就能赚到一千多万的时候，我立刻就准备出售摊位。老婆死活不愿意，无数次争吵后，她还是不理解，我冲到厨房里拿起菜刀，手起刀落，剁掉了自己的小拇指。第二天我身上少了一根指头，多了十多万，来到了这座城市。”矮个男人得意地说，并抬起自己的左手，让大家看看他没有小拇指的手掌。

“对！老婆不理解算什么！只有自己最懂自己！”

“这世界只有亲娘最亲！我回家说投资，亲娘把买棺材的钱给了我，说相信儿子创业。”台下发出一阵感叹声，有的人已经哭得泣不成声。

“有人问说我究竟有没有赚到钱？我并没有急着回答他们，而是带他们到我的工地转转，让他们自己看。我原来是东莞一家加工厂的老板，每年能赚一百多万。但是为做这个项目，我关闭了工厂，来这里入股，每年至少能赚上千万。”第三个上台的是个暴发户打扮的男人，他戴着劳力士手表，挂着比小拇指还粗的金项链。

“今年过年，我回家把祖坟重修了。我十几岁出门打工的时候，村里没人看得起我，现在他们都得求我。村里明年修祠堂、修公路，都求我赞助些钱，那要看我心情了。”

“呵呵，有钱是大爷，没钱是孙子。”台下发出雷鸣般的呼喊声。

“糕位兄弟姐妹，今天鹅们能相见就是缘分——啦，跟着鹅们公司，鹅们先赚第一桶金——啦，以后再带你们到全国各地赚大钱——啦！”第四个上台的是位广东人，操着浓重的广东腔，说话舌头好像打了蝴蝶结，怎么也伸不直，以至于每句话后都要带个“啦”字，而且必须要将这个字拉得比海带还长。

“鹅刚刚跟鹅的前妻离婚——啦，分给她二千万的家产——啦。鹅在瑞士银行存了五千多万——啦，男人应该大度一点儿啦，那点儿钱就给她打牌——啦！小意思——啦，毛毛雨——啦！”男人撇着嘴，憋着腔，雨露差点儿听吐了，台下一些人却感觉是圣音。

“啪啪啪！”台下爆发出一阵掌声，到处都是挥舞的手臂。

“我也刚刚和我老公离婚，孩子他不要，我就抱着孩子来这里了，以后有钱了，男人一大把。”一个女人站起来大声地哭诉，已经满面泪水，怀里抱着一个刚会走路的女儿。

“嗯，这就对了，鹅支持你！”广东人竖起了大拇指。

成功人士发言过后是自由发言时间，人人争着上台，整个会场燥热难耐，让人喘不上气。雨露拽了拽正傻呆呆专心听讲的大虎，示意他出去走走，可是他们再怎么使劲挤都挤不出去，因为有几个身体强壮的年轻人始终站在他们左右。雨露垫脚看了看门和窗户，那里也有晃动的人影。

“我以前家里很穷，没钱盖房子，没钱读书，吃了上顿没下顿，现在与这个短平快的伟大行业结缘，一年赚了一千多万。我在美国、英国、法国都买了别墅，天天住酒店，坐飞机旅游。但我最大的安慰不是我自己过上了好日子，而是我苦了一辈子的爹娘过上了好日子。”一位穿着唐装，戴着檀木手串的男人上台发言。他说自己原先是一家央企公司的副总，后来了解到这份生意，决然辞职，现在开了一家沿江开发文化传媒公司，每年能赚上千万。

“你父母辛辛苦苦把你养大，供你上学，累白了头发，你想过怎么回报他们吗？你花了他们好几万上完大学，掏空家里的积蓄，有的还欠人家巨额债务，毕业甘心做个打工仔，一个月拿一千多块的工资吗？你大学毕业要租房，要吃饭，还得啃老到什么时候？以后还要买房、买车、娶妻、生子、赡养父母，那还得要花多少钱？你不选个好的赚钱行业，又受不了苦，这不是在逃避责任吗？我们沿江投资有限融资公司，完全是一个锻炼人、改变人生命运的大企业，有规模、有团队，有一套成功的模式，入股越早，分红越早。吃得苦中苦，方为人上人。你瞅瞅你现在这个样子，一无是处，你对得起谁！”一个四十来岁模样的中年男人走上讲台，自称是某大学的经济学讲师，只几句数落的话，台下已经哭成一片。

“我还有最爱的老婆要养，还有胖儿子养，我要成功！”小麻子再也忍不住了，一个跳跃站起来，撕心裂肺地叫喊着，脸上泪水泛滥，将麻子全部淹没。他就是要让所有人都听到，他要成功，他要赚钱养家。

“一寸山河一寸血，一颗雄心百万金。你们想一夜暴富吗？”张慧兰站在舞台中央，握拳大声疾呼，像个五四运动的学生。

“想！”

“想资产过亿吗？”

“想！”

“想站在黄浦江边拿着钞票点烟吗？”

“想！”

“想开着二十多米长的加长版林肯周游世界吗？”

“想！”

“那你们还等什么？”

“不等了！”

“想不想见成功人士？”

“想！”

“想不想知道他们是谁？”

“想！”

“想不想天天看喜欢的明星演唱会，而且坐第一排，和明星握手，晚上和他们共进晚餐？”

“想！”

“要成功，我们就先别做梦！”

“对，要成功，先发疯，下定决心往前冲！”

“想！想！想！我们什么都想！”台下回声排山倒海，屋顶都快吵塌了。

……

第二天一大早，雨露走上天台刷牙，环视四周，这是个刚刚启建的楼盘，都建到十几层了，不知道什么原因突然停建了，工地上看不到一个走动的工人。几栋建了一半的高楼像枯死的大树，孤零零地矗立在空地上，脚手架横七竖八地插满楼层。小区建了围墙，但路没通，四周几乎看不到行人，难怪昨晚开会喊得地动山摇，也不担心会扰民。

“如果你们今天晚上五点银行下班之前不把汇钱过来，我就跳楼，让你们听听儿子从十层大楼上摔下去的声音。”阳台上坐着一个小伙子，二十来岁的模样，正拖着长长的电话线，坐在天台上给父母打电话。雨露听说他天没亮就打电话到村大队部，叫父母跑去接电话，此刻他正绝望地嚷嚷着。

“不够？不够出去借啊！你们到底是要儿子还是要钱！”小伙子情绪越来越激动，对着电话愤怒地咆哮。

“你表哥年纪多大？人品怎么样？重亲戚感情吗？他什么性格？文化程度怎么样？家境敦实吗？”小麻子哥俩早就起来了，坐在门边的一个圆桌子边，一个经理模样的人正在和他们哥俩开会，经理详细询问了小麻子表哥的一些信息。

“他在省城一家牛奶公司上班，我妈没死那几年，他和爹来过我家，说了些客气话。我妈说家里困难，想叫我跟他们一起去城里打工，可以到他们厂大门边推个小车卖冰棍，他们说不行。”小麻子回答。

“他们父子关系怎么样？爱人喜好是什么？你表哥最大的优点和弱点是什么？”

“他的优点是贪便宜，那次来我家，叫我妈给他留几十斤最好的棉花，叫我哥给他留几张最好的狐狸皮，秋天来取的时候一分钱都没给。缺点好像也是贪便宜，小气。”小麻子苦笑着说，前几天他在脑子里苦苦搜索，就这么一个亲戚。

“只要贪心就好，贪心我们就有机会。这事我们一步步来，你明天先去看望你表哥，加深感情，等聊出话题，到时张总开轿车去接你，就说是你的司机。先别提投资的事，跟他耗，他会先开口。”

“好！”小麻子连连点头。

吃过早饭，雨露去看望大兰兰夫妇时，被他们拉着聊天不让走。遇到家乡的亲人总有说不完的话，这对夫妇不管到哪里，肤色和热心都没有变。

“中午在这里吃饭吧，我自已烧，叫老黄陪你家虎爹喝几杯。”大兰兰说。

“不了，谢谢哦！我这次来重点是看望你们。虎爹来这里学习水产养殖，培训了两个多月，学习水产养殖，村里那片芦苇浅滩正在开发，每年都添新品种。你投资村农家饭店，去年放养的鱼苗年底就能出栏了，到时就能分红了，感谢你们支持理解。”雨露感激地说。

“没什么，放银行里是死钱，放你那儿我们放心，也为家乡建设出点儿力。每晚开会，一听他们上台发言，我就控制不住自己，想尽办法要筹钱入股，想分红，仿佛年轻了二十岁。心里如藏了个蚂蚁窝，难受得要死，可是睡一觉后，我们又犹豫不决了，向别人要钱总开不了口，那次向你要钱，还是我女儿打的电话呢！”黄队舔着嘴说。

“我知道你们肯定有难处，所以才来看看你们。我下午就回去了，你们要多保重身体。做生意都有风险，不管以后是大富大贵，还是穷得没饭吃，一定要回村哦！你们入股的钱保你们养老足够了。”雨露小声地说。

“好！有你这句话，我们也就放心了。我们只有这么一个女儿，她生意做得再大，以后结婚了，我们也不可能住女婿家，最多两三年，我们就回老家。”大兰兰夫妇满口答应。

走出大兰兰夫妇房间，虎爹习惯性地迈步向昨晚开会的那栋楼走去，却被雨露拉住了。

“你还去那里，晚上准备开会啊？”雨露不高兴地问。

“我觉得他们说得很好啊！这些人像兄弟姐妹一样，没有贫富之分，很感人！”

“你个滑孬子，到现在还看不出猫腻啊！我们误打误撞入了龙潭虎穴，还不赶紧开溜回家？再听几天，到时我们都走不了！”雨露硬拉住张大虎，慢悠悠像是散步向工地大门走去。

“不会吧？都是一个大队的人，现在是法治社会，还能杀人不成！”虎爹还是满脸疑惑。

“你再不走，过几天你又回到以前，成孬子了。”雨露不知道为什么，气得铁青着脸，只顾往外走，不再理张大虎。

“我们中国人就是不团结，相互缺乏信任。人家老外都说，一个中国人是条龙，三个中国人是一群虫。表哥，你能力强是条龙的命，我从小就佩服，来我这里，位置给你预留，明天就开我的轿车过去接你。”当雨露从屋里取了行李，和大虎一起准备走出大门的时候，听到小麻子趴在桌子边打电话。这家伙真有本事，竟然把失联十几年的表哥都找到了，而且还要到了表哥工作单位值班室的电话。

“怎么了丁书记，刚来就要走啊？”张慧兰不知什么时候站在楼下工地的大门口，冷冷地问。

“嗯，你大虎叔叔这次来省城学习水产养殖，一些名贵鱼苗昨天晚上发的车，今天就到村里，再不回去鱼苗耽搁了会死，那损失就大了。”雨露应付着回答。

“我妈在你农家饭店入股都好几年了，也不分红，她想撤股投资，钱赶紧打过来哦，我也有压力，不然分不到钱。”

“好的，我回去就想办法。我想问一下，你真的挣到钱了吗？”雨露爽快地答应了，转身想走的时候，又疑惑地回身盯着张慧兰问。

“当然！”张慧兰迟疑了下回答道。

“你们不能走！出去报警怎么办？”突然张慧兰身后冲出一个瘦弱的身影，是昨晚上台演讲的那个学生模样的女孩，她身后站着两个青年。姑娘目光如炬，张开双臂拦住了雨露夫妇去路，和昨天那个梳着刘海的娇柔样子判若两人。

“我怎么可能报警呢？你们又没犯法，你们是正规企业，我村好几个人还在你们这儿投资呢！”雨露赔着笑，很亲切地说，像是一个知心姐姐。

“我才不信！昨晚开会的时候你就东张西望地想走。”姑娘招呼身后两个青年，示意他们帮雨露夫妇拿行李。两个男人立刻心领神会，一左一右抓住雨露和张大虎的胳膊，一使劲就夺下了他们的行李。

“兰兰！你们这是什么意思？我们是来看望你妈，你们这是要打架啊！”张大虎慌了，直到现在他才反应过来。刚刚以为雨露在吓唬人，现在看这架势，真有麻烦事。他小跑几步赶到张慧兰跟前解释，可张慧兰扭头不看他。

“你们让开！人不犯我，我不犯人；人若犯我，斩草除根！”雨露俯下身，从工地旁边的水沟里捡了一根锈迹斑斑的细钢筋抓在手里，面露凶色，抓住张大虎的手，边挥舞着边硬往外冲。

“告诉你，来这里没有一个人能硬闯出去的！”姑娘冷笑一声，挥挥手，工地大门边又跑过来几个人，手里都提着木棍。

“兰兰啊，千万别打架！”远处有人大喊，跑过来两个人。

“你们放丁书记回村吧，村里那么多老小，指望她开饭店挣钱呢！别为难他们夫妇。我对你们这些娃子做生意不懂行，但也不能天天打架硬逼人家投钱吧？”大兰兰夫妇一路气喘吁吁跑来，差点儿跌倒。

雨露趁着张慧兰犹豫的间隙，挥舞着手里的钢筋，像个农村泼妇一样，拽着张大虎的手，一路狂奔跑出了那栋还没建好的小区。

“我们的包还在那些人手里呢！”等跑到一个公交车站台，看到一些人在等公交车，雨露才喘着气停下来了，虎爹不甘心地说。

“到底是要命还是要包啊！”雨露一屁股坐到站台上，直到这时候她才彻底放松了下来。刚刚可能是太紧张，她憋红了脸，像条缺氧的鱼，另一只手里紧紧地攥着一块砖头。站台上原先站着几个等公交车的路人，吓得躲一边去了。

“真搞不懂，张慧兰那么精明的一个丫头，在北京当保姆当好好的，怎么突然就进了传销？看样子还是个头儿。”上了公交车，虎爹不解地问。他真怕有什么冲突，自从被丁大炮一砖头拍好后，虎爹对打架就有种恐惧，常被雨露耻笑。

“上了贼船，就得跟贼走。”雨露说。

“更可恶的是这些人专吃窝边草，专骗熟人。”

“亲情有时候最值钱，最没有免疫力。”

“我们真的不报警吗？”虎爹问。

“报警也没用，抓到了过几天也得放人。还有报警后，小麻子梦破了，钱没了，会找我们拼命。”

“真担心小麻子哥俩，尤其是小麻子，他老婆存的那些钱全没了，儿子又刚出世，老婆在家一分钱都舍不得花，他以后怎么活！”虎爹一脸愁云。

“你永远叫不醒一个装睡的人！很多人明知道这是传销，可是他们没有回头路了。上天从来不会掉馅饼，只会掉陷阱。”雨露叹了口气，看着窗外的高楼大厦发呆。城市这片狩猎场水太深，穷人永远在这场游戏的最底层，他们像蝼蚁一样拼命往上爬，越穷越像飞蛾扑向这些包装精美、充满诱惑、幻想一夜暴富的骗局，最后演变成一场放血、割肉、瓜分的屠宰狂欢。这些人都以为最后一个进餐馆的人才会埋单，所以拼命往里挤，不当最后那个埋单的人。谁都知道这是一场人骗人、人吃人的竞技，一场狂欢过后，遍地都是践踏的亲情，遍地都是白骨。

雨露想，这次不陪张大虎一起来，他肯定也被洗脑了，回家第一个骗的就是自己。

“我留意了那些开会的人，有大学生、专业军人、个体商户、农民工等，他们很多人是社会竞争中的失意者，迫切希望改变自己的命运，却又缺乏一技之长，总是幻想一夜暴富。挣钱在他们眼里，比到银行取钱还容易。”雨露叹了口气，这个社会让她困惑，高速发展的国家，物资需求基本得到了满足，却丧失了精神领域某些领地，存在一些很不正常的现象，羞耻感丧失，价值观混乱，潜规则横行，很多人变成了行尸走肉，成了人吃人。

“是啊！总有太多的人想不劳而获，总想隔着锅台上炕——一步登天。尤其是传销，成捆绑似的害人，被害者再去害人，现在人比过去不要脸多了。要脸的不干传销，骗人没有负罪感了，挣到钱就是爷。”张大虎算是彻底看清了，愤愤的同时，也惊出一身冷汗。

雨露暗暗下决心，告诫自己一定要做好村里的带头人，掌好这条大船的舵。

第六十章 二十年聚会

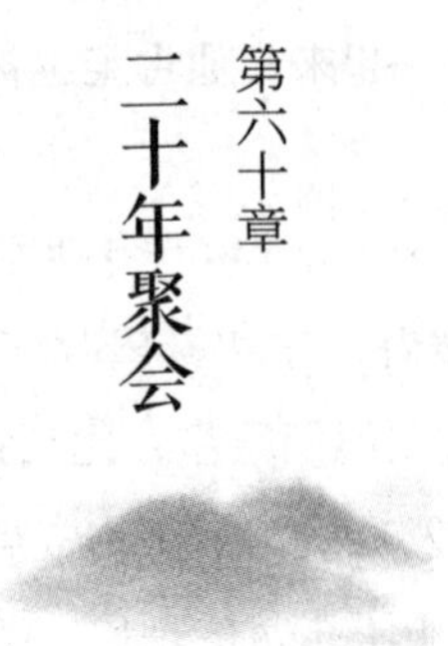

渔家饭店上的封条半月后就撕了，鱼汤化验没有任何有害添加剂，这等于免费帮丁家墩人做了广告。重新开业那天，生意出奇的好。其间，丁国安都买好了船票，准备带周老师去长江上游玩玩，没想到刚登船的那天早上就被雨露请下了船。

两个月后，调查她的结果也下达到村部，丁雨露同志工作业绩突出，作风硬朗、能力突出，经得住组织考验，调查中未发现任何违法违规现象，给予恢复职务。这两个月，雨露长了十几斤肉，她说再停职，她就要计划减肥了。

通知下达到村部，桥大爹的称呼也从桥书记变成二队长了，他的发型也在当晚换回了“老三届”发型，腰也弓了，脸好像更黑了。

“桥大爹，当了两个月的‘代’村长，官瘾过够了吧？”村里人调侃着问。

“别拿代理村长不当干部，两个月也是官。”桥大爹愤怒地回答。

从那之后，桥大爹除了黑兆桥，又多了一个外号：代兆桥！

至于老村长张祥林，因为抢救及时，捡回了条命，但自那以后，一下子就由以前的“熊”老头过渡到了“衰”老头，走路腰都弓成圆月弯刀了，几乎是一夜白了头，再厚的脸皮也架不住村里人嚼舌头。儿子张富贵隔三岔五不吃药，只要有一天不吃药，他就由一只羊变成一条见人就咬的疯狗。

那年大冬天，张富贵踹开张祥林的房门，一把将他从被窝里拽出来，抡起手中的手电筒就是一顿猛捶，等他妈玉兰反应过来，张祥林已经倒在血泊中，奄奄一息了。村里人看见好几次，玉兰打车将一身是血的张祥林送到镇上的医院急救。

村里甚至有谣传，张祥林买了几瓶农药，几次要喝药水自杀。

老伴玉兰特别贤惠，不光跟后面看着，还耐心开导，说家有一老，如有一宝，儿子不争气没办法，但出事了，孙子要有人养；要是他一死，杜三娘立刻改嫁都有可能，到时候这个家就散了。几句话说得张祥林在家鬼哭了一夜，最后扔了药水瓶，每天天不亮就扛着锄头下地干活了。这个家有一大堆人要他养活，他不能死，就是死也要累死。

张祥林偷奶吃差点儿被毒死的新闻一直让撅人王抬不起头，她越想越气，觉得就是阿宝天天唱歌在坏她的名声，当夜就点灯夜战，实施了报复计划。第二天一大早，村里人在丁小气家的打谷场正中央发现了一个和真人一般大小的稻草人，做工像模像样，看不出男女。稻草人胸口插了三根打毛线用的长长的竹针，从前胸一直插到后背，捅了个透心凉。

几个调皮的娃子没弄明白这一夜多出来的稻草人是干什么用的，一直在猜想是不是村里人用它来赶鸟的，听到大人们的碎语后才明白，竟然是撅人王专门用来诅咒人的。孩子们可不管这些，撅人王家的阿胖带头一个飞踹，“轰”的一声，稻草人身子一歪，倒在地上，脑壳裂开了，竟然有一股乳白的像脑浆一样的东西流了出来，娃子们仔细一看，原来这稻草人脑壳里竟然塞了一个鸡蛋。村里人都说撅人王是诅咒张伶俐的，也有可能是诅咒丁雨露。一次她家阿胖从家里偷出一个小木头人，那木头人是用刀子刻的，是个孩子模样，麻雀尾巴发型，特别像阿宝，胸口插满了针眼，敢情她背地里给阿宝下了诅咒。

消息传到阿宝耳朵里，这孩子撇着嘴，抓住阿胖叫他回家给撅人王回话，背地里下黑手有什么本事？有本事叫他妈当面和他较量。

清泉小学的校墙像过期的饼干，一碰就碎，被国家鉴定为危房，要拆除，村里孩子以后都要自行去山里红镇小学上学。开始村里老人坚决不同意，孙子年纪小，去十多里远的镇小学不安全。而且这所小学年纪比村里的丁婆都大，一砖一瓦都有念想，都有故事，不能拆。

“这些年计划生育一年比一年紧，村里老人越来越多，孩子却越来越少，现在清泉小学班级开不齐，有的班级甚至就三五个学生，班级人少，老师上课像一个人吃饭一样，找不到状态，教学效果很不好，最后成了放羊式教学，会耽搁你们孙子。”雨露带着村里几位队长，挨家挨户做工作，耐心劝导。

“对哦，小学那几位教师，多半是代课教师转正，都快到退休的年纪了，说实话，没有多少教学激情。天天把你们孙子看好，不出安全问题就阿弥陀佛交差了，你们把儿子、孙子放村小学放心啊！”桥大爹说。尽管出了村长争夺战那档子闹剧，雨露到哪里还是喜欢带上他，因为桥大爹嘴最巧，处理村里矛盾最有经验。

“嗯、嗯。”一些老爹连连点头，觉得有些道理。

“大爹们，孩子上课来不得半点儿马虎，镇小学教师都是正规师范学校毕业生，工作认真，能力强，对孩子学习也有好处。读书关系到孩子的一生，学校不是养老院，给口饭就行，一定要送到正规学校，要是耽搁了孙子，你们老了老了，那真是干了件糊涂事呢！”雨露逐户做工作，开始一些老人说什么也不同意，可雨露说会耽搁孩子，一些老人就怕了，嚷嚷着再远也要送孩子去读书。

“雨露，你现在说话喜欢用一些关键词，一定要、必须，这是典型的官腔。”虎爹有时调侃雨露，说得雨露很不高兴，说妨碍她干正事。

“到镇里上学既正规，又能培养孩子，有什么好担心的？你们是思想落伍，恨不得把孙子用绳子拴在裤腰袋上，那不是教孙子，是放牛！”桥大爹说。

“现在是越穷越惯孩子，越富越培养孩子。”王三奶奶说，她自从上次被骗子下药后，人就精明多了，也通情达理。最后几个老人勉强同意了。

孙子是爷爷奶奶的全部，雨露有一次看见王三奶奶送孙子上学，天寒地冻的，还下着小雨，路很泥泞，都早读下课了，她才背着孙子到校。一个瘦成疙瘩一样的老人，身上趴着一个肉坨坨的大胖孙子，怎么看都觉得别扭。

王三奶奶说天冷，没早叫醒孙子，想让他多睡一会儿。尽管孙子裹得严实，可还是冻得鼻子呼吸起来呼呼地响，像风箱，孙子急得哇哇哭。一看孙子哭，王三奶奶急了，俯身张开枯井老嘴，用嘴含住孙子鼻孔一顿猛吸，不一会儿，王三奶奶嘴里全是浓浓的异物，一边的雨露差点儿看吐了。现在的爷爷奶奶是怎么了，给孙子做牛做马那都是常态，孙子要命他们都给。

今年入冬，丁家墩人真是扬眉吐气了一把，村里两位当官的都高升了。张伶俐去年调回山里红镇，转了一圈，职务升了几个台阶，从副镇长升到副书记，这次直接当上了镇长。国家现在大力推行干部年轻化，组织上也是重点培养她。年轻女干部在县里是大熊猫，张伶俐无论年纪、能力和口碑，那都是出类拔萃，高升理所当然。甚至有小道消息说，按照规定，每个县两委班子都要安排一位女常务，县里一直缺一个女强人，按这势头，张伶俐入主县委政府，那是早晚的事。另一个就是张玉宝了，由常务副县长升任为县委政法委书记。

张伶俐和姜必胜搭摊子，雨露起初有些担心，组织上怎么考虑的？把他们俩分一起搭班，不会天天怄气吧？没想到这两人相处安好，之前那些不愉快的事仿佛全都过去了。张镇长见雨露做通了村里老人的工作，说挑个星期天，趁孩子不上学，调来推土机赶紧推了，免得夜长梦多。她现在做事特别麻利，雷厉风行。

在拆小学之前，张伶俐想做件事，那就是办个同学聚会。在张伶俐的强烈建议下，由雨露带头，终于将小学毕业二十年的同学聚会给办了起来，地点就选在即将拆迁的清泉小学。最吸引人的方案是要照一张合影，雨露说外国有这样一个故事，四个年轻人特别要好，一次出海后遇难死了，二十年后，他们的儿子都长大了，找到他们父亲那次出海合影的照片，在他们拍照的地方，儿子们分别穿着爸爸一样的衣服，摆着一样的造型，拍了张合影照片，一方面是缅怀已故的父亲，另一方面证明现在四个子女的友情。

张镇长的口号是一个都不能少，要按照当年毕业照的地点、座位顺序及坐姿再拍一张合影，算是一次接力，更是一次轮回。她还特别细心，让人仿制了和照片上一样颜色和格式的衣服。照相的时候，除了小美的位置空缺外，每个位置都站了人，都摆着和当年照片上一样的姿势，连梳的发型都一样。

那天阿六开车送雅青过来的，他买了一辆二手轿车。阿六理着寸头，也长胖了，还有点儿小啤酒肚，怀里夹着一个皮包，怎么看都是一个大老板。他站在一边，看着雅青照相，呵呵地笑，年轻时一头乌黑的头发，现在竟然白了头。

“阿六，年纪轻轻，怎么就白了头哦。”有人调侃他。

“吃饲料养的白猪头吃的。”阿六笑着回答。

“阿六，采江沙的都是大老板，还在村里第一个买车，你真是享女儿福了。”

“对哦，你们夫妇以前年年躲计划生育，想要个儿子，最后还是靠女儿吧！”几个雅青的同学调侃阿六。

“哪里发财哦，二手车，不值钱！老天爷可怜我，赏碗饭给我吃，你们才是大老板。”阿六赶忙推辞，示意大伙照相，别管他。

“别谦虚了，有钱怕什么，又没人去你家抢。衡量一个成功男人的四大标志是房子、妻子、孩子、车子，你都有了，你算是成功人士了。”一些男人嘲笑阿六，以前他太不顾家，现在又太低调了。

那天该来的人都来了，前排蹲着女孩，后排站着男孩，中间预留了空位，那是当年老师坐的位置。雨露蹲在姐姐雨红的位置，旁边依次是张雅青、张伶俐、丁秀秀、王小美，为了更贴近画面，她们都扎了麻花辫，穿上几十年前的灰布大褂，仿佛回到了那个懵懂的年代。这是秀秀第一次参加这种活动，雨露邀请她时还有些担心，怕秀秀不合群。那天雨露说明了来意，没想到这次秀秀答应得特别干脆，说一定去，她也想同学们。女孩儿大多嫁在附近，男孩儿难找多了，像蒲公英的种子，散落在全国各地，有的都快跑出边界了。他们身材已变得面目全非，但雨露硬是活生生找到了人。

几位老师坐的位置由他们的子女代替，唯独王小美无人能替，雨露找漂在江船上的大壮很多次，他总是摇摇头，指指自己的胸口和大江，告诉雨露，小美一半在他心里，一半随大江走了，他哪里也不想去，更不会上岸。张伶俐特意打电话给小美妈周老师，请她来照个合影，她说空着好，空着你们每次看照片的时候就会想到我们家小美。小美的骨灰一半撒在长江里，一半让拆迁队炸了，还有谁比这孩子更命苦？死了都没个地方安歇。她不需要假的东西，位置空着，以后多想想她吧！小美妈妈前几年退休了，身体一年不如一年，都拄拐杖了，听说三天两头的去医院。丁国安叫她回村里住，她说什么也不回来，一回来就想起女儿，就哭。

那天张玉宝竟然也来了，为这事如梦和他还吵了一架。

"现在没事同学聚个会，拆散一对是一对，简直就是离婚会！"如梦嚷嚷着，不想让玉宝参加。现在的如梦对什么都疑神疑鬼，张玉宝有时接她去城里住几天，但很快就送回村。她常去开会现场扰乱，说些找小老婆之类的话，闹了几次后，保安就不让她进会场了。

"都这个岁数的人了，还有什么不放心的？人生能有几个二十年！聚会是小事，见面也是留个念想。"张玉宝起初和她小声地理论，可是如梦那架势好像铁了心，就是不想他参加。两人越说越激动，张玉宝最后气得摔了一只碗。

"你这是干什么？"如梦吓了一跳，眨巴着眼睛没说话，这是玉宝第一次摔东西，两人的关系越来越紧张。

"王小美都去世了，现在一副好的身体就是顶级的奢侈品。只是聚个会，别多想。"

"我知道。"如梦落下了泪。

"对不起！"张玉宝抽出一根烟点上，猛吸了一口，最后向如梦赔礼。他竟然也学会抽烟了，而且是近两年才学会的。

"人到中年狼烟起，没办法……我现在有点儿神经过敏，你也知道，我控制不了自己。每天都浑浑噩噩，总感觉背后有人。尤其是想到你和隔壁家那个黄脸婆年轻时好过，现在还要聚会，我就坐立不安。”如梦摇摇头，哆嗦着取出一件衣服反复熨烫。她怀疑自己更年期到了，对什么事都提心吊胆。

“有什么好争的，你看大在世的时候，还在两家地界上打石灰线。古诗说，千里修书只为墙，让他三尺又何妨？万里长城今犹在，不见当年秦始皇。切记生活中不光要善待自己，更要善待身边的朋友。我这辈子，最失败的事就是没有处理好邻居关系。”张玉宝那天努力地压制着心头的怒火，最终没有让它爆发。他耐心地和如梦谈了很久，让如梦心里找到了久违的温情。

“咔”的一声，镜头将画面定格。

丁祖峰站在小美空缺的位置后面，那年他的身体就贴着小美，他需要这种回忆。

一阵风从张公山峡谷里打着旋儿，顺着公路席卷而来，在破旧的校门前打着回旋，将一张糖纸挟持着，裹进旋涡，从地上一直盘旋到空中。那张纸闪动着五彩的翅膀，在风眼中翩翩起舞，不屈不挠，煞是好看。

“小美要是在该多好！”雨露叹了口气，看着那只飞舞的彩蝶发呆。

“呜呜……”学校旁边的一棵大树后传来了哭声，雨露好奇地走过去张望，老成疙瘩的冬青树后面蹲着一个熟悉的背影，全身黝黑，肩胛骨凹凸，像是脂肪瘤鼓的包。原来是掏粪工大壮，他蹲在地上，低着头，将头埋进双臂里，地上湿了一摊，成了揉烂的白面。他手里攥着一张黑白照片，那是一张三人的合影照，蹲在最前排那个眼睛亮亮的梳着麻花辫子，穿着连衣裙的高挑女孩就是王小美。

“小美，我们想你了！”丁祖峰第一个被感染了，一个大男人站在人群中，傻乎乎地哭了起来。

“呜呜——”而后是雨露、虎爹等一帮人，全都像回到了从前，全都以泪洗面。

“轰”的一声巨响，身后那辆等了很久的推土机终于失去了耐心，一声低吼，挥舞着螃蟹臂猛冲上去，将学校破败的大门楼推倒了。

“清泉小学”几个字重重地砸在地上，散成一根根铁钢筋，再也辨认不出原来的字迹。

“呼呼”，风打着回旋，黄烟弥漫，像沙尘暴一般将人群覆盖，看不清哪边是真实，哪边是回忆。刚刚还梳着小辫，脸蛋有些绯红的一帮小女孩，瞬间就被烟雾覆盖，被打回了原形，变成一群家庭主妇。

“大壮自从上了那条木船，就没再上过岸，今天他破例来看小美。”回家的时候，雨露哭着对虎爹说。

“三年级的美眉跳芭蕾，四年级的帅哥没人陪，五年级的情书漫天飞，六年级的我没人追……”

阿宝一大早就召集齐了孩子，队伍边唱边整齐地走着。

那天老黄憋着一肚子气，拎根粗棍子，从村头寻到村尾，丁大炮问他是不是在打狗，他摇摇头没有理会。儿子今年上初中，夫妇俩也一起调进镇中学任教，一切工作重点都是为了儿子，当他的保姆。可是儿子根本不领情，反而骂他们是跟屁虫。

今天是清明节，秀秀起了个大早，将家里的被子都洗了，正在门口晾晒。远远地一位外村大娘一路问人，找到了秀秀家，手里还拎着两只土鸡。一看到这些爹妈，秀秀心里就发软，不用说肯定是学生家长，这些父母太淳朴了。有次一位快八十岁的老奶奶背着一个大口袋，领着孙子来找她，说孩子爹妈死得早，她一手拉扯大，这次来没什么好送的，就送一袋子棉花给老师吧！秀秀说什么也不要，硬让她背回去。一摸老人的手，感觉像摸到了仙人掌，她就忍不住落泪。

“丁老师，谢谢你，我儿子在班里只听你的话，这个学期成绩长了很多，也乖了很多。这里有两只鸡，你别嫌弃。”那位大娘找到秀秀，脸上堆着欢喜的笑，硬是将两只绑了腿的母鸡放到秀秀家门边。

“这两只鸡好，杂色毛，小嘴尖爪，一看就知道是土鸡。”几个镇上的干部正在村里搞计划生育大回访，嫉妒地说。

“不客气，应该的！”秀秀赶忙招呼大娘坐。

“我有个请求，不知道能不能说？”大娘吞吞吐吐地问。

“说吧！没事。”

“我孙子在学校和你儿子黄宝玉是同桌，新学期能不能帮我孙子调——调整一下座位？我孙子说阿宝课上课下太活跃了，他想安心写作业，不——不知道老师能不能通融一下？”大娘结巴着说。

“好、好、好！下学期一定换位置。”秀秀本来心情特别好，一下子如被人泼了一盆冷水，从头凉到脚。被人找麻烦惯了，今天冷不丁有人送两只鸡，还以为是什么好事，可儿子给这个家带来的尽是烦心事。

“谢谢老师，就当你们家多养一个，谢谢给我孙子调座位。”那位大娘放下鸡，非常高兴地走了。

秀秀看着那两只鸡，发了好一会儿呆。这些年，只有飞出去的鸡，没有回巢的鸭。上次王三奶奶送的鸡和蛋，鸡进家刚松了绑，还没从惊吓中缓过神来，没喝口水，就被重新抓捕送了出去，为阿宝的顽劣埋单。

“秀秀啊！难得你们夫妻都在家，不好意思，又来找你们了。”吃过早饭，丁大炮气冲冲地到了老黄家，他手里捧着一个玻璃茶杯。丁大炮喝茶不喜欢洗杯子，这在村里是公开的秘密，他说古人喝的紫茶壶都不洗，喝久了有自来香，他也要效仿。村里人说这家伙懒，还能找到这么好的借口。

“丁大爹，你太见外了。真对不住，我家阿宝又给你添堵了吧？”秀秀慌忙迎上去，现在她有条件反射，见到村里人到家，先本能地赔礼。每次看到丁大炮怒气冲冲一副来兴师问罪的样子，她就头皮发麻，不用说，肯定是宝贝儿子又在外面给她惹事了。

丁大炮握着那个玻璃杯，茶垢用指尖一划拉，都刮不到内壁，根本寻不出茶杯原来的底色。茶垢黑里透着黄，黄里还泛着紫菜色。杯子里还有一半橘黄色的茶水，冒着气泡，像是吃了一半的方便面汤，老远就能闻出一股怪味。

“今早天气好，我在江滩边喝茶边晒太阳，躺在藤椅上迷了几十分钟，醒来后喝了口茶，准备去丁小气家找几个老哥打牌。可是茶喝了一半，我发现味道不对，有种苦药味，仔细看看茶水也没什么两样，正好看见你家宝贝儿子蹲在芦苇后面，眯着眼呵呵地笑。”丁大炮边说边把杯子端给秀秀看，要她也尝一口。

“哦、哦。”秀秀赶忙应和，却不敢喝。

“你儿子越是那副德行，我心里越发毛。谁都知道你家这位小少爷坏笑不是好事，我走过去想问问，可是他突然扔给我一板以前镇计生办到村里发的避孕药，嚷嚷着说给我喂药，要做实验，把我当小白鼠了。”

“哦、哦，丁大爹，对不住了，实在对不住！”

“你家熊儿子连给人下药这事都敢干，以后就差杀人放火了。”丁大炮本来想克制自己的情绪，毕竟他也是快六十的人了，到哪里别人都喊他老爹，不能失了身份。可是说着说着，他就控制不住了，瞪圆了眼珠，涨红着脸，要骂人了。

“亲生的，不生气，不生气！”秀秀心里默默念道，给自己降温。她怕有一天，自己心头这座火焰山也会和村里的老爹一样，再也压不住。

老黄已经赶回了家，一听缘由，连连赔不是，又赶紧叫秀秀捡了一篮子鸡蛋，将刚送到家的那两只鸡也捎上，连同过年别人买的几瓶好酒好烟全塞到丁大炮手里。丁大炮的性格全村人都知道，吃软不吃硬，一副钟馗模样，村里除了儿子阿宝，谁都怕他。

“我都快六十的人了，原来每天起床都是擎天一柱，刚刚喝了这杯阉割汤后，总感觉脊梁后少根筋，裤裆用不上力，上厕所冰溜溜地滴水。我很认真地跟你们说，明天早上要是还能硬起来就算了，要是倒了旗子，一切损失你们家赔偿！”丁大炮撂下话，像个脸盆一样咣当响，快砸破秀秀家的门了。他恶狠狠地瞪着秀秀，猛地一挥手，拒绝了老黄手里的鸡和蛋，走了。

秀秀虽然满脸赔笑，可是心里犯嘀咕，男人六十岁还能神奇到哪里去？况且裤裆里的东西怎么赔啊！

阿宝这个要命的祖宗每长大一岁，惹事的功力就增强一倍。丁大炮前脚刚走，二队长桥大爹就来堵家门。他昨天熬了一夜，为张村一位刚刚过世的老单身汉扎了一对纸人，天亮后终于完工了。方圆几十里流传着这样一句话：山里红镇有五大白：天上云、地上霜、美女的屁屁、白菜帮，最白当数黑兆桥扎的白姑娘！昨晚他感觉是超水平发挥，白姑娘梳着漂亮的刘海，穿着旗袍，挺胸翘臀，足穿一双绣花鞋，俊俏得像个真人一般，二队长自己都舍不得掐一把。由于太累，他眯了一会儿，可是醒来后，村里那个现世宝不知道什么时候摸进了他家。这小子已经上小学六年级了，字写得像鬼画符，他找到毛笔，还模仿黑兆桥的笔迹，硬是将两个活生生的美人儿画成了戏曲脸谱，还长了胡子，成了个李逵。早上人家亲属来取纸人的时候气得嗷嗷叫，骂桥大爹是侮辱他们先人。本家大爹打一辈子光棍，活着没享什么福，死了更应该得到尊重，烧两个漂亮的白姑娘算晚辈表孝心，结果黑兆桥扎两个长胡子的男人烧给先人算什么意思啊？

“亲生的，不生气，不生气！”秀秀边赔礼，边在心里安抚自己。

可是老黄的忍耐算是到了极限，那天他提着一根面汤棍，终于在大塘埂的柳花树下找到了阿宝，他正领着一帮孩子在唱歌。父子俩没有宣战，就直接开始追逐。老黄围着大塘一直追了几个小时，阿宝照例边跑边唱不知从哪里学的打油歌，每句都扎心窝子，他是故意在气他老爹。

“大秃子，大秃子，来抓我哎！”阿宝边跑边回身嘲笑似的叫喊。大秃子是最近两年给老爹起的新外号，很符合黄俊峰的秃顶发型。在他心目中，与天斗、与地斗、与爹斗其乐无穷，就怕没人陪他斗。对于阿宝来说，最难听的咒骂那是赞歌，动手那是锻炼身体。

“哄吧！玩吧！闹吧！初中毕业后就叫你收破烂！”老黄喘着气，满头是汗，像个不倒翁，边追边骂。

“你说读书有什么用？奶奶说你初中读书全校第一，隔壁家那位当官的全校倒数第一，可是现在人家当县委书记，出门吃住行全报销，你在家当个穷教书匠，上街买菜都要砍价，活得窝囊还管我！”阿宝大声地反驳。

“我上不愧天，下不愧地，凭天地良心干事，坦坦荡荡，和谁比都不怕！”

“你还坦荡荡？你丢过的人比我见过的人都多！你以前还当个小官，为什么被贬？六根不净，捧着碗还想吃锅里的食，活该！”阿宝继续羞辱他老爹，句句捅心窝。

“你——你这个孽子！计划生育再紧点儿就好了，每对夫妇刚结婚就结扎，一个不准生，老子跟你同归于尽，一起绝种算了！”老黄咆哮着，但追儿子光叫的声音大可不行。正应了那句“一而衰，再而竭”的古训，开始老黄还是百米赛跑的速度，很有当年师范学校舞蹈队灵魂的风采，可是两圈下来，老黄已经只有进的气，没有出的气了。他晃悠着，一屁股栽倒在地上。

“亲生的，不生气，不生气！”秀秀慌忙赶上去，用手捋着老黄胸口，连连规劝。

“亲生个屁！我老黄家基因有这熊胎啊！”老黄甩开秀秀的手，根本不看她，吓得秀秀没敢再说话。老黄倔强的脾气被彻底挑起来了，他喘着粗气爬起来，继续踉跄着追阿宝。

那天，这一老一少将大塘埂当成了跑道，一前一后追逐着。每次老黄喘成一只哈巴狗，哈腰想歇口气时，那个小孽种仿佛看穿了老爹的无能，原地跳跃着故意放慢了奔跑的速度，有时还蹲在地上做着拉屎的动作，嚷嚷着要他喘气的老爹赶紧送纸来。

“大秃子，你累了吧？你老了哦！大秃子，秃子大，子秃大！”阿宝边笑边跑。他始终控制着两人之间的距离，就那么两米，有时候老黄咬咬牙，猛跑几步就能摸到儿子屁股了。可就是这一筷子的距离，老黄拼了老命，每次还是差那么一点点。儿子一个转身，就从他指尖溜走，钻到他背后嘿嘿地笑，像是在遛猴，始终伤不到儿子毫发。

“大秃子哎，你来抓我啊！”

“大秃子，秃子大哎，我闭眼，我不望，我始终屁股朝着你，看你可有本事抓到我！”

“秃子淌脓哎，我不动，蹲下拉泡屎！我躺下睡一觉，你来抓我啊！抓不到你就是我儿子！”阿宝大声地嚷嚷着，眯眼咧嘴，一脸猥琐，弓着腰，伸出右手食指做个勾引的动作，嘴里还挑逗性地喊老爹是他儿子。

“这个黄校长，这几年老的速度比七月的早稻还快。”

“有这样的儿子，不被气死算命硬了，能不老吗？”

“嘿嘿，儿子叫老子喊他爹，我都活七十多岁了，这事还是第一次听说。”丁小气家门口坐着一帮老爹，个个都伸长脖子观望，像一只只老鳖。他们从来没有见过这么顽劣的孩子，简直就是茅坑里的酱石头，又臭又硬。哪有儿子牵着老爹的鼻子，当着全村人的面，像在遛狗、耍猴？这要是在过去，家族就可以动私刑，进猪笼扔长江里淹死。

“你，你这个逆子，投错胎的熊种，我——我今天就是拼了老命，也要打死你个王八蛋，打不到，我就是你儿子！”老黄气得脸色煞白，已经有些褶皱的老脸抖出阵阵涟漪，一浪盖过一浪，全堆积在面颊上。额头上仅有的几根头发坚守着最后的阵地，站在墙头摇摆，被吹乱了，分叉一般开着枝丫花。

老黄再次爬起来，跑乱了头发，跑丢了拖鞋，跑出了黑眼圈、红眼圈，跑成了一条狗，舌头都快拖到地上了，他也不知道围着大塘跑了多少圈。眼看天色已黑，秀秀硬将他拉回家。当夜老黄就发烧病了，一个劲地说胡话，嚷嚷着儿子绝不是自己的种，他黄家不可能有这么顽劣的种，吓得秀秀没敢吱声。

他妈玉春婆婆也很知趣，跑到村里王三奶奶家睡了。眼不见，心不烦，家有熊孙子，搅得她这个老太太也不得安宁。

老黄睡到下半夜突然醒了，不发烧，不迷糊，精神抖擞。秀秀关切地问，要不要煮些稀饭给他吃，老黄摆摆手，说要去上厕所，秀秀就睡下了。

老黄轻轻摸进儿子房间，阿宝成“大”字形睡在床上。老黄用准备好的绳子将儿子捆了个结实，像是打包的急件。他将儿子拎出后门，吊在屋后那棵已经有大腿粗的桑树上，跑大塘埂上砍了截满是刺的蔷薇枝，脱下儿子裤子，照着屁股就是一顿毒打。

“沙沙沙。”桑树有节奏地抖动着，发出欢快的笑声。

第二天一大早，丁家墩所有的孩子都来观望，他们心目中的神童被吊在树上，他爸说要剥皮抽筋。

“还嘴巴不屃吗？还骂老子是你儿子吗？”老黄每抽一鞭子，都会骂上几句。这些年，他要跟儿子算的账太多。

“老子还是不是你儿子了？老子是你大，大打死儿子不犯法，老子今天就打死你个畜生！”

阿宝双手后绑，双脚也离地，被他爹吊在桑树上，供村里老小参观。可这孩子不知道从哪里来的倔强，歪着头根本不看他老爹，咬着牙就是不求饶，仿佛跟老黄有刻骨的仇恨。

“刘胡兰！小兵嘎子！”一群孩子站在一边，小声称赞阿宝有骨气。

老黄打断了蔷薇枝，又找了根劲道十足的竹条，恶狠狠地打着儿子。阿宝紧攥着拳头，始终扭头不看他爹。老黄每抽一鞭，阿宝脑子里就闪现出千千万万个报复计划，像过山车一般掠过，有的毒、有的酸、有的恶、有的损，哪个最适合这个老家伙？

一根竹签跳跃着落在他脚下，还沾着血，好，就它了！

阿宝冷笑着，老黄却已经快哭了。

隔壁家的阳台上坐着如梦，没有人知道她什么时候坐在那里的。她喜欢睡在高处，这让她有种遨游在高空的幻觉，总能回忆起年轻时一身靓丽的空姐装，扎紧发髻，穿着旗袍一般的束衣，系着丝巾，胸口的曲线到哪里都能引来羡慕的目光，成为饥渴男士眼中的焦点。她喜欢被人关注，喜欢夹紧双腿，收紧臀部，迈着台步直线走着，喜欢男人的头像台电风扇一样跟着她的身影转动，喜欢被人当个公主一样宠着。这个世界有的人就是为聚光灯而生，这就是命。

可是现在呢？自从失去了孩子，从医院回到村里，一个单身汉看见她，说是鸡婆。

刚刚老黄打孩子的声音惊醒了她，惹得她很不高兴。可是当如梦看见老黄高举着满是鲜血的枝条，将熊儿子打得血肉模糊的时候，她立刻就由愤怒转为幸灾乐祸，嘴角挂着冷笑，专心致志地看老黄打儿子。

“好好！你们家欠我家三条命，你要是个男人，就把熊儿子打死，还我一条命！”老黄打累了，刚想歇口气，冷不丁听到头顶的阳台上有女人阴声怪气地说话。他吓了一跳，抬头一看，竟然是隔壁那个神经兮兮的女人披散着头发，坐在藤椅上晒太阳。

“我教训儿子，跟你有屁的关系啊！”老黄瞪了她一眼，没好气地说。

“我婆婆生前真是神算子，这棵桑树就是你们家的丧树。等着吧，欠我的人命，一条也少不了。”如梦继续冷笑，恶狠狠地说。

“神经病！”老黄骂了一声，没心思和如梦吵嘴，低头继续教训儿子。

“你这是要把娃打死啊？他才这么点儿大！子不教，父之过，娃现在这样，你也有责任。”直到老黄的妈玉春婆婆颠着小脚，一路小跑回家，才把孙子救了下来。秀秀站在一边不说话，用手轻轻抚摸一身是血的儿子，想给他擦点儿药水。刚刚老黄发疯地教育儿子，她强压心头的母爱，硬是没有拉架。

阿宝满身是血，衣服也烂了。他一挥手，把秀秀的手甩开，抹了抹嘴角，像只血猴子走出家门，一路小跑着上了大塘埂，竟然一个鱼跃跳进大塘里，湛蓝的大塘被染成了血红。阿宝昂着头，像条水蛇，游到对岸不见了。

“秀秀，回家拿些消炎药，去给阿宝擦擦伤口。伤成这样用冷水洗澡，肯定感染。”婆婆嘱咐秀秀别傻站着，她心疼孙子。

“妈，这孩子我已经管不了了，哪天不是被我打死，就是把我气死。”老黄已经满面泪水，哆嗦着哭成了泪人。打儿八百，损爹一千，这罪他受不了。

“等几年孩子大了，就懂事了。”玉春婆婆叹了口。她这么大年纪，也从来没见过这么顽皮的孩子。

当天晚上，阿宝就实施了他的报复计划。他从张公山边一间鸽子房里弄了几坨新鲜的乳白色鸽子屎，用那一截带血的竹签，一点点回填进挤了一半的牙膏里。老黄喜欢用“芳草”牌的牙膏，说刷了十几年都没变过，有股特别的清新，每次刷牙都能品味出读师范的青涩时光，有时闭眼感受，好像背着书包行走在满是树荫花草的长廊里。秀秀却不喜欢那牌子，她不喜欢那种石膏味，所以厨房里他俩的洗漱用具虽然挨得很近，却颜色分明。第二天一大早，阿宝全身贴满创可贴，破例多吃了一碗稀饭，饭后没有急着上学，而是提着书包坐在门口的泰山石上，耐心地等他爸起床。

老黄房间里床响拖鞋响，每天早上这个时间点，秀秀和他都像是程序设计好的一样，开始走规定的路线，做规定的事情。

“昨天你大打你，不记恨吧？”秀秀关切地问。对于阿宝，秀秀更多的时候感觉是陌生，除了刚生下那会儿依偎在她怀里吃奶，让她有种母子连心的感觉，等儿子长大开口说话后，更多的时候，感觉儿子像是买来的，一点儿不亲。

“不啊，早习惯了！”阿宝嘿嘿笑着回答，盯着厨房，根本不看她。

“秀秀，今天的牙膏怎么这么个怪味？不会是过期了吧！”厨房传来老黄纳闷的询问声。

“不会啊！每次买我都看生产日期的。牙膏不就是牙膏味，还能有什么味啊！”秀秀一脸的不以为然，完全不在意老黄今早的反常，她觉得老黄是大惊小怪。

“牙膏肯定没味，但鸽子屎肯定有味道，好吃吧？”阿宝见老爸满嘴是鸽子屎，整个脸和下颚全是白沫，涂抹得像刮胡子一样，他凑近老黄耳边欢快地大声叫喊着。

“屎！”老黄结巴着，眨巴着眼睛看儿子，一时没反应过来。

“大秃子，鸽子屎好吃吗？这次让你吃鸽子屎，下次再打我，叫你吃人屎！”阿宝撂下几句话，然后大笑着猛地转过身，从老黄愤怒的指尖挣脱，夺门而出，丢下脸气成猪肝色的老黄捏着牙刷，站在家门口山呼海啸地喘气。

“这东西到底是不是我的种？我黄家再怎么变异，也不可能有这么浑蛋的基因，简直猪狗不如！”老黄站在门口咆哮。

“我哪里知道啊！生他那天，张公山的熊头都滚下来了。这娃我也不知道是熊还是人。”秀秀看着儿子跑远的背影，绝望地说，气得眼泪不争气地落了下来。

“谁来管管我的熊孙子！每一个熊孩子背后都有一个熊爸妈，都是你们的错，从小惯的！”玉春婆婆也哭了，一屁股坐在门前的小凳子上，指着儿子骂。

第六十一章 抗洪抢险

因为年前投放了一些新鱼苗，雨露没有在过年的时候抽干芦苇滩，她怕把鱼苗折腾死。一些眼巴巴观望的老爹，整个年都瘪着嘴，没分到红，怎么也高兴不起来。

开春的时候，牡丹花开遍了九丈石，一数，竟然是十八朵，整个小县都在惊恐之中。各乡政府都紧急调配了很多麻袋做库存，还重新将河道进行了疏通。

梅雨季节眨眼即至，整个江南都被云团和雾气包裹，驱不散冲不淡。轻风伴着细雨，看似雨点很小，但太密，人站在风雨中闲逛，一根烟还没吸完，已经全身打湿了。

丁婆说梅雨季节的雨水带着妖性，天地日月都被它迷住了，不分白昼，遮天蔽日，看不到太阳月亮。起初很美，古人还赞美春雨贵如油，可是连续降雨超过三天，就话说三遍如稻草，不值钱了；超过一个星期就过了火，全无雅致，那就成了灾；超过半个月就入了魔，成了天灾，要死人。

一连两个多星期的雨让丁大炮兴奋不已，别人在这场大雨中倾家荡产，有的甚至妻离子散，他却看到了商机，每天从上游呼啸而下的浪涛里翻滚着票子，等着他去捡呢。

那夜他硬是说服了大壮和他一起搭伙去捞江。像他们这个年纪的单身汉，一人吃饱，全家不饿，每天命都挂在裤腰上，活一天赚一天，这时候刚好可以挣点儿外快养老。江面上漂下来的东西多是木料，能二次利用卖些钱，但贵重的东西被江水一泡，捞上来也不值钱了。

雨露将村里一帮劳力进行了分配，年轻人上江堤防汛，年长的老人在村外围防汛。随着汛情越来越严峻，她对所有人员再次进行了细化，分成三班倒，做到二十四小时防范。大塘底下那条平时总没吃饱过的河道，这几天总算狠赚了一把，成了个暴发户，发泼一般奔涌着，谁也拦不住。

江南水乡，每村都是一个城堡，依附在大江边。各圩区都有各自的圩埂，从空中看一圈绕着一圈，像一块块灌满水的稻田，泼泼洒洒，随时可能溢出来。煞白的老天，在这个梅雨季节像得了重感冒，怎么也治不好，没完没了地流鼻涕，呼呼啦啦，一连半月，像受了天大的委屈，就没歇过气。

视线所能触及的尽头已经全变成银白色了，偶尔有一两棵树在尽头挣扎着招手，可是过不了几天，就会被雨水掩埋。

如梦在一天早晨带上换洗的衣服，坐车去城里了。这场雨像蚊子一样喋喋不休，吵得她耳根疼，她去城里陪女儿住。

雨露从镇上开完会后，连夜坐船赶回了村，召集全村所有青壮年再次开了个动员会，会场就设在山脚下的丁家祠堂。屋外大雨依旧，屋内黑压压地坐满了人，但不管是打伞来还是穿雨衣来，都成了落汤鸡。所有人都面色凝重，因为这场雨关乎全村人所有的家当。江边那千亩芦苇滩，从投放鱼苗那天起，就寄托了多少人的期望，去年没有干塘，全指望今年收网分红了，那些游动的黑大个长得和小孩一样长了，都是钱啊！

“丁村长，今年这雨算是让我长见识了！就是 1958 年破江坝那年也没这么下过啊，雨大且不间断，这才半月，就把几年的雨全下了。”二队长桥大爹大声地说。

“1958 年那会儿你才多大啊？还是个孩子，你懂什么！”丁小气调侃他。

“对哦，你们看这老天，这哪是下雨啊，简直就是用筛子往下筛，密得连只苍蝇都飞不出去。”

“那时候刚解放不久，河埂比坟堆高不了多少，平均十年破一次。哪像现在，这些年国家每年都投入巨大的人力、物力，对江埂、内河埂进行加高、加固，现在的江坝比护城墙都结实高大，不然哪抵得住这场洪水？早就破坝了。”有老爹一脸郁闷地说。

“嗯，短期内降雨量这么大，县气象局发文说，创下历史新高。村里的排水泵排水还需要加一名帮手，还要安排一名电工，二十四小时不停电、停机，确保内河排水。”雨露给每位参会人员都布置了明确的岗位任务。

“老天保佑，雨快停吧！江滩渔场千万不能淹，我儿子上大学报名，就等着鱼塘分红了。”有位大娘跪在祠堂祖宗牌位前求佛。

“黄八年，你负责管理水泵，必须要日夜不停地排水。你看咱丁家墩埂，几乎是每天一个样子，都成了一片汪洋沼国了。养殖的水产今年刚好是收成年，再怎么样也要把圩埂保住，那是几村人的命根子，养殖了这么些年，就等着今年分红了。那些水稻、苞米、黄豆淹了就算了，只要圩埂不破，鱼就困在圩心，等水退了，还是咱村的收成。”雨露讲了重点，那就是死保渔场。

“前几年大旱，今年大涝，早注定了。”黄八年一脸焦虑地说。

“丁村长，我们要提前做好准备，估算到防汛的严峻性，内河埂就那么点儿高，和江堤没办法比啊！这场暴雨是大半个中国都在下，过几天上游洪峰就要来了，而且一来不是一次两次，是十次八次地来，到时国家肯定保大堤。这条龙脊梁关乎半个中国老百姓的身家性命，还有整个南方的经济命脉，再怎么也不能破，到时像我们村这些外围河埂就是后娘养的了。”张三爹爹说出了心里的顾虑。这是事实，沿江的人谁知道，这条大江动一动尾巴，半个中国就是一片汪洋。

“其他的别管了，车到山前必有路，想太多负担重。几位队长安排人到张公山砍些木料，挑大的砍。如果章晓惠阻拦，你们别管，就说是我叫砍的。大灾之年，一切服从公共利益，没有大家，哪有她小家！”雨露分配任务，众人连连点头。

“那个章晓惠有点儿难讲话，别说砍她的树，就是村里老爹死了，刨个坟地都不准！”有老爹气愤地说。

“那些树是她种的啊？都是村里老爹几十年前栽下的，她那是坐享其成，端起碗就吃饭。既然她和政府签了合同，有法律保护，吃现成的我们没话说，但大灾之年如果她不顾大局，到哪里都没理！你们尽管砍，到底是她山上的树重要，还是抗洪重要？谁拦揍谁，出了事我顶着。”雨露摆出村长的样子，关键时候说话一点儿不含糊，说得一边的虎爹直瞪眼。

“前几天我还兴奋，可以捞江卖几个钱，现在看这架势，别说捞江了，我这水性到江里也上不来。今年牡丹花开十八朵，必有大水，还真灵验。”丁大炮摸着光头，一脸郁闷地说。

“木料肯定不够，你们将村里几家长年在外躲计划生育的老房子拆了，那些料轻而且结实，容易打桩，等抗洪过后，再按价赔偿他们。”

“嗯！”众人连连点头。

“买些麻袋，再准备一些榔头、铁锤，随时准备打桩。村里要组织抢险急救队，队长就由丁大炮老爹担任，他力气大、水性好、办事认真。六个生产队长要随时待命，哪里发现险情要第一时间奔赴哪里。先打桩，再倒石头、石子进行堵漏，真要是塌方，就下水打桩，扔麻袋堵缺口。自己的家园自己保护！”雨露今天话特别有分量。

“没问题！就算丢了老命，也要保住渔场。”众人齐声赞成，达成了统一战线。

那天的会开得简短有效，村里每个劳力都分配到了任务。屋外的雨一直就没停过，将丁家墩包裹在雨中，而丁家墩的男女都奔跑在雨中，一个个肩上扛、怀里抱，和时间赛跑。

丁大炮是急救队长，哪里有险情，哪里有人呼救，哪有就有他。这男人一下子有种盖世英雄的感觉，像个游侠。一些被洪水冲到下游的女人被他救起，像是歌迷见到明星，一把抱住他的腰，一把鼻涕一把泪地叫，死都不放手。她们说男人在外打工，指望不上，谢谢寺庙方丈来救她们。

“我不是方丈，我是丁家墩急救队的丁大炮！光头不代表是和尚！”每次丁大炮把她们送上岸都要解释一下，不然这些女人说等洪水退了，要到西九华烧香拜佛。丁大炮想，好好的一个大活人，烧什么香啊！

一天傍晚，丁大炮晚归，船划到丁福满家旁边时，看见他老妈妈丁小手牵着两个孙女坐在屋顶发呆。丁大炮赶紧爬上去，要背老太太上船，可是这个老太太死活都不上船，说死也要死在家里。

“男怕七十三，女怕八十四，阎王不接自己去。我已经算到日子了，今年是我的坎年，你别背我，把我两个孙女带走吧！”丁小手看着翻滚的大江，很平静地说。丁大炮哪有时间跟她闲扯，上去张开大手，一手抓住老太太，一手拎起丁福满两个女儿，抬手就给扔船上了。

那天他刚将婆孙三人送上岸，不远的江里传来呼救声，原来是邻村几个初中男孩放学后回家的桥淹了，几个孩子手牵手蹚水过桥，一个洪峰过后，他们全都被卷进大江里了。丁大炮驾着小船，勇斗江涛，有次小船都被掀翻了，这家伙一身横肉，光溜溜的像头江猪，硬是将几个抱在一起的孩子拖上了船。几人已经昏迷，丁大炮又是按胸，又是人工呼吸，最终从死神手里把几个孩子拉了回来。孩子爹妈看到娃子醒过来，“扑通”一声给丁大炮跪下来，嚷嚷着丁大炮就是孩子的再生爹妈，娃子这辈子就是他的干儿子。

丁大炮呵呵地笑，这辈子终于当爹了，心里别提多舒坦了。

那几天丁大炮成了县里的红人。他驾着小船参加救援，冲在最前线，一连救了好几位从上游冲下来的落水乡民，县电视台正在跟踪拍摄，一不小心他成了县电视台重点宣传的英雄，天天上电视、上报纸，最后轰动省城，成了红人。

雨一直下，显得特别没心没肺。昨晚大塘埂的轮廓还能隐约可见，像条漂浮在水面上的毛衣线头，可是一大早就消失得无影无踪。放眼望去，除了张公山，到处都连成一片白，闪着鱼鳞光，成了一片晃动的海。

丁婆说大塘和大江私奔了，连成白茫茫的一片，她的水磨坊只露出一截马头墙，像西湖白娘子的塔尖。那棵柳花树却长得更翠绿了，对于它来说，再没有这样的狂欢了。整个大塘弥漫着一股白气，澡堂一般升腾着，远远地看，如长了一层白毛。

树荫建在江滩边的爱心小屋，在第三个星期的一天傍晚彻底被江水吞没。黄八年背上插着鳖枪，划着小船回到山脚下的丁家祠堂时，那里早就成了临时接待所，到处都是人，到处都是帐篷，帐篷里铺着稻草，那是地铺。

“哈哈，黄八年，你是从赤壁之战的战场上来的吧，刚刚用草船借了箭啊？怎么这副打扮。”

“对哦，这个时候还背鳖枪，打鳖啊？”村里老人看他那副打扮，忍不住哈哈大笑。

“不是打鳖，是救人。”黄八年看都不看他们，让树荫带儿子下船，自己一个转身，回到大江救人去了。

丁国安也在那天傍晚将几条大船开到祠堂前的山洞，那里原本是一块旱地，而今却虾蟹成群，追逐着大船攀爬、跳跃。大壮遵照雨露的嘱咐，整天和丁大炮形影不离，雨露想他们两人在一起跑江有个照应，都上了年纪，要注意安全。

丁婆站在祠堂边的一棵大树下，看着脚下一浪牵着一浪的长江发呆。身后的张公山也蔫了，瘦了很多，瘦得只剩下轮廓了，耷拉着脑袋，萎缩着身子，在风雨中冻得瑟瑟发抖。

“小黑！”丁婆站在丁家祠堂门前，对着肥胖的大江呼喊，江面一阵阵翻腾，咽着唾沫。丁婆戴着一顶防水皮帽，脖子上挂着一条红围巾，穿着长筒胶鞋，一副上前线的样子。屋里几个小孩看她这副打扮，吓得直往爸妈怀里钻，这老人干瘦得像堆稻草，扔江里肯定是漂浮的。

“这么多年了，小黑怕是早死了。”有人小声地嘀咕。

“瞎说，他没死，他不可能死！”丁婆猛地一瞪眼，把那人吓一跳，跑一边再没敢乱说话。

“部队！”

“解放军！”突然，丁婆手搭眼帘，踮起脚跟，两眼放光，向西九华公路望去。那条纤细的公路蜷缩着身子，在山林里蜿蜒盘曲，快要被雨水融化了。

祠堂门口一些村民正在捧碗吃饭，眨巴着眼睛，以为这个老女人又犯糊涂了。他们定睛一看，烟雨中，公路的转弯口，竟然真的爬出一只只绿皮甲虫来。它们喘着气，排着整齐的队伍，一路开向丁家祠堂，最前面的一只大虫头上插着一面飘动的五星红旗。

“同志们！团结起来，打过长江，解放全中国！”丁婆一个跨步，跳上祠堂前的一个大石墩上，挥舞着双手，大声地呐喊。她轮廓刚毅，瞬间变成了巾帼不让须眉的战士。

“同志们，解放军部队进村了，大家欢迎！”丁婆解下脖子上的红围巾，竭力挥舞着。两面红旗在祠堂的大门口汇合，车上跳下来整排的解放军战士，个个晒得黑黝黝的，胸口像是塞了两个秤砣，都是肌肉，一看就是真正的铁血男儿。

“阿婆，我们是解放军，是来抗洪救灾的，中国早就解放了。”一个黑黝黝的高个军官跳下了车，他五十出头，身体健硕，嘴角长满了胡楂，看来有几天没有刮胡子了。他径直走到丁婆跟前，目光坚毅，抬手给丁婆敬了个军礼。

“是解放军都保家卫国，是解放军我们都欢迎。”丁婆大声地欢呼，也抬起手臂还了一个军礼。人群中，丁小手牵着两个孙女，也挺起快趴到地上的腰杆，抬手给这位军官敬了个标准的军礼。

村里几个年纪大的老爹眼睛有些湿润了，丁婆一辈子不嫁，在等她的心上人，今天解放军开赴抢险第一线，让这位满头银发的老人又回到了过去年轻的时代，两眼烁烁有神。

一个个又高又帅气的战士跳下车，人群发出一阵阵惊叹，村里一些姑娘的眼睛都直了。兵哥哥喊着口号站成一排，先听长官训话，再就地埋锅煮饭，安营扎寨。雨露作为地方负责人，领着二队长迎了上去。二队长最积极，几个箭步就跑到她的前面。

“解放军同志，真是深深感谢！感谢深深！深深谢，谢深深啦！”桥大爹紧紧握住那位军官的双手，像是伟人会见的历史时刻，嘴里不停地致感谢词。

一边的丁大炮狠狠地瞪了二队长一眼，这家伙完全把雨露的戏份抢了，这位军官把二队长当成地方负责人了。

“一个军人不一定非要投胎在战争年代，和平年代祖国也需要我们！”那位军官很礼貌地和二队长握手，说着感谢、打扰之类的话。

“丫头，大当过兵，你看这位军官肩扛三朵花，是位将军。”丁小气小声在雨露耳边嘀咕，吓得雨露一个踉跄，差点儿跌倒。一个将军竟然亲自带队，开赴抗洪最前线。

雨露嘱咐二队长送些油米给解放军，没想到他们全拒绝了，说解放军不扰民，是来抗洪的，不给地方添任何负担，只要给地方住下来就行。

树荫将祠堂收拾了一下，东边安置搬上山的村民，西边给抗洪抢险的战士住。当晚几个战士爬上祠堂门楼，挂上了一面烫金的条幅：众志成城，万众一心，保一方平安！

雨露命二队长手写了一面条幅也挂了上去，写着：感谢解放军，你们来了就是春天！

丁家墩这面条幅当晚就被驻点的县电视台记者拍了下来，播放后立刻就火了，当选为全县最美条幅。

当晚，解放军匆匆吃了晚饭，就连夜开赴江堤了。根据组织规定，解放军负责江堤段防汛，丁家墩村民负责内河埂防汛。雨水没有因为来了客人而有所减弱，反而是人来疯，看到解放军显得更兴奋，还刮起了六级大风，到处都是飞溅的雨水，像是有人拿个大扫帚，站在天空，到处乱挥舞。视线所能展望的尽头全是海天一色，但有一种色彩再怎么也淹没不掉，那就是红旗色，只要是堤岸，就有舞动的红旗；只要有红旗，就有一群群伟岸的战士。

雨露将几村妇女组织起来，用祠堂里那口石磨磨了很多豆浆，连夜煮熟了，连同蒸好的大馍和煮好的面条一起送到大堤上。看着战士狼吞虎咽的样子，女人们都特别开心，村里人说她们是红色娘子军。当看见战士们一身烂泥，妇女们要求他们脱下来时，战士们一个个抱着衣服红着脸，怎么也不肯脱。

“你们打过真枪吗？”那几天，阿宝带着几个孩子，一直跟在解放军屁股后面。他好奇地盯着解放军的挎包，一脸神秘地问。

“嗯！”那个黑脸将军微笑着点点头。

“你们杀过人吗？”撅人王家大儿子阿胖也壮着胆子问。

那个将军没有说话，而是皱着眉头，用眼睛盯着阿胖，吓得这孩子后退几步，一个踉跄跌倒在地，再也不敢靠近他。

转眼战士开进村里已经一个星期。雨露每天都提心吊胆，不敢睡觉，生怕一睁眼就看不见芦苇滩堤岸。

每天傍晚吃饭时，是战士们难得的换班时间，这时段可以休息一会儿。这时候人群被分成两部分，一些战士喜欢围着丁婆听她讲解放军过长江的故事。每每这时，丁婆就像变了个人，牢牢地把战士们的注意力全部抓在身上。另一部分人围在二队长桥大爹身边，听他讲鬼故事。

“你们现在遇到的浪那不算什么，当年我站在船头，手握船桨，边喊口号边划船。打仗的时候，浪长翅膀，一个浪头就一人高，枪炮子弹像疯狗一样到处乱咬，可是浪再高也打不倒战士心中的忠心；枪炮再怎么无情，也打不倒我们解放军战士用身躯组成的钢铁长城。”丁婆站在台阶上滔滔不绝，脚下黑压压地坐了一片，连那位将军也坐在人群中间，一脸虔诚地听。自从来了解放军，丁婆老年痴呆不治而愈，每顿能吃两碗饭，白天还能上埂给解放军送饭。

“啪啪啪！”每次丁婆讲她的经历，都能赢得台下雷鸣般的掌声。

“渡江战役那会，国民党彻底失去了民心，被老百姓抛弃了。当时，国民党的行军日志上永远有一句话：‘不得进村宿营’，这和共产党刚好相反。共产党的部队离村还有好几里地，孩子们就来迎接了，油灯就点上了，热饭端上来，大娘将热水烧好，老百姓的床头就是营房，很安全。”站在石墩上的丁婆激情高昂，仿佛回到了那个激情燃烧的岁月。

“参加渡江战役的部队，百分之七八十是‘解放战士’。什么叫解放战士？就是国民党俘虏，甚至有的连干部、指挥员都是俘虏充当的。解放军渡过长江后，俘虏了国民党十几万人。一下子抓那么多俘虏，共产党的政工干部都不知道如何是好。按照政工条例，抓了俘虏是要甄别的。但是十几万人怎么甄别？最后没有办法，就在河埂上拿柳树条搭了一个门，上面贴了三个字‘解放门’，愿意跟着共产党部队解放全中国的从这个门走过来，不愿意的从门旁边上走，给两块大洋路费，让他们回家种地去。最后，有三分之二的国民党士兵从门里面走过来，我们的政工干部就在门边握手欢迎。”

“好！”

“啪啪啪！”台下掌声雷动。

“我们这些当兵的，今天算是真正见到了打过仗的老兵了，这位大娘说得我热血沸腾，手都痒痒了。”

“是哦，一个军人不生在战争年代，就不是一个合格的军人。”几个兵哥哥在底下小声地议论。

“这次来参加这场百年一遇的抗洪大会战也是一场战争啊！是你死我活的战斗。我带来的这一千多战士，有一半以上不会水。大家一定要保护好自己，千万不能麻痹大意。”那位将军耳朵特别尖，走过去给那几位战士上政治课。

“嗯，我们一定跟党走，听党指挥！”几位战士异口同声，回答得响亮干脆。

“等这场抗洪结束，我向组织汇报，看能不能请这位大娘到我们部队，给战士们讲讲老一辈怎么出生入死，渡江解放全中国的故事，部队需要这种血性。”那位将军说完，叫人选好角度，给丁婆拍了几张照片。

“这条大江里住着一个万鬼之王——长江尸王！太平年代尸王被压在江底最深的几处悬崖下，一旦发大水，它就会被冲出来危害人间。据我所知，老虎崖就是尸王常出没的地方。”另一边，桥大爹身边同样站着很多人，老人孩子居多，还有一些战士。他弓着腰，压低声音，一脸认真地讲故事。这家伙天天和死人打交道，一肚子鬼故事，连村里老人也不知道哪个故事是真的，哪个是假的。但有一样是公认的，只要是故事，从他嘴里出来就像亲眼所见一样，令人毛骨悚然。桥大爹说晚上他家天天有客人，一些老人咽气后耐不住性子，跑他家看看儿女给扎的纸房子漂不漂亮。

“鬼王在长江底下，住哪里啊？”阿宝挤在人群最前面，听得最入神，好奇地问。

“我很小的时候，一次破坝了，淹死了很多人，村里人都往山上跑，一直跑到现在的老虎崖那里。那天我刚刚爬上山，突然悬崖底下轰隆一声巨响，比山上放炮还响，几条救援的小船在江面上，像煮熟的饺子一般上下翻滚。长江就像是沸腾的开水，江底下咕咚咕咚冒出碗口般大的大水泡。那些大水泡腥臭无比，我们站在悬崖上也忍不住捏住了鼻子，这时候就听见水中哗啦一声，翻上来一口巨大的红黑相间的棺材。”

“啊！妈——妈！”一个年纪小点儿的孩子吓得一声惨叫，跑回祠堂找妈妈了。

“那口棺材周身墨汁一般漆黑，上面纵横着一道道鲜红色的墨线，各处还用朱砂画了蝌蚪一般的符文，红是那种鲜红，黑是那种墨黑。大浪将棺材托出，足有三米高，那口巨大的棺材站在浪头晃了几晃，开始缓缓转动。那些淹死在江里的浮尸都追随在它的后面，簇拥着它直直地向着岸边漂来了。后来村里一位老人指挥我们搬石头砸那口棺材，一直将它砸到下游了。”

“这次发这么大的水，尸王也可能游回老虎崖下了吧？”阿宝继续认真地问。

“当然可能游回来啊！你站老虎崖上看，都能看到清幽幽的背。尸王全身长毛，而且毛孔特别粗大。它特别在意别人说它毛孔大，常到人间打听一些治毛孔粗大的秘方。一个跑江的老渔民特别坏，一次神神秘秘地告诉它，芝麻泡澡可以治疗毛孔粗大。一天晚上，我到江边接灵，看见它坐在江滩边一水凼子里，水凼子里撒满芝麻，等我走近仔细一看，发现尸王正在用牙签往出挑嵌在毛孔里的芝麻呢！”

……

随着抗洪战斗的深入，战士们已经极度匮乏，他们几乎是昼夜奋战，后来，每天晚上回祠堂过夜的战士越来越少了，平常都不下火线，吃住全在江堤上了。

雨露和树荫每晚都会冒雨送些热饭到第一线，每到这个时候才让人真正体会到什么叫军民鱼水一家亲。树荫递给他们一个个滚热的大馍，他们腼腆地笑笑说声谢谢，露出一口雪白的牙齿。他们推让着，连连致谢，说得这些妇女都不好意思，致谢的话应该由她们来说。

战士们和衣而睡，有的靠在雨棚车里，有的就倒在门板边，有的窝在江堤边湿草地上，衣服全部湿透，有的手里捧着半碗饭，捏着啃了一半的大馍，保持定格的状态，走近一看，他们已经呼呼地睡着了。

“他们真是这个时代最可爱的人！”雨露嘴里默念道。

“轰轰轰”，一辆辆冲锋舟发出低沉的吼声，在连成一片的江面上疾驰。已经分不清水下哪里是曾经的村庄，哪里是曾经的公路。

洪水已经和内河埂齐平了，雨露两眼血红，一刻也不敢松懈。

她每隔十分钟就带人巡埂，二队长的眼神不好，耳朵却很厉害，连草丛里细微的声响他都能察觉。他匍匐着爬在河埂上，一点点地挪动，像条猎犬在探雷。

“丁书记，这里有异样！”二队长指着河埂上沿一处蒿草说。

“小心有蛇！”雨露关切地说。

众人亮着手电，顺势而上，扒开草丛，一个筷子粗的水漏子正“咕噜咕噜”地往外冒水，捂都捂不住，像小孩子的鸡鸡正尿得欢。

“这是暗漏！赶紧在外埂打桩，内埂倒石头片！”丁大炮有防汛经验，大叫着。

“嗯，要快！这可能是黄鳝洞，或是长在埂上的小树，腐烂的树根，以前没注意，现在成隐患了。”雨露暗暗叫苦。平时护堤工作不细心，洪峰来了就有险情。

她爬上河埂刚要喊人，脚下的河埂好像突然被软化了，变成了水豆腐，拽着她一路向河坡滑下去。雨露回身一看，刚刚还只是毛线粗的漏口已经变成胳膊粗了，“轰轰”地往外喷水，像全速开启的消防喷头，飞溅的水柱一下子蹿上一层楼那么高了。

“雨露，快上来！”赶过来的虎爹一个飞扑，抓住了坐滑梯滑下去的雨露，将已经是落汤鸡的雨露从浑浊的洪水中拽了上来。几个男人刚刚还趴在冒水处议论，见身下的草皮整体往河沟里滑，一个个敏捷得像只猴子，从侧面爬上了河埂。

“快！第一组扛料，第二组打桩，第三组挑石头片，第四组扛沙包加固缺口！”雨露站在风雨中，头上的草帽早被风刮跑了，她大声地下达着任务。刚刚乱成一团的人群渐渐稳住了阵脚，各人都按事先的预演，找到了自己的岗位。

“孩子、老人、妇女撤出现场！”

“水性不好、眼神不好的，撤出现场！”

“一定要保住这条河埂，我们村所有的家当全在芦苇滩里！”风雨中，雨露的叫喊声已经沙哑，声带都快喊破了。

那晚的雨水是黄色的，一颗连着一颗，黄豆粒般大，打在脸上疼，滑进嘴里苦。雨水“噼噼啪啪”跳跃着，在午夜的夜空俯冲，在水的世界里跳舞。脚下的河埂被踩成了一锅玉米粥，到处都是泥泞。

只一眨眼的工夫，眼前全是晃动的人影，所有人都是一身烂泥，谁也不认识谁了，更分不清男女，只能听声音来辨认。一些老爹平时走路都打战，可这时候却喊着洪亮的口号，丝毫不输给年轻人，扛着木料冲向河埂的缺口，前仆后继。他们三五人一组，站在齐脖的缺口中，抱着木料，头顶的铁锤呼啸着落下，一声比一声响，一次比一次重。

“嗖”的一声，一条半米长的青头草鱼，目测至少几十斤，摆动着强有力的尾巴，瞪着大大的眼睛，像是戴了一个大眼镜框，从抱桩的几位老爹面前跃过，画了一条完美的抛物线，炫耀一般，从内埂这头跳进了大江里。

“奶奶的，五百块钱蹦走了！”丁小气恶狠狠地骂。

“这要是在平时，这鱼敢在我面前摆阔，我腾出手来，一把抓住它衣领，左右给它两耳光，晚上还多出一道下酒好菜，一条能吃三四天呢！”风雨中传出丁大炮咂嘴的声音，这男人不管什么时候想到的都是吃。

“嗖、嗖、嗖……”丁大炮话音刚落，一道道银白色、紫青色、鲜红色、乌黑色的线条摇摆着尾巴，在他们的头顶跃出一道道完美的弧线，像轰炸机投下的炸弹一般，从他们的头顶呼啸而下，集体越狱。偶尔也有那么一两条草鲩顺流而上，从翻滚的大江里跳进丁家墩芦苇滩，演绎它们心目中的围城。

“这些狗娘养的，平时老子天天割草养它们，想不到养大了却是外姓！”

“求求你们，别跳了！”有老爹怨恨地咒骂，更多的老爹是哀求。

“噼噼啪啪，啪啪啪……”眨眼之间到处都是飞溅的雨水，到处都是翻滚的鱼。老爹们根本睁不开眼，只能低着头，抱着木料站在洪水中。远远地看，溃口处站着的不是木料，而是一条条闪着银光的鱼组成的越狱队伍。

老爹们闭着眼，双脚插入烂泥里，死死地抱着怀里的木桩，只要一生根，麻袋就沉下去了，石头片也来了，缺口处显得越来越臃肿，像是长龙身上长出的一个大肿瘤，往外冒着脓水。

“呼！呼！”一道道半米多高的浪涛，昂着头在江面上到处游荡，当它们觉察到缺口处水流的异动后，先是踮脚张望，而后呼朋唤友，一个个翻滚着，赶起一米多高的浪头，争先恐后地扑向溃口。

浪头像一群群饿狼，前狼刚扑过来，后狼又至。老爹们只露出头站在溃口处，一个浪头打过来，几个老爹就不见了。浪头席卷过后，老爹们那几个水葫芦般的脑袋又从洪水中漂出来。他们大口大口地冒着气泡，如被拴在木桩上的水瓢，在木桩旁边漂着打旋。

“大爹，注意安全啊！”雨露站在岸边大声叫喊。她双脚已经挪不动了，抖得不成样子，这样的场面，她再有思想准备也想象不出来。雨露甚至感觉到整个大堤都在颤抖。回头看身后，所有人都一脸恐惧地看着翻滚的江水，都在抖腿。

“轰隆隆”，头顶的炸雷先是划着刺眼的火花，在夜空中写着“几”字，然后在同一时间，在每个人的耳朵里一连扔了三个雷管，一声比一声响，震得人耳根如被锤击般痛。

浪花儿这些个熊孩子彻底兴奋了，咯咯地笑，吆喝着，一次比一次扑得猛。今晚它们得到了爹妈的纵容，和村里男人打起了水仗，而且还没轻没重。溃口处抱桩的几位老爹，已经好几分钟没机会探出头来了。

“丁书记！怕是顶不住了！我脚底下根本无处生根。”

“嗯，再这么下去，恐怕要出人命！”几位老爹在一边大声叫喊。

“扛得住给我扛，扛不住也给我死扛！”雨露比他们声音喊得更大、更绝情。她知道这个时候绝不能退步。现在比的不是意志力，而是胆量，因为河滩里养的鱼是几村老小这些年全部的希望。

“咔——咔”几声巨响，像谁把天空这块大玻璃砸碎了。这场拔河比赛前后最多也就两分钟，刚过了两分钟，一方就失去了耐心。那个溃口突然一声怪叫，像是女人在生孩子。一声吼叫，羊水破了，洪水泛着浑浊的汤色，硬往内河里挤。“砰”的一声，河埂一瞬间裂开了一条大裂缝，像有人站在空中，在河埂的伤口处再划拉了一刀，这一刀划出了一条二十多米的大裂痕，裂痕处开始是冒出一股白烟，眨眼之间一股黄水就从裂缝中跳出来，见风就长，越喷越高。“咕噜噜！”因为伤口越扯越大，这条裂缝惨叫的声音也越来越响了，仿佛有人在拿烙铁烫它。

“快、快，所有人都上岸！”雨露刚刚还在喊死顶，此时此刻再也没有那个决心了。她瘪着嘴，几乎要哭出声，迅速下达了撤离的命令。几个男人爬在缺口处，伸手在急速流动的溃口处划拉，像在海底捞，硬是将几位老爹拽上了岸。

雨露清点了下人数，还好，老天保佑，没有出人命。所有人都不说话，放眼望去，丁家墩外围已经一片汪洋，刚刚还有落差的河埂，只几十分钟就被抹平了。翻滚的浪花渐渐平息，天地间除了雨声，什么也听不到，仿佛什么事都没发生过，可是丁家墩人集资养了多年的鱼塘全都沉在了水底，和大江连成了一片。

“等水退了，把缺口堵住，到时还能网些鱼，弥补些损失。”

“鱼这东西，水越大跑得越欢，这么大水，就刚刚那一会儿就跑得差不多了。”有人绝望地说。

“水灾过后，鱼最不值钱。到时先把缺口堵上吧，等几年江鱼会更值钱。好在我们这几条大船没受损失，我们还有后路。”雨落叹了口气，打了个冷战，直到这时她才感觉到刻骨的冷。

她招呼大家先回家休息，明天帮助解放军上长江大堤。防汛工作任务艰巨，今晚是保小家没保住，明天要保大家，大家必须打起一百倍的精神。

“这些鱼是我的养老钱，现在全泡汤了。”村里有老爹蹲在地上哭。

“大爹，放心吧，再怎么困难也有饭吃。”雨露抬起头，目光坚定，没有掉一滴泪。

“世间万物，什么最亲？生身娘，五谷粮。我们失去了田地，但亲人还在，不怕！”虎爹给众人打气。

那一夜，据说丁家墩人人都瘦了几斤。天刚亮，雨露一行人饭都没吃，就自发分成了两组，一组坐船支援长江大堤防汛，一组入村救人。

小船所到之处，一些纤细的树枝露出水面总有惊喜，有时树上爬着几个人影，抱着摇摇欲坠的树枝，一个个冻得僵硬，沙哑地叫喊，像春天脱了外皮的知了壳。一些被洪水冲得光秃秃的树枝上，一夜之间竟然结满了“果实”，沉甸甸地挂满枝头。救援组走近一看，竟然是满树逃难的老鼠。那些爬在树枝上的人不光要对抗浊流，还要和那些一起逃到树上的毒蛇、老鼠斗争，往往为一个落脚的空间大打出手。

雨露指挥一些人，正在村里挨家挨户地清点、搜救时，一名队长向她汇报，昨夜动员全村撤离的时候，江边放鸭的张三爹爹说什么也不走，他说这辈子什么大水没见过，会怕这点儿小山洪？他养的鸭就更不怕了，没听说鸭子会淹死。说一千道一万，雨露知道他是舍不得那口棺材，通往山里的公路已经淹了，那口棺材至少五百斤重，摆放在鸭棚里运不出去，村里也没有这样的大船。

雨露赶紧向解放军报告，解放军安排了条冲锋舟载着雨露，向村尾的江边疾驰而去。远远看见江边的急流中有个黑点在上下翻腾，雨露起初以为是个人，可是近了才看清，是个像摇篮一样的东西，旁边还有很多鸭在伴行，像是一群保镖。那些鸭子一路“嘎嘎嘎嘎”地叫着，在翻滚的江面上荡漾。开冲锋舟的战士瞪着新奇的眼睛仔细地辨别，他们从来没有见过这么新奇的船，铅笔盒形状，还有盖子，刷着紫红的油漆，油光发亮，比单人床稍微宽点儿，露出水面足有半米，在急流中摇晃。无论江水怎么肆虐，那条“小船”都像被502胶水粘在大江上一样，前浪将它按进水里，后浪又将它托出江面。

一位战士站在船头，用手里的竹竿钩住了船头敞开的一条缝隙，使劲将那东西拉到冲锋舟边。战士刚要探身观望，从木盒里突然探出一个黑影来，竟然是个黑乎乎的人头。

“哇哇，快跑呀，长江尸王上岸了！”那个小战士前几天刚听了桥大爹说的鬼故事，这几天还记忆犹新，此情此景吓得一个踉跄，尖叫一声，跳回冲锋舟。他面庞幼嫩，冷不丁看到一个黝黑、瘦小，且两眼放光的东西，本能地害怕。

“谁啊？我是到家了，还是到龙王龙宫报道了？”木盒子里站着一个人，大声地嚷嚷。雨露一看，果然是张三爹爹。

“张三爹爹，你——你这是演哪出啊！借尸还魂啊？”

“你这身行头，哪个虾兵蟹将敢来拿你老爹？”全船人刚刚还吓得一脸土色，而今都笑得脸抽筋，嚷嚷着。

张三爹爹也长出了口气，站在棺材里，抖动着身上的寿衣，一副得意扬扬的样子。爬出来的张三爹爹穿得很喜庆，戴着一顶烫金的圆顶帽，身上披红挂彩，微微一动，像孙悟空的铠甲一般闪动着金光。敢情他在洪流来的那一刻穿上寿衣，带上他的鸭子士兵，驾着他的棺材船，迎着大江披风斩浪，好一副一夫当关、万夫莫开的样子，真是滑稽到家了。

自那天之后，村里又多了个故事，张三爹爹骑着棺材汗血宝马，穿着金寿衣战袍，率领三千鸭子军，勇斗十万水龙王兵。村里那些野孩子也有了灵感，晚上扮鬼吓人的游戏中，身着寿衣的样式变得流行起来。

第六十二章 小麻子要卖肾

丁祖峰正在给病人看病，进来一位病人让他愣住了，竟然是村里和他从小玩到大的小麻子。这男人虽然结了婚却没滋润好，变得比以前更黑、更瘦了。听说为了挣钱，什么工作都干，就差杀人了。但他红运不断，听说买来的老婆像断线的风筝飞出去了，前些年却又自己飞回来了，还给他生了个儿子。今天这小子怎么跑来找自己了？

“医院一般人都不愿意来，你怎么来了啊！”丁祖峰问小麻子是不是来看病，小麻子摇头说没病。丁祖峰又问小麻子来找自己什么事，这家伙竟然学会了卖关子，说中午请他吃饭，面谈。

丁祖峰在心里猜测，小麻子是来借钱的。这家伙从小就小气，跑城里来不可能是叙旧。丁祖峰理解小麻子，成家立业不容易，真借钱能帮上他的忙也是应该的，总不能让他空手回去。

“丁主任，我不是来看病的，我来求你给我指条挣钱的明路。”中午吃饭的时候，小麻子很神秘地凑到他耳边说。

“现在这社会，只要勤快就能挣到钱，你比我更清楚吧！”丁祖峰说。

“听人说肾可以高价卖。实不相瞒，我以前挣的钱全拿来买了老婆，这几年结了婚，生了儿子，几乎年年光。我已经下定了决心，要把肾卖了，就卖一个，对身体没什么影响，又能卖钱养家。你是医生，帮我找个买家，只要给钱，晚上就可以开刀。”小麻子说出了实情，传销场所被警察端了锅，张慧兰跑了，他被关了几天，几乎是讨饭来到这座城市。口袋里摸不出一分钱，却嚷嚷着要请丁祖峰吃饭。

“胡扯！那怎么行！我们是国家公立医院，不是私人黑诊所。人身体器官是禁止买卖的，那是违法行为，这个忙我帮不了你。缺钱我可以借点儿，这里是两千块钱，你先用。这些歪点子你从哪里学来的？”丁祖峰被这个小伙伴惊到了，一口拒绝。

“你们两口子，一个是国家干部，还是镇长，天天有人排队送礼；一个是大医院科室主任，天天红包满天飞。”小麻子以前从来不哭穷，到哪里都给人感觉他过得很幸福，现在到哪里都哭穷，说得人心里酸溜溜的。

“你哪只眼睛看见天天有人给我们家送礼？天天有人送红包了？”丁祖峰很不高兴地问。

“你们都拿高工资，都吃国家饭，睡觉都有钱往下掉，生病有医疗保险，单位还能吃到免费的工作餐。我们呢？吃一粒饭少一粒米，日子不好过哦！你们不能体会穷人的日子。”小麻子哀求。

“再穷也不能卖肾啊！哪个家庭没有难处？一个男人当家不容易，但穷不是卖肾的理由。”丁祖峰态度坚决，没有商量的余地。

“穷人有穷人的活法，不是被逼到绝路，谁愿意卖肾！年后想钱想疯了，被人骗进了传销组织，偷着把我老婆从娘家带来的钱全投进去了，还把我哥哥拉下了水，他把这些年下地龙、抓黄鼠狼挣的钱都投进去了，听说还向嫂子那头亲戚借了。两人血本无归，前几天组织被一锅端了，头目跑了，我的钱也一分没要回来。”小麻子几杯酒下肚说了真话，现在他穷得摸不出一块钱。

“你小时候精得从没丢过一分钱，老了却瞎了眼？贪心必有灾！”丁祖峰也吓了一跳，看着眼前这个瘦成树干的男人，这次把一辈子都搭进去了。

“中国别的不厉害，但造假骗人最厉害。我真没脸见我老婆，我老婆那五万块钱是她打工这么多年积攒的，被我偷出来打了水漂。越想做个有担当的男人，越没脸回去见她，更没脸见我老实巴交的嫂子，他们存的五万块钱是卖一条条黄鳝、一张张狐狸皮积攒的。我哥哥这几天我也找不到他，从派出所出来那晚他跑出去说要回家跳江。我没脸见我儿子，他一天天大了，往后的日子还要过，我是一家之主，决不能倒下。”小麻子酒量特别大，这次一杯酒下肚已经醉了。他泣不成声，一把鼻涕一把泪地诉苦。

“这医生带个病人吃饭，你看他哭得那惨样，肠子都从鼻孔里流出来了，估计得了什么绝症，没几天活头了。”

“肯定的，瘦成那样，非病即魔。”饭店里一些客人疑惑地看着他们，小声议论。

“每年那么多有钱人生病，也没见过死几个人啊，不都是找人买器官啊！我自己的东西自己卖，这叫周瑜打黄盖，一个愿打，一个愿挨，关国家什么事？国家要是真有良心，就把那些传销骗子抓住，把我的钱还给我，再把他们全部五马分尸、剥皮、点天灯！”小麻子见发小再次拒绝了他，很生气。

“国家有国家的难处啊！这传销还是从外国传进来的呢，关键你们自己不能贪心。”丁祖峰耐心劝他。

“国家就是不管，要是管我们，就不应该像送孬子一样把我们送上回家的汽车，然后什么都不管了，他们把我们这些人当成是社会的寄生虫。所以我从不听国家糊弄，听他们的，人死了都不安稳，要骨灰入海，不给占地埋，那有钱人怎么就葬八宝山啊？那山是他们哪个祖宗买的啊？”小麻子越说越激动，已经失控了，喋喋不休地嚷嚷。他觉得发小不愿意帮他，特别生气，脸上的麻子气成酱紫色了。

“真不行哦，老哥，别听人瞎扯了，我当这么多年医生，也没干过这种事，反正免谈。”丁祖峰还是拒绝，他将两千块钱硬塞进小麻子衣兜里，招呼他喝酒，别再提不开心的事。

“说真话，前几天我买了一把刀想上街砍人，然后让警察一枪把我毙了，一了百了。可是我放不下我的老婆，放不下我的儿子！”小麻子一仰脖子，又一杯白酒下肚，烧得肠胃到处起火。

“两位，能不能小声一点儿？我还要开门做生意呢！”饭店老板哈着腰跑过来递根烟，小声地说。

“怎么？怕我们没钱啊！我小麻子虽然混得差，但我这位兄弟混得好啊！顾客是上帝，你可懂做生意？”小麻子从衣兜里掏出丁祖峰刚刚塞给他的一沓钱，狠狠地摔在桌子上，大声地质问。

“是，是！”老板连连点头，转身走了。

“这个社会，女人漂亮可以卖身，男人到了我这个年纪，还有我这个长相，卖苦力可以挣点儿小钱，吃顿饱饭，要想多挣钱，除了卖心、肝、肺、肾，还能卖什么？”小麻子见饭店老板走开了，又扭头央求丁祖峰。

“你要是想找工作，我可以帮你介绍。人到最困难的时候要往好处想，那样才有希望。身体是革命的本钱，一个大男人，你别没事想着卖肾！”丁祖峰拒绝得还是很干脆。

“不会吧，这么丑的男人哭到现在，就是为了卖身啊！”

“世界之大，无奇不有，这么丑的男人卖身也有人要啊？真是重口味！”旁边有人鄙视地看着他们，小声地说。

晚上下班的时候，丁祖峰看见一个熟悉的身影穿梭在医院门口的人流中，挨个问那些来看病的人，问有没有肾坏了的人，只要肯给高价钱，他可以卖。第二天院长就把丁祖峰叫到办公室，询问医院大门外那个黑成精的男人他认不认识，不认识就报警抓人，这家伙不是器官贩子就是神经病。丁祖峰想了想，说不认识。报警抓起来最好，免得小麻子有什么闪失，他一家人以后靠谁养活？

那段时间，小麻子成了市医院的常客，天天蹲守在医院大门边。那几天保安总是盯着他，以为是新来的小偷在踩点，随时准备抓捕。可是小麻子上去几根烟一递，两人竟然混熟了，有聊不完的话题。那个保安得知小麻子买了个老婆，还给他生了个儿子后，眼睛都绿了，对小麻子佩服得五体投地，硬要请他吃饭，央求能不能帮自己介绍一下，也买一个，不计较年纪，只有是个女人就行。原来这个保安也来自农村，是个单身汉。年轻时常有人请他干小工，他每求必应，可是后来他再也不帮人了，因为那些人只顾叫他干小工，家里有小姨子从来就没舍得介绍给他。

小麻子没心思理他，他现在满脑子就是钱。功夫不负有心人，一天下午还真有了收获，一个戴着眼镜文质彬彬的小伙子在大门前召集了几个民工一样的人，正在小声嘀咕，他怕错过好事，赶忙凑过去。

“帮忙抽血，每抽两百毫升给八百块钱，当场结账，愿意干的跟我走。”那男人说。

“嗯，老客户了，没问题。”那几个农民工模样的男人看来也都是缺钱，揽活也不会跑这里来，肯定也是遇到了什么难事。真是一分钱难倒英雄汉，他们和自己一样，除了卖力气，就是卖命。

“两百毫升多少啊？不会死人吧？”小麻子挤进人群大声地问，生怕错过了挣钱的机会。

“怎么扯到死人了？咱农村杀鸡用碗接血你见过吗？两百毫升大概就是半碗血。这活我以前干过，回家买半斤猪肝清炖补下血，两天后胳膊就有力了，就能上工地推车了。”一个中年男人大声地说，露出青筋暴起的胳膊，准备进医院了。

“我才不吃猪肝，我又不是鳖，我身体好着呢！”小麻子一使劲，用全是骨头的身体将那男人挤到身后。

“对，不会对身体有什么影响。实话告诉你们吧，我是单位的办公室主任，上头给我们单位五个无偿献血的名额，为了评优必须献。往年单位年轻人多，可是今年调走几个，几位年纪大的局长、副局长，不是血糖高就是血压高，不符合献血要求，我没办法，只能到这里找人代替完成任务了。”小伙子告诉他们缘由，从人群中拉出四个人，最后犹豫着还是拉出了小麻子。

“嗯，没毛病，很公平。”几人听后纷纷点头，觉得划得来。他给钱，自己给血，很公平。

“能献四百毫升吗？我缺钱，只要对身体伤害不是太大，我不在乎多抽几斤血。”小麻子瞪大眼睛，哀求着问。

“还几斤血？你以为你是牛啊！”一个男人狠狠地瞪了他一眼，一脸鄙视地说。

“多抽不行，我们只要完成任务就好。再说两百毫升虽然对身体伤害不大，但也毕竟是抽了这么多血。要安全第一，我可不想冒这个险，我只要你献一个名额。”那小伙子看着黑瘦的小麻子一口拒绝了，他觉得这男人胳膊都没玉米秆粗，抽两百毫升都成问题，还吹牛。

献完血出来，小伙子塞给小麻子钱的时候，叮嘱他一定要保密，不能乱说。小麻子一甩头，拍拍胸口说他从来不管别人的闲事，养活自家老婆孩子比什么都重要，以后要是还有单位要献血，记得第一个想到他。小伙子点点头，叹口气走了。

第六十三章 大战撅人王

这场百年一遇的特大暴雨一连咆哮了一个多月，丝毫没有停息的意思，像一群催要高利贷的恶徒，每天都利滚利地下。可是那些抗洪的人个个身心疲惫，特别是那些兵哥哥，站队都能睡着了。

傍晚吃饭的时候是一天中难得的休息时光，一群人将丁大炮围住听他吹牛。远处一辆汽车喘着隆重的呼吸声，一路晃晃悠悠地从张公山拐下来，像是有肥胖症。

一群人起初没在意，大江像吃饺子一般，每天都会生吞好几个村，一村接着一村，将人赶去逃荒。大人都一脸忧郁，一些孩子开始还很新奇，赤着脚到处抓鱼，后来眼里就只剩下恐惧了。几村老小全部集中到丁家墩祠堂，这所祠堂一辈子空荡荡的，一下子挤满了孩子。清泉小学几个头发斑白、数着日子等退休的代课老师一下子仿佛回到了年轻时代，到处都是孩子们亮晶晶的眼睛，到哪里都有娃儿洪亮地喊老师好！

部队照例晚上又召开了一次会议，先是分配任务，而后利用几分钟时间学习丁大炮舍己救人的英勇事迹。树荫带着几个姑娘，去解放军帐篷挨个询问有没有换洗的衣服。她们每到一处都能引起一阵骚动，在这水汪汪的世界里，她们是一道最令人欣赏的风景了。

祠堂的屋檐下拴着很多细绳子，晾晒着解放军的衣服。雨露站在人群中指挥，有那么一瞬间，她感觉这里像是战地医院，身边都是英勇的战士，一队队姑娘就是一个个小护士。这些年轻气盛的兵哥哥上了抗洪前线，他们的眼睛都是直的，透着刚毅，可是一回到帐篷，眼神就散了，总是时不时地瞟一下姑娘们。这就是青春的磁场，能相互吸引。

“嘎吱吱——”一辆加长三轮车终于爬到了祠堂前，伴随着一声悠长而沉重的刹车声溅起半米高的水柱。

“妈——妈，有鬼啊，好多鬼啊！”几个孩子刚刚还在特别开心地玩，看到有车开到大门口，跑到车边好奇地探身张望，吓得尖叫。

沉重的车后挡板落下，车上陆陆续续爬下很多身影，那些身影矮小、干瘦，迈着罗圈腿，像大塘里那条水猴子。更可怕的是，他们竟然还是人，是老人，有男有女。他们个个面部扭曲、狰狞，像是用橡皮筋做的，然后再揪着面颊，反拉成各种各样让人恐怖至极的面具。简直就是地狱之门打开了，群魔乱舞。

“你——你们是谁啊？来这里有介绍信吗？”雨露壮着胆走上去问。

一帮人不说话，有的脸上只眨巴着一只眼，却在靠近耳朵的地方寻到了另一只眼，且是镶嵌在皱纹堆里。有的左边嘴唇很正常，可是右边嘴唇高高挂起，超过了鼻梁，和眼睛连到一起了。

“是鬼，还是一群赶时髦集体出门，找人心当点心吃的鬼！”撅人王儿子阿胖惊恐地嚷嚷。

“麻烦了，大水冲了小鬼庙，长江尸王家亲戚全冲出来了。他们无家可归，出来吓孩子来了，我终于看见真鬼了。”桥大爹嘿嘿地笑，嚷嚷着。他这么一说，整个祠堂的人一下子全炸了，对于鬼这个话题，桥大爹最有发言权。

这天要下雨，娘要嫁人，怎么水鬼全投胎变了半个人形，跑丁家祠堂来躲雨了啊！有几位刚刚换班回祠堂吃饭的兵哥哥也被吓到了，全都齐刷刷地站了起来，本能地到处乱摸。他们是条件反射，在摸枪。

“这里谁管事啊？我是县麻风病院的院长，我们医院今早淹了，接县里电话要求紧急转移。路边应急的几个乡镇全淹了，刚好在天黑前赶到你们这里，望给予接纳。”一位老先生从那堆老人中走出来，从怀里掏出一张盖了红印章的信纸，站在雨中怯懦地问。

老先生没有走到屋檐下避雨，那些老人也都整齐地站在他身后，黑压压地站了一大片。他们有的扛着被子，有的抱着衣服，全身都湿透了。那辆三轮车没有顶棚，柴油机马力大，能够在崎岖的山路上开得四平八稳，可是挤在那集装箱一样的敞篷车里，淋一整天的雨还能整齐地站着，这些老人身子骨还真不错。雨露感觉，这些老人给人的感觉特别安静，守纪律。

丁大炮以为黑兆桥会第一时间上去握手、接待，可是这家伙三只眼看人，看到来客是一群衣衫褴褛的老人，他扭过头，假装没看见。

“哦，这是我们村的丁书记，有事你们找她。住宿我负责，这些老人就在祠堂的最里屋打地铺吧！你让他们赶紧进去把湿衣服换了，我去准备些干草，先给你们烧热水洗澡，别感冒了，然后给你们铺床。”树荫听明白了，这些老人原来是县麻风病院的病人，像是逃荒一般被洪水逼到这里，真正成了无家可归的人了，怜悯之情一下子就占据了心头，眼角都有些湿润起来。她长这么大，从来就不知道爹妈是谁，本指望丁婆能告诉她，可是她得了老年痴呆，问不出名堂。而今这些长相狰狞的老人，人人都是她慈祥的父母。

老人们面面相觑，等待那位院长的统一调配。他们站在远离人群的角落里，主动和村民拉开距离，低着头，尽量不吓着孩子。

“这些老人个个长得像鬼，和我们睡一个院子，要是孩子乱跑，进了他们屋子，不吓死也一生有阴影。最好叫他们到别处睡，和我们拉开距离。”张村有人小声地说。

“对哦，让他们在供奉祖宗牌位的屋子里睡，别吓着祖宗，坏了风水。”撅人王也不同意，嚷嚷着反对。

“对，麻风病会传染。住这么近，传染我们这些老家伙倒是没事，要是传染给娃子们可就罪过了。”几个胆小的老人也说出了心头的顾虑。

“祠堂是我们家祖上留下的，以前是我妈做主，现在我说了算。你们有没有怜悯之心？国家将这些老人集中安养，就是希望他们不被歧视，不被社会抛弃。如今不是遇到这百年大水，他们也不会出来打扰我们。”树荫沉着脸，把几位胆小说闲话的人狠狠批评了一顿。

“对哦，麻风病不传染，我可以拍胸口保证。大灾之年到一起就是缘分！”黄八年永远站在树荫一边。他读过很多杂书，脑子缺根筋，但从来不撒谎。有他几句话，村里一些胆小的人也就放下了心。有的人刀子嘴，豆腐心，不可能真有那狠心把这帮老人赶走。

“那就这么说定了，这些老人先住祠堂最里角那间屋，吃、住由树荫负责。洪水一天不退，老人每天都是客；等洪水退了，国家会有安排。大灾之年，谁也不能自私。”雨露分配好了任务，没人再提反对意见。

抗洪抢险犹如一场拉锯战，到最后已经变成了一场意志力的比拼。熬到第四十二天的时候，雨水终于小了些，看来老天也累了。

老人们说，等这条龙吃饱了就歇歇了。

一连很多天，雨露和虎爹巡夜的时候，总能看见那位将军带着几个战士往张公山跑。一天晚上，桥大爹一脸惊恐地向她汇报，在张公山半山腰发现了几座新坟，没有刻碑，没有家属烧纸，只有一些行军礼的解放军战士。

雨露听后，心像是被鱼钩挂上了，急速收紧，拽出了肉。那是参加抗洪抢险牺牲的战士。这些士兵来自全国各地，有的入伍才半年，根本就不会游泳，一辈子连条像样的大河都没见过。祖国母亲大手一挥，他们义无反顾，扑向滔滔洪水，以钢铁身躯筑起一道道长城。可是他们有人献出了宝贵的生命，由于公路不通，只能就地安葬。张公山有幸，埋葬英雄的忠骨。

“一寸山河一寸血，十万青年十万兵。”雨露心里默念道。

那夜，雨露夫妇走上张公山，来到那一片墓地前，给英勇的战士磕了三个头。黑脸将军就站在一棵松树下，他眼窝深陷，瘦了很多，盯着墓地一言不发。旁边的警卫员说，今晚将军要给战士守夜。

晚上检查大船的时候，雨露在船肚子上发现了几只铁钉一样的螺蛳。虎爹见雨露脸色突然变得煞白，还以为是这一个多月雨露太累了，身体不舒服。后来拿手电筒凑近一看，那几只螺蛳长度大概一厘米，宽度不超过四厘米，青釉色，泛着光，翘着屁股，像一座螺旋的宝塔。

“这什么东西啊？看你吓得。”张大虎疑惑地问，伸手想捞一只看个究竟。

“别动，这东西不能碰。”雨露大声嚷嚷，一抬手将张大虎拦在身后。

“你以前天不怕，地不怕，这场洪水让你性格都变了，现在见个螺蛳都怕成这样。”张大虎被她吓了一跳，疑惑地问。

“这是钉螺，去年县血防站下基层做血吸虫预防宣传，我看过钉螺照片，就是它，又出现了。大灾之后必有大疫，这下麻烦了，但愿别再出事。”雨露神色凝重，用手中的雨伞特意挑了一只钉螺上船，仔细地观察。

“哪有这么毒啊！我也是长江边长大的，怎么没见过一个螺蛳还能杀人。”张大虎一脸不屑，觉得雨露现在脾气变了，当了个村长，变得胆小慎微，一片树叶掉下来都怕砸破了头，一个螺蛳怕什么，还能像铁钉一样把人钉到十字架上啊？

“这种螺蛳叫钉螺，是血吸虫唯一的中间寄主，有它生存的水域就有可能有血吸虫。血吸虫比针眼都小，寄生到人和动物身上，前期没有任何症状，等到了中晚期就无药可治了，你说怕不怕人？钉螺已经好几十年没见过了，这次洪水不知道从哪个山洞里冲出来了。我先抓几只送县里化验，看体内有没有寄生血吸虫。你不要在村里说，以免引起恐慌，另外尽量少下水。”雨露很郑重地叮嘱张大虎，又抓了几只钉螺，用袋子装好，急匆匆地坐船赶去镇政府了。

丁大炮天天有使不完的劲，村里人说这场大雨专门为江里的鲤鱼和岸上的丁大炮下的，水越大鲤鱼越兴奋，龙门都能跳；丁大炮也一样，天天恨不得从江里跳到老虎崖上去。他那条破木船成了诺亚方舟、救世船，到哪里都能一呼百应，每天救很多人上船，送到祠堂里安顿下来。

那些被救的人，上岸第一件事就是给恩人磕个响头。丁大炮从来没有这么高兴过，他浑身鼓足了劲，几乎不用睡觉，有时候出江还顺带救几位被冲下大堤的解放军。

“丁书记，解放军这么辛苦，哪天我捞些江里漂的牛马羊红烧给他们吃吧，算是犒劳。”一天丁大炮又救了几个老人和孩子上岸，笑着对雨露说。

“那不行，捞江都是死家禽，不能吃，防止病毒感染。”雨露一口拒绝了。

“谁说江里都是死猪、死羊啊？晚上我背个大活物回来你看看！”丁大炮拍拍胸脯，昂着头走了。

“丁大爹，跑江注意安全啊！别——”雨露本想追回丁大爹，告诉她注意血吸虫，可是话到嘴边又咽了回去。这东西谁也不知道有没有，现在是抗洪最关键的时候，不下水怎么抗洪？更不能制造谣言。

傍晚的时候，村里一些老人和孩子坐在祠堂大门前看着滔滔江水发呆，江面上一个小黑点一点点往祠堂边接近，等大家注意到那个黑点时，那东西已经游到祠堂门口了。

“猪！长江尸王变成猪爬上岸啦！”阿宝眼尖，大叫着。他看见一个猪头漂在江面上，冒着白气，喘着粗气，呼呼地爬上了岸。

“猪！长了人头的猪啊！猪头鬼啊——”众人呼啦一下子围到江边，可刚刚走近就又吓得大叫着四处逃散。那头长满鬃毛的黑猪嘴巴尖尖的，眼里满是血丝，足有半人高。正当大家疑惑地站在远处围观时，猪脖子底下竟然伸出一个圆滚滚的光头。

“不用怕，是你丁大爹我啊！”那头猪竟然说话了，声音大家很熟悉。众人回身细看，才发现猪肚子底下爬出一个人来，竟然是丁大炮。

再看那头猪，一头倒在地上，只有进的气，没有出的气了，也不知道它在江里漂了多少天。

“这——这是头野猪啊！”直到这个时候众人才发现，丁大炮背上岸的是头二百斤重的活野猪。

“丁书记说死猪不能吃，我想代表村民感谢解放军，想来想去还是抓头野猪让他们开荤，尝个新鲜。”丁大炮咂着嘴，擦去身上的雨水，直到这个时候，他才看起来像个人。

“山里老猎人都说，宁遇二头熊，不遇一头猪！这家伙想吃红烧肉真是不要命了。”几个老爹一脸佩服地议论。

“哦！开伙啦，开伙！”整个祠堂里都是欢呼声，被雨水围困了这么多天，这算是他们遇到的最开心的事。大灾之年，没有什么比填饱肚子、好好暖和一下身子更让人惬意的事了。几个解放军战士也特别新奇，奉命跑过来把猪抬进去。

“别动，这头野猪只是累了，小心别被它咬了，它的獠牙比刀片还锋利。这么大的野猪，要是在平时，五个人都不一定打得过它，一口就能咬断一棵树。”大丁炮喊住那几个战士，从屋里找了一根麻绳，当着几村孩子的面将绳子套住了野猪头，一个跪膝顶住野猪肚子，硬是活生生勒死了那头野猪。勒的时候只听到他咬牙根和野猪急速咆哮的声音，那头猪刚爬上岸时可能把丁大炮当成救命恩人，现在知道是生死仇人了，眼珠子瞪得比鸡蛋还大，凄惨的叫声让人浑身打战，吓得一些孩子再次躲进妈妈怀里。

那夜丁婆亲自下厨，在祠堂门前架起了一口大锅，将野猪肉切成巴掌大的块头红烧。柴火烧起来的时候，丁家墩祠堂篝火通明，半条大江都被照亮了，几里路外都能闻到香气。

“丁婆烧的红烧肉，丁国安和她的手艺比，边都没有！”丁大炮站在篝火边嚷嚷，他是丁婆的忠实追随者。他搓着手，强耐着性子等候，咂着嘴，不让口水流下来。

“丁大炮，我看你吃红烧肉像吃西瓜一样。”有老爹开玩笑说。刚一揭锅，丁大炮就第一个冲上去，装了满满一碗，大口地吞咽起来。

“这算什么啊！我年轻时，肚子里一滴油水都没有，一次跑到一个大户人家里，一口气把他家三斤香油给喝了，那才叫真本事。”一眨眼的工夫，丁大炮就将满满一大碗红烧肉吃了个底朝天。他舔着嘴唇，尽量不去看锅里的肉，转身和一帮老爹侃大山去了。

“哦，我想起来了，那家大户姑娘后来喜欢上你了，你没事就跑她家偷香油，像只老鼠，后来被她爹发现，打了一顿。”张三爹爹嘿嘿地笑，突然想起了丁大炮的艳史。

“好汉不提当年丑事，大家吃肉，吃肉！”丁大炮红着脸，连连招呼解放军吃肉。战士们狼吞虎咽，今晚算是真正的大餐，他们多数人没吃过真正的野猪肉。

“谢谢你带兵来保卫我们家园，你也吃点儿吧，算是我们的一点儿心意。”雨露装了满满一碗肉端到将军面前，毕恭毕敬地说。

“好，谢谢！”将军接过碗筷，没有张口吃，而是走到大江边，挑出最大的三块肉扔进了大江。

“娃娃们，吃肉了！”将军满脸是泪，对着大江小声呼唤。肉块膘厚、油足，落进大江里，翻滚着漂向远方。江面上泛起一层层油脂，借着岸边的篝火，闪动着七彩的光，煞是好看。

“呜——呜”，岸边一些士兵全都强忍热泪，哭出了声。

那天丁大炮吃得最多，肚子都撑圆了，村里人说扔江里都像个漂浮的羊皮筏子。

每天早上，当解放军叔叔列队、报数，准备开赴长江大堤第一线的时候，阿宝也早早将村里一帮孩子集合完毕，他们个个穿戴整齐，齐刷刷排成“一”字形站在祠堂前，等待首长的检阅。

口令当然是阿宝来喊，词是小麻子去年教他们排队时教阿宝的。这家伙想钱想疯了，做梦都想钱。不是个生意人，却比生意人还抠门，张嘴就是老子缺钱，且带着浓厚的鼻音，很多字吐字不清。

“立挣，向钱看，向左赚，向右赚，向钱走，一二亿，一二亿，收息……”

阿宝带领他的少年军，喊得铿锵有力。

看到这样的情景，那些也在喊口号集合的兵哥哥都一脸新奇看着这边，这恐怕是他们见过的最另类的口号了，真让人哭笑不得。

秀秀出来赶了几次，只要她离开祠堂，阿宝立刻就把队伍拉起来了，快得像天上的候鸟，怎么赶都能成队形。

撅人王家的阿胖手脚特别不干净，抗洪抢险发给兵哥哥的一些矿泉水、方便面、饼干、帐篷等，他趁没人注意，就往自己帐篷里拿。他妈靠嘴吃饭，他靠手吃饭。解放军存放物资的帐篷成了他家的后勤存储室，村里人说除了枪，他什么都敢偷。

“这些解放军个个脸蛋稚嫩，都是二十来岁，平常在家都是爹妈养爷爷疼，这样的抗洪场面他们估计也是第一次遇到。当了兵就代表国家，吃苦受累没有一句怨言，挑最累、最危险的活做，拿人家东西人家嘴巴不说，可心里不是滋味啊！”丁大炮有一次看不过眼，将正在偷饼干的阿胖抓了个现行，苦口婆心地教育了一顿。

“丁大炮打人啦！丁大炮打人啦！”阿胖见丁大炮捏着他胳膊不让走，又使出一哭、二滚、三放瘫的招数，倒在地上滚成一个大水饺，嚷嚷着不起来。

撅人王一直在不远的地方观察儿子，看儿子受了气，立刻冲过来，掐着腰，两腿叉开，成了母夜叉。她两眼放着精光，像只要抓老鼠的野猫。

“论辈分，你还喊我大爹爹呢！”丁大炮见撅人王不知什么时候横在眼前，赶紧松开了抓她儿子的手，后退了两步说。

“我儿子说遇到你这一脸钟馗相就吓得屎都弯了，喊你大爹？你还真是坐飞机遇空难，脸先着的地，先不要脸，后摔成哑巴加脑残。”撅人王对着丁大炮狠狠地吐了一口唾沫，算是宣战。

“你儿子天天拿解放军的东西，要管管哦！”

“我儿子拿点儿东西，轮到你多什么嘴！你鸡屁股吃多了，尽打小报告！”

“解放军的东西不能拿。”丁大炮提高嗓门，竭力反驳。他怕生声音小点儿，根本没有还嘴的勇气。

“你天天泡大江，脑子进过水养过鱼，蹦过蛤蟆欺负过驴，你像根苦瓜似的，穿得凄凉长得败火啊！”

“你没多嘴前丁家墩是黑的，你多嘴后丁家墩全白了啊？闲事管多了嘴巴长痔疮，你这个喊你炮爷，却从来没打过炮的爷。”撅人王开始启动念经咒骂模式。撅人王不知什么时候从哪里摸了两样道具，她一手拿着一根棒槌，一手拿着一口破钢精锅，披散着头发，围着祠堂打转，一边敲一边骂。当然那口锅是坏的，平时放在门边喂鸡，特殊时刻才上战场，这次发大水她也当宝贝一样带出门。村里骂街的高手都知道，泼妇不洗脸不梳头，一手菜刀，一手砧板，发羊痫风骂人是最恶毒的，这个霉头正好让丁大炮撞上了。

“我——”丁大炮想还嘴，可是撅人王骂人的速度太快，快到每句话之间根本没有间隙，别说插嘴了，连把刀都插不进去。

“丁大炮，泼的怕横的，横的怕愣的，愣的怕不要命的，把你抓野猪、杀野猪的狠心肠拿出来，直接用绳子勒死她算了！”有老爹在一边看丁大炮毫无招架之力，大声支招。

“勒死我？老娘借他个熊心豹子胆，看他敢不敢！他一辈子没碰过女人身子，碰我一下就七孔流血。”撅人王一脸鄙视，抖动着胸口的铜锤，连连在丁大炮眼前耀武扬威。

“我——我说，你——能不能听我说句——话，不能只听你一个人说话，还骂——人，吵嘴也要有人配合吧，不能全是你一个人——骂人。”丁大炮被她骂得毫无还口之力，一直退到了墙角，已经屁股贴墙，没有退路了。他憋红着脸，使劲地跺着脚，结巴着嚷嚷。撅人王已经把他骂成结巴了。

“好，我给你时间还嘴。阿胖，跟妈妈回去吃饭！”撅人王骂完上半场，感觉已经差不多了，收住了嘴巴缰绳，刀枪入库，丢下围观的群众，拉着儿子趾高气扬地走了。

“富贵，你有本事娶老婆，没本事管啊？”丁大炮骂。

“我胃不好，吃软饭的。”富贵唯唯诺诺地回答，声音小得可怜。

“张——张祥林，小树得砍，女人得管。你儿子管不了老婆，你也管不了儿媳妇啊！简直就是个母老虎。下次再这么嘴巴不干净，我当狗给打了。”那天丁大炮被骂得毫无还口之力，直到撅人王走了，才象征性地还了几句。

“呸！丁大炮你给我听好了，我是嘴上积德，不想骂多了刺激你，你还敢还嘴啊！”撅人王背后长着眼睛耳朵，回身再骂。

“人这辈子无后最大不孝，你光杆司令一个，天天见人还人五人六地说我骄傲，你除了一顶光头、一个肥猪肚子，你骄傲什么啊？”

“你一个无妻、无子、无家的三无产品，进镇上养老院超标符合要求，根本不需要找人，肯定破格收养。你打肿脸充胖子，你神气什么！”

“你打狗杀猪一身劲，学老鼠偷香油，谈个对象手都不敢摸，是个正常男人？”

……

“我——叫你儿子别偷，我——我怎么了！”丁大炮憋红着脸，小声地回答。

“你怎么了？丁大炮，你闲事管多了！我看你是《封神榜》看多了，长得像土行孙，没大塘里的水鬼高，还天天晚上做妲己陪你睡觉的梦。你该醒醒了，别大白天做白日梦。”撅人王回身又把丁大炮骂得体无完肤。

这个老男人气得两顿饭没吃，关键是这架吵得窝囊，那娘儿们说话像机关枪，将他打成了筛子。村里人说那不是吵架，是受虐，丁大炮不光被她骂了祖宗十八代，这么大年纪还被她调戏了。

第三天有人小声地在他耳边吹风：你别急，秀秀家熊孩子早晚给你出气。听到这话后，觉得茅塞顿开，丁大炮突然就有了食欲，这个耻辱早晚有人替他报仇雪恨。

第四十八天傍晚，雨终于停了，这真是天大的喜事。这场梅雨降雨量、洪峰流量创下了历史新高，一项项记录一天天被刷新，谁也不知道新的纪录到底有多高，到什么时候是个头，有谣言说张公山都要被淹，今晚雨终于停了。

所有人都脸露欣喜，走出祠堂，扔掉头上的草帽、手里的雨伞，在只剩下巴掌大空地的祠堂大门前狂欢。盼星星盼月亮地盼雨停，今晚全部满足了心愿，一轮皎洁的月亮镶嵌在张公山顶，将本来就一片白茫茫的山川大地照成了白昼。

趁着部队换班吃饭的工夫，阿胖又溜进了仓库，这次被守候的雨露逮个正着。这娃个头已经和雨露一般高了，左手拎着一床羽绒被，右手拎着一顶简易帐篷，竟然旁若无人地往外走。阿胖被拦住了，脸不红、身不歪，坦然得很，刚好撅人王和一帮人坐在帐篷边骂鬼天气不让人活。

“解放军是来帮我们抗洪的，不要工钱还自带干粮，每晚都有生命危险，有些东西不能拿，要懂得感恩。”雨露狠狠地数落了阿胖几句。张祥林也在人群中，他装作没听见，但撅人王眼里容不得沙子，一个翻身站了起来。

本来潮湿、阴冷的空气因为雨露和撅人王的相遇，一下子就充满了火药味。几村躲灾的人呼地围了上来，站成一个大圈，期待一场大戏。因为这场大雨，电停了有一个多月，没有电视看，唯一的乐趣就是侃大山。在这寂寞、失望、饥肠辘辘的夜晚，没有什么比看一场撅人王大战的戏更让人解闷了，只有这些能让他们暂时忘却无家可归的悲痛。

外围那些兵哥哥正在抓紧吃饭，好执行巡夜任务，看着聚拢的人群，不知道他们要干什么。不过是村里一个孩子拿了些物资，别为这事打群架吧？有几个调皮点儿的兵吃完了饭，装着上厕所，挤到了人群后面，也伸长了脖子探身张望。

“张富贵，管管你老婆啊！别打架了。”虎爹怕出事，大声地喊张富贵来拉架。

“我——我是武大郎卖柿子，人㞞货软，只会吃闲饭。儿——子是她带过来的祖宗，在家里，他是老子，我——我哪敢管他啊，是他管我，现在他们娘俩养——我。”张富贵今天吃了药，卷着舌头，嘴里像是含了根咸萝卜，费劲地说。这家伙只要按时吃药，就不敢和老婆顶嘴。但要是三天不吃药，敢拿刀砍撅人王，所以撅人王每天早上起床必干三件事，第一件事是给张富贵吃药，第二件事是喂鸡喂猪，第三件事是煮鸡蛋给她两个宝贝儿子吃。

“这家伙就是猪八戒的亲戚，属猪！有本事娶老婆，没本事管老婆。”阿超子坐在人群中，一脸鄙视地骂。

“丁——书记，在家她就是王母娘——娘！”张富贵继续结巴着说。他已经快四十了，祖辈遗传的结巴密码摧残着他的神经，扭曲了他的舌头，深入骨髓。在村里人眼里，傻子永远是孩子，不管他多大，所以村里很多孩子还喊他小富贵。

“哎哟丁书记，那几样不值钱的东西是解放军送给我们家阿胖的，怎么能叫偷哦！不信你去问问那几个管事的解放军头头，什么叫军民一家亲，你们知道吗？”撅人王昂首挺胸，用胸器直逼比她矮半头的雨露。

“哪位兵哥哥对你家阿胖这么好，这么有爱心天天送、时时送，晚上也送啊？”雨露丝毫不退缩，也挺着胸，迎着撅人王摆在面前的铜锤，亮出了自己的尺寸，丝毫不落下风。村里一些男人瞪着眼睛看，吞咽着口水，大气都不敢出。

“没看见别瞎说，当心烂眼睛珠子。嫉妒的人都有红眼病，当兵的看见阿胖拿点儿东西，他们都笑笑不说话，这叫默认送。听说国家救灾的物资用火车整夜地往这边运，哪吃得完啊，到时过期受潮了就浪费了。”撅人王见挺胸不占便宜，雨露拒绝到墙角说话，她就改变进攻方法，围着雨露打转，每句话里都藏着一把刀。

这女人自打进了张富贵的家门，就视雨露为眼中钉。公公原来是书记，就是被这丫头鼓动一些没结婚、思想单纯易冲动的单身汉给夺了权。现在男人是个八竿子打不出屁的软蛋，公公衰老的速度比大江涨水都快，这个家就是她在撑着。撅人王巴不得哪天这丫头撞到自己枪口上，今天总算是送上门了，谁劝也不行。这辈子她谁都不服，只服自己，还常常做梦，要是早出生几百年，她不是武则天就是慈禧。

“两位，为点儿物资不必翻脸吵嘴，这孩子拿的物资就算我们解放军送给他的，别吵了！”那位黑脸将军刚吃过饭，见两个女人为了军队的一些物资快要打起来了，有点儿不好意思，上前想把她们拉开。

“不关你的事，一边去！”撅人王一抬手，把黑脸将军推一边去了。

将军没有留意一个农村妇女会对他动粗，而且手劲这么大，他被推了一个踉跄，一屁股坐到了地上。

“这位女同志，你这是干什么？不能动手啊！”旁边一位战士见首长被推倒很不高兴，一个箭步挡到撅人王面前，沉着脸说。

“哎哟！解放军的身子都是钢板做的，哪在意这么轻轻一推啊？军民一家亲呢！是我手贱，你们大人不记小人过！”撅人王满脸堆笑，看到一个高大的兵汉子横在眼前，她态度立刻就变了，像是遇到了亲戚。

“有嘴不代表真相，有事好好商量。”张德标竭力劝架，生怕儿媳妇吃亏，他还从来没看见过雨露吵嘴。

“你这是什么理论？人家兵哥哥不好责备你家阿胖，那是素质高。这叫军民一家亲，鱼水有恩情。你指使儿子偷东西，这行为是丢全村人的脸。这事不光代表你一家，更代表很多村，代表我们整个长江沿岸父老乡亲。”雨露今天被惹毛了，公公拉她都不行。她很激动，跟这个女人说话真是费劲，这就是一个不要脸的泼妇，要是在没结婚那年纪，她早就上去给她一耳光了，克夫的女人就是欠抽！

“丁书记，你管天管地，也只能管咱丁家墩这屁大的地方，现在长能耐了，连解放军的物资都归你管了啊？你也不撒泡尿照照，还真以为自己是后勤部长？你鼻子插大葱——装象，哪门子东西！”撅人王面部渐渐涨红，面颊的肉向两边抖动着，堆成一个小肉球，手脚也不由自主地抖起来，全身亢奋，连呼吸也变得急促起来。她不停地围着雨露走动，已经完全进入吵架模式。

“哦！”外围观战的人群发出一阵惊叹声，好看的电影就要上演了！

“自家不要脸，不能丢我们全村人的脸。”

“这娃是带过来的外姓，在家当成宝葫芦了。手脚再这么不干不净，水退了把孩子送走！”人群中有老爹怒斥，撅人王装没听见。

“阿姨，吵架是个技术活儿，让我来，你别跟她废话。把阿胖偷的东西全部搜出来，先还给解放军叔叔再说。他妈就是条狗，你要是陪她吵，她能吵到天亮，光叫不敢咬人，烦着呢！”阿宝刚吃了晚饭。这孩子哪里热闹往里哪钻，刚才歪着脖子在一边看了半天，早就按捺不住心里的激动，摩拳擦掌想要和村里的名人一较高低。

一边的秀秀赶忙硬拽住往里挤的阿宝，她可不想惹这个撅人王，沾一身臊气。

“嘿嘿，快来看啊！今天算是耳朵有福，听到吵嘴真功夫了。”

“嗯，这一老一小有得一拼。”

“一山不能容二虎，除非一公和一母。”

“一个是孙悟空，一个是母夜叉。”

周围人群越聚越密集，到处洋溢着一种欢快的躁动。

“大人说话，关你屁事！你个龟儿子小鸡干，不够老娘一口嚼的。”撅人王被一个毛还没长起来的少年骂是狗，这下彻底激怒了她，她一个回身，抢占了上风口。她可不管对方还是个孩子，好些天没吵嘴了，嘴巴皮燥热，浑身痒痒，这下终于可以泄洪了。

秀秀在一边看得真切，还没开战之前，这个撅人王估计已经在心里将自家祖宗十八代都问候遍了。

撅人王平时说话一般不带方言，可是一旦开战，方言就像潮水一样涌出来，根本控制不住。她觉得用方言骂人更有状态、更过瘾。二婚这几年，张富贵晚上偶尔清醒的时候想找点儿事做，一般情况下撅人王都没什么兴趣，她觉得和人吵嘴比晚上钻被窝有意思多了，尤其是能找到个旗鼓相当的人吵嘴，那简直是英雄遇侠客，长城大决战，巅峰对决，是人生最高的享受。

“莫看我小，我发育得好。你个死胖子！”阿宝一把推开一边拉他的秀秀，大声嚷嚷。他挺直腰杆，岔开双腿，也双手掐腰，抬头仰视，无畏迎战。

“莫看我胖，我膀胱有力量。你这娃儿屁话超过文化，文化不及格，屁话得一百。叫声干娘，来干娘这里给你补习补习，看可能学会五乘以五，再加个圈圈，等于二百五。”

“我呸！叫你干娘？叫你声臭婆娘！你身高一米五八，还有个弟弟姓武，叫武松。你每天早上左手拿个粪桶盖盖，右手拿个茅屎刷刷，头发弄个卷卷像棵菜花，不男不女长得像洋胎，你硬说这样还能勾引男人。”

周围人群寂静异常，所有观众都聚精会神，屏气听着，生怕落下精彩台词。那几个兵哥哥一头郁闷，撅人王骂得太快，他们很多词根本听不懂，只能囫囵吞枣的塞到脑子里。

“你一个现世宝，老子不管，长大乱咬。你一个熊孩子，在村里是个人人喊打的臭虫，损人害己的害虫，人人唾弃的蛀虫。”

“害虫专吃你这个蜘蛛精。讲你笨，你不笨，你放屁窝屎还晓得挣！讲你傻，你不傻，遇到好东西就往家里拿。儿子偷东西你还夸，简直是猪八戒坐飞机——丑上天，猪八戒坐飞机——丑出了国！”阿宝已经唾沫横飞，旁边的看客都后退几步，给他闪开空间，免得溅湿了衣服。

“当当当，当当当，你吃豆腐噎死，屁大的身腰敢跟老娘吵。你癞蛤蟆上高速公路——愣冒充迷彩小吉普车，我一脚踹得你大小便横飞，当当当……”

撅人王披散着头发，边有节拍地跺着脚，边用右手中的一根棒槌敲打着左手那口破钢精锅，像个跳大神的疯婆子。

随着她说话节奏越来越快，敲打的节奏也越来越快、越来越响、越来越密，头发已经完全凌乱，胡乱地贴在脸上，汗珠也爬满额头，个个都有黄豆大，在满是横肉的脸上急速地跳跃着，却有了黏性一般，一颗都掉不下来。撅人王两眼往外放光，死死地锁住眼前的对手，连眼神也参与到了这场战斗中。由于说话的速度过快，嘴角边堆集了一些唾沫，像鱼卵一般堆积着，一些炸裂，又会迅速聚集一些，就像喝农药中毒后吐出的秽物。

“你这个丑婆娘，不打扮比鬼都难看，一打扮鬼都要吓瘫痪。今晚上有张公山，下有长江滩，中间是祠堂做证，今天不吵死你，小哥我喊五百个光棍，推五百辆三轮车给你唱大戏……”阿宝也死死地盯着眼前的撅人王，他全身也仿佛通电一般，瞪圆了双眼，短发根根竖立，像只发怒的小刺猬。微微前倾着身子，要将撅人王的气势给压下去。

阿宝的嘴巴启动了最高唠叨模式，两瓣唇片如煮熟的饺子皮，上下翻飞着，却不粘皮，不包馅，震动的频率超过了蜜蜂挥动的翅膀，喋喋不休，倾巢而出，快到看不到唇片，只听到“嗡嗡”的声音。人世间生死轮回，全在小小的两瓣唇片中重新投胎转世。

秀秀站在一旁呆若木鸡，儿子如泼妇附体一般的样子让她特别陌生，感觉置身事外，怎么也回不到现实了，这哪是自己的儿子啊！分明就是传说中的唠叨鬼、吵架王！

“你从小缺钙，长大缺爱；姥姥不疼，舅舅不爱；你熊孩子投胎，坏事干尽，必活不过十八岁！”撅人王一脸鄙视，身子已经倾斜成45度了，快将嘴凑到阿宝耳边骂了。

“我活不过十八岁，临死也要拉你这个大嘴婆垫背。你就是个软蛋，天生属核桃的，欠捶；你终生属摩托车，欠踹；你生个儿子是螺丝，欠拧；你家法不严，儿子危害人间；你半夜起来往茅厕里头跑，你远看一朵花，近看一坨屎；你长得一脸牛皮癣，还要笑得腼腆；你活得确实有点儿特别，死了男人不守三年孝，新婚见人还笑，连六十多岁的公公也勾搭……”

阿宝一口气足足骂了有十几分钟，本来还盛气凌人的撅人王在他淋漓尽致的进攻中突然哑火了，变得手足无措，这丫句句戳她的心窝。尤其是一提她死去的男人，还在这么多人面前捎带上她的公公，打到她痛处了，掐住她七寸了。

"我——我今天吵不过你，我——我就跟你姓！姓——姓黄！"撅人王真的被骂急了，牙一咬，猛地一跺脚，用右手的手背"噼噼啪啪"地敲打左手的手心，试图做最后的挣扎。

"你跟我姓？你姓朱姓刘姓马姓杨，就是不能姓黄，我黄宝玉家列祖列宗没有你这样不守贞操没有牌坊，不害臊不知丑的女人！"

"咣当"一声，撅人王身子一歪，一个踉跄差点儿跌倒，她手中的钢精锅砸在墙上发出清脆的声响。再看她一张脸涨得通红，紧锁眉头，死死咬着双唇，眼圈里有东西在滚动着，闪闪发亮，看起来像只气鼓鼓的癞蛤蟆。

"哦——，撅人王竟然要哭了！"一边看热闹的人叫道，在他们的记忆里，撅人王从来就没输过。

"你满身横肉，村里男人骂你睡觉姿势还很经典；你一天到晚要钱不要脸，见东西就偷，连人都偷，还想立块贞节牌匾；你就是条哮天犬，老子就是你主人杨戬；今天你确实死罪难逃活罪难免，你一疯二傻三孬四痴五流氓六乞丐七大姑八大婆九菠菜十分不要脸加变态……"

阿宝越骂越起劲，速度也越来越快，他脱掉外套，挽起衣袖，双手胡乱地挥舞，像个激情的演说家。所有人眼睛都直勾勾地盯着他，专注聆听这孩子说的每一句话，生怕稍有分心就遗漏了经典的句子。

"砰"的一声轰响，众人急速地向四周散开，先低头看看脚底下，以为地震了；再抬头看看张公山，怕山洪暴发。可是闻闻味道，不对劲，原来声音是从撅人王臀部传出的，伴着一股恶臭扑面而来。

这女人由于太激动，太过于集中精神，又想不出特别狠毒的咒骂还击，本来聚集在口腔里的那股气流被她活生生地压了下去，从咽喉穿肠过肚，一直沉到肚子最深处，最后从后门而出，聚集成了一个响彻山谷、惊天动地的臭屁，敲响了她败下阵来的丧钟。

"哎呀，哎呀，狐狸屁，狐狸屁！吸肚子里烂肠子哦！"众人纷纷捏着鼻子，躲一边去了。

"咣当"一声，撅人王扔了手里的钢精锅。

"我的个死鬼哎！你眼一闭腿一蹬，跑那边自己一个人快活去了哎！以前是计划生育那帮人欺负我，现在连个小屁孩都揭我的短、泼我的粪，这日子怎么过哟！"撅人王突然一屁股坐到全是水的地上，高举双手，一把鼻涕一把泪，号啕大哭起来。她全身剧烈地抖动着，整个头发乱成一个鸡窝，像是谁扔了一个响雷在里面炸了，形成一个拳头大的圈，借着潮气，好像还在往外冒烟。

“狐狸皮值钱，牛肉值钱，人嘴巴值钱。撅人王今天败在一个娃子手里，算是把那身贱骨头给丢了，以后在村里什么都不是了。”桥二爹叹了口气，失望地说。刚刚听得特别专注，现在战斗结束，胜负已分，他的偶像撅人王战败，他多少有点儿失望。

秀秀从恍惚中清醒过来，慌忙一个箭步冲上去将儿子拉远，她怕这个女人飞溅的唾沫会传染。就算儿子现在这德行，那也是黄家的种，怎么也不能像这个泼妇一样满嘴喷粪，发羊痫风，就差咬人了。

“好，骂得好！你小子以前对老爹干的坏事，今晚一笔勾销。”丁大炮从人群中挤进来，一把握住阿宝的手，特别感激地说。阿宝显得有点儿失望，可能骂得还意犹未尽。

“嘿嘿，第一次看见撅人王被骂得屁像雷打滚，尿像长江水。秀秀家阿宝这娃不是个凡胎，以后要另眼相待了，说不定真的大有可为。今天真为我报了仇！”丁大炮晚上跑丁小气帐篷里讨酒喝，竟然表扬起阿宝了。要知道，村里受阿宝气最多的人恐怕就是丁大炮了，连秀秀自己都不记得他被破了几次相。

“哼！你以为撅人王真的输了吗？她儿子偷的东西还了吗？她最后被骂瘫了，哭死鬼男人，那和她儿子一哭二闹三放瘫有什么区别？你们都只看到表象，这女人水深着呢，儿子偷东西抓到无数次，一副死猪不怕开水烫的架势。在我看来，双方只是打了个平手。”丁小气不紧不慢的一番话又让丁大炮陷入了焦虑，他觉得自己的仇还没报彻底，心想阿宝这娃子快点儿长大就好了，那样就像条成年毒蛇，毒性会更强些，强到无药可治最好。

第六十四章 十送解放军

洪水退却，到处都是一片狼藉。县民政局安排专人、专车，将一帮麻风病老人接走了，老人给丁家墩送了一面感谢锦旗。上车时，树荫和这些老人一一拥抱；她这辈子缺爱，可她知道这些老人更缺爱。

这些老人每晚都闲不住，几人一组扎鹅毛扇子卖，临走的时候，送了丁家墩每位老人一把扇子。场面一度很感人，树荫哭了好几次。

洪水退却那晚，雨露第一件事就是带领人员，将芦苇滩外围的破埂缺口堵上，并对河埂进行了加固。村里很多户变得一贫如洗，天天跑到大船上，要求雨露把芦苇滩排干，洪水过后到处都是鱼，卖些救命钱，大家好重建家园。

雨露一口拒绝了，说正因为现在到处都是鱼，更不能排干芦苇滩了，这是杀鸡取卵的做法。相反雨露还号召大家再次出资，她要收购市面上一些名贵的江鱼，这时候江货都不值钱，是囤积的最好时机。

村里一些人听了一蹦老高，这个丁雨露简直是个铁公鸡，大灾之年不救济也算了，现在还要大伙再出资，很多农户吃饭都成问题了。

为此，雨露天天在村里跑，挨家挨户地解释、动员。对于特别困难的家庭，雨露没有强求，但只要有一点儿筹资能力的村民，她都苦口婆心，希望按力出资，将来按出资多少分配。这场洪水是百年一遇，不可能年年淹吧，现在出去收购的江货都是个头特别大的上市鱼，只要囤养个一两年就能产生升值效益，到时就能分红。这是老天爷给丁家墩一个发财的好机会，别人看不出来，那是没这个财运；别人就是看出来，收购来的鱼没地方寄养，也不敢收，只能贱卖。

两天过后，雨露真的动员了一些经济条件比较好的村民再次掏腰包，筹集了一笔资金。连养鸭的张三爹爹都被说动了，把刚卖鸭的钱也交给了雨露。

那几天，雨露像打了鸡血一样带着一帮人，包了一辆三轮车，在车厢里铺上雨布，天天往江边的鱼市跑，一些往年至少卖五十元一斤的江货，现在五块钱一斤，到处还吆喝着求人买。

一些跑江的渔船听说雨露海量收购江货，每天一大早就把船开到丁家墩江滩，把鱼直接贱卖给雨露了。他们知道丁雨露经济困难，有的也不要钱，只要丁雨露打个白条就可以了。因为鱼实在太多，有卖的工夫，他们又能捕一船鱼了。

那几天，三轮车往返于各个江滩，满载着江货，像倒石头一样直接倒进了芦苇滩。短短半个月，丁家墩芦苇滩到处都是泛动的水波，下水洗个脚，鱼多得都让人站不稳。村里一些老爹没事喜欢蹲在江滩边抽烟，看着一滩鱼，笑得嘴巴乐开了花。雨露紧急叫虎爹进城买了十几台输氧机安放在江滩里，她怕鱼群密度过大，死了就麻烦了。并嘱咐黄八年每天别的事都别干，打地铺睡在江滩上，随时注意观察渔场的情况。

大灾之后可能有瘟疫，县卫生局组织医生和志愿者分成两组，一组在大堤和村里喷洒杀毒药水，另一组入村给所有村民进行免费体检服务。原先要求抽血化验，可是村里人近来睡眠严重不足，对粗针管抽血有抵触情绪，多数人找各种借口，没有抽血。

村里的路也通了，张玉宝挑个了星期天将如梦送回村。如梦天天坐在阳台上发呆，婆婆已经过世，女儿也在城里上学，回村她成了孤家寡人，显得特别孤单。张玉宝就给她买了一条哈巴狗，那狗全身雪白，像是天上飘的一朵云。如梦第一眼就喜欢上了，思量着要给它取个好名字。

“女儿大了，在城里上学，也没时间陪你。一次我到一家刚开业的宠物店，这条狗看见我就叫，好像和我认识一样，我就买下了。这条狗和我有缘分。”

“嗯，我也感觉和我有缘分，你看它，看见我就往我怀里钻，像是孩子找到了妈。这狗是公母还是母狗啊？”

“母狗！”

“玉宝，你看它这毛色，雪白如玉，像不像天上一朵云，地上一朵棉花糖？就给它取个朵儿的名字吧。”

如梦怕村里满是灰的泥巴地把狗弄脏了，那天上午她亲自动手给朵儿做了鞋套，套在小狗细长的腿上。傍晚如梦牵着她的爱犬在村里散步，村里一帮野狗比村里一帮男人都好奇，远远地跟在朵儿身后，瞬间就成了朵儿的追随者。

“如梦，我们复婚吧！离婚好几年了，本来就是一句玩笑话，你说对吗？”中午等如梦高兴地从门外进来，玉宝轻声地问。

“不！我们拉过钩，不生二宝绝不复婚！”如梦猛地抬起头，瞪大眼睛倔强地看着玉宝。

“女儿都大了，我们也都人到中年，过了折腾的年纪了，不学年轻人玩新花样。还是复婚好，住一起也安心，免得人家说闲话。”

“怎么，你嫌弃我年纪大了？还怕人家说闲话？那正好啊，你可以假戏真做，出去找小女人结婚也是合法的，我成全你，反正不生二宝绝不复婚。”

如梦嚷嚷着，愤愤地给朵儿洗澡去了。

“我感觉这人啊，真没狗忠心，这条狗才认识我几天，对我言听计从，可有些人呢，认识一辈子也猜不透心。”

“你别瞎想啊！都是过了大半辈子的人了，还有什么看不透的？”

“书上说，我们女人是十大猛兽第一，男人的克星，小老婆的天敌，可是我觉得我连只兔子都不是，兔子急了还咬人呢！可我呢？明知道谁举报的，让我丢了两个孩子和婆婆，我却没有一点儿勇气报仇。”如梦一进入回忆模式就两眼发直。

“都过去好几年了，怎么还放不下啊！生孩子看缘分。以后没事在家遛遛狗吧，别斤斤计较了。”张玉宝过去牵着如梦的手，陪她到江边走走，听说芦苇滩现在的风景好，到处都是鱼。自从流产丢了孩子，母亲去世，女儿又在城里读书，如梦精神差了很多，他总觉得亏欠如梦太多。

“嗯，报仇！机会是给有准备的人的，坚持、等待，肯定有机会！”散步时，如梦像是在给自己打气，说得张玉宝头皮发麻，不知道她要干什么。

抗洪这两个月，解放军成了村里的一部分，可是天下没有不散的宴席，洪水退了，很多人感叹，解放军也要走了，他们有更重要的任务。这次他们光荣地完成了使命，用血肉之躯保住了江堤，有的战士却献出了年轻的生命。

解放军走的那天天高云淡，一片祥和，已经没了脾气的大江温顺多了，安安静静地睡在摇篮里，不哭不闹。东升的旭日从西九华寺庙的塔尖后爬上来，刚一探身，就将整个大江染成麦穗色。江上升腾着一股白色的烟雾，不知道是水蒸气还是烟绪。江滩处几根枯黄的芦苇撑着腰杆，在大潮的反复蹂躏中竟然没有折断，随着江风左右摇摆，挑逗似的越升越高。

国家专门委派了记者进行现场拍摄，县电视台也早做了预告。送别仪式在第二天早上八点开始，地点就在长江大堤 1958 年破坝的铁牛铜像下。一传十，十传百，整个县城都彻夜未眠。太阳升起来，沿江的村子到处都是汽车发动的轰鸣声，那是解放军在拔营起寨。

整个长江大堤人山人海，红旗飘飘。江水像是受了惊吓一般蜷缩着身子，一点点退回它的窝里，发出“呜呜”的求饶声。

“你们看，梅雨季节时的大江就是条狗，得势的时候到处咬人，失势的时候就夹着尾巴跑了。”桥大爹的黑脸笑成了红花，指着退去的大潮骂。

“天气预报说近期没雨了，我们终于战胜了洪魔。等送走解放军，我要回家睡上三天三夜。”雨露疲惫地说，她眼里全是红血丝，已经记不清多少天没睡过一个整觉了。全村人惊讶地发现，雨露挂在脖子上的金项链不见了，耳环也不见了，这个倔强的女人为了筹钱买鱼苗，竟然瞒着张大虎把结婚三黄都卖了，要知道那三黄可是雨红的定亲之物。为这事，虎爹和她大吵了一架，到现在都不说话。

长江旅游开发公司排着送行队伍方阵，打出了条幅，员工们全都穿着统一的 T 恤衫，手握一面小国旗，像奥运会国家队入场，显得特别亮眼。

“丁书记，江滩淹了，这次丁家墩损失很大，我深表同情。”章晓惠走到雨露身边，低声向她问候。

“谢谢关心。没办法，天灾啊！靠江吃江，谁都有困难的时候。”雨露礼貌地回答。

“芦苇滩淹了，听说村里很多人闹着要分股，这可以理解，小农思想嘛！如果丁书记累了，可以考虑把江滩转包给我们公司，所有损失我们公司全部承担，另外还给予一定的补偿，这样你里外都能做人，两全其美。”

“谢谢关心。这场大水百年一遇，很多地方都淹了，每家都有困难，他们能咬紧牙关撑过去，我们也一样能撑过去，感谢！”雨露笑着答道，看着越聚越多的送行队伍，转身去管理送行人员了。

留下章晓惠站在熙熙攘攘的人群中铁青着脸，没再说话。这个丁雨露比男人难对付多了，软硬不吃，最让她心头生怒的是，每次主动和她说话，不超过三句话她就找借口走了。两人像对开的火车，不在一条轨道上。

“同志们，送解放军啦！”一个苍老的身影一大早就赶了过来，她挺直了腰杆，站在队伍的最前面，挥舞着枯藤般的手臂大声呼喊。那身影虽然干瘦，呼喊的声音却特别震撼。她脚上穿着白色的丝袜，身上穿着一套已经洗得发白的蓝色套裙，那套学生服像是被牛奶酱过色。那人将一头斑白的银发根根理顺，编成两条钢笔粗的麻花辫子，顺耳垂胸搭下，竟有种别样的意味。

“这不是丁家墩骨灰级人物丁婆吗？她以前参加过渡江战役，是个支前英雄，今天这副打扮，丝毫不比当年差哦！”人群中有老人忍不住称赞。

“这套衣服也算是老古董了，想不到比现在城里中学生穿的校服漂亮多了。这老人真是心中有爱，这么多年，衣服虽然褪色了，但熨烫得一丝褶皱都没有，保存得真好！”人群中竟然也有年轻人称赞她，说衣服漂亮，这令雨露很意外。

江堤上，一辆辆军车整装待发，排成一条长长的钢铁长城，停在最前面的是几辆指挥车，而后是气象车、吉普车、敞篷车、后勤车等，全都涂抹成青皮色，排成一条青龙。战士们齐刷刷地站得笔直，目光炯炯有神。

时钟终于指向了八点，国家电视台一位记者站在队伍最前沿，手握话筒，对着镜头在做现场报道。

“各位观众，我现在身处长江大堤之上。持续了两个多月的抗洪抢险终于结束，今早奋战在第一线这些英勇的解放军战士将收拾行囊凯旋。现在，我身后是四面八方自发前来欢送的人群。下面我来采访一下率队奔赴第一线的一位将军，他即将退休，可是在祖国危难的时候，他率领熊虎之师，用一个个血肉之躯，筑起了一道道钢铁长城。”

“这场世纪洪魔席卷了大半个中国，我们这些可爱的士兵听党的话，跟党走，用血肉之躯堵住了长江干堤无数个决口。面对一米高的巨浪，我们这些年轻的战士拒不退让，不分昼夜，不知疲倦。我们很多战士还不会游泳，但我们得到的命令是人在堤在，誓与大堤共存亡，终于取得了这场特大洪水的伟大胜利。为了这场胜利，我们一些战士甚至献出了宝贵的生命，长眠于此……”将军站在镜头前，远眺着巍峨的张公山，流下了两行滚烫的热泪。

张玉宝站在铁牛铜像下，他代表县委、县政府，站在话筒前做了送别讲话。他今天是脱稿讲话的，感谢词说得真切感人，很多人已经热泪盈眶。

张玉宝一连用了五个感谢，大堤边前来欢送的人群，年纪最小的才蹒跚学步，老的已接近百岁，他们都静静地聆听着，张玉宝说的每句感谢词好像都是自己要说的，都是自己可以说出来的。这些老人和孩子，很多都是解放军一个村一个村从洪水中背出来的，用洗澡盆拖出来的，从洪水包围的树上救下来的，用自己的生命换回来的。

突然人群开始一阵骚动，最前列的解放军队伍开始移动了。

“敬礼！”将军喊着洪亮的口号，张公山山谷都有回音。

所有军人都齐刷刷地抬起右臂，先给巍巍大堤那头铜牛敬了个军礼，再转过身给所有送行的父老乡亲敬了个军礼。

“解放军叔叔辛苦了！”一支穿着整齐的方队开进了会场，众人一看，是少先队员小学生方队，排头高举着少先队队旗。他们有男有女，穿着凉鞋短裤，胸系红领巾，迎着初升的太阳，满面红光地走来。

“给解放军叔叔敬礼！”小学生队伍喊着统一的口号，给一排队伍系上了鲜红的红领巾，然后喊着统一的口号撤出了会场。

“娃娃们真可爱，解放军真威武！”人群中有老爹在喊，他们骄傲地看到了自己的孙子孙女也在队伍中。

“解放军叔叔辛苦了！”紧跟着是一队姑娘组成的方队，她们全都是从各村抽调的女孩儿，多数还在读初中。所有人都知道，这是送行中最靓丽的一环，要求女孩儿不光漂亮，还要有身高，才能配得上解放军叔叔伟岸、高大的身形。为争一个送行的名单，昨天夜里一些村差点儿打起来。

姑娘们头戴花环，有的梳着刘海，有的扎着马尾辫，浑身洋溢着青春的气息。她们穿着红衬衫、平膝裙，昂首挺胸，踏着整齐合一的步伐，赶上缓慢移动的队伍。一个个大男孩已经被这场面镇住了，帽徽边的额头上全是汗珠，他们全身紧张，不敢侧身看一眼余香渐近的姑娘们。

姑娘们抓住兵哥哥的衣角，捏住他们不让动，整个队伍被迫停了下来。姑娘们眨着亮晶晶的眼睛，先和兵哥哥对视了一眼，而后踮起脚跟，将兵哥哥头顶的军帽摘了下来，再将戴在自己头上那束用柳条编织的花环戴在兵哥哥头顶。她们仔细地端详着，眸子里晃动着人影，等百分之百满意了，才将军帽再给他们戴上。

“哦——”整个送行队伍感叹声雷动。停滞的队伍又开始缓缓移动了。

“解放军叔叔，我们爱你们！”姑娘们用力挥舞着手臂，已经流泪了，大声喊着。

“红色娘子军啊，这要是在过去，那就是护士军。”人群中有人赞叹。

“呜呜——”几个战士已经泣不成声，脚下生根，一步一步拽着。这场百年一遇的洪水没有压弯他们的脊梁，可是姑娘们那一双双清亮的眸子快淹死他们了。

“兵哥哥，你叫什么名字？在哪个部队？我要写信给你。要记得我啊！我喜欢你，喜欢你……”突然队伍一阵骚动，一个送行的女孩儿近距离看到自己的救命恩人，情绪太激动了。她追了十几米，再次赶上兵哥哥，一头扑进了那个在洪水中用尽洪荒之力，累到虚脱，游了一里多路救她的兵哥哥怀里。

“呜呜——”，离别的伤感已经传染了整个队伍，这些铮铮铁骨的硬汉，黑乎乎的脸上都挂上了两行亮晶晶的泪珠。

“娃子们，大娘没什么送你们的，大娘保佑你们一辈子平平安安，好人好福！”一位白发老人哆嗦着无牙的嘴，双手合十，跪在铜牛蹄下祈祷。不用说，送行的人都认识，是丁婆。

“大哥哥，谢谢你们的救命之恩。等洪水退了，我们这里旅游开发好了，风景漂亮了，欢迎假期来旅游！”一个十五六岁的姑娘被挤到了人群外围，急得直跺脚，她手里的花环也被挤变形了。因为人数限制，没能选上送行的方队，今天她只能眼睁睁地看着一名站得笔直的战士从她眼前走过去，就是他开着冲锋舟，在汹涌的大江里追赶一个个浪潮，冒着侧翻的危险，硬是给了她第二次生命。

“我长大了要嫁个兵哥哥！”一位稍大点儿的姑娘红着眼，追着她心目中的星。

“噼噼啪啪！”雨露将两根竹竿盘着的炮仗点着了，让村里两个高个子小伙高举着，沿路送解放军。这样热闹的场景，村里只有重修建祠堂的时候有过一次。

队伍每到一处，两岸都有欢送的队伍，有穿着朴素的各村村民，有学校组织的中小学生，他们穿着统一的服装，印着标语。有县各单位组织的方队，每人手里都握着一面小国旗，向着队伍，向着冉冉升起的旭日用力挥舞。

人群中不时挤出一两位老太太，她们手里提着竹篮子，篮子里装得沉甸甸的。她们拨开人群，走到队伍边，掀开篮子上遮尘的白布，露出一篮子鸡蛋、白馍、热乎乎的煎饼，硬往兵娃娃的口袋里塞。

“大娘，我们都吃饱了，我们不饿！”兵娃娃摇手。

“揣兜里留着路上吃。这些天你们太苦太累，大娘们记得你们的恩！”大娘颠着碎步，跟着开进的队伍小跑着，跟上兵娃娃的步伐，硬塞给他们几个热鸡蛋。

一些上了年纪的大爷站在一群人中，像浮萍一样被挤来挤去，有些时候，他们感觉自己来是多余的。送行的队伍，小孩有小孩的事情，姑娘有姑娘的情，大娘端着蒸包子有爱，可他们站在人群中不知道该做些什么，只能捏着一根烟，在那里傻傻地抽。

“立定！”

“向右看齐！”

“敬礼！”队伍走到军车边，那位将军一脸刚毅，停下了脚步，大声喊着口令。整个队伍停成了一条直线，所有军人抬头挺胸，抬起右臂，齐刷刷地又向两边的人群敬了一个军礼。

两岸送行的人群仿佛被传染了一般，也都齐刷刷地抬起右臂，手指贴耳，还了一个特别标准的军礼。直到这个时候，那些个老大爷才感觉找到了归属感，他们猛地扔了手里的烟蒂，挺直腰杆，目光如炬，用力抬起右臂，迎着走过来的队伍还了一个标准的军礼，久久都不放下。

丁婆站在人群最前面，两眼如炬，五指并拢，手臂笔直，敬的军礼绝不比这些当兵的娃子差，俨然成了一座雕像。

“呜呜，我这辈子没见过真正的打仗场面，可是看到这些军人，这气场，让我窒息。”

“他们对内能保家，对外能卫国，他们是祖国的钢铁长城。”人群中有人在低声地抽泣。

“呜呜——”哭声像是急性流行感冒，已经将整个人群全部传染了，整个大堤炮仗声、抽泣声连成了一片，那些刚毅的军人也都泪流满面。

停滞的队伍在一声军礼后又缓缓流动起来，两岸送行的队伍也在流动，一直连绵不绝，延伸到视线所能触及的尽头。

“预备——唱！”随着一声嘹亮的号子响起，整个队伍合唱着一首歌：

你从雪山走来，春潮是你的丰采
你向东海奔去，惊涛是你的气概
你用甘甜的乳汁，哺育各族儿女
你用健美的臂膀，挽起高山大海
……

“真是军民如水，鱼水一家亲啊！”雨露站在人群中，早已泣不成声。这场无情的洪水让村里人变得一无所有，可是面对这样的亲情，她觉得值得。雨露抬起头，迎着太阳，眼角的雾气升腾，闪动着七色彩虹，在熙熙攘攘的人群中，她要好好享受这次感动。

直到这时，雨露才深深体会到当年丁婆为什么千方百计要逃出那个深锁的大院，为什么会义无反顾投身支前大军，为什么会冒着枪林弹雨站在船头，就是因为心里有这份执念，这份冲动像团火一样，让人浑身仿佛灌满岩浆，那是理想和信念，随时都可能迸发。

不知何时，丁婆哼唱起了送别歌，调子很熟悉，上三十岁的都会哼唱，是一首《十送红军》。开始还是丁婆一人在唱，只一会儿，整个江堤都成了歌声的海洋，成了一场流动的歌颂会。江面上不时有运送救灾物资的船只鸣笛，像是为这场送行会在伴奏。丁婆站在铜牛像下挥舞着手，打着节拍，领头唱了起来，可是她把歌词改了：

一送那个解放军，抗洪来到了最前线
狂风那个暴雨，全都靠边站
江里那个江猪，咕噜咕噜那个叫啊
江岸那个河埂，呼啦倒了一片啊
喊一声亲人，解放军啊，哪里有缺口哪里就有你们
二送那个解放军，今天要回边疆
几时那个人马，转业回家看亲娘
紧紧拉住解放军手，解放军啊
救下的种子，那个绿了天
……

第六十五章 明月跳江

洪水退去，仅仅几个月，一切依旧。

丁婆一天早上到丁小气家买东西，很神秘地告诉丁小气，这些天晚上江滩边有个东西，上半夜在江滩上叫，下半夜在村里边转悠边叫，说得丁小气浑身起鸡皮疙瘩。

“丁奶奶，你说天天晚上听见鬼叫，那你能算出人的阳寿吗？”丁小气很认真地问。

“阳寿肯定算不出来，但我能提前几天看出谁阳寿已尽！”

“怎么看？”丁小气来了兴趣，好奇地问。

“人临死前几天有四大特征，一是眼珠无光，二是鼻尖发黑，三是身体浮肿，四是皮肤起黑斑，同时具备这四大特征，最多活不过两天。”丁婆夸夸其谈，沉醉其中。

“那我到村里找找，看谁有这些特征谁要死，晚上那只鸟喊谁。丁奶奶，你说天天晚上有鬼叫，是男是女啊？”刚好老黄也来买牙膏，调侃似的问丁婆。

“那东西叫声是这样的，唧——唧唧唧，一长三短。是手拉手的四只鬼，前面那声叫很尖，也最长，是个女鬼，也可能是个长命鬼；后面三声短，声调也低，是三个男鬼，也可能是个短命鬼。”丁婆很认真地回答，还噘着嘴，模仿那东西的叫声，样子很滑稽。

“有什么好怕的！”老黄嘴巴硬，买了东西转身走了。村里一些老人都知道老黄最怕死了，和张三爹爹有得一拼，只要有人提到关于死亡的话题，他立刻就会走开。

阿宝今天从几村孩子那里收了些“保护费”，坐轮渡跑到江对岸过嘴巴瘾去了，一整天都没有回家。眼看天色渐暗，他花光了身上最后一毛钱，下了江堤，看见一条渡船停在岸边，像只大乌龟在江水中摇晃。他跳上船，可是工作人告诉他，今天渡船整修，不开。

他挺直腰杆，站在熙熙攘攘的人群中很显眼，个子好像也被江风吹高了，发型也乱了。对于自己这几年留的新发型，阿宝一直引以为豪，前面一截头发撑出去像顶遮阳伞，下雨的时候半张脸都能遮雨，远远看像是戴了顶鸭嘴帽。秀秀很多次要强行给他剪掉，可是这孩子就是不同意，说这样帅，秀秀不知道他帅什么，看起来像个讨饭的小老头。

“呼呼！”老虎崖上的风呼呼作响，迎面的江风很大，吹得脚下的小草疯长，江面的浪乱跳。几条瘦成骨头疙瘩的小舟漂在江面上打着转，不知道是捕鱼船还是捞尸船。

一只只江轮水饺一般被浪花煮沸，不时露出一截肚皮，泛着乳白的光，相互嬉闹。江边浅滩处那千亩芦苇有着超强的生命力，夏季那场洪水过后，竟然迸发出了别样的二春，长得特别茂盛。芦苇们掐准了季节，秋霜刚至就花白了头发，像个老妇人，支着纤细干瘦枯黄的腰杆，披散着满头银发，摇晃着抖出漫天飞絮。

两条破旧的轮渡停泊在岸边，缆绳靠岸，船上也没有工作人员，一问才知道昨天一对老夫妇在江面上撒网，被一条吸沙船拦腰切成了两截。老伴抓了根船板得救了，可是水性好得能在江面上睡觉的老头没有找到。谁都知道，凡是淹死在江里的大多会水。江水站在岸边看似澄清，波澜不惊，可是一旦掉下去，就会有无数只恶鬼的手把人往底下拽，无数个漩涡把人往底下吸，等寻到尸体那天，已经在涉水几十公里之外了。

一年都看不见几回的海事部门，今天竟然来了好几条船，将一些陈旧的、年检不合格的旧船全都停航了。那两条不知道使用了多少年的轮渡，从投胎那天起，就在这个轮渡口来回奔波，现在老了，船身满是老年斑，已经到了报废的年纪，就差一纸批文退休去回收厂了。

对于这些事，两岸过轮渡的村民早就习惯了，不出事故就天下太平，一出事故就关门停业，可是对于那些急着过江的人，只能绕道几十里去找下一个渡口了。

江心那片芦苇滩，洪水过后，尽显破败，一些树横七竖八地斜歪着。岛中间一些浅坑、水塘像秃了顶一般，在芦苇丛中相互点缀。前几天那场入秋的过江山风刮得猛烈了点儿，芦苇齐刷刷地向一边倒去，将芦苇滩梳了个背头。芦苇滩里停着两条小船，一个身影从船舱里走出来，拎着一个小炉在船头烧饭。

“丁大爹，送我过江吧！”阿宝讨好地说。

“不干！你也有求我的时候啊？天天带一帮小孩取笑我。”丁大炮大声拒绝。

“可是我帮你出了气，骂了撅人王啊！”

“我现在不想和人争长短。”自从洪水退后，丁大炮最近完全变了个人。他嫌阿宝烦，拎着炉子进船舱了。阿宝注意到另一条船是空的，看来挑粪工今天不在船上。

阿宝人小，眼睛却尖得像猫头鹰，远远地看见对岸江滩走过来两个人，像是一对母子，一个穿得朴素，一个穿得淡雅。等那两人走到江滩小店边，阿宝才看清，原来年纪大的是村里的好媳妇明月，她旁边紧跟着一个漂亮的姑娘，剪着齐耳短发，穿着天蓝色的上衣，底下是一双白球袜，像电视剧中的民国女学生，村里娃子管这种发型叫粪桶盖。

阿宝认识那姑娘，是隔壁家的宝贝女儿雪儿。在阿宝的世界里，从来没有遇到过比雪儿还漂亮的女孩了。她十岁以前长得像个布娃娃，全身都肉乎乎的，但又感觉不出胖，村里男人说张玉宝家女儿是电视机里的美人儿，只能看，不能和她说话，只要说一句，她妈就会冲出来赶人。

十岁之后她长个子了，说不出有多漂亮，没办法形容。有一年暑假，阿宝赤裸裸地站在大塘埂上准备游泳，隐约闻到一股奇异的香，这种香味他从来没有闻过。正纳闷的时候，看见几个身影从大塘埂的另一头走来，中间有位个子最高的姑娘，闪动着亮晶晶的眼睛看着他。那一刻阿宝竟然第一次怕羞了，脸烧得灼热，一个猛子扎进大塘里游远了，再不敢多看她一眼。他能感觉到内心的悸动，长这么大，这是第一次让他变得慌张，他心里暗暗想，这是怎么了？

现在那个姑娘就站在对面的浅滩上。她和自己同年，也十三岁了吧？瘦了点儿，但个子高了很多，显得特别的文静清秀。之前听村里男人议论，说从没见过这么白的丫头，比藏在橱柜里育的绿豆芽都嫩，碰一下手指头都湿了。她话不多，十岁后就没和阿宝吵过一次，每年寒假和暑假都回村，偶尔会出门，但都是和村里几个同年的女孩儿玩。每次看见阿宝带着小兵出来，她要么躲进女孩家里，要么找借口回家了。

雪儿今天有些异样，没有抬头用那双亮晶晶的眼睛看人，而是低着头，寸步不离跟在水明月的身后，像是她刚认的一个乖巧的妹妹。

水明月今天没有背着胖儿子，而是斜挎着一个大包，领着雪儿，先到江边的小卖部打了个电话，然后跑到停在江滩边的一条轮渡上询问工人，看来是想坐船过江，像是很着急的样子。

阿宝静静地看了一会儿，眼睛始终没有离开雪儿。他总觉得哪里有点儿不对劲，当水明月去打电话、上轮渡询问的时候，隔壁家那个女孩独自站在江滩边，低着头一动不动，像是一根旗杆，偶尔有几个村里熟人上去和她打招呼，这姑娘也好像没听见。在阿宝的记忆中，她虽然话不多，但是特别礼貌，只要有人和她打招呼，她肯定会礼貌地回应。

难道她们今天在玩木头人的游戏？

水明月招手叫停了一条在江面上捕鱼的小船，和船老板商量着，好像在谈价钱，最后那条船慢慢地向对面江滩靠近。

“扑通”一声，阿宝跳进了大江里。岸边有几位老人正在钓鱼，吓了一跳，慌忙站起来，以为有人落水或跳江了。阿宝几个猛子就游到江心洲浅滩上，他喘了几口气，再一次跳进大江里，几个猛子钻到丁大炮停船的地方，猫着腰，爬上了另一条空船。岸上那几位老人这才松了口气，敢情是对面丁家墩那个最调皮的孩子，他掉江里肯定淹不死，听说比水猴子还顽皮。

几乎是同一时间，阿宝的船和那条渔船同时靠岸，水明月牵着雪儿的手准备上那条渔船。

“你们慢点儿上船，我有话要问这个姑娘。”阿宝跳下船，一个箭步冲上去，一把抓住雪儿纤细但特别柔软的手臂。雪儿还是低着头，眼睛始终看着脚尖。阿宝使劲捏着她的胳膊，她都没有丝毫反应，还是机械地跟着水明月要上船。

“阿宝，雪儿的爸爸喊我到县城开会，但是雪儿今天有点儿不舒服，我刚刚打电话和她爸爸说了，她爸叫我带她到县城看医生。”水明月回过身，笑着对阿宝说。

“她身体不舒服？怎么看都不像啊！还不理人呢！”阿宝半信半疑地盯着雪儿，疑惑地问。

“女孩儿长身体了，每个月都有不舒服的时候，你乱问什么？不怕羞啊！难怪村里人说你皮，这也问。”水明月半是责备半是玩笑地把阿宝推下了船。一边的船老板也捂着嘴，一脸坏笑。

“哦！”

“雪儿，你告诉宝哥，是不是身体不舒服啊？”阿宝还是不放心，特意凑近到张冰雪脸前，疑惑地问。

“嗯，我不舒服，我要去城里找爸爸。”张冰雪低头小声回答。

阿宝脸瞬间就红了，女孩儿每月是有不舒服的时候，这事男孩儿不能问。他松开了手，水明月赶忙从怀里掏出钱递给船老板，并将雪儿推进船舱。也许是为了赶时间，也许是水明月不是江边长大的，刚上船时不适应江浪的晃动，一个踉跄差点儿跌进大江里，挎包掉了下来，刚好落在阿宝的脚面上。

“啪”的一声，挎包摔得很干脆，搭扣敞开了，里面滚出一个塑料小瓶子，瓶子是空的，里面没有药。阿宝眼尖，抓起瓶子一看，太眼熟了，是他藏在柳花树树洞里那瓶药，可是瓶子里唯一一粒药丸已经没有了。

“你——你偷了我的药！”阿宝猛地抬头，刚好和水明月四目相对。

“老板，开船，我有急事！”水明月大叫。

“老板，不能开船，这人是骗子！她给这个小姑娘吃了迷魂药！雪儿跟我走，那个女人不是好人。”阿宝也大叫，可是船已经离岸了。他急了，一个鱼跃跳上了船。

“走开，我要去找爸爸，他在城里等我。”雪儿眼睛直勾勾地看着前方，一把推开阿宝，没想到一个十三岁的女孩儿力气还特别大。

“扑通”一声，阿宝掉进了大江里。他深吸一口气，扎着猛子，在江水里都瞪着眼睛，死死地锁定了那条船。突然一个猛扑，一把抓住船沿，将船硬往岸边拖。

“这是个有名的熊孩子，老板，别听他胡说，快点儿开船过江，我赶着开会呢！”水明月大声催促船老板。船老板也蒙了，不知道如何是好。水明月可能真有急事，竟然冲上来，抓过老板手里的船桨，照着趴在船沿边的阿宝猛劈下去。

“轰！”阿宝感觉头一阵剧痛，眼前火星四溅。他翻滚着身子重新跌入江里，手里却紧紧地拽着船的缆绳。江滩边不知道什么时候已经围了一些看热闹的人，大家起初不知道出了什么事，只听说熊孩子阿宝惹了村里最好的媳妇，硬是拦下了准备去城里领奖的小麻子老婆。

船最终还是被阿宝拖上了岸，他跳上船，猛推了一把一直静静坐着的雪儿，这丫头还是没有丝毫反应，睁着眼睛仿佛睡着了。

“我背你下船！”阿宝不容分说，硬是将雪儿背了下来。等他回身再去找小麻子的媳妇时，她已经上了刚刚阿宝从丁大炮那弄来的那条船，晃晃悠悠地驶离了江滩。

“抓骗子，抓人贩子，快报警啊！”阿宝扯开嗓子喊着，他抓起小店门边一把鱼叉，光着脚丫子就追了过去。

“哎，这孩子，可不能杀人啊！”小店老板吓得嗷嗷叫。

水明月划着船，刚出了芦苇滩，就被赶上来的阿宝从岸边投掷过来的鱼叉将船侧板戳了三个洞。

“哧哧”，江水像爆裂的水龙头，跳跃着向船舱里飞溅，不一会儿就漫到脚踝，船成了个摇摇晃晃的破罐子。

“人贩子？哪有这么漂亮的人贩子哦！”直到这个时候，两岸的人才反应过来，敢情熊孩子是在抓人贩子啊？他们一脸不相信地嚷嚷。

“阿宝，别急！刚刚这女人在我店里打电话，我就感觉她身后的女孩有点儿不正常。雪儿常来我这里买东西，特别机灵。听到你们争吵，我就报警了！”小卖部老板一路跑过来，慌慌张张地说。

“这药太厉害了，人吃一粒就完全听那人话，我知道有个方法能治。”阿宝看着目光呆滞的雪儿，脑子里急速回忆着。他让小店老板看紧雪儿，自己在江滩上寻找，看见小卖部门口放着一个喂鸡的破钢精锅，奔过去一把抓在手里，顺手捡了一截断砖头，跑到站得笔直的雪儿身后，高举着钢精锅，对着她的耳根猛敲了几下。

“当！当当！”张冰雪摇了摇头，晃了晃身子，没有摔倒。

滩边看热闹的群众都扭头往这边看，以为这孩子用砖头袭击人。

“哇！哇哇！妈——妈，妈——妈！”大约几秒钟过后，雪儿突然全身颤抖，紧抱着双肩蹲在地上，一嗓子哭出了声。

“这孩子受了惊吓，晚上要在家门口撒些米，喊喊魂。”小店老板叹了口气，把雪儿牵到小店门口，搬条板凳让她坐下，先压压惊。

水明月划着小船刚到江心的时候，对面渡口上已是人山人海，警灯闪烁，大批穿制服的警察正在赶过来。一个熟悉的人影站在队伍最前面，正在大声打电话，要求紧急调长江水警过来。那人天天上县电视台，附近所有的乡民都认识，是张玉宝书记。

水明月看看身后，丁大炮挺着大肚子，划着船从芦苇滩里冲出来，拦住了她的退路。她惊恐万分，真可谓前后都有追兵，而且脚下无根，船舱里已经水深漫过膝盖了。

就在船彻底沉江的时候，她爬上了江心一个小得不能再小的孤岛。这个小岛没人疼没人养，是个后妈养的，后妈一年换一次，它们谁也不认识谁。这个可怜的孩子，命运不在它自己的手里，在那些翻滚的江水爹妈怀里，明明早上还匍匐着睡在上游程家湾的江滩边，今早却成了黑沙洲浅滩边的一颗黑痣。

孤岛在江道拐弯的浅滩上探出头来，只够鼻尖露出水面呼吸那么一小口空气，随时都可能窒息溺亡。

这个傍晚，这个只能容纳一个人立足的小岛站着个人，一个女人。江面起初好像没有风，可是一旦有热闹，江风立刻就会翻脸，使阴招，从崖壁的缝隙处，从跳跃的江水里冷不丁蹦出来，猛推人一把，然后怪笑。跑江的人都知道那是江婆子的把戏，骂它们是江幌子，渔民从不敢轻易到温顺的江里游泳，更不敢在一些没有"坟头"的江包上立足、过夜。

住在江两岸的渔民都知道，这个翻滚的大江是会挪动身子的。二十年前西边的张村河坝还是江心主江道，随着江水在这里减速、盘旋、驻足、沉淀，对岸江坝也年年崩岸，而今张村河坝已成浅滩，长满了芦蒿。

"别让这个害人精跑啦！必须拔出萝卜带出泥，把他们连根拔了，不然下次就骗你们家孩子啦！"村尾的浅滩处，如梦大叫着跑来，她身后是戴着警帽的汤小蕾。

如梦今天下午去闺密那里聊天，镇派出所所长慌慌张张地告诉她，女儿雪儿被人下了药，堵在长江边。如梦一路疯了一般跑到江边，跑得两只高跟鞋都断了跟儿。张玉宝家的亲戚已经将后路封死，他们手里都提着木棍，面露凶色。小麻子买老婆他们不管，缺钱可以辛苦点儿去挣，但不能干这缺德的事情，一个孩子关乎几个家庭。

雪儿已经被送去镇卫生院检查了，孩子受了过度的惊吓，开始发烧说胡话了。

"明月！明月！你怎么了？求你们让一让啊，那是我老婆！"对面江滩的人群中，一个瘦小的身影大声叫喊着，挤到最前面。大家一看，竟然是消失几个月的小麻子，在他老婆犯事的时候及时回村了。

几个月没见，这家伙简直变了个人，黑得像是刚从窑洞里掏出来的炕山芋，人更瘦了，腰也弓了，脊梁骨弯成了一张拉紧的满弓，快要把自己射出去。他面色疲惫，好像失眠半年没睡觉，眼皮全是黑的，眼眶里却全是红墨水。村里人从来没有看见小麻子这么疲惫过，前些日子听说他被传销洗脑，一天晚上落魄地回村，见人就躲，像只过街的老鼠，晚上趴在窗户外看了眼老婆孩子就走了，今天回村不至于憔悴成这样啊！

江边的风特别大，寒气重，小麻子刚刚还黑着脸，可是几阵江风肆虐，他猛打了几个冷战，浑身哆嗦了起来，身上的麻子皮皱成一张破旧的雨衣。脸色也由黑变得煞白，像是从棺材里刚爬出来，感觉被人抽了筋，再也没有那种见人就嚷嚷帅的底气了。他跳上渡船，跑到离明月最近的船头，和明月相隔也就百米的距离。脚下的大江像银河，将他们隔离，这次不是隔着天和地，而是隔着生死。

"这个小麻子想钱想疯了，不会把阳气都卖了吧？你看看衰成什么样！晚上出门真会吓死人。"二队长桥大爹也被吓到了，他感觉看到了一个活死人。

小麻子怀里紧紧地抱着一个皮包，装得鼓鼓的，像抱了条吃饱的小黑狗。

"明月，你别急啊！我挣到钱了，你看，这包里全是钱，够你和孩子下半辈子花了。你放心，这次天底下没有哪个钱比我这钱来路还正。"小麻子努力直起腰，连蹦带跳，高举着手里的黑皮包，用力地挥舞着，好让江心那个人能看见他。

那个皮包拉链口开了，露出一沓沓墨绿色的钞票。

"哦！真是钱啊！这么多！都是一百块的绿皮毛爷爷大钞哦！"周围人群起初多是鄙视，可看到小麻子包里那么多钱，态度立刻就有些变化了，有的人甚至还有些崇拜他了，而今这个社会挣到钱的才是爷。

"你们别听他忽悠，这家伙连亲哥哥都狠心骗到传销里，把他哥一辈子存的钱都坑了，现在回来装大款，就凭他？"阿超子站在人群中，一脸不屑地说。

"说得对，估计那钱是假的，是阴钞，鬼用的！"有人小声地议论。

"你别唬我了，家里仅存的五万块钱被你拿走了，被传销骗了，孩子这半月连奶粉钱都没有了。今早抱去嫂子家想讨点儿米饭，嫂子家比我们还穷，找遍了所有抽屉也筹不足一袋奶粉钱，我这才利欲熏心，想把张书记家的宝贝女儿带出去换钱。"水明月站在孤岛上，满脸恐惧加绝望。她被老天爷抛弃了，跟随她的只有这脚下滔滔江水，永远不知疲倦地流淌。

这个孤岛实在太小，像大江长出的肿瘤，地基软得像是一团棉花糖，随时可能下沉，只能容她暂时立足，根本没打算让她容身。

"鱼被老鹰带上天，还以为自己在飞。说什么回报快、返利高，一个月发财，几个月到北京买房，小麻子哥俩就是别人嘴中的那条鱼。"雨露今天请树荫夫妻吃晚饭，听到消息慌忙赶到现场，她就站在岸边，叹了口气，无奈地说。这样的结局，她其实早有预感。

“是啊，当初是你以命相搏，我们才能冲出来，要不然也可能成他这样了。”虎爹暗自庆幸，言语中都是对雨露的钦佩。

“当一个孩子被拐走的那一刻，就是一个家庭家破人亡的时候。”树荫也很难过，低声说。她怎么也搞不懂，这世界怎么还有这么多骗子。

“是道则进，非道则退。人生只有脚踏实地干实事，才是最大的赢家。”黄八年又说些让人听不懂的话了。

天已经快黑了，江滩边所有的船都开了灯，将江面染成昏黄。风一阵比一阵强，几条执法船想靠近明月，都被浪驱赶了回来。还有自从看见小麻子回村后，水明月情绪变得极度不稳定，嚷嚷着不要靠近，再靠近她就跳江。

“明月，不哭了！都是我不好，我知道对不住你，所以这些天我出去挣钱了，你看，这些钱都是真钱。”小麻子将包完全打开，抓起一沓沓钱分发给周边的人，让他们做证，仔细辨认。

几位好事者接过钱，先是揉捏，还对着灯光照，都点点头，好家伙，全是真的大一百。

“人一步走错，一辈子都在阴影里打圈圈。原以为我真的从良了，能吃得了生活的苦，挣良心钱了，变好了，可是看到娃儿饿得哭，家里找不出一分钱，我心里埋藏了多年的恶又跑出来了。张书记女儿实在是太可爱了，越漂亮的女孩越值钱，我架不住诱惑，抗争了这么多年，还是没抗过去，又变成了恶人。麻哥，这些钱从哪里来的？我一步走错回不了头，你可不能再走歪路，娃儿以后还要你好好抚养啊！”水明月满脸是泪，身体如筛糠，站在江风中瑟瑟发抖。

大江赶着浪，像疯狗一样围着孤岛打转，随时都可能将孤岛吞没。

“我在省城黑市把——把肾卖了！一共十万。这几天正在调养，今天心情特别烦躁，总感觉心里不踏实，就下床忍痛赶回村了，没想到家里穷得连娃儿奶粉钱都没有了。看来我卖肾是对了，这钱我会还哥哥五万，他因为信我进传销，我对不住他们。还有五万还你，我偷了你的私房钱，一辈子抬不起头。明月你放心，这钱干净得很！反正娃儿已经生了，我要肾没什么用。你上岸自首吧，进去几年就出来了。我还年轻，不怕累，娃子也大了，出来后咱在一起好好过日子，我等你，等一辈子。”小麻子已经泣不成声了，苦苦哀求、规劝。

“哦——哦！肾是什么东西？是腰花、鸡鸡还是蛋蛋？把鸡鸡割了啊，那以后怎么睡觉哦！这家伙想钱真想疯了！”

“呀！蛋蛋！把蛋蛋卖了？还能卖那么多钱？”

“人亲财更亲，金蛋啊！”人群又一阵骚动，纷纷回头盯着小麻子裤裆看。

今天算是见了世面了，这对夫妻真是绝配，女的说有罪，男的去卖肾！

“麻哥，一次从恶，终身难善。我自己干的那些事，拐卖了那么多孩子，国家也不会饶了我，都是死罪，没有回头路了！以后咱们的娃子要看好，别被拐了。他们拐卖孩子有的是招数，没有他们拐不走的孩子。遇到听话的孩子就骗，机灵的孩子就抢，不听话的孩子就打晕。那些扬言长大了要报复他们的孩子，有的还会被杀掉。其实我也是受害者，你知道我是怎么被拐骗的吗？十四岁去省城一家饭馆刷碗，下班遇到一个打扮时髦的女人向我问去医院的路，因为刚好是顺路，我很热心带她去了，中途她帮我买了一瓶饮料作为感谢。后来有点儿累，我就喝了一口饮料，不一会儿就昏昏欲睡。迷迷糊糊中感觉上了一辆面包车，我挣扎着大喊大叫，路边有人向车里张望，一个男人说这是他们有神经病的女儿，要去城里看医生。再次醒来后，我已经在离省城几百公里的大山里了，成了三个单身兄弟和一个老爹共有的媳妇。”

……

“张书记，开船上江滩抓捕吗？估计是个全国通缉犯，要是真跳江了，就什么都问不出来了，可能背后有个犯罪集团呢！”镇派出所所长一直站在张玉宝身后，像个保镖，他看江心那个女人情绪越来越激动，有点儿担心地说。

“等等看吧！人之将死，其言也善。她男人回来了，正在劝导，能投案最好了。”张玉宝铁青着脸，刚刚打电话询问雪儿的情况，得知情绪已经稳定才松了口气。这个女人前些天县里开大会还重点表扬了她，贤妻良母，顾家爱夫，现在却成了人人唾骂的万恶的人贩子。

真是人心深似海，自己以前对她那么照顾，她却恩将仇报，拐卖自己的女儿！

“你上来啊！我不在意，我们已经领了结婚证，在我心里，你这辈子都是我老婆，下辈子也是。求求你别动，我这就过去接你。”小麻子捂着腹部的伤口，到处求人找船，可是谁看见到他都躲到一边。这家伙刚从医院出来，割了东西会不会传染？

“对于专门拐卖孩子的人来说，只要是个孩子，能开口说话，像牲口一样是个货物就行。就像第一次被人拐卖，买的人只在乎我是个女人，是个能生育的女人，能帮他们传宗接代就够了，漂亮点儿更好，不漂亮也不在意，他们说只要是女人，灯关了都一样，都能买。”

“明月，我能体会，每时每刻都能体会。”

“买我的那家人特别穷，低矮的三间小屋，家徒四壁，没有窗户，只有一个炕。他们怕我跑，把我的衣服全部扒光，用绳子将我的双手反绑起来，拴在一块几百斤重的大石头上。他们毫无同情心，心比秤砣还冷还硬，手打人比铁锤还狠，根本不理会我的苦苦哀求。”

……

“明是一把火，暗是一把刀。贱女人，你活该！在外受再多的委屈也不能拐卖孩子。你也是当妈的人，要是有人把你孩子骗出去卖了，致残、致疯、致傻、致呆、致死，在路边讨饭，你也能这么安心？”如梦愤怒地吼叫。

那个女人要不是站在江心，如梦肯定会冲上去，揪住她的头发，将她一身毛揪光才解恨。

“对，小麻子家儿子养得又白又胖，这女人怎么不把自己儿子卖了？就知道拐卖别人家孩子养自己儿子！”围观的群众愤怒地质问。

“用砖头砸死她！砸死这女骗子、害人精！”人群情绪暴动，尤其是一些女人，恨得咬牙切齿，纷纷捡起江边拳头大的鹅卵石，向江滩边那个孤岛砸去。

“砰，砰砰！”江面上下起了一阵石头雨，轰轰响，水花溅得人睁不开眼。

“各位大爹、大娘，大哥、大姐，小弟弟、小妹妹，求求你们手下留情，别砸我家明月了！是我小麻子不好，我没用，挣不到钱，逼老婆走上了歪路，你们要砸就砸我吧，就砸我吧，别砸她了！今晚我挨家挨户上门磕头，给你们赔礼，要多少钱尽管开口，只要我赔得起就行。求你们别再砸她了，我儿子想有个妈，我小麻子想有个老婆！”小麻子看见明月抱着头蹲在孤岛上，被石头砸得无处可躲，额头也出血了。他顾不得腹部的疼痛，“扑通”一声跪倒在岸边，双手抱拳，用膝盖当脚，快速地挪动着，连连给众人赔礼，大家这才住手。

“麻哥！呜呜——我记得你的恩情！谢谢了！你永远体会不到那种感觉，被人绑在扁担上，他们一家全是畜生！他们没日没夜轮番凌辱我，就是为了将我的廉耻心、自尊心全部摧残。第一次逃跑被抓住，他们当着我的面，一刀捅死一头母猪，让我看看下一次逃跑逮到的下场。血溅我一脸，从那刻起，我就觉得这辈子已经死了，我深深体会到了怕，真想好好地活着，更憎恨所有男人，他们自私、冷漠，毫无人性。”明月对着相隔百米跪在地上的小麻子，倾诉悲惨人生。

“你们永远想象不到人性有多么黑暗，更想象不到人贩子为了钱可以做出多么丧尽天良的事，我憎恨他们，诅咒他们全家死绝。可是当我逃回家，面对失联多年的父母，他们第一句话不是问我在外面过得怎么样，而是质问我为什么这两年不回家，不再往家寄钱了！家里的哥哥已经大了，到了谈婚论嫁的年纪了，等着女儿长大了挣钱给他娶老婆！他们根本没有看到我眼角落下的泪水，我在他们心目中和在人贩子心目中一样，都是挣钱的工具。

“从家里再次出来打工，我找到了那对骗我的夫妇，我恨这些狼心狗肺的畜生，我却愿意与狼为伍，因为他们能弄到钱，能和我对半分。我回到了那个曾经拐卖我的团伙，成了他们中的一员，用最黑影、最肮脏的手段弄钱，为的就是过年回家将钱交给爹妈，他们能把我像个亲人一样对待。我缺这种亲情，虽然我知道是假的，但总比外面那些虚假的冷漠好。”

……

“明月，以后有我啊！我对你的爱是真的，有一句假话就五雷轰顶，扔长江里成泡尸，喂鱼，永不翻身！”小麻子使劲地拍着胸脯，以至于江对岸都能听得清清楚楚。

天色渐渐变亮，明月没有从张公山的峰顶爬出来，而是从奔涌的大江上游一点点升腾，像个装满了水的气球刚从冰柜里取出来，浑身还冒着水雾，被水波推出来，越来越皎洁明亮。

大江像一条扁担，一头挑着黑沙洲，一头挑着升腾的一轮明月，中间是滚滚而逝、永不回头的长江水。

“呜呜——”岸边站满了人，刚刚还特别吵闹，现在却很安静。很多人抓在手心的石头也掉了，甚至还能听到隐约的抽泣声。连几个公安也都眼角湿润了，他们面对罪犯从来没心软过，今天却真的被感动了。

“我能叫你一声老公吗？”

“能！”

“老公，我上岸也是要枪毙，自己犯下的罪自己知道。爹妈养育的恩情我已经还完了，不欠他们什么，但是你的情还不完。老公，当年我骗光你所有积蓄，可是这些年你没打过我一巴掌。你穷得连件衣服都舍不得买，可是我要什么你都给买，你是这个世界最疼我的人，这正是我再次回村和你安安稳稳过日子的原因。村里人总是用异样的眼光看我，可是我知道你是最疼我的人。这条项链是你去年买给我的，我还给你，你卖了换些钱照顾孩子吧！如果有来世，我们再好好过吧，那时我要做个好人，一定能做个好人。”江心那个女人早已经泣不成声。她低着头，好像在自言自语，两岸站满的人却听得真切，没有一个人说话，大家都知道她是在和小麻子真情告白。

“下辈子，你再丑我也嫁、也爱。记住我的真名水明月。我死后，假如捞到尸体，你不嫌弃就葬在你们家祖坟吧，好让我有个归宿；捞不到尸体，就把家里那几件红衣服埋个假墓吧，清明的时候好有个亲人给我烧纸。墓碑上就刻这个名字，水明月！水能洗干净我罪恶的身子，明月照我到那边做个好人，走正脚下的路……”

“老婆，我记得你的名字，一辈子都记得啊！你别做傻事，求你了，求你了——”小麻子已经哭得沙哑，再也发不出声音，众人将他死死地按在江岸上。

“各位大爹、大娘、大哥、大婶，越穷的人越好骗。回去告诉你们的孩子，不要随便吃陌生人给的东西和水，不坐黑车，独自出门的时候记得和亲人说去了哪里。遇到有人请求帮忙，把他们领给警察，无意中你们就帮了孩子，救了他们的命。”明月环视着四周，脸上竟然挂着笑，大声地说。

“人生如芦苇，脆弱且易折。人生如桥，两边都是岸，我却回不了头！老公，有来路，没退路，留退路，是绝路。这次你为了这个家，连肾都卖了，一个男人连肾都能卖，还能怀疑他顾家的一颗心吗？一定要记住我的话，为了我们的孩子，没肾也要好好活着！老公，我爱你，再见了！”明月挥挥手，扎紧了腰带，扣紧了衣领，对着大江，明月当镜，戴上小麻子买给她的红蝴蝶发夹，向岸上的小麻子嫣然一笑。

“愿天下无拐卖，愿天下人贩子都像我一样，不得好下场！”明月突然提高了嗓门，喊出这最后一句话，像喊口号一般，留给众人一个扎马尾辫的背影，然后纵身一跃，淹没在翻滚的江涛里。

明月照大江，烟火见汀兰。大江翻腾了几下，舔舔嘴唇，津津有味地咀嚼。

那只红色的蝴蝶在浪尖上忽隐忽现，最后消失在皎洁的台幕中。那个孤岛上，放着小麻子结婚时买给她的三黄首饰。

“老天爷——你就是王八蛋！你为什么不给我们这些穷人一条活路——”小麻子突然像个孩子撒泼一般，抱着怀里的包，死死地盯着明月翻腾的身影，盯着江面那只飞舞的红蝴蝶撒开双腿，沿着江堤一路向下游狂奔而去。

“唧——唧唧”，江滩边有个东西又准时叫了起来，这次是一声长、两声短，比昨天少了一声，只是声音不再清脆，有点儿像哭声。

“你们听到了吗？鬼叫声变了，变成男人叫了！”丁家墩的女人们小声地相互转告。

那夜，整个大江像高烧过度，一直在说着胡话，吵得人耳根都疼。丁婆说，那是女人在哭。

第六十六章 感染血吸虫病

秀秀发现儿子近来食欲不振，也消瘦了很多，像营养不良似的。原来虎头虎脑的，玩一天不回家都不累，现在他在外玩一两个小时就疲倦了，回家倒床上就睡觉，显得体弱乏力，带他去镇医院看医生，也没发现什么异样。

然而村里变化最大的人要数丁大炮了。

自从阿宝在丁大炮的茶里放了避孕药后，丁大炮感觉身体真的发生了变化。以前是迎风尿三丈，现在是顺风尿湿鞋，原来他的体型一直不胖不瘦，用他自己的话来说是标准的美男子、老男人中的极品、战斗机中的F16，是几个村死了男人的妇女偶像。

可是洪水过后，身上拧的一股劲散了。本以为可以养养膘，可是食欲不振，嘴里整天没味。最让他恐惧的是肚子竟然大了，开始他不在意，以为是生活安逸了，发福长了啤酒肚。可是这种膨胀没完没了，感觉有人捏着他的肚脐，用打气筒往他肚子里打气，膨胀得没有底线，比怀了十斤娃的女人肚子都大。一次他远远地站在江边，别人以为是一个球被冲上了岸。一次洗澡，他发现肚皮上的经脉像是城市里的立交桥，错综复杂，一条条清晰可辨，且越来越粗，在肚皮上画着让人头皮发麻的弧线，像木匠用麻绳弹的墨线。

还有一次他在江滩边睡着了，耳边传来“轰轰”的敲鼓声，他还以为做梦，睁眼一看，是放鸭的张三爹爹，一脸惊恐地盯着他。张三爹爹远远地站着，用手里放鸭的长竹竿在他的肚子上捅着。

“大炮老弟，你怎么睡这里了？我放鸭经过，还以为是个泡尸被冲到岸上了呢，吓得我没敢靠近。”

“哦！”丁大炮起身想赶紧走开。

“你的肚子怎么那么大？像只鼓起的青蛙。不会老了，受了什么刺激吧！”张三爹爹不忘关心几句。

最让丁大炮不能接受的是他屁股底下也流“羊水”。起初他以为是吃了不干净的东西，拉肚子以前也有过，这次他一连吃了好几天治拉肚子的药，却一点儿没用，每天都要换好几条内裤。这股“羊水”比拉肚子的大便稀，清汤寡水，浑浊如米汤，泛着灰白色，却奇臭无比，隔几十米人家都能闻到他身上散发的怪味，像是埋了十几天从坟堆里刨出来的死尸。

丁大炮以前是个特别不爱洗澡的人，他嫌洗澡太麻烦，洗后身体还会脏，而且还要洗衣服。现在他开始没完没了地洗澡，一天洗好几次，可还是除不了身上那股怪味。

而且这股怪液完全不受他的控制，说来就来，说走就走。有时刚刚从茅房里出来，还没系好裤带，屁股处又如八月午后的雷暴，膨胀难忍，针扎一般灼痛，必须立刻释放，稍有怠慢，就将裤裆弄成灾区。有次做梦，丁大炮梦见自己是个春卷，是一个超大的包着人屎的春卷，吓得村里所有人都逃走了。

丁大炮很少去丁小气那儿讨酒喝了，他怕村里那些鼻子比狗还灵的孩子不知道给老爹留面子，说他风凉话，在他背后议论他身上的怪味。丁大炮每天裤兜里塞了好几条晒干的内裤，时刻准备着冲进茅房，换掉拉稀的裤子。

一次撅人王在轮渡边的小店买东西，看见丁大炮撑着腰，挺着个大肚子，挑了一些日用品准备付账，看见撅人王过来，慌慌张张地躲一边去了。撅人王付了账假装回村，然后躲在门外，看见丁大炮买了一些女人用的大号护垫和大号的尿不湿，匆匆上船不见了。

“不得了了！丁大炮自从吃了阿宝下的避孕药后变成女人了，非但没有避孕，反而怀孕了，而且还是个三胞胎，肚子大得能塞进一头一百斤的猪。”

“别瞎说，男人哪会怀孕！”

“就算是男人，他都快六十岁了，也不可能怀孕啊！”一些好事的妇女反驳她。

“起初我也不相信有这样的怪事，昨晚亲眼看见他在江滩小店买卫生巾、护垫、尿不湿呢，不信你们去小店老板那里问问。”那几天撅人王特别精神，一改之前的高傲，见人就奔过去，硬抓住人家的手亲切地说，必须要告诉那人她刚发现的惊天秘密。自那天后，村里就谣传丁大炮变成女人了，来了例假，他每天屁股底下都夹着护垫，屁股还流血呢。

“青岛不倒，丁大炮要倒；雪花不飘，丁大炮要飘。”

“这家伙真是个老来俏，长得像个钟馗一样，想不到老了老了却成了阴阳人！”

“桥大爹，要是遇到阴阳人，你怎么给人家扎灵啊？”村里有人开始担心丁大炮的身后事了。

“不知道，我还真没给这类人扎过灵。关键人家喜欢男人还是女人我不知道啊！女人心是豆腐做的，喜欢男人的铁疙瘩大家都知道，可现在男人心也成豆腐花咯，你说纸人扎男人还是女人？”桥大爹一脸认真地回答，看来这个问题的确难倒了他。

“这没什么大不了的，在大城市，男人喜欢男人正常，叫同志或基友，见怪不怪，公园里男牵男、女抱女的多着呢！但男人能大肚子，我还是第一次看见，第一次听说。想不到咱家乡的新闻一点儿不比城里差，回北京我要告诉家主，保管他们也不相信。”丁鱼鲤刚从北京回村，听到这样的事也一脸诧异地说。傍晚鱼鲤还特意跑到江滩边，脖子上挂着一个家主送她的相机，伸着脖子到处找丁大爹。她想看看男人怀孕到底变成什么样，可丁大炮早就把船划进芦苇丛中关了灯，坐在船头发呆去了。

“大家快来看啊，女人来例假，丁大炮也来例假啊！”那几天，阿宝又多了个使命，他每天一大早就带着一帮孩子在江滩边蹲守，一次硬把丁大炮截住了，见他就喊，还问他是不是真变女人了。这要是在前几年，丁大炮肯定会冲上去给这些娃儿一耳光，可是现在丁大炮见到村里人就怕，红着脸说是痔疮犯了，叫孩子们别听村里人瞎说，然后摇晃着不成比例的身体，踉跄着跑上江边的木船，死活都不下来了。

随着肚子一天天胀大，丁大炮开始不停地咳嗽，吃药也止不住，一次竟然咳出了一大口艳红的血来。每天一大早，村里人坐轮渡过江赶集，总能看见江滩的浅水处停着两条船，虽然缆绳插在芦苇滩头，可是江水还是故意使坏，拨弄着船在原地打转，像两只大螃蟹被人抓住，拴在了绳子上。

“咔咔咔，咔咔。”木船里传出一阵咳嗽声，像撅人王敲的破钢精锅，那么有节奏，不停息，以至于住在芦苇丛中那些水鸟都适应了。偶尔有几只胆大的水鸟驻足在他们木船的支布条上，抬起一条干瘦的腿，成金鸡独立的姿势，将头插进羽毛，在船顶睡觉。

丁大炮感觉身体里像是燃着一个炭炉，整天总是不温不火地发热，烧着烫心的热度，不管喝多少水也降不下温，扑不灭火。血液流动的声音特别大，只要一坐下来，就能听到血管里有东西在成群结队地游动，像是一群鲶鱼在他身体里乱窜，他拦不住、捉不到，只能静静地感受它们在身体里反复地洄游。

走路腿发飘，抬头看太阳，立刻就天旋地转，他才五十几岁的人，感觉一下子就进入八十岁垂暮老年了。江水也故意使坏，好几次夜里把他的小船牵到下游三十多公里处，害得大壮要找一整天。以前江风吹在脸上特别舒服，像二十岁那年相好的在耳边的喘息声，那么娇柔，而今像是哨子声，对着耳根吹，吹得头都快炸了，耳根流血，躲哪里都清静不了。

大壮也意识到丁大炮的消瘦不对劲，好几次提醒他去县医院看看，丁大炮都以各种理由推辞了，直到他昏倒在去小店买卫生巾的路上，才被大壮背进了县医院。

丁大炮醒来的时候已经转入特殊病房了，进来的每个医生、护士都戴着厚厚的口罩和皮手套。大壮一直在他身边照顾他，一问才知道，昨天医院抽了他的血液和粪便进行了化验，他真的生病了，病情和长江边肆虐了几千年的血吸虫中晚期症状完全符合，化验结果也和医生的判断吻合，属于血吸虫病中晚期。血吸虫的卵寄生在他体内，已经成长为成虫，寄生于寄主的肛门静脉和肠系膜经脉中，虫卵沉积于肝脏和肠壁等组织，形成虫卵肉芽肿，最后导致肝硬化，引起贫血、消瘦、浮肿和腹水。

医生说这种病如果是儿童感染，因不能正常发育，会成为侏儒，成人感染会丧失劳动力，妇女感染会导致不孕不育，直至死亡。这种病自古就是临江而居的穷人的噩梦，传说神医华佗一生寻遍天下药草，也没有找到医治的药，郁郁终老。

“绿水青山枉自多，华佗无奈小虫何！千村薜荔人遗矢，万户萧疏鬼唱歌。”上世纪五十年代后期，毛主席一首《送瘟神》把全国的灭螺运动推上了高潮，在短时间内就把灾区的钉螺消灭得寻不见踪迹。

可是世上的苦难永远是无尽的，自古就有大灾之后必有大疫一说。谁也没有料到，那些原本消失得无影无踪的钉螺又出现了，不知道从哪一口古井中、哪一条山涧小溪、哪一处芦苇地里流进长江，而水流缓慢的芦苇滩则是这些钉螺最喜爱的栖息地。

这次“瘟神”又回来了，第一个上身的竟是这个面相极恶，却是菩萨心肠的老男人。

送走瘟神，健康一生

消灭钉螺，远离血吸虫

改厕改厨改圈，控制血吸虫病传染源

二队长桥大爹提着毛笔，拎着一个油漆桶，两眼眯成一条缝，在村口最醒目的墙上刷着标语。自从丁大炮被确诊为血吸虫晚期后，村里人心惶惶。雨露每天都安排车辆，分批拉人去县血防站检查，甚至村里几个上了年纪，一辈子都没去过大医院的老人也被抬上了车。一周后，体检报告送到了村里，不出大家意料，村里有九个大人和五个孩子被感染了，其中就有秀秀家的阿宝。

阿宝被告之也得了血吸虫病后吓了一跳，因为村里有谣言说被血吸虫感染后，警察抓住直接送火葬场烧成灰。秀秀赶忙给儿子解释，告诉他只是早期感染，吃几粒药就好了。吃了药后，阿宝一连高烧了好几夜。

还好这一帮老小都是初期感染，分发了一些药，在家里保守治疗，医院说一个月就可以痊愈了。

“钉螺身体小，青绿色，成螺旋状，像个袖珍的古代宝塔，干瘦得挑不出一丝肉，自古就无人食用，你们捡到千万不要当玩具。”

“钉螺是血吸虫唯一的中间寄主，所以一旦发现水域有钉螺，就要及时向我们汇报，千万别下水。”

“感染血吸虫病，中、晚期会腹泻、贫血，会因营养不良而丧失劳动力或生育能力，所以一定要早发现早治疗。”

几乎和丁大炮入院是同一时间，县血防站的工作队就浩浩荡荡地开进了丁家墩，连夜向村民分发传单，讲解注意事项。

他们当夜就在大堤上建起了一排简易帐篷，所有人员都一脸严肃，身穿白衣服，戴着皮手套。他们分头沿着江堤取水进行化验，村里人将他们称为“战地医生”，镇政府送了一面血红的大旗，写着：向送瘟神的血防队致敬！

“妈妈，血吸虫是不是像蚂蟥那么大，专门吸人的血？”

“嗯，是吸人血，但很小，眼睛根本看不见。”

“那么小，怎么进到人的肚子里面的啊？”

“从人的毛孔里进去啊！假如那片芦苇滩有钉螺，就有可能有血吸虫，村里孩子去游泳的话，就有可能被感染。它们身体特别小，人身上的毛孔对于它们来说，比学校的大门还大，它们可以随便进入，所以你们千万不能到陌生的地方游泳，尤其是发现有钉螺的地方，更不能碰水。要第一时间告诉我，村长请县里血防站的医生来撒药毒死它们。”那几天，村里孩子不敢上大堤，洗脸时不敢触水，总是不厌其烦地问大人关于血吸虫的问题。在他们心里，水原来是他们最好的玩具，一下子却成了恶魔，藏着无数能把人血吸干的可恶的虫子。

“血吸虫病流行历史悠久，1972 年在湖南长沙马王堆出土的西汉女尸的肝、肠组织中也发现了血吸虫卵，说明我国至少在 2100 多年前就有血吸虫病了。目前全球有 76 个国家和地区流行血吸虫病。我国重点是长江流域，涉及 12 个省。

“含有血吸虫尾蚴的水称为疫水，当人或其他哺乳动物下水时，尾蚴就吸附在皮肤上，侵入的过程只需要 10 秒钟。尾蚴钻入皮肤后，皮肤上会出现红色小点，非常痒，一般两三天后自然消退。晚期患者主要表现为肝硬化和腹水等，病人肚大如鼓，民间俗称大肚子病。”雨露特意开了个血吸虫宣传防治会，会场就设在村祠堂前。村里老人和孩子几乎都参加了，每当遇到有人提问，她都不厌其烦地讲解，俨然是个医学专家了。

“血吸虫是鬼变的吗？僵尸变的吗？怎么专门吸人血啊！”

“僵尸住哪里？听说老虎崖住着长江尸王，血吸虫是尸王的儿子还是小兵？和尸王住一起吗？”一些孩子好奇地问。

“芦苇喜欢长在岸边浅水中，别看它长得茂盛，浑身是宝，根部环境却是钉螺繁衍生息的场所。”

“我们村投了那么多人力财力建成的江滩渔场，里面却有钉螺，成了雷区，以后我们怎么养鱼，谁还敢进去？”有老人哭着问。

“钉螺被消灭好几十年了，这次泛滥成灾主要是洪水带来的，国家已经派专业医疗队伍入村把钉螺全灭了。你们放心，长江是我们的母亲河，沿江有多少城市，每座城市都在长江里取水，江水里要是有血吸虫，那还得了啊！况且这次也只是我们村滩头发现钉螺，国家安排专家沿线进行了排查，别村暂时还没发现，所以我们不必太惊慌。”雨露耐心地进行讲解，做好安抚工作。

丁大炮躺在雪白的床单上，由县吸防站安排专人进行护理，不得随意会客，日常生活用品都要经过严格消毒，尤其是大小便，是病源传播的重要途径，必须经过严格消毒处理。严格意义上说，丁大炮感觉自己被软禁了，而且是像软禁死刑犯一样。

他怎么也想不通，这辈子没干过犯法的事，前几个月还是盖世英雄，救人无数，天天上电视，现在怎么就被软禁了？

“丁村长，你能帮我出院吗？以前我每次遇到那些跳江的人都劝他们好死不如赖活，世界上哪有过不去的坎啊，可是我现在深深体会到他们的绝望了，人有时真是生不如死。现在我特别想跳江自杀，你能帮帮我吗？”一次雨露带着村里两委干部和几个老党员，一行十几人进城看望他，丁大炮艰难地支起腰，瞪圆了血红的眼睛哀求。

“不行啊大爹，事到如今我也不能骗你，这种病，早期吃几粒药就治好了，可是中晚期和狂犬病一样，无药可治。虫卵遇水就具有高度传染性，牲畜的尸体、粪便都必须倒汽油焚烧，再深埋，你想想怎么能让你跳江呢？你也不是那种不明是非的人。”雨露说这些话的时候哽咽了好几次。姐姐雨红死的那年她都咬牙挺住了，可是丁大爹，百年一遇的大洪水他义无反顾，舍身救乡民，救上来是个孩子就叫他声干爹，救上来是个老人，丁大炮就叫他们爹妈。这几年他一心扑在护江工作上，救了很多人，自己却身染重病，死后连个全尸都不能留，会有人监督，先烧干净，骨灰不知道会不会撒上石灰进行杀毒，再到最偏僻的地方深埋，这在农村等于是永不翻身。

“大爹，我对不起你啊！”虎爹也哭了。丁大爹是看着他长大的，可是自己何尝不是看着他老去呢？现在又要看着他死去。

“好吧，不为难你了。没关系，死就死吧！我一生活得没心没肺，自认为活到老不会累，老了却难逃一劫，死后连个墓碑都没有。以后清明，你们给我在江滩边烧几叠纸就够了。只是苦了我这个不会说话的哑巴老弟了，你们以后要多关心他，他是外地人，不要让村里人欺负他。还有他常年漂泊在江上，不知道保护自己，你们要常常给他体检，免得像我一样。”丁大炮招手将大壮叫到身边，这个只有一只眼睛的老男人，眼里流出一道浑浊的老泪。他已经人过中年，跨入老年，老成了一个树疙瘩。谁也不知道他老家在哪里，以前在老虎崖生根，而今漂泊在江面上，成了真正的浮萍。丁大炮一走，他又要落单了。

“嗯，会的。”雨露回答。

“大壮，你虽然不能说话，可是我知道你心里满是仇恨，千万别做什么出格的事啊！”丁大炮拉过大壮，说出了心里的顾虑。大壮点了点头，丁大炮才算放了心。

“你放心，我一定会的。我村芦苇滩发现一些钉螺，有钉螺的地方就有可能有血吸虫，所以县、镇两级政府高度重视，已经将江滩封了，明天县血防站就安排专人撒药灭钉螺，你放心吧！”雨露告诉了丁大炮另一个坏消息。本来她想隐瞒，可是觉得人都快死了，隐瞒显得更不尊重。

“那药我听说过，特别毒，投放的水域所有水产全部死光。我们苦心经营这么多年的鱼虾鳖，全村倾家荡产集资收购的江货，就等过年分红了，现在都要一锅毒死吗？”丁大炮瞪圆了眼睛，不相信地问。

“嗯，那是肯定的，受了钉螺污染的水域，所有水生物都可能是感染源，都要焚烧深埋，更不可能捕捞买卖，我们从头再来。”雨露无奈地说。

“老天啊！难道天要亡我丁家墩啊！”丁大炮大叫一声，一头栽倒在床上，又喷出了一口鲜红的血。

几个站在门外的医务人员慌忙冲进来，对丁大炮吐出的异物进行消毒。

“呜呜呜！”屋里一下哭声一片。

“我临死前有个请求，丫头，能不能满足我一次啊？”丁大炮张着满是鲜血的嘴，眼巴巴地看着雨露。

“大爹，你说吧！今天来的都是乡亲，只要能办到，一定帮你办。”雨露已经泣不成声。虎爹上去搀扶，他帮雨露答应了。

“我——我想临死前吃回红烧肉！”

“我现在就让黑爹去做，再带几瓶好酒。”虎爹大声说。

“不用他做，我想吃丁婆烧的红烧肉。我妈在世时说我是丁婆接生的，过十岁生日那年，家里请一些亲戚吃饭，红烧肉是她烧的；后来我大死了，又请丁婆烧；我妈死的那年，还是丁婆烧。我这辈子吃百家饭，红烧肉没有哪个比丁婆烧得好吃，每次吃她烧的肉，我就想起我大、我妈……”

“嗯，一定请她做，一定……”房间里所有人都已经泣不成声。

“还有一件事，我这辈子犯浑，年轻时喜欢过一个人，那姑娘也喜欢我，可是我好吃懒做，不争气，后来她一气之下嫁到别的村了。前些年她男人过世了，她现在住在镇养老院，儿女也不孝顺，不养她。这是我存的一万多块钱，你送过去吧，就说我——我丁大炮没心没肺，一辈子对不住她，就是死了也会记得她对我的好，记得我们年轻时说过的话，记得她是最俊的姑娘……”

县血防办到丁家墩芦苇滩撒药灭钉螺的时候，丁家墩老少就蹲在江滩边看。白色的药粉撒下去，只几分钟，整个江滩里的水就沸腾了，到处都是漂浮的鱼头、翘动的鱼尾，一些足有碗口大的乌龟、王八挣扎着从水里、洞里爬出来，不顾一切地向岸边冲，场面像一场大逃难。

雨露安排一些村民，每隔十米就站一个人，手握竹扫把，将一只只往岸上冲的王八、鳖扫下江滩，扫进墓坑。这一帮老爹像是埋葬亲儿子，心疼得整个老脸都变形了。

只短短半小时，丁家墩所有的希望都变成了一片灰白色。那些平时见人就咬的王八，全都喝了迷魂汤一般四脚朝天，成堆地死在芦苇滩边，堆起一座座小山。那些平时几人都抓不住的江鱼全都停止挣扎，肚皮朝天。江滩上白茫茫一片，一竹竿插下去都碰不到泥。

“简直就是一场屠杀！”虎爹蹲在江滩边，已经哭了。

“这些乌龟、鳖，哪一只不是几百？放养的时候，再怎么算也算不出它们会被药毒死。”黄八年也哭了，这些水产都是他的孩子，现在等于是白发人送黑发人。

第二次创业失败，已经彻底打败了丁家墩的老爹们，他们几乎每天都到江滩边看一看，指望这些鱼分红，给儿子娶媳妇，给自己买寿棺，现在却要为自己养的鱼收尸，再运走焚烧，心都在流血。

雨露安排人拿着渔网，站在江滩边捕捞，然后装上车，开到张弓山的山坳里，选处低洼山谷，深挖洞，倒石灰，一层一层重叠深埋。鱼太多，足足挖了四个山塘才消毒处理完毕。镇上也特别重视，特意调了一台挖土机，忙乎了将近一个星期，才把死鱼彻底清理干净。

再看芦苇滩，真的成了一潭死水了。

“丁书记，如果村里经营困难，江滩可以转包给我们公司，我们公司将给予一些补偿，至少可以保证返还村民的投资款。”那几天章晓惠带着胖嘟嘟的儿子站在消毒坑边看，又一次找到雨露，说她可以接盘。

“不必了，谢谢！遇到天灾没办法。”雨露一口拒绝了，她不相信老天爷没心没肺，一而再，再而三找丁家墩人的麻烦。

“丁书记，做事业不是赌气哦！”章晓惠见雨露再一次拒绝她，显得有些生气，阴阳怪气地说。

“章晓惠，你再到我面前说收购我们村的芦苇滩，小心我一铁锹拍死你。别以为有几个臭钱就了不起，有些东西我们就是不卖！”雨露突然提高了嗓门，猛叫了几声，样子把大堤上的一些老爹都吓着了。

“哇——哇！”章晓惠家儿子本来正在一脸好奇地看人捞死鱼，雨露冷不丁一嗓子叫，把他吓得哇哇直哭。

章晓惠慌忙抱着儿子下了江堤，两人又一次不欢而散。

“这次天灾，眼看就能分红了，又泡了汤，我对不起大家！好在大船上的生意很好，一直有些存余，我打算用这些钱再买些鱼苗、鳖苗、虾苗。我们有技术，从头再来。大家相信我，最多再坚持三年，我们一定能走出困境。”晚上雨露召集投资人开会，会场异常安静，大家精神状态都不怎么好，显得极度沮丧。

“再穷穷不过讨饭，现在不养也得养了，欠一屁股债，只能一条道走到黑了。”阿超子耷拉着脑袋坐在人群中，说出了大实话。

“养鱼可以，干脆将芦苇全砍光了吧，不然以后再有钉螺怎么办？”有老爹说出了心里的顾虑。

“不能砍，那是对环境的严重破坏。这次遇到的是百年一遇的洪水，我想未来几十年不可能再有这样的大水了吧，就算有这样的大水，也不一定有钉螺。我查了一下，洪水过后，这么倒霉被钉螺污染的河段只有咱们村。再者，有芦苇湿地，养出来的鱼品质才有保证，是真正的野生江鱼。很多顾客既是来吃鱼，也是来旅游的，就是冲我们的湿地来的。”雨露还是一根筋，坚决反对。她一直把芦苇滩当成丁家墩的宝贝，谁动也不行。

“嗯，丁村长说得对，湿地是旅游开发中最重要的资源，有芦苇滩就能吸引水鸟，有水鸟就是风景，有风景就是旅游资源。这块芦苇滩是块宝地，千万不能破坏，只能保护。放眼长江中下游，像我们村这么大面积的芦苇江滩已经很难再寻一处了。”张伶俐表示赞同，她对雨露一直很钦佩，雨露的眼光比一些人看得远多了。

“为了以防万一，我们会将外围河滩的河埂加高、加宽，确保江水不能入芦苇滩，且定期请县血防站人员取水化验，这样我们放心，国家也放心。”这次丁祖峰也参加了会议，他被邀请成为血吸虫协防医生，查阅了很多相关书籍，认识到血吸虫的发病率几乎可以忽略，所以他现在特别支持雨露，带头筹集资金。

“另外告诉大家一个好消息，书记张玉宝对家乡这次血吸虫灾很关心，对于我们村在这次灭钉螺过程中表现出的舍小家、保大家、顾大局的配合精神很认可，已经批了我打上去的报告，将给予我们村一定的经济补偿，这些钱过几天就会拨到我们村账户上。张书记还要求县农委、县水务部门加强对我们村水产养殖的指导。此外，我们村水产养殖已经形成规模，且具有向大城市推广的实际条件，我们村已经申请了市水产养殖专业合作社，目前已经审核通过了，市政府每年都会给予资金和贷款扶持。这次我核算了一下，买鱼苗的钱就不用大家筹集了，但一样可以分红。大家相信我，最多三年，绝不过五载，一定给你们分红！”雨露给大家带来了好消息，可一些村民还是显得情绪不高，他们不敢再抱太大的期望。但是见雨露天天忙得焦头烂额，也不忍心将她逼上绝路，他们想，就是扯破脸皮也没红可分，只能垂头丧气地散会了。

那天晚上雨露哭了，她觉得这辈子数今晚最窝囊。她说的都是大实话，明明看到了希望，可是大家都不相信她了，甚至村里有些人说上了她的贼船。

丁大炮出殡那天，几个村子能走路的人都来了，还有人从外地赶过来，那是被他救上岸的人。这个老男人，一辈子活得浑浑噩噩，没想到临死前却救了这么多人。他天天在江里救人，发洪水冲在第一线，也是第一个被血吸虫感染的人，用血肉之躯为村里人拉响了警报，把他们从鬼门关救了回来。

那天，远处的山岗上站着一个身影，送葬的队伍还没移动，她已经哭成了泪人。

村里人特意给丁大炮立了一块石碑，上面刻着：

丁祥武舍生救村民

万古长存

永垂不朽！

“爸，儿子给你磕头了！”

“爸，一路走好！”

……

那天阿宝带着几个被感染的孩子跪在第一排，他们披麻戴孝，给来磕头的每个人还礼。几个孩子的家长商量好了，以后这几个孩子就是丁大炮的干儿子了，每年清明，他们都要来给丁祥武爹爹上坟。

第六十七章 带雪儿看录像

阿宝已经十六岁了，这两年，他的个头猛蹿至一米七五，比他爹高一个头，但特别消瘦，头发留得有点儿长，远看像是竹竿上挑着一朵云。他的性格也变得有些暴躁，时常还有攻击性，撅人王家大儿子早在前年就彻底放弃和他约架了。一次秀秀洗儿子衣服，竟然发现了一封别村女孩儿写给他的情书，说特别崇拜他的酷，喜欢他一身的古惑仔痞子气。

“那个女孩儿啊？我才不喜欢！左耳朵边有颗米粒大的黑痣。”晚上秀秀问阿宝时，他冷冷地回道，一脸的无所谓。

“我看你在学校和同学有说不完的话，怎么回到家就成了哑巴？难道不能和父母谈谈心吗？”老黄数落儿子。为了儿子的学业，前两年他们夫妇又将工作调到了镇初中，当儿子的全能保姆加全职教师。

“没话题，没心情。”阿宝冷冷地回答，到院子里锻炼去了。

阿宝已经上初三了，刚刚考完了中考。前几年他自己动手在后屋那棵小腰粗的桑树枝丫上拴了个吊环和沙包，每天天刚亮，他就起床到后院锻炼。他先是像只猴子一样玩吊环，一圈一圈地旋转，从来没有摔下来过一次，练完吊环就埋头打沙包。阿宝还故意在沙包里掺杂了大石片，刚开始练那两个月，拳头红肿得像个拳击手套，可是半年后，秀秀发现儿子再怎么打沙包，手都没破过了。

有时候隔壁的雪儿回家看妈妈，会站在阳台上刷牙。每到这个时候，阿宝像打了鸡血一般，对那个沙包施暴的力度更大了。

全村的孩子每月都要给阿宝钱，算是封口费，不然就被骂得体无完肤，有可能还被揍。撅人王起初不相信，可有一天张富贵在家偷了五个硬币跑出去，她心里暗骂，这个没脑筋的东西，竟然胆子大得敢偷钱了！她好奇地跟在后面，才知道男人也要花钱买平安。

那天丁小气家门前站着一排人，这孩子大小通吃，个子已经比张富贵高半个头了。张富贵将五个硬币交给阿宝，阿宝接过钱却咆哮了起来，张口就骂："人贱一辈子，猪贱一刀子。怎么就带五块钱啊？"

"老——老婆看得紧！"

"当年你害死丁雨红遭报应了！结婚好几年了，老婆怀孕不是你的种，全村人都知道，喝太上老君配的中药也不行，是你家伙坏了，里面生了蛀虫，修不好，阳痿了！"阿宝大声地咆哮，气愤至极。

"人——人在做，天——天在看，举头三尺有神明，我——我已经知错了，良心不安，这些年来天天做噩梦，求——求你别——别再刺激我了！"张富贵低声哀求，毕恭毕敬地站在他面前，像小学生遇到老师，一动不敢动地听阿宝训斥。这些年他没睡过一次好觉，眼一闭就有人影在跟前晃动，像是随时来索命。

"不行！你当我讨饭的啊？我就要当全村人面说，你是阳痿！你张富贵是阳痿！你是孬子，你爸是熊老头！"

"我——我——"张富贵无言以对。

"你——你什么啊！你还有很多小秘密。你阳痿治不好，抓中药吃穿山甲，穿山甲打洞打得好，你吃了穿山甲就能治好阳痿，天天打洞了吗？你每天吃公鸡肉，你第二天能准时起床吗？"阿宝大声地叫嚷。他叉着腰，盛气凌人地站在一张板凳上，快把张富贵给骂进土里埋了。

"村里人——人说现在一看见我，就——就感觉听到了有人在拉——拉阿炳的《二泉映月》。家有母老——老虎，出门受人——人欺负，求你别再刺——刺激我了，我每月就能存这么点儿私房钱给——给你。"张富贵腰越来越弯，都快贴到阿宝鞋带了。他揪着自己的头发，快活活把自己拔成一只没毛的土鸡，他连连哀求，就差跪下了。

撅人王站在丁小气小店的墙后面，伸着脖子观望，本来下了几次决心要冲上去，和这有人生没人教养的娃再战三百回合，可双脚不听使唤，怎么也挪不动步子，像是活生生被焊在地上。

"啪啪！"撅人王抡起巴掌，恶狠狠地抽了自己两下，心里暗暗骂自己真是老了！这辈子她第一次退缩了，真的没有勇气再次面对这个嘴比泡尸还臭的娃，打心里她已经被骂服了。趁着没被人发现，她先溜了。

“你宝贝儿子已经是第十二次差点儿让我见阎王了！”丁福满又一次跑到秀秀家咆哮，不用说，肯定是她儿子干的好事。这男人一辈子没挂过彩，可是现在被一个孩子弄得浑身是伤。今早他骑上爱车，上街买点儿好茶，顺便吃点儿早点，这是他的习惯，只要有钱就上街。老婆被他送进市精神病医院，吃住免费，还有低保拿，孩子和老娘有丁雨露村长照顾，肯定饿不死，这些都不在他考虑范围内。摩托车上了盘旋的张公山公路，下山时他才发现，刹车线被人剪了。

这家伙也四十多岁了，人老了遇事胳膊就不听使唤，他只能死死地抓住方向盘，像只壁虎一样趴在车上，大声吆喝着：“让开，让开！”摩托车赶起一道黄烟，一路呼啸着冲向西九华大门边的早点摊。那里曾经是他早上喝茶的地方，今天成了出洋相的地方。

这个动作小麻子年轻的时候练习过很多次，他没事喜欢将自行车推到山顶，然后猛冲下山，一路加速到摊点前再紧急刹车，猛打方向，然后大声地询问摊主：我帅不帅？

那天丁福满却没有任何帅气，一头撞倒了摊位，倒在满是炭火的火堆里，身上是滚烫的油，满脸是血，头上还鼓起一个鸡蛋一般大的肉包包。

“实在对不住，你都记着数啊？这孩子都上初三了，还不让我省心，不知道到何年何月才能长大！”秀秀赶忙迎出去。丁福满是村里最不好惹的主，这家伙老娘都不养，跟他讲什么道理！

“当然记着数，我看看这辈子到底被你儿子整多少次算是个头！村里上到八十岁的老妈妈，下到三岁刚学步的山娃，都是你儿子手里的玩具，我都快被他拆散了。”

“是，是的，我这儿子太顽劣。”秀秀连连赔礼，心里却在给自己打气，亲生的不生气，亲生的不生气！

“我摔坏了没关系啊，可这摩托车是我的命，比我两个娃子还金贵，每星期擦洗一回，你看看，刹车线被他剪了，会出人命的。”丁福满本来憋了一肚子火，准备到秀秀家大闹一场，可是看到娇小的秀秀又是赔礼又是递烟，还塞给他五百块钱，不知道怎么了，心中一团无名火怎么也发不出来。

今天他满脸挂彩把车推回村，问是谁干的，立刻就成了村里的焦点，一帮孩子齐声说是宝哥干的！

阿宝就站在村口，每当孩子喊出他的名字时，他就踱着步，立刻进入角色，找到一处高土坡，然后高举着双手，将一帮孩子召集到跟前，向他们挥着手，像是上台领奖，一脸自豪。

"听说八十年代买摩托车的人都死得差不多了，九十年代买摩托车的人都在走向见阎王的路上。丁福满，你一大把年纪了，吃个早点还学年轻人骑摩托车耍帅，我帮你剪了刹车线是为你好。这车镇计生办登记过，你家超计划生育，他们来村里抓了很多次，就是想逮到你，征收罚款。你骑着车在镇政府门前招摇过市，如果被他们看到了扣下车，你就后悔莫及了，所以你应该感谢我才对。"宝哥扬扬得意地说。

丁福满鼻子都被他气歪了，这家伙始终以耻为荣，但跑又跑不过他，抓又抓不到，打嘴皮子战也打不过他，他能抓住你最脆弱的要害丑化你，你只能去找他妈。

秀秀又一次拎了一篮子鸡蛋和两只土鸡去了丁福满家。丁小手起初说什么也不要，说秀秀婆婆辛苦养几只鸡不能全帮她家养了，几句话说得秀秀啪啪落泪，村里一些老人几乎都吃过她家的鸡蛋。

春去暑来，如梦觉得一切和往年好像没什么不同，只是小雪上初三了，个子也高了，自己和老公又年长了一岁，她要生个男孩儿的目标还没有实现。随着女儿长大，她们母女之间的那堵墙也变高了，有时都看不见彼此。

在一次理发的时候，一截银白的发丝在视线里滑落，如梦惊慌失措地叫停了理发师，在一地碎发丛中找到那根闪光的白线、那根叛徒。从那之后，如梦心海里就被打了道白线，铁一样的事实告诉她，正式跨进了中年妇女的行列。这个年纪多么让人恐惧，往前跨一步就是老年了。

如梦每天都身心疲惫，每天都在战斗中，而且是腹背受敌，最让她窒息的是多出的那个敌人竟然是她长大了的女儿。自从前年雪儿差点儿被村里人贩子拐卖了，如梦就常常做噩梦，梦见女儿胳膊被扭断了在路边讨饭，梦见女儿化着浓妆站在美容店门口拉客，梦见女儿绑在手术台被人取器官。只要一闭眼，就能看见一些乱七八糟的事情，惊得她无处可躲。所以每次一睁眼，她就必须立刻看见女儿。监管雪儿成了她每日生活中最艰巨、最头疼，也最放不下心的事情。在外张冰雪温顺得像只小羔羊，可是回到家，稍有不顺心，就暴戾得像头小豹子。每个孩子在父母面前都山呼海啸得像个皇帝。在张玉宝眼里，如梦是孩子的妈妈，可如梦始终感觉自己是这一家子的保姆，老的忙得不归家，小的不知道感恩。

每天如梦打扫完房屋，等雪儿上床，然后躺到二楼阳台的藤椅上，感受这大山、这大江、这村庄。耳边蛙声一片，对于它们来说，夜生活才刚刚开始，可如梦感觉自己的身体快散架了，不知道哪天是个头。屋里床很大，多半时间，那里只睡着她和一条狗。玉宝整天有开不完的会、出不完的差，他给了自己一个名分，算是画地为牢，是她自己作茧自缚。年轻时活在机舱里，如嫦娥活在天上，享受别人羡慕敬仰的目光，而今感觉是只老鼠，天天活在洞里，不见天日。

那时有人说飞机在高空飞很危险，是飞行的活棺材，可她从没做过噩梦，从没觉得不快乐，而今人到中年，有个别人羡慕的安乐窝，她却觉得这是个活囚牢。

还好漫漫长夜有朵儿相陪，这条狗很通人性，知道如梦有失眠症，晚上从来不叫，不像村里那些个没教养的野狗。如梦每晚都给朵儿洗澡，然后抱上床陪她睡。闺密小蕾也结婚了，有家庭、有孩子了，很少有时间陪她聊了。如梦有时候觉得，这条狗就是她的新闺密。

今晚玉宝下基层，路过山里红镇，回村陪她。他每天都处于劳累状态，吃过饭，洗完澡就上床睡觉了。女儿写完作业，八点多上楼去自己房间睡觉，就没了动静。晚上九点也到了如梦睡觉的时间了，她走上楼，推了推女儿房门，竟然上锁了，如梦敲了几次门，屋里没有一点儿动静。这丫头睡觉机灵得很，有点儿声响就醒，今天是怎么了？好奇心驱使她取出预留的钥匙打开了门，进屋一看，被子叠成地垄状，好像睡着个人，掀开被子，里面竟然塞了个枕头，丫头不知道什么时候学会当特务了。

“我晚饭时亲眼看见她捧着一本书进房了啊，怎么半夜没人影了？”张玉宝也惊醒了，慌忙赶上楼，惊恐地说。

“我去村里找找。这丫头不管好，以后就上天了。你说孩子学习压力大，平时在城里读书想妈妈，暑假让她回来陪陪我，我还一直以为她在屋里复习呢！”如梦愤愤地骂，气得牙根“嘎吱”响，摔门出去了。

朵儿摇着尾巴，跟在如梦后面，如梦回身将它抱回家，这条狗就乖乖地坐在门口等。

那夜张冰雪起初放声朗读课文，只要老妈听到她在读书，不管读的是什么书，她都很高兴，而且会主动提前睡觉，不去打扰她。爸爸回家一会儿就睡觉了，老妈也在放水洗澡，她轻轻地带上房门，走到二楼的阳台。

“猫咪！”楼下墙根处，传来几声笨拙的猫叫声。

雪儿忍不住“扑哧”笑出了声，慌忙又捂住了嘴。

“啪”的一声，楼下一条黑影翻腾着纤细的腰肢跳了上来，是一截绳子，小雪赶紧将绳子理顺，系在阳台扶手上，确认勒紧后轻轻地扔下去。底下的院墙边，那个学猫叫的黑影正在探身张望，等雪儿一点点滑下来后，他就用肩膀将她接住。空气中弥漫着一股让人亢奋的酸汗味，有点儿像机油，一遇明火可能就燃成一团艳红。

“哎呀，你挺重啊！你回来这几天，我天天晚上靠墙等，今晚终于等到你了！”蹲在墙角接她的那个黑影轻声地说。

“我还是条投河自尽的鱼呢！我哪里胖了啊？我是最标准的窈窕淑女体型。你说话小声点儿，被我老妈知道就死定了。”雪儿低声回答，脚一着地，两人撒腿就跑。

“我发现你有两面性，在你爸爸和老妈面前，你乖得像林黛玉，可要是没人，出来玩就变成方世玉他妈——苗翠花了。”

“请走！你的意思说我是假斯文啊？要不是你救我一条命，给我金山银山，我都不愿意和你这样的地痞子做朋友。”

“这叫缘分，懂吗？缘分是天注定的，你能违背天命吗？”

“我们当笔友两年多了，今天算是第一次见面！你现在是我最熟悉的陌生人。”雪儿欣喜地说，两人不知不觉已经离家很远了。

“没有哦，没有哦！每年暑假寒假你都回村，我们就隔一道墙，怎么叫第一次见面？”阿宝有些不认可雪儿的话。

“那也叫见面啊，头都不敢抬，眼都不敢看，话都不敢说，天天还装得像对仇家，简直就是三八线上志愿军遇到美国兵，不打仗就是好事。”

“呵呵，每年我们都是人前吵得像仇人，私下里却是一月写十几封信无话不谈的知心笔友，像两个小特务。”

“嗯，九月份我要上高中了，到时学习紧，可能没时间写信了。你中考考得怎么样，能上高中吗？如果也能到城里读书，那以后见面的机会就多了。”雪儿试探性地问。

“我能考得怎么样？一如既往的一塌糊涂！我妈说给我上职中，走一步算一步吧，车到山前必有路，活人还怕尿憋死啊！”阿宝满不在乎地回答。

“你能不能文静一点儿，有点儿修养？别‘出口成脏’！”雪儿很不高兴地埋怨。

“每个人都有自己的活法，难道我就没优点？”

“优点倒是也有，每天早上看你在院子里打沙包、玩吊环，我觉得很阳光。”雪儿红着脸说。她喜欢阿宝身上那股阳光，喜欢看他满头大汗，很阳刚的样子。

阿宝早就听说村里单身汉歪颈子老四家有影碟机，每晚十点准时播放，票价两元，今晚他约雪儿出来，就是说好了一起去看录像。老四这家伙小时候拉屎被抢屎的狗在屁股上咬下了一块肉，从此留下了心理阴影，在茅房里关了门也不敢脱裤子，每次必须爬上树才有安全感，因为狗不会上树。不管刮风下雪，他都雷打不动，爬得越高他屎拉得越欢。他喜欢看树底下那一群狗饥渴地盯着他的屁股，为施舍给它们的一坨屎打得不可开交。

十来岁那年，老四爬上大塘边那棵最高的柳花树尖上，张开裤裆，像只风筝一样，准备迎风拉屎。丁婆颠着小脚跑出来愤怒地骂，骂他蹲在柳花树上拉屎，坏了村里的风水，会遭报应。这家伙嘿嘿地笑，哪听一个磨叽老太婆的话？开裆放闸，“啪啪啪”的屁夹着杂物飞溅而下。

“呼呼”一股旋风刮起，一个黑影从大塘的魅影中一跃而出，几个跳跃就爬到了小老四蹲的树杈上。夹着鱼腥味，瞪着通红的眼睛，“吱吱”地尖叫着，那是小黑。

“砰”的一声，一泡比屎大很多倍的黑影从天而降，摔得黄烟升腾，一股恶臭诈尸一般弥漫。

小老四摔了下去，像个鱼泡破裂得那么干脆。他爹赶过去，见儿子七窍流血，身体弯曲成麻花状，以为没救了，第二天这家伙竟然像条土狗一样醒了。命虽然保住了，脖子却歪了，和身体歪成了九十度，拧成一只烤熟的烤鸭，怎么也掰不过来。从那以后他再也不敢上树拉屎了，还得了个歪颈子老四的外号。

那夜趁着朦胧的夜色壮胆，阿宝试探性地触碰到了雪儿纤细的右手中指，软软的，像初春刚出土的细笋尖，轻轻一掐就有汁液渗出来。雪儿抬头看着自家房屋黝黑的轮廓，像是在沉思，没有在意阿宝的触碰，可呼吸像有些不匀称。

这是阿宝第一次和雪儿的身体接触，她的指尖肉不多，但很柔软，像铅笔头上的橡皮擦。他不敢揉捏，怕弄疼她。

这几年随着年纪的增大，他感觉体内住着两个人，一个是村里人说的活土匪，天不怕地不怕，是爹妈眼中的败家子；一个是彬彬有礼，雪儿眼中懂事乖巧的好少年，勇敢、幽默与智慧并存的好笔友。

不知什么时候，指尖微微有些细滑，还夹着些水汽，那是细汗，散发出一种刺激荷尔蒙的味道。这种香味他从来没有闻过，能让人有种偷东西时刺激的悸动，无法压制。

今天雪儿洗澡肯定用了香皂，不然怎么有种清淡的薄荷糖的香味？他们牵着手，走在黝黑的大塘埂上，大塘里的水波偶尔睡醒翻下身，弄出鱼鳞摩擦身子的“哗哗”声。埂旁边的野橘子枝则变幻成各式各样的模样，像是故意吓走夜路的雪儿。

“你裤兜里揣的是什么啊？这么鼓。”黑暗中雪儿触碰到阿宝裤兜里塞得鼓鼓的，好奇地问。

“炮仗！前几天村里有家吃喜酒，我去踩灭了，揣兜里有用。”阿宝拍拍自己的衣兜，得意地回答。

“你都这么大人了，还玩那东西。”

“你身上有股香，闻着想睡觉。”阿宝支开话题，因为他实在忍不住了，小声地说。

“别瞎说。”雪儿小声地呵斥他。

“这叫情人鼻里出体香。”

“那是什么味道？”

“像杏花的香，像刚炸开裂的爆米花，还有点儿糖精的味道。”

“晕死，你小时候坏出名，长大了嘴巴怎么涂蜜了啊？我才不听你的鬼话。”雪儿猛地挣脱阿宝的手，壮着胆子，凭感觉在黑黝黝的大塘埂上狂奔起来。

那夜他们绕着村子的外围一路飞驰，奔跑在大塘埂上，那是他们的青春之路。雪儿一路奔跑着，她张开双臂，享受着夜风从耳边呼啸而过，这风不知道为什么是热的，仿佛有人对着耳根一口一口地吹着热气，耳边全是燥热的气息，在漆黑的夜里泛着红，都能将黑夜染色。

村头一间破旧的瓦房亮着灯火，那是四爷的家。

“到了，真要去看录像吗？”站在破旧的屋子前，阿宝很认真地问雪儿。

“嗯，不就是看地下电影嘛，有什么好怕的！小鸟虽小，可它的世界是整片天空！”雪儿满不在乎地说。

阿宝牵着雪儿的手，终于在录像刚要开演的时候，挤进了四爷的家门。屋内空气污浊，黑压压地挤满了人，像个稻草堆。屋里弥漫着一股酸汗味，有一些人不认识，可能是邻村来的，都是清一色的男人，多半是几村没结婚的光棍。没人大声喧哗，都在焦急地等待放映。

阿宝将雪儿护在身后，今晚的雪儿穿了件黑外套，出门时阿宝特意拿了顶破帽子给她戴上，梳成马尾的发辫塞在帽子里，昏暗的灯光根本看不清脸。阿宝低着头塞给四爷四元钱，使劲挤进了拥挤不堪的人群。因为眼睛和身子不在同一方向，歪颈子老四只顾收钱，没在意跑进来两个孩子，更让他意想不到竟然还混进了一个女孩儿，这在他的放映历史上是从来都没有过的。

因为人太多，阿宝不得不使劲往前挤，终于挤出一条缝隙。他竭力闪开身，将雪儿推向前面。今天的雪儿很听话，像个小特务，她滚热的手心告诉阿宝，邻居家的这个女孩整天被她妈关在房间里，今天抽空跑出来，感觉像刚出了鸟笼，还是怕。

录像是部武侠片，喋血劲爆，男主角不光能飞檐走壁，而且女人缘特别好，好几个漂亮的女人追着跟他好，两个孩子新奇地看完了第一部。

“砰——砰”，几个坐在最前排的年轻人叼着烟，用手使劲地拍着桌子，样子像录像里的情节，要打群架。阿宝慌忙抓紧雪儿的手，他怕这些男人要是突然打起架了，这个文静的女孩可就要遭殃了。

“怎么你们这些有家有口的人也来看这种片子啊？”几个单身汉调侃地问几个结了婚的中年人。

“好色不为淫，谁年轻的时候没打过几次群架？谁年轻的时候没闯过几次红灯？”男人们高声回答。

“换片子！换片子！”开始只是几个男人在喊，可不一会儿，整个房间里都躁动起来，仿佛所有人都在喊，阿宝也不由自主地喊了几声，他不知道这个时候跟着起什么哄，但起哄好像是他的本能。

“喊什么啊！你们要看什么？”歪颈子老四努力将脖子扭正一点儿，阴阳怪气地问。

“我们要看带颜色的片子！”

“什么是带颜色的片子啊？”雪儿好奇地问拉着她的阿宝，心里升起一股本能的恐惧。

“嗯——就是那种能治病的片子，有颜色的，相当于维生素C，反正就是对身体有好处的东西了，不然这么多人这么期待，还花钱来看啊！”阿宝一脸神秘地回答，雪儿刚刚有点儿不祥的预感被打消了。

“你们小声点儿，半夜这么鬼叫，不怕派出所到村里抓人啊！”四爷沉着脸，小声地讲纪律，要求文明观影。

“放片子前，我先给大家讲个笑话开开胃，相当于婚前闹洞房。”

“好！”有人鼓掌。

“去年我到江阴市一家毛巾厂打工，那家厂子为了做广告，特意竖了个大电子广告牌，晚上霓虹灯闪烁，老远就能看见，名字就叫江阴毛巾厂！打工几个月后，广告牌子几个电子灯坏了，有几个字晚上不发光，看不见。一天晚上我出去吃饭，寻广告牌回厂，抬头一看，牌子成了阴毛厂！吓得我不敢进厂，以为走错了地方。”坐在前排一个男人站起来，坏笑着讲完。大家一看，原来是常外出打工的阿超子，他满肚子都是这种段子。

“刚才为什么你也喊换片子啊，这片子不是挺好看的啊！”雪儿红着脸尽量不去听这些故事，她小声地问。可能是屋里空间小，挤进来的人又特别多，她小脸憋得通红，抬着头在急速地呼吸，像条缺氧的红鲤鱼。

“换片子可以啊，先把小孩子赶出去，另外每人再交两块钱的门票。”歪颈子老四大声地嚷嚷，手里托着一顶草帽，从前排开始收钱了。人群再一次躁动起来，纷纷摸腰包，掏出硬币很爽快地扔到草帽里。

阿宝转身看看四周，别村好几个和他年纪相仿的孩子不知道什么时候挤进了门，正低着头，猫着腰，潜藏在人群里，从兜里摸出钱，头也不抬地扔进草帽里。这要是在白天，阿宝肯定会冲上去叫他们滚开，别来丁家墩闹事，可是今晚他巴不得所有人都不认识他。

阿宝也学着他们的样子，扔进去了四块钱。

“我们走吧！我头昏。”雪儿见根本挤不出去，她低头小声地对阿宝说。

雪儿有种不祥的预感，全屋子的人好像在期待着什么。她预感到了什么，拉了下阿宝的手，示意他回家。两人使劲转过身往大门口挤，可是昏暗的屋子里到处都是人，像窑洞里码放好的砖坯一样，除了劣质的香烟烟雾能飘出去以外，别的东西根本挤不出去。

“我挤不动，这些人不是来看电影的，是来挤榨的。”阿宝捏了下雪儿指尖，示意她别大声说话，免得被人发现是个孩子，还是个女孩子，那就麻烦了。

钱不一会儿就收齐了，没有一人逃票，屋内鸦雀无声。

四爷从墙角一个纸盒里掏出一盘厚厚的录像带，塞进影碟机里。他特意将声音开到最小，气氛一下子就变了。没人再说话，连大气都不敢出，整个房间到处都是闪动的眼睛。雪儿也抬起了头，她开始很好奇，刚刚那部武打片很带劲，在这狭小的屋子里挤进来这么多人，呼吸着浑浊的空气，真的很拥挤，感觉屋子都快被挤爆炸了，但她觉得很新奇。当她抬头看到新片的画面时，整个人都吓傻了，羞愧难当，脸一下变得通红，整个身体都开始膨胀，火辣辣地烧得疼。

“呀！”雪儿轻轻地叫了一身。

整个房间瞬间一颤，大家都从画面中跳出来，瞪着惊恐的眼睛，向人群、大门口、窗户、后门搜寻。

“怎么有女人的声音？”

“幻觉！通通是幻觉！”有人小声地说。大家没发现异常，又转向同一方向，瞬间入戏。

雪儿慌忙低下头，像遇到危险的鸵鸟把头埋进沙子里，她紧紧地捏着阿宝的手指，再没有抬起头。阿宝偷偷看了她一眼，她两腮红得都快出血了。

坐在最前排的几个人原本是平放着双腿的，可是不一会儿都变成了二郎腿，紧紧地夹在一起，自己跟自己较劲，仿佛裤裆里夹着一沓钱，生怕被人抢去。

雪儿把帽檐拉底，完全遮住了脸，拒绝听那种呢喃的声音，它们都有毒，可是那些声音故意使坏，开始是没骨头那种叫，后来是针扎骨头那种叫，硬往她脑子里钻，而且还在她身上挤酸水。虽然声音小得出奇，却听得真切。

“我们走吧，我——我想吐！”雪儿再次央求阿宝。

“嗯！”

阿宝点点头，不知道什么时候，他那件花裤子好像没有任何重量一般，前面高高地顶了起来，撑出了一顶大大的太阳伞。两个孩子使命地往外挤，可是人群已经被画面完全吸引，全都挤成了糖饼，哪还能割出一点儿缝隙?

可能是老四家的门没闩好，也可能是最后一个进门的人没有插上门栓，门“嘎吱”一声开了一道缝隙，一个身影闪了进来。

那人个子很高，轮廓很美，搬起一条板凳站在高处张望，当看到影碟机里播放的赤裸的女人，看到人群中雪儿和邻居家那个野孩子肩并肩站在人群中往外挤时，她完全忘记了平时在村里装出来的淑女形象，绝望地吼了起来。

“啊——歪颈子老四，你个天杀的！当心颈子哪天再旋转九十度，扭断了。晚上放些乱七八糟的东西，怎么还让孩子进来看啊！”如梦披散着头发，气喘吁吁地站在高处，将音量放到极限，像是开批斗会一般喊着，一嗓子让刚刚还寂静的人群顿时炸开了锅。

“啊！派出所抓黄了啊！”

“别走后门，后面肯定有联防队员把守，跳窗户！”人群尖叫着、跳跃着，顿时分成两股，一股冲向后门，另一股没命地冲出大门，还有一些人已经抓起板凳，将屋里唯一一扇窗户砸破了。

“呀！不是派出所，是村里那个空姐！”可是不一会儿人群就停止了骚动，重新聚拢，有人坏坏地嚷嚷。

“我要举报你！”如梦边嚷嚷，边在溃逃的人群中寻找女儿。

“怕个鸟哦，你找女儿妨碍我看片，我还损失了两块钱呢！看黄片有什么见不得人的？你晚上有老公陪，我们这些单身汉可就伤心了，一到晚上像孤魂野鬼一样，身体沉甸甸，心里却空荡荡，谁能体会啊！”当一些看客看清是如梦来找女儿时，立刻就不怕了，回到屋里坐好，歪着身子质问如梦。

“对哦，你们大官夫人不懂民间疾苦，其实黄片拍的就是人生呢！你们想想啊，片中都是漂亮清纯的女孩儿，男的却都是和我们一样极其猥琐丑陋的老男人。这些女孩儿代表了我们的梦，男人则代表了我们自己。虽然我们的梦是极其美好的，但是面对无奈的生活，再美的梦也做不到完全美好，所以结局都是纯洁的女主角被丑陋的生活强暴了。整部片子就是女孩儿从抗拒生活到认识生活的过程，最后身上的刺儿被拔光，反而是享受生活的过程。这就是黄片的真谛，所以黄片是我们寂寞男人的精神食粮，是我们的再生父母，黄片万岁！”阿超子站在人群最前排，挡住如梦的路，拉住她，非要争个高低、说个明白。这家伙一年出去打半年工，一些新潮的用词，他听一遍就能背。

如梦一时被他给镇住了，竟无言以对。

“你懂个屁！”门外人影闪动，冲进来一个人影，那人抡起巴掌狠狠地给了阿超子一耳光。大家定睛一看，我的个妈！是气得脸都青了的张玉宝书记。他怒眼圆睁，正在急速搜索着人群。屋里人见到当官的，而且是个很大的官，刚刚还闹哄哄的，现在吓得全都低头不敢吱声了。

“啪”的一声，不知是谁拉灭了灯。阿宝和雪儿刚刚蹲在人群中，此刻阿宝瞅准机会，猛地站起来，紧紧抓住雪儿的手，像两条泥鳅一样冲向如梦把守的大门。这女人今晚发神经了，看这架势，要被她抓到，估计自己也会被暴打一顿。

“扑哧”一声，慌乱的人群中亮光一闪，像是打火石在闪光，还带着热度，人群立刻就闪出一条道来。

“噼噼啪啪”几声清脆声响起。

“谁——谁开枪了？死人了吗？”

“是派出所开枪了吗？自己人，同志！自——己——人！”慌乱中有人惊恐地呼救，哭泣求饶。

还没等屋里一帮人看清是怎么回事，炸响声连成一片，屋里顿时浓烟弥漫，呛得人呼吸都困难，根本睁不开眼。脚下到处都是闪动的火花，无处落脚，整个屋子乱成了一锅粥。

是阿宝将兜里的炮仗点着了，雪儿知道回家肯定被妈骂死，她被阿宝紧紧抓着手，狂奔在大塘埂上，竟然有种说不出的愉悦。她今年上初三，暑期过后就上高中了，听说高中学习压力特别大，连吃饭、上厕所的时间都没有，不知道到那时有没有机会像今天晚上这么快乐。

"不虐不青春！今晚好过瘾，像电影中的越狱。"阿宝兴奋地说。那夜他俩坐在柳花树下聊了一夜。

"我妈现在越来越神经质，今晚被她逮到和你在一起，一个女孩家还跑去看那种录像，要是回家，肯定打死我！"

"对哦，你爸妈视你为心肝宝贝，我爸妈视我如化粪池。"

"我妈有时候仿佛是我肚子里的蛔虫，我想什么她都能猜出来。她有一次说我被你带坏了，说我天天装得很乖，心里却是个野丫头。今晚被她抓个正着，千百张嘴都说不清楚了。"

"到时就说是我硬拖你去的，黑锅我来背。"

"你有这么好心吗？"

"有啊！感动了吧？那你今晚就别回家了，我把你直接拖到一边，给你顶个透心凉，心飞扬。"

"请走！我恨你！"雪儿给了他一巴掌。

"真是一白遮三丑，一高遮五丑，一富遮所有。村里人都说你白得离谱，今晚能近距离一睹芳容，真是名不虚传。"借着月光，阿宝见今晚的雪儿格外水灵，皮肤白得发光，让人怀疑是不是真肉，有种想让人上去咬一口的冲动。

"你满嘴胡话，天还没亮，你怎么看见的？你还有这个特异功能啊？你还感受到了什么？"

"当然有这功能了，是用爱心感受到的，嘿嘿！我还感受到了冰肌玉肤、白嫩如霜、面如桃花、细润如脂、梨花带露、雨后海棠，白衬衫里的情愫……"

"请走！你录像看中毒了！听说这口大塘有水鬼，水鬼什么样子？"

"没见过，听说被雨露姑姑送长江放生了。村里人说我就是水鬼。"

"有时候觉得我们上辈子就已相识，想想真可怕。"

"嗯，我也这么认为，但孟婆汤肯定掺水了，不然十岁之前，你怎么不认识我。”

“听说一个男孩只要三分钟就能爱上一个女孩，一个女孩却要一辈子才能爱上一个男孩，是真的吗？”

“嗯，真的，我就是，我两分钟就爱上了一个女孩。”

“谁啊？”

“一个人，不告诉你！”

……

不知不觉，天已经泛白了，雪儿坐在柳花树上，两脚自然下垂，像是在荡秋千。她迎着初升的旭阳，秀气的轮廓美得像雕像，一双眼睛清澈澄明，一对浅刀眉细长妩媚，斜向两鬓，越发衬托得眸珠乌灵闪亮。

柔和的晨光将她胸口的轮廓投影成两座小山，坚挺结实，大小刚刚可以盈盈一握，只要轻轻一触碰，瞬间就有一对白雪猫咪扑出来。她瓷玉般的肩膀挂满了汗珠，泛起点点殷红，像是美玉多了几抹朱红，眉角也泛起了鱼尾红。阿宝感觉体内如有千万只小蚂蚁在撕咬，又麻又痒。

她身边坐着傻呆呆看着她的阿宝，这个少年一夜之间仿佛真的长大了。

第六十八章 县政府告老爸

阿宝和张玉宝家女儿一起看黄色录像，这件事在村里说出来谁都不相信，可是歪脖子老四见人就说，已经把这件事给说烂了。那些天，如梦见到老四就骂，有时心情不好，还去他家里骂。女儿张小雪在县城最好的高中读书，成绩好，人又乖，村里这些男人整天不上班，闲得没事干，就想着怎么坏人家小姑娘名声。如梦说谁要是再嚼舌根，就砸他家锅，吓得老四不敢再说这件事了。

镇上教师和一些领薪水的公职人员，绝大多数在县城买了房子。每天上班，办公室里、街头墙角总能遇到一些同事，他们在一起聊得最多的话题就是县城的房子又升值了，坐家里不吃不喝，又挣了几万。

每次听到这样的消息，老黄都气呼呼地回家，嘴里骂着每年拿的那点儿工资刚好够赔儿子在外闯的祸。前些年一篮子鸡蛋就可以了，随着儿子渐渐长大，人家越来越不买账了，说儿子以前小不懂事，可以原谅，现在都这么大了，而且还是三番五次，谁有那么大的度量啊，这几年都是直接开口要钱。老黄有好几次喝多了，骂这辈子是欠儿子的，给他当狗还要出门给他找骨头。

“唧——唧唧！”当天晚上，黄俊峰刚要上床的时候，又听到了那只鸟奇怪的叫声。那东西从大堤上进了村，叫的声音一长两短。不像鸟，声音不是特别尖，很清脆，不嘹亮但声声入耳，夜晚很远都能听清楚。

黄俊峰惊恐地摇醒秀秀，叫声竟然戛然而止了。秀秀开始还一脸认真地陪老黄听外面动静，可是等了十几分钟，屋外一点儿动静都没有，她嘟囔着睡下了。

“唧——唧唧！”屋外窗户下又传来几声清脆的叫声，老黄吓得一个踉跄从床上跌下去，秀秀也惊醒了，瞪着眼睛看屋外。他们听得真切，那声音就在他们家窗沿下。

秀秀亮了灯，一看才晚上十点，儿子的房间还亮着灯。

“妈，我刚刚在房间里抓住一只虫子！”阿宝可能在看书，还没有睡，发现秀秀开了灯，敲门大声地说。

“一只虫子有什么好怕的，你个熊孩子怕过什么？”老黄没好气地说。

“不是，你们看这虫子没翅膀，屁股却像手电筒一样发光。”秀秀开了门后，阿宝手里捧着一只比米粒稍微大点儿的小蠕虫进了屋子。

那是条灰色肉虫，约两厘米长，比麻线稍粗一些，全身没毛没刺，无头无眼却有尾，尾处亮晶晶地闪着光亮，像夜空中飞行的客机信号灯。

“妈，这是条什么虫子啊？萤火虫有翅膀、有外壳，这东西什么都没有，却能发光，我怎么从来没见过？”阿宝纳闷地问。这孩子对什么都好奇，刚刚他准备睡觉，熄灯后发现屋里有光亮，他抓住了才知道不是萤火虫。

“灵虫！”老黄小声地说。当老黄看到那只虫子时，脸色突然煞白。他赶紧下床穿好衣服，伸手接过儿子手心的虫子。这种虫子他见过，他二十二岁那年，在中学教书，女儿黄郭香刚刚出世。那天晚上窗外下着大雪，他正在批改作业，感觉裤腿里有个东西在蠕动，弄得他痒痒。老黄伸手一摸，摸出了一只屁股闪光的肉虫，他清楚地记得和眼前的这只虫子一般不二。黄俊峰特别纳闷，大雪纷飞的寒冬怎么还有萤火虫？那时老婆刚好在身边，她一脸惊恐，大叫着将虫子接过去，然后放到屋后的草垛里，并嘱咐老黄一定要善待那只虫子，不然家里临死的亲人就要受罪。老黄将信将疑，也有点儿生气，因为他的家人身体都很好，没听说谁生命垂危。可是第二天一大早传来了噩耗，他爹昨夜突发脑出血，一觉睡死了，没有受一点儿罪。自那以后，老黄的胆子就越来越小。今天晚上儿子又看到了这种虫。

“切！什么灵虫，就是只萤火虫的幼虫！屁股会发光，看把你吓得！”阿宝开始还很好奇，当听完他老爹说的鬼故事，一脸不屑地说。

“儿子，这虫是在阿宝房间看到的吗？给我，我送到学校后门的老祖坟地里放生！”不知什么时候，玉春婆婆也被惊动了，从院子后面的屋子跑过来，进屋看到儿子手心的那条小虫，也吓白了脸，哆嗦着手要接过去。

“奶奶！你们这是迷信！”阿宝天不怕、地不怕，村里一些老爹死后第三天，坟头插的“招魂灯”他都敢拔下来，高举着在村里边叫喊边玩，还怕这只不够塞牙缝的小虫子？他嚷嚷着一巴掌打在老黄的手心，那只小虫子掉落在地上。老黄和玉春婆婆赶忙伸手去捡，而阿宝抬起脚，恶狠狠地踩在那只虫子上，顺时针旋转半圈，再逆时针旋转半圈，然后像写毛笔字收笔一样，用脚尖蹍着那只已经五脏六腑爆裂的虫子，拖拽着它的躯体，在水泥地上画出一道长长的线。动作一气呵成，没有丝毫拖泥带水，一些发光的碎末闪动着荧光，星星点点。

“你——你这孩子，能不能脚下积德啊！这你也敢踩！”老黄大声叫骂。他被惊呆了，儿子的动作太快，根本来不及阻拦。

“阿宝，你都上高中了，怎么还这么不懂事！你把这只灵虫踩死了，你踩的是咱们家亲人！这只虫子一定是奶奶，这几天你就等着奶奶死吧，死得剥皮抽筋，上刀山下油锅，你等着看奶奶受罪吧，活活疼死！”玉春婆婆特别沮丧，一屁股坐到地上，趴在那碎成泥的虫子旁边大声哭起来。

秀秀吓得没敢说话，见老黄气得哆嗦着身子在屋里转悠，可能是在找棍子，她赶紧将儿子拉出了屋。隔壁家阳台有人影在闪动，那是睡在阳台上的如梦，她探身张望，以为隔壁家死人了，不然怎么传出这么悲伤的哭声。

此后两年，秀秀婆婆可以说天天在惊恐中度过的，村里老人说她早晚不是病死，而是被孙子吓死。只是那只鸟，叫声却没有间断过，还是一长两短地叫。

“噼噼啪啪！”雨露家炮仗声响彻山谷，丁家墩出了个文曲星，她儿子张涛涛高二就考上了中国科技大学少年班，高三不用读了。今天下午学校会安排专车接到省城读书，一分学费都不用交，国家培养。

直到中午，老黄才下了决心去雨露家道喜。想想人家儿子，再想想自己儿子，他觉得实在没脸，但丁村长人缘特别好，自己不去又实在不像话。雨露那天摆了十桌酒，除了亲戚朋友，村里人基本来了。张伶俐夫妇也来了，还带来了女儿瑶瑶，张涛涛正在和丁瑶瑶聊天。

“现在考大学不是什么新鲜事，每年暑假，一些邪乎的野鸡学校不知从哪里得来的消息，到处给学生发入学通知书。我孙子读书全校倒数，还收到一大堆通知书，我全扔锅灶里烧了。但像涛涛这样上全国重点大学的，全省也不多哦！”

“人家说进清华，可以与主席、总理称兄道弟；进北大，可以同大家、巨匠论道谈经，咱村涛涛上科大，一点儿也不比他们差。”

“涛涛这娃，我平时不怎么看他读书，怎么就能考上这么好的大学呢！”

“对哦，天天钓鱼，天天看长江，难道长江是天书，他边钓鱼边看天书啊！”一些老爹赞不绝口。

“哪有哦，娃儿还小，以后的路还长着呢，不能太宠、太夸，别惯坏了孩子。”丁小气今天像年轻了十岁，笑得嘴巴就没合拢过，屋前屋后忙着招呼，跑得脚下呼呼生风。他一生胆小怕事，儿女克水，原以为老天爷是故意刁难他，可是自从涛涛懂事后，丁小气所有的埋怨都转化成感激了，怎么让他家得着这么个宝贝孙子哦！

“有句话叫天才在左，疯子在右，中间是我们这些庸人和俗人，说得真有道理。以前虎爹犯神经病，是个疯子，他儿子是天才，刚好和他儿子配好担子，平衡了，注定的，哈哈！”黄八年和树荫也来喝喜酒，说得大家连连点头，好像很有道理。

“黄八年，你也疯过好几年啊，按这道理，你家儿子以后也不是凡胎啊！”有人调侃黄八年。

“你们别拿黄八年穷开心了，他一个背鳖枪打鳖、养乌龟的人，和儿子能扯上什么关系，别说我家孩子是龟儿子就行！”树荫赶忙打圆场，她怕男人说漏了嘴，大喜的日子说什么疯子啊！

“这娃从小在江边看我们下棋，我就知道不是凡胎，以后必有所为！”几个常在江边下棋的退休老干部也来讨喜酒喝，赞赏着说。

“不过，这个社会也是问题一大堆，很多事情我们看不惯，但也没办法。现在对于农村的穷孩子，唯一公平的恐怕就是高考了，不管穷人、富人、官二代、富二代，都在同一条起跑线上了。”秀秀笑着说。她今天也来了，而且还插了嘴，这在之前是很少有的。

“对哦，如今社会，金钱至上。”老黄也加入聊天的队伍。

“老爹，别唱衰中国，这个国家有五千多年璀璨的文化，是四大文明古国之一，我们应该骄傲才对！”丁瑶瑶正在和涛涛聊天，也忍不住插嘴。

“不会唱衰，一年肯定比一年强！”张涛涛听到有人说国家不好，立刻就站起来反驳。现在他已经完全是个成年人了，个子长高了，皮肤变黑了，眼镜度数又增加了，嘴角竟然长了很厚的一小撮胡子来。这娃才十八岁，看上去像个快五十岁的小老头。

“老爹们，因为国家重视教育，而且公平，我们这些穷人就有了出头的机会，所以不必担心下一代，一代肯定比一代过得好。”瑶瑶及时补充，他们满身朝气，是这个国家的未来。

“有道理，你们小小年纪就感觉看穿社会百态，超出轮回了啊！”老爹们点头称赞。

“别的不说，你们看看门前这条世界第三长河——长江，历史多悠久，是上天赐给我们地球最好的礼物。”张涛涛一下子就进入了状态，开始滔滔不绝起来。有的老爹听懂了，连连点头，但大多数老爹张着嘴，一脸困惑，不知道这娃说些什么这么陶醉。

“我高中历史老师把中国比喻成一头牛，上海和沿海一些城市就是牛头，广大中部地区就是牛肚子，重庆和西部城市就是牛尾巴，现在这头牛已经飞奔起来了，那就是中国的经济。”丁瑶瑶笑着说。她今年上高二，比张涛涛还高半个头，简直就是雅青年轻时的复制版。一边的阿六看着女儿这么有出息，成绩也特别好，笑得胖乎乎的脸成了个肉夹馍。

“随着国家经济的高速发展，长江经济带已渐成规模，不久的将来必将是中国经济的重心。现在村里人去外地打工，要不了多少年，我们这里旅游开发形成规模，交通便捷之后，外地人会到我们这里旅游、打工。”雨露也插话了。她今天高兴，她感觉和儿子越来越有话题。前些天省里组织一次村书记培训，县里推举她参加，一些专家、学者和儿子说的话几乎一样。

“喝酒，喝酒，别扯些听不懂的。”丁小气又一次打断他们，他看到孙子摇头摆尾说读书经，就浑身起鸡皮疙瘩。

“大学我要学中文系，呵呵，明年你高考，一定也能考个特别好的学校，我等你！”张涛涛被爷爷赶到了里屋，嘴巴却闲不住，又和丁瑶瑶聊起来。

“明年我高考。天王盖地虎，至少上 985；宝塔镇河妖，最次 211，哈哈！”丁瑶瑶大笑。

“心太大的人，学术上说容易得心脏病是有根据的。”涛涛也大笑。

“好吧，我们拉钩，你等我一年，别到大学谈恋爱把我这个学姐忘了。还有记得自己的人生目标，坚持写作。不忘初心，方得始终。到大学有充足的时间干自己喜欢的事，趁年轻写一篇关于长江的好文章给我看。”

“这些已经是我九月以后的计划了，我这辈子，不为君王唱赞歌，只为苍生说人话。下午你画几张长江的水彩画送我吧，我怕出门在外，把家乡的山水忘了。”两个孩子在里屋玩疯了。

老黄越听他们议论，心里越烦躁，感觉无地自容。他坐在人群中喝着闷酒，一辆车开进了村，他以为是接雨露家儿子的，没在意，可是那辆车起初停在他家门口，后来经人指点，又开到丁小气小店门口了，车顶还闪烁着警灯。老黄猛一抬头，吓了一跳，车上下来几个戴高帽子的警察，直接向他走来。

“阿宝犯法啦！警察来抓人啦！”一帮孩子看见警察，一路狂奔着跟在后面，鞋都跑掉了。满屋子客人都放下了手中酒杯，一个个大眼瞪小眼。丁小气很不高兴，家里今天摆喜酒，弄个警车来多不吉利。

“你家黄宝玉昨天晚上翻院墙，带着几个同学先是在江滩边的饭店喝酒，喝多了溜进张公山山脚下刚建好，还未对外开放的新四军七师纪念馆，趁保安不注意，偷走了馆里一把新四军用过的枪，这枪是国家重点保护文物。他今天早上还带着枪到职中上课，瞄准老师，要把老师毙了。我们是来了解情况的，你儿子回家了吗？”几位民警出示了证件，说明了来意。阿宝在学校惹祸了，弄得同村人吃喜酒也不安稳。

“他没回来，要是我发现他回来了，先打断他的腿，再送给你们关进牢房。”老黄气得一口干了杯中的酒，咬牙切齿地说。

“他偷的枪，学校已经没收还给纪念馆了。那枪不值钱，但是文物。你孩子要是回家，请第一时间通知我们。这孩子上月我们还找过他，县城几个小混混打架，为了充人头，到职中喊人撑场面，打次架每人给五十元，你儿子那次冲在最前面。家庭教育很重要，不然这孩子可能会走歪路。”

老黄没再说话，几个民警没问出什么有价值的线索，开着警车在村里转了一圈，走了。那天老黄自斟自饮，最后醉得黄疸都快吐出来了。

当晚秀秀又失眠了，这两年父子俩的战争逐渐升级，矛盾已经到了不可调和的地步，她也不知道以后的日子要怎么过。前几年为了能让儿子读书，老黄先调到镇小学，后面又调到中学。老师们一听说丁家墩的黄宝玉，一个个头摇得像拨浪鼓，放谁的班里谁都不要。他们说准备到五十九岁退休，求老黄给条活路，别让他们五十岁前变成残疾人，提前退休。老黄只能亲自带课，等于给儿子陪读。用他自己的话说，教儿子三年初中，等于帮儿子擦了三年屁股。

前年中考结束，成绩下发到学校，儿子语、数、外、政、史、物理、化学这么多功课加一起，还没有老黄的血压高，考得最高的一门学科也没超过三十分。这样的成绩连普通高中都不要，秀秀只能到处求人，最后走后门硬把儿子塞进了隔壁乡镇一所职业高中，心想读一天书对付一天吧！

当晚阿宝半夜回到家，因为又没钱了，回来讨债。父子俩见面就吵了起来。

“要不是为你读书，前几年我会当班主任吗？我二十多年没当班主任了！天天早上六点多到班上，晚上放学最后一个走，专业保姆！”老黄咆哮着咒骂，狠狠训斥儿子。

“班主任是世界上最小的官、最小的主任，有什么值得炫耀的？”阿宝一脸鄙视，撇着嘴说。

“现在不读书，毕业扫垃圾都没人要你！”

“你们俩倒是读了不少书，现在什么样啊？人家说老师是眼镜蛇，一天到晚就知道盯着分数，成绩好的学生你们捧手心里，成绩差的学生你们恨不得赶到别的学校或叫他们退学。四眼看人低，没一个好的！”阿宝一脸无所谓的表情，吃饱了饭扔了碗筷，转身就要出去。

“我和你妈怎么了？不是我们辛苦挣钱，你怎么长这么大？你看看人家涛涛，都考上科大了，下午车就接走了，可你呢？整天在外面闯祸，还得我们给你擦屁股！”

“涛涛从小就是读书贱癌晚期，戴个八百度的眼镜有什么好？睁眼瞎一个！这社会书读得越多越没出息。你看看你们俩，刚恢复高考那个年代，能考上县师范也算是龙中龙、凤中凤了，至少相当于现在一本重点大学。现在呢？我们家破屋三间，还是爷爷留下来的。你打个小麻将，连输三场就装病不敢去了，活得窝囊不窝囊！你看看人家隔壁，读书一窍不通，当个兵回来几年就当县长、当书记，你们还好意思叫我读书！”阿宝反过来教训起他爸妈了。

“你不读书也就算了，纪念馆里陈列的新四军的枪你也敢偷啊？那是文物，每条枪上都有革命先烈的鲜血！你就一点儿不知道尊重先人吗？”

“一杆破枪，烧火棍一个，有什么好展览的！”

“你现在连枪都敢偷，要不了两年就敢杀人了吧？与其到时候让警察毙了，我今晚先把你打死算了！”自打儿子回家，老黄看他那总是一副满不在乎的表情就气得半死，怒火终于在这一夜压不住了，沉寂了多年的火山终于爆发了。

玉春婆婆自从孙子踩死了那只灵虫后，就彻底对孙子失去了爱，只要看到阿宝回家，她就拎着小板凳去村里一个孤寡老奶奶家。这些天，她感觉胸口闷得喘不过气，胳膊也疼，食欲也不好，她觉得不是癌症晚期就是内脏衰竭，反正离死不远了，都是阿宝干的好事。

“亲生的娃，不生气，不生气！”秀秀见老黄在家里找棍子，赶忙上去劝他。

“我当他是亲生的娃，他不当我是亲生的爹！”老黄咆哮着，根本听不进劝，用绳子将儿子捆了起来，吊在屋后桑树上，用小拇指粗的柳条一鞭一鞭地抽打，完全不把儿子当亲生的，秀秀怎么也拉不住。

这夜老黄暴跳如雷，打红了眼，样子让秀秀很陌生，好像他这些年所受的委屈全在这一夜爆发了出来。旁边围了好几家邻居，没人上来拉一把，都觉得这个熊孩子挨打是活该，还不时地教育身边自家的孩子以后要学乖，不然也吊这棵桑树上打。

老黄足足打了一个多小时，阿宝都没有求过一次饶，紧咬牙关藐视着他爹。老黄越看越气，越气下手就越重，整个人跟疯了一样，秀秀怎么劝都劝不住。

“你平时嘴巴不是挺厉害的吗？撅人王都怕你，今天怎么不说话了！哑巴啦！啊？”老黄打累了，喘着粗气，大声地质问。

“黄秃子！你现在打我，每鞭子我都记着，等你老了，走不动了，每一鞭子我都还给你！”阿宝怒目圆睁，牙根咬得“嘎吱”响，又和他老子杠上了。

“你文不能测字，武不能挑缸，除了嘴不尿，你还会什么！”

“对，我就是睡床上拉屎——不想好了，怎么样？”

“你们父子俩上辈子是啥冤家对头啊！”秀秀绝望地哭，边哭边劝，越劝他们斗得越狠。

无奈秀秀只能跑去找婆婆，婆婆想了想，最后叹了口气，拎着小板凳回家了。她骂儿子是头猪，不然怎么能把亲生儿子绑起来往死里打；说自己还是早点儿死了算了，免得看这一家子天天吵、天天打，减阳寿。老黄这才扔了已经打断了的鞭子，转身愤怒地回屋了。

第二天一大早，阿宝就不见了。秀秀不放心，跑到儿子就读的职校，到教室一看，却见儿子的座位上是空的，问班上同学，都说阿宝早读时走进教室，满身是伤，扔下书包就走了。秀秀跑去校门卫室一问，看门的大爷说她儿子早读时出了校门，大爷不让出，他将胳膊伸出来，胳膊上全是伤，他说去镇上的药店买药，妈妈在药店等他，门卫大爷就放行了。秀秀到街上打听，敢情街道上所有做生意的摊主都认识儿子，卖早点的大娘说看见张宝玉上了辆县城的公交车，还寻思这娃不上课，进城干什么？

秀秀赶紧跑回去找老黄，这孩子不会是离家出走了吧？老黄一听也慌神了，请假包了辆车直奔县城。临走时，老黄找遍了家里所有的鞋，也没找到一双像样点儿的，最后只能挑了一双没有破的旧皮鞋穿上。两人在车上就吵了起来，秀秀一把鼻涕一把泪，说儿子要是有什么闪失，她跟老黄没完。老黄则看着窗外发呆，不时嘱咐司机开快点儿。生了这么个熊孩子，夫妻俩每天都是度日如年。

“你觉得这孩子进城会干什么？”秀秀问。

“十有八九是去上访。昨晚打他，他说要告我。自己养的种，我知道他要干什么，这儿子就差没杀人了，他说得出来就干得出来。”

“雅青家养个女儿，很小就去北京打工，现在每年都寄钱回家。人家养个女儿还债，我们家养个儿子是讨债的啊！”

“何止是讨债？我早晚死在他手里！一看见他那副德行，我就想打他。”

“毕竟孩子是亲生的，娘的心头肉，你那么下狠手往死里打，上辈子有仇啊！”秀秀有些不高兴地数落老黄。没想到一下子点中了老黄的死穴，这个老男人打儿子，他自己的心也在滴血。

“下次不打了，我下次打我自己，我把自己打死算了！这日子没法过了。”他抱着头，在车里哇哇地哭了起来。

果然不出老黄所料，先是县教育局的大门口一大早就有个高中模样的学生，高举着一个纸壳做的大牌子，嚷嚷着要见教育局局长。保安一看，马上往外轰，那学生嚷嚷着有冤情，要局长给做主。

那天教育局严局长正好去县政府开会，保安见这孩子虽然长了个大个子，却显得很稚嫩，而且油嘴滑舌。

“毛都没长齐，你还来告状！”保安硬是将阿宝轰走了。

那学生还很倔强，见县教育局的大门进不去，就直奔县政府的信访局而去。这里是专门接待群众诉求、解决矛盾的地方，也不知道他是怎么找对了衙门。按照惯例，每天上午都有一位县委、县政府领导大接访，那天刚好是张玉宝书记接访。“教师体罚学生啊！教师体罚学生没处说理啊！我比窦娥还冤啊！”阿宝站在信访局门口大喊大叫。他手里高举着个牌子，上面歪歪扭扭地写着一行字：老师往死里打学生，违反教育法！

县政府保安见是一个学生来上访，没有理会，可是这孩子好像还是个老手，大喊大叫，一会儿就将一群路人吸引到他身边了。一名保安懒洋洋地走过来，阿宝人小志气高，保安接待他根本不理会，仿佛人家和他的级别不对等。信访局办公室主任是位女同志，二十来岁，面相很嫩，挺着个大肚子，看样子要生了，还坚持上班，她笑呵呵地接待阿宝，询问情况，阿宝照样不理会，将头扭到一边，说除了这里一把手，他绝不上谈判桌。最后那女人递了一个登记册，要阿宝先登记，阿宝一看，排在三十多位，有的人天没亮就过来了，按这顺序，天黑也轮不到他。

“老师违反教育法打学生啦！有凭有据，无处申冤啊！”

“大家来评评理，我全身是伤，教师打人啦！”

“老师常年殴打学生，没人管啦！”

早上八点，阿宝看见接访领导进了信访局大门，他立刻高举牌子大喊大叫，仿佛有天大的冤情。他脱了上衣，光着上身，将满是鞭痕的身体展示给每一个从他身边经过的人看。不一会儿，阿宝身边就围了一群人，有早上上街买菜的大娘，有进单位上班的工作人员，还有几个扫大街的环卫工人。

“这老师胆子也太大了，怎么把孩子打成这样！”

“这孩子是孤儿吗？打成这样也不擦药膏，都感染了！怎么没有家长陪同？”

县政府大门外一阵骚动，阿宝如愿以偿，被直接带进接待室，向大领导诉说冤情。

当阿宝被领进大厅，和张玉宝面对面的时候，两人都一愣。一个以为是位大老爷，一个以为是被虐待得不成样子的穷孩子，可是坐到一起，竟然是隔壁的大人和小孩。

“我要告我爸，他毒打虐待儿子。”阿宝再次撩开上衣，露出黝黑的后背和肚皮，全是血迹未干的鞭痕。

“你是中学生，你爸爸打你是因为你不听话。这是家事，哪个孩子不被爸爸打，你怎么能跑到县政府上访呢？再说你爸爸为什么要打你，你想过吗？子不教，父之过，难道你做错事，他不应该教育你吗？”张玉宝一看是村里鼎鼎大名的熊孩子，秀秀家的儿子，特意放慢了语速，很是耐心地和他攀谈。他心里暗暗纳闷，这小子怎么一点儿没有继承他母亲的基因呢，小小年纪敢只身到县政府来闹，见到书记不紧张、不怯场，目前还没遇到第二人。

“国家有哪条法律规定，爸爸可以把儿子往死里打？你说他是我爸爸，这是家事，好，现在我撇开父子关系不谈。他以前教我数学，是我的老师，算是师生关系吧？那老师打学生算不算体罚学生？现在国家严禁体罚学生对吧，你们县政府难道不管吗？你看他把我打成什么样了，全身是血，用个成语形容叫体无完肤。我昨晚穿的内衣都粘在皮肤上，脱下来成血衣了。你们政府如果不管，我一会儿只穿内裤睡县政府大门口，我要裸体告状！”阿宝一副大义凛然的模样。

“早就听说你在村里是个吵嘴精，今天果然领教了。古时候有人告御状，还没听说有人光屁股告状的，你不怕丢你爸妈的脸吗？你今天来的目的到底是什么？”玉宝调侃地问。今天这个信访接得有意思，遇到个小老乡，还是小大人，说的话让人好笑，却又不得不认真对待，万一他真脱光了在政府大门前闹，那还真成了笑话。

“我要你们政府处分我爸——不，处分我老师，他不是我爸，我也不是他儿子。我要他当面向我道歉，还要写检讨保证书！”阿宝声音洪亮，说得振振有词。

“哪有爸爸向儿子道歉的！要天打雷劈的。你先回去，我会安排人调查的。”张书记命人将阿宝带出去，可是这孩子倔强得很，非要政府打电话把他老爹叫到这里来当面道歉，保证以后不再使用家庭暴力。

张玉宝本来还笑脸相迎，可是这孩子依然喋喋不休，搞得他很不耐烦，命人打电话到学校，叫他爸妈来领儿子，自己转身走出后门休息去了。可是刚喝了半杯茶就有人汇报，那孩子真在政府大门口闹起来了。

张玉宝想了想，还是决定去看看。他赶到县政府大门口的时候，那里已经围了很多人，除了几个保安外，都是些看热闹的退休老人，还有附近卖水果的摊主。人群中秀秀家那个熊儿子真的就脱得只剩下个裤衩，抓住路人哭诉老师打他，还说政府不管农村人的死活。

阿宝被重新领进信访局的时候，老黄和秀秀也赶到了，教育局严局长也来了，进屋就狠狠地瞪了老黄一眼。他和老黄、秀秀以前都是师范的同学，后来一起从政，成了同事，只是二十年河东、二十年河西，现在一个是局长，一个是普通教师。

当黄俊峰走进信访局登记室的时候尴尬得要死，恨不得找个地缝钻进去。

给他登记的那个大肚子姑娘他一眼就认出来了，竟然是他的女儿黄郭香。这丫头看到失魂落魄的爸爸也愣住了，她仔细打量了秀秀一家人，绷着脸没说话。

黄郭香什么时候上的大学，什么时候毕的业，什么时候开始工作，什么时候结的婚，什么时候进的机关单位，这些老黄通通不知道。自从他调去了山里红镇，就如风筝断了线，和她们母女彻底失去了联络。离婚后，他像个和尚，开启了另一种修行模式。这么些年，老黄几乎都忘了自己还有个女儿！

离婚那年，女儿才六岁。老黄一辈子都记得，那天女儿拽着他的衣角，弱弱地喊着爸爸不要走，爸爸不能不要妈妈、不要女儿，眼里包的全是泪。那天尽管有一万个不情愿，老黄还是跟在挺着大肚子的秀秀身后走了。

今天，女儿坐在主席台旁做谈话记录，目光冷峻，仿佛路人。

“怀孕了啊？娃儿临产期大概是几月份，我到时去喝喜酒！”老黄小声地问。

“跟你没关系吧！”黄郭香面无表情，停下手中的笔，看了眼面前体型已经完全变形的老黄，冷冷地说。

“是没关系，是没关系，我只是问问。这么多年第一次看见你，想不到你都这么大了，都成家要当妈了。唉！我老了……”

“越能折腾的人老得越快！”

“你妈过得还好吗？离婚后你们搬走了，不知道去了哪里，我找也找不到。”

“我妈走了，不是走了，是死了！”

“走了，哦，哦，死了？年纪轻轻怎么死了？”

“跳楼死的！她临死还告诉我，叫我记住还有个不要我们的爸。”

“跳楼！真的吗？”

“你觉得我会拿自己母亲的生死开玩笑吗？这世界诅咒自己父母下地狱的，恐怕只有你家宝贝儿子了吧？你抛妻弃子，就是为了这个女人，还有这个儿子？”黄郭香瞟了眼门外的秀秀，一声冷笑，一脸不屑地说。

“你知道我们母女俩被抛弃时有多绝望吗？”

“你知道妈妈从十几层高的楼上摔下去有多疼吗？！”

……

老黄低着头，一言不发。女儿这一声冷笑让老黄后背发凉，感觉像被人吊在悬崖上，冷冻成一块腊肉。在女儿的眼里，他看到的全是仇恨，没有一丝父女的感情。

老黄转身走出登记室的时候，秀秀感觉他腰突然弯了很多，蜷缩得像个球，几乎没有了脊梁。

不一会儿县领导赶过来，老黄一家被叫到了调解室。主席台上坐着五个人，分别是张玉宝书记、教育局严局长、信访局局长、一名秘书和信访局办公室主任黄郭香。场面一下严肃起来，秀秀低头不看张玉宝，她没有勇气抬头，这个原来闭眼都能品出气味的男人，现在感觉无比陌生。身边的老黄呼呼地喘着粗气，样子仿佛要杀人。

老黄又气愤又自责，低着头不说话。被儿子折腾来这个地方，被人当猴子看，他心理极度不平衡。他谁都能忍，唯独隔壁家男人他不服。以前自己也是镇教办一把手，虽然单位不大，对上哈腰，但是对下，到哪里也是腰杆笔直，后面跟一帮人。现在倒好，被自己儿子逼到政府来批斗，这些信访局上班的人很多他还认识，现在都在看他的笑话，其中还有一个是自己的亲生女儿。可是看样子，女儿肯定不认他这个爸爸。

“阿宝，回家吧！爸爸打你也是为你好。这里不能闹。”秀秀上去拉儿子，却被阿宝一把粗暴地推开了。

“他不是我爸爸！上访无父子，进门不是儿，现在是老师打学生的问题。”阿宝完全当自己是个受害者。

“叫我给儿子赔礼道歉，你干脆减我十年阳寿算了！我是他老子，不是他儿子。”老黄大声咆哮，一屋子的工作人员直瞪眼。这里是调解室，不是离婚登记处。

“老黄，这些都是很小的事，张书记每天日理万机，忙得喝水都没时间，总不能为你们家这么点儿芝麻大的事耽搁一整天吧？”教育局严局长沉着脸，冷冷地盯着老黄说。“不行！今天不道歉，绝不出这道门！”阿宝补充一句，表明自己的底线。

“国家有明文规定，老师不能体罚学生。有句话说，天下没有教不好的学生，只有不会教的老师。”张玉宝起初不说话，只是静静地看他们一家子吵嘴，后来见事情一时难以调和才开了腔，硬着头皮用官帽子调和这一家子的私事。

“领导，你这话就不对了！按你这逻辑，天下没有破不了的案子，只有干不好的警察了？更没有管不好的国家，只有干不好的干部了？没有治不好的病，只有没用的医生了？”老黄昂着头，据理力争。刚刚和儿子吵，现在又掉转枪头和张玉宝吵起来了。

“老黄！注意说话方式。张书记今天接访，你看门外还有多少人需要接待，这些人哪个不比你的家事重要？道个歉把儿子领回去吧！你也是干过单位领导的人，要懂形势、识大体，不能连个儿子都管不好！”严局长猛地站起来，强忍心头的怒火，把桌子拍得啪啪响。

“严局长，我怎么了？以前我是你手下的兵，我怕你；现在我无官一身轻，必要的场合我尊重你，但今天是一个爸爸对儿子，我能服软吗？我今天要是道歉了，以后我是他爸爸，还是他是我爸爸？”老黄情绪完全失控了，也站了起来，瞪圆了眼睛，毫不示弱。

今天的老黄态度异常坚决，他要在两个孩子面前找回一个父亲的尊严。

“你们不要吵了！都是很小的事。从教育角度来看，把学生打得遍体鳞伤肯定有责任，道歉后把孩子带回家再教育。如果处理不好，孩子再来政府闹，造成不良影响，将责成教育部门进行处理。”张玉宝一拍桌子站了起来，瞪着眼睛，大声地说。他很少发火，更从没瞪过眼，今天这个样子让几个跟班的官员吓了一跳。张玉宝根本不想蹚这趟浑水，可是隔壁家这个男人也太不知趣了，管不好儿子也不知道自责，见到谁就和谁吵。张玉宝摆起了官腔，丢下几句重重的话，又看了眼秀秀，转身走了。

“不道歉！坚决不道歉！处分我、开除我，杀头都不道歉。儿子都管不了，以后我出门还能见人吗？你们都是穿一条裤子的，想看我老黄的笑话。我以前干教办主任被处分，我服。现在儿子反我水，你们也想处分我，哼哼，我不怕！我姓黄的以前当官，见到比我大的官就怕，那是我想吃一碗下水饭，现在我怕谁？我吃国家的饭，凭的是本事，我摸摸良心对得起自己，你们算什么东西……”

那天老黄像发了疯一样大闹县信访办，把他儿子给吵不见了，不明白事理的人还以为是他在上访。

“我供他吃、供他穿，想不到养了只白眼狼！就算是养条狗，也会对我摇摇尾巴。”他咆哮着，也不听秀秀的劝阻，最后丢下秀秀，一个人摔门而去，迅速穿过对面马路不见了。

第六十九章 老黄喝药水

从县政府出来，秀秀紧追老黄上了公交车，两人相隔一个座位坐下，都不说话，像两具木偶。老黄红着眼圈，弓着腰，抱着双臂，将头深深埋进胸膛，一下子苍老了许多。本来就已经严重沙漠化的头顶，变得像是入冬的柿饼，失去了水分，起了一道道褶皱，一圈一圈地挤在额头，泛着深红色，风一吹就可能掀起一张豆腐皮。

今年这个夏季和往年特别不一样，出奇的热，热得让人感觉浑身全是油。空气好像缺氧，除了迟迟等不到的雨水，这燥热的风却泛滥，没完没了，让人感觉生活在北方。

老黄今天烟瘾特别大，烟一根接着一根地抽，把公交车里抽得烟雾缭绕。秀秀好几次找话跟他说，可是都被他搪塞过去。看得出老黄今天特别烦躁，儿子丢尽了他的老脸。秀秀知道老黄今天气成这样不只是儿子让他丢了面子，更重要的是他遇到了已经成年的女儿，还把他当成仇人，还有张玉宝高高在上的样子刺激了他。再加上教育局严局长那副见到书记就恭敬，见到老黄就趾高气扬，还嚷嚷着要处分人的样子，谁见了都受不了。

夫妇俩刚进村口的时候，撅人王不知从哪里听来了消息，召集一些去菜地摘菜、挑粪的女人开会，在那里指手画脚，仿佛在开演讲会。

“听说阿宝今天把他大给告了，张玉宝书记亲自接待的呢！”

“真的假的？这什么世道？老子养儿子管吃管喝，儿子还告老子啊！”

“可不是嘛，县长都发火了，判阿宝有理。现在老子管儿子不能打，打了犯法！”

“黄秃顶这次㞞大了，在县镇府被他儿子当猴耍，不光当面赔礼道歉，听说还下跪了。现在谁要是上访谁就是大爷。儿子告他大，以后还要追加处分，可能公职都没有了，会被开除。”

“下跪？老子跪儿子？不怕张公山飞脚踹，天打五雷轰啊！”一群女人像绿头苍蝇聚在一起，嘀咕的声音全村都能听见。

“滚！你们吃饱了没事干，不扯点儿别人家闲事，嘴巴会长蛆虫、长痔疮啊！”老黄疾步往家走，可还是听到了撅人王在那里议论。他先是紧咬着嘴唇强烈克制情绪，可还是没压制住，心中的郁闷无处发泄，最终咆哮着冲上去想单挑撅人王，和这个女人吵嘴。

“你嚷嚷什么呀！一个男人连儿子都管不住，还跟我们瞎吼什么！”撅人王抬起头，骄傲地迎战。

“我——我管不住儿子也没什么丢脸的，总比——总比某些人强，儿子管不住老大大，老大大天天晚上往儿媳床上爬！”老黄牙一咬、脚一跺，上课时口吐莲花，现在口吐甘蔗渣，他竟然直插撅人王的命根子。

“呀——”撅人王翻滚的血液刚刚涌起，却被冲上来的老黄一招就劈下了马。脑子里嗡嗡响，一下蒙了。她一瞬间竟然想到了遗传学，阿宝骂人根本不用打草稿，能连续骂上几个小时，难道他爹也是臭嘴巴？但撅人王是什么人啊，她什么样的场面没见过？只见她踉跄着没栽倒，重新站起来迎了上去。

“老头爬女人床有什么稀罕的？就是图个新鲜。上了年纪都快死的人了还能干啥？公公爬儿媳妇床，至少也是肥水不流外人田，总比某些人结婚时戴了好几顶绿帽子，肥水尽流外人田，当大后儿子还送了他顶㞞包帽子好！真好笑，咯咯——”撅人王抖擞精神，摇晃着硕大的胸，边说边拍手，当头一瓢粪泼了回去。

“你——”老黄剧烈地咳嗽了两声，捂着胸口，像是要吐出血来。

一边的秀秀脸臊得脸通红，恨不得找个地洞钻进去。她死死地拽住老黄，硬给拖了回去。

“呀——哟嗬，管不了儿子，还不准我们说啊！”

“㞞包！听说是咱村最大的官张玉宝调解的，秀秀也去了。这两人以前好得粘一起刀都切不开，老黄读师范时和张玉宝就是情敌，按时间前后算的话，黄秃子还是第三者呢！现在秀秀家儿子去告情敌，人家不往死里整才怪。”撅人王还在喋喋不休，不依不饶。

“你们说这两家以前斗死了各家的老爹，后来计划生育举报又斗死好几条人命，现在到一起是爱多还是恨多啊！”

……

老黄几乎是跑着进了家门，进屋倒头就睡。刚刚和撅人王对骂的时候，撅人王说老黄戴了几顶绿帽子，秀秀留心观察了一眼，当时他浑身战栗，面如猪肝，紧紧地攥着拳头，随时可能冲上去一拳打得这个女人满地找牙。可是他硬是忍住了，忍耐的过程秀秀感觉他都快咬断自己舌头了。

晚饭秀秀烧了几个好菜叫老黄吃饭，他也不回应。今天是星期五，阿宝也没有回家。婆婆早早地吃过了晚饭，拎着小板凳去村里一个老伙伴家睡了，这个家对于婆婆来说，越来越像浮萍。自从灵虫被孙子踩死后，玉春婆婆是活一天算一天。她整日在惊恐中度过，不知道哪天一觉睡过去还能不能醒来。

月亮一点点升起来，却越来越闷，给人一种说不出的压抑感。去年岁修，长江大堤又加固、加高了，山坳里的丁家墩像是被大锅倒扣一般让人喘不上气。巍峨的张公山把它抱在怀里，像个襁褓，裹得没有一丝风，懒散地躺在那里，像个被烧透了的山芋，浑身渗出湿漉漉的暑气。偌大的村子没几家掌灯的，要是没有它们微小的躯体点缀，这混沌的大地像是卡在黑河里的一块浮冰，依附黑暗，时间都不会流动。

借着山村里的点点灯光，也看不见夜的肌肤，天气闷热得像个大澡堂，地上到处都是湿漉漉的水气。一些似云非云、似雾非雾的雾气趴在树枝上，挥不去，赶不下，像是有一团团蝗虫聚集在树上吸着夜的汁液。

“啪”的一声，先是灯睁开了睡红的眼睛，而后是秀秀惊恐的尖叫声。

“他大！你怎么了？来人啊，快来人啊！不得了啦！行行好，快来人啊！”大约晚上八点，秀秀突然发疯似的叫着，她披散着头发，像个疯婆子一般奔出房门去喊婆婆。

这两年，丁婆见人就说听见鬼叫声，那“唧——唧唧”的叫声每晚准时响起，围着村子转，弄得村里一些老人疲惫不堪，不知道在为谁招魂。今夜秀秀一阵尖叫，整个村子立刻就慌张起来了。

“秀秀，怎么了？半夜这么叫不怕吓着邻居啊？又不是地震张公山塌下来了！”婆婆玉春听见儿媳妇叫她，起初还责备儿媳妇，可是当她回家跑进儿子房间，顿时就被眼前的景象吓呆了。只见儿子四脚朝天躺在凉床上，还在有节奏地抽搐，地上是一摊呕吐物，白沫子泛着刺鼻的异味。

“今天上午阿宝去县政府大闹，他被叫到县政府批评了一顿，一时丢了面子，回家倒头就睡，我没敢打扰，哪知道我刚洗完澡上床，他不知什么时候竟然把你买的两瓶杀虫药给喝了。天啊！这可怎么办！呜呜——”秀秀披散着一头乱发，举着一只乳白色的农药瓶子，在门板上没命地敲打、叫喊。

秀秀一直给全村人很淑女的感觉，可是她现在的样子，完全和撅人王没什么两样了。今晚她受了极度惊吓，喊叫的声音回荡在山谷里，像野猫的爪子一般尖利，又像一把尖刀，要把这连成一体的天地划开。村里的灯一个个睁开惺忪的眼睛，热心的村民们顾不上穿鞋子，爬起来就往这儿奔。

“黄老师是不是傻啊？这么好的日子不过，非要寻死！”雨露略带埋怨地说。她在镇上开完会，刚回到村里准备回家吃饭，就遇到了这样的突发事件。

“黄校长是不是中邪啦！”二队长桥大爹听见有人说秀秀家出事了，也慌忙赶了过来。他一个箭步冲进屋里，顿感一股强烈的药水味刺得人睁不开双眼。当他看到秀秀举在手里的空药瓶，也吓得脑门子冰凉，这可不是白酒，喝醉了翻江倒海吐出来就没事了，这东西吐出来狗都不吃。

“哦——哇哇——”老黄不时地抬起身子，张着嘴，舌头在咽喉里急速抽动着，往外吐着黄疸一样的东西，看来胃里全清空了，都见黄了。他瘫软地躺在凉床上，那刺鼻的怪味比开春发水时大江上游冲下的浮尸都熏人。老黄大口地喘着粗气，紧闭双眼，攥着拳头，嘴里不停地唠叨着，可众人一句都听不懂。

“桥大爹，快去镇上请医生过来，老黄中毒了！快点儿！时间就是生命。”秀秀瘫软地骑在门槛上，无力地靠在门框边，见到雨露才回过神来，想起叫医生。老村长张祥林原来也给人看病，可是现在年纪大了，名声坏了，几乎不出门，谁也请不动了。就是请来，也没有解毒的药。

“好、好，刚好丁福满在家，虎爹去借他的摩托车，我们一起去，一定帮你把镇上的医生接过来。丁书记，你们先给他洗胃，把肥皂打碎了搅和成水，灌下去立刻就吐，多灌几次，多吐几次就好了。”桥大爹嘱咐完，转身就跑出了人群。

“生活无论好坏，孩子无论多么顽劣，只要活着就有希望。”

“冲动是魔鬼，多想想爱你的人。”几个年长的老人坐在老黄身边劝他。

一村大人小孩全都聚集到了秀秀家门口，黑压压的全是人。一些孩子惊恐地挤到最前面，又被大人一把拽出来扔到后面。

最多不超过半小时，摩托车就开回了村，镇上那个常来村里发计生药品的医生被请来了。

“乡亲们，快把人抬出去，屋里热。”医生姓陈，他跳下摩托车，健步如飞，走到人群中。

“快！再打些肥皂水。”陈医生四十来岁，长得精瘦，说话就像爆竹在炸。

“今天这鬼天气就是不对劲，你看屋外这些雾气，撵着人走，粘在身上甩不掉，丁家墩这几天有鬼啊？”

“就是，这两年，我天天晚上听见鬼叫。”

“你们也听见了啊！我有晚被吓得一夜没睡，那个鬼东西就坐我家窗台上叫了一夜。”丁小气也赶来了，正在一边和几个老人聊天。

众人已将秀秀家围得水泄不通，四周灯火通明。老黄已被抬到屋外的一张凉床上，头对着那尊熊头石，浑身都是浑浊的肥皂水，床边是调配好的几脸盆肥皂水，乳白色的，像牛奶，但比小便还难闻。一帮老伙伴好劝歹劝，可老黄歪着亮晶晶的葫芦头，死活不肯喝，他张大嘴巴，依旧自顾自地唠叨着什么。

“老黄，喝下去吧，吐出来就没事了。孩子顽劣，又不是什么过不去的坎。亲生的，不生气。”秀秀跪倒在床前苦苦地哀求，可还是不顶事，老黄连正眼都不瞧一下这个哭成泪人的女人。他紧锁眉头，攥着拳头，在和死神拔河，可身体一直不由自主地颤抖。他嘴里吐着气味冲鼻的白沫，顺着嘴角流淌，和着两行清鼻涕，像是鲶鱼在吐着体液。

“想不开的人，大多和钱、情、病、爱有关，老黄我们常在一起喝酒，人很开朗啊，你这是何苦呢？”陈医生沙哑着声音叹息。他心里没底，一亮手电筒将老黄紧闭的眼皮掰开。

“还好，对光还有反应。不管怎样，赶紧把肥皂水灌下去，不喝就用棍子把嘴撬开，先给他洗胃，灌得越多越好。”陈医生大声叫喊，麻利地取出针管，给老黄打了针镇静剂。

“晚饭他吃了吗？”陈医生回身问发呆的秀秀。

“从城里回家倒头就睡，晚饭一口都没吃。”秀秀无助地回答。她惊吓过度，已经完全看不出原来的模样。

陈医生紧皱眉头，把针管丢在一旁，挽起了衣袖。

“喝吧！和儿子斗什么气？你喝下去，喝下去就会吐出来，会好的。”张德标端起满盆的肥皂水，他这位老大不小的爷们儿此时也忍不住泪眼汪汪了，带着哭腔哀求道。

“是啊，喝下去吧！喝下去就会好的，好了我们明天就干麻将。”一村人都齐声哀求。

“喝下去吧，别再折磨自己了！你看妈，满头白发，也活得好好的啊！你不能作践自己，妈可不想白发人送黑发人啊！到了地底下，你大饶不了妈！”玉春婆婆嗓子都快哭哑了，几乎是跪在儿子床边，苦苦哀求。

“黄老师，你可不能想不开哦，作为当家男人，不能让母亲老年丧子，不能让孩子年少丧父，不能让爱人年轻守寡，更不能给家庭、给孩子背个坏名声，让他们一辈子都抬不起头啊！”丁国安紧紧地握着老黄的手，一字一顿地开导。

“谢——谢，谢谢！”秀秀已经崩溃了，这一帮从小玩到大的伙伴，这些年几乎都不来往，可是自家出了事，他们都是第一时间跑过来，掏心掏肺地帮忙，更没有冷嘲热讽。想想自己，她恨不得扇自己几个耳光。

“妈，我——”黄俊峰终于睁开布满血丝的眼睛，哆嗦着看了眼四周，没有看见熊儿子。他无力地张着嘴，那铁锤般的拳头攥得更紧了。

“好，小老弟，这就对了嘛！喝下去睡一觉，就当是喝多酒吐了，明天起来照样生龙活虎。我明早就来这里叫你起来干麻将。”丁国安接过脸盆，在大伙的目光中，如同接过军令状。

“妈，这些年，我——我像被关在玻璃房子里，所——所有人都在对我指手画脚，我没办法走出去，也不能呼吸。妈，儿——儿子丢你脸了，丢你脸啦——”黄俊峰双眼含泪，看着满头白发的老妈妈，扁着嘴，边哭边哽咽着喝了肥皂水。

“我儿不说话，妈懂儿心里话。我儿不说话，妈给儿喂水，儿喝妈就高兴，妈还想儿给我送终呢！”玉春婆婆端着脸盆，一口口喂儿子。

“秀秀，我丢你脸了。傍晚回家，耳朵里像是爬进去一只虫子，它告诉我药水在哪里，告诉我喝下去睡一觉，再熊的儿子也找不到我，女儿也会原谅我，以后什么烦心事都没有了。”老黄扭头看着一边的秀秀，无力地说。

“不丢人，不丢人，我们凭本事吃国家的饭，到哪里腰杆都是直的。”秀秀边擦自己眼泪，边伸手帮老黄擦眼角的泪水。

“我儿不丢人，咱家不偷不抢，不丢人。只要儿子好，妈还能活二十年呢！”玉春婆婆尽量装得很轻松，趴在儿子嘴巴边，眼巴巴地看着丁小气给儿子灌肥皂水，两行浑浊的老泪“噼噼啪啪”地落进水舀里，落进儿子嘴里。

“哦——哇哇——”一瓢、两瓢肥皂水灌下去，白沫就一口、两口地吐出来。原来洗胃也像洗衣服一般，洗一次干净一次。大家都有了那么一丝心安的微笑，更加紧忙碌起来，就连陈医生也放松了很多，露出了笑容。

趴在床头的秀秀呆呆地看着男人每喝下去一口，成串的泪珠便落进盆里，谁知是爱还是怨呢，此时此刻爱与怨，谁又能说得清楚？

一阵微风吹过，隔壁家门前那棵枣树憋了半夜，也“沙沙”笑出了声，盼着这个摇摆在风雨中的生命能早点儿上岸。村口一束强烈的光柱闪了几下，一辆汽车晃悠着进村了，直接开到张玉宝家门前才停下来，车轮刚好快压到两家地界上的那条白石灰线上。

“汪、汪！”车里传出两声熟悉的狗叫声，那是全村最漂亮的狗——朵儿的叫声。

“呀，怎么这么多人啊！”车里有人好奇地问。

车门打开了，车上跳下来两个孩子，一个是雪儿，一个是阿宝。阿宝眨巴着眼睛，站在那里一动不动。他手里拎着一只大塑料袋，里面是如梦买给他的糖。上午阿宝大闹完县政府，没有急着回家，而是在城里瞎转悠，如梦刚好在商场买东西，出来看见他。因为前些年阿宝救过女儿，如梦今天特别慷慨，不计前嫌，带他去吃了西餐，晚上回村顺便把女儿也接回家。

“哎哟，怎么回事啊！想喝饮料没钱，把肥皂水掺和一下当饮料喝啊？肥皂可是垃圾做的，喝多了不止嘴巴冒泡，还会烂嘴哦！”如梦穿了一身旗袍，像个艳丽的贵妇人。她牵着那条小狗下了车，看见隔壁家门口围着很多人，中间的凉床上，秀秀家男人赤裸着上身躺在那里，像是拉肚子一般，把门前拉了一股刺鼻的怪味。这么大热的天，这家人真搞笑。

“你住嘴！”秀秀站起来怒吼着，她不想这个时候再有任何人刺激老黄。

“你以为自己谁啊？叫我住嘴我就住嘴？你腰里揣个死耗子，冒充打猎的，你算哪根葱！”如梦回身就骂，她可不管隔壁家在搞什么，像这样的场面她从来都没有见过。如梦回身叫司机回城，然后叫雪儿进屋，这里味道熏死了。

“阿宝，你跑哪里去了，快过来给你大道歉！”玉春婆婆沉着脸，呵斥孙子过来。

“我凭什么给他道歉？他昨晚打我的时候，恨不得打死我。我不是他亲生的，我明天去县法院，我要和他断绝父子关系！”阿宝大声嚷嚷，根本不管这些人在他家门口干什么，更不多看一眼躺在床上挣扎的老黄。他啃着鸡腿，头也不回地往屋里走。

“你——你这是要气死我啊！”秀秀站起来，冲上去想揪住儿子，可这孩子一滑溜跑进了家。

“哎——呀，我总算明白了，喝药水啊，这有什么哦！现在什么东西不是假的？药水喝不死人的。上次我还听说一个男人上街买灭草灵，喝完了不但没死，味道还很甜，第二天他还买炮仗上街感谢那家药铺呢！”如梦就是不回家，抱着狗，站在两家的地界边，阴阳怪气地说着风凉话。

“如梦，回家休息吧！好歹他家儿子以前还救过你家女儿，人要懂得感恩。”雨露实在看不下去了，走过去调解。有的人心不光是石头做的，而且还在蝎毒里浸泡过。

“感恩是肯定的，我这人爱恨分明，都记在心里。我们家欠他们家一条命，我到哪里都认，但是他们家欠我们家三条命，到如今没人敢承认！”一提到孩子，如梦突然进入癫狂模式，嚷嚷的分贝超过了撅人王。

“我们家怎么就欠你家三条命了？”秀秀不解地问。

“前几年我怀孕时，哪个缺德的、良心被狗吃了的老太婆写的举报信？还画了地图。我肚子里两个娃，再过几个月就能出世吃奶了。我超个生怎么了，妨碍你们家什么了，至于把我往绝路上逼？那晚我婆婆跌倒摔死，也算是一条命吧！你儿子救我女儿一条命，你们家还欠我两条命。”如梦喋喋不休，一下子就将场面搅乱了，本来是救人，现在变成吵嘴讨命了。

“我——我们家没举报你！猪举报你！”老黄哆嗦着身子，边吐肥皂水边说。他挣扎着想站起来，但被陈医生按住了。

“你们别吵了，到底是来救人还是吵嘴的！我救人这么多年，第一次遇到你们这样的邻居。哪有这样的深仇大恨，就算有，今晚能不能歇一会儿嘴！”陈医生铁青着脸，气得直哆嗦。起初他还没反应过来，等明白了缘由，愤怒地低吼道，命人继续给老黄灌肥皂水。

“没举报？呵呵，我婆婆拎鸡进城，你老妈跟踪过好几次，你当她没事吃饱撑得啊！黄校长，你说你一辈子活得多窝囊、多草包，当个小领导还被处分，生个儿子还告你，你有本事做回真男人行不行！不敢死是吧？拿瓶敌杀死来，我陪你一起死，我陪你再喝一瓶，反正人活着本来就没意思。”如梦第一次跨过了地界，从丁小气手里夺过脸盆，她抬头先大口地喝了起来，弄得那件漂亮的旗袍上全是污垢。她身后那条雪白的狗受了惊吓，汪汪地叫起来。

雨露挥挥手，叫几个男人赶紧将如梦拖回她自己家地界，这女人现在真有点儿神经质，脑子特别容易发烧，只能用莫名其妙来形容。村里人说她天天晚上失眠，晚上常在大塘埂上晃悠，像个孤魂野鬼。

“我不认识字，我怎么写信？怎么画地图？怎么举报你啊！”玉春婆婆起初没听明白如梦说的话，等她反应过来，气得一蹦多高，追过去和如梦理论，就差赌咒发誓了。

“举没举报，老天在看。天道好轮回，苍生饶过谁！今晚报应来了。”如梦指指天，冷笑着说。

“阿宝，过来给你大大道歉！”跑回屋的阿宝架不住屋外人多的诱惑，躲在门边向外张望，秀秀大声地叫他出来。

“我才不道歉，他不是我大！”阿宝还是那副吊儿郎当的样子，转身又进屋了。

“我——我有四个儿子，药儿子、绳儿子、水儿子、亲儿子，想不到我死在亲儿子手里了。好！胡如梦，我就还你一条命！让你看看什么是真正的爷们儿！”黄俊峰突然语无伦次地叫起来。他猛地站起来，满口泡沫，小跑几步追上如梦，和她面对面打着照面，将两颗眼珠瞪到极限，吼道。

“好，我等你！”如梦也咬碎钢牙，圆睁杏眼，毫不示弱。

“砰”的一声，老黄完全失去理智，飞起一脚将丁小气手里的脸盆踢翻。

“哗啦啦”，一场肥皂雨随即而降。

黄俊峰吐着泡沫，挥舞着拳头，紧紧地闭着眼，进入了二次发疯模式。他歪着脖子踉踉跄跄在两家地界的白石灰线上走着交叉步，好几次差点儿跌倒又重新站起来，样子像狂犬病发作的狗。一些人上去扶他，都被他挥拳打开。前后最多也就是三十秒，老黄突然头猛地一沉，睁开双眼，最大限度地瞪圆，看着众人，可是只一瞬间，眼里所有的光泽都消退了，没有了能量，两眼挤成了两个快破裂的鸡蛋。他挥舞的手臂也戛然而止，垂落下去，成了一具木偶，整个人完全处于失重状态，脸朝地，“轰”的一声重重摔倒在地上。

众人再次将他抬到凉床上，丁小气眼疾手快，两根手指插进老黄刚要锁紧的牙缝里，顿时疼得脸都变了形。

“儿啊！你可不能把丁大爹手指头给咬断了，日后他还要下地啊！”玉春婆婆吓得扯起嗓子哀求。

大伙齐力将丁小气的手指往外拽，可好不容易拔出来后，已经肉是肉、骨头是骨头了，强烈的药水烧得血肉都成了惨白色。之后任丁小气再怎么用筷子去撬老黄的嘴都无济于事，老黄已经到了六亲不认的地步了，浑身颤抖得如根快要拉断的弦，任四个壮劳力摁住手脚，都不能让他有片刻的镇静。白沫和着清水从鼻孔流出、牙缝里渗出，一直拖到地上。

“妈，我怕！”雪儿站在二楼的阳台上，眨着眼睛看了一会儿终于看明白了，阿宝家爸爸喝了药水，快死了，吓得直叫唤。

“怕什么，不就死个人啊，人早晚都要死！”如梦一脸得意，抱着狗“咚咚”上楼了。

“你们这村人啊，都是神经病！都这个时候了还不忘吵嘴，毫无怜悯之心！”陈医生气得铁青着脸，抓过药箱，再次取出一管药水，然后按住老黄的一只手臂打针，可僵硬的躯体里血脉已不再流动，药水一点儿都打不进去。

“被你猜对了，我有神经病已经不是一天两天的事了，谁刺激我的神经，我就刺得他神经病。”如梦站在二楼阳台，继续喋喋不休地回骂。

“秀秀，给我点盘蚊香，怎么这么多蚊子咬我啊！别咬我……丁国安，你别拿手电筒到处晃悠啊，我看不见，别晃我……张德标，你属虎的吧？属虎的不能给我抬棺材……来世做甚不做人，只为做回无心魂；我从天庭到地狱，刚好路过人间。妻也空，儿也空，黄泉路上不相逢……阿宝、香儿，记得给爹戴孝……”黄俊峰突然浑身是劲，仰起头到处张望，嘴里不停叨叨着，眼睛瞪得很大，可全是散光，像个睁眼瞎。他笑着，仿佛刚刚打麻将赢了钱。

“好、好，我给你找蚊香。”秀秀哆嗦着，回家找出蚊香，等趴到老黄床边的时候，他已经全身僵硬，完全变了个样。

“妈——妈，儿——子，秀——秀，郭——香，郭香——妈——”老黄边喷白沫边自语道。那瞪圆的双眼如铁丝网般布满一道道血丝，已经成了两颗烧得通红的火球，用针一捅，血就会爆出来。他费劲地说完这句话，眼球就停止了转动，永远定格了。

老黄的头对着那尊熊头石，脚对着那块泰山石，身体渐渐变成了紫山芋色。

“大！你怎么了？”阿宝起初一脸不以为然，等看清爸爸真喝了药水，全身紫青，像是触电一样，在凉床上抖成一张筛子时，他从门边跑出来，一头扑倒在直挺挺的爸爸身上，惊恐地叫喊起来。

“你给我滚！你这个猪狗不如的东西，你怎么不跳到大塘里淹死！是你害死我儿的，是你啊！儿啊！我的儿啊！”玉春婆婆站起身，竟然能一把拎起阿宝，抬手扔出去老远。回过身，一头扑倒在儿子身上，号啕大哭起来。

老黄在众人滚烫的视线里渐渐停息了颤抖，硬挺挺地躺在凉床上，另一个世界吸走了他的全部热量，他完成了时空的穿梭，把外壳丢在这漆黑的夜里。

“黄老师真是上厕所不带纸——想不开啊！”人群中传来撅人王的嘀咕声。

“想死的人，有时候只要一个很小的理由就能让他免于赴难，也会因为一个很小的理由就让他绝此一生。”陈医生摇摇头，一脸无奈，收拾好药箱，让虎爹骑摩托车送他回去。

“大！大大！”阿宝跪倒在床前，撕心裂肺地扯着嗓子哭喊，他那恐惧的眼里除了害怕，还不能让人读懂更多的含义。这是全村人第一次看见熊孩子阿宝哭，而且哭得这么凄惨！仿佛变了个人，长大了。

秀秀早已昏死过去，等大伙七手八脚将她掐醒，谁都劝不住，她无力地高举起双手，抽动着惨白的脸，双手发疯地摇着、撞着，甚至是掐着身体已经冰冷的老黄，拖起乡下女人特有的长腔号哭起来：

“老——黄——唉，我们十八岁相识，二十四岁结婚，一根藤上结出的苦命瓜，如今你才刚过四十，怎么——个么狠心地——走呢，留下我——一个人怎么过——呢，老——黄——唉（高举双手），你这一走——儿子没人——养，婆婆没人送，留下我——一个人怎么活——呢……”

秀秀这次哭丧，全村人再怎么听都是庐剧的味道，听到人头皮发麻、背后发凉，像只落单的猫头鹰，晚上蹲在张公山的树丫上鬼叫。

“唧！”那只鸟叫声又准时响起，这次不是三声，也不是两声，而是每次只叫一声。

“这到底是什么东西？必须找出来，不然村子永远不得安宁。”丁小气就是不信这个邪，嚷嚷着带了几个胆大的小伙子全村到处搜寻，可他找遍了全村，也没找到那只鸟躲在哪里。

黄俊峰已经穿上了寿衣，戴了寿帽，穿上寿鞋，静静地躺在自家大床上。他面色紫黑，两只眼睛沉沉地闭上了。玉春婆婆哭累了，坐在门边，看着直挺挺躺着的儿子，一声不响，像尊蜡像。

“跪下！昨晚你大没打死你，今天我来打！打死了妈去坐牢房。妈给你大报仇，给村里除害！”一切安排妥当，秀秀回过身，怒眼圆睁，脸上一点儿泪都没有了，也看不出有多悲伤，完全变了个人。她一把抓过阿宝，抡起巴掌，恶狠狠地给了阿宝两耳光，一屋子人都听得真切。

“扑通”一声，阿宝跪倒在棺材头，他低着头，不敢说话。

“给你大梳头，左边一下，中间一下，右边一下。喊大大哎，儿子给你梳头了。”秀秀命令。

“大大哎，儿子阿宝给你梳头了！”阿宝跪在爸爸棺材头，取下爸爸头上的寿帽，接过秀秀递给他的梳子，在爸爸只有一小撮头发的头顶，左中右各梳了一下，然后给爸爸戴好寿帽。

“将这二十块钱放在大大衣兜里，大大上路遇到拦路的小鬼，也好给点儿过路钱。”秀秀递给阿宝儿子一些零钱，下着命令。

“大大，收钱啊！儿子给你揣钱了，遇到小鬼，记得给点儿过路费。”阿宝边喊边将钱分成四份，分别塞在寿衣四个口袋里。

“到门口抱堆稻草，把你大大这双鞋带到西九华三岔路口烧了，烧的时候记得鞋底朝天，嘴里要喊话。烧完后就回来，跪在你大跟前。今晚要给你大守棺，多看你大大几眼，动一下我就把你塞进你大棺材里，让你陪你大，三天后一起埋了。”秀秀冷冷地说，将墙角一双破皮鞋递给阿宝。这双鞋，下午老黄穿着它去的县城。

阿宝毕恭毕敬地接过那双破旧的皮鞋，走到门口，抱了一堆稻草，一个人低着头，摸黑走到了张公山路口，跪在地上，将那双旧皮鞋扣在稻草上点燃了。

“大——大，你走好！遇到三岔路口要记得路，别走错了黄泉路。你走好，不孝儿给你磕头了！”阿宝一个人跪在路口，看着一堆烟火烧红了半边天，烧完了那双破皮鞋，最后熄灭，黑夜将他彻底淹没。

“啊——”阿宝跪在黑暗中，突然一声长啸，聚集在胸口的悲伤全都宣泄了出来，变成了一声撕心裂肺的喊叫。他跪在地上，死死地揪着头发，不止揪下两把黑发，都快把脑袋活生生拽下来了。直到这个时候他才恍然醒了过来，感觉到自己浑蛋透顶。

身后不知道什么时候站着一个黑影，伸手在阿宝的肩膀上拍了拍，阿宝猛然回头，以为是爸爸。那人也在抽泣，声音是个女孩儿，阿宝知道是雪儿。

那夜秀秀借着烧给老黄的黄纸，提笔在手，写下了一首小诗：

残门锈锁久不开，青砖小院覆青苔。
无名枯草侵满院，一股心酸入喉怀。
墙外老树今犹在，院内再无唤夫声。
忽忆当年高堂在，也曾灶头烧锅台。
恍觉如今只形影，故土无人诉情怀。
如今已是蛛网结，坐等孟婆一汤来。

第七十章 非典护村

雨露有一次去镇上开会，听说山里红镇正在长江旅游开发公司谈风力开发，要沿着家乡的这一条沿江山脉建风能发电，项目现在已经深度洽谈了，上亿元的资金投入，就差签合同了。

雨露听了很高兴，这一片山脉建设风能发电的确好，老人们说这一带一年只刮两次风，可一次要刮半年呢！建成后又多了一处旅游景点。

丁家墩地形属中低山峡谷地貌，地形起伏较大，常年风速大、风期长，这恰好赋予了它得天独厚的风力开发条件。村子坐落在山凹口，群山环绕，如个大口袋的出口，风被群山从各个山口驱赶一路呼啸而出。孩子们的儿歌这样唱：“张公山，老风口，小风大风天天有，小风刮歪树，大风飞石头。”

这些天，张公山山巅上常能看见章晓惠带着一些头戴安全帽的技术人员，背着仪器在测绘，听说是为风车选址。

“大草莓”丁福满常在村里吹牛，说爷有三杆“枪”，一杆枪挂在裤腰带上，另两杆是两根两米多长的竹竿，那是他吃饭的家伙，竹竿上各系着一截电线，分别连接在电瓶的正负极上。这条大江里，只要值钱的东西，都是他猎捕的对象。每到汛期或旱季的时候，都能看到丁福满一脸高兴地背着电瓶，穿着皮套长衣，握着两杆竹竿出发了。村里一些老爹见他就骂缺德，雨露一气之下跑到镇派出所举报，将他关进了看守所里。

时光荏苒，转眼雨露都快奔四十了。

这天一大早，她被一个电话惊醒，通知她到镇上参加紧急会议。现在全国一盘棋，众志成城，抗击非典。开始雨露还不知道非典是什么，后来才知道是一种像流感一样的传染病，全国已经死了人了，形势非常紧急。政府要求，凡有村民在北京务工的各村、各户必须上报，并做好防护工作。一旦发现有在京务工人员私自回村，立即汇报，并要求当事人不得进村，就地等待，政府将安排医务人员接送，进行隔离观察，以免事态扩大。

晚上雨露刚回到家，屁股还没坐稳，一个电话就让雨露吓出了一身冷汗。在北京当保姆的丁鱼鲤昨晚离开了雇她的那户人家，一个人偷偷上了一辆回乡的长途大巴车，车逃过了重重围堵，竟然开进了安徽境内。车绕小道回老家了，当事人就在这一两天可能回村，务必做好一切措施，将此人截住。

最让人惧怕的是她帮工的那户人家有一个人确诊得了非典，已经被隔离救治了。上级指示，此事非同小可，任何人不得懈怠。雨露立即命人到镇上取了些口罩回村。因为事态紧急，镇上口罩也没什么库存，一个村最多配五包口罩，现在有钱也没地方买。

“雅青，你女儿丁鱼鲤已经坐车离开北京了，可能这一两天回村，你一定不能有私心。”雨露赶到雅青的采沙船上，告诉她事情的严重性。

“我女儿回来了啊！她还没结婚，还是个丫头，就遇上了这么大的事。回家也好，家里比城里安全，至少空气好，人少，没乱七八糟的病。”雅青一听特别高兴，满脸堆笑。

“国家有些地方爆发了非典，还死了人，这不是儿戏，你还高兴！孩子回来第一件事就是要她别进村，就地等待。你们母女一年没见，不能情绪失控，冲上去就麻烦了，到时你也会被隔离。”雨露绷着脸，强调此事不能儿戏，雅青这才紧张起来。

“行、行，到时要是看见女儿，我们就隔几十米远说话。这丫头懂事，知道那病传染，也不会进家的。”雅青吓得脸色煞白，阿六赶忙回答，并送走了雨露。

雨露用村广播进行了动员，整个村子立刻就骚动起来，各家各户基本大门紧闭，后门也只留一条小缝隙，连村里的狗也从主人的眼里感觉到了紧张，不敢去别村流窜了。

“丁鱼鲤这丫头，以前回家带的是钱，现在带回家的是瘟疫。”

“对哦，城里也不是什么都好，你看，出事了全不要命地往家跑，还是咱农村好。”

“丁家墩村孩子别动队队长丁爱月报道，队伍已经集合完毕，请首长分配任务，下达作战指示。”小麻子家儿子丁爱月早就吃过了晚饭，召集了队伍，像个红军小战士，摩拳擦掌地跑到雨露面前，要求分配任务。这娃七岁，眼睛像他妈，很亮，腿也挺长，村里人说没一处像小麻子。他现在是村里的孩子王，连树荫家十岁的儿子黄成才都被他管得服服帖帖。

丁爱月这娃今天打扮太奇怪了，他不知道从哪里弄了一顶冬天洗澡的塑料澡帐，从头到尾将身体套住，走动的时候像一顶漂动的水母。雨露觉得这孩子打扮虽然滑稽，但的确有防御效果，夸了他几句，没想到不一会儿，村里一些小孩和老爹也这样打扮了。

“你们到村边站岗巡哨就可以了，看到有人进村，立即叫他原地站住不准动，也不准走，要立即到大队部报告，我要向上级汇报。”雨露点头表示认可，并进行了嘱咐。

“是！保证完成任务！”丁爱月敬了一个标准的军礼，转身带着队伍走了，他身后跟着弓着腰的小麻子。这家伙自从老婆跳江后视子如命，整天和儿子形影不离，今天腰里揣得鼓鼓的，也不知道是啥。

“雨露啊，你们手脚可要轻点儿，娃子虽然在外打工一些年了，但终究还是个孩子。如果在村口看见了，叫她别进村、别乱跑，住在村外就是了。我背条雨布抱堆稻草给她当个窝，千万可别动手伤了孩子啊！”雅青看来是哭了，眼睛红肿着，跑来向雨露求情。

“哪会啊！都是一村的人，看你说的！现在是非常时期，她要没病就好。国家也是为群众服务，不怕一万，就怕万一。”

雨露连夜将村里所有的劳力进行了动员，连孩子都自发地编配到各组，一时间像电影《闪闪的红星》里那样，村头、村尾、江滩边、大塘埂上，到处都是站岗的人，一些孩子还编了花环戴在头上，匍匐在草丛里，特别专注地盯着村外的动静。

丁婆也被惊动了，跑出来询问到底出了什么事。雨露耐心地向她解释，可她怎么也听不明白，瞪着小眼，看一帮孩子紧张地趴在草丛里。她一个转身跑回家，穿上那套天蓝色的学生服，斜背着一个帆布包，里面放着一个军用水壶和一个老旧的笔记本，也跑了出来。她熟练地编了个花环戴在头上，和孩子们一起趴在草丛里，双眼闪烁着睿智之光。今夜，她又腿脚利索，全身有使不完的劲了，仿佛又回到了那个革命年代。

“要是看见村里那个姑姑回家就大叫，像狗一样叫，离得越远越安全，那病毒远了传染不到。学狗叫你们会吗？来，看奶奶嘴型，像这样，汪——汪！”那些爷爷奶奶对孙子参加护村队怎么也不放心，可是又拦不住，稍不留神孙子就跑没影了，于是就村头村尾地寻，每看见孙子就反复叮嘱他们。

县里对丁鱼鲤的回乡设置了三道封锁线，第一道是县汽车站，安排警察便衣进行拦截；第二道是镇公交车站和村尾的轮渡码头，安排了巡江队员和冲锋舟；第三道也就是最后一道防线，由村部负责，必须将人堵在村口，谁失职谁负责。如果部分回乡务工人员不听劝阻，坚决回村且与拦截人员发生冲突，可就地实施强制措施，不予追究刑事责任，一切后果由县政府负责。

雨露赶在天黑前打电话给张公山里的几家石料厂，拉了足足三车碎石片，倾倒在进村的岔路口，将进村的唯一一条道路封死。同时村里一些青壮年劳力由六位队长带领，将村子进行了360度划分，任务明确到每个人，坚决不让回乡的鱼鲤踏进村子半步。

“丁书记放心，坚决做到六亲不认。人在阵地在，绝不放一个熟人进村！”二队长桥大爹的口号喊得最响亮。

“你站在村口，鬼都不敢进村。”有人调侃他。

“下午我过轮渡的时候，看到大壮插在船头的捞尸杆受了启发，用竹竿防卫，真是绝配。”桥大爹扬扬得意地说。他脑子特别灵活，手里竟然真的握着一根三米多长的竹竿。

“你们这是干什么？别吓着孩子了，又不是打仗！”雅青还是不放心，看见孩子、老爹手里提着棍子就上去问。

“吓唬人用的啊！你想，就算是吓一条狗，你也得装着哈腰捡石头，不然狗根本不怕你。假如你们家丁鱼鲤硬往村里冲怎么办？叫我们上去和她打吗？那明天我们不也要被关起来？这竹竿好，拒人在三米之外，不让有病的人员近身。”桥大爹回答。

“我女儿很乖的，只要看到她回村，你们叫住她就可以了，千万别动手。这竹签可锋利了，别伤了她，丫头胆小，别再吓着。”雅青总是反复叮嘱他们。

那夜丁家墩人全民皆兵，老少齐上阵。谁都怕被传染，可谁都不想错过这场好戏。雨露已经买了手机，每隔半小时向县、镇两级政府汇报最新情况。上半夜，县镇没有传来截留成功的消息，越是这样，村部的压力越大。

一帮孩子起初图个新鲜，一个个将眼睛瞪得鸡蛋大，可刚过了九点，一个个耷拉着脑袋，哈欠不断，有的竟然趴在田埂里打起呼噜来，雨露赶紧叫老爹们将孙子抱回家。

下半夜，一些人领着老人和孩子回村了，雨露却不敢有丝毫懈怠，她知道越是这个时候越是对她的考验。此事非同小可，谁也没有经验可循，处理不好关乎全村老小的性命。

借着月光，远处江堤上一个黑点探出了头，张望了几秒钟，而后迅速趴了下去，往返几次，那个黑影才猫着腰下了江堤，拎着一个背包，沿着河沟，一点点往村头阿六家的楼房移动。

雨露站在一棵大树后面看得真切，从那个黑影走路的姿势来看，她可以百分百确定是丁鱼鲤。因为这丫头和自己小时候一样有好动症，走路像螃蟹，横着走。

“鱼鲤，别动，别动啊！我是你妈！”不知什么时候，雅青已经从村里冲了出去，一路大叫着跑向女儿。雅青给人的感觉平时很稳重，可面对无家可归的女儿，她已经失控了。

“啪、啪、啪。”到处都是手电筒按亮的声音，到处都是移动的人影，一束束光柱将蹲在水沟里的丁鱼鲤罩住。刺眼的光柱让她睁不开眼，一脸惊恐地举起背包挡在眼前，像投降的战士。

“你们——你们这是干什么？我又不是犯人！”鱼鲤惊恐地叫着。

“鱼鲤，别怕，妈来陪你啦！”几位老爹喊了雅青几嗓子，叫她停下来，不要接近女儿，可是这个女人像是疯了一样。最后还是阿六理智，追上去死死地拽住了她。

“妈、大，我突破重重堵截，跑回家就是为了避难。我没有得非典啊！你们一定要相信我！”鱼鲤吓得大叫。

“妈相信你！你到那里面先观察几天，不发热就好了，没被传染怕什么啊！娃儿不哭，有妈在！”雅青站在河埂对岸，大声安抚女儿的情绪。

雨露慌忙给县、镇两级政府打电话，在京务工人员丁鱼鲤回村了，被堵在村口，人目前已被控制，请安排车辆接送。

一个个老爹已经冲上去，将三米多长的竹竿横在身前，按照雨露动员会的要求，他们全都站在上风口，一个个面色凝重地盯着鱼鲤。丁鱼鲤很听话，高举双手，站在壕沟里。她放下背包，转身向身后的江堤看了一眼，雨露就站在离她约三十米开外的山岗上，顺势向江堤看去，发现江堤上有个黑影匍匐着在挪动。黑影身上的背包暴露了她，看去像只巨型乌龟。

“江堤上还有人！”雨露大叫着将手中的手电筒向江堤照去，那里果然趴着一个人，老爹们手中的手电也都齐刷刷地照向了大堤。那个黑影见完全暴露，无处可躲，站起身，撒开双腿，沿着江堤向张村跑去。

“是张村的张慧兰，在外搞传销的张慧兰，国家通缉犯！”虎爹眼尖，大叫一声，抢过一位老爹手里的竹竿，一路飞奔着追了出去，身后跟着一帮老爹。

“对哦，这姑娘年纪不小了，轻狂子搭跟头，听说没人上她家提亲。”

“宁娶从良妓，不娶传销女！有的女人不能要。”几个老爹大声议论。

“大虎，注意安全，保持距离！”雨露在身后大叫。

“张慧兰你个死丫头，你还我老婆明月的命来！”不知道什么时候，小麻子从村里冲了出来，手里握着一把菜刀，像只被开水烫过的猴子，在田野里跳跃着奔跑，不一会儿就跑到了队伍最前面。

“大虎，你拦住小麻子，让他别乱来，国家有法律，别让他用刀！”雨露吓得大喊。她再次拨打了电话，这次是报警电话，请求派出所出警，通缉犯张慧兰这次也被非典逼得走投无路回村了。她是传销头目，害得多少人妻离子散、家破人亡，这次总算是自投罗网了。

“我不管！冤有头，债有主！杀人偿命，欠债还钱！”小麻子根本不听劝阻，拎着菜刀，消失在夜幕中。

那夜，整个丁家墩江滩到处都是闪动的人影，到处都是晃动的手电筒。

第七十一章 鱼鳔避孕

自从爸爸死后，阿宝就变了个人，在学校独来独往，回家后也不出门，村里一帮孩子一下子群龙无首，显得很不适应。有次阿胖带着一帮小伙伴堵在阿宝家门口，还是没能把阿宝喊出来。

村里孩子特别失望，阿宝由孩子王一下子变成了个乖孩子，以前那个能吵得撅人王都怕的熊孩子现在特别文静。

秀秀送走了老黄后，人反而安静多了，每天班下回家就捧着一本书，坐在屋后静静地看，专注的样子仿佛又回到了少女时代。玉春婆婆负责一日三餐做饭，其他时间就坐在门口叹气、发呆。

秀秀将老黄的身份证头像特意放大，镶进黑边的相框里，摆在中堂画的方桌上。阿宝每次从学校回家，进屋第一眼看见爸爸的遗像，整个人顿时就像漏气的气球，蔫了。

母子俩一天有时候都说不上一句话。

“阿宝，你已经高二了，转眼就要高中毕业了，你对未来有什么打算？”一天秀秀把阿宝叫到屋后，头也不抬地问他。

“不知道，整天浑浑噩噩的。我听妈的！”阿宝静静地站着，毕恭毕敬地回答。

“那好，妈听说今年高中各校会招飞，你所在的职中也属于报名范围，你可以去试试。人生要多尝试，有些东西看似遥不可及，但只要努力，都有可能。这么小的年纪出门打工，妈也不放心。”

“好，我听妈的。”阿宝现在也喜欢看书。他喜欢到爸爸生前的房间里翻找，那些书都是爸爸生前看过的，有的上面还留有爸爸写的笔记，只要有只字片语，他都会搜寻。

“你身体素质好，就是文化课太差。妈这些年存了些钱，如果你体检过了，妈想请县里最好的老师给你做家教，一对一辅导。只要你争气、努力，就一定会有收获，花再多钱妈都不在乎。”

“好，我听妈的。我一定努力，不给妈和奶奶添堵。我没有了爸爸，我不想再没有妈妈！”阿宝说完这几句话的时候，秀秀鼻子一酸，两行浊泪滑落下来。这孩子要是早一年懂事，老黄也不会死。

这年九月，秀秀听到最好的消息就是阿宝终于争气了一把。国家要招飞，阿宝所在的职中也下发了文件，那天阿宝回家，举着招飞体检合格表给她看。秀秀有点儿恍惚，感觉是在做梦，这孩子竟然通过了层层体检，就差政审和文化课达标，就可以当一名飞行员了。

那天晚上，先是婆婆跑到老黄坟前哭起来，而后是秀秀赶过去，婆媳两人都在坟前哭了个够，她们就是要底下的老黄瞑目，儿子可能有出息了。秀秀将所有的同学资源都用上了，不光找人给阿宝补文化课，还花钱找关系，将阿宝弄到全县最好的那所高中借读。为了儿子，再多钱她也不在乎，借高利贷都行。

“妈，学校说我以前干过一些坏事，偷纪念馆的文物，在派出所有案底，政审过不了。”一天晚上，阿宝垂头丧气地回家，带给秀秀一个晴天霹雳。

“我去找你们学校领导，只要你学好，以后上天也是国家的人才，他们应该通融。”秀秀带上家里所有的钱，准备出门去学校。

“班主任说了，如果能打通人际关系，有人给我担保，就有机会过。”阿宝低头说。

“好！”秀秀点头答应。那夜她在大江边站了很久，然后打了辆车，直接去了县城。她要去找一个人，这个人，她一辈子只找这一次。

几天后，阿宝政审真的通过了。

如梦已经三天没看见朵儿了，第四天，她发疯地在村里到处找朵儿，遇到人就问有没有看见她家的狗。村里人吓了一跳，一条狗，至于这么上心吗？一次如梦问丁福满，这家伙故意使坏，说狗前天晚上让两个骑摩托车的人毒死偷走了，估计早变成了狗肉。没想到如梦听到这句话，直接晕倒了。

张玉宝从县城赶回了家，看见如梦一脸憔悴地躺在二楼阳台的藤席上，脸色蜡黄，像是严重营养不良。女儿在县城读高中，学习压力越来越大，一个月只能回来看她一次。自从婆婆过世，如梦精神一年不如一年了。

“我们复婚吧！不赌气了。都上了年纪了，不是小孩子。”晚上，玉宝搬条小板凳坐到如梦身边，边给她洗脚边小声地说。

“我不！不生男孩儿绝不复婚。我们拉过钩，一百年不变。”如梦躺在藤椅上，看着眼前的大江发呆。她听到玉宝又说这样的话后，鼓着腮帮子倔强地说。

“可是你都过四十岁了，这个年纪不能怀孕，就是怀孕了也是高龄产妇，有危险。”玉宝关心地说。

“我看报纸上说，有个女人五十八岁还怀孕生娃呢！和她比，我算小姑娘。你别管，我可是空姐，最骄傲的就是身材。”如梦一脸傲气地反驳玉宝，还站了起来，抖了抖束身的旗袍，将自己依然饱满的身材展示给玉宝看。

楼下那棵枣树后面，一道白影一闪就不见了，如梦眼尖，趴在扶手处仔细地看了看。

“呀，枣树后面那不是朵儿吗？我还以为被人偷了！”如梦欢喜地大叫着，拖鞋都没穿，奔下楼去。

枣树后面那团身影的确是朵儿，可是几天没见，这条狗的毛发脱落了很多，也消瘦了。以前白得像团棉花，失踪几天后，毛色有些脏了，变成了灰白。朵儿红着眼睛，躲在枣树后面张望，看见如梦一路跑过来，它却一直往后退。如梦停下来，它就停下来；如梦追过去，它就往后跑，始终和如梦保持着十几米的距离，不让如梦近身。

“朵儿，你怎么了？过来妈妈抱啊！”如梦张开双臂，大声呼唤。

朵儿站在对面，深情地看着她，不叫也不摇尾巴。

“这狗怎么了？”张玉宝也下了楼，陪着如梦寻狗，刚好遇到二队长桥大爹来他家串门，张玉宝好奇地问。

“病了，而且病得很重。农村有句话，看家狗，护院神，大限到了不回门。忠良心，效主魂，恋恋不舍离主人。”桥大爹小声地说。

“抓住带城里看兽医不就行了？”玉宝疑惑地问。

“估计困难。猫狗最通人性，它们知道自己的病能不能治，它失踪几天再次出现，就是最后一次看看主人。你看它的眼睛和气色，估计今晚这条狗就会找个离家很远的地方，死在那里。”桥大爹说完，摇了摇头走了。张玉宝叹了口气，跟上如梦，陪她一起寻狗去了。

自从儿子招飞体检通过后，秀秀发现阿宝有两个显著的变化，一是能安心地写作业了，而且喜欢问题目，成绩也越来越好。读累了，他就到后院，在那个沙包上发泄，在那个吊环上翻跃。二是隔壁家女儿一回家，阿宝就有点儿六魂无主。知子莫过母，秀秀眼里再明白不过了。自从老黄去世那天晚上起，阿宝就变了个人，为他爸守棺，他跪得腰杆笔直，一动不动，像尊石墩。再次踏进职中大门后，他再没惹过事，家里的鸡和蛋也没再往外送过一次。村里一帮孩子群龙无首，也不再像苍蝇一样整天聚一堆了。

一转眼就寒假了，秀秀晚上一个人睡，感觉时光如白驹，眼一睁一闭，一年就没有了，有时候她觉得余下的这半辈子就是在等死。这是村里所有老妇人必须要面对的事实，那就是要学会守寡。

大塘一般三年干一次，今年过年鱼塘排干了，秀秀家分到一条十几斤重的青鲢，黝黑的头，嘴巴张开，一个大人的拳头都能塞进去。秀秀用清水养在澡盆里，等年三十晚上吃。

第二天一大早，秀秀发现昨天买回来的那条十多斤的青鲢死在灶台上的脸盆里，肚子干瘪，被掏空了内脏，不知哪只可恨的馋嘴猫把鱼给偷吃了。可是昨晚那条鱼明明放在地上的澡盆里，这猫也太有本事了，都赶上孙猴子偷太上老君的仙丹了。

秀秀翻动着那条鱼，细看却感觉有点儿不对劲，鱼肚处是整齐的切口，没有爪印，很完整，没有其他的伤，鱼身完整，内脏却没有找到。想想真奇怪，一只不吃肉，只偷心的猫？难道是从陈胜吴广起义的秦朝偷跑来的，肚子里还有货。

秀秀问婆婆昨晚是不是将鱼破肚了，婆婆摇摇头，一脸纳闷。早上儿子起得早，边吃早饭边打哈欠，只胡乱地喝了碗稀饭就骑自行车走了，说去参加一个同学的生日。这个寒假真有点儿反常，儿子昨晚熄灯较早，没有熬夜，但昨晚肯定没睡好。

“雪儿起床啦！早上读英语背单词记性好。”隔壁家女人大声地喊着女儿，她家阳台也有了动静。秀秀探头张望，雪儿站在二楼的阳台上刷牙，穿着睡衣，头发蓬乱，满脸疲惫，像是没睡好，刚从鸡窝里拖出来。

雪儿蹲在阳台水池边低头刷牙，好像看见隔壁家阿姨正探身看她，这丫头一转身，给了秀秀一个背影，不见了。

“在中国，进了高中，时间就变成压缩饼干，你得一点点地费力去啃，吃得下要吃，吃不下也要吃。”吃过早饭，隔壁家传来如梦教育女儿的声音。

“知道了！”雪儿大声回答。

“在中国，什么都是假的，只有高考是真的。只要学不死，就往死里学。”

“知道了！”

“在中国，学生是世界上最累的孩子，个个像只蜗牛。但干得越狠，考得才越棒！”

“知道了！”

如梦已经到了更年期，整天喋喋不休，连女儿都特别烦她。

走进儿子房间，里面乱得像个老鼠窝，床上山川跌宕，连绵起伏，地上鞋袜衣服混战，一片狼藉。秀秀叹了口气，这一代独生子女根本没有什么生活自理能力，老妈就是他们的免费保姆。生儿子就是上辈子欠的债，这辈子连本带利都要还给他，还搭上自己的男人。

收拾阿宝的房间时，秀秀隐约感觉鼻尖有种酸涩味，像菜的味道，还夹杂着一点儿鱼腥味，淡淡的冲鼻子。可是那条鱼早上她给扔了啊，不敢吃，情节像某个恐怖片，可是这个房间怎么会有鱼腥味呢？

房间里还有一股香水的味道，淡淡的。这种味道自己读书的时候也有，那时有人说是女儿香，可是阿宝房间哪来这香味呢？难道是他买了什么香水？抱被子的时候，秀秀感觉被什么东西扎了手，翻出来一看，是个黑发夹，别针一样，大小像只刚从水里脱茧成虫的小蜻蜓。发夹上还留着一根长长的黑发，针线一样粗，闪动着乌黑的光泽，还有些暖意，不知道是谁家女儿送给儿子的定情物。

秀秀捡好儿子换洗的衣服，感觉被单也有些褶皱了，掀开垫被准备一并洗了，隐约发现床板底下的木框缝隙处藏着一片鱼尾白，像个泄气的气球，被揉成一团塞在木板夹缝之间，微微露出松紧一样的一个小口，微张着嘴，嘴里含着一股乳白，像开水冲过的藕粉。

秀秀好奇地抠出来，展开一看，竟然是个鱼囊，大概一指长，已经被放了气，开口处被整齐地剪了个口子，成了个天然的套子，摸摸还很有弹性。虽然多处有褶皱，但底部还很完好，能看出完整的形状，里面还装了一小勺摇晃的液体。

秀秀凑近一闻，一股浓烈的腥味扑面而来，直冲口鼻。她心头猛地一惊，这个鱼囊是真的，可是里面的液体对于她这个女人来说再熟悉不过了，想不到儿子成人了。可这孩子也太逆天了吧！想象力怎么这么丰富，应急竟然能想到这种办法。自己年轻时就是吃了不懂事的亏，可再怎么脑洞大开，也没这悟性啊！

昨晚那个姑娘是谁呢？秀秀捏着手里的发夹，脑子里急速地搜寻着。一个姑娘家，竟然半夜敢跑到男孩家过夜，现在的孩子胆子也太大了！还好儿子脑子机灵，不然怀孕了，女方来家里闹就麻烦了，现在谁家孩子不是心头肉？

“嗯，亲生的，不生气，生个男孩儿再怎么也不吃亏。”秀秀心里默默庆幸。阿宝这两年个子拔高的速度和竹笋差不多，细胳膊细腿细脖子，远看像只长颈鹿，总感觉有太多的地方不协调，但在秀秀眼中，他始终还是个孩子。

一个月后，不出秀秀所料，在整理儿子衣物的时候找到了一个小盒子，好像还是个著名品牌。秀秀起初还以为是电视台送的小礼品或口香糖，仔细一看，顿时就明白了。她用手捏了捏，质感柔滑冰凉，像鱼鳞一样，包装也很讲究，是一个火辣的穿着暴露的外国女人做的广告。她小心拆开外包装，露出一叠粉红色的套套，上面写着超薄的字样。握着儿子买的小秘密，她瞬间感觉儿子长大了。

阿宝学会了伪装，将秘密塞在白色袜子里。外盒包装上写着十只一盒，秀秀挑出来很细心地数，一共八只，少了两只。想当年自己读书那会儿，要是会保护自己，买几个这东西，不至于伤得那么体无完肤。现在年轻人把这叫作雨衣，某种程度上，她就是女人的保护伞。一想到自己读书那会儿，她心中那股无名火不知道怎么，一下子就着了，烧得胸口闷着痛，牙根竟然“嘎吱”响了起来。那个男人欠自己的，这么些年，秀秀从来就没想过要找回来，可是手里握着儿子的秘密，她突然有了报复的欲望，这种欲望越来越强烈，她根本控制不了自己。

秀秀哆嗦着，将攥在手心那一叠套子挨个放平，隔着外包装，手触摸着前面的松紧，一直往前触摸，感觉最前端有个口子，用力拉了拉，很有弹性。男人披着外衣，用它来侵略，女人用它来保护自己。回想起年少时被人按在床上，死猪一样解剖的时候，秀秀心里就有股莫名的愤怒。人人头顶三尺都有神明，这算是报复的机会来了吗？

秀秀紧咬牙根，暗暗得意，转身回了房间，找出针线工具箱，挑了根最细的针，将那八个套子全都在桌子上摆好，一点点摸到每个套子的前端，用手指将内皮捏开，隔着包装袋，她在每个套子前端都点了一个针眼。一股乳白色的胶油从包装盒里渗出来，秀秀细心地将每盒里面的润滑油全部挤干净，甩干后再一个个塞进包装盒里，放回儿子的袜套里。如果儿子细心一点儿，会发现盒子里面润滑剂少了，再或者儿子细心一点儿，会发现套子前面漏气了，可是年轻人有几个细心的？

熊儿子长这么大，一直让秀秀疲惫不堪，可是唯独这次，秀秀觉得生儿子对了。老天爷有眼，现在轮到儿子出去糟蹋别人家闺女了，而且是隔壁家的宝贝。好，太好了！儿子有本事就将她弄成残花败柳，再狠狠地抛弃掉。

每次雪儿从城里回来，秀秀就会失眠，根本睡不着。房间太空，脑子也空，人过中年全是回忆，有太多的故事在脑子里翻腾，仿佛成千上万只蚂蚁在啃噬她的心。

自从朵儿失踪后，如梦精神状态一天不如一天，常常嘴里唠叨着，连狗都不要她了，活着没意思。玉宝找到丁祖峰，把她接到市医院精神科检查，也开了一些药，全都是镇静剂一类的。玉宝起初不想如梦吃这些药，可是如梦每晚嚷嚷着非要出去找朵儿，拦都拦不住。一天晚上，玉宝狠下心给如梦吃了两粒药，她一会儿就很安静地睡着了。之后，如梦每晚都挣着要吃药，唯独这个时候，两家人都显得出奇的安静。

每个周末，两个孩子准时回村。只要夜幕一降临，两个孩子体内的洪荒之力就泛滥成灾。晚上十点，如梦睡得喊都喊不醒，雪儿像条戏水的鲢鱼，如约从她家的二楼跳进阿宝的大海里。

秀秀将厨房后面的屋子隔出一个房间，装上一道简易推拉门，里面摆张床和一个课桌，屋里几乎没有落脚的地方了。儿子却很喜欢，经常将推拉门反插起来，那里就是他的私人小空间。

为了不影响孙子学习，玉春婆婆住在院子后面的小屋里，和前面三间屋隔着十几米的距离，一般天一黑她就去睡觉了。

“嘎吱”一声响，后门像是被风吹开了，两个黑影手拉着手，“哧溜”一下子就闪进了屋。就在儿子回身插好推拉门的同时，秀秀已经隐在门边的黑暗中。

“你能不能别猴急啊！你一见我就要流氓。别毛手毛脚，就坐好聊聊天不行吗？每次晚上溜下楼，我都提心吊胆，跟做贼一样，心里想来，可来了，又怕你乱来。”推拉门隔音效果特别不好，阿宝房间里漆黑一片，却传出一个女孩儿小声的说话声，秀秀闭着眼都能听出来，这是隔壁家的雪儿。

“见到你我手脚就痒痒，钻心地疼，我等了你一个大姨妈周期，就等今晚呢！”阿宝小声地说。

“每次来之前，我都特别矛盾，每次你都像条一辈子没吃过肉的狼。”

“你摸摸我心跳就知道了，都跳成什么样了。人家说男人心跳 200，肯定是初恋；心跳 150，肯定是偷情；心跳 70，肯定是老婆。你摸摸我的心跳，正宗的国产初恋心跳。”阿宝在屋里肯定是嬉皮笑脸，完全是个小流氓。

“再过三个月就高考了，你招飞体检合格了，但文化课基础还很差，一定要加油啊！”

“嗯，就算撞得头破血流，也要冲进招飞的大楼。我妈比你还急，不光请人天天给我补习，还找关系把我弄你们学校借读。这几次月考，我一次比一次好，我感觉已经入门了，我对自己有信心。”

“嗯，我对你也有信心！我妈自从知道你也到我们学校借读，天天到学校里转悠，中午吃饭的时候坐食堂里等，把你当贼一样防，生怕你影响我学习。”

“女儿大了，能看得住吗？这么晚都翻墙往外跑。我现在终于懂了，发大水那年，破埂那晚为什么芦苇滩里的鱼不要命地往江里蹦，而江里的鱼又拼命地往芦苇滩里蹦，这叫墙内开花墙外急，到了年纪看不住。”

“你说我是鱼？找打啊！”

“在我心里，你是美人鱼。我现在特别佩服你爸爸，他当年招飞，那真是威风八面，开着飞机在万米高空飞翔，想想都让人激动。”

“那当然了，我爸爸世界第一好！”

“我对你也是世界第一好。”

“你个谎老三，世界第一谎话差不多。村里人都说，阿宝的话能信啊？信他的话，菩萨都淌眼泪水，母猪都能上树。就在上星期，一天放晚学，路过公园的时候遇到一个算命的老先生，他说我手心有一条玉柱线。我让他算下了爱情，你猜怎么着？他说我和爱的人是有缘相遇，无缘相守。”屋里雪儿有些郁闷地说。

“你给我的感觉是娇花近在咫尺，有时又远在天涯。算命的懂什么，真懂他们就不用出来算命了，直接做命运的主人。”

“你手不能老实放着吗？别乱摸！男人可以风流，但不能下流。”屋里雪儿低声求饶。

“嘻嘻，就是忍不住想摸！想抱你几次的男人是坏男人，想抱你一辈子的男人才是好男人。”

“你这家伙，脸皮怎么比三峡大坝还厚啊！我妈这几年越来越啰唆，昨天还逮我开会，说现在女孩儿胆子都大，什么事都干得出来，一定要注意保护自己。男孩子就一张嘴，别看平时吹牛打架第一个往前冲，谈了女朋友，一旦女朋友出了事，他们跑得比兔子还快。女孩儿每月来一次的小秘密就像是最尊贵的客人，每月都来看望你，以后这个客人哪个月没来，妈叫我一定要告诉她。”

“你妈是怕我对你动手，她从小到大没说过我一句好话。你在全村人的赞美声中长大，我是在全村人的赌咒中长大。”

“自从那年你救了我，我妈妈知道我们常相互写信，对你防备心特别强，常常查我房，抽屉锁都被她撬了几次。尤其是上了高中，更是草木皆兵，生怕我被你带坏了。还好每次月考我成绩只升不降，她暂时还没怀疑到我们。”

“这一带，除了张涛涛是读书机器，第二个神童就是你了，你们那不叫读书，叫玩。我读书就是挣命，以前每次看到书本，就是豆腐渣贴门对——两不粘，现在好多了。带坏你倒不会，我已经决定当个好人了。人贩子说你漂亮，皮肤白，又有气质，很值钱，我哪天成穷光蛋，就把你拐卖了吧！”

“你敢！你长得像人贩子，我一巴掌拍不死你！本姑娘有倾国倾城之色、闭月羞花之容，出去值大钱！人贩子抓到直接枪毙。你还卖我？赏你个铁疙瘩枪子毙了你！不过，我真被你带坏了。一次我和同桌聊天，说初中和村里一个男孩儿挤在一间满是男人的屋子里看黄片，我同桌吓得像见了外星人，足足看了我十几秒，说我不想好了，学霸也看黄片。”

“别信她们装淑女，有的女生很假，人前说某某很恶心，背后却暗恋人家。”

“我觉得我和她们一样，在我妈面前，妈一提起你，我就装得特别厌恶，叫她别提你这个熊孩子，可是心里美滋滋、喜洋洋的。一次差点儿被我妈看出来，她发现我站在阳台上刷牙，眼睛却瞟着你在屋后的树下做引体向上，还偷偷地笑，没逃过她的法眼，她一连唠叨了一个多星期，后来吃药才忘了。”

“人家说，越漂亮的女孩越假，我总算懂了。真搞不懂你们这些女孩儿，眼镜蛇的嘴，女儿国国王的心。”

“叫你手老实点儿，别乱摸，再摸剁你手！”

“哦，人家说，想要了解女人的心，千言万语还不如一次身体接触呢！”

“你天天人家说人家说，你读书不行，干过的坏事不少，听过的坏话更不少！请走！”

“好，我走！从今晚开始，喂马劈柴，走自己的路，和爱情兵分两路。”

“你真是个小气鬼，是个笨蛋，你知道什么叫笨蛋吗？”

“知道，就是很笨的母鸡下的蛋。”

“你能不能轻点儿？每次都像打桩一样挖我的身体……啊疼！”

“女孩儿只有疼了，才记得住那个人。”

“没听说女孩儿的身体是冰做的？只要一碰，就融化成温柔的水了。”

……

秀秀蹲在推拉门边听得真切，最后实在听不下去了，退回自己的房间，一夜没睡着。

第七十二章 参军送阿宝

今天是个艳阳天，太阳刚一露脸，火烧云便翻腾着堆满天，将大地染了一片革命色。秀秀握把剪刀，在院子里修剪那几株老成疙瘩的蔷薇，它们散落在墙角边。前些年大旱，枯成一株见火星都能烧成一团的玉米秆，以为要死了，可是下了几场雨，竟然在盛夏吐了几点新绿，挣扎着在那年九月开出了几个小小的花蕾，算是迟来的芬芳，真是奇迹。

这几年，这株蔷薇也算伤了筋骨，开出的几朵小花严重营养不良，就硬币般大，小得让人不忍直视。阿宝刚上高中那年，枝条丛中那个拳头般大、爱心桃形状的蜂巢在一个秋后被一群调皮捣蛋的孩子用竹竿敲落，捡去当玩具了。这么些年，花开花谢，物是人非，她和蔷薇都老了，都是枯枝再次发芽、吐绿，需要人的精心呵护。

所以秀秀每有闲时就握把小剪刀，坐到老蔷薇的枝条边给它修修枝、理理发，秀秀觉得只有它懂自己。去年秋至的时候，枯枝丛中竟然开出了几朵红白相间的花朵，一直开到秋霜，特别鲜艳。秀秀剪了两朵白花，早上插在老黄坟前，那一刻她和老黄的心绪在花香的弥漫中接通了。

去年暑假，国家安排专车进村将张涛涛接走了，没想到第二年暑假，丁家墩又开进了一辆专车，这次是接熊孩子阿宝，而且是军车。江对岸一些小贩不明事理，以为是阿宝犯事了，国家派军队来抓他。

军车来接阿宝的那天，整个村子能走路的人都出来了，整齐地站在村口大路两边，使劲地鼓掌，说阿宝以后有出息了要记得回村看望乡亲们。

阿宝胸佩大红花，穿着崭新的绿军装，挺直腰杆站立，笔直得像是用案板切的。阿宝迈着正步走出家门，准备上车的时候，整个送别会场沸腾了，刚刚还喜洋洋的场面，不知道谁轻声抽泣了一声，现场竟然有人哭了，那是儿时的伙伴舍不得他。

秀秀个子不高，原本是站在家门口，可是人群一激动，她就从儿子的视线中挤丢了，她越挣扎越被挤到最外围。

玉春婆婆靠在门板边，腰弓成一只老虾米，只剩下外壳了，眼泡耷拉着，眼圈通红，呆呆地看着孙子上车。她头上的毛发像是大旱三年，基本脱落干净了，成了一块沙漠地。玉春婆婆已经没有勇气送孙子了，自从孙子气死他爹后，老人就不打算原谅孙子了。她无数次赌咒孙子快点儿滚蛋，最好永远别回来，可是当孙子真的要走了，她突然崩溃了。

“活祖宗终于走了，就算他有三头六臂，到部队也乖乖听话。”

“一个村有两个人考上北大、清华，那不算啥新鲜事，可从没听说一个村能出两个飞行员的，丁家墩真是出人才。”

“就是，谁考上军校开战斗机我都信，唯独这个阿宝我不信。这娃坏得淌油，这样的人还是国家最珍贵的人才！”

“你这观点我不赞成，越坏的娃越聪明。你们没发现这娃玩了十几年，高三用一年的努力，就把落下的功课补上了。以前的歪脑筋，现在用到学习上，照样有成绩。”

“对哦，这娃上战场，关键时候绝不含糊。你们看《亮剑》里那个李云龙，没当兵时就是个二吊蛋，当团长后也是个活土匪，但打仗一点儿不含糊，最关键的是有咱中国军人的血性。”

“嗯，作为一个军人，必须要有这种血性，我觉得阿宝天生就是吃这行饭的，我看好他！”人群中一些老爹在议论。

“你们没看见阿宝那一身腱子肉啊！我们今天这样的太平盛世应该感谢两类人，一类人是像袁隆平这样的科学家，是他们让我们吃饱了肚子；另一类人就是这些保家卫国的军人，是他们舍小家保大家，坚守在国家边疆，为我们保驾护航。不管是战争年代还是大灾时候，他们都置生死于度外，冲在第一线。”雨露作为地方代表，向来接阿宝的军队领导办完了交接手续，眼睛也湿润了。不知道为什么，这娃走出去，她倒有些舍不得，按村里老人孩子私下里聊的说法，以后丁家墩就不热闹了。去年儿子张涛涛走时，她当妈的都没哭呢！

“当兵后悔一阵子，不当兵后悔一辈子。各位大爹、大娘、大姐、弟弟、妹妹，黄宝玉给你们敬礼了！”在上车前，阿宝突然转过身，站得笔直，给来送他的乡亲敬了个军礼。这个军礼让秀秀一下子就瘫软在地上，她挣扎着想爬起来，可是腿脚无力，怎么也站不起来。

“嗯，阿宝，到部队常给我们写信，我们想你！”撅人王家儿子阿胖早哭了，这孩子被阿宝打得最多，却最粘阿宝。用他自己的话说，现在他和阿宝是坟地改菜地，扯平了。

“嗯，一定，一定。妈，我走了！奶奶，我走了！你们保重身体！”阿宝上车摇下车窗，向人群挥手，眼睛向四周急速扫视，没有看到那个熟悉的身影，内心有些惆怅。车赶起一阵黄烟，出了村，上了西九华公路。

秀秀瘫坐在地，泪汪汪地看着儿子的车消失在路的尽头。以后家里又少了一个人，陪她的只有一个老婆婆，还有这身边的熊头石。

“砰砰”，绿皮车开到西九华公路的拐弯处，刚要上直通县城的公路时，被一个女孩儿拦了下来，她敲敲车窗，示意要找人。阿宝摇下车窗一看，是雪儿，她背着一个高耸的大书包，站在黄烟中，像只蜗牛。阿宝向来接他的军官汇报，那人很通情达理，同意了，但只给他五分钟，阿宝赶紧跳下车奔向雪儿。

“我走了，你要照顾好自己，记得想我！”阿宝说得很慢。

“嗯，你若在我心上，当兵千里又何妨？”雪儿收到了一所重点大学的通知书，过几天，她也要去大学报到了。他们两个星期没有见面了，雪儿显得有些憔悴，眼里布满血丝，好像没睡好的样子。

“不哭，我们都是大人了。”阿宝抬手擦干了雪儿眼角的泪。

“嗯，你就是李鬼。”她低声地骂，眼角的泪水阿宝刚刚擦完，又渗了出来，总有个人影在眸子里晃动。

“嗯、嗯，我是鬼，是鬼。”阿宝傻呵呵地笑。

“去吧，去当兵吧！再见时希望我们还红着脸，而不是像我们爹妈一样红着眼。”雪儿叹了口气，勉强地笑了笑。她从背包里取出一个礼盒，打开是个很精致的真空杯子。

“这几天一直在给你挑礼物，不知道送什么好，思来想去还是送这个杯子吧！明白我送杯子的含义吗？”雪儿问。

“嗯，寓意一辈子！你一定要等我！”阿宝狠狠地点点头，感觉像是被谁扎了一针。他还从来没有这种感觉，终于可以飞出大山了，却突然有了个负担。阿宝眨着眼睛，不让眼泪落下来，他不想第一次见到教官就流泪，显得很娘。

那个真空杯身子细长，像记忆中那个青涩但高挑的身体，杯身暖暖的，还有她身体的温度，让他一时有些恍惚。

仿佛只看了彼此一眼，说了两句话，五分钟就到了。阿宝敬礼转身上车，车门“嘎吱”一声关上，刚刚两人还近在咫尺，现在已经感觉远隔天涯。

阿宝从车窗探出身，那个身影还站在风口一动不动，看着车子的方向发呆。汽车赶得黄沙弥漫，将她那件裙子也染成了黄色。阿宝想伸手向她道别，可是立刻又收了回去，他觉得自己很幼稚，穿上这套军装，他已经是个军人了，铮铮铁骨，怎么还有这些儿女情长。

缩回身子，他摸摸手里那个杯子，拧开杯盖，发现杯子里塞着一张粉红色的小纸条，折成千纸鹤的形状，他沿着折痕小心地打开，是雪儿的字迹：

宝哥！

不知道这么喊你对不对，听村里人说我俩是同年、同日、同时辰出生，不知道谁年纪大，但在我心里，已经默认你是我哥了。因为我想你比我大，那样可以宠我，把我当妹妹呵护。

当我得知你考上飞行员后，我比谁都高兴，开心得像个孩子。前几天，我也收到了大学的录取通知书，一切如我所愿，是我心仪的那所大学，专业是水利规划和环境保护。我喜欢村口这条大江，毕业后想干些让自己开心，又对国家、对子孙后代有意义的事。

还有一件事情，昨夜我失眠了，思量了一夜，还是决定告诉你吧！前些天，我去县里一家小诊所检查了，担心的事成了事实，我怀孕了。可是那家诊所的医生认识我妈，昨夜我妈差点儿杀了我。我一个人坐在县十字街的马路边，真的想一死了之。

昨晚我做了一个梦，梦里那个孩子时而像个大头儿子，光着屁股从我左眼的余光跳进右眼，嚷嚷着叫我去找小头爸爸。我的肚子成了葫芦娃的妈，竟然一口气生了七个娃！后来梦变了，变得极其恐怖，到处都是血淋淋的场面，肚子里的孩子像国外科幻恐怖电影里那个异形怪物，拖着长长的尾巴，露着獠牙，一点点啃食我的肠胃，最后破肚而出，直到将我咬得面目全非，成了一堆没血没肉的白骨。

宝哥，青春的冲动，造就一次意外的心灵碰撞，电光火石间，一切都还未来得及细细体会，便已尘埃落定。男人抖一抖身子，放飞遍地蒲公英，只给它们一把小伞，放飞去远方旅行，任其自身自灭。于是仇恨与爱的种子都种下了，他在犹豫与恐惧之间找不到可以栖身的地方，只能独自去挖掘坟墓，埋葬骨肉。原来滚滚红尘，茫茫人海，谁是谁的过客？谁又是谁的风景？一株水稻从幼芽到成熟，寄托了多少希望，需要多少汗水和关爱；一棵田边野草从开春吐芽到秋冬落籽，经历多少踩踏、赌咒与迫害？原来同一块良田，生的位置不同，注定不一样的命运。

记得你第一次碰我的身子时，在我耳边说，喜欢闻我的体香，喜欢我的纯真。可是，男人的嘴，骗人的鬼，人人都喜欢干净的女孩，却总有人想把她弄脏。听说自杀前熬个夜，那样睡得更香，不容易醒来。但割腕非常疼，而且想要自杀必须动脉和静脉同时割断才行，成功率非常低，不是一般的痛苦。还有割腕死的人，听说到了阴间没有手，我有点儿怕。我还查阅了资料，吃安眠药这种东西，药力起劲的时候，想睡又睡不着，全身烧得疼痛，会不断挣扎，持续十五分钟以上，生不如死。我想天堂一定很美，因为去的人，没有一个回来。

我怕，因为我心中有爱。这个时代，我们每个人都小心翼翼地活着。或许我们每次努力都竭尽全力，有时候生活中的一个个挫折，就像是冰糖葫芦一样，竹签刺进了身体，却成了生命的脊梁。我这辈子有两根脊梁，一根是当你进入我身体的时候，我觉得你就是我的脊梁；另一根是前些天检查，得知我怀孕的时候，肚子里的孩子成了我的脊梁。

宝哥，现在你走了，抽走了我的一根脊梁，另一根脊梁我是流还要留，谁能告诉我？

爱情就像一盒巧克力，没有打开的时候，谁都不知道下一颗是什么味道，可即便知道下一颗是苦的，我还是会放进嘴里，因为那是爱情。而今，感觉自己怀揣着海市蜃楼的希望，踩在现实的浮冰上，在窒息的状态下延续生存。你说叫我等你，你回信的时候给我个期限好吗？那样，至少我有个盼头，不至于太虚无缥缈，不至于像你妈和我爸那样，等了一辈子，却成了仇人，那样活着还有什么意义，你说对吗？这个世界，有的人遇见一次就是一生，有的人，离开一次即是永别，我们呢？

爱你的雪儿

第七十三章 冬捕

丁家墩侧临龙骨山，背靠张公山，足踏长江，很符合祖辈“面向大江，背靠大山，山神庇护”选龙脉宝地的风水习俗。侧面的崖壁上，一条公路盘山而上，像条大蟒将大山缠绕，山顶矗立着一架正在缓缓转动的风力发电风扇。

张公山海拔800余米的山脊上也矗立着一架架巨大的大叶风车，听说安装在65米高的塔架上，直径长达41米，迎风而舞。而今风车已屹立山头，一字排开，与雄伟挺拔、绿树丛生、山花烂漫的张公山浑然一体。原先村民有阻力，怕项目破坏环境，现在建成后，青山绿水依旧在，反倒增加了一道独特的风景。

“轰隆隆”，远处传来一辆辆载重汽车低沉的喘息声，近处风车“呼呼”生风，白色的风机塔犹如擎天巨臂，以上九霄揽日月的宏大气势，让亘古宁静的乡村变成了轰轰烈烈、充满豪情的建设场面。

丁家墩村口竖起了一个广告牌子，上面清晰地标注了从西九华到江心洲一条旅游线，粗略数了一下，光亮点就有十来个，村边的那条河上竟然还有竹漂，终点在黑沙洲上，江边停了几条大船，可以下河捉鱼，晚上上船住宿。

随着丁家墩养殖业渐成规模，渐渐有了收益，雨露对养殖规模进行了扩充，将芦苇滩周边的一些鱼塘、河沟、稻田也整合了，远远望去白茫茫的一片，像是一个大湖。她特意安排黄八年去省城学习小龙虾养殖技术，在张村单独开挖了标准的养殖塘口，准备进行大规模养殖。为此，雨露还专门进行了市场调研，小龙虾和江蟹不一样，江蟹是高档消费，针对的是酒店，穷人吃不起，且需要用鱼喂养，养殖成本比较高，风险也大，但小龙虾不一样，小龙虾是杂食性生物，连稻草都吃，最重要的是，它是大众消费，小到餐桌、大排档，大到中小饭店、大酒店都是常点菜，消费量大，且价格一年比一年高。这几年野生龙虾已经越来越少，饭店更喜欢买养殖的龙虾，养殖的水质干净，吃得放心，大小差别不大，且屁股都有肉，价格也比野生的便宜，而江水养殖的小龙虾更有品质上的优势。

国家电视台早在正月二十三之前就入住了丁家墩村，因为这个临江渔村要进行冬捕。现在冬捕不光北方有，南方这个渔村同样具备了千亩养殖的规模，而且鱼的品质好、品种多。为了今天，雨露提前准备了一年多，就是要开好这个先河。

国家电视台要做期专题节目，大力推广此类农家饭店养殖和营销模式。这些年，丁家墩人没有跟风，将保护环境当成绿色银行，一直保持着江滩芦苇地最原生态的养殖模式，他们的品牌广告词是：用中国最好的水，养中国最好的鱼。只要客人来看一眼丁家墩这秀丽的山水，就绝不会空手而归。这样的江水养出来的鱼，味道那肯定是一绝。价格和野生江鱼一样，过年时一鱼难求。

正月二十四这天，江堤边停满了各式各样的大货车，都是从全国各地慕名而来的鱼贩子，大过年的，谁抢到货谁就挣钱。

因为南方江面不结冰，人不可能站在江面上，但丝毫不影响游客来参观的猎奇心理，两岸的江滩边黑压压站满了人，有的驱车几百公里，带着老婆孩子，特意来买些江水养育出来的过年江鱼。

几条大网足有几公里长，鱼贯而入，在几条冲锋舟的拖拽下，一网网鱼泛着银白的光，冒着热气，从芦苇丛中被拖上了岸。每一网都有惊喜，各式各样的鱼都能寻到。村里一帮老人站在磅秤前忙得头都抬不起来，别人递烟也没工夫点。

一阵江风掠过，乳白的芦苇花翻腾着、旋舞着。它们和蒲公英的种子没什么两样，肯定是孪生姊妹。一朵朵娇弱的小花在空中竭力绽放，千万朵聚集成一片片浮动的白云。好一场冬天的风，大江两岸，放眼望去到处都是人，到处都是纷飞的“雪花”，都是一个个跳动的生命，让人有一种想去浪一下的冲动。

一连一个多星期，丁家墩江滩天天都上演这样热闹的抢鱼场景。这次丁家墩人没有丝毫保留，要将千亩江滩鱼一网打尽，因为雨露接到上级电话，要将江滩边几个塘口排干，晒一晒，硬化一下地基，年后这里就要修一条公路和铁路两用的跨江高架桥，听说是高铁，火车像子弹头，开起来和赛车一样快。对此，雨露全力配合，别说提供一些土地供国家修桥墩，就是把她这片江滩征用，她也没有二话。没有大家，哪有小家！

那几天，丁家墩的人笑得口水都流出来了，每天大把的票子进账，就等着年三十分红了，这次红包大得他们挑都挑不动。

对面江城边那座荒废了很多年的军用机场又启用了，建设速度特别快，还建了直通码头。偶尔还能看见几架最新战机扯着喉咙，呼啸着划过长空。秀秀常弓着腰，站在村口，手搭凉棚，看着天上那呼啸的战机，她想那里面肯定有她的儿子。

张冰雪已经毕业了，分配在省水利局，是一名水文观察研究员，专门对长江沿线水利开发进行综合评价和宏观调控。现在国家对环境治理把控特别严，史上最严的《环保法》已经通过，她每天的工作就是沿长江沿线暗访，曝光那些排污企业，监督地方城市做好污水处理，并责令限期整改；整改不到位，轻则给予严惩，重则吊销生产证，关门歇业。

今天雪儿站在江滩边，不时举着相机拍照，她身边站着抬头看天的秀秀。

“轰轰！”两驾战机一声怒吼，从地平线腾空而起，在大江的上空盘旋着，相互追咬，像两只斗法的猎鹰。

雪儿久久地凝视着空中那两只大鸟，那里面会不会坐着她的宝哥哥？此时此刻，他一定驾驶着银白色的战机，像只大鸟一样，遨游在祖国的蓝天上，可能在西域的荒漠戈壁，也可能是在浩瀚的海岸线。不管在哪里，她都等他回来。

章晓惠的儿子上中学了，寄宿在省城一家贵族学校，这次过年来看妈妈。这孩子皮肤好，文静得像个女孩子，站在江滩边好奇地张望。

“妈妈，这是什么鱼啊？还有胡子！”章晓惠的儿子指着一条半米多长，浑身油腻腻的鱼问。

“是鲶鱼。”

“妈妈，这是什么鱼啊？一身乌黑。”

“是黑鱼。”章晓惠这个时候是个全职母亲，每次都耐心给儿子讲解。

“哦，这条鱼大，是头鱼吧？我买了！我买了！”突然人群中一阵骚动，拖网最后一截被拽上岸，一条像小猪一般大的草鱼翻腾着，在江滩上跳跃，目测有上百斤。几个专程从省城赶来的老板大声叫嚷着，向人群中间挤去。他们今天是来抢头鱼的，做生意的人都迷信，抢头鱼为的就是新年有个好彩头。

“扑通”一声，章晓惠回身一看，儿子被拥挤的人群挤得跌倒在地，踉跄着从大堤上滚下去，掉进冰冷的大江里了。

“妈——妈！”章晓惠的儿子在江涛里挣扎着大叫，刚刚还露出半个身子，可一眨眼，人已经不见了，等第二次看见他探出头时，已经在二十米开外的江心了。

“快！快救救我儿子啊！他不怎么会游泳！”章晓惠像发了疯一样大叫。她先是慌乱地脱了自己外套，等发现自己不会水时，才受了惊吓一般大叫。

雨露正站在磅秤边指挥一些老爹过秤、收钱，听到章晓惠呼救，赶紧跑到江边观望。可是村里一些小船全都被她调到芦苇滩内河里捕鱼去了，江面上数九寒冬，风又大，一时找不到救命的船。

“丁村长、丁村长，看在我们姐妹一场的情分上，赶紧想想办法，救救我儿子吧！你看他在江里挣扎，他——他快撑不住了，他就会点儿狗刨，我好一会儿没看见他上来喘口气了……”章晓惠今天完全没有了平时那种贵妇相，吓得五官都挪位了，一把抓住雨露，连连哀求。

“是这女人的儿子掉江里了啊？推人家坟啊！报应来了吧？活该！”

“这个女人的心是石头长的，轮到自己家儿子出事，哭得比谁声音都大。别人家要是有事求她，捏着鼻子说话，自私鬼！”人群中有人小声地骂，多数人只是站着看，面对这冰冷翻滚着的江水，行动前谁都会掂量一下，下去容易，上来可是自身难保。

“张三爹爹去年过世了，他那个鸭棚大壮住着，我帮你去喊喊他。”雨露一路小跑着奔到大埂下那处鸭棚。

大壮正站在鸭棚前，眼睛死死地盯着大江上那个挣扎的黑点。滩涂边停着一条破旧的木船，被江水戏耍着在原地打转，像个受尽虐待的孩子。船头插着一根三米多长的捞尸的滚钩竹竿，锃亮的滚钩闪动着银光，亮得人睁不开眼。

“大壮大哥，有人落水了，你快下江救人啊！”

“大壮大哥，有人落水了，你快下江救人啊！”雨露一连嚷嚷了两声，大壮丝毫没动，仿佛没听见。

“大哥，有人落水了，求求你，你快下江救人啊！”章晓惠也跑到了鸭棚边，一把抱住这个男人，大声地哀求。她个子本来就高，将已经瘦成骷髅的挑粪工抱在怀里，像个母亲抱着一个瘦弱的孩子。

“大哥，有人落水了，你快点儿下江救人啊！只有你有工具，熟悉这片水域，再磨蹭就出人命了！”虎爹和黄八年一帮人也赶了过来，个个一脸焦急。

大壮抽搐着脸，转过身，不看村里人。

“求求你救救我儿子吧！这里是几千块钱，还有我的手链、项链、耳环，全给你！不够我立刻打电话叫人送来，求你救救我儿子！”章晓惠低声下气地哀求，像只落败的鸡。她将身上所有值钱的物件全都取下来攥在手心，硬塞到大壮怀里。

“看样子要等人淹死了再捞，那样更值钱。”

“挟尸要价啊！”

“这男人心肠真硬。外乡人都不是好东西，一个是人贩子，一个见死不救，也是个杀人犯。”人群中有人愤怒了，嚷嚷着恨不得冲上去打人。

“你不下江，我去！你这人心就是石头做的，这么文静的娃，你就眼睁睁看着淹死。”虎爹见大壮一脸漠然，气得直哆嗦，咆哮着跑上船，拽起插在江滩边的捞尸杆就离开了岸。张大虎站在船头，用力撑着竹篙，可船打着旋，怎么也走不了。他回身一看，站在江滩边的大壮手里攥着船的缆绳。

大壮向船上的虎爹招招手，示意他下来。虎爹前脚刚上岸，大壮就跳上了船，他回身将怀里的钱和首饰扔到岸上，对着一脸感激的章晓惠伸出右手，并展开了五个手指头。

“你要钱？五万，还是五十万？”章晓惠急切地问。

大壮又伸出左手，做了一个“0”的姿势。

“好，好，五十万，我立刻就打电话叫人送钱来，求你赶紧救我儿子！”章晓惠立刻掏出手机，大声地打着电话，叫人送钱过来，越快越好。

“平时捞具无名尸，民政局才给五百块钱，遇到有钱的主最多也不过几万，今天绑到大款了，开口就是五十万！”

“看这家伙一脸肉疙瘩就不是好东西，天天在江边蹲守，就等一个发财的机会，今天让他等到了。”

“人在钱面前，个个都是王八蛋。”岸边有人骂道。

大壮驾船冲进大江，像条鱼鹰一般，在翻滚的大江里翻腾。章晓惠家儿子落水已经有十几分钟了，刚刚争论的时候已经不见了踪迹。江水像一群调皮的孩子，在老虎崖下打着回旋，相互推搡着挤出一道道漩涡。大壮抡起捞尸杆，顺着漩涡插下去，漩涡里立刻就“咕噜咕噜”地冒着气泡，感觉江底有东西在吹气。

“娃啊，出来啊，妈妈在这里！”章晓惠爬上了老虎崖，那上面宾馆住了很多客人，都跑出来站在崖边看热闹。

“落水已经十五分钟了，估计没救了。”

“人生三灾，年少丧父，中年丧子，老年失偶。沾上一灾都不好过哦！”

“这条大江，最深的地方四十多米，这条老虎崖，水流每秒五米多，别说一个孩子，就是一个常年跑江的渔民，掉下去也要看老天脸色。”

“娃儿，你再不出来，妈就跳下去陪你！”章晓惠已经完全失控了，好几次冲向悬崖，都被人群抱住。

“捞到了，孩子捞到了！”雨露眼尖，她一直盯着大壮的竹篙没眨过眼。自从弟弟和姐姐淹死后，她这辈子最见不得有人淹死。雨露终于看到竹篙上挂了个东西，那是闪亮的滚钩，挂到了孩子的衣服。

船靠了岸，章晓惠几乎是从山上滚着下来的，一头扑到儿子身边，把娃抱上了岸。她儿子本来皮肤就白，在大江里泡了十几分钟，比张宣纸还白，嘴却是紫色的。孩子紧紧闭着眼睛，像是被沙迷了眼睛，攥着拳头，像是要和人打架。

“娃儿手是攥着的，还有救！快，牵头牛来，把牛杀了掏出内脏，兴许还能救回一命！”丁婆挤在人群中，每每这个时候，她就会还魂一样出现。

“哦，哪位大爹牵头牛来啊，我给钱，多少钱都行！”章晓惠摸摸儿子冰冷的身体，怎么掐也没有反应，大声向人群哀求。孩子刚从江里抱上来时身体还是软的，可是江风特别大，只一会儿，他裤脚已经挂起了冰溜，身体变得直硬起来。

虎爹一路飞奔，五十来岁的人了，跑得比当年的阿宝还快。不一会儿他就从村里出来了，手里提着一把尖刀，还牵了一头大黑牛。那头牛走到江滩边，还没弄明白怎么回事，就被虎爹一刀放倒在地上，快速剖开肚皮，掏出内脏，将章晓惠的儿子塞进它的肚子。那头牛躺在巍巍铁牛脚下，浑身冒着热气，肚子塞得鼓鼓的，像个大春卷。

一场声势浩大的冬捕变成了一场救援，所有人都放下手里的活，坐在江滩边等孩子苏醒。

“牛神仙，如果能救回我儿子，我给你修座牛神庙，天天供你香火。”章晓惠跪在牛肚子边，抱着只露出头的儿子连连祈祷，滚热的泪水噼噼啪啪地掉在儿子脸上。

牛鼻子还冒着热气，像在抽烟，牛肚子里伸出的人头也冒着热气。

“咳，咳——咳！”十几分钟后，几声孩子的咳嗽声打破了大江的宁静，娃子睁开单薄的眼睛，看到自己睡在妈妈怀里。

“妈——妈！”他开口叫人了。

“啊——谢谢啊！谢谢大壮大哥，谢谢虎爹！谢谢牛神仙！谢谢不记仇的丁家墩人，谢谢所有人，你们都是好人！”章晓惠听到儿子叫她“妈”，整个人都乐疯了，她披散着头发爬起来，挨个给人磕头。

“章总，这是你要的五十万现金！”一个银行工作人员开着小车赶到江滩边，将一个塞得鼓鼓的黑旅行包递给她。

“谢谢大壮大哥，这是你的酬劳，谢谢！我带儿子给你磕头！”章晓惠拎着包跑上船，“扑通”一声给瘦小的大壮磕了个响头。由于章晓惠磕头的力气太大，小船一个踉跄，差点儿翻了过去。

国家电视台几个工作人员本来是要做一期乡土节目的，现在却变成一场好人好事现场直播，众人联动，勇救落水少年，他们在不停地抓拍着，因为这比乡土节目更有意义。

大壮接过钱，头也没回，重新上了船，然后驾着船离开了。几个记者刚刚还在抢镜头，可是这样的镜头不是他们想要的，他们在犹豫要不要报道这件好人好事。一边是众人爱心接力，勇救落水少年；一边是人性的贪婪，借机抬价，天价打捞。

“快看，大江冒烟了，大江起火了！”有人指着江心，大声地叫喊。

在湛蓝色的大江上，漂着挑粪工那条破旧的小船，晃晃悠悠，像叶浮萍。船头摆放着一个盒子，旁边跪着一个人，那人将怀里的旅行包打开，倒出一沓沓红灿灿的钞票。他将成捆的钱一一拆开，在船头点着了。

“那是真钱啊，怎么舍得烧哦！不会是神经病吧！”

“这家伙恋爱中毒，一辈子都忘不了一个女人，钱对于他来说是身外之物。”村里有单身汉开始哭了，有的人心疼那钱，有的人心疼他的痴情。

那天大壮跪在江心的小船上烧完了一包钱，第二天当村里人再到江面寻找时，他已经连人带船都不见了。有渔民说看见他顺江而下，走了；有渔民说他烧了小船，抱着一个盒子，昨晚从老虎崖上跳了江。

第七十四章 举报姜必胜

雨露召集几村入股人分红那天晚上，章晓惠站在门外，一直等到她办完所有事情。一些老爹手握现金，喜滋滋地从大队部走出来的时候，脸都乐开了花。一些小伙子带着老婆来分红，头抬得比眼镜蛇都高。

章晓惠见人就打招呼，显得特别客气，和之前判若两人。

“丁村长，我想和你商量个事情，把村里经营的江滩和我公司山林开发进行整合，这样能形成拳头产品，开发出更多亮点，不至于各自为营！”当雨露夫妇从大队部出来，章晓惠笑呵呵地和雨露说。

“哦，我考虑一下。”雨露犹豫了一下回答道。

“不必担心，股权还按原来的办，我的意思是我们要步调统一，这样在宣传、招待以及留住游客方面，我们发挥各自优势，更能出经济效益，不至于两个和尚没水喝，要做到两个和尚争着挑水。”

“嗯，这主意不错。章经理，说真的，我从来就没考虑过和你们公司合作，不过你的建议的确很好。我回头和村民商量一下，如果对村集资建设有益，我肯定赞成。”雨露被她说动了心，几天后去了章晓惠的办公室，两人商量了一整天。

听说姜必胜书记要高升了，县教育局一把手的位置空缺，他是最有实力上位的人。雨露听张伶俐说这个消息的时候没有丝毫的兴奋，而是极度气愤。这些年他没少给自己小鞋穿，要不是丁家墩村民全力支持她，她这个村长早在上任一年后就下岗了。雨露越想越气，她对姜必胜的忍耐已经到了极限，这男人真是一点儿气度都没有，自从上次安排镇纪委查出了个清官后，他觉得自己特别没有面子，几次想免雨露村长的职务，可总是找不到借口。

丁雨露气愤的不是他高升，而是这么些年，姜必胜在山里红镇刮走了多少民脂民膏。每年春节，去他家拜年的人从年前排到年后，除了自己，几乎所有的乡大队书记都要去烧香。为什么这样的人还能高升？国家监狱除了关坏人，难道就不应该关关这些吸血鬼？

二队长桥大爹每到过年就在她耳边吹风，说拜年是必不可少的，村里渔业开发，很多事情必须要姜书记点头。雨露无奈，每年过年村里都要准备几条头鱼，安排人送到他家里。

姜必胜找不到借口，不代表没办法治雨露，他每次开会的时候都点名批评丁家墩，说什么工作不力；说什么计划生育有人通风报信，村里不监管，镇上抓不到人，全县倒数；说什么公粮任务年年欠账，拖全镇的后腿。会场坐的所有人都知道，那只是借口，如今的丁家墩已经不欠债务了，还存了钱，只是丁雨露没有私用，而是公用了，她用那钱修了河坝，疏通了泉水渠道、村部道路，买了鱼苗，救济一些年老体弱的村民等。雨露将钱用在村集体，有明细的账目和全村入股人员签字和按的血红手印，镇上拿她一点儿办法没有。

“我要举报！他姜必胜以前能安排人举报我，为什么我丁雨露就不能举报他？”一次儿子张涛涛刚回来，一家人围坐在桌子上吃饭，雨露突然气呼呼地说。

“算了吧女儿，多一事不如少一事，这个姜必胜可不是个省油的灯，他是从一个最普通的职员一步步干到地方一把手的，而且一干好几任，要是没手段、没脑子，能走到今天吗？我估计你举报信刚到县纪委，他就知道了，到时还会有你好果子吃的。”因为孙子今天回来了，丁小气特别高兴，还特意拿了瓶好酒和女婿两人喝起来，但听到女儿说气话，吓了他一跳，赶忙灭火，打预防针。

“凭什么贪官能逍遥法外，还能步步高升？我就不相信没人治他！张玉宝是县委书记了，这人绝对是个好干部，至少他不贪，而且干实事。现在我实名写举报信，如果他还提拔姜必胜当教育局局长，我这村长他就是让我干，我也不干，一窝黑还有什么奔头！”雨露根本不听爹的话，今天她像吃了枪子，显得特别烦躁，静不下心。

“你提举报的事，我想起来了，黄俊峰喝药水那晚，我借丁福满的摩托车骑。那晚送陈医生回家的时候，回来的路上车胎爆了，我在后备厢里找补胎工具，无意中看到一张举报信，是左手写的，举报江对面黄村一户超生二胎。举报信写得特别详细，画了孕妇住房的草图，还没寄出去。”吃过饭回到房间，虎爹告诉雨露一个刚刚想起来的秘密。

“你怎么不早说啊！我们身边藏着一个天大的间谍。难怪这家伙天天下馆子，还有钱买摩托车，原来专干这种缺德事。”雨露小声埋怨。

“我脑子以前不好，用砖头砸好的。当天晚上一心想救老黄，把这事给忘了，今天能记起来已经很不错了。”

“这家伙自己天天吃香的、喝辣的，去年过年还跑村部哭穷，说家里揭不开锅，村部救济了他家两千元。他天天骑个摩托车窜街入巷，招摇过市，原来是干这种缺德事。”雨露说这话的时候，脸都气得铁青，她感觉自己被这家伙卖了还帮他数钱。

“你打算怎么处理这件事？”虎爹有些担心地问，他最了解雨露的性格，她疾恶如仇，有仇必报，眼里绝容不得一粒沙子。

“治他的方法多着呢，几村就他一人偷偷买了电瓶，前几年举报关了十五天，去年听说他又买了电瓶，只是不在我们村附近电鱼。我警告过他好几次，他每次都装可怜，说家有老母，还有嗷嗷待哺的娃。我心一软，叫他别太过分，就睁一只眼闭一只眼。现在我要往死里整他，只要发现一次，就举报他让派出所依法关他两个月。从牢房里出来我还要找他，不准再干举报这类缺德事。秀秀和张玉宝家就因为举报，斗死了好几条人命。他要是不听，我就把他举报超生的事在村广播直播，到时他在村里就没有立足之地。”雨露愤愤地说。

那晚，雨露和虎爹吃饭时商量写举报信的事，张涛涛一直埋头不说话。晚上休息的时候，这家伙竟然敲门入室，兴趣很浓，雨露赶了好几次都没赶走。

“长江是中国的脊梁，官不为民，就应该举报他，这就是长江精神，也是我们中华民族的精神。”张涛涛振振有词。他说这个举报信他可以写，凡是和写作有关的事，他都要尝试一下。儿子一下子说到了点子上了，这也是雨露一直困惑的地方。这些年她好几次鼓足勇气想写举报信，可是自己文化程度不够，又从来没写过这类东西，肚子里有一堆要举报的材料，可就是理不顺，写不成白纸黑字。

“那好，我口述，你写，写完读给我听。要多修改，一定要把事情说清楚，不能诽谤人家。”雨露答应了。

“不行，这不是害儿子吗？大人的事小孩少掺和。他懂什么啊！晚上不学习写什么举报信。”虎爹沉着脸，强烈反对。

“我不帮妈写，妈会写吗？还有，我晚上从不写论文，这你不知道吗？”涛涛扶了扶眼镜，一脸老成地反驳他爸。

“好了不吵了，说写就写，这事耽搁不得。”雨露下定了决心，叫儿子找来信纸，母子俩研究了半夜，终于洋洋洒洒地写了十几张纸。

“要实名举报吗？不好吧？撕破脸万一扳不倒他就麻烦了！”虎爹一直站在一边，根本没有睡意，担忧地问。

“当然要实名举报了，不实名举报，县纪委不立案。我就不信贪官能作威作福一辈子！总有人治他们。真扳不倒，我大不了村长不干了，开饭店，养鱼，或者出去打工，还能饿死不成？”

第二天一大早，雨露就出门了，虎爹不放心，嘱咐儿子一定要守口如瓶，不能跟任何人说，他陪雨露进城去寄挂号信了。雨露直接寄给了县纪委，她想总有人治他，乡镇是国家的，不是他姜必胜的，他不能想怎么干就怎么干。

大约过了半个月，一天下午一辆车开到了江边，先到村里问丁雨露是谁，听说雨露在船上，一行三人直接上了大船。来人正是县纪委的工作人员，来和举报人丁雨露核实举报情况，必要的时候进行取证。

大船上人杂，工作人员要求找个安静的地方谈话，最好是宾馆。雨露把他们带到树荫江边的驿站去，那里安静，环境又好。调查人员对雨露举报的几件事情进行了重点询问。虎爹一直跟在雨露后面，生怕她吃亏，就是进房间询问，他也站在门口等雨露。

“丁雨露，你举报姜必胜同志在任职山里红镇镇长其间，收受张公山林场承包人员章晓惠三万块钱，可有实事证据？”调查人员问道。

“有！因为章晓惠当时也送给我一万块钱，想我放弃村芦苇江滩的承包竞争，当天晚上我就叫我老爹送还给她。当晚章晓惠正在办公室，我爹到她办公室门前的时候，听到她正在和姜必胜通电话，姜必胜说钱不能收，她说一定要收，是公司领导的意思。后来不知道他还没还，但送钱是事实。”雨露如实回答。

“好，此事我们下午会约谈章晓惠。你举报姜必胜同志在任职山里红镇党委书记其间，收受采沙船船主丁俊六，外号丁阿六的一万块钱，可有实事证据？”

“有，这是当事人丁俊六和他爱人张雅青亲口和我说的。当时他们租了一条旧采沙船，船年检过了，也有采沙证，根据规定可以在山里红镇所属江沿岸采沙。因为采沙是暴利行业，但风险也大，船常年在江上跑，安全隐患很大，监管也最严。根据属地管理原则，安全问题一直是每个乡镇的重中之重，姜必胜拖着就是不签字，最后丁俊六夫妇晚上送了一万块钱他才签了字，这件事丁俊六夫妇可以做证。”

“好的，我们会找丁俊六夫妇核实。你举报姜必胜同志在任职山里红镇镇长其间，收受乡联防队队长贿赂一万元，搞特权提拔，可有实事证据？”

“有，我村打狗队队长丁祥武一次陪联防队长喝酒，队长喝多了，说花钱买的官，回来丁祥武告诉我，可是丁祥武已经去世了，这事怕是死无对证。”

“你举报姜必胜同志在任职山里红镇党委书记其间草菅人命，长江旅游开发公司非法拆迁老虎崖上两住户，致一死一伤，他隐瞒不报，后来还和长江旅游开发公司一起将事情压了下去，没有进行任何赔偿。”

“嗯，这件事对村里群众伤害太大。当天晚上镇上有人看见章晓惠拎着一个鼓鼓的包，敲开了姜必胜家的门。”

“我们要的是调查方向，有方向就能查出重点。既然有人行贿，有人受贿，肯定留下痕迹，有痕迹可能就有违法乱纪事实。”调查人员始终不温不火地拿捏着讯问节奏，那天他们谈话一直到天黑，结束后，雨露要留他们吃饭，一行人拒绝了。

“这封举报信，县领导亲自批示，要求严查严办。你等我们消息，只要有人做证，就算一件受贿罪坐实，也够姜必胜喝一壶的。国家现在从上到下都在严树廉政之风，只要有人敢伸手，必被捉。”临走的时候，工作人员一脸严肃，回身和雨露握手，告诉雨露，张书记对此事特别重视，还专门进行了批示。

“哦、哦，那就好，我等你们好消息。这些贪官该治治了，不然影响太坏。拿着鸡毛当令箭，最终坏了国家的名声。”雨露连连道谢。她从来没有这么高兴过，感觉心头的雾霾终于要散开了。

第二天晚上，雨露安排好大船上的事，正准备下船，章晓惠上船来找她。两人见面已经没有了之前的尴尬和敌对，仿佛回到年轻时代。

“丁雨露，听说是你写了举报信举报姜必胜？宁做鸡头，不做凤尾，我越来越佩服你了，真是女中豪杰！今天下午县纪委找我谈话，我不光对你写的几点全部做证，还列举了姜必胜其他一些违法乱纪的事实。晚上遇到张雅青，她也被约谈了，她说也做了证，她的钱是一分一分挣来的，不是大风刮来的。连老村长张祥林都不保他了，也站出来指证。姜必胜成了只过街老鼠、秋天的蚂蚱，快要死了。”章晓惠一脸欣喜地说。

“谢谢，你这是为民除害！”雨露今天特别高兴，拉着章晓惠的手，两人重新跑上船。

“哈哈，我们之间是情不知所起，怨不知所踪，一笑泯恩仇啊！”章晓惠紧紧地握着雨露的手，两人像是阔别多年重逢的姐妹。

雨露今天真给面子，命人去请丁国安大爹，无条件满足章晓惠一次，随便点菜，满足章晓惠的味觉。

丁国安现在一年也烧不上三回菜了，前几年他还把秘方留在手里，可是身体一年不如一年，就在年前，他将秘方传给了徒弟小鹏。但只要能走动，每天一大早，他还是第一个上船，背着手在船上转悠一圈，满意了才回家，不满意还开口骂人。

“好、好，举报得好！这家伙虽然长得干瘦，不像个蛀虫，其实比蛀虫更贪！当了书记，就要别人来纳贡了。”丁国安听说姜必胜要被抓起来了，章晓惠愿意做证人，他一反常态，连夜赶过来，亲自给她们烧菜，高兴地说。

一个月后，因为渔场又引进了新种苗，雨露在家请一帮技术人员和帮工吃晚饭，丁小气正在外屋准备收看县电视台播放的庐剧，突然嚷嚷着叫大家赶紧去看电视，县电视台播放新闻，姜必胜被抓起来了。众人立刻放下碗筷，跑进丁大爹房间，看到电视上播音员正在播报一条简讯：

山里红镇原党组书记姜必胜涉嫌严重违纪，正在接受纪律部门调查！经查，姜必胜担任山里红镇镇长、党组书记其间，多次违规接受管理和服务对象安排的宴请，违反公务用车管理规定，向镇联防办分摊镇机关不能报销的招待费；多次收受管理和服务对象所送礼品、礼金，为特定关系人牟利；滥用职权，利用职务上的便利为他人谋取利益并收受财物，涉嫌贪污犯罪和受贿犯罪，涉案资金达五十余万元。

纪检部门调查其间，姜必胜打听案情、串供、销毁证据、转移涉案物品，对抗组织审查。姜必胜毫无感恩之心，忘记入党初心，政商关系“亲”“清”不分，擅权妄为，滥用公权，痴迷升迁，严重违反党的纪律，并涉嫌违法犯罪，情节严重、性质恶劣，给予严肃处理。依据《中国共产党纪律处分条例》《行政机关公务员处分条例》等有关规定，经中共县纪委常委会、县监察委委务会会议研究并报中共县委批准，决定给予姜必胜开除党籍和开除公职处分；收缴其违纪所得；将其涉嫌贪污、贿赂犯罪问题移送检察机关依法审查、提起公诉。

“钱这东西真是好东西，但应该取之有道，不能昧了良心。”虎爹愤愤地说。

“广厦千间，夜眠不过六尺；腰缠万贯，日食不过三餐，有什么好贪的！”黄八年一脸无奈，他始终搞不懂，这些人出门吃香的、喝辣的，夫妻俩都是公职人员，为什么还一心扑在钱眼里，雁过拔毛。

“张玉宝书记上月召开了廉政大会，说贪是人生的天敌，廉是人生的港湾。”雨露特别高兴，姜必胜就是她心头的噩梦，现在噩梦醒了，太阳终于出来了。

“君子对钱应该取之有道，用之安心。取非正途，害人害己。”黄八年又开始吟诗了，酒桌上一帮人都会心地笑出了声。

“多少成功人士的背后，不是沧桑就是肮脏。不作死就不会死，一个字——作！”雨露站起来，建议大家一定要喝杯庆祝酒，今天不醉不休。

第七十五章 红丧

村里建设场面热火朝天，雨露抽空专程跑到张祥林家串门。那天张祥林正在门口挑粪浇菜园，见雨露走过去，张祥林敏捷地放下担子，躲进了屋里，没想到雨露却一路追了进去。

“张大爹，有个事想和你商量一下。”雨露客气地打着招呼。

“什么事，快点儿说，我还要浇菜园，家里一帮人还指望我这把老骨头呢！”张祥林很不耐烦，冷冷地回答，他已经满头白发了，表现得很不友好。

“村里新农村建设已经完成，一些旅游景点也建设得差不多了，竹筏漂流的河道也修好了，我想请你出山。”雨露说明了来意。

“请我？”张祥林眨巴着眼睛，不知道雨露葫芦里卖的什么药。

“嗯，原来这个活是给丁大炮老爹预留的，可是他老人家走了。你当村长很多年，遇人处事都有经验，能力突出，我想以后村里竹筏漂流营业这一块全部交给你管理。”雨露带来了一张村部规划图，展开给张祥林看，示意他管理的范围。

那张图上清晰地标注着一条旅游线，分别是西九华庙、丁家祠堂、大风车、娃娃鱼洞、丁家笑泉、妻子树、丁家大塘、水风车、黑沙洲农家饭店，在绕村而过的河面上勾勒了几排竹筏，从丁家墩笑泉处开始，一直延伸到黑沙洲的一排农家屋前，这是一条竹筏漂流图。

“我——我！”张祥林被惊得说不出话来，眨巴着老眼，怎么也反应不过来。刚刚他还以为丁雨露是来找麻烦的。他们两家有深仇大恨，儿子害死丁小气家大女儿，自己又举报他二女儿，这口气谁能咽得下去？现在她却来请他出山。自己名声在村里坏了几十年了，私吞公款，公媳关系一团糟，这些年都快被村里人的唾沫淹死了。

“都是一个村的乡亲，我不想把关系弄得太僵，再说村里搞旅游发展，总要有人干事，外村人我又不放心。你们虽然年纪大，但做事稳重，心肯定也向着自己人，工资也不会要求太高，等几年分红也行。我不想请外地人，经常跳槽，不好管理。”雨露特别细心，还将屋外的玉兰婆婆拉进屋，和她拉家常。

“行、行，我一定好好管理，就算这把老骨头累死也一定干好……”等张祥林听明白后，突然一个踉跄，“扑通”一声跪倒在丁雨露脚下，哭成了泪人。

“大爹，你这是干什么！给我下跪，是折我阳寿哦！”雨露慌忙给硬拽起来。

门口有动静，撅人王牵着小儿子站门口，看到丁雨露来有事，牵着儿子走了。

修了近两年的高铁线终于贯通了，运营那天，丁鱼鲤特意网购了车票，坐上子弹头一样的列车，从北京一路风驰电掣般赶回家只用了六个小时。上车的时候，她特意做了一个实验，将一枚一元硬币直立在车厢里，车到家了，硬币竟然没有倒。

那天中国各大报纸也进行了报道，标题是：中国最美高铁线成功贯通！

一条隧道像条地龙一样，硬是从张公山的肚子里穿肠而过，然后在丁家墩芦苇江滩边颠着几个小步，像跳远运动员在量步点一样，然后一个腾空飞跃，在江心一个重踏就飞过了大江。

丁家墩江滩边，一队工程队已经入驻，那是江城市过江隧道，计划两年完工。届时，开车都能从江底通去，只需几分钟。

丁婆到底多大年纪，谁也不知道。雨露做了一件大伙都赞同的事，那就是给老寿星做次大寿。丁婆做大寿那天，丁家墩从来没有这么热闹过。雨露特意成立了一个庆祝小组，并且毛遂自荐当组长，成员那可多了去了，有张玉宝，有刚刚升官的山里红镇党委书记张伶俐，还有几个大学教授、企业老总，这些都是从山里红镇走出去的时代精英。雨露说这个组长必须她来当，因为成员是来充门面的，组长就是干活、跑腿、给大家提供服务的，同时又负责把大家召集到一起。

雨露特意给丁婆做了一套大红的寿衣，很喜庆，可这老奶奶倔强得很，说什么也不穿，她一辈子就喜欢那件天蓝色的民国学生服。丁婆唯一的改变是戴了一红领巾，她说也要学学年轻人玩点儿时尚，显得有活力、有童心。

雨露注意到她那条红领巾是抗洪抢险那年，一名少先队员送解放军的时候，顺便也送了一条系在她脖子上。丁婆当时不知道有多高兴，一直随着解放军队伍走了很远，半夜才回村。

祝寿前，雨露带着一些人，每个村打招呼，只有一个要求：凡是由丁婆接生的老人或小孩，务必到丁家墩参加丁婆的寿宴。来者是客，拎串炮仗，扛条板凳或四方桌，带张嘴就行，丁婆是丁家墩的吉祥老人，这个礼情由丁家墩人集体出。

做寿那天，整个丁家墩到处都是人，很多人特意从外地赶回来，他们或许相互不认识，但到一起肯定有话题，因为都是同一双手把他们接到这个世界来的。贺寿的时候，丁婆坐在丁家祠堂大门口正中央，底下黑压压跪倒一片，至少五百人以上。有白发苍苍的老人，孙子已经是第四代了，有十几岁的孩子，此时此刻，他们都是丁婆的孩子。

丁国安在祠堂后院架起了一口大锅，光着膀子炒菜，精神得仿佛年轻了十来岁。鼓风机将炉火吹到最大，烧红了半边天，空中到处弥漫着菜香味。

“这老太太今天穿得真洋气，还化了妆，涂了口红呢！”

“丁姐一生爱干净，一生爱打扮。”丁小手和几个老太太羡慕地议论。

“噼噼啪啪，啪啪啪”鞭炮声响起，一盘盘小红鲤鱼苗般大的鞭炮扎堆挤在一起，在遇到星火的惊吓后，四处翻滚跳跃，往人堆里钻。

“呼呼呼！”一股股浓烟翻滚着升腾、扩散，变换成各式各样的图腾，随意地游走、弥漫，一点点渗透进每一座庭院，翻越每一垄田埂，将整个山村涂成墨色。

一排排过山冲响炮勒紧红皮袄，裹胸束腰，俊俏得像个待嫁的小媳妇，梳着麻花辫，害羞地挤在一起，在燎原星火的怂恿下清脆地吵闹着，一直从地面追逐到半空中，吵成一群喧闹的知了，扭打成一堆喧闹的火。

“给老福星贺寿！祝您老人家福如东海，寿比南山，长命千岁！”众人齐声贺寿。

“呵呵，哪有活那么大岁数的，那不老成人精了啊！”丁婆咧开没牙的嘴，笑得乐不可支。

“奶奶好！祝贺奶奶再活五百年！”树荫家儿子已经十二岁了，长得虎头虎脑。

“好、好，过来，奶奶有样东西给娃。”丁婆招呼孙子到她身边，从脖子上取下了那条红领巾，给娃儿戴在脖子上，这算是她最珍贵的礼物了。

“丁婆，渡江战役纪念馆又扩建了，你老人家哪天去看看啊？我陪你一道去。”雨露怕她听不见，大声地说。

“好、好！这条大江一里多宽，你们看看头顶这条飞架高铁桥，像个巨人一样，几步就跨过了江。想当年，我们解放军过大江的时候要划几个小时，每前进一米，会倒下多少年轻的生命，真是一寸山河一寸血啊！现在这条高铁线几十秒就过江了，我老婆子真是有眼福，总算看到好时代了。”

“就是，江滩边轮渡停运了，过江大桥是两用的，像楼一样上下两层，上面通汽车，底下开高铁，现在过江开车过去也就几分钟，也可以散步过去，旁边有人行道。”丁小气大声地说。

“好，好！今天下午你们就陪我到大桥上走走。这条大江像条性子特别烈的龙，总算被国家驯服了，我们老百姓也可以骑到它身上溜达了。”丁婆今天特别高兴，下午不用人搀扶，迈着小步，走上刚通车的长江大桥。走到江心时，她还高兴地扔了拐杖，又是跳又是唱，气氛传染了村里另外几个老人，成了大桥上一道亮丽的风景。

“丁村长，这次祝寿是三天时间啊？”晚上回来的时候，丁婆转身问一直陪同她的雨露。

“是的！”

“跟娃子们说，第三天晚上我请大伙儿吃饭。我知道这些娃有的从北京、上海一些大城市赶回来，特意给我老婆子祝寿，我感激他们。既然回来了，那就吃好喝好，陪陪老婆、孩子，也陪陪我。”

“不要你请，咱们村全包了。”雨露大声说。村里有个老寿星是村里的骄傲，吃顿饭算什么！

“行啊，你们前两天请客，第三天我老婆子请。这么些年，我也存了些钱哦！不图别的，只要热闹，我就高兴。”丁婆一脸神秘地招呼大家赶紧喝酒，吃饭。

第三天晚上是主宴，该来的人都来了，连张玉宝书记都挤在人群中，她旁边是新上任的山里红镇党委书记张伶俐，还有丁雨露，这三个人都是地方上的一把手。他们正在推杯换盏，还有一帮光着膀子儿时的小伙伴，喝得舌头都伸不直了。

那天炮仗都炸翻了天，丁婆斜挎着那个军用水壶，帆布背带已经发黄，失去了原来的颜色。她挨个给每一桌敬酒，满头银发上落满了炮仗的碎屑，泛着红色，像个新娘。整个丁家墩到处都飘着酒肉香，大江上漂过的一些大船，船客都伸长脖子羡慕地看，这个乡村到处都挂着彩旗，看着特别喜庆。

“噼噼啪啪！”圆席的最后一串炮仗炸响，大家站起身，端起酒杯，等待已经喝得满面绯红的丁婆走上台去送祝福。

“各位，我妈刚刚给祖宗上了香，给自己烧了半盆纸后就去房里睡下了，我去喊她出来圆席，她不应，一摸她老人家，老寿星已经过世了。”树荫撩帘走出来，面对满操场的人群，满面是泪，告诉大家丁婆过世了。

“过世了！刚刚我还看见她敬完酒，在一边梳头发啊？”

“嗯，她过世了，呜——呜——”树荫连连点头，将众人引到后屋。丁婆穿着那身天蓝色学生服，梳着麻花辫子，斜挎着一个旧水壶，怀里抱着一顶草帽，头顶还戴了一束花环，静静地躺在床上，安详得像是睡着了。

“老寿星身体凉了，真过世了。”黑兆桥摸摸丁婆冰冷的身体，落下两行浑浊的老泪。

“怪不得第三天晚上她要请客呢！”

“老寿星算出了自己阳寿啊！”

“不是算，也可能是她自己结束自己那条命，让我祝寿、送行一起办了。”

“呜——呜！一村有一老，就是有一国宝，老寿星还是走了。”一些白发老人刚刚还在举杯喝酒，现在已经老泪纵横，拍手哭泣了。人越老越容易感怀，不知道被哪阵风刮倒就爬不起了。

“大家不必太难过，我妈写下了一封信，说大伙能回来看看她，她已经很欣慰了。知道你们请假回来不容易，这一次让大家把所有的缘分酒都喝个够。她要求大家再住三天、喝三天。她这辈子存了五万多块钱，刚刚全部用塑料袋包好，放在桌子上。从明天起，劈柴烧火，用这五万块钱买菜、买酒，把这三天红喜事办得热热闹闹的，就算是对她最大的孝顺，她在那边保佑我们大家。”树荫看起来并不很悲伤，像丁婆这样的高年，算是红白丧事了。

昨晚，丁婆叫过树荫，交代了两件事，一是要树荫管理好丁家祠堂，那是老祖宗留下的根。这老人生前口口声声说不在乎那个祠堂，祖宗留的东西她一样都不在意，偷了砸了无所谓，可临走前才说出了真话。二是交给树荫两样东西，一副老式眼镜，叫树荫在她死后，将这两样东西和她合葬在一起。几句话让树荫哭了一夜，总感觉妈这是在交代后事，今晚果然应验了。

树荫手里拎着一个塑料袋子，里面装了满满的钱，都是些零散的小钞，多数都发霉了，有的已经停止流通了，全都纸浆一般粘在一起，稍微一用力就破损了。这个老人除了买点儿盐巴，唯一的经济来源就是养的十几只母鸡下的蛋。她几乎不上街买东西，一辈子存的所有家当全在这里了，加一起有五万多块钱，都是一分一分从牙缝里省下来的。

“好、好，我们一定留下来，送送老姐姐。”

“好、好，我们留下来，送送老寿星。”

……

又是三天飘香，送丁婆上了山，堆好了土，烧了纸钱，扔了铁锹，吃过了饭，天暗了下来，村子一下子就冷清了，人群像候鸟归巢，一群群散尽。

祠堂大门边的一张四方桌上坐着两个人，一个男人在埋头喝酒，一个女人在埋头吃饭。

“啪！啪啪！”几个孩子手里挥舞着麻绳，正在抽打一个桃子般大的陀螺。

“呼呼！”陀螺急速旋转着，虎虎生风。

“啪！啪啪！”孩子继续用力地抽打，陀螺上树的年轮一圈一圈重复旋转，再重叠。

那个男人猛然抬起头，向四周看了看，直到这个时候他才发现，四周的人群早已散尽，陪他的只有手中的酒杯。

“呼呼”，江风打着回旋，带着湿气，也吹醒了桌子对面那个女人。她直起腰，瞪大眼睛看了看四周，然后看了看对面坐着的那个男人。

“嗡嗡！”头顶的夜空中隐约传来一阵轰鸣声，那个女人抬头看向天空，只见漆黑的天宇中一个亮点忽闪忽闪地滑行，那是一架客机。

远处一束强烈的光柱刺穿四野，喘着隆重的呼吸声，一路疾驰而来。借着火车的余光，两人四目相遇，都看清了彼此。

“啪！啪！”身边的孩子还在不停地抽打着那个陀螺。

“人生就像是陀螺，转一圈又回到了起点。你抽得越狠，它越身不由己，转得越疯狂。”丁秀秀长叹了口气，自言自语。

“是啊！不过陀螺可以顺时针正着旋转，也可以逆时针反着旋转。它可以倒转，跌倒了爬起来，从头再来，但时光可以倒流吗？我们回不到从前。”张玉宝也在自言自语。

“人生如隧道，总有一个又一个黑洞要钻，不知道哪天是个头。时光如水，看似平静，却暗流涌动，谁也平复不了内心的悲伤。因为太爱，所以永远无法释怀。”秀秀看着近在咫尺的大江发呆。

“有多少爱可以重来？愿你来世做一棵忘忧草，没有烦恼没有愁。对不起，我为年轻时对你犯下的错说声对不起！”

“呜——呜——我生如蝼蚁，命如纸薄，呜——呜——”秀秀低声哭泣，这句话，她用一生等待！现在还有意义吗？

“谁能得之坦然，失之泰然？随性而往，随遇而安？一切随缘，豁达而明智地活着？你我不过是蝼蚁罢了！”张玉宝举起手中满满一杯白酒，对着面前那个人，对着匆匆而去的大江水，仰起脖子一饮而尽。他右手手腕反射着一道光亮，因为晃动的速度太快，刺得秀秀一时睁不开眼。克服一刹那间的黑，秀秀定睛细看，那是一只老旧的“上海”牌手表，表带煞白，表盘却很光亮。

“为什么这辈子，我们红着脸相遇，却红着眼相离……”秀秀将身体埋进夜色里，哽咽地抽泣。

“嗖！”那列高速列车以穿越灵魂的速度，发出深沉的叹息，舞着刺眼的光束，从他们头顶的高架桥一晃而过。丁家墩村口那条漆黑的柏油马路，在惊鸿一瞥中受了惊吓，睁开睡眼，一个白点在马路上晃动，像列车灯遗落的碎片，在夜色中摇曳。

“朵儿、朵儿，别藏了，出来见妈妈，妈妈想你了。”一个女人在夜色中急切地呼唤，像只离队的孤雁。丁家墩人都知道，那是空姐在寻找一条叫朵儿的狗。

江滩边，雾气弥漫，蒿芦百媚，变幻成各式模样，仿佛一群女人迎风而行。有人扎着垂胸麻花辫，穿着学生装，像是支前；有人挺着大肚子，拎着水桶去捶衣；有人穿一身洁白，像是赶去结婚；有人穿红戴金，体态风韵，提着棉花袋，赶着下地……

片刻的光亮稍纵即逝，黑暗迅速回填，天地重新混沌起来，只有脚下的这条大江，一如既往地奔向远方，永不回头。

后记

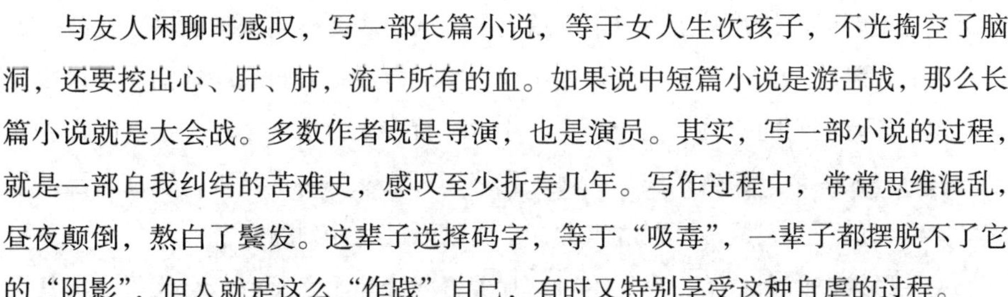

与友人闲聊时感叹，写一部长篇小说，等于女人生次孩子，不光掏空了脑洞，还要挖出心、肝、肺，流干所有的血。如果说中短篇小说是游击战，那么长篇小说就是大会战。多数作者既是导演，也是演员。其实，写一部小说的过程，就是一部自我纠结的苦难史，感叹至少折寿几年。写作过程中，常常思维混乱，昼夜颠倒，熬白了鬓发。这辈子选择码字，等于“吸毒”，一辈子都摆脱不了它的“阴影”，但人就是这么“作践”自己，有时又特别享受这种自虐的过程。

小说起笔是偶然，也是必然，仿佛冥冥之中已经注定。那年我还在机关单位跑腿，整天累成一具干尸，过得浑浑噩噩，迷茫且悲悯，一点儿不快乐，不知道路在何方。

盛夏回乡，坐在童年嬉戏的大塘口，仿佛折回童年，太多的悲喜涌上心头，萌生了写一篇文章祭奠故土的冲动。回到单位，打开台灯，仿佛置身于一口深井之中，一夜洋洋洒洒写了七千余字。一幅幅童年画面，排山倒海般涌来，有喜欢的女孩儿，有汹涌的大江，有母爱一样的大塘，有丁婆一样的老人，有一群孤苦伶仃的单身汉，有儿时猝死的伙伴，有生我养我的大江，他们统统有血有肉，组成一幅立体画面，在我的脑海里播映。

小说刊发在地方文艺杂志上，负责编发的文友很喜欢，说很魔幻，很有韵味，感觉意犹未尽。恰逢那年一家国家级杂志应邀来市县组稿，我第二次对小说进行了充实，约两万字，这一次确定以雨红姐妹为主线。杂志主编很喜欢，但是点评竟然还是和之前的友人出奇地一致，感觉人物没有写完。

恰逢那年工作不顺，老天为我关了一扇门，却为我打开了另一扇窗，让我能百分百地投入这个浩瀚的工程之中，所有的演员和导演，一个人全包。那年一边支教，一边笔耕不辍。小说终于完成了，约二十二万字，两年后交付出版，取名《女儿花红》。我以为就这样结束了，算是和故乡的一次交心。

年底开研讨会的时候，几个友人和编辑老师，还是那种感受，剧中人物没有写完。他们有自己的思想，到了某个点，就自己站出来，完全摆脱作者控制。那几年，小说中的人物一次次跳出来，有倾诉，有鼓励，有绝望，有悲悯，整夜整夜纠缠我，一度让我整夜失眠，重度抑郁，最后演变成了折磨、摧残。于是我终于下定决心，将思绪交给人物，一头扎进了小说里。恰在这个时候，小说线条渐渐清晰，暗线是为爱守候的丁婆，主线是秀秀，是她们自己夺了权。

一直就这么压抑着，折磨了自己好些年，第一部、第二部、第三部，如女人生孩子。小说收笔那晚，下了整夜的雨，感觉心掏空了，颈椎快断了，本想出去走走，可是老天没给我机会，以电闪雷鸣的方式警告我外出很危险，不让我有那么片刻的宣泄放纵。这些年一直躲在小说文字的背后，和自己躲猫猫。小说中每个人物，都有他们的归属。掐指算算，小说一百多人，浩浩荡荡。某些时候，我觉得只有一人多余，那就是我。那夜，我终于可以从幕后走出来，躲在自己的小家里，像个孩子考完试，可以过年啦，享受风雨过后片刻的安宁。

关上思维，做个总结，我觉得对这片养育我的热土终于有个交代了，与其说是意志力在支配我，一而再，再而三地给小说续笔，倒不如说是乡愁在驱赶我前行。我始终牢记一句警言：要想感动读者必先写哭自己。雨红之死，秀秀第二次手术，水明月跳江，老黄自杀，我落泪了。因为每个人物，仿佛写的都是我自己，一部小说写完，我心力交瘁。书写的过程就是割破动脉，一点点放血的过程，作家必须将人性最脆弱和自私的一面扒开，一点点解剖、剥离，解读人性，展示给读者，以萤火虫般的微光，照亮夜空。

对江冥思，小说从开篇到结尾，一直不停地有人逝去。面对死亡，他们有的慷慨，有的悲悯，更多的是绝望。我拦不住，救不了，这就是命。总觉得我的文字太过于悲情、凄凉，那是因为故乡一直有个和雨红一样的女孩活在我心里，反反复复出现在我的梦里，我抓不到，寻不着，更看不清模样。夜夜失眠的人，就是半个神经病，我燃烧一个神经病的躯体，愿意一路陪伴一个沉睡的恋人同行。这些年，始终怀疑我文字中的那股悲凉，不是来自我天生的忧郁，而是来自她，来自她给我的悲情，是她吸去了我所有文字的温度。

对于秀秀的亏欠，我无法启口，对她说一万次亏欠的话，都弥补不了她残缺的爱，她只是这个时代千千万万个追利人脚下的祭祀品。苦闷让我选择了用文字呐喊，文字又利用我去折磨那些悲情的苦命人，我知道最先被折磨的是我自己，现实生活中我们何尝不是在相互伤害。其实，我不欠她的，是这个势利的时代欠我们的。

走进小美的内心，我全身紧张，一直小心翼翼，尽量以水墨画式的文字叙述，不加过度渲染，哪怕是一点点污秽的文字都不敢修饰，生怕污染了一颗剔透的心，竭力还原一个盲眼少女的懵懂怀春，最原始的情感历程。从希望到绝望，从黑暗到光明，从鲜活的重生，再到悲情地逝去。

这些女人，仿佛都是我的前世。

无数个失眠的夜晚凝视夜空，大地不复存在，时空旋转，我只是沧海一粟中的一个点，漂泊在寻觅故乡的河床上，高举火把，燃烧自我，穿过黑夜的时空隧道，大声歌唱，没有朋友，大喊呼救，无人回音，抬头观望，双目白茫茫、空荡荡，没有风景，空壳里孤孤单单地只留下一颗营养不良的干瘦的心。为故乡，我愿意一辈子做个守夜人。

一个作家最好的形象，应该只是一个背影留在读者脑子里，看不清面目，却能指引人前行。一直想问自己，有没有一种写作，不为金钱，不为名利，只为给灵魂一次说话的机会？所以我诚心地恳请读者，静下心来，远离喧闹，给燥热的心灵加次冰，像品味一杯香茶一样对待书本，你会发现她是有温度的，会焐热你。

如果可以，我愿背着行囊，竖笔为炬，就这么一路孤独地走下去，寻觅躯体背后另一个真实的灵魂。

图书在版编目（CIP）数据

长江恋 / 白中玉著. -- 北京 : 华龄出版社, 2022.10

ISBN 978-7-5169-2377-1

Ⅰ. ①长… Ⅱ. ①白… Ⅲ. ①长篇小说 Ⅳ. ①I247.5

中国版本图书馆 CIP 数据核字 (2022) 第 174644号

出 版 人 周 宏　　责任印制 李未圻

责任编辑 冀 晖　　内文制作 刘龄蔓

书　名	长江恋	作　者	白中玉
出　版 发　行	华龄出版社 HUALING PRESS		
社　址	北京市东城区安定门外大街甲 57 号	邮　编	100011
发　行	（010）58122255	传　真	（010）84049572
承　印	定州启航印刷有限公司		
版　次	2022 年 12 月第 1 版	印　次	2022 年 12 月第 1 次印刷
规　格	787mm × 1092mm	开　本	1/16
印　张	46	字　数	798 千字
书　号	ISBN 978-7-5169-2377-1		
定　价	98.00 元（全两册）